A volta do Poderoso Chefão

Obras da saga da Família Corleone

O poderoso chefão
O último chefão
A vingança do poderoso chefão
A volta do poderoso chefão

MARK WINEGARDNER

A volta do Poderoso Chefão

Tradução de
MARCELO MENDES

8ª EDIÇÃO

EDITORA RECORD
RIO DE JANEIRO • SÃO PAULO
2024

CIP-Brasil. Catalogação-na-fonte
Sindicato Nacional dos Editores de Livros, RJ.

W736v   Winegardner, Mark, 1971-
8ª ed.   A volta do poderoso chefão / Mark Winegardner; tradução de Marcelo Mendes. – 8ª ed. – Rio de Janeiro: Record, 2024.

          Tradução de: The godfather returns
          Baseado nos personagens do romance *O poderoso chefão*, de Mario Puzo
          ISBN 978-85-01-07095-1

             1. Máfia – Ficção. 2. Romance americano. I. Mendes, Marcelo. II. Título.

                                                      CDD – 813
05-3787   CDU – 821.111(73)-3

Título original
THE GODFATHER RETURNS

Copyright © 2004 by Mark Winegardner

Todos os direitos reservados. Proibida a reprodução, no todo ou em parte, através de quaisquer meios.

Direitos exclusivos de publicação em língua portuguesa para o Brasil adquiridos pela
EDITORA RECORD LTDA.
Rua Argentina 171 – 20921-380 – Rio de Janeiro, RJ – Tel.: (21) 2585-2000 que se reserva a propriedade literária desta tradução.

Impresso no Brasil

ISBN 978-85-01-07095-1

Seja um leitor preferencial Record
Cadastre-se e receba informações sobre nossos lançamentos e nossas promoções.

Atendimento e venda direta ao leitor
sac@record.com.br

EDITORA AFILIADA

alla mia famiglia

"Quem abre mão do velho em favor do novo sabe o que está perdendo, mas não o que encontrará."

— Provérbio siciliano

"Estavam matando meus amigos."

— AUDIE MURPHY,
veterano da Segunda Grande Guerra, detentor do maior número de condecorações, ao ser perguntado onde encontrara coragem para enfrentar um batalhão inteiro da infantaria alemã.

Sumário

LIVRO I
Primavera de 1955
15

LIVRO II
Setembro de 1955
39

LIVRO III
Inverno-Natal de 1955
203

LIVRO IV
1956-1957
253

LIVRO V
1957-1959
331

LIVRO VI
1920-1945
401

LIVRO VII
Janeiro-junho de 1961
437

LIVRO VIII
1961-1962
511

LIVRO IX
Verão de 1962
577

Linha do Tempo

	A volta do poderoso chefão (1955-1958)		A volta do poderoso chefão (1959-1962)**	
O poderoso chefão (1945-1954)		O poderoso chefão II (1958-1959)*		O poderoso chefão III (1979-1980)

* *O poderoso chefão II* também cobre a juventude de Vito Corleone (1910-1939) em passagens de *flashback*.

** A segunda metade de *A volta do poderoso chefão* também cobre a juventude de Michael Corleone (1920-1945) em passagens de *flashback*.

Os Personagens

A FAMÍLIA CORLEONE

Vito Corleone, o primeiro chefão da mais poderosa família do crime organizado de Nova York
 Carmela Corleone, mulher de Vito Corleone e mãe dos quatro filhos do casal
Sonny Corleone, primogênito de Vito e Carmela Corleone
 Sandra Corleone, mulher de Sonny, que agora mora na Flórida
 Francesca, Kathy, Frankie e Chip Corleone, filhos de Sonny e Sandra Corleone
Tom Hagen, *consigliere* e filho de criação de Vito e Carmela
 Theresa Hagen, mulher de Tom e mãe de seus três filhos: Andrew, Frank e Gianna
Frederico "Fredo" Corleone, segundo filho de Vito e Carmela (subchefe entre 1955-59)
 Deanna Dunn, atriz vencedora do Oscar e mulher de Fredo
Michael Corleone, filho mais novo de Vito e Carmela e *Don* reinante da Família Corleone
 Kay Adams Corleone, segunda mulher de Michael
 Anthony e Mary Corleone, filhos de Michael e Kay Corleone
Connie Corleone, filha de Vito e Carmela
 Carlo Rizzi, marido falecido de Connie Corleone
 Ed Federici, segundo marido de Connie Corleone

MEMBROS DO CLÃ CORLEONE

Al Neri, chefe de segurança dos hotéis da Família, além de prestar pequenos serviços
Carmine Marino, *soldato* sob Geraci e primo em terceiro grau da Família Boccicchio
Cosimo "Momo, o Barata" Barone, *soldato* sob Geraci e sobrinho de Sally Tessio
Eddie Paradise, *soldato* sob Geraci
Fausto Dominick "Nick" Geraci Jr. (também conhecido como Ace Geraci), *soldato* sob Tessio, mais tarde *caporegime*, depois chefe

Charlotte Geraci, mulher de Nick
Barb e Bev Geraci, filhas de Nick e Charlotte
Pete Clemenza, *caporegime*
Richie "Duas Armas" Nobilio, *soldato* sob Clemenza, mais tarde *caporegime*
Rocco Lampone, *caporegime*
Salvatore Tessio, *caporegime*
Tommy Neri, *soldato* sob Lampone e sobrinho de Al Neri

FAMÍLIAS RIVAIS

Anthony "Black Tony" Stracci, chefe, Nova Jersey
Cesare Indelicato, *capo di tutti capi*, Sicília
Frank Falcone, chefe, Los Angeles
Gussie Cicero, *soldato* sob Falcone e proprietário de casa de shows em Los Angeles
Ignazio "Jackie Ping-Pong" Pignatelli, subchefe, depois chefe, Los Angeles
Joe Zaluchi, chefe, Detroit
Louie "Cara-de-Pau" Russo, chefe, Chicago
Ottilio "Leo, o Leiteiro" Cuneo, chefe, Nova York
Paulie Fortunato, chefe da Família Barzini, Nova York
Rico Tattaglia, chefe, Nova York (sucedido por Osvaldo "Ozzie" Altobello)
"Sorridente" Sal Narducci, *consigliere*, Cleveland
Tony Molinari, chefe, São Francisco
Vincent "o Judeu" Forlenza, chefe, Cleveland

AMIGOS DA FAMÍLIA CORLEONE

Albert Soffet, diretor da CIA
Annie McGowan, cantora, atriz e ex-apresentadora do programa de marionettes *Jojo, Mrs. Cheese & Annie*
Buzz Fratello, artista da noite (geralmente em dupla com a mulher, Dotty Ames)
Fausto "o Motorista" Geraci, motorista da organização de Forlenza e pai de Nick Geraci
Hal Mitchell, oficial aposentado da Marinha e proprietário nominal dos cassinos da Família Corleone em Las Vegas e Lake Tahoe
Joe Lucadello, amigo de infância de Michael Corleone
Jules Segal, cirurgião-chefe do hospital dos Corleone em Las Vegas
Johnny Fontane, ator vencedor do Oscar e provavelmente o maior *crooner* de todos os tempos
Marguerite Duvall, dançarina e atriz
M. Corbett "Mickey" Shea, ex-sócio de Vito Corleone nos negócios de contrabando; ex-embaixador dos Estados Unidos no Canadá
James Kavanaugh Shea, governador de Nova Jersey e filho do embaixador
Daniel Brendan Shea, promotor público de Nova York e filho do embaixador
William Brewster "Billy" Van Arsdale III, herdeiro da Cítrica Van Arsdale

LIVRO I

Primavera de 1955

Capítulo 1

Numa tarde fria de primavera, uma segunda-feira de 1955, Michael Corleone convocou Nick Geraci para um encontro no Brooklyn. Quando o novo *Don* entrou na casa de seu falecido pai em Long Island para fazer a ligação, dois homens vestidos em roupas de mecânico assistiam a um show de marionetes na TV, esperando que o traidor de Michael o delatasse, babando diante dos peitões da louraça que manipulava os bonecos.

Michael, desacompanhado, subiu ao cômodo de esquina que antes servira de escritório ao pai. Sentou-se à escrivaninha de tampo retrátil que pertencera a Tom Hagen. A escrivaninha do *consigliere*. Teria telefonado de casa — Kay e as crianças haviam saído ainda de manhã para visitar os pais dela em New Hampshire — se o seu aparelho não estivesse grampeado. Ambas as linhas. E ele insistia em mantê-las assim, de modo a ludibriar os espiões. Mas a intricada fiação atrelada ao aparelho daquele escritório — bem como a extensa malha de subornos que a protegia — era capaz de manter à distância um exército inteiro de policiais. Michael discou. Não precisou consultar nenhuma agenda, pois tinha um talento especial para lembrar-se dos números. A casa estava silenciosa. A mãe se encontrava em Las Vegas com a filha, Connie, e os netos. Ao segundo sinal a mulher de Geraci atendeu. Embora mal a conhecesse, Michael cumprimentou-a pelo primeiro nome (Charlotte) e perguntou pelas filhas. Ele evitava as conversas telefônicas sempre que possível e jamais havia ligado diretamente para a casa de Geraci. De modo geral, fazia com que suas ordens fossem intermediadas por pelo menos três homens na linha de comando, evitando assim que as suspeitas recaíssem sobre si. Charlotte respondeu com notável aflição às perguntas amáveis do *Don* e em seguida foi chamar o marido.

Nick Geraci tivera um dia longo. Dois navios carregados de heroína — ambos marcados para chegar da Sicília dali a uma semana — haviam inesperadamente aportado na noite anterior, um em Nova Jersey e o outro em Jacksonville. Alguém com menos iniciativa já estaria atrás das grades àquela altura, mas Geraci acertara as coisas mediante uma doação em dinheiro vivo, entregue pessoalmente, à Irmandade Internacional de Caminhoneiros — cujos representantes na Flórida haviam agido com eficiência exemplar —, bem como uma visitinha ao chefe da família Stracci, que controlava as docas em todo o norte do estado de Nova Jersey. Por volta das cinco, exausto, Geraci já estava de volta em East Islip, brincando de cavalinho com as filhas no quintal de casa. No escritório, dois volumes sobre a história das operações militares romanas que começara a ler recentemente esperavam-no ao lado da poltrona para serem lidos mais tarde. Quando o telefone tocou, Geraci já estava na segunda dose de Chivas com água. A churrasqueira crepitava com os filés de carne sobre a grelha, e o rádio transmitia uma rodada dupla de jogos de beisebol: Dodgers *versus* Phillies. Charlotte, que preparava o restante da refeição na cozinha, saiu ao pátio com o aparelho na mão, as faces completamente desprovidas de cor.

— Olá, Fausto. — Além de Michael Corleone, a única pessoa que chamava Nick Geraci pelo nome de batismo era Vincent Forlenza, seu padrinho em Cleveland. — Quero você nessa jogada que Tessio armou. Às sete horas num lugar chamado Two Toms, sabe onde é?

O céu estava azul e límpido, mas quem tivesse visto Charlotte fugir para dentro de casa com as crianças teria acreditado que um terrível furacão se aproximava de Long Island.

— Claro que sei — disse Geraci. — Como lá o tempo todo. — Tratava-se de um teste: ou perguntava sobre a "jogada que Tessio armou" ou ficava de bico calado. Geraci sempre se saía bem nos testes, e agora sua intuição lhe dizia para ser honesto. — Mas não tenho a menor idéia de que jogada é essa.

— Uma gente importante está chegando de Staten Island para esclarecer as coisas.

A Volta do Poderoso Chefão

Gente de Staten Island só podia ser os Barzini, os donos do lugar. Mas se Tessio tivesse armado negociações de paz entre Michael e Don Barzini, por que não era ele, Tessio, quem agora lhe dava a notícia, e sim o próprio Michael? Com o olhar parado nas chamas da churrasqueira, Geraci subitamente se deu conta do que tinha acontecido. Sacudiu a cabeça e mordeu os lábios para não xingar em voz alta.

Tessio estava morto. E provavelmente muitos outros também. O local do encontro foi o que chamou sua atenção em primeiro lugar. Tessio adorava aquele restaurante. Era bastante provável que tivesse falado com Barzini pessoalmente, e um dos dois, ele ou Barzini, tivesse providenciado uma cilada para Michael, que de alguma forma havia descoberto o plano a tempo.

Geraci virou os filés com uma longa espátula de aço.

— Você precisa da minha proteção? — perguntou. — Quer que me sente à mesa ou o quê?

— Puxa, achei que você tivesse perdido a língua.

— Desculpa, é que tive de tirar uns bifes da grelha, só isso.

— Sei muito bem o que está preocupando você, Fausto, só não sei por quê.

Ele queria dizer que Geraci não tinha motivos para se preocupar? Ou que estava tentando descobrir qual tinha sido a participação dele (se participação houvera) na traição de Tessio?

— Não, forasteiro, é mais que desassossego — Geraci respondeu, caprichando na imitação de John Wayne —, é uma moedeira das brabas.

— Como é que é?

Geraci suspirou e disse:

— Acontece que não consigo deixar de me preocupar, mesmo quando tudo vai bem. — E sem conseguir evitar o humor negro, emendou: — Então vai, manda bala.

— É por isso que você é bom — disse Michael. — Porque se preocupa. É por isso que eu gosto de você.

— Então vai me perdoar se eu recomendar o óbvio — disse Geraci — e aconselhá-lo a fazer um caminho que não faria normalmente. E sobretudo evitar a Flatbush.

Então foi a vez de Michael ficar mudo.

— Flatbush? — perguntou finalmente. — Por que acha isso?

— Os Vagabundos estão em casa — respondeu Geraci, referindo-se ao apelido dos Dodgers do Brooklyn.

— Claro — disse Michael, meio confuso.

— Estou falando do segundo jogo contra a Filadélfia.

— Ah, sim.

Geraci acendeu um cigarro.

— Você não gosta muito de beisebol, não é?

— Já gostei mais.

O que não deixou Geraci surpreso. Com as apostas, o esporte havia se tornado um negócio como outro qualquer e para muitos já não era mais motivo de entusiasmo.

— Esse pode ser o ano dos Dodgers.

— É o que tenho ouvido por aí — disse Michael. — E é claro que não perdôo você.

— Não me perdoa do quê?

— De ter recomendado o óbvio.

Geraci tirou os filés da grelha e colocou-os num prato.

— Esse é um dos meus talentos — falou.

Uma hora depois, Geraci chegou ao Two Toms acompanhado de quatro homens, que se posicionaram do lado de fora. Procurou uma mesa isolada e pediu um *espresso*. Não estava com medo. Michael Corleone, ao contrário dos irmãos — o sanguinolento Sonny e o patético Fredo —, havia herdado a cautela do pai. Jamais ordenaria uma execução assim, de ímpeto. Antes procuraria se certificar da culpa da vítima, por mais tempo que isso levasse. Fosse qual fosse o teste que lhe aguardava, por mais exasperante que fosse ser posto à prova por alguém como Michael Corleone, Nick Geraci reagiria com dignidade. Tinha certeza de que sairia ileso daquele encontro.

Embora nunca o tivesse ouvido maldizer Michael, Geraci não tinha dúvida de que Salvatore Tessio, ou Sally, estava de conluio com Barzini. Era óbvio que não aprovava o nepotismo que alçara um novato inexperiente como Michael à posição de *Don*. Era óbvio que *via* com maus olhos a organização se afastar de suas raízes locais e expandir para o oeste para tornar-se... para tornar-se o quê? Geraci já havia encampado um sem-número de empresas locais inicialmente muito prósperas,

A Volta do Poderoso Chefão 21

soerguidas por imigrantes analfabetos e diligentes, e posteriormente levadas à bancarrota por herdeiros já nascidos na América, com seus diplomas universitários e seus sonhos de expansão.

Geraci conferiu as horas no relógio que recebera de Tessio como presente de formatura e constatou que Michael não havia herdado a lendária pontualidade do pai, o falecido Don Corleone. Pediu um segundo *espresso*.

Em mais de uma ocasião tivera a oportunidade de provar sua lealdade à organização Corleone e, ainda antes de completar quarenta anos, talvez fosse seu membro mais rentável. Tinha sido pugilista (peso pesado) na juventude, quando era conhecido pelo epíteto de "Ace Geraci" (um apelido de infância que ele não havia rejeitado, muito embora a rima delatasse sua conivência com a pronúncia norte-americana do sobrenome italiano: *Ge-rei-ci*, em vez de *Dje-ra-tchi*) bem como por uma grande variedade de pseudônimos (ele era siciliano, mas tinha os cabelos claros e podia facilmente se passar por irlandês ou alemão). Conseguira ficar de pé durante seis assaltos numa luta contra um sujeito que alguns anos mais tarde faria o campeão mundial dos pesos pesados beijar a lona. Mas Geraci havia freqüentado as academias desde garoto. Prometera a si mesmo que jamais se tornaria um daqueles veteranos esquisitões — fracos da cabeça por conta das pancadas — que andavam de um lado para o outro cheirando a cânfora e carregando saquinhos de pão dormido. Lutava pelo dinheiro, e não pela glória. Seu padrinho em Cleveland (que, como Geraci aos poucos pôde perceber, também era *o* Padrinho de Cleveland) o havia colocado em contato com Tessio, que comandava as maiores operações de apostas esportivas em Nova York. Lutas de cartas marcadas significavam pancadas a menos na cabeça. Não tardou para que Geraci passasse a ser ocasionalmente convocado para surrar alguém na calada da noite (começando com dois garotos que haviam atacado a filha de Amerigo Bonasera, um velho companheiro de Vito Corleone). As sovas serviam de punição bem merecida a caloteiros e alcagüetes e rendiam a Geraci dinheiro suficiente para pagar a universidade. Antes de completar 25 anos, ele já havia se formado, abandonado o ofício de capanga e se transformado numa espécie de estrela em ascensão no *regime* de Salvatore Tessio. Tinha começado com algumas desvantagens — era o único freqüentador do Patrick Henry Social Club que não havia nascido no Brooklyn ou na Sicília; o único com um diploma universitário; um dos poucos que não fazia questão de carregar uma arma ou freqüentar os prostíbulos —, mas sabia que a melhor forma de progredir era produzindo lucros para seus superiores, e Geraci era de tal modo talentoso para os negócios que aos poucos suas esquisitices foram relegadas a segundo plano. Sua tática mais brilhante consistia em inflar a arrecadação nos diversos trabalhos. Entregava sessenta ou setenta por cento de tudo, em vez dos cinqüenta de praxe. Mesmo que descobrissem, o que eles poderiam fazer, apagá-lo? O sistema era infalível. Os pagamentos exagerados eram um investimento com retorno incomparável. Quanto mais Geraci entregava aos homens acima dele, mais seguro ele ficava e mais rápido escalava na hierarquia. E quanto mais alto subia, maior era o número de subordinados que pagavam *a ele* os cinqüenta por cento. Além disso, era inteligente o bastante para flagrar os panacas gananciosos que porventura tentassem lhe passar a perna. Tornara-se claro em toda Nova York que havia uma grande diferença entre levar uma meia dúzia de socos de um durão qualquer e ter a órbita ocular reduzida a pó com o soco de um ex-campeão do pugilismo. A ameaça do que Geraci era *capaz* de fazer tornara-se parte da mitologia das ruas. Depois de um tempo, ele raramente precisava fazer outra coisa senão pedir para receber o dinheiro que lhe era devido. Quando muito. O poder da intimidação é infinitamente maior que o de uma arma ou o de um punho cerrado.

Durante a guerra, Geraci dominou o mercado negro de cupons de racionamento, livrando-se dos campos de batalha mediante um cargo civil como inspetor de plataformas de carregamento. Foi convidado por Tessio para integrar a família Corleone e, na cerimônia de iniciação, teve o dedo furado por Vito em pessoa. Depois da guerra, começou seu próprio negócio de agiotagem. Especializou-se na contratação de terceiros, os quais, de início, não se davam conta do dinheiro que tinham de desembolsar de antemão, nem tampouco da dificuldade que teriam de enfrentar ao fim dos trabalhos para receber o investimento de volta (quando então poderiam, mais uma vez, recorrer aos préstimos de Geraci). Também tinha como alvo os comerciantes que se perdiam no jogo ou que padecessem de uma fraqueza qualquer que os levasse

A Volta do Poderoso Chefão 23

a procurar dinheiro fácil. Pouco tempo depois, Geraci pôde usar os negócios encampados para lavar dinheiro e dar à sua gente algo para declarar ao fisco — pelo menos até o momento de mandar esses mesmos negócios para o espaço. Durante trinta dias, as entregas entravam pela porta da frente e saíam direto pela porta dos fundos: presentes para esposas e namoradas, lembrancinhas para os tiras e, sobretudo, artigos vendidos para os caçadores de pechincha locais. Quando chegavam as contas, invariavelmente o local sucumbia a um incêndio misterioso ou a um *raio carcamano*. Geraci detestava tanto a expressão quanto a estratégia em si e abandonou-as por completo quando se formou no curso noturno de direito e pôde substituir os incêndios por procedimentos de falência perfeitamente legais. Incorporava todos os negócios que lhe caíam nas mãos (Geraci tinha um homem em Delaware), bem como os bens pessoais do proprietário. Quando o sujeito era simpático, recebia umas mil pratas de lambuja e às vezes um terreno na Flórida ou em Nevada. Quando Michael Corleone se aproveitou da semi-aposentadoria do pai para entrar secretamente no mundo da prostituição e dos narcóticos, ramos que Vito Corleone sempre evitara, Geraci foi nomeado responsável pela área de narcóticos e teve total liberdade para escolher sua equipe entre os homens de Tessio e os que haviam sobrado do *regime* de Sonny. Em poucos meses fez alianças importantes: com o poderoso siciliano Don Cesare Indelicato; com as chefias das docas de Nova Jersey e Jacksonville; com aeroportos em Nova York e no Meio-Oeste, onde ele operava os diversos aviõezinhos das empresas que os Corleone controlavam por debaixo dos panos. Sem que a maioria dos membros soubesse, a organização dos Corleone faturava com os narcóticos tanto quanto qualquer outra no país. Sem esse dinheiro, jamais teriam tido condições de amealhar um fundo de guerra polpudo o suficiente para ir atrás dos Barzini e dos Tattaglia.

Por fim, pouco depois das nove horas, Peter Clemenza e três guarda-costas entraram no Two Toms e sentaram à mesa de Geraci. Geraci, por sua vez, interpretou como mau sinal o fato de que Michael Corleone não tivesse aparecido pessoalmente, que tivesse mandado o *caporegime* em seu lugar, aquele que ao longo dos anos vinha supervisionando as execuções mais importantes da família. Então não havia mais dúvida: Tessio estava morto.

24 Mark Winegardner

— Pediu alguma coisa pra comer? — perguntou Clemenza, ofegando depois da caminhada do carro até o interior do restaurante.

Geraci fez que não com a cabeça.

Mas Clemenza rodopiou no ar a manzorra gorducha para indicar o cheiro delicioso que vinha da cozinha

— Como consegue resistir? — perguntou. — Vamos pedir uma coisinha qualquer. Um lanche rápido, só isso.

Clemenza pediu e devorou um *antipasto crudo*, um prato de *caponata*, duas cestas de pão e um prato de *linguini* com vôngole. O homem talvez fosse o último representante de uma raça, e quase literalmente — era o último *capo* que Michael havia herdado do pai, agora que Tessio estava morto.

— Tessio não está morto — Clemenza sussurrou para Geraci na saída.

Geraci sentiu um frio no estômago. Fariam com que ele puxasse o gatilho pessoalmente, mais um teste de lealdade. Mas a certeza de que passaria nesse teste não lhe serviu de consolo.

A noite estava escura. Ele sentou-se no banco de trás, junto com Clemenza. Ao longo do caminho, o *caporegime* acendeu um charuto e quis saber o que Geraci já sabia, bem como o que podia adivinhar. Geraci respondeu a verdade. Não sabia, ainda, que mais cedo naquele mesmo dia os chefes das famílias Barzini e Tattaglia haviam sido assassinados. Não tinha como saber que Clemenza havia se atrasado para o encontro porque antes tivera de garrotear Carlo Rizzi, cunhado de ninguém menos que Michael Corleone. Esses e muitos outros assassinatos estratégicos haviam sido realizados de tal forma a aparentar obra dos Barzini ou dos Tattaglia. Geraci não sabia disso também. Mas o resto que pôde adivinhar era mesmo verdade. Aceitou o charuto oferecido por Clemenza, mas não o acendeu. Disse que fumaria mais tarde.

O carro entrou num posto de gasolina fechado, numa das travessas da avenida Flatbush. Geraci desceu, assim como os demais que os haviam acompanhado em dois carros diferentes, um levando os homens de Clemenza e o outro, os do próprio Geraci. Clemenza e seu motorista permaneceram no carro. Quando Geraci se virou e os viu ali, sentiu uma corrente de pânico lhe perpassar o corpo inteiro. Procurou pelos homens que decerto esperavam para matá-lo. Tentando

A Volta do Poderoso Chefão   25

imaginar como a coisa seria feita. Tentando entender por que seus homens não faziam nada além de olhar passivamente. Tentando identificar o motivo da traição.

Clemenza baixou a janela.

— Não é bem assim, garoto — ele disse. — A situação aqui está... — Levou as duas mãos até o rosto flácido e esfregou as bochechas rapidamente, como alguém que tenta remover a mancha. Respirou fundo e continuou: — Eu e Sally, puxa, a gente se conhece por muito mais tempo do que eu gostaria de admitir. Há certas coisas que uma pessoa simplesmente não quer ver. Entende?

Geraci entendia muito bem.

O gorducho começou a chorar. Chorava sem fazer muito barulho e aparentemente sem nenhum embaraço. Foi-se embora sem dizer mais nada, acenando para o motorista, fechando a janela e olhando fixamente para a rua.

Geraci viu as lanternas traseiras do carro desaparecerem na escuridão.

Dentro do posto, no fundo do primeiro boxe que servia de oficina, dois cadáveres em macacões de mecânico se empilhavam no chão, o sangue de um misturando-se ao do outro. No boxe ao lado, flanqueado apenas por Al Neri — o novo carrasco queridinho de Michael Corleone, um ex-policial com quem Geraci já havia tratado no passado —, estava Salvatore Tessio. O velho estava sentado sobre uma pilha de latas de óleo, os ombros caídos, os olhos fitos nos sapatos como os de um atleta retirado de um jogo já sabidamente perdido. Mexia os lábios, mas não dizia nada que Geraci pudesse compreender. Tremia, talvez em razão da doença que o acometera havia quase um ano. Ouviam-se apenas os passos do próprio Geraci e, vazando de uma sala próxima, risadas frouxas e distorcidas que só podiam vir de um aparelho de TV.

Neri acenou com a cabeça. Tessio permaneceu cabisbaixo. Neri apertou o ombro do velho guerreiro, um gesto falso e grotesco de encorajamento. Tessio caiu de joelhos, ainda sem olhar para cima e remexendo os lábios como antes.

Neri entregou uma pistola a Geraci, segurando o cano e oferecendo-lhe a coronha. Geraci não levava jeito com as armas, não sabia muita coisa sobre elas. Aquela lhe parecia pesada como uma maleta de dinheiro e comprida como um espigão — aparentemente muito mais poderosa que o necessário. Estava no ramo havia o bastante para saber que a arma geralmente usada em situações semelhantes era uma .22 com silenciador — três tiros rápidos na cabeça (o segundo para ter certeza, o terceiro para ter mais certeza ainda e nenhum quarto tiro, pois os silenciadores costumam emperrar com muitos disparos sucessivos). O que quer que estivesse acontecendo ali, requeria algo maior que uma .22. Nenhum silenciador. Geraci estava naquele buraco escuro com Tessio, de quem ele tanto gostava, e Neri, que certa vez o havia algemado e acorrentado a um radiador para depois chutá-lo nos colhões e continuar vivo como se nada tivesse acontecido. Respirou fundo. Sempre preferira ouvir a cabeça em vez do coração. O coração não passava de uma máquina, um motor. A cabeça deveria estar invariavelmente no comando. Sempre imaginara que chegaria um dia em que, já velho e cansado, iria mudar-se para Key West com Charlotte e viveria a vida mansa de um panaca endinheirado.

Agora, olhando para Tessio, deu-se conta de que nada daquilo jamais aconteceria. Tessio era mais de vinte anos mais velho que ele, o que até então lhe parecera uma eternidade. O veterano tinha nascido no século anterior e morreria dali a poucos minutos. Durante toda a vida tinha dado ouvidos à cabeça mais que ao coração, e aonde tinha chegado com isso? A um posto de gasolina onde um amigo estava prestes a reduzir aquela mesma cabeça a uma papa de miolos e sangue.

— Sinto muito — murmurou Tessio, ainda olhando para baixo.

O pedido de desculpa poderia ter-se dirigido aos Corleone, a Geraci ou a Deus. Mas Geraci não fazia a menor questão de saber. Tomou a arma e colocou-se atrás de Tessio, cuja calva, iluminada apenas pelas luzes da rua, brilhava na escuridão.

— Não — disse Neri. — Assim não. Pela frente. Olhando nos olhos dele.

— Você só pode estar brincando.

Neri limpou a garganta.

— Não estou com cara de brincadeira, estou?

— De quem foi a idéia? — perguntou Geraci. Neri não estava armado, mas Geraci jamais sairia vivo dali se atirasse em outra pessoa que não fosse Tessio. No escritório ao lado, a TV emitiu uma súbita e distante rodada de aplausos.

— Não sei nem quero saber — respondeu Neri. — Sou apenas o mensageiro, senhor.

Geraci ficou surpreso. Aquele imbecil não parecia espirituoso o bastante para fazer uma piada de mensageiro. Mas parecia sádico o bastante para, de moto próprio, tornar a execução a mais cruel possível. E "senhor"? Que diabos ele queria dizer com aquilo?

— Salvatore Tessio — disse Geraci —, seja lá o que ele tenha feito, merece mais respeito do que isso.

— Para o inferno, vocês dois! — berrou Tessio, porém sem despregar os olhos do chão imundo.

— Levante a cabeça — ordenou Neri. — Traidor.

Tremendo como antes, o velho aquiesceu e virou os olhos secos para Geraci, embora parecesse olhar para o além. Depois sussurrou uma breve lista de nomes que não significavam nada para Nick Geraci.

Geraci levantou a arma e sentiu uma mistura de repugnância e alívio ao constatar a firmeza do próprio punho. Pressionou o cano de leve contra a testa macia do velho. Tessio não se mexeu, não piscou e já não tremia como antes. A pele flácida formava pregas em torno da mira. Geraci jamais havia matado alguém com uma arma antes.

— É só uma questão de negócios — sussurrou Tessio.

"Vito Corleone foi o homem que foi", dissera Michael no enterro do pai, "porque para ele nada se reduzia a uma simples questão de negócios. Tudo tinha um caráter pessoal. Papai era de carne e osso como todos nós. Mas era grandioso, e não sou o único aqui que o tinha na conta de um verdadeiro deus."

— Está esperando o quê? — sussurrou Tessio. — *Sono fottuto*. Anda, atira, covarde!

Geraci atirou.

O corpo de Tessio voou para trás com tamanha força que seus joelhos estalaram como dois caniços partidos ao meio. Uma névoa rosada e cinzenta formou-se no ar. Um pedaço de crânio do tamanho de um quipá ricocheteou na parede da oficina, acertou o rosto de Neri e se espatifou no chão. O cheiro forte do sangue de Tessio somou-se ao fedor da sua bosta.

Massageando os ombros — o coice da pistola tivera o efeito de um cruzado de direita —, Nick Geraci sentiu uma onda de euforia apagar por completo a hesitação de antes. Não sentiu remorso, medo, asco nem raiva. "Sou um matador", pensou. "Matadores matam." Virou-se para trás e deu uma risada, não de loucura, mas de prazer, um prazer mais intenso, um prazer *melhor* que o que sentira quando experimentou uma amostra da sua própria heroína. Sabia o que estava acontecendo. Aquele não havia sido o primeiro homem que ele tinha apagado. Às vezes, quando matava alguém, não sentia rigorosamente nada. Mas talvez estivesse enganando a si mesmo. Pois a verdade nua e crua era que matar dava prazer. Qualquer um que já tivesse matado alguém poderia atestar. Mas não. Ninguém tinha coragem de admitir. Um livro sobre a Primeira Guerra que Geraci havia lido continha um capítulo inteiro sobre o assunto. As pessoas se recusavam a confessar porque o sentimento ruim que lhes acometia mais tarde, depois do prazer, acabava fazendo com que se retraíssem. Além disso, mesmo um idiota saberia que nada de bom pode sobrevir a quem sai por aí dizendo que matar é bom e consegue convencer seus ouvintes de que está falando sério. De qualquer modo, matar dava prazer. Um prazer quase sexual (outra coisa que até um idiota se recusaria a admitir). Você detém o poder, e o defunto não. Você fez algo que todo mundo quis fazer um dia, mas não teve coragem, e talvez jamais tenha. Matar era fácil e provocava um prazer *magnífico*. Geraci teve vontade de sair patinando no chão imundo daquela oficina, convencido de que, daquela vez, o sentimento ruim *não* viria mais tarde. Não *haveria* um "mais tarde". Tudo seria sempre agora. Tudo é *sempre* agora.

Geraci quis abraçar todos os homens que ainda estavam vivos por ali e servir-lhes uma dose de uísque, mas limitou-se a caminhar na direção deles, levantando sua pistola antes que os outros fizessem o mesmo. Confirmando a suspeita de que no fundo não passavam de uns covardes filhos-da-puta, eles se jogaram ao chão, abrindo caminho para que Geraci disparasse contra a porta do escritório onde se encontrava seu alvo: o retângulo de luz azulada e difusa do outro lado do vidro. O baque provocado pelo coice (como Neri tinha sido estúpido de lhe entregar uma arma com mais de uma bala!) seguiu-se, numa fração de segundo, de um estampido seco, uma névoa de fumaça tó-

A Volta do Poderoso Chefão   29

xica, uma minúscula bólide cuspida pelo cano e o ruído prazeroso de estilhaços caindo no chão. O ser humano jamais construiu algo melhor para destruir do que um aparelho de TV.

E depois silêncio.

Para Geraci, um silêncio terrivelmente longo.

— Ei! — gritou um homem de voz roufenha, um dos homens de Geraci. — Eu estava *assistindo* a esse programa!

E todo mundo caiu na gargalhada. O que veio bem a calhar. Neri deu um tapinha camarada nas costas de Geraci, que lhe entregou a arma. Depois todos foram cuidar das suas obrigações.

Os homens de Clemenza usavam uma serra ortopédica para retalhar os corpos dos homens que haviam sido designados para matar Michael Corleone. Sentado numa caixa de latas de óleo, Geraci acompanhava o trabalho deles; estava tão inebriado de adrenalina que as imagens pareciam se misturar no seu campo de visão. Janela imunda. Calendário com foto de peituda segurando uma chave inglesa. Correias de ventilação penduradas num gancho de metal. Cadáver do amigo. Botão no punho da camisa. Um universo indistinto e vago.

Quando os homens terminaram, Neri entregou a Geraci a serra ortopédica e apontou para a cabeça de Tessio. Em torno do furo provocado pela bala, as carnes do morto já estavam esponjosas.

Entorpecido, Geraci apoiou-se num dos joelhos. Tempos depois ele se lembraria desse momento com nojo e muita raiva. Mas ali era como se estivesse conferindo o pH da água de sua piscina. Quando reduzimos as coisas à sua materialidade mais básica, que diferença há entre serrar a cabeça de uma figura paterna e arrancar a coxa suculenta da carcaça de um peru? Os ossos são mais grossos, é claro, mas uma serra ortopédica é um instrumento muito mais poderoso que uma faca de cozinha que recebemos de presente de casamento do cunhado.

Geraci fechou os olhos esbugalhados de Tessio e levantou a serra. O "mais tarde" havia chegado — e bem mais cedo que o esperado; num lampejo de lucidez, Geraci se deu conta de que era assim que o tempo costumava se comportar.

Neri apertou Geraci pelo antebraço e tomou-lhe a serra.

— Isso também foi uma ordem.

— Do que está falando? — perguntou Geraci.

— Observar sua disposição para decapitar o velho.

Geraci era esperto o suficiente para não perguntar como tinha se saído e, pior, quem havia dado a tal ordem. Ficou quieto e não disse nada, procurando abafar qualquer tipo de sentimento. Levou a mão até o bolso do paletó ensangüentado e hesitou. Viu Neri assentir com a cabeça, retirou o charuto que Clemenza lhe dera — um cubano da cor de chocolate — e voltou às latas de óleo para saboreá-lo.

Os homens de Clemenza enfiaram numa única mala as roupas sujas dos assassinos e as partes mutiladas dos corpos. Não tocaram no cadáver de Tessio.

E foi então que Geraci deu-se conta de tudo.

Não havia necessidade de mandar um recado para os Barzini. Todos os envolvidos na traição de Tessio já estavam mortos demais para receber qualquer recado. E, é claro, os Corleone faziam questão de que o corpo de Tessio fosse encontrado. Aquela parte do Brooklyn era identificada com os Barzini. A polícia decerto colocaria a culpa neles. Os detetives queimariam os miolos para descobrir de quem eram os dois corpos inidentificáveis e dificilmente associariam a execução aos Corleone. A organização sequer teria de incomodar seus amigos no tribunal de justiça e na polícia de Nova York. Tampouco teria de tomar as medidas de praxe, como perdoar dívidas de jogo ou prolongar a carência dos empréstimos, para afastar a imprensa de seu encalço; os jornalistas noticiariam exatamente o que Michael Corleone queria, e sem nenhum peso adicional na consciência.

Geraci viu-se obrigado a admitir: o plano tinha sido perfeito.

Depois de lançar um último olhar para o cadáver de seu mentor, entrou no banco de trás de um dos carros na companhia de Al Neri. Não estava com medo nem com raiva. Por ora, era apenas um homem, olhando fixamente adiante, pronto para enfrentar o que viesse depois.

Nas semanas que se seguiram aos assassinatos, Geraci trabalhou bem próximo a Michael Corleone. Ao conhecer e ajudar a administrar todos os detalhes da guerra em andamento, deu-se conta de que tinha grosseiramente subestimado seu novo *Don*. A organização tinha refúgios em todos os distritos da cidade assim como em diversas partes dos subúrbios, um estoque em constante rotatividade. Tinha esta-

A Volta do Poderoso Chefão 31

cionamentos subterrâneos que regurgitavam de carros e caminhonetes com placas e documentos frios. Alguns dos veículos eram blindados e/ou turbinados com motores que não fariam feio em Le Mans. Outros eram carros bons, disfarçados de furrecas, que enguiçavam com o acionamento de um dispositivo secreto, emperrando o trânsito ou bloqueando os perseguidores. Outros destinavam-se a se espatifar em acidentes programados ou a serem pescados do fundo de um rio qualquer. Muitos eram réplicas perfeitas dos carros usados pelo alto escalão da família e tinham como função confundir testemunhas, inimigos ou policiais. Os Corleone dispunham ainda de arsenais espalhados por toda a cidade: atrás de uma arara de roupas numa lavanderia na avenida Belmont, sob sacos de açúcar e farinha no depósito de uma padaria em Carroll Gardens, dentro das urnas de uma funerária em Lindenhurst. Michael Corleone estava preparado para conquistar o total controle político de um estado (Nevada) e de um país (Cuba), e quanto mais Geraci se informava, tanto mais plausíveis esses planos lhe pareciam. A organização tinha mais agentes em sua folha de pagamentos que o FBI, bem como uma fotografia do próprio diretor do FBI usando um vestido e chupando o pau do seu principal assessor.

O megaplano de Michael era este: paz acompanhada de expansão em larga escala; reorganização, melhor que a anterior, dos clãs em todo o país; fortalecimento concomitante dos laços comerciais com a Sicília; crescente legitimação dos negócios; controle total e absoluto sobre Cuba; acesso à Casa Branca e até mesmo ao Vaticano. Tudo o que fosse novo seria construído com o dinheiro de outras pessoas: "empréstimos" oriundos em grande parte dos fundos de pensão de diversos sindicatos. Eletricistas, caminhoneiros e estivadores receberiam uma taxa de retorno infinitamente superior às do mercado de ações, que para ele não passava de uma arapuca. Os Corleone colocariam um número cada vez maior de camadas entre a família e qualquer coisa parecida com o crime de rua. Em pouco tempo poderiam dispensar as fachadas e começar a operar às claras, assim como qualquer um daqueles 500 criminosos profissionais listados anualmente na revista *Fortune*.

Não que o plano fosse fantasioso, pensou Geraci. Era apenas desnecessário. Eles já operavam no único ramo de negócios na história do mundo que gerava lucros ano após ano. Mas Geraci preferiu ficar de bico calado. A curto prazo, não lhe restava outra coisa a fazer. A longo prazo, não tinha como perder. Se as coisas dessem certo, conseguiria o que realmente desejava, ou seja, comandar o velho *regime* de Tessio: um esquema tradicional com raízes nas comunidades de bairro. Por outro lado, se os Corleone exagerassem na dose e se dessem mal, ele simplesmente pegaria o que era seu de direito e seguiria sozinho dali em diante.

Geraci fazia um esforço consciente para não pensar em Tessio. Um pugilista aprende rápido a afastar os maus pensamentos. De outra forma seria alvo muito fácil para os adversários. Geraci nunca gostara do boxe, mas dez anos depois de sua última luta, tinha de admitir que a experiência não havia sido de todo inútil.

Ao longo daquele verão, Nick Geraci e Michael Corleone desenvolveram algo parecido com uma amizade. Se uma ou outra coisinha tivesse tomado um rumo diferente, talvez fossem amigos até hoje.

Por exemplo: se Michael não tivesse decidido em agosto a nomear seu irmão Fredo como subchefe, um cargo que os Corleone jamais haviam usado e que para Michael não deveria passar de uma posição decorativa, uma maneira de trazer Fredo, um aparvalhado de bom coração, de volta ao rebanho. Se ao menos Michael tivesse informado aos membros mais graduados da organização (na verdade não informou a ninguém) de que se tratava apenas de um cargo simbólico.

Ou: se ao menos Geraci tivesse nascido em Nova York e não em Cleveland. Se não tivesse tantos laços com Don Forlenza. Se fosse um pouquinho menos ambicioso. Se não tivesse, ao receber a notícia de que Fredo havia sido nomeado *sotto capo*, perguntado a Michael, ainda que respeitosamente, se ele não tinha ficado maluco. Se o pedido de desculpa formulado logo em seguida tivesse podido apagar o comentário infeliz.

Se tivesse sido avisado de que seu cargo era apenas simbólico, talvez o próprio Fredo não tivesse tido tanta motivação para abocanhar sua fatia no bolo. Talvez não tivesse tentado criar sua própria cidade dos mortos nos pântanos de Nova Jersey. Talvez tivesse vivido para comemorar seu aniversário de 44 anos.

Se Tom Hagen tivesse se envolvido mais nos negócios da família, em vez de ter sido afastado da posição de *consigliere* para que um dia pudesse se tornar governador do estado de Nevada.

A Volta do Poderoso Chefão

Se ao menos vinte anos antes, em Cleveland, depois de ter sofrido o segundo atentado e antes de seu primeiro infarto, Don Forlenza não tivesse ungido um sucessor tão velho quanto ele. Se tivesse morrido de uma de suas inúmeras doenças. Se ao menos Sal Narducci, um homem de outro modo apenas moderadamente ambicioso, não tivesse passado duas décadas pronto para assumir o lugar do chefe a qualquer instante. Se ao menos Vito Corleone não tivesse observado Narducci servir como *consigliere* uma dezena de vezes nas reuniões da Comissão. Se, pouco antes de morrer, não tivesse sugerido ao filho que bastava elevar Narducci à condição de *Don* — em vez de esperar a natureza seguir seu curso — para que o maior aliado da família Barzini fora de Nova York fosse eliminado.

Tivesse uma ou outra dessas coisas realmente acontecido — quem sabe? —, talvez, neste exato momento, Nick Geraci e Michael Corleone estariam em algum lugar, lado a lado, dois bodes velhos à beira de uma piscina no Arizona, brindando a uma vida bem vivida, de olho nas gatas sexagenárias ao seu redor e mandando ver nos comprimidos de Viagra.

A história é um monte de coisas, só não é inevitável.

Vito Corleone costumava dizer que cada pessoa tem um único destino. Sua própria vida, no entanto, era uma inegável contradição a esse aforismo de que tanto gostava. Sim, ele fugiu da Sicília quando homens apareceram para matá-lo. Sim, percebeu que não tinha muita escolha senão obedecer quando Pete Clemenza, um dos jovens manda-chuvas do bairro, lhe pediu para esconder um estoque de armas. E, sim, quando cometeu seu primeiro crime nos Estados Unidos — o roubo de um tapete caro —, achou apenas que estivesse ajudando Clemenza a transportá-lo. Todas aquelas coisas tinham acontecido sem que ele as procurasse. O que não era nada extraordinário. Coisas ruins acontecem a todo mundo. Alguns chamam isso de destino. Outros, de acaso. Seis e meia dúzia. Mas dos crimes posteriores — seqüestrando caminhões com Clemenza e Tessio, outro valentão de Hell's Kitchen —, Vito Corleone participou por iniciativa própria. Ao ser convidado para integrar o bando, poderia ter recusado. Mas aceitou, e ali definiu seu caminho. Tivesse recusado, esse caminho teria sido outro, talvez uma empresa familiar onde mais tarde os três filhos pudessem vir a trabalhar sem antes passar pelo mundo do crime.

Vito era um matemático habilidoso e intuitivo, um brilhante juiz das probabilidades, um homem de visão. Não condizia com sua personalidade acreditar em algo tão irracional e desprovido de imaginação quanto o destino. Ele era maior do que isso.

No entanto, quem de nós não corre o risco de racionalizar a pior coisa que já fez na vida? Quem de nós — se direta ou indiretamente responsável pela morte de centenas de pessoas, incluindo um dos próprios filhos — não seria capaz de inventar para si uma mentira, algo que, na falta de exame mais apurado, poderia soar como uma reflexão profunda?

Tanto Nick Geraci quanto Michael Corleone eram jovens, inteligentes, criativos, cautelosos e fortes. Ambos tinham o dom de se reinventar, de se fazer subestimar para depois dar o bote. Muitas vezes se disse que eram muito parecidos e, portanto, fadados à inimizade. Muitas vezes se disse que as guerras são deflagradas em nome da paz. Muitas vezes se disse que a Terra é plana. A sabedoria é algo que raramente se diz (tal como repetia o finado Vito Corleone), e mais raramente ainda se ouve.

Não há dúvida de que Michael Corleone e Nick Geraci poderiam ter feito outras escolhas e possibilitado melhores resultados. Mas de forma alguma tinham como destino destruir-se mutuamente.

Capítulo 2

O crematório pertencia a ninguém menos que Amerigo Bonasera. Neri tinha uma chave só para si. Ele e Geraci entraram pela porta da frente, despiram as roupas imundas de sangue e vestiram o que puderam encontrar num quartinho dos fundos. Geraci era um homem grande. O melhor que achou foi um terno de linho da cor de cocô de neném, dois números menor que o seu. Bonasera estava semi-aposentado e passava a maior parte do tempo em Miami Beach. O genro dele recebeu das mãos de Neri a mala e o bolo de roupas ensangüentadas e não disse absolutamente nada.

Um dos homens de Geraci o conduziu de volta para casa. Ainda não era meia-noite. Charlotte ainda estava acordada, sentada na cama, fazendo as palavras cruzadas do *Times*. Era ótima nas palavras cruzadas, mas só as fazia quando algo a roía por dentro.

Nick Geraci parou ao pé da cama. Sabia que estava ridículo naquele terno. Inclinou a cabeça, arqueou as sobrancelhas de uma maneira que supunha engraçada e abriu os braços como um palhaço ao final de sua apresentação.

Charlotte não esboçou o menor sorriso. Os "massacres hediondos" de Phillip Tattaglia e Emilio Barzini haviam sido noticiados na televisão. Ela jogou o jornal de lado.

— Dia de cão — disse Geraci. — É uma longa história, está bem, Char? Prefiro não falar sobre isso.

Viu a mulher perscrutá-lo com os olhos. Viu-a lentamente relaxar os músculos das faces, resistindo ao impulso de encostá-lo contra a parede. Viu-a engolir a vontade de perguntar o que de fato tinha acontecido. Charlotte não disse nada.

36 Mark Winegardner

Nick Geraci se despiu, jogando o terno sobre uma cadeira. No entretempo em que o marido saiu para mijar, escovar os dentes e vestir o pijama, Charlotte deu um jeito de fazer o terno desaparecer (Geraci jamais o viu outra vez), apagar as luzes, voltar para a cama e fingir que havia caído no sono.

Na casa dos pais em New Hampshire, deitada na cama grande que um dia fora sua e ao lado dos filhos já adormecidos, Kay Corleone tentava se concentrar na leitura do Dostoievski em suas mãos, atormentada com as perguntas que deixara de fazer — e que não poderia ter feito, ela sabia disso — sobre os motivos que haviam levado Michael não só a sugerir aquela visita como também a escolher as datas.

Em Las Vegas, na penumbra de uma suíte de cobertura no primeiro hotel de muitos andares na cidade, o Castle in the Sand, famoso pelo jantar de bife por um dólar e cinqüenta centavos e café a cinco centavos, Connie Corleone Rizzi apertava contra o peito o filhinho recém-batizado e olhava vagamente para o horizonte além das luzes da cidade. A tarde morria no deserto. Connie estava feliz. Não era, via de regra, uma pessoa feliz. Havia tido um dia difícil: acordara cedo para pegar o vôo e ao longo de todo o trajeto vira-se obrigada a conter a inquietação infernal do filho de seis anos, Victor, enquanto a mãe, Carmela, não mexia um dedo sequer para ajudar, limitando-se a reclamar incessantemente por ter perdido a missa em decorrência da viagem. Mas o bebê — Michael Francis Rizzi, batizado na véspera, cujo nome era homenagem ao tio e padrinho Michael Corleone — tinha se comportado como um verdadeiro anjo, dormindo, arrulhando baixinho e enterrando o narizinho minúsculo nos peitos da mãe. Em algum lugar sobre as montanhas Rochosas, ele havia sorrido pela primeira vez. Agora, sempre que Connie lhe soprava a testa, ele abria um sorriso parecido. Era um sinal, ela pensou. Os bebês carregam a própria sorte. A mudança para o oeste seria um novo começo para todos. Carlo decerto se transformaria de alguma forma. Na verdade, já havia se transformado. Não havia batido nela desde o início da última gravidez. Agora teria responsabilidades muito maiores nos negócios da família. Deveria ter seguido no mesmo vôo a fim de ajudar na escolha da casa e na com-

A Volta do Poderoso Chefão   37

pra do que fosse necessário, mas Mike dissera que ele precisava permanecer em Nova York. Negócios. Nem o pai dela, nem tampouco qualquer um dos irmãos, havia feito isto antes: dar a Carlo a sensação de que ele tinha alguma importância. Connie passou o bebê para o outro peito e alisou as penugens que lhe cobriam a cabecinha. Ele sorriu. Ela soprou a testa do menino. Ele sorriu outra vez. Ela sorriu também.

No cômodo ao lado, Vincent pulava sem parar sobre a cama, à revelia das inúmeras advertências. O telefone tocou. Connie sorriu. Decerto era Carlo. Deixou Victor atender.

— Mããae! — berrou ele. — É o tio Tom! — Tom Hagen.

Connie se levantou. O bebê começou a chorar.

Carmela Corleone saiu do hotel embrulhada num longo xale preto; inclinava a cabeça para a frente de modo a proteger os olhos do néon escandaloso dos letreiros e resmungava baixinho alguma coisa em italiano. Seguiu ao longo da Strip, a famosa avenida onde se perfilavam os principais hotéis e cassinos de Las Vegas. Já passava das nove, tarde demais para as missas, especialmente numa segunda-feira. Mas, numa cidade com tantas capelas de casamento, não seria de todo improvável que uma viúva determinada acabasse topando com um padre ou pelo menos com um clérigo qualquer. Na pior das hipóteses encontraria um lugar calmo e sagrado onde, ao abrigo das luzes berrantes, pudesse cair de joelhos e rezar pela salvação das almas perdidas, bem como rogar humildemente pela intercessão da Virgem Maria, mãe sofredora assim como ela.

LIVRO II

Setembro de 1955

Capítulo 3

Quatro meses mais tarde, Dia do Trabalho, uma manhã de domingo: Michael Corleone dormia em sua cama em Las Vegas, a mulher ao lado, o filho e a filha em seus respectivos quartos, eles também ferrados no sono. Na véspera, em Detroit, no casamento da filha de um dos mais velhos amigos do falecido pai, Michael havia acenado discretamente na direção de Sal Narducci, um homem que ele mal conhecia, e deflagrado um plano concebido para eliminar todos os rivais de peso que os Corleone ainda tinham. Se tudo desse certo, Michael sairia ileso de toda a história. Se tudo desse certo, a paz finalmente reinaria no mundo do crime organizado nos Estados Unidos. A vitória final dos Corleone era iminente. Um sorriso discreto armou-se no rosto cirurgicamente remendado de Michael. Sua respiração era uniforme e profunda. Fora isso, estava imóvel, tranqüilo, sorvendo o ar fresco da casa nova, dormindo o sono dos justos. Do lado de fora, mesmo sob a luz pálida da manhã, o deserto ardia em fogo.

Próximo às margens oleosas do rio Detroit, dois sujeitos atarracados — vestindo camisas de mangas curtas, ambas de seda, uma cor de água-marinha e outra laranja fosforescente — surdiram do chalé de hóspedes da propriedade de Joe Zaluchi, o *Don* de Detroit, o homem que havia salvado sua cidade da violência arbitrária da Gangue Púrpura. O de laranja era Frank Falcone, oriundo de Chicago e agora chefe do crime organizado de Los Angeles. O de água-marinha, Tony Molinari, era seu equivalente em São Francisco. Atrás deles vinham dois homens de sobretudo, cada um deles carregando um par de malas, cada mala

42 Mark Winegardner

contendo, entre outras coisas, um *smoking* usado nas bodas Clemenza-Zaluchi da noite anterior. A superfície da água cobria-se de peixes mortos. De uma garagem do tamanho de um celeiro, uma limusine saiu para apanhá-los. Tão logo a limusine ganhou as ruas, um carro de polícia seguiu no seu encalço. O policial estava na folha de pagamentos de Zaluchi.

No aeroporto de Detroit eles tomaram uma rota de acesso em terra batida e seguiram paralelamente a uma cerca até chegarem a um portão sobre o qual se lia: EXCLUSIVO PARA VEÍCULOS DE EMERGÊNCIA. O carro de polícia parou. A limusine continuou até a pista de pouso. Os homens em camisas de seda desceram, bebendo café em copinhos de papel. Os guarda-costas vieram logo atrás, praticando golpes de caratê.

Taxiando na direção deles, um avião exibia na fuselagem a logomarca de uma empresa de empacotamento de carne na qual Michael Corleone tinha participação majoritária, embora o mercado e o fisco não soubessem disso. A logomarca figurava o perfil de um leão. O piloto era Fausto Dominick Geraci Jr. — pelo menos na certidão de nascimento, pois Gerald O'Malley era o nome que se lia no brevê anexado ao pára-sol da aeronave. O plano de vôo que ele havia submetido ao controle estava em branco. Geraci tinha uma conexão na torre de comando. Em aeroportos espalhados por todo o país, ele pilotava aviões que no papel não lhe pertenciam.

Uma sacola de dinheiro escondia-se sob seu banco. Nuvens carregadas cobriam o horizonte a oeste.

Do outro lado do rio, pouco depois de Windsor, a porta do quarto 14 do motel Happy Wanderer estava ligeiramente entreaberta. Do outro lado estava Fredo Corleone, o recém-nomeado *sotto capo* da organização. Fisicamente parecido com um pino de boliche, ele ainda vestia a camisa amarfanhada da noite anterior e calças de *smoking*. Espiou o estacionamento e não viu nenhum pedestre nas imediações. Esperou até que uma furreca caindo aos pedaços se afastasse; o carro era tão barulhento que poderia acordar alguém. Fredo percebeu certa movimentação na cama atrás dele, mas a última coisa que faria naquele instante seria olhar para trás.

A Volta do Poderoso Chefão   43

Por fim constatou que o campo estava livre. Puxou o chapéu à altura dos olhos, fechou lentamente a porta e, correndo, dobrou a quina do prédio, desceu por um aterro e atravessou um *drive-in* imundo, com copos de plástico e baldes de pipoca espalhados por todos os lados. Os baldes eram estampados com palhaços gordos e azuis — cabeças inclinadas, rostos contorcidos por sorrisos horripilantes, como se soubessem de algum segredo. O chapéu não era dele. Talvez pertencesse ao homem no quarto, ou então havia sido surrupiado numa de suas muitas paradas na noite anterior. Talvez até pertencesse a um dos guarda-costas, que ele ainda não conhecia direito. Fredo sentia a cabeça latejar. Tateou os bolsos da camisa e das calças. Tinha deixado os cigarros no quarto do motel. O isqueiro também. Este tinha sido presente de Michael: uma verdadeira jóia, fabricado em Milão. Tinha uma inscrição — NATAL, 1954 —, mas sem nome, é claro. "Nunca ponha seu nome em lugar nenhum", era o que o velho Corleone costumava dizer. Mas Fredo sequer cogitou voltar. Paciência. Galgou uma vala lamacenta e atravessou correndo o estacionamento de um prédio de apartamentos. Ele havia escondido atrás de um incinerador de lixo o Lincoln que Zaluchi lhe havia emprestado. O paletó do *smoking* estava embolado no banco de trás, junto a uma camisa de cetim amarelo que não era dele; a garrafa de uísque, essa sim era dele.

Fredo entrou no carro. Tomou um gole da bebida e jogou a garrafa no banco do passageiro. "Talvez seja melhor", pensou, "dar um tempo na birita." E naquilo também. Santo Deus. Como era possível que algo tão ardentemente desejado pudesse causar tanta repulsa depois? Aquilo também tinha de parar. A procissão pelos clubes madrugada afora. A sedução dos malucos viciados, alucinados demais para saber de quem era o pau que estavam chupando. O dia era perfeito para um novo começo: Fredo iria para Las Vegas, onde era um renomado mulherengo; além disso, a cidade era tão pequena que, mesmo se quisesse, ele não teria como conseguir "a outra coisa". Arrancou o carro e seguiu em frente como se fosse um vovô carola a caminho da missa. Todavia, parado diante de um sinal vermelho, tomou de um só gole o resto do uísque. Chegando à estrada principal, acelerou. Assim chegaria com folga ao aeroporto, onde tomaria o avião para Las Vegas. De repente começou a chover. Só quando acionou os limpadores de pára-brisa foi que percebeu um papelzinho sob a palheta direita, algo parecido com um panfleto.

No quarto escuro do motel, o homem nu sobre a cama acordou. Era um vendedor de suprimentos para restaurantes, natural de Dearbon, casado e pai de dois filhos. Retirou o travesseiro que apertava entre os joelhos e se levantou. Cheirou a ponta dos dedos e esfregou os olhos.

— Troy? — chamou. — Ei, Troy? Puta merda, *de novo* não. Troy?

Depois viu o isqueiro. Viu a arma de Troy. Achara mesmo que o sujeito era do tipo que andava armado. Mas não com uma arma daquelas. Um revólver de caubói, um Colt .45, a coronha e o gatilho recobertos de fita adesiva branca. O homem nu jamais havia tocado numa arma de verdade. Voltou para a cama e sentou-se. Estava meio tonto. Era diabético. Em algum lugar deveria haver umas laranjas. Lembrava-se de Troy dando 50 dólares a um *barman* para que ele fosse até a cozinha e trouxesse um pacote de laranjas. Comera três delas ainda no bar, enquanto Troy esperava à porta, vigiando a rua e esperando que ele terminasse de comer. Mas não se lembrava do que tinha acontecido às outras.

O coração acelerado e o rosto coberto de suor, chamou a recepção e pediu que o conectassem ao serviço de quartos.

— Onde você acha que está? — disse o recepcionista. — No Ritz?

Boa pergunta. Onde estaria ele? Quis perguntar, mas antes precisava fazer alguma coisa a respeito do nível de açúcar em seu sangue. Perguntou então se havia algo que pudesse comer. Talvez houvesse por ali uma máquina automática, ou quem sabe o próprio recepcionista se dispusesse a sair para comprar uma barra de chocolate.

— Não tem pernas pra andar? — devolveu o funcionário.

O homem disse que pagaria cinco dólares por uma barra de chocolate entregue em seu quarto, e o recepcionista respondeu que logo, logo estaria lá.

O homem precisava telefonar para a esposa. Isso já havia acontecido antes. Ele havia dito que se tratava de uma mulher, uma secretária. Prometera à esposa que não aconteceria de novo. Começou a discar e só então deu-se conta de que precisaria do recepcionista para conseguir uma linha externa. O recepcionista decerto tinha saído para comprar o chocolate.

A Volta do Poderoso Chefão 45

O homem tinha um bom emprego, uma esposa bacana, filhos bacanas, uma casa bonita. Era um rotariano recém-iniciado. No entanto, lá estava ele, depois de ter passado a noite com um vagabundo das ruas, fazendo *aquelas coisas*, acordando numa manhã de domingo *num lugar daqueles*.

Levantou-se novamente e procurou mais uma vez pelas laranjas. Não teve melhor sorte. Encontrou as calças, mas não a camisa amarela. Também não encontrou o chapéu. Não se lembrava do nome da espelunca diante da qual tinha deixado o carro. Teria de voltar para casa de táxi, sem camisa, e pedir à mulher que o conduzisse pelos bairros da periferia até encontrar o carro abandonado. Talvez fosse mais fácil comprar um novo.

Ele pegou o revólver.

Constatou que era ainda mais pesado do que parecia e alisou o cano com a ponta do dedo. Abriu a boca. Alojou sobre a língua a extremidade da arma.

Ouviu pneus cantarem do lado de fora. Tratava-se de um carro grande, a julgar pela batida da porta. Devia ser o Troy. Voltando para ele. Ouviu uma segunda porta bater.

Dois homens.

Tinham vindo de Chicago. Não tinham vindo atrás dele, mas o homem nu não sabia disso. Seguiam-no havia horas, o que ele também não sabia. O homem nu tirou o revólver da boca, ficou de pé e assestou em direção à porta. "Vejo vocês no inferno", pensou. Tinha ouvido isso num filme. Não era um valentão, mas com os dedos enroscados na coronha perolada daquele Colt de seis tiros, era assim que se sentia.

Em Hollywood, na Flórida, na garagem da casa cor de coral onde passara a viver desde que o pai, Sonny, morrera num acidente de carro (ela não tinha motivo nenhum para duvidar do que lhe haviam contado), Francesca Corleone soou a buzina do *station wagon* da mãe por uns bons dez segundos.

— Pára! — suplicou a irmã gêmea, Kathy, refestelada no banco de trás, lendo um romance francês qualquer, no original.

Kathy logo iria para Barnard. Queria ser cirurgiã. Francesca iria para a Universidade Estadual da Flórida, em Tallahassee, e queria sobretudo sair de casa e viver sua própria vida. Entretanto, com aquela parte da família em Nova York e os negócios horrendos que a toda hora colocavam o nome Corleone nos jornais, ainda que fosse tudo mentira, talvez não fosse aquele o melhor momento para iniciar uma nova vida. Kathy optara por estudar em Nova York, em parte para ficar próxima dos parentes que viviam lá. Agora, é claro, todos haviam se mudado, exceto a vovó Carmela e a terrível tia Connie. Ao que parecia, tio Carlo havia simplesmente sumido — um daqueles canalhas que saíam para comprar cigarros e nunca mais voltavam: uma palhaçada, mesmo para um calhorda como ele, mas Francesca tinha de admitir que, em se tratando de sua tia Connie, a atitude do tio não havia sido de todo condenável. Morando em Nova York, Kathy provavelmente teria de responder todos os dias, mesmo aos professores, se por acaso não era aparentada com aqueles gângsteres famosos, os Corleone. Quanto a Francesca, se pudesse tomar os últimos meses em Hollywood como parâmetro, ela também teria de se preparar para esse tipo de situação, mesmo em Tallahassee.

A mãe, a megera controladora, as levaria para Nova York. *De carro!* Para Nova York! Ainda bem que Francesca seria deixada primeiro. Ela buzinou outra vez.

— Essa buzina é um inferno! — reclamou Kathy.

— Até parece que você está lendo esse livro de verdade...

Kathy respondeu alguma coisa em francês, ou num arremedo de francês.

Francesca nunca se dera ao trabalho de aprender uma língua estrangeira e faria todo o possível para fugir delas na faculdade: em último caso, estudaria italiano, idioma do qual já tinha alguns conhecimentos rudimentares. Mas o melhor mesmo seria formar-se em qualquer coisa que não tivesse esse tipo de pré-requisito.

— Somos italianas — disse Francesca. — Por que você não está estudando italiano?

— *Sei uma fregna per sicuro* — respondeu Kathy.

— Mas que boca suja...

Kathy deu de ombros.

— Você pode xingar em italiano, mas não pode *ler.*

— Se você não fechar a matraca, aí é que não vou poder ler nada mesmo.

A mãe delas estava na casa dos avós, logo ao lado, e não dava sinais de sair de lá. Deixava uma infinidade de instruções de última hora — comam isso, não comam aquilo — para os irmãos de Francesca: Frank, de quinze anos, e Chip, de dez. Chip na verdade chamava-se Santino Jr., e, até aparecer em casa certo dia depois do treino de basquete e anunciar que dali em diante atenderia apenas pelo nome de Chip, também era conhecido por Tino. Francesca podia fazer a mesma coisa: mudar de nome assim que chegasse na faculdade. *Fran Collins. Franny Taylor. Frances Wilson.* Podia, mas não faria. Eles já haviam americanizado a pronúncia do nome da família — de *Cor-le-o-ne* para *Cor-lee-own* —, e isso era mudança suficiente. Ela tinha orgulho do nome, de ser italiana. Tinha orgulho do pai que tinha se rebelado contra o pai dele e os irmãos gângsteres para se tornar um empresário legítimo. De qualquer modo o nome de Francesca mudaria cedo ou tarde, quando ela encontrasse um marido.

Francesca buzinou de novo. Não conseguia imaginar o que detinha a mãe por tanto tempo naquela casa. Os avós certamente ignorariam cada uma de suas recomendações. Aqueles garotos eram tão mimados que sempre faziam o que lhes dava na veneta, sobretudo Frankie, especialmente depois que começou com aquela história de futebol. Francesca buzinou outra vez.

— Você vai acabar... — disse Kathy.

— Fazendo que a gente saia logo daqui! — completou Francesca.

— Eu sei.

Kathy suspirou de uma maneira típica das garotas norte-americanas. Depois fez um carinho nos cabelos da irmã. Em seus dezoito anos de vida, as gêmeas não haviam se separado por uma noite sequer.

O hotel-cassino Castle in the Sand, de Hal Mitchell, nunca fechava. Quem também não fechava, naqueles tempos, era Johnny Fontane, que havia feito as apresentações das oito e da meia-noite e passado toda a madrugada em claro; depois de divertir grã-finos e amigos, subira à sua suíte onde duas garotas esperavam por ele – uma espécie de ritual de sorte, pois logo mais ele teria de gravar em Los Angeles. Uma delas era uma francesa loura que dançava no cassino do outro lado da rua e que dizia ter tido apenas uma fala ("Meu Deus, olha só pra isso!")

naquele filme do Mickey Rooney que haviam rodado no ano anterior: aquele em que Mickey é um empresário do ramo imobiliário que, depois de se expor à radiação provocada por uma bomba testada no deserto, começa a vencer sempre que joga nos caça-níqueis dos cassinos (embora não haja nenhuma cena em que leve uma surra da máfia por causa disso). A outra era uma morena voluptuosa, com uma cicatriz de cesariana, que provavelmente tinha sido paga para estar ali (o que para Johnny não era problema nenhum; na cartilha dele não havia mérito maior do que ser profissional). Quando, cavalheiro que era, ele perguntou se por algum motivo uma das duas não queria ir para a cama — "vocês sabem, nós três juntos" —, elas caíram na gargalhada e começaram a se despir. A morena, que se apresentara como Eve, era especialmente talentosa: sabia exatamente quando era a vez de deixar a loura chupar o pau de Johnny (quando viu o tamanho da coisa, ela sorriu e sussurrou: "Meu Deus, olha só para isso!"), ou quando era a hora de trepar naquela fonte no meio do quarto enquanto a outra massageava as costas dele. Eve se revelara uma *expert* quando fez Johnny se deitar de costas no chão, posicionou a loura sobre o pau dele, e, pela primeira vez durante toda a aventura, começou a acariciar os peitos da loura e a beijá-la, o que fez Johnny explodir de prazer numa questão de segundos. Aquilo era um dom. Um dom que muitas mulheres não tinham. A loura — o nome dela era Rita, uma abreviação de Marguerite (Johnny jamais se esquecia do nome de suas parceiras no dia seguinte) — ainda estava lá, dormindo, quando ele se levantou para subir à piscina da cobertura. Ele detestava aqueles homens que testam a temperatura da água com os dedos do pé. Tirou o roupão pesado e pulou na parte funda. Passado o choque térmico, mergulhou novamente e, segurando a respiração, contou até duzentos.

Sentia a cabeça latejar, mas não em razão da profundidade da piscina. Johnny não bebia tanto quanto as pessoas imaginavam, pelo menos não mais. O segredo? Ir de mesa em mesa, bar em bar, abandonando copos semivazios por todos os lados, o que ninguém reparava, e ao mesmo tempo aceitando todas os copos cheios que lhe eram oferecidos, o que *todo mundo* reparava. Qualquer infeliz que tentasse acompanhá-lo copo a copo nos drinques acabava jogado no banco de trás de um táxi e mandado de volta para casa sob o patrocínio de

A Volta do Poderoso Chefão   49

Johnny Fontane. Johnny sabia beber. Sabia exatamente o que fazia e com quem fazia.

Finalmente emergiu da água. Nadou umas duas voltas para relaxar, depois respirou fundo e mergulhou outra vez. Repetiu o exercício mais três vezes e saiu. No fundo do deque, já na borda do telhado, havia um outdoor onde se lia: UM ESTOURO! A MELHOR VISTA DA BOMBA EM LAS VEGAS! Sob a pintura de uma nuvem em forma de cogumelo e tons de laranja, um letreiro móvel anunciava um horário na manhã seguinte. Bem cedo. Johnny tinha ouvido dizer que eles armariam um bar ou um bufê de café da manhã, e até mesmo elegeriam uma "*Miss* Bomba Atômica". Que espécie de panaca acordaria de madrugada para ver uma bomba explodir a cem quilômetros de distância? Talvez achassem que fossem reluzir no escuro e ficar milionários com os caça-níqueis dos cassinos. Quem quisesse pagar para ver uma bomba, pensou Johnny, que assistisse ao último filme dele. O cantor e ator pegou o roupão e, saltando pelos degraus da escada, voltou ao quarto.

Ela já não estava mais lá. Rita. Boa garota. O quarto ainda cheirava a uísque, cigarro e sexo. A estátua de mulher pelada que decorava a fonte — o braço estirado para a frente dava a impressão de que tinha sido construído para que as pessoas se apoiassem nele — precisava de reparos. Johnny se vestiu e, para evitar que caísse no sono durante a viagem até Los Angeles, tomou um dos comprimidos verdes que o Dr. Jules Segal lhe havia receitado.

Johnny Fontane saiu à luz ofuscante do estacionamento VIP do Castle, mas seguiu em frente sem esboçar qualquer reação. Segurou as lapelas — que de tão afiadas poderiam ser usadas para cortar carne —, ajeitou o paletó e entrou no seu novo Thunderbird vermelho. Os policiais de Las Vegas já conheciam aquele carro. Antes mesmo de deixar os limites da cidade, ele já passava dos 160 km/h. Johnny olhou para o relógio. Dali a algumas horas os músicos começariam a chegar no estúdio. Levariam uma hora para afinar os instrumentos e colocar a conversa em dia, e só então Eddie Neils, o produtor musical da vez, daria início aos ensaios, que deveriam durar mais outra hora. Johnny chegaria a tempo. Gravaria as primeiras faixas, chegaria ao aeroporto por volta das seis, embarcaria no avião fretado junto com Falcone e Gussie Cicero e estaria de volta em Las Vegas muito antes do horário marcado paro o show particular que prometera fazer para Michael Corleone.

Somente às quatro da madrugada — depois de chegar, exausto, na casa de visitas do clube Vista del Mar — foi que Tom Hagen se deu conta de que tinha esquecido a raquete de tênis. A loja de artigos esportivos não abriria antes das nove, exatamente na hora que ele havia marcado para encontrar o embaixador na quadra 14. Hagen não tolerava atrasos. Perguntou ao recepcionista se havia uma raquete que ele pudesse tomar emprestada, e o sujeito fez uma careta como se ele, Hagen, tivesse emporcalhado o carpete branco do saguão com os sapatos sujos de lama. Disse ao homem que tinha reservado uma quadra no início da manhã e perguntou se havia algum jeito de entrar na loja àquela hora; o recepcionista balançou a cabeça e disse que não tinha uma chave. Hagen perguntou então se havia algo que ele pudesse fazer, agora ou em qualquer outra hora antes das oito e meia, mas o recepcionista se desculpou e disse que não. Hagen tirou da carteira duas notas de cem dólares e disse que ficaria imensamente grato se alguma solução fosse encontrada para o problema, mas o recepcionista simplesmente abriu um sorriso afetado.

Hagen acordara na véspera em sua própria cama em Las Vegas e ainda antes do amanhecer voara com Michael Corleone para Detroit, primeiro para uma reunião com Joe Zaluchi no dia do casamento da filha dele, em seguida para o casamento propriamente dito e por fim uma rápida passada pela festa. Depois voltaram a Las Vegas. Mike foi direto para casa. Hagen passou no escritório para se desimcumbir de algumas obrigações burocráticas e deu uma rápida passada em casa para trocar de roupa, bem como para dar um beijo em Gianna, a filhinha de dois anos que já dormia, e em Theresa, sua mulher, que agora colecionava arte e estava toda animada com o Jackson Pollock que o agente de Nova York acabara de entregar. Os adolescentes Frank e Andrew não tinham como ser beijados: ambos dormiam trancados em seus respectivos quartos, entulhados de livros de ficção científica e discos de artistas negros.

Enquanto Tom Hagen recolhia seu equipamento de tênis, Theresa andava pela casa, procurando o lugar ideal para pendurar os maravi-

A Volta do Poderoso Chefão 51

lhosos rabiscos de tinta. Ela havia se aproveitado da mudança para Las Vegas e do aumento significativo de paredes brancas para dar vazão à sua natureza consumista. Os quadros valiam muito mais que a casa propriamente dita. Hagen adorava ter-se casado com uma mulher de bom gosto.

— Que tal em frente ao Rothko vermelho no corredor principal? — gritou ela.

— Que tal no nosso quarto? — disse ele.

— Acha mesmo?

— Foi só uma idéia. — Ele buscou o olhar da mulher e levantou uma sobrancelha para indicar que não havia se referido exatamente a uma localização para o quadro novo.

Ela suspirou.

— Talvez você tenha razão. — Theresa largou a tela e tomou o marido pela mão.

Casamento.

Mas ele estava exausto, e as coisas não andavam particularmente bem.

Hagen já não era mais o *consigliere* da família, mas com a morte de Vito Corleone — que o sucedera no cargo — e de Tessio, e com Clemenza em vias de assumir os negócios de Nova York, Michael precisava de um ajudante experiente. Ele não anunciaria o novo *consigliere* antes de ter certeza de que a guerra com os Barzini e com os Tattaglia havia de fato chegado ao fim. Hagen sabia que Michael escondia uma carta na manga, mas tudo o que podia adivinhar era que Cleveland tinha alguma coisa a ver com a história. Enquanto isso, cumpria com suas responsabilidades habituais ao mesmo tempo que se preparava para tocar a vida em frente. Tinha 45 anos, era mais velho que os pais quando estes haviam morrido e definitivamente velho demais para aquele tipo de merda.

Então acordou com alguém batendo à porta, o camareiro trazendo a comida que ele havia tido o bom senso de pedir antes de se deitar. Devorou a primeira xícara de café antes mesmo que o funcionário do clube saísse do quarto. Café fraco. Como todos os cafés daquele lugar. Hagen parabenizou a si mesmo por ter previsto que precisaria de duas garrafas. Saiu para a varanda com uma delas na mão. Oito horas da manhã, fazia pouco que o sol surgira além das montanhas, e o calor já era insuportável. Quem precisaria de uma sauna? Terminada a primeira garrafa de café, mais ou menos dez minutos depois, o roupão que encontrara no banheiro já estava completamente ensopado.

Hagen fez a barba, tomou uma chuveirada, vestiu as roupas de tênis e às oito e meia já estava diante da lojinha à espera de alguém para atendê-lo. Depois de alguns minutos intermináveis, voltou à recepção. O recepcionista, diferente do anterior, disse que a gerente já havia chegado e que a chamaria pelo sistema de comunicação.

Hagen voltou para a vitrine da loja. Angustiava-se com a espera. A pontualidade era uma das inúmeras coisas que ele havia aprendido com o velho Corleone. Andava de um lado para outro e sequer ousava ir ao banheiro por medo de se desencontrar da gerente ou de qualquer outro funcionário que chegasse por ali. Quando finalmente alguém apareceu para abrir a loja — uma mulher eslava que lembrava uma massagista mais que uma gerente ou profissional do tênis —, já eram nove horas em ponto.

Hagen passou a mão numa raquete qualquer, jogou duzentos dólares sobre o balcão e disse à mulher que ela ficasse com o troco.

— Não aceitamos dinheiro vivo — disse ela. — O senhor precisa assinar.

— Assinar o quê?

— O senhor é membro do clube? Não o estou reconhecendo.

— Sou hóspede do embaixador Shea.

— Então é ele quem deve assinar a nota. Ele, um parente qualquer ou seu *valet de chambre*. — A pronúncia não poderia ter sido pior.

Hagen tirou mais cem dólares e disse à mulher que se ela gentilmente se dispusesse a resolver seu problema, dinheiro era o que não faltava para pagar pela raquete e recompensá-la pela atenção especial.

Ela olhou para ele da mesma forma que o recepcionista fizera na noite anterior, porém aceitou o dinheiro.

Hagen achou que sua bexiga iria explodir, mas àquela altura já haviam passado cinco minutos das nove horas. Rasgou a embalagem da raquete e partiu em disparada rumo à quadra 14.

Chegando lá, com dez minutos de atraso, não encontrou ninguém à sua espera. Hagen se atrasava tão raramente que não teve a menor

A Volta do Poderoso Chefão   53

idéia do que fazer. Seria possível que o embaixador já tivesse estado ali e ido embora? Ou quem sabe ele também estava atrasado? Por quanto tempo deveria esperar? Teria algum problema se fosse mijar e voltasse dali a alguns minutos? Ele olhou para os lados. Várias moitas, mas naquele clube não se via ninguém mijando atrás das moitas. Então ficou parado, pulando no lugar para conter a bexiga. O mais provável era que o embaixador já tivesse passado pela quadra. Por fim, quando já não podia mais segurar, correu até o banheiro mais próximo. Quando voltou à quadra, um recado havia sido pregado à rede. "Embaixador Shea — impossibilitado de jogar. Almoço mais tarde? Às 2. Na piscina. Um homem irá buscá-lo."

Não disseram onde.

Kay Corleone virou-se para trás e apontou a saída para o aeroporto de Las Vegas.

— Nós passamos direto — disse ela. — Michael, a saída para o aeroporto era ali!

Ao lado dela, no banco de trás do novo Cadillac amarelo, Michael balançou a cabeça.

Kay ficou confusa.

— Nós vamos para Los Angeles *de carro*? Você perdeu o juízo?

Era o aniversário de cinco anos de casamento deles; Kay e as crianças, e até mesmo a mãe e o pai, um pastor da Igreja Batista, já haviam ido à missa. Michael teria de trabalhar à noite — antes, durante e depois do show particular que Johnny Fontane faria como favor aos Teamsters. Mas prometera à mulher que a manhã e a tarde seriam inteirinhas dela — como nos velhos tempos, porém melhor.

Michael balançou a cabeça.

— Não, não vamos de carro para Los Angeles. Aliás, não é para Los Angeles que estamos indo.

Kay virou-se novamente para trás, viu a estrada do aeroporto desaparecer ao longe e voltou o olhar para o marido. Sentiu um frio súbito no estômago.

— Michael — disse ela. — Desculpa, mas acho que nosso casamento já teve todas as surpresas que... — Ela fez um gesto com a mão, como o de um juiz de futebol indicando uma falta qualquer.

— Dessa vez vai ser uma surpresa boa — disse Michael, sorrindo.

— Eu prometo.

Logo chegaram ao cais do lago Mead, na ponta do qual estava ancorado um hidroavião. O avião estava registrado no nome da produtora de cinema de Johnny Fontane, embora nem Fontane nem qualquer um de seus funcionários soubesse disso.

— Surpresa número um — disse Michael, apontando para o avião.

— Santo Deus — disse Kay. — Surpresa número um? Você contou as surpresas. Devia ter-se tornado professor de matemática. — Ela já não sentia mais o prazer ilícito que antes sentia ao pensar no que de fato tinha se tornado o marido; talvez agora quisesse mesmo estar casada com um professor.

Eles desceram do carro.

— Não é uma questão de matemática — disse Michael. — Mas de contabilidade. — Ele apontou para o cais. — Madame...

Kay pensou em dizer que estava com medo, mas acabou não dizendo nada. Não tinha motivo nenhum para temer que o marido lhe fizesse algum mal.

— Surpresa número dois...

— Michael.

— Quem vai pilotar sou eu.

Kay arregalou os olhos.

— Cheguei a começar o treinamento de piloto na marinha — disse ele — até que fui... você sabe. — Até que fora convocado para lutar no calor escaldante daquele arquipélago de ilhas de coral, de solo esponjoso e cravejado de panelões de lama e cadáveres. — Por algum motivo, fico mais relaxado quando estou pilotando. Tenho tido aulas.

Kay esvaziou os pulmões. Não se dera conta de que tinha prendido a respiração. Não se dera conta de que, durante tantas horas perdidas nas últimas semanas, ela havia receado que o marido tinha um caso. "Isso não é verdade", pensou. O que de fato ela receara era ainda pior.

— Que bom que você tem um *hobby* — comentou ela. — Todo mundo precisa de um *hobby*. Seu pai tinha a jardinagem. Outros homens jogam golfe.

— Golfe — disse ele. — Hmm. Você não tem um *hobby*, tem?

A Volta do Poderoso Chefão   55

— Não, não tenho.

— Você podia jogar golfe. — Michael usava um paletó esporte e uma camisa branca, sem gravata. Não havia engomado os cabelos. Uma leve brisa despenteava-os.

— Na verdade — disse Kay —, o que você acharia se eu voltasse a dar aulas?

— Isso não é um *hobby*, é um emprego. Você não precisa de emprego. Quem cuidaria de Mary e Anthony?

— Eu só começaria depois que já estivéssemos completamente instalados. Até lá sua mãe já vai estar aqui, e vai poder tomar conta das crianças. Carmela vai *adorar* ficar com as crianças. — Muito embora Kay sequer ousasse pensar no que diria a sogra ao saber que ela trabalharia fora de casa.

— Você quer trabalhar? — disse Michael.

Kay desviou o olhar. Trabalhar não era exatamente a idéia.

— Vou pensar no assunto. — Vito Corleone jamais permitiria tal coisa, mas ele não era Vito Corleone. Como o pai, Michael já havia sido casado com uma bela garota italiana, mas Kay não sabia disso e tampouco era uma garota. A maior preocupação de Michael tinha a ver com segurança, muito embora os riscos que ela corria fossem mínimos em razão do código de honra vigente entre as famílias. Michael segurou-a carinhosamente pelo braço.

Kay colocou a mão sobre a dele e respirou fundo.

— Bem, o negócio é o seguinte — falou. — Não vou entrar naquela engenhoca até você me dizer aonde a gente está indo.

Michael sacudiu os ombros.

— Tahoe — falou. — Um sorriso brilhou em seu rosto. — O lago, naturalmente — ele completou, apontando para o hidroavião.

Kay havia dito certa vez que adoraria conhecer aquela região. Achou que o marido não tivesse prestado atenção.

Ele abriu a porta do avião. Kay subiu. Ao fazê-lo, sua saia levantou acima dos joelhos e esticou-se contra a bunda. Michael sentiu um impulso quase incontrolável de agarrar a mulher pelas ancas, mas em vez disso simplesmente deixou os olhos demorarem na paisagem. Não havia nada melhor, nada mais excitante, que olhar a própria mulher daquela maneira, sem que ela soubesse.

— Bem, o único problema com estes aviões com flutuadores — disse Michael depois de se acomodar no banco do piloto e ligar os motores — é que às vezes eles capotam.

— Capotam? — disse Kay.

— É raro, mas acontece. — Michael fez uma careta para indicar que a probabilidade de um acidente era a mesma de um raio atingilos durante a decolagem. — E sabe o que acontece quando um avião com flutuadores capota? Ele flutua, é claro.

— Agora estou mais tranqüila — disse Kay, em tom de brincadeira.

— Eu amo você de verdade. Sabe disso, não sabe?

Kay tentou reproduzir o olhar vazio que Michael sabia fazer tão bem.

— Isso também me deixa tranqüila.

A decolagem foi de tal modo suave que Kay sentiu todos os músculos do corpo relaxarem. Não havia percebido que eles estavam tensos. Nem sabia dizer desde quando.

Capítulo 4

Sobrevoando o lago Erie, o aviãozinho se viu de um instante a outro engolido por uma forte tempestade. A cabine estava quente, o que convinha plenamente a Nick Geraci. Os outros no avião suavam tanto quanto ele. Os guarda-costas já haviam colocado a culpa na temperatura. Durões que eram. Geraci um dia fora como eles, reduzido à condição de bovino grande e idiota, ao mesmo tempo confiável e descartável.

— Achei que a tempestade tinha ficado pra trás — disse Frank Falcone, um dos homens de camisa de seda, o de laranja, que não sabia quem de fato era o piloto.

— Foi o que todo mundo achou! — disse o de blusa cor de água-marinha, Tony Molinari. Esse, sim, sabia quem era o piloto.

As baixas no alto escalão das famílias Barzini, Tattaglia e Corleone haviam chamado a atenção dos homens da lei de todos os níveis, desde os caipiras das delegacias locais até o FBI (embora o diretor da agência, supostamente porque os Corleone sabiam algo sobre ele, insistia em dizer que a Máfia não passava de um mito). Por quase todo o verão, até mesmo os agiotas de mesa de bar haviam sido obrigados a dar um tempo nos negócios. Os outros dois *Dons* de Nova York — Ottilio Cuneo (Leo, o Leiteiro) e Anthony Stracci (Black Tony) — haviam supervisionado um cessar-fogo. Se isso significaria o fim da guerra, ninguém sabia dizer.

— Desculpa, mas eu estava me referindo à tempestade aí de fora — disse Falcone. — Essa maldita tempestade.

Molinari balançou a cabeça.

— Você não entendeu a piada, não é?

Os guarda-costas, já visivelmente pálidos, mantinham os olhos grudados no chão da aeronave.

— É o efeito-lago — disse Geraci. — O que acontece é que a temperatura do ar e a temperatura da água são muito diferentes. — Ele se esforçava para falar à maneira de um piloto, como naqueles filmes em que o piloto é o mocinho. — É isso que possibilita a aproximação de tempestades por todos os lados, de uma hora para outra. Para evitar a monotonia da viagem.

Molinari colocou a mão sobre o ombro de Geraci.

— Muito obrigado pela explicação, seu cientista de merda.

— De nada, senhor — respondeu Geraci.

Falcone havia sido uma conexão importante em Chicago — subornando políticos, juízes e policiais — e agora tinha seu próprio negócio em Los Angeles. Molinari tinha um sofisticado restaurante à beira-mar em São Francisco, além de um quinhão em qualquer negócio que lhe interessasse na cidade. De acordo com o *briefing* que Michael havia entregado a Geraci, Falcone e Molinari sempre haviam tido suas desavenças, sobretudo quando se tratava das famílias de Nova York. Para Falcone elas eram esnobes; para Molinari, perigosamente violentas. Molinari também sentia uma afeição pessoal pelo finado Vito Corleone da qual Falcone jamais compartilhara. Ao longo dos últimos anos, todavia, os dois *Dons* da costa oeste haviam forjado uma aliança prudente e eficaz, especialmente na organização da importação e da distribuição de narcóticos oriundos das Filipinas e do México (outra razão, Michael não precisara dizer, para que Geraci tivesse sido enviado ao encontro deles). Até Michael assumir o comando da família Corleone, eles haviam sido os *Dons* mais jovens de toda a América.

— O'Malley, hein? — disse Falcone.

Geraci embicou o avião para cima, furando a espessa camada de nuvens à procura de um céu melhor. Sabia do que Falcone estava falando: do nome no brevê. O vôo não estava nada fácil, e certamente por isso Falcone não se incomodou com o silêncio de Geraci diante do comentário. Não são os olhos que vêem, é o cérebro. Como Michael havia previsto, Falcone juntou o sobrenome à aparência do siciliano — ombros largos e cabelos claros — e viu diante de si um perfeito irlandês, naturalmente ligado à gente de Cleveland. Por que não? A orga-

A Volta do Poderoso Chefão   59

nização de Cleveland trabalhava com tantos judeus, irlandeses e negros que as pessoas se referiam a ela como "a Combinação". Quem não trabalhasse para eles chamava o *Don*, Vincent Forlenza, de "o Judeu".

A farsa era necessária. A ilha de Rattlesnake não era um lugar de fácil acesso. Falcone talvez não tivesse embarcado num avião de propriedade dos Corleone. Don Forlenza gostaria de ter comparecido ao casamento, mas não pudera em razão da saúde.

O avião afinal sobrelevou as nuvens. Os passageiros foram ofuscados pela luz do sol.

— Então, O'Malley — disse Falcone —, você é de Cleveland, não é?

— Sim, senhor, nascido e criado. — Embora verdadeira, a resposta podia, e devia, levar a conclusões erradas.

— Acho que o nosso DiMaggio e os seus Yanks foram demais para os Indians esse ano.

— A gente dá o troco no ano que vem — rebateu Geraci.

Molinari começou a falar que vira DiMaggio jogar para os Seals de São Francisco e que, mesmo naquela época, ele já era um deus entre os homens. Durante muitos anos Molinari amealhara uma verdadeira fortuna marcando as cartas dos jogos dos Seals, mas jamais na época de DiMaggio.

— As pessoas têm essas idéias sobre os italianos... Estou certo ou estou errado, O'Malley?

— Não tenho idéias sobre nada, senhor.

— Nosso amigo aqui é um *cacasangue* — disse Falcone.

— Um o quê? — perguntou Geraci, embora soubesse muito bem o que significava a palavra.

— Um espertalhão — respondeu o guarda-costas de Falcone.

— *Um espeeertalhão, hein?* — disse Geraci, na voz do Curly, dos *Três patetas*.

Molinari e os dois guarda-costas caíram na gargalhada.

— Muito bom! — disse Molinari.

Geraci agradeceu com outra imitação perfeita:

— *Nyuck-nuck-nyuck!* — a risada de Curly.

Todos riram outra vez, menos Falcone.

A conversa não se estendeu muito, tolhida pelas turbulências e pelo nome no brevê de Geraci. Por um tempo eles conversaram sobre restaurantes e depois sobre a final de boxe no ringue do Cleveland Armory, que planejavam assistir à noite em vez de irem para Las Vegas e ver Fontane — um show apenas para convidados, cortesia de Michael Corleone, para dar início à convenção dos sindicalistas do Teamsters. Também falaram sobre *Os intocáveis*, de que ambos gostavam, mas apenas porque achavam engraçado. Geraci havia ouvido alguns episódios no rádio e se irritara com os estereótipos: os policiais certinhos e os italianos sanguinários, comedores de espaguete. Mas nunca vira o programa na televisão. Preferia a leitura. Havia jurado jamais comprar um aparelho de televisão, mas no ano anterior acabara se deixando convencer por Charlotte e pelas crianças. Ele conhecia um sujeito — Geraci sempre "conhecia um sujeito" ou "tinha um sujeito" nos lugares certos —, e mais cedo do que tarde um caminhão parou em frente à sua casa e dois homens de macacão descarregaram o maior televisor que já havia sido fabricado até então. Não demorou para que a família inteira começasse a jantar diante da TV, principalmente aos sábados. Geraci ficava aliviado quando pensava que a mãe não estava mais viva para presenciar aquele sacrilégio. A vontade dele era abandonar o monstrengo no meio-fio, mas um homem inteligente sabia identificar as lutas que não era capaz de vencer. Uma semana depois, Geraci pediu a um empreiteiro conhecido seu que destacasse alguns dos homens que trabalhavam na construção de um estacionamento subterrâneo no Queens e os colocasse para arrancar as amoreiras selvagens do outro lado de sua piscina. Algumas semanas depois disso, Geraci tinha sua própria casinha naquela parte do terreno: um refúgio do barulho e da sensação de morto vivo que o acometia sempre que usava aquela porcaria para outra coisa que não fosse assistir aos programas de esporte.

Geraci embicou o avião para baixo.

— Vamos começar nossa descida.

O avião não parava de chacoalhar. Os passageiros vigiavam cada longarina, cada pino, cada parafuso e cada rebite, como se a aeronave fosse desmanchar a qualquer instante.

Geraci procurava dar mais atenção aos instrumentos que aos olhos ou à própria ansiedade. Respirava de maneira uniforme. Dali a pouco surgiu no horizonte o marrom-cocô da lagoa.

A Volta do Poderoso Chefão   61

— É Rattlesnake, não é? — perguntou Molinari, apontando.

— Positivo — respondeu Geraci, na sua voz de piloto.

— É lá que vamos descer? — disse Falcone. — Naquela pistinha de merda?

A ilha não tinha mais que uns quarenta acres, uma décima quinta parte do Central Park de Nova York. Do alto, parecia estar tomada em grande medida por um campo de golfe e por uma pista de pouso assustadoramente pequena. Um píer comprido projetava-se da extremidade norte; parecia invadir as águas canadenses e certamente tinha sido bastante útil durante os anos de Lei Seca. Propriedade particular, a ilha de Rattlesnake tinha vínculos tão débeis com o resto do continente que até emitia os seus próprios selos postais.

— É muito maior do que parece — disse Geraci, embora não tivesse tanta certeza. Jamais havia pousado ali. Mais que isso: embora para todos os efeitos seu padrinho fosse o dono da ilha, ele nunca havia *estado* ali.

Molinari apertou a mão de Falcone e disse:

— Fica tranqüilo, meu amigo.

Falcone sacudiu a cabeça, recostou-se na poltrona e tentou tomar uma última gota de café do copinho de plástico.

Pouco antes de aterrissar, o aviãozinho foi assaltado por uma corrente de ar vertical e despencou rumo à superfície do lago como se as mãos de um gigante tentassem puxá-lo para baixo. Geraci já via a espuma das marolas quando por fim recobrou o controle e pôde nivelar as asas, dando um rasante sobre uma cabana próxima à água.

— Opa! — ele exclamou. — Vamos tentar mais uma vez!

— Caramba, garoto! — disse Molinari, embora não fosse muito mais velho que o piloto. Baixinho, Geraci sussurrou o vigésimo terceiro salmo em latim. Quando chegou ao verso que falava sobre não recear o mal, em vez de "pois estás comigo" ele disse:

— Pois ninguém vai me derrubar tão fácil assim.

— Nunca tinha ouvido alguém dizer isso em latim — disse Falcone, rindo.

— Você sabe latim? — perguntou Molinari.

— Freqüentei o seminário.

— Por uma semana, é claro. Não tire a concentração do piloto, Frank.

62   Mark Winegardner

Geraci sacudiu o polegar em sinal de agradecimento.

Encontrando um bolsão de calmaria, pôde fazer uma segunda tentativa surpreendentemente tranqüila. Só quando o avião tocou a pista foi que um dos guarda-costas se permitiu vomitar. Geraci sentiu o bodum e teve de reprimir a ânsia. O outro guarda-costas não se conteve e vomitou no próprio colo. Pouco depois, homens vestindo capas de chuva amarelas apareceram no fim da pista para recebê-los.

Geraci abriu a janela e respirou ar fresco; depois abriu a porta para que os passageiros descessem. Guarda-chuvas foram distribuídos, as rodas foram calçadas com cunhas, as asas foram amarradas ao chão e todas as malas retiradas, exceto uma. Próximo à água, uma grande carruagem preta, forrada de veludo vermelho e puxada por dois cavalos brancos, esperava para levar os visitantes ao topo da colina — um trajeto de uns cem metros no máximo.

Os *Dons* e seus capangas fedidos partiram na carruagem. Tão logo os viu entrar no chalé, Geraci arrastou sua própria mala colina acima, abriu as portas do porão e desceu até os despojos do que um dia fora um próspero cassino. Passou pela plataforma dos músicos, pelo bar coberto de teias de aranha e entrou no camarim. Acendeu a luz. No lugar da parede do fundo viu uma porta de aço corrediça, do tipo que costumava ver nas oficinas mecânicas do Brooklyn. Não fosse isso, o cômodo parecia uma daquelas suítes para jogadores endinheirados de Las Vegas: cama *king size*, veludo vermelho para todos os lados, banheira elevada. Do outro lado da porta de aço ficava um quarto cheio de enlatados, máscaras de gás, garrafas de oxigênio, geradores de energia, um sistema de tratamento de água, uma estação de radioamadorismo e um cofre de banco. No subsolo, cavado na rocha, um gigantesco tanque de óleo combustível e, supostamente, mais quartos e mais suprimentos. Desde que Don Forlenza tivesse algum tipo de advertência, o que quer que acontecesse — a polícia estadual resolvesse fazer uma batida, homens estranhos aparecessem para matá-lo, os russos jogassem a bomba —, ele poderia se esconder ali durante anos. Forlenza controlava o sindicato que operava uma mina de sal sob o lago próximo a Cleveland; dizia-se à boca miúda que uma equipe de trabalhadores não fazia outra coisa senão cavar, dia e noite, um túnel entre a mina e a ilha. Geraci não pôde conter o riso. Um cara como ele, filho de um caminhoneiro, naquele lugar que as pessoas normais jamais sonhariam poder existir. Levou a sacola de dinheiro para o outro cômodo e largou-a diante do cofre.

Ficou parado ali, olhando para a sacola.

O dinheiro era uma ilusão. O couro da sacola tinha mais valor intrínseco que os milhares de folhas de papel dentro dela. Dinheiro não passava de uma infinidade de notas promissórias emitidas por um governo incapaz de cobrir sequer um por cento do que circulava pelas ruas. O melhor golpe do mundo: o governo emitia quantas notas lhe desse na telha e depois passava leis impedindo que elas fossem resgatadas. Pelo que Geraci sabia, aquelas tirinhas de papel *representavam* o equivalente a um mês de impostos sonegados por um cassino em Las Vegas de cujos lucros tanto os Corleone quanto os Forlenza tinham participação, além de uma gorda recompensa pela hospitalidade e influência de Don Forlenza. Aquelas pilhas de cédulas *representavam* o trabalho de centenas de homens, reduzido a papel-moeda, a bufunfa, trocada pelo poder de negociação de um pequeno grupo de pessoas e pelas ações de um grupo ainda menor. Papel inútil que Don Forlenza aceitaria sem refletir. Notas promissórias e nada mais.

"Minchionaggine", diria o pai dele. "Você pensa demais."

Fredo baixou a janela e entregou ao agente alfandegário sua carteira de motorista.

— Nada a declarar.

— Aquilo ali são laranjas?

— Aquilo o quê?

— No banco de trás. No chão também.

De fato, lá estavam as laranjas Van Arsdale. Não eram exatamente *dele*. Fredo não comeria uma laranja mesmo que não encontrasse mais nada para comer na face da Terra.

— Por favor, estacione o carro naquela pista ali, onde está o oficial de uniforme branco.

— Pode ficar com as laranjas se quiser. Ou jogar no lixo, tanto faz. Não são minhas. — Vito Corleone estava comprando laranjas no dia em que Fredo o vira sofrer uma emboscada. Uma das balas pulverizara uma das frutas a caminho das vísceras do velho. Muitas coisas naquele dia foram confusas. Fredo brincava com sua própria arma, disso ele se lembrava. Lembrava-se também de ter visto os homens fugindo pela Nona Avenida, sem atirar nele, que aparentemente não merecia uma única bala. Lembrava-se da laranja. Não se lembrava de ter deixado de verificar se o pai estava morto e, em vez disso, ter sentado no meio-fio e chorado, muito embora a foto dessa mesma cena tivesse rendido ao fotógrafo inúmeros prêmios. — Eu nem me lembrava de que elas estavam aí.

— Sr. Frederick. — O agente examinava a carteira de motorista de Fredo. O nome Carl Frederick era falso, mas a carteira era perfeitamente legítima, emitida pelo Departamento de Trânsito de Nevada. — Quanto foi que o senhor bebeu esta manhã?

Fredo balançou a cabeça.

— Naquela pista ali? Perto daquele homem?

— Sim, senhor. Por gentileza.

Dois homens vestidos como policiais de Detroit caminhavam na direção do oficial de branco. Fredo estacionou o carro, virou-se para trás e escondeu a garrafa de uísque sob a camisa amarela. O homem de branco pediu que ele descesse do carro.

Tinha sido mais ou menos isso o que acontecera a seu irmão Sonny. Se aquilo fosse uma emboscada e aqueles homens estivessem ali para matá-lo, sua única chance de sobrevivência seria pegar a arma debaixo do banco e sair do carro atirando. Mas, e se não fosse? Ele mataria um ou dois tiras e então o melhor seria mesmo estar morto. Embora Mike tivesse matado um policial e sobrevivido.

"Raciocine."

— Senhor — disse o homem. — Desça agora, por gentileza.

Se fossem policiais de verdade e encontrassem a arma ali, eles o levariam preso. Mas nisso alguém poderia dar um jeito, provavelmente Zaluchi. De qualquer modo, àquela altura ele já não tinha como se livrar da arma.

Fredo apertou uma das laranjas entre os dedos. Abriu a porta e saiu lentamente do carro. Nenhum movimento brusco. Então jogou a laranja para o homem de branco e preparou-se para morrer. O homem simplesmente deu um passo para o lado. Os policiais agarraram Fredo pelos braços antes que a laranja caísse no chão.

A Volta do Poderoso Chefão 65

— Vocês não deviam ser da polícia montada do Canadá? — Fredo olhou para os lados, à procura de policiais com submetralhadoras Tompson.

— O senhor está *entrando* nos Estados Unidos. Por favor, venha conosco.

— Não reconhecem aquele carro? — disse Fredo. — É de Joe Zaluchi, um empresário importantíssimo de Detroit, como vocês devem saber.

Os policiais aliviaram a pressão no braço de Fredo, mas só um pouco.

Levaram-no para trás de um escritório da alfândega, uma espécie de chalé. Fredo sentia o coração pulsar dentro da caixa torácica. Continuava à procura das submetralhadoras, esperando a qualquer instante ouvir o ruído de um cão sendo armado ou de um pente de balas sendo inserido. Pensou em se desvencilhar dos policiais e sair correndo. Estava prestes a fazer isso quando os homens apontaram para uma linha branca no chão e pediram que ele caminhasse sobre ela.

Eram policiais *de verdade*. Não iriam matá-lo. Provavelmente.

— O Sr. Zaluchi está ansioso para receber o carro de volta — disse Fredo.

— Com os braços esticados assim — disse um dos policiais.

Fredo achou que ele tinha o sotaque engraçado dos canadenses.

— Tem certeza de que não é da polícia montada? — perguntou. E obedeceu à ordem.

Até onde dava fé das coisas, ele havia passado lindamente no teste, mas os palhaços não pareciam impressionados. Mandaram que ele recitasse o alfabeto de trás para frente, o que ele também fez à perfeição. Fredo olhou para o relógio.

— Se me derem seus nomes — falou —, tenho certeza de que o Sr. Zaluchi não se furtará a fazer uma bela doação para o fundo de pensão de vocês. O que ele fizer, eu farei a mesma coisa.

Os homens inclinaram a cabeça como costumam fazer os cachorros.

Fredo começou a chacoalhar como se a qualquer instante fosse explodir numa gargalhada.

— Achou graça em alguma coisa, Sr. Frederick?

Fredo fez que não com a cabeça. Traído pelos próprios nervos, tentou, literalmente, enxugar o riso do rosto. Não havia nada de engraçado na situação.

— Peço desculpas de antemão, senhor, caso não tenha compreendido direito — disse um dos homens. — Por acaso nos ofereceu um suborno?

Fredo franziu o cenho.

— Ninguém falou em suborno. Eu disse "doação".

— É, foi isso mesmo que o senhor disse — falou o outro. — Talvez Bob tenha achado que o senhor estava propondo uma espécie de *quid pro quo*.

Um tira aprende meia dúzia de palavras de advogado e acaba sendo nomeado para um cargo de maricas na fronteira. Cargo de maricas. Só de pensar na expressão, Fredo sentiu vontade de rir outra vez, embora estivesse furioso consigo mesmo. Uns maricas, isso sim. Muito diferentes de Fredo Corleone, que havia carimbado metade das dançarinas de Las Vegas e agora voltava para lá para carimbar a outra metade. Fredo respirou fundo. Jurou a si mesmo que não iria rir.

— Não quero me meter em encrencas. Nem quero fazer nenhum tipo de suposição. Mas... — e ali ele teve de reunir todas as forças para não cair na gargalhada — eu passei no teste ou não?

Os policiais se entreolharam.

O homem de branco surgiu do nada e juntou-se a eles. "Lá vem chumbo", pensou Fredo. Mas aparentemente ele não havia encontrado nenhum revólver no carro. Trazia na mão uma prancheta e, com um lenço, tentava enxugar um pedaço de papel encharcado que Fredo logo pôde reconhecer como o panfleto sob o limpador de pára-brisa.

— Sr. Frederick? — disse o homem de branco. — Pode nos dar uma explicação?

— O que é isso aí? — disse Fredo. Foi então que se lembrou: ele havia deixado a arma no quarto. — Não tenho a menor idéia do que se trata.

O homem levantou a prancheta junto aos olhos.

— Está escrito: "Desculpa, Fredo." Quem é Fredo?

Que ele pronunciara para rimar com Guido.

Fredo não se conteve e deu uma sonora gargalhada.

A Volta do Poderoso Chefão

*

Os exercícios para a voz que o médico lhe prescrevera não tomavam mais que meia hora, mas Johnny Fontane preferia não se arriscar. Começou a fazê-los ainda no deserto, parou em Barstow para tomar uma xícara de chá fumegante com mel e limão, e já devia estar na qüinquagésima série de *vocalises* quando avançou um sinal vermelho a poucas quadras da sede da National Records. Uma motocicleta da polícia de Los Angeles surgiu imediatamente na sua esteira. Cantor e policial pararam juntos, próximo à entrada dos fundos do prédio. Phil Ornstein — o segundo homem na linha de comando da National — estava sozinho na calçada, fumando e andando de um lado para o outro.

Johnny passou a mão nos cabelos que começavam a ralear, pegou o chapéu no banco do lado e saiu do carro.

— Cuida disso pra mim, Philly — ele disse, apontando o polegar na direção do policial. — Pode ser?

— Deixa comigo. — Phil apagou o cigarro. — A gente achou que você viria para cá depois do show da meia-noite. Tem uma suíte reservada no seu nome no Ambassador, mas você não apareceu.

O policial tirou o capacete.

— Você é Johnny Fontane, não é? — perguntou.

Sem deter o passo, Johnny se virou, abriu um sorriso de comercial de pasta de dentes, simulou um revólver com a mão, piscou o olho e disparou alguns tiros imaginários.

Phil, que já se dirigia para falar com o tira, parou a meio caminho, deu um suspiro e passou a mão na cabeça.

— Eu e minha mulher — disse o policial —, a gente adorou o seu último filme.

Tratava-se de um faroeste bastante vagabundo. Como se alguém pudesse acreditar num homem como ele, Johnny Fontane, montado num cavalo e salvando a gente honesta dos bandidos. Johnny assinou o autógrafo do policial bem no verso do bloco de multas.

— Gravando discos outra vez, hein?

— Estou tentando.

— Minha mulher adorava os seus discos.

Era por isto que nenhuma das gravadoras de Nova York assinava com ele: cantores que obtinham mais sucesso com as mulheres do que com os homens jamais conseguiam reverter a situação. Pelo menos era o que afirmavam alguns dos *pezzonovante* da Worldwide Artists. Mas o que Johnny detestava acima de tudo era o tempo verbal: como tantas outras pessoas, a mulher do policial *adorava* os discos dele, ou seja, não adora mais. Fazer filmes era bacana; todavia, mesmo com sua própria produtora e com um Oscar no bolso (ou melhor, no baú de brinquedos da filha, na casa da ex-mulher), era tratado pelos manda-chuvas de Hollywood como um carcamano estúpido que havia penetrado na festa. Já não agüentava mais as longas esperas nos *sets* de filmagem, nem tampouco ouvir os engraçadinhos o chamarem de "Johnny-um-*take*". Dali em diante, se conseguisse um bom papel, ótimo; senão, tinha mais o que fazer. Não considerava o cinema sua verdadeira paixão. Não era um ator de verdade — nem sapateador, nem *crooner*, nem ídolo de adolescentes. Era Johnny Fontane, cantor de boteco — um ótimo cantor e, caso pudesse se dedicar mais, o que aquele contrato com a National lhe permitiria fazer, um dos melhores que já haviam existido. Talvez *o* melhor. Por que não? É horrível quando a pessoa que você sabe que é não coincide com a pessoa que os outros vêem quando olham para você. Não que ele estivesse disposto a dizer qualquer coisa. Ninguém maltrata ou maldiz quem lhe havia sido fiel por tantos anos.

— Como se chama sua mulher? — perguntou Johnny.

— Irene.

— Você e Irene costumam ir a Vegas?

O policial fez que não com a cabeça.

— A gente já pensou no assunto.

— Vocês precisam ver para crer. Olha, vou estar no Castle in the Sand durante todo o mês. Um lugar muito fino. Se quiserem aparecer, boto vocês para dentro.

O policial agradeceu.

— Tira filho-da-puta — disse John a Phil já no elevador que os conduzia ao estúdio. — Aposto que ele só pára os artistas. Deve ter uma coleção de autógrafos grande o suficiente para encher uma garagem inteira.

— Não seja cínico, Sr. Fontane.

— Relaxa, Philly, você está sério demais. — Olhando sua própria fuça refletida no aço do elevador, Johnny constatou que ele também não estava lá muito relaxado. Passou os dedos entre os cabelos e recolocou o chapéu. — Está tudo pronto lá em cima?

— Há mais de uma hora — respondeu Phil. — Só tem uma coisa. Presta bem atenção, OK?

Apesar da expressão de total indiferença, Johnny estava de ouvidos bem abertos. Fora Phil Ornstein que, ao contrário de todas as outras grandes gravadoras, havia dado a Johnny um contrato de sete anos (por uma merreca, mas e daí?, dinheiro não era o problema). Fora Phil Ornstein quem havia insistido na volta de Johnny Fontane, quem havia convencido a todos de que a imagem pública associada a Johnny, a de vagabundo bêbado e brigão, não só era falsa como também ajudaria nas vendas.

— Sei que você queria Eddie Neils como produtor, e se você insistir, tudo bem, a gente dá um jeito.

Johnny apertou o botão PARAR do elevador. Eddie Neils havia sido responsável pelos arranjos de seu último disco de sucesso. Johnny havia ido à casa dele e, depois de dizer que não sairia de lá antes que o velho se dispusesse a ouvi-lo ali mesmo — no chão de mármore do corredor, entre estátuas de águias e de gente pelada —, começou a cantar. Tão logo se adaptou à acústica rudimentar do ambiente, fez uma apresentação razoável e acabou convencendo Eddie a trabalhar com ele outra vez.

— Você está me dizendo que Eddie não está aqui?

— Isso mesmo — respondeu Phil, tamborilando os dedos na barriga. — Úlcera hemorrágica. Teve de ser internado ontem à noite. Vai ficar bom. Mas...

— Mas não está aqui.

— Não, não está. Mas o negócio é o seguinte. A gente nunca achou que ele fosse o melhor produtor para você.

Johnny não deixou de perceber a fineza de Phil ao dizer "para você" em vez de "para trazer você de volta ao mercado".

— Você sempre quis o outro sujeito — falou. — O garoto do trombone, não é?

— Ele mesmo. Cy Milner. Não é um garoto. Tem quarenta, quarenta e cinco anos. Tomamos a liberdade de contratá-lo para escrever uns arranjos novos.

Milner havia tocado trombone na banda de Les Halley, mas depois da saída de Johnny. Os dois jamais haviam se encontrado.

— Desde quando? Desde ontem?

— Desde ontem. Ele escreve muito rápido. É quase uma lenda.

"O garoto é uma lenda, e eu sou o Johnny-um-*take*."

— E os arranjos que Eddie já havia escrito?

— Podemos usá-los também. Tanto faz.

Phil passou os dedos entre os poucos cabelos que ainda lhe restavam. Era daqueles que inconscientemente pegavam as manias dos outros.

— Você acha que sou o quê, Philly, uma pessoa difícil? — Johnny esmurrou o botão de PARAR. — Deixa disso. Sou um profissional. Vamos dar uma colher de chá para esse tal de Cy, experimentar umas coisas, ver se a gente consegue fazer um pouco de mágica.

— Obrigado, Johnny.

— Sempre gostei de judeus bem-educados.

— Vai se foder.

— E corajosos também.

Johnny saiu do elevador e caminhou na direção do estúdio 1A, o único espaçoso o bastante para acomodar o naipe de cordas que ele havia pedido. Atravessou as portas como um torpedo e foi direto cumprimentar o homem louro-grisalho do outro lado da sala. O sujeito usava um terno de *tweed* inglês e óculos com armação de tartaruga; uma das lentes era tão grossa que o olho adquiria um aspecto engraçado. Tinha os ombros largos de um ex-jogador de rúgbi, ao contrário do que se poderia esperar de alguém com uma batuta na mão. Parecia um daqueles diretores de escola do cinema. Ao serem apresentados, Johnny e Cy Milner trocaram o mínimo de palavras possível. Johnny sacudiu o polegar na direção do microfone e Milner assentiu com a cabeça.

Milner sussurrou algumas orientações para o engenheiro de som e subiu no pódio. Os músicos tomaram dos seus instrumentos. Milner tirou o paletó, levantou os braços musculosos e agitou a batuta. Johnny estava diante do microfone, pronto para começar.

— Vamos lá, cavalheiros — disse apenas.

Ele atacou a primeira nota com vontade, e a orquestra — todos da turma de Eddie Neil — o acompanhou com volúpia. Como nos velhos

A Volta do Poderoso Chefão   71

tempos. Johnny teve a sensação de que estava navegando na canção. Ainda estava em plena forma. Era como andar de bicicleta.

Terminada a canção, as pessoas na cabine começaram a aplaudir, embora não pudessem ser ouvidas.

Milner sentou-se num banquinho. Johnny perguntou o que ele tinha achado. Milner respondeu que ainda estava pensando. Johnny perguntou se deviam tentar outra vez. O regente não disse nada. Apenas ficou de pé e levantou os braços. Eles tocaram outra vez. Milner sentou-se de novo e começou a fazer anotações.

— O que está fazendo?

Milner balançou a cabeça, mas não disse nada. Johnny olhou para Phil, que captou a mensagem e convocou uma reunião na cabine.

— Vamos dispensar dois terços da orquestra — disse Milner.

Não disse "devíamos dispensar" nem "talvez devêssemos dispensar"; foi categórico. Johnny explodiu na mesma hora. Aquela era a orquestra que ele havia usado em todos os seus sucessos anteriores, exatamente a sonoridade que as pessoas estavam esperando.

Milner ouviu o desabafo de Johnny sem denotar qualquer emoção; estava irredutível.

Por fim entregou a Phil uma folha de papel com o nome de todos que deveriam ser mandados de volta para casa. Phil arqueou uma sobrancelha e apontou para si mesmo. Milner disse que para ele tanto fazia quem fosse o portador da má notícia.

— Anda, Phil — exclamou Johnny. — Acaba logo com isso. — Depois jogou-se numa poltrona de couro.

Milner foi quem afinal despachou os músicos. Johnny repassou a lista de canções escolhidas para gravação e comparou os arranjos de Neils aos de Milner. Os de Milner tinham uma escrita apressada, eram pontilhados por notas mal desenhadas e imprecisas. Em termos de capricho, ninguém se comparava aos antigos.

Dali a pouco, Johnny voltou ao microfone e olhou para a partitura na estante. Agora, a de Milner. Uma velha peça de Cole Porter que ele já havia gravado muito, muito antes. Sua vontade era ao mesmo tempo fulminar e abraçar o trombonista. Adoraria provar que ele estava errado. Rezava para que estivesse certo.

Quem já tivesse visto Johnny Fontane nos clubes, ou mesmo num estúdio de gravação dez anos antes, não teria reconhecido o homem tenso e pensativo que agora respirava uniformemente atrás do microfone. Os músicos restantes tomaram seus assentos. O engenheiro queria testar o microfone. Enquanto eles se preparavam para recomeçar, um garoto entrou na sala e perguntou onde devia colocar o chá do Sr. Fontane. Johnny apontou mas não disse nada; não fez nenhum movimento além de balançar o corpo ligeiramente para a frente e para trás; manteve os olhos fixos na partitura, mas sem ver de fato o que estava escrito nela. Tudo isso não tomou mais que alguns minutos, mas Johnny teve a impressão de que havia se passado uma eternidade, ou tempo nenhum. Fechou os olhos. Da última vez que ele havia cantado aquela canção, sua voz saíra tão cristalina quanto a chuva, e tão desinteressante quanto.

Johnny mal percebeu quando a música começou. Controlava tão bem a respiração — devido aos exercícios na piscina — que mal se dava conta de que estava cantando. O arranjo inflava e encolhia, aparecia e desaparecia, exatamente nos lugares certos. Terminado o primeiro verso, Johnny já não tinha consciência de mais nada senão do malandro descrito na canção, que recorria a palavras bonitas e piadas para convencer a si mesmo de que podia continuar a viver sem a mulher que o abandonara. Antes de chegar ao primeiro refrão, ele já *era* o tal malandro. Não cantava para quem o estivesse ouvindo — no estúdio, na rádio ou na privacidade dos seus lares, com uma garrafa de uísque esvaziando-se mais depressa do que devia. Cantava para si mesmo, dizendo verdades que de tão íntimas poderiam furar buracos na pedra. Quem de fato estivesse ouvindo a música não teria outra coisa a fazer além de pensar nas palavras bonitas e nas outras artimanhas que o amor perdido é capaz de inspirar, bem como na raiva desabrida por quem faz a coisa certa e nos abandona, e por fim desesperar.

A canção chegou ao fim.

Milner baixou a batuta e olhou para o engenheiro, que balançou a cabeça positivamente. As pessoas no estúdio — até mesmo os músicos da banda reduzida — irromperam numa salva de palmas. Milner caminhou em direção à cabine.

Johnny afastou-se do microfone. Olhou para o rosto sorridente daquele bando de bajuladores. Milner voltou da cabine e começou a

A Volta do Poderoso Chefão   73

reposicionar os microfones. Não disse nada. Alguém poderia jurar que o sujeito era siciliano, visto quanto ele era capaz de dizer sem falar nada.

— De jeito nenhum — disse Johnny. — Muito obrigado a todos vocês, mas não. Vocês foram ótimos, mas posso fazer melhor. Vamos tentar outra vez, está bem?

Milner reposicionou outro microfone.

— Aquele oitavo compasso, Cy — disse Johnny ao arranjador —, você pode dar um toque de Puccini nele?

Milner pescou um pedaço de papel amarfanhado no bolso da camisa — aparentemente um recibo de lavanderia —, sentou-se ao piano, experimentou alguns acordes, anotou algumas notas e deu orientações breves à orquestra.

Johnny jamais voltaria a trabalhar com Eddie Neils.

Ele havia ido à lua e voltado, cantando aquela canção. E tinha certeza absoluta de que poderia voltar para lá quantas vezes fosse necessário, ou ir até mais longe se quisesse. Poderia encher um LP inteiro com canções que fariam as pessoas abandonar as próprias vidas para mergulhar nelas ainda mais. Além disso, ocorreu-lhe de repente que poderia encadear as faixas do mesmo jeito que Les Halley quando ainda tinha Johnny como *crooner*, só que agora em disco, de modo que houvesse uma relação musical entre cada uma delas, algo que nem mesmo os gigantes do *jazz* haviam feito antes.

Phil Ornstein cumprimentava os músicos um a um. Não ficaria feliz se gastassem uma sessão inteira com apenas aquela canção, mas paciência. Johnny Fontane o desafiaria a entrar numa loja de discos e ver uma única pessoa pedir os novos lançamentos da National Records. Ninguém procurava por gravadoras. Mas por canções. E por cantores.

Milner subiu no pódio. Seus óculos davam a impressão de que o olho normal estava virado para a orquestra, e o enorme, para o cantor. Johnny baixou a cabeça, e eles recomeçaram.

Oito compassos depois, o fantasma de Puccini surgiu do além e de alguma forma deu novo alento à música. Johnny respirou fundo e mergulhou.

74   Mark Winegardner

*

Michael e Kay passaram a primeira hora de vôo em relativo silêncio. Impressionada, Kay chegou a comparar a beleza do deserto à obra de alguns artistas abstratos. Michael não os conhecia, mas fingiu conhecer. Ouvindo a mulher falar sobre arte, perguntou a si mesmo por que, numa questão tão trivial, ele não havia simplesmente dito a verdade.

Michael quis saber da mudança. Kay pensou em lhe contar sobre o dia, na semana anterior, em que os Clemenza haviam aparecido na casa velha dos pais dele, que já haviam comprado, e encontrado Carmela Corleone diante da janela do escritório do falecido marido, um cômodo em que pouquíssimas vezes ao longo da vida ela tinha colocado os pés. Estava bêbada e engrolava orações em latim. "Aqui é o meu lugar", dissera. "Não vou mudar para porcaria de deserto nenhum." Michael logo ficaria sabendo do episódio. Bobagem. Era óbvio que já sabia.

— Está indo muito bem — disse Kay. — Connie tem ajudado bastante.

O comentário, por mais neutro que parecesse, estava carregado de significados. Michael não reagiu à menção da irmã, mas sabia que Connie ainda o culpava pela morte do marido, Carlo, embora um promotor que ele conhecera em Guadalcanal tivesse condenado um joão-ninguém dos Barzini pelo crime.

— Estranho — disse Kay depois de um longo silêncio. — Sobrevoar o deserto num hidroavião.

Um tapete de areia e plantas raquíticas espraiava-se em todas as direções. Aqui e ali, volumes que depois se revelavam montanhas surgiam no horizonte ao norte.

— E as crianças, como estão? — perguntou Michael afinal.

— Você os viu hoje de manhã — disse Kay. Mary, de dois anos, havia berrado "Papai! Papai!" ao vê-los sair. Anthony, que no ano seguinte entraria para o jardim de infância, escondera-se debaixo de uma caixa e assistia à TV através de um furo no papelão. Era um programa em que bonequinhos de barro enfrentavam os problemas da vida: um era repreendido por não ter emprestado o caminhãozinho vermelho ao irmão; outro era felicitado por ter admitido sua participação na quebra de um vaso. O papai de barro, vestindo suéter xadrez, jamais seria

A Volta do Poderoso Chefão 75

chamado de "um suposto chefe do submundo" pelo *The New York Times*. O vovô comprido e magrinho dificilmente cairia morto aos pés de um dos netos. — Como achou que eles estivessem? — emendou Kay.

— Eles me pareceram bem. Já fizeram amigos? Na vizinhança?

— Eu ainda estou desempacotando as coisas, Michael. Não tive tempo de...

— Certo — ele disse. — Não estou querendo criticar.

Eles já estavam quase chegando a Reno. Michael fez contato com o aeroporto.

— Seus pais fizeram boa viagem? — ele perguntou.

— Fizeram. — O pai de Kay havia ensinado teologia em Dartmouth um número suficiente de anos para fazer jus a uma pequena pensão, a qual se somava à outra que ele recebia desde que se aposentara como pastor cinco anos antes. Ele e a mãe de Kay haviam comprado um *trailer* e planejavam viajar pelo país inteiro. Tinham chegado na véspera, para ajudar a filha a colocar a casa em ordem e ver os netos. — Disseram que o *camping* é tão agradável que talvez fiquem lá para sempre. — O Castle in the Sand tinha o seu próprio parque de *trailers*.

— Podem ficar lá o tempo que quiserem.

— Eles não estavam falando sério — disse Kay. — E então, o que você planejou? O que tem para se fazer em Tahoe?

— Que tal jantarmos e esticarmos no cinema?

— Ainda não são nem onze horas.

— Almoço e cinema. Uma matinê. Deve haver uma matinê a que a gente possa assistir.

— Ótimo. Ei, Michael, olha só aquilo! É maravilhoso!

O lago, muito maior do que Kay havia imaginado, pontilhava-se de minúsculos barquinhos de pesca e cercava-se de montanhas. Muitas das encostas cobriam-se de pinheiros até o sopé. A superfície do água parecia tão lisa quanto a de uma mesa laqueada.

— É mesmo — ele disse. — Nunca vi lugar mais bonito do que este.

Michael olhou para a mulher. Ela se remexia no assento e esticava o pescoço para ver melhor o lugar esplendoroso onde logo desceriam. Parecia feliz.

Michael aos poucos foi se aproximando da água e por fim aterrissou não muito distante de um píer e de uma casa de barcos. Aparentemente não havia mais nada por ali, a não ser um bosque e uma clareira próxima, uma ponta de terra que se projetava no lago.

— Aqui é bem longe da cidade — disse Kay.

— Conheço um excelente lugar para almoçarmos — disse Michael —, bem perto daqui.

Quando o avião se aproximou do píer, três homens de terno escuro saíram do bosque.

Kay ficou assustada e se contraiu no assento. Chamou o marido quando viu os homens entrarem no píer.

Michael balançou a cabeça. A mensagem era clara: "Não se preocupe. Eles trabalham para mim."

Os homens subiram nos flutuadores e amarraram o avião ao píer. O chefe deles era Tommy Neri, sobrinho de Al Neri — que em seu antigo uniforme de policial havia esvaziado um revólver de serviço no peito de Don Emilio Barzini, e que, com uma faca de cozinha surrupiada na cozinha do próprio homem, havia eviscerado um dos principais soldados de Phillip Tattaglia e urinado na ferida aberta do morto —, o responsável pela segurança de todos os hotéis controlados pela família. Assim como Al, Tommy havia trabalhado para a polícia de Nova York. Ele e seus dois companheiros pareciam recém-saídos do colégio. Não disseram quase nada e voltaram para o bosque.

Na entrada do píer, Kay olhou para Michael. Havia um milhão de coisas a serem ditas a respeito de tudo aquilo e, ao mesmo tempo, nada.

— Espere aqui — disse Michael. Depois coçou a face que havia sido dilacerada no passado, o que ele costumava fazer, provavelmente sem ter consciência, sempre que ficava nervoso. Depois de ter sido acertado por aquele policial, durante muitos anos ele se recusara a tomar qualquer providência — assoava o nariz constantemente e reclamava a toda hora da aparência medonha —, até que, finalmente, por amor a Kay, ele mandou consertar os estragos. Ficara bem melhor depois da cirurgia, mas não como antes. Nunca mais seria o mesmo de antes. Kay jamais havia dito isso a ele.

Michael foi até a porta da casa de barcos, esticou o braço até uma aba na parede, encontrou uma chave e entrou.

A Volta do Poderoso Chefão 77

Kay ao mesmo tempo queria e não queria perguntar de quem era aquela casa de barcos. Deteve-se não por medo da resposta. Mas por medo de Michael não gostar da pergunta.

Pouco depois ele reapareceu com um buquê de doze rosas na mão. Kay deu um passo para trás. Depois esticou os braços e aceitou as flores. Eles se beijaram.

— Feliz aniversário — disse Michael.

— Achei que o passeio tinha sido meu presente.

— Está tudo incluído no pacote.

Ele voltou à casa de barcos e buscou uma toalha de praia e uma enorme cesta de piquenique coberta com um pano xadrez. Dois pães italianos projetavam-se para fora como duas espadas cruzadas.

— *Voilà!* — ele disse. Com a cabeça, apontou para a clareira. — Almoço na praia.

Kay seguiu na frente. Deixou as flores no chão e estendeu a toalha.

Sentaram-se à maneira indiana, um de frente para o outro. Estavam mortos de fome e atacaram a comida com volúpia. A certa altura, Michael balançou um cacho de uvas diante do rosto de Kay.

— Está bem, está bem — ela disse. — Essa não dá para deixar de aceitar

— Assim é que eu gosto — disse Michael.

Kay olhou para o bosque, mas não viu os homens.

— Não foi isso o que eu quis dizer. Pelo menos não foi *só* isso. — Ela hesitou. Mas por que não perguntar? Não era uma pergunta sobre os negócios. Ele a havia levado até ali para comemorarem o aniversário de casamento. — De onde veio toda esta comida?

— Entrega em domicílio.

— De quem são estas terras?

— Estas terras aqui?

Kay franziu as sobrancelhas.

— Ah, sim — disse Michael. — Acho que são suas.

— Você acha?

— Elas *são* suas. — Michael ficou de pé. Do bolso de trás das calças tirou um papel. Uma cópia da escritura. Como tudo mais que eles possuíam, as terras estavam no nome dela, e não dele. — Feliz aniversário — emendou.

Kay recolheu as rosas. O fato de que eles tinham dinheiro suficiente para comprar um lugar daqueles, além da casa em Las Vegas, deixava-a ao mesmo tempo estarrecida e emocionada.

— Ninguém sabe impressionar uma mulher melhor que você — disse ela.

Michael sabia que não devia ter dito que as terras eram presente de aniversário. Tinha passado dos limites.

— Esse foi o último presente — falou. Depois colocou a mão direita sobre uma Bíblia imaginária e levantou a esquerda. — Eu juro. Chega de surpresas.

Ela olhou para ele. Comeu um morango.

— Você comprou isto aqui sem me dizer nada?

Michael fez que não com a cabeça.

— Tenho participação numa imobiliária, que comprou as terras. Trata-se de um investimento. Achei que a gente podia cultivar alguma coisa aqui. Para nós. Para a família.

— Para a família?

— Isso mesmo.

— De que família você está falando?

Michael virou o rosto e olhou para o lago.

— Kay, você precisa confiar em mim. As coisas estão meio delicadas agora, mas nada mudou.

"Tudo mudou", ela pensou, mas foi prudente o bastante para não dizer.

— Você leva a gente para Las Vegas e depois, antes mesmo de abrirmos todas as malas, muda a gente de novo, para cá?

— Fredo já tinha armado as coisas em Las Vegas. Mas a longo prazo, Lake Tahoe é mais interessante. Para *nós*, Kay. Você pode chamar um arquiteto e construir a casa dos seus sonhos. Pode levar um ano, dois, quanto precisar. Faça o melhor que puder. Os meninos vão crescer nadando nesse lago, brincando nesses matos, andando a cavalo, esquiando. — Ele virou-se para ela. — Quando pedi você em casamento, Kay, eu disse que, se tudo desse certo, meus negócios seriam completamente legítimos em cinco anos.

— Eu me lembro. — Embora aquela fosse a primeira vez desde então que eles falavam sobre o assunto.

— Isso ainda está de pé. Foram necessários alguns ajustes, é verdade, nem tudo saiu como queríamos. Eu não havia contado com a morte do meu pai. Outras coisas aconteceram também. Não podemos esperar que tudo dê certo num plano que envolve seres humanos. Mas — ele levantou o dedo indicador —, mas... Nós estamos quase lá. Apesar de alguns contratempos, Kay, nós estamos muito, muito perto. — Michael sorriu e se ajoelhou. — Las Vegas já tem uma certa reputação. Em todas as versões desse plano, os hotéis e os cassinos vão continuar lá. Mas Lake Tahoe é diferente. Este é um lugar que pode ser bom para todos nós, indistintamente. O terreno é grande o suficiente para que você construa a casa que bem entender. Quem quiser morar aqui, há espaço suficiente. Minha mãe, seus pais...

Michael não mencionou nem a irmã, nem o irmão dele. Kay conhecia o marido o suficiente para saber que não se tratava de um lapso.

— Posso vir para cá de hidroavião, e jatos de qualquer tamanho podem pousar em Reno, que está logo ali. Carson City fica a uma hora de distância. São Francisco, três.

— Carson City?

— A capital.

— Achei que Reno fosse a capital.

— Todo mundo acha isso. Mas é Carson City.

— Tem certeza?

— Já estive lá a negócios. No prédio da Assembléia Legislativa, inclusive. Quer que eu prove?

— Claro que quero.

— É Carson City, Kay, pode acreditar. Como você quer que eu prove?

— Foi você quem falou em provas.

Michael pegou um ovo. Levantou-o como se fosse um dardo e jogou-o na direção de Kay.

Ela pegou o ovo e, ato contínuo, mandou-o de volta. Mas errou o alvo. O ovo passou direto por Michael e caiu no lago, chapinhando duas vezes antes de afundar.

— É bom ver você assim — disse ela.

— Assim como?

— Não sei explicar.

Michael sentou-se ao lado de Kay.

— Tem muita coisa que também não sei explicar, Kay. Mas tenho um sonho. Um sonho muito antigo, mas que agora está infinitamente mais próximo de se realizar, com nossos filhos crescendo do jeito que você cresceu, muito mais do que do jeito que eu cresci, garotos tipicamente norte-americanos que no futuro poderão ser o que quiserem. Você cresceu numa cidade pequena; eles também vão crescer numa cidade pequena. Você freqüentou uma universidade; eles também vão freqüentar uma universidade.

— Você também entrou para a faculdade. Para uma muito melhor.

— Mas você se formou. Nossos filhos não terão nenhum motivo para abandonar os estudos, não vão precisar me ajudar nos negócios. Não serão influenciados por mim do jeito que fui influenciado por meu pai, e a mudança para cá faz parte disso. Vamos manter nossa família longe...

Kay arqueou as sobrancelhas.

— Você sabe muito bem de que família estou falando — continuou Michael. — A *nossa* família. Eu e você. Vamos ficar longe de... — Ele pegou uma garrafa de leite semivazia e de um só gole bebeu todo o resto. — Longe de Nova York, digamos assim. Isso, por si só, abrirá um novo caminho para nós. Nossas propriedades no estado de Nevada, que ainda não é um estado muito populoso, você sabe, permitirão que eu reorganize meus negócios de um jeito que jamais seria possível em Nova York. O pior já ficou para trás. Escreva o que estou falando: daqui a cinco anos, a família Corleone deverá ser tão legítima quanto a Standard Oil.

— Deverá... — repetiu Kay.

Michael suspirou. Se ela se comportasse assim como professora, seus alunos seriam ao mesmo tempo muito sortudos e muito azarados.

— Sinto muito se não posso dar a certeza que você quer. Afinal, o que na vida não é passível de dúvida?

— As famílias, certo?

Michael optou por interpretar aquilo como uma brincadeira.

— O que mais podemos fazer? Fugir? Mesmo que eu pudesse fazer isso sem fazer de você uma viúva, e depois? Eu arrumaria um emprego numa sapataria e voltaria a estudar à noite? Muita gente depende

A Volta do Poderoso Chefão 81

de mim, Kay, e embora você e as crianças venham em primeiro lugar, o que nunca vai mudar, tenho que pensar em outras pessoas. Fredo, Connie, minha mãe, para não falar das pessoas que trabalham para mim. Vendemos a empresa de azeite porque precisávamos de um montante muito alto, e tudo absolutamente dentro da lei, mas mesmo depois disso ainda temos participação majoritária numa infinidade de negócios diferentes e rigorosamente legítimos: fábricas, imobiliárias, dezenas de restaurantes e uma cadeia de lanchonetes, vários jornais e estações de rádio, uma agência de representações artísticas, um estúdio de cinema, até mesmo uma corretora em Wall Street. Nossas atividades associadas ao jogo e ao empréstimo de dinheiro poderão continuar em todos os estados onde elas forem legais. Quanto às contribuições para a eleição deste ou daquele político, isso não é diferente do que faz qualquer empresa ou sindicato importante. Talvez eu pudesse parar e ficar de fora, vendo tudo desmoronar, vendo a gente perder tudo o que é nosso. *Ou* — e aí ele levantou o indicador —, ou, em vez disso, eu poderia correr mais alguns riscos calculados e tentar concluir um plano que já está, eu diria, oitenta por cento implementado. Você sabe que não posso dar muitos detalhes, mas isto eu posso dizer: se você tiver um pouquinho de fé em mim, daqui a cinco anos a gente vai estar sentado neste mesmo lugar, olhando nossos filhos, Mary, Anthony, e talvez mais uns dois, nadando neste lago. Tom, meu irmão Tom Hagen, estará a dois meses de se eleger governador do magnífico estado de Nevada, e o nome Corleone terá para os norte-americanos o mesmo significado dos nomes Rockefeller e Carnegie. Pretendo fazer coisas muito importantes, Kay. Muito importantes. E a razão principal para tudo isso, antes de qualquer outra coisa, é você e as crianças.

Eles recolheram as coisas; Michael assobiou, e Tommy Neri saiu do bosque. Disse que ele e os garotos já tinham comido, mas que um pequeno lanche não seria nada mal, obrigado.

Michael conduziu Kay até a casa de barcos, onde havia uma lancha Chris-Craft, de um azul-esverdeado, com painéis verde-escuros. Ele ofereceu o braço, e Kay entrou. Ela achou que Tommy Neri entraria em seguida, mas ele soltou o barco e ficou para trás.

— Fiquei pensando... — disse Michael, enquanto dava marcha à ré na lancha. — Afinal de contas, qual é o presente tradicional para um aniversário de cinco anos de casamento?

— Algo de madeira. Cinco anos são bodas de madeira. — Kay tirou um cartão da bolsa e entregou a Michael.

— É mesmo? Madeira?

— É. Abre isso.

Michael riu e apontou para as margens arborizadas do lago.

— Está vendo? Madeira!

— Abra o cartão.

Quando Michael abriu o envelope, um panfleto caiu no chão da lancha. Ele pegou-o de volta.

— Está vendo?— ecoou Kay — Madeira!

O panfleto anunciava um clube de golfe em Las Vegas.

— Os bosques dos campos — ela continuou. — Com tacos e tudo. Você acaba de ganhar um conjunto de tacos de golfe. — Kay apertou o bíceps direito de Michael. — Você precisa passar lá para eles tomarem as suas medidas.

— Golfe.

— Não gostou? Não quer aprender a jogar golfe?

— Claro que quero — ele disse, coçando uma das bochechas. — Golfe é ótimo. Todo executivo que se preza neste país joga golfe. Adorei a idéia. Adorei.

Michael arrancou a lancha, e, atravessando o lago, eles tomaram o rumo da cidade. Kay aproximou-se, e Michael abraçou-a pelo ombro. Ele acelerou o máximo que pôde. Ela deitou a cabeça no ombro dele e permaneceu assim durante os vinte minutos da viagem.

— Obrigada — disse Kay assim que eles chegaram. — Adorei as terras. Adoro o seu plano. — Ela inclinou-se na direção do marido. — Eu... — E beijou-o. De modo geral Michael não gostava de exibir seus sentimentos em público, mas aquele beijo tivera um efeito especial, e quando Kay fez menção de se afastar, ele apertou-a novamente e beijou-a com um ímpeto ainda maior.

Quando finalmente se separaram, já sem fôlego, ouviram aplausos. Eram dois adolescentes na margem do lago, acompanhados de suas respectivas namoradas. As garotas se desculparam:

A Volta do Poderoso Chefão

— São dois retardados — disse uma delas.

— Não dá para sair na rua com eles — disse a outra.

Os quatro estavam vestidos como se tivessem acabado de sair da igreja.

— Não se preocupem — disse Michael. — Por acaso tem um cinema aqui por perto?

Tinha, e as garotas explicaram como chegar até lá. A essa altura os dois garotos já haviam se afastado e agora trocavam socos um com o outro.

— Eu ia dizer que... — disse Kay

— Que me ama — completou Michael.

— Você é tão safado quanto aqueles garotos. E você me ama também.

O cinema estava fechado. O filme era uma produção de Johnny Fontane. Sessenta por cento da produtora dele pertenciam a uma empresa privada registrada em Delaware, cujas ações estavam no nome de representantes da família Corleone. Num futuro próximo, Michael compraria (por um preço simbólico, é claro) o pacote inteiro. Isso se houvesse alguma coisa que valesse a pena comprar. A produtora tinha sido bastante rentável no passado. Aquele filme, como a maioria dos mais recentes, não estrelava Johnny Fontane. Michael bateu na janela da bilheteria.

— Está fechada, Michael.

Ele balançou a cabeça e bateu de novo, dessa vez com mais força. Dali a pouco um homem careca, vestindo roupas de caubói, apareceu no saguão e do outro lado do vidro disse que o cinema estava fechado.

— Sinto muito, senhor. Domingo só temos a sessão das sete e meia.

Michael pediu-lhe que abrisse a porta, e ele abriu.

— Eu sei — disse Michael. — Mas é que minha mulher e eu estamos comemorando cinco anos de casamento, e ela é a fã número um desse — ele se virou e olhou para o pôster — Dirk Sanders. Não é mesmo, querida?

— É, claro. Sou sim.

— Então vocês podem vir às sete e meia.

Michael olhou para a mão esquerda do homem.

— Mas o problema é que a gente precisa voltar para casa antes disso, e é o nosso aniversário de casamento. O senhor é casado, sabe como são as coisas, não sabe?

— Sou o proprietário — ele disse. — Não sou o projecionista.

— E portanto seu tempo é ainda mais precioso. Jamais lhe pediria que fizesse um favor desses a alguém que nunca viu na vida. O senhor sabe operar o projetor, não sabe?

— Claro que sei.

— Será que podíamos trocar uma palavrinha, só nós dois? Não vai demorar.

O homem revirou os olhos, mas Kay pôde perceber que de alguma forma ele se deixara afetar pelo olhar frio do marido. Michael entrou, e eles cochicharam por um instante. Dali a pouco Michael e Kay estavam sentados na fileira do meio, esperando o início do filme.

— O que você disse a ele? — ela perguntou.

— Acabamos descobrindo que temos amigos em comum.

Minutos depois, quando os protagonistas literalmente toparam um com o outro numa versão tecnicólor de Paris, o dono do cinema trouxe dois copos de refrigerante e um balde de pipoca fresca. O homem e a mulher do filme imediatamente se antipatizaram, o que significava, é claro, que acabariam juntos no final. Kay e Michael começaram a se agarrar no escuro como dois adolescentes. Não podiam ir embora, não depois de terem feito o homem passar o filme só para eles. Continuaram se agarrando. As coisas começaram a esquentar.

— Está vendo? — sussurrou Kay, apertando a virilha de Michael.

— Madeira!

Michael caiu na gargalhada.

— Shhh... — chiou Kay.

— Nós estamos sozinhos — disse Michael. — Só nós dois.

Um ano antes, um dos dois homens que andavam de um lado para outro em frente ao portão 10B do aeroporto de Detroit ainda era barbeiro no Brooklyn; paralelamente administrava uma banca de apostas e prestava contas a um sujeito, que prestava contas a um sujeito, que, por sua vez, prestava contas a Pete Clemenza. O outro havia sido criador de cabras na Sicília, numa região próximo a Prizzi. Nos anos in-

A Volta do Poderoso Chefão

85

termediários, promoções por lealdade e mérito no campo de batalha, além de uma franca baixa na oferta de mão de obra, fizeram com que os dois subissem na hierarquia mais rápido do que seria possível em tempos de paz. O barbeiro era de terceira geração e mal falava italiano; o criador de cabras ainda pelejava com o inglês. O vôo deles para Las Vegas estava prestes a partir. Nenhum sinal de Fredo Corleone. O criador de cabras levou um telefone fantasma ao ouvido. O barbeiro compreendeu o gesto e suspirou. O que mais ele poderia fazer? Foi até um telefone público e despejou as moedas necessárias.

— *Telefonista* — respondeu a moça em Las Vegas. Dizia-se à boca pequena que as garotas do serviço de telefonia, esta e a outra no Brooklyn, eram sobrinhas de Rocco Lampone, ambas muito lindas, mas ninguém jamais as tinha visto em carne e osso e portanto ninguém sabia ao certo.

— Aqui é o Sr. Barbeiro — disse ele.

— *Sim, senhor. E qual é o seu recado?*

— Nossa bagagem foi extraviada. — Ele quase chegou a dizer "perdida", mas uma pessoa perdida poderia ser interpretada como uma pessoa morta. — Não vai chegar no vôo original.

— *Entendido. Mais alguma coisa?*

Mais alguma coisa? Quando Don Corleone ficasse sabendo que os guarda-costas de Fredo o haviam perdido num cassino em algum lugar nas imediações de Detroit, aí sim seria o fim deles.

— Diga apenas que eu e o senhor... — O barbeiro teve um branco. Como era mesmo que se dizia "cabra" em italiano? Ele tapou o bocal do telefone. O criador de cabras tomava café do outro lado do salão. — *Come se dice* "cabra"?

— *La capra* — respondeu o outro, balançando a cabeça.

Como se, tendo crescido no Brooklyn, o barbeiro tivesse visto uma única cabra na vida, ou tivesse tido a oportunidade de aprender aquela porcaria de palavra. Voltando ao telefone ele falou:

— Diga que eu e o Sr. Capra estamos procurando pela bagagem. Esperamos poder pegar o próximo vôo, com bagagem e tudo.

— *Pode deixar, senhor. Muito obrigada.*

Sandra Corleone estacionou a perua Roadmaster sobre o gramado próximo ao dormitório de Francesca.

86   Mark Winegardner

— Ah, não, mãe — disse Francesca. Ela acabara de vestir sua elegante capa de chuva. — Você não vai parar aqui, vai?

Todos os outros carros se apertavam no asfalto da rua ou na zona de descarregamento.

— Não tem nenhum problema — disse Sandra, desligando o motor e virando-se para acordar Kathy que dormia no banco de trás. Como se combinado, dois outros carros subiram no gramado logo depois. — As pessoas têm de estacionar em algum lugar.

Elas abriram o porta-malas do carro, e Kathy sobrecarregou Francesca e Sandra de caixas e mais caixas, todas elas da loja de bebidas do noivo da mãe. A maioria dos outros alunos descarregava baús ou caixas de empresas de mudança. Kathy ficou apenas com um ventilador de mesa e com o rádio de baquelite de Francesca.

— Alguém tem de abrir a porta — ela disse.

As portas da frente estavam escancaradas. Kathy chamou o elevador para elas. Sandra já suava em bicas. Colocou as caixas no chão do elevador.

— Estou bem — falou, cansada demais para dizer qualquer outra coisa. Estava com trinta e sete anos, uma anciã, e havia engordado muito desde a mudança para a Flórida.

— Não acredito que você fez mamãe carregar as coisas mais pesadas — disse Francesca.

— Não estou me sentindo muito bem — retrucou Kathy, com um sorriso irônico. — Não acredito que você está usando uma capa de chuva.

— A gente nunca sabe quando vai chover — disse Francesca. Kathy sabia muito bem que o problema era o *dress code* do lugar. Francesca estava usando calças capri. As meninas que não estivessem de saia ou vestido deveriam se cobrir. A maioria delas, tal como Francesca havia sido informada na reunião de orientação, escolhia capas de chuva. Era bem possível que o *dress code* não vigorasse no dia da mudança, mas Francesca preferia não se arriscar. Era do tipo que não se importava em seguir as regras.

Chegando ao quarto de Francesa, Kathy largou o ventilador e o rádio, jogou-se no colchão nu de uma das camas de solteiro, encolheu-se toda e, apertando a barriga, gemeu de dor.

A Volta do Poderoso Chefão 87

Francesca revirou os olhos. Raramente tinha cólicas e por isso via com ceticismo as crises freqüentes da irmã. Mas reclamar disso era inútil, tão inútil quanto a própria Kathy.

— Onde estão os lençóis? — disse Sandra.

— Na outra cama — respondeu Francesca.

— Esses não. — Ela tirou da bolsa uma lixa de unhas e começou a abrir as caixas. Francesca desceu para buscar mais coisas. Quando voltou ao quarto, a cama já estava feita com lençóis cor-de-rosa, e Kathy recostava-se nos travesseiros de ambas as camas, o ventilador virado para ela, os olhos fechados, uma toalha de rosto molhada sobre a testa, bebendo Coca-Cola de canudinho e ouvindo *jazz* no rádio.

— Onde você conseguiu esse refrigerante?

— Foi a supervisora do dormitório quem trouxe — respondeu Sandra. — Ela passou por aqui para lhe dar as boas-vindas.

— Eu falei que era você — sussurrou Kathy.

Por um segundo Francesca ficou furiosa. Mas a idéia não tinha sido de todo má. Era só uma garrafa de refrigerante. E quanto ao fato de Kathy se passar por ela, o truque era eficaz e dificilmente causaria problemas a longo prazo. Assim como Kathy.

— Obrigada — disse Francesca.

— De nada — devolveu Kathy, dando um tapinha no ar.

— Você pretende dividir essa Coca?

— É Charles Mingus quem está tocando.

— Ótimo. Você vai dividir a Coca ou não vai?

Kathy passou-lhe a garrafa.

— Charles Mingus no baixo — falou. — Um escândalo.

Francesca livrou-se do canudo e bebeu o máximo que pôde; esperava tomar tudo até o fim, mas o gás no nariz fez com que mudasse de idéia. Devolveu a garrafa à irmã.

Na segunda viagem até o corredor de entrada, Sandra espiou através da porta da sala de visitas coletiva, agarrou uma cadeira de madeira de aparência frágil e fez um gesto para que Francesca a acompanhasse por um corredor escuro até a porta lateral. As aulas só começariam na terça, e, graças à mãe, Francesca já havia quebrado duas regras cardeais da reunião de orientação: "Jamais deixar a porta lateral aberta" e "Jamais retirar móveis da sala de visitas". Outras garotas e seus pais, é claro, imediatamente se beneficiaram do mesmo expediente.

88 Mark Winegardner

Sandra carregava três caixas pesadas e mal podia andar. Francesca depôs as suas nos degraus da porta lateral e esperou pela mãe.

— Por que você não escolheu uma escola só para mulheres? — berrou Sandra Corleone, arfando e apontando com a cabeça para o prédio da frente, para onde se mudavam os garotos. Sandra gostava de falar alto. — Como a escola da sua irmã?

O vestido da mãe estava tão molhado de suor que, aqui e ali, Francesca podia ver as manchas escuras do sutiã e da calcinha. Sandra não era magra, mas sua *lingerie* parecia desnecessariamente enorme.

— Como você vai fazer para descarregar sozinha as coisas da Kathy?

— Não se preocupe com a Kathy. Ela vai melhorar. Ninguém falou que o dormitório dos meninos era logo aqui do lado. — Sandra falou ainda mais alto. — Não estou gostando nem um pouquinho disso.

As pessoas estavam olhando, Francesca tinha certeza disso. Pensou em corrigir a mãe e dizer que o correto seria "dormitório dos homens", mas achou que isso só pioraria as coisas.

Na viagem seguinte, Sandra levou uma carga mais leve. Ainda assim, tão logo as duas chegaram à porta lateral, ela estava completamente sem fôlego e precisou descansar. Esborrachou-se na tal cadeira de madeira, que ameaçou ruir. Geralmente as pessoas se mudam para a Flórida com o objetivo de aproveitar o sol e acabam emagrecendo para ficarem apresentáveis nas quadras de tênis e nas praias. Mas Sandra ficava cada vez maior. Naquele verão, Francesca vira Stan, o sujeito da loja de bebidas, beliscando o traseiro da mãe e dizendo que gostava muito da "retaguarda" dela. A lembrança fez Francesca tremer.

— Como pode estar com frio? — perguntou Sandra.

— Não estou.

— Por acaso está doente?

Francesca olhou para a mãe, que praticamente enfartava na cadeirinha.

— Está tudo bem comigo — disse afinal.

— Logo ali do lado — repetiu a mãe, apontando para o dormitório masculino, dessa vez com o polegar. — Você acredita nisso? Porque eu não acredito.

Difícil explicar por que ela insistia em falar tão alto.

— Então, por que cargas d'água você não quis ir para uma escola só de meninas?

A Volta do Poderoso Chefão 89

Francesca estava convicta de que até os meninos do outro lado tinham ouvido aquilo.

— Porque esta escola aqui é ótima, mãe, está bem assim? — Ela estendeu a mão para que Sandra se levantasse. — Anda, vem.

Quando elas chegassem a Barnard, Francesca podia prever, Kathy não ouviria outra coisa senão "Por que não escolheu uma escola mais perto?". Tudo o que Francesca fazia era considerado insuficiente em comparação ao que Kathy fazia, e vice-versa. Antes do baile de formatura do colégio, Sandra havia puxado Francesca de lado para exaltar as qualidades do par de Kathy, que naquela mesma noite levaria um pé na bunda. Algum tempo mais tarde, Francesca convidou o mesmo garoto para o baile de Sadie Hawkins. No dia seguinte, Sandra começou a listar todos os defeitos do rapaz. "Ele mudou", dissera. "Basta ter olhos pra ver."

Francesca fez mais uma viagem, dessa vez sem a mãe. Só então percebeu a quantidade de portas decoradas com letras gregas cercadas de grinaldas. A mãe e a irmã a haviam convencido a não fazer a mudança na semana anterior, quando haviam sido realizadas as provas de seleção dos grêmios femininos; a mãe porque fincara o pé na conveniência de fazer uma única viagem, e Kathy porque achava que os grêmios eram ótimos para as pilotos do serviço aéreo feminino, para as vagabundas e para as louras burras, e não para uma irmã dela, que já *tinha* uma família e portanto não precisava fingir que era *irmãzinha* de nenhuma piloto do serviço aéreo feminino vagabunda e loura. A opinião da irmã bastou para que Francesca metesse na cabeça que concorreria a uma vaga de qualquer maneira. Mas não concorreu. Só então ela se deu conta de que os vínculos de amizade firmados na semana anterior provavelmente já faziam dela uma perdedora, uma proscrita: uma pessoa *diferente*.

Quando voltou ao quarto, constatou que a mãe já havia aberto todas as caixas e malas e agora começava a guardar as coisas. Sandra havia providenciado uma pequena imagem da Virgem Maria e um par de chifres de boi vermelhos, nenhum dos quais Francesca pretendia manter depois que ela fosse embora.

— Não precisa fazer isso, mãe.

— Que nada — disse Sandra. — Não é trabalho nenhum.

— Pode deixar que eu cuido disso, juro.

Kathy riu.

— Por que você não diz logo que não gosta que ela mexa nos seus trecos?

— Mãe, não gosto que você mexa nos meus trecos.

— Mas eu mexo nos seus trecos em casa. Aliás, *trecos*? Espero que numa escola boa como esta você aprenda a não falar como um *beatnik* imundo. Afinal, o que você está tentando esconder de mim, hein?

— Nada. — *Beatnik?* — E caso você não tenha notado, a gente não está em casa.

Sandra levantou o rosto como se tivesse se assustado com um barulho.

Depois sentou-se diante da escrivaninha de Francesca e se desmanchou em lágrimas.

— Ah, não — disse Kathy, empertigando-se na cama. — Olha só o que você fez!

— Você não está ajudando em nada.

— Eu não estava falando com você — disse Kathy. E não estava mesmo. As lágrimas, assim como as risadas e os bocejos, podiam ser contagiosas.

As gêmeas ficaram de olhos marejados, depois caíram no choro também. As três se abraçaram na cama. O ano tinha sido difícil para elas. A morte do vovô Corleone, uma consternação para todos. O desaparecimento estranho do tio Carlo. O problema de Chip, aparentemente tão dócil, que quebrara o crânio de um colega na escola com uma garrafa térmica depois de ouvir um desaforo qualquer. Até então só houvera uma única ocasião em que elas haviam ficado assim: unidas, abraçadas, emocionadas. As meninas estavam na aula de matemática do Sr. Chromos quando o diretor da escola apareceu na sala e, sem explicar, pediu que elas o acompanhassem até seu gabinete. Lá encontraram a mãe, o rosto vermelho e inchado. "É o pai de vocês", ela dissera. "Um acidente." As três se jogaram no sofá laranja do diretor e lá ficaram, aos prantos, só Deus sabe por quanto tempo. Agora, chorando juntas outra vez, decerto se lembraram daquele dia. Os soluços ficaram mais altos; a respiração, mais ofegante; o abraço, mais apertado.

Por fim se acalmaram e desmancharam o abraço. Sandra respirou fundo e disse:

A Volta do Poderoso Chefão 91

— Eu queria apenas... — Não conseguiu terminar.

Alguém bateu forte na porta. Francesca levantou os olhos, esperando que aquela fosse a verdadeira primeira impressão que a supervisora do dormitório tivesse dela. Mas quem estava à porta era um casal, ele num terno azul-claro e ela num penteado de *poodle*, ambos sorrindo e exibindo crachás com os próprios nomes.

— Desculpem — disse o homem em cujo crachá se lia "BOB". — Este é o quarto 322?

O número estava pintado em preto do lado de fora da porta. Na verdade, o homem tocava os algarismos com o indicador.

— Desculpem-nos — disse a mulher. Ambos tinham um sotaque sulista bastante carregado. No crachá dela estava escrito: "BARBARA SUE (BABS)". Ela olhava para a imagem da Virgem e franzia a testa. — Se quiserem, podemos voltar outra hora...

— Este é o quarto dela — disse o homem, dando um passo para o lado e gentilmente puxando uma garota de pele escura através da soleira. A garota mantinha os olhos grudados nos sapatinhos de boneca.

— Acho que estamos interrompendo — disse a mulher.

— Não estamos interrompendo alguma coisa, estamos? — perguntou o homem.

Sandra Corleone assoou o nariz. Kathy enxugou o rosto no travesseiro de Francesca. Francesca enxugou-se com a própria mão.

— Não — disse ela. — Claro que não. Por favor, entrem.

— Ótimo — disse o homem. — Sou o reverendo Kimball, esta é a minha mulher, a Sra. Kimball, e esta é a nossa filha Suzy. Com "z". Não é uma abreviatura de Suzanne. É Suzy mesmo. Cumprimente as pessoas, Suzy.

— Olá — disse a garota, imediatamente voltando os olhos para os sapatos.

— Somos batistas. — O homem apontou a cabeça na direção da Virgem. — Mas há uma comunidade católica em Foley, uma cidadezinha aqui perto. Já joguei golfe com o líder deles, o padre Ron.

Francesca disse seu nome e depois apresentou a mãe e a irmã — pronunciou *Cor-lee-own*, o que até a mãe vinha fazendo nos últimos tempos —, e preparou-se para uma pergunta sobre o nome. A pergunta não veio.

Suzy olhou para as irmãs, visivelmente confusa.

— Sim, nós somos gêmeas — disse Kathy. — Ela é a sua colega de quarto. Vou para outra escola.

— Gêmeas idênticas? — perguntou Suzy.

— Não — respondeu Kathy.

Suzy ficou ainda mais confusa.

— Ela está brincando — disse Francesca. — Claro que somos idênticas.

O homem havia notado os chifres de boi. Passou os dedos neles. Não havia dúvida de que eram verdadeiros.

— Suzy é índia — falou ele. — Como vocês.

— É adotada — sussurrou a mulher.

— Mas não é dos Seminole — ele disse, e riu tão alto que todas as mulheres se assustaram.

— Não entendi — disse Sandra.

Com um misto de gemido e suspiro, o homem parou de rir de repente. Suzy sentou-se à escrivaninha que seria dela e fixou o olhar no tampo de fórmica. Francesca teve vontade de lhe oferecer flores, chocolate, vinho, qualquer coisa que colocasse um sorriso nos lábios da garota.

— Os Seminole da Flórida — explicou o homem, encenando o arremesso de uma bola de futebol. Riu de novo, ainda mais alto, e parou de rir, ainda mais de repente.

— Eu conheço o time, é claro — disse Sandra. — Não entendi por que o senhor disse que éramos índias. Somos italianas.

O homem e a mulher se entreolharam.

— Interessante.

— Muito interessante — ecoou a mulher. — É diferente.

Francesca pediu desculpas e disse que a mãe e a irmã tinham de ir embora, mas que ela voltaria dali a dois minutos para ajudar Suzy com os trecos dela.

Sandra crispou os lábios de leve quando ouviu a palavra "trecos", mas naturalmente se conteve para não corrigir a filha na frente dos Kimball.

Francesca e Kathy desceram de mãos dadas até o carro. Nenhuma delas conseguia, nem precisava, dizer o que quer que fosse.

— Quer que eu dirija, mãe?

A Volta do Poderoso Chefão 93

Sandra tirou da bolsa um lenço e as chaves do carro. Jogou as chaves para Kathy.

— Não fique grávida — disse Kathy.

A mãe preferiu relevar; sequer se deu ao trabalho de fazer uma careta de espanto puritano.

"Também não vou me transformar numa piloto do serviço aéreo feminino", pensou Francesca. "Nem numa loura burra. Nem na irmãzinha de ninguém." Ela apertou as mãos de Kathy.

— Não fique cega de tanto ler — falou.

— Não faça nada que eu não faria — devolveu Kathy.

— Talvez eu *seja* você.

Uma velha piada entre as duas. Desde novinhas elas imaginavam como a mãe havia feito para diferenciar os bebês; tinham certeza de que haviam sido trocadas mais de uma vez até adquirirem identidade própria.

Beijaram-se nas bochechas, como faziam os homens da família, e Kathy entrou no carro.

Ao receber o abraço de Francesca, Sandra conseguiu dizer afinal:

— Ah, se o pai de vocês estivesse aqui para ver isto. — Ela deu um passo para trás, orgulhosa, e olhou para cada uma das meninas. — As duas filhas universitárias! — E assoou o nariz. Com estrépito.

— Papai nunca gostou de ver a gente chorando — disse Francesca.

— Quem é que gosta de ver a própria família chorando? — disse Kathy.

— Ele também não costumava chorar muito — disse Francesca, enxugando as lágrimas com a manga da capa de chuva.

— Seu pai? — disse Sandra. — Sonny era um chafariz, isso sim. Chorava mais do que nós três juntas. Até no cinema ele chorava. Aquelas canções italianas açucaradas faziam com que ele se debulhasse em lágrimas. Vocês não se lembram?

Sete anos depois da morte do pai, Francesca já começava a se esquecer.

Viu o carro da mãe seguir pela alameda de palmeiras estreita e congestionada. Esperou a Roadmaster dobrar a esquina e mexeu os lábios como se dissesse "adeus". Não tinha como saber ao certo, mas era capaz de apostar que a irmã tinha feito exatamente o mesmo.

Capítulo 5

Nick Geraci ouviu passos atravessando a escuridão do cassino abandonado. Um homem pesado e manco, com sapatos barulhentos.

— Sinto muito pela sua mãe — disse alguém.

Geraci ficou de pé. Era Sal Narducci, o Sorridente, o velho *consigliere* de Forlenza, vestindo um suéter de lã com estampa de losangos. Na juventude de Geraci, Narducci era um daqueles que podiam ser vistos nas imediações do Clube Social Ítalo-Americano, fumando charutos fedorentos. O apelido era inevitável. Na portaria de um parque de diversões local havia uma boneca robotizada que se chamava Sal, a Sorridente. A risada da boneca, gravada, é claro, parecia a de uma mulher que acabara de dar a melhor trepada da sua vida. Todas as Sally e todos os Salvatore de Cleveland, bem como metade dos Al e das Sarah, tinham o mesmo apelido.

— Obrigado — disse Geraci. — Já fazia muito tempo que ela estava doente. Foi uma espécie de bênção.

Narducci o abraçou. Quando se afastou, deu uns tapinhas rápidos em Geraci, embora os guarda-costas de Falcone e Molinari já o tivessem revistado em Detroit. Depois Narducci abriu a parede. O Sorridente viu a sacola, levantou-a pelas alças e fez um gesto de aprovação com a cabeça.

— A mudança para o Arizona não adiantou nada, adiantou? — Ele colocou a sacola de volta no chão sem sequer abri-la, como se pudesse calcular o valor do dinheiro simplesmente pelo peso. Meio milhão em notas de cem pesavam cinco quilos. — Ficar longe desse clima de merda...

A Volta do Poderoso Chefão　　　　95

— Adiantou sim — disse Geraci. — Ela gostava de lá. Tinha piscina e tudo. Era uma excelente nadadora.

Narducci fechou a parede.

— A família dela era de uma região próxima ao mar, você sabe. Milazzo. Minha família também é de lá. Quanto a mim, não sou capaz de nadar daqui até o outro lado de um copo de uísque. Já esteve lá?

— Do outro lado de um copo de uísque?

— Em Milazzo, na Sicília.

— Na Sicília, sim; em Milazzo, não. — Geraci havia estado em Palermo na semana anterior, resolvendo pequenos problemas de mão-de-obra com o clã de Indelicato.

Narducci tocou o ombro de Geraci e disse:

— Bem, como dizem por aí, ela foi para um lugar melhor.

— É o que dizem.

— Puta merda, olha só para isto! — Narducci apertou os bíceps de Geraci como se escolhesse frutas para comprar. — Ace Geraci! Com essa massa você ainda encararia uns vinte assaltos no Madison Square.

— Que nada — disse Geraci. — Talvez uns dez, onze.

Narducci riu.

— Sabe quanto eu perdi ao longo dos anos por sua causa? Uma fortuna, meu amigo. Uma fortuna.

— Devia ter apostado contra. Era o que eu mesmo fazia.

— Fiz isso também. Mas aí você começava a ganhar. E o seu pai, como vai?

— Indo. — Fausto Geraci, o pai, tinha sido motorista de caminhão e sindicatário dos Teamsters. Sem nenhum vínculo empregatício, tinha dirigido carros e feito vários favores para o Judeu. — Está com a minha irmã. — "E com a mexicana do outro lado de Tucson sobre a qual ele acha que ninguém sabe." — Vai ficar bem. Tem saudade do trabalho, para dizer a verdade.

— A aposentadoria não faz bem a certas pessoas. Mas a gente precisa ter paciência. Com a aposentadoria.

Esse era um problema com o qual Nick Geraci jamais havia achado que um dia teria de lidar. "Você entra vivo", dissera Vito Corleone na cerimônia de iniciação de Geraci, "e sai morto".

— Já terminamos aqui?

— Terminamos. — Narducci deu um tapinha na bunda de Geraci e acompanhou-o pelo cassino. Geraci procurou por um lance de escadas, uma saída de emergência qualquer. Apenas por precaução.

— Desde quando este cassino está fechado? — quis saber Geraci.

— Desde os tempos da Marinha — informou Narducci, referindo-se à frota de lanchas que os italianos haviam operado nos Grandes Lagos durante os anos de Lei Seca. — Agora temos esses navios. Os boçais não têm como dar uma batida num navio. Além disso, os convidados ficam presos no lago a noite inteira. É só oferecer um showzinho, uma meia dúzia de quartos com garotas e depois jogá-los de volta no estacionamento. A gente tira todo o dinheiro dos panacas, e eles ficam felizes da vida com isso.

A família Stracci tinha enormes cassinos clandestinos às margens do Hudson em Nova Jersey, mas até onde Geraci sabia, nenhuma das famílias de Nova York tinha navios como aqueles. Chegou a pensar em administrar alguns tão logo as coisas esfriassem um pouco e a paz se consolidasse.

— Tirando algumas casas legais em Vegas e Havana — disse Narducci —, estamos completamente fora do jogo em terra firme. — A não ser no oeste da Virgínia, que nem chega a contar. Você pode comprar o estado inteiro por um preço menor que a conta de energia elétrica deste lugar aqui.

Ele conduziu Geraci até uma sala úmida e abriu a porta de um elevador antigo, de portas pantográficas.

— Relaxa, garoto — disse Narducci. — Quem é que vai matar você aqui?

— Se eu ficar mais relaxado — retrucou Geraci —, você vai ter de me colocar no berço e contar uma historinha.

Eles entraram. Narducci sorriu e apertou o botão. Ele havia percebido bem; era isto mesmo que Geraci havia aprendido: elevadores são armadilhas mortais.

— Mudando de assunto — disse Narducci —, eu preciso perguntar. Como foi que um *cafone* como você conseguiu entrar na faculdade de direito?

— Tenho os meus contatos. — Geraci havia dado muito duro para isso; não contara com a ajuda de ninguém. Faltavam poucas matérias

A Volta do Poderoso Chefão 97

para que se formasse. Mas Nick Geraci sabia a resposta certa para tudo. — Tenho muitos amigos.

— Amigos — repetiu Narducci. — É isso aí, garoto. — E cumprimentou-o com um afago nas costas, à maneira dos beques do futebol.

A porta se abriu. Geraci preparou-se para o pior. Eles entraram num corredor acarpetado e escuro, entulhado de cadeiras, canapés e mesinhas torneadas que provavelmente valiam um dinheirão. Do outro lado do corredor ficava uma sala bem iluminada, de piso de mármore. Uma jovem enfermeira de cabelos ruivos vinha na direção deles, empurrando Vincent Forlenza, o Judeu, numa cadeira de rodas. Narducci saiu para chamar Falcone e Molinari.

— *Padrino* — disse Geraci. — Como está se sentindo? — Forlenza ainda falava e raciocinava direito, mas provavelmente jamais voltaria a andar.

— Ah, esses médicos não sabem de nada.

Geraci beijou as bochechas de Forlenza e depois o anel. O velho era seu padrinho de crisma.

— Você tem se saído muito bem, Fausto. Tenho ouvido elogios a seu respeito.

— Obrigado, padrinho. Passamos por uma fase difícil, mas agora estamos fazendo progresso.

Forlenza sorriu com ironia. Fez questão de expressar sua censura, ainda que discretamente. Os sicilianos não tinham a mesma fé no progresso que os norte-americanos, não usavam a palavra do jeito que Geraci acabara de usar.

Forlenza apontou para uma mesa redonda próximo à janela. A chuva caía ainda mais forte agora. A enfermeira conduziu o velho até a mesa. Geraci permaneceu onde estava.

Narducci voltou acompanhado dos outros *Dons* e dos guarda-costas, estes já de banho tomado e tão pálidos quanto antes. Frank Falcone entrou com um olhar de pálpebras pesadas, vago como o de um boi. Aquilo era sinal de que, como planejado, Molinari já lhe havia contado quem era Geraci. Apontando para os quadros da sala, que retratavam homens em roupas de equitação e mulheres de tiaras, Falcone perguntou:

— Gente que você conhece, Don Forlenza?

— Já estavam aqui quando eu comprei. Anthony. Frank. Quero apresentá-los a um *amico nostro*. — Um "amigo nosso", pois um "amigo meu" não passaria de um conhecido qualquer. Um "amigo nosso" era alguém que trabalhava para a família. — Fausto Dominick Geraci Jr.

— Podem me chamar de Nick — disse Geraci a Falcone e Molinari.

— Um bom garoto de Cleveland — disse Forlenza. — Ace, como nós o chamávamos antes, agora trabalha em Nova York. Tenho muito orgulho de dizer que é meu afilhado.

— Já fomos apresentados antes — disse Falcone. — Mais ou menos.

— Ei, Frank, aposto que você é capaz perdoar um padrinho babão, não é?

Falcone sacudiu os ombros.

— Claro que sou.

— Senhores — disse Geraci —, Don Corleone manda saudações a todos.

Forlenza olhou para os guardas e apontou para Geraci.

— Façam o que têm de fazer.

Geraci apresentou-se para ser revistado, embora, é claro, eles já o tivessem feito em Detroit. "Se me revistarem mais uma vez hoje", pensou, "vou acabar me apaixonando". A revista era de última geração: incluía uma busca dentro da camisa e no avesso da boca das calças, à procura de dispositivos de gravação. Terminada a formalidade, dois garçons grisalhos, de gravata borboleta, trouxeram uma bandeja de cristal com *biscotti all'uovo*, tigelinhas com morangos e gomos de laranja, e canecas de *cappuccino* fumegante. Deixaram uma sineta de prata ao lado de Forlenza e saíram.

— Também já estavam aqui quando comprei o lugar. — Forlenza deu um pequeno gole no *cappuccino*. — Antes de começarmos — disse —, gostaria que todos soubessem que a decisão de convidar um emissário de Don Corleone foi exclusivamente minha.

Geraci tinha dúvidas quanto a isso, mas não tinha como se certificar.

— Não me leve a mal, Vincent — disse Falcone. — Você também não, Nick não-sei-das-quantas. Mas ainda não me habituei a chamar Michael, aquele *pezzonovante*, de Don Corleone. — Falcone tinha laços com a família Barzini e também com um sindicalista de Hollywood,

A Volta do Poderoso Chefão 99

chamado Billy Golf, no qual os Corleone supostamente haviam passado a perna. Sobretudo, ele havia cumprido o assassinato iniciático em Chicago, à época de Capone.

— Frank — disse Molinari. — Por favor. Isso não leva a lugar nenhum.

Forlenza pediu que todos se sentassem. Narducci sentou-se numa poltrona de couro a poucos metros de distância. Os guarda-costas jogaram-se num sofá contra a parede dos fundos. A enfermeira, sem que ninguém dissesse nada, deu as costas para o grupo e saiu da sala.

Falcone assobiou baixinho.

— É o uniforme branco. Qualquer mulher num uniforme desses... Ah, eu jogava numa maca, pulava em cima e fodia até não agüentar mais. Sempre que vou ao hospital, minha vara fica tão dura que eles precisam me dar mais sangue.

— Frank — disse Molinari.

— O que foi? É *você*, meu amigo, quem não entende uma piada.

Forlenza perguntou a Molinari e a Falcone sobre o casamento da filha de Joe Zaluchi com o filho de Pete Clemenza, que não fazia parte do negócio em si (ele construía *shoppings*). Molinari e Falcone, por sua vez, quiseram saber como um garoto de Cleveland acabara se envolvendo com os Corleone. Geraci disse que, depois de chegar ao fim da sua carreira como pugilista, vira-se perdido em Nova York com mulher e filhos, e seu padrinho fizera uns telefonemas. Falcone perdeu um pouco da apatia de antes. Forlenza limpou a garganta de um jeito que todos interpretaram como uma ordem de silêncio. Depois deu um gole generoso no copo d'água e começou:

— *Sangu sciura sangu*. Sangue gera sangue. Essa tem sido a causa da ruína da nossa tradição na Sicília. Uma espiral interminável de vinganças tem deixado nossos amigos de lá mais fracos do que nunca. Aqui nos Estados Unidos, no entanto, estamos florescendo a um ritmo sem precedentes. Há dinheiro e poder para todos. Temos operações legais em Cuba e, particularmente no caso das famílias aqui representadas, em Nevada também. Os lucros que podem advir daí são, verdade seja dita, limitados apenas pela nossa imaginação *e* — ele levantou um dedo no ar — *e* pelo nosso costume infeliz de tomar o bonde da vingança com destino ao auto-extermínio.

Forlenza levantou os olhos para o teto e continuou em siciliano, que Geraci compreendia, mas não era capaz de falar.

— Talvez um ou mais de vocês saiba quem é o responsável pelas matanças de Nova York. — Dedicando o mesmíssimo tempo a cada um, Forlenza encarou Geraci, Falcone e Molinari. Depois deu um gole estrategicamente longo no *cappuccino* e continuou. — Emilio Barzini, homem de valor e um dos meus amigos mais antigos e queridos, foi assassinado. Phillip Tattaglia está morto. — Forlenza fez uma pausa para comer um biscoito, enfatizando o que já estava implícito na ausência de elogios para o fraco e birrento Don Tattaglia. — Tessio, o *caporegime* mais velho e sábio de Michael Corleone, foi assassinado. O cunhado de Don Corleone, pai de seu afilhado recémnascido, foi assassinado. Cinco outros *amici nostri* também estão mortos. O que foi que aconteceu? Talvez um de vocês tenha a resposta. Eu infelizmente não tenho. Minhas fontes dizem que Barzini e Tattaglia, frustrados com a proteção insuficiente que os juízes e políticos de Nova York davam aos seus negócios no ramo dos narcóticos, foram atrás dos Corleone e acabaram mortos por causa disso. Pode ser. Outros dizem que Michael Corleone matou Barzini e Tattaglia de modo a transferir sua base de operações para o oeste sem dar a entender que se tratava de um recuo, de uma demonstração de fraqueza. Também pode ser. Mas ainda é possível que tudo isso não passe de vingança pela morte, sete anos atrás, dos primogênitos de Vito Corleone e Phillip Tattaglia. Por que não? Nesses assuntos, sete anos não significam absolutamente nada. Ou — ele pegou outro biscoito e mordiscou-o sem a menor pressa —, talvez, quem sabe, essa sucessão de mortes seja parte de uma conspiração de Don Stracci e Don Cuneo, cujas famílias jamais tiveram o mesmo poder dos Barzini e dos Corleone, com o propósito de conquistar Nova York? Para muitos, as negociações de paz que eles conduziram, de tão ligeiras, serviram apenas para dar suporte a esse tipo de especulação. Até mesmo os jornais estão acreditando nessa hipótese e divulgando-a como fato à massa ignara.

Esse último comentário de Forlenza deu azo a risinhos disfarçados. As matérias de jornal haviam sido plantadas. A base de poder dos Stracci era Nova Jersey, e os Cuneo dominavam o norte do estado de Nova

A Volta do Poderoso Chefão   101

York (bem como a maior empresa de laticínios da região, o que rendera a Cuneo o apelido de "Leo, o Leiteiro"). Nenhum dos dois era considerado forte ou ambicioso o suficiente para ensaiar um ataque às três famílias mais fortes.

— Ou talvez — disse Falcone em inglês —, quem sabe, os Corleone tenham apagado todos eles?

Falcone, Geraci estava certo disto, teria ficado surpreso ao saber que seu desabafo era cem por cento verdadeiro.

— Até mesmo os homens deles? — disse Molinari. Ele também, apesar da amizade com os Corleone, decerto não sabia o que de fato havia acontecido em Nova York. — Que nada, Frank.

Falcone deu de ombros.

— Sei lá. Assim como Vincent, não consigo desvendar essa maldita história. Ouço o que as pessoas dizem, só isso. E muita gente diz que, embora Don Vito, que Deus o tenha, tivesse jurado solenemente que não se vingaria da morte do filho, o tal de...

— Santino — disse Geraci.

— Obrigado, O'Malley. — Falcone levantou a xícara de *cappuccino* num arremedo de brinde. — Isso mesmo: Santino. Don Vito disse que não se vingaria da morte de Santino, que nem mesmo faria investigações. Então *nós* interpretamos isso como se a *família* dele não fosse fazer nada, mas acontece que tudo não passava de um jogo de palavras. O que ele quis dizer foi que *ele* pessoalmente não faria nada. Vito saiu de cena para que Michael pudesse arquitetar uma vingança e levá-la a cabo tão logo o velho morresse.

— Desculpe — disse Geraci —, mas não foi um jogo de palavras. Não foi isso o que aconteceu.

— Ora, Vincent — disse Falcone —, por que a família Corleone é a única de Nova York com um representante aqui hoje, hein? Por que estou tendo este concílio com vocês e com este *soldato* recém-saído dos cueiros? Nem mesmo o seu *consigliere* está aqui!

— Ninguém falou em concílio — disse Molinari. — É só uma conversa entre amigos. Se o tempo melhorar, quem sabe Don Forlenza não nos empresta uns tacos e a gente joga uma partida de golfe, ou...?

— Que poltrona confortável! — disse Narducci, esfregando os braços de couro.

— ...ou pega um barco e vai pescar — continuou Molinari. — Quem sabe a gente toma uns drinques com a sua amiguinha enfermeira e passa a tarde inteira comendo rabo?

Falcone franziu as sobrancelhas e disse:

— Eu não como isso. *Culo?* Alguém falou que eu como *culo?*

— Será que achei o ponto fraco de alguém, será? — brincou Molinari.

Don Forlenza deu o última gole no seu *cappuccino* e depôs a caneca com tanta força que ela se espatifou. Nenhum dos que estavam à mesa esboçou qualquer reação. De início, ninguém tomou a iniciativa de limpar a bagunça.

Uma porta se abriu. Os guarda-costas se levantaram de um pulo. Dois homens de Forlenza entraram na sala. Sal, o Sorridente, fez um sinal para que eles saíssem.

— Não somos meros delegados tentando solucionar uma série de crimes — disse Forlenza. Ele disse "solucionar uma série de crimes" como se as palavras fossem bosta de gato em sua boca e imediatamente voltou ao siciliano. — Tenho meus problemas, e acredito que vocês — ele apontou para Falcone e Molinari — também tenham os seus. Quando tenho um problema em Cleveland, isso não afeta ninguém em Nova York. Ninguém por lá se preocupa com isso. O problema é meu, como deveria ser. Todavia, quando há um problema em Nova York, muitas vezes esse problema, que não me diz respeito algum, acaba me afetando também. Os jornais se enchem de especulações. A polícia tem interrogado e intimidado amigos nossos que estão a milhas de distância dos crimes de Nova York. Até mesmo os nossos sócios, pessoas que cuidam do nosso dinheiro, que administram nossos negócios, que lavam os nossos investimentos. Há gente em Washington pressionando o FBI para desviar agentes da guerra contra o comunismo e mandá-los atrás de nós, atrás dos nossos interesses. Senadores têm ameaçado convocar comitês de investigação. É possível que mesmo os nossos negócios legítimos estejam na mira do fisco. Tenho netos cursando a universidade, comprando suas primeiras casas, e os obstáculos que tenho de superar simplesmente para colocar meu próprio dinheiro na mão deles...

Don Forlenza bebeu um pouco de água. Os outros observaram-no colocar o copo lentamente sobre a mesa.

A Volta do Poderoso Chefão

— Bem, vocês sabem. Milhões de dólares em negócios perdidos. Deve ser o mesmo com vocês.

Falcone começou a fazer uma pequena escultura de biscoitos, morangos, cascas de laranja e cacos de porcelana.

— Nossos motivos de preocupação — continuou Forlenza — são quatro.

Ele levantou a mão, pronto para contar nos dedos os tais motivos. Era um gesto do qual gostava muito. Forlenza sempre tinha quatro motivos para tudo. Quatro motivos para que os judeus fossem mal compreendidos. Quatro motivos para que Joe Louis, deixando o orgulho de lado, pudesse ter nocauteado Rocky Marciano. Quatro motivos para que a carne de vitela fosse melhor que a de boi. Se Don Forlenza tivesse nascido com dois dedos a mais, decerto teria seis motivos para tudo isso.

— Primeiro — disse ele, voltando ao inglês, o indicador direito puxando o esquerdo para trás —, Nova York. Precisamos ajudá-los a compreender que o nosso negócio é capaz de resistir a qualquer coisa, menos a disputas internas, e que a paz, por mais frágil que seja, é do interesse de todos.

A aprovação foi geral. Até mesmo Geraci assentiu com a cabeça.

— Segundo (dedo médio): Las Vegas. Há sete anos, nós nos reunimos no prédio imponente de um banco em Nova York e acordamos que Las Vegas era campo livre para qualquer um de nós. Uma cidade do futuro, onde qualquer família pudesse operar. Entretanto, os Corleone transferiram sua base de operações para lá e...

Geraci ameaçou dizer alguma coisa, mas Forlenza balançou o dedo antes que ele pudesse continuar.

— ...e o clã de Chicago, de uma hora para outra, acha que é responsável pela manutenção da ordem na região.

— O Cara-de-Pau — sussurrou Narducci, um olhar perdido no horizonte.

— Para seu governo — disse Falcone, acrescentando morangos e cacos à pilha —, ele não gosta de ser chamado assim. — Luigi Russo, que comandava as coisas em Chicago, preferia ser chamado de Louie. O apelido pitoresco (que os jornais forçosamente omitiam) devia-se a uma prostituta segundo a qual o único sexo que interessava a Russo era meter o narigão, parecido com um falo, na boceta dela. O cadáver decapitado da mulher acabara aparecendo nas margens do lago, mas a cabeça jamais foi encontrada.

— Falando nisso — disse Forlenza, puxando o anular —, terceiro: Chicago.

Geraci olhou para Falcone, cuja operação não passava de um braço do clã de Chicago. Nenhuma reação. Os cacos de porcelana, antes espalhados sobre a mesa, agora estavam todos na sua frente.

— Quando nos reunimos há sete anos — continuou Forlenza —, a turma de Chicago sequer foi convidada. Podem imaginar uma coisas dessas?

No passado, ansiosas para se defender do crescimento de Capone, as famílias de Nova York haviam acertado que tudo a oeste de Chicago pertencia a Chicago. As raízes que Nick Geraci tinha em Cleveland bastavam para fazê-lo reconhecer que um plano desses só fazia sentido para um nova-iorquino. Capone caiu, instalando o caos generalizado. Los Angeles e São Francisco se separaram. Moe Greene, de Nova York, materializou seu sonho em Las Vegas, que havia sido designada como terra de ninguém, sem nenhuma ingerência de Chicago. Depois do assassinato de Greene, os Corleone assumiram o cassino dele e construíram o Castle in the Sand, mas o poder concentrou-se numa coalizão de famílias do Meio-Oeste, lideradas por Detroit e Cleveland. Chicago recebia uma porcentagem dessa coalizão (assim como a família Corleone, porém nada de muito significativo), e Louie Russo reclamava um controle maior. O clã de Chicago estava novamente unificado e ganhava força a cada dia. Em razão do tumulto em Nova York, muitos consideravam Russo a figura mais poderosa do crime organizado nos Estados Unidos.

Forlenza balançou a cabeça em sinal de descrença.

— As famílias de Nova York disseram que haviam desistido de tentar civilizar os homens de Chicago. Antes, as pessoas os chamavam de ovelhas negras. De cachorros doidos.

— De capões — disse Molinari, referindo-se à tradução literal de *capone*.

— Um bando de animais — disse Sal Narducci.

Com tapinhas nas bordas, Falcone levantou ainda mais sua torre de cacos e morangos, já a um palmo da mesa. Baixou o rosto sobre a própria obra, como se tentasse ver seu reflexo num dos cacos maiores.

A Volta do Poderoso Chefão 105

— E quarto (dedo mindinho): as drogas. — Forlenza deixou o corpo afundar na cadeira de rodas; parecia exausto.

— Drogas? — disse Molinari.

— Essa não... — disse Narducci.

— De novo? — disse Falcone.

Geraci esforçou-se para não demonstrar nenhuma reação.

— Uma velha pendenga, eu sei — disse Forlenza —, mas uma pendenga ainda sem solução. Essa é a maior ameaça ao nosso negócio. Isso mesmo. Se não assumirmos o controle, outros o farão em nosso lugar, e então perdemos poder, mas se...

— Mas se assumirmos — interrompeu Falcone —, não que ainda não tenhamos assumido, os tiras supostamente não farão vista grossa como fazem com o jogo, as mulheres, os sindicatos e todo o resto. Ora, Vincent, mude o disco! Olha à sua volta! O contrabando de bebidas, esse foi o seu pequeno paraíso. — Um relâmpago espocou nesse exato momento. — Você se deu muito bem, *salu'*. Mas na minha geração, o paraíso está nos narcóticos. Quem sabe onde estará na próxima?

Narducci engrolou qualquer coisa que Geraci entendeu como "putas marcianas".

— Muitos de nós — disse Forlenza —, quando fizemos nossos votos de iniciação, *juramos* pelo santo da família que não nos envolveríamos nessa história de narcóticos. — Ele apontou para a pilhas de biscoitos, frutas e cacos de Falcone. — Que diabos você está fazendo?

— Para distrair as mãos, mais nada — ele respondeu. — Olha, Vincent, considero você *meu* padrinho, é verdade, mas você precisa viver no presente. Na costa oeste já está tudo arranjado, sem furo nenhum, camadas e mais camadas de intermediários entre os otários que se drogam, seus negros, mexicanos, artistas de merda, figurões, as pessoas que vendem para eles e as pessoas que vendem para *essas pessoas*. E assim por diante. Como tudo mais que fazemos, não tem erro. Os tiras, ou quem quer que seja, podem dificultar um pouco, sobretudo nos períodos de crise como o atual, mas a quantidade de coisas que teriam de dar errado para que nos colocassem numa enrascada mais séria... Pode esquecer. Não tem a menor chance.

A família de Cleveland, Geraci sabia, também operava no ramo dos narcóticos, mas contentava-se com os tributos e deixava a maior parte dos lucros para os negros, irlandeses e outros tantos. Depois da Lei Seca, vira-se obrigada a abraçar as opções que ainda restavam — o jogo e os sindicatos — e expandir a partir daí. Não se tratava de uma organização aberta a novas idéias, nem mesmo a novos homens. O pai de Geraci dizia que já haviam se passado dez anos desde a última iniciação.

Forlenza seguiu adiante, repetindo-se. Disse que a bebida era diferente, que os tiras bebiam também e queriam continuar bebendo, que as drogas eram outra coisa.

Molinari diplomaticamente observou que talvez Forlenza fosse um pouco ingênuo quanto ao comportamento dos jovens policiais daqueles dias. Enquanto ele falava, Falcone baixou o corpo, pegou um caco de porcelana no chão e levantou-o à luz do candelabro.

— Chega! — exclamou Forlenza. Depois colocou dois dedos entre os lábios e assobiou. Os garçons voltaram à sala, e ele apontou para a pilha de cacos. — Levem isso daqui!

— Por acaso eu *pedi* que isso fosse levado daqui? — disse Falcone. — Quem botar a mão na minha pilha vai levar chumbo na testa.

"Chicago outra vez", pensou Geraci. "Uma pequena súmula de Chicago."

Os garçons ficaram imóveis. O da direita — de aparência eslava e farta cabeleira grisalha — ficou mais branco que a própria camisa. O da esquerda — com uma franja de cabelos brancos e bigode negro como um pneu — olhou para Forlenza, a cabeça levemente inclinada para a frente.

— Podem levar — disse Forlenza.

— Experimentem. — Falcone pegou o último biscoito e colocou-o no topo da pilha, como se fosse uma cereja.

— Meu neto freqüenta uma escola cara — disse Narducci. — Faz esculturas que nem essa. Vocês dois deviam se encontrar um dia.

— Acha mesmo? — Falcone virou a cadeira para vê-lo de frente. — Onde?

— Onde ele estuda ou onde vocês deviam se encontrar?

— Onde ele estuda?

A Volta do Poderoso Chefão 107

Narducci sacudiu os ombros.

— Sei lá, só pago as mensalidades. Para mim todos os jardins de infância são iguais.

Falcone saltou da cadeira com a intenção de avançar no velho *consigliere*, mas foi interceptado por Geraci que, ainda sentado, acertou-o diretamente no queixo. Jogou a cabeça para trás, perdeu o equilíbrio e caiu.

Os guarda-costas correram até a mesa. Geraci se levantou. Teve a impressão de que o tempo corria mais lento. Os amadores se atrapalhavam tanto com os pés, ele pensou, que aquilo não deveria demorar muito.

Molinari caiu na gargalhada. Para surpresa de todos, Falcone, estatelado no chão, começou a rir também. Geraci e os guarda-costas ficaram imóveis.

— Jardim de infância — disse Molinari. — Essa foi boa.

Falcone ficou de pé e esfregou o queixo.

— Belo soco, O'Malley. Sentado... Uau.

— Instinto — disse Geraci. Narducci não se deu ao trabalho de agradecer. — Sinto muito. Está tudo bem?

Falcone deu de ombros.

— Não se preocupe.

— O que você ia fazer? — perguntou Molinari. — Espancar um idoso?

— Não teria sido a primeira vez — respondeu Falcone, e agora todos riram. Geraci retomou seu assento, os guarda-costas também. — Podem levar essa porcaria, não me importo — arrematou Falcone.

Os dois garçons, visivelmente aliviados, trataram de se apressar. O de bigode tingido teve compostura suficiente para voltar dali a pouco e renovar a água no copo de todos.

— Você ia mandar bala na testa deles com o quê, Frank? — perguntou Forlenza.

— Foi só uma metáfora — respondeu Falcone, e todos riram novamente.

Geraci vinha esperando por uma oportunidade de dizer o que tinha sido mandado ali para dizer, e aquele parecia o momento certo. Olhou rapidamente para o padrinho.

Forlenza assentiu.

Como antes, limpou a garganta como se ordenasse silêncio e, durante a pausa que se sucedeu, bebeu um gole d'água desmesuradamente longo.

— Senhores — falou por fim —, nosso hóspede infelizmente precisa ir. — O que foi interpretado por todos como "deve sair antes que certas coisas sejam discutidas", e não como "precisa estar em certo lugar". — Mas ele veio de muito longe e, antes de nos deixar, gostaria de dizer algumas palavras.

Geraci ficou de pé a fim de se dirigir a seus superiores. Agradeceu a Don Forlenza e garantiu-lhe que seria breve.

— Estou lisonjeado por ter podido participar deste encontro, mas Don Falcone tem razão. Aqui não é o meu lugar. Como o senhor disse há pouco — ele observou, dirigindo-se diretamente a Falcone e lembrando-se de Tessio, que sempre exaltava as vantagens de ser subestimado —, sou apenas um "*soldato* recém-saído dos cueiros". — Uma mentira, é claro, mas uma mentira que o próprio Falcone havia fabricado.

A mania de Narducci — de fazer comentários depois de tudo que ouvia — agora se manifestava de maneira tão discreta que Geraci não podia mais entender o que ele dizia.

— A organização Corleone — continuou Geraci —, eu posso garantir, não representa nenhuma ameaça para ninguém. Michael Corleone quer a paz. Quer que o cessar-fogo seja permanente e já tomou medidas nesse sentido. Jamais teve a intenção de dominar Las Vegas. Depois de três ou quatro anos ali, a família Corleone pretende se transferir para Lake Tahoe. Na verdade, a família Corleone deixará de existir. Nossas operações em Nova York continuarão de alguma forma, mas todos os negócios de Lake Tahoe serão administrados por Michael Corleone como empresas de qualquer um dos magnatas norte-americanos: Carnegie, Ford, Hughes e quaisquer outrem.

— Faculdade de direito — disse Narducci, impressionado com o "e quaisquer outrem".

— A família Corleone — retomou Geraci — não pretende iniciar novos membros no futuro. Michael Corleone dará novo rumo à sua vida, sem contudo faltar ao respeito com as demais organizações. E, caso a oportunidade apresente-se, poderá ser tomado como exemplo

A Volta do Poderoso Chefão 109

por aqueles que escolherem caminho semelhante. — Ele voltou a cadeira para seu devido lugar. — Portanto, a não ser que os senhores queiram esclarecer alguma dúvida...

Geraci esperou um instante. Falcone e Forlenza olharam para Molinari, que piscou os olhos com inacreditável lentidão. Sabidamente amigo dos Corleone, ele era a pessoa mais apropriada para acrescentar o que quer que fosse.

— Nesse caso — disse Geraci —, vou dar uma conferida no tempo, caso seja necessário...

— Foda-se o tempo — disse Falcone. — Quando for a hora de decolar, sabichão, a gente decola.

Narducci resmungou alguma coisa parecida com "atos de Deus".

— Foda-se Deus — disse Falcone. — Não me leve a mal, Vincent, mas não pretendo ficar preso nesta...

— Tenho certeza de que vamos decolar sem problemas — disse Geraci, e depois saiu.

Tom Hagen preferiu esperar no quarto. Jogou na cama a raquete de trezentos dólares ainda virgem. Manteve a camisa e trocou a bermuda por calças de algodão, os tênis por mocassins. Do luxo refrigerado da suíte, via quartetos espalhafatosos rindo e tomando drinques sobre dois magníficos campos de golfe. Décadas antes, aquele vasto tapete verde não passava de uma mixórdia de cactos e areia, e quem ali estivesse por volta do meio-dia certamente estaria torrando, morrendo de fome, de sede, assediado pelos abutres que circulavam no céu. Em vez disso, serventes em carrinhos de golfe distribuíam cerveja gelada e toalhas frescas. Vendo aquilo, Hagen lembrou-se da Roma antiga: segundo as histórias que lera, os imperadores refrescavam seus palácios durante o verão mandando escravos buscar toneladas de neve perene no cume das montanhas e colocando outros, noite e dia, para soprar os montes com enormes abanos de papiro. Para um rei, nenhum canto da Terra é inóspito.

Hagen pediu à recepção que o chamassem assim que um carro aparecesse para buscá-lo. Também pediu que o despertassem à 1h45.

O telefone tocou. Hagen acordou faminto. Detestava almoços tardios. Quinze minutos depois ligou para a recepção e foi informado:

— *Não, senhor, ainda não apareceu ninguém para apanhá-lo.*

Hagen depositou o receptor no gancho e ficou olhando para o telefone, esperando que ele tocasse. Como um adolescente idiota, à espera do telefonema da namoradinha. Pegou o receptor novamente e pediu à telefonista que fizesse uma ligação para o escritório de Mike. Ninguém atendeu. Tentou encontrar Mike em casa. Se o encontro com o embaixador não fosse tão importante, Hagen já estaria dentro de um avião, de volta para casa. O pai de Kay atendeu. Michael e Kay haviam saído para comemorar o aniversário de casamento deles. Hagen esquecera-se. Falaria com Michael mais tarde. Depois telefonou para a mulher para dizer que tinha feito boa viagem e que tudo corria bem; Theresa estava aos prantos porque Garbanzo, o *dachshund* artrítico do casal, havia fugido. As crianças haviam confeccionado e espalhado panfletos pela vizinhança, e naquele momento estavam à procura do cachorrinho. E se ele tivesse se perdido no deserto? De quantas maneiras terríveis ele poderia morrer? Lobos, pumas, cobras, sede. Um teste nuclear estava marcado para o dia seguinte, imagine só. Hagen tentou acalmá-la. Tranqüilizou-a dizendo que um *dachshund* artrítico provavelmente não teria saúde para chegar ao fim da quadra, e muito menos para atravessar os cem quilômetros até o local do teste.

Hagen olhou para a raquete, disponível por vinte dólares em qualquer supermercado e infinitamente pior que a outra que ele tinha em casa. Na tela da própria mente, viu o seguinte filme: o irmão Sonny, furioso com a falta de respeito, pedindo o cardápio inteiro pelo telefone, comendo o que lhe interessava e mijando sobre todo o resto, quebrando a raquete em pedacinhos, destruindo o quarto do alojamento, debitando tudo na conta do embaixador — "Nós não aceitamos pagamentos em dinheiro" — e voltando para casa. Hagen sorriu. Tinha saudades de Sonny.

O telefone tocou. O motorista havia chegado.

Hagen desceu, mas não encontrou nenhum carro à sua espera. Chamou o atendente do estacionamento. Foi informado de que nenhum carro havia chegado nos últimos minutos. Hagen sentia a cabeça latejar. Deixara os óculos no quarto e sentia dores quando apertava as pálpebras. De volta ao saguão, viu um negro de *smoking*. Do outro lado do prédio, ele acabara de estacionar um carrinho de golfe de seis assentos e teto de uma fibra branquíssima. Já passavam das duas e meia.

A Volta do Poderoso Chefão   111

— Acho que este é o maior carro de golfe que já vi na vida. — Hagen precisou proteger os olhos do brilho emitido pelo carro.

— Obrigado, senhor — disse o motorista, obviamente treinado para não encarar os patrões, nem os amigos dos patrões, a não ser quando lhe dirigissem a palavra.

O percurso pelo campo de golfe, por um labirinto de quadras de tênis e por um segundo campo de golfe levou cerca de quinze minutos, durante os quais motorista e passageiro procuraram não se olhar diretamente.

À época em que fizera negócios com Vito Corleone pela primeira vez, o embaixador ainda se chamava Mickey Shea. Agora era tratado nos jornais como M. Corbett Shea. Mickey já não existia mais. Amigos próximos e familiares, até mesmo a mulher, chamavam-no de Corbett. Para todos os demais, era o embaixador. O pai saíra do condado de Cork para se estabelecer em Baltimore, onde abrira uma taberna bem em frente à do pai de Babe Ruth. O mais velho de seis filhos, Mickey Shea cresceu trabalhando duro — esfregando chão, arrastando caixas, limpando bosta de cavalo nas ruas e neve nos becos. Mas vivia uma vida confortável, sobretudo em comparação aos outros garotos irlandeses da vizinhança. Depois de um tempo, no entanto, seus pais começaram a exagerar na provação das bebidas que vendiam. Acabaram perdendo tudo. A mãe passou para a história como a louca que escolhera se matar com uma arma: um rifle de canos serrados que guardava numa prateleira sob a caixa registradora. Mickey, com a pá na mão, foi quem encontrou o corpo quase acéfalo da mulher no beco dos fundos. O pai continuou a beber até sucumbir, ele também, à bebida.

Mickey alistou-se no Exército aos dezessete anos e logo chegou ao cargo de sargento de suprimentos. Foi lá, e não nas ruas de Baltimore (como rezava a lenda), que ele aprendeu que de um lado havia as regras e de outro, o que as pessoas faziam. O mercado negro, lucrativo nos tempos de paz, revelou-se uma fábrica de dinheiro uma vez que os Estados Unidos entraram na guerra. Na semana seguinte ao armistício, o sargento Shea providenciou para si uma dispensa por justa causa. Já era milionário, e grande parte de sua fortuna era em dinheiro vivo. Foi para Nova York e abriu uma taberna no Tenderloin District. Na qualidade de irlandês e bom negociador, rapidamente forjou vínculos muito úteis com a polícia e, mais importante ainda, com as gangues de rua irlandesas como os Marginals e os Gophers. Comprou alguns armazéns próximo ao porto, um investimento sólido que o ajudou a manter atualizados seus conhecimentos sobre o ramo de importação e exportação. E a história acabaria aí não fosse pelo advento da Lei Seca. Shea era o contrabandista preferido de Deus. Era dono de armazéns. Empregava estivadores. Sabia como movimentar mercadorias ao largo da lei. Tinha amigos em duas cidades da costa leste e conhecia gente no Canadá, antigos sargentos de suprimento da Força Aérea britânica com quem fizera negócios e ainda mantinha contato. Além disso, não administrava uma taberna qualquer: seu bar era famoso por ser o preferido dos tiras. Quase de um dia para o outro, o estabelecimento transformou-se numa sorveteria, e o porão foi inteiramente reformado para acomodar um bar clandestino. Os tiras, antigos clientes da taberna, agora bebiam de graça — dinheiro muito bem empregado, pois o lugar logo tornou-se conhecido como uma espécie de santuário à prova de batidas da polícia. Antes que o próprio Shea se desse conta disto, seu porão havia se transformado no quintal dos bacanas de Nova York: divas do canto lírico e astros da Broadway, diretores de jornal e seus colunistas célebres, advogados e funcionários públicos, até mesmo presidentes de banco e titãs de Wall Street. Shea comprou o prédio ao lado e, com a construção de túneis, quase triplicou o tamanho do lugar. Uma orquestra completa tocava lá todas as noites. A operação era uma das mais descaradas em todos os Estados Unidos.

Mickey Shea, no entanto, conhecia a vida. Durante a guerra, homens como ele podiam ficar ricos, mas acima deles havia toda uma camada de endinheirados e poderosos, pessoas que não haviam precisado sujar as mãos intermediando uma troca de morfina e fotos de mulheres peladas por sangue e geradores, que jamais haviam precisado circular pelos salões dando tapinhas nas costas das pessoas que haviam subornado. Ele usara suas conexões com os tiras da extremidade sul de Manhattan no intuito de evitar que os caminhões de azeite convertidos fossem interpelados a caminho dos armazéns (e para manter as batidas longe desses mesmos armazéns), mas o que faziam os donos desses caminhões que ele próprio não era capaz de fazer? Por que embolsava apenas o dinheiro da armazenagem e da venda clan-

A Volta do Poderoso Chefão   113

destina quando podia com a mesma facilidade — ou até com *mais* facilidade — cuidar de todas as etapas do processo? Foi então que os
homens do Canadá localizaram uma frota de lanchas rápidas e caminhões de xarope reequipados e o ajudaram a comprá-la. Não demorou
para que os tais donos de caminhões de azeite passassem a trabalhar para
ele como pilotos de lancha ou motoristas de caminhão, muitas vezes na
companhia incômoda de um homem de confiança do próprio Shea. Mickey
Shea pagava tiras que pagavam tiras que pagavam tiras para tomar conta de sua gente, um corredor de juízes, xerifes e vigilantes entre o Quebec
e Manhattan, que era útil, mas não resolvia o problema.

Certo dia, Genco Abbandando — o predecessor de Hagen como
consigliere e o homem que Shea pensava ser o proprietário da Genco
Pura Comércio de Azeites — contatou um capitão de polícia que fazia
parte da folha de pagamentos de Shea e agendou uma reunião entre o
irlandês e Vito Corleone. Encontraram-se no balcão de almoço de um
mercado italiano em Hell's Kitchen, a apenas seis quadras dos armazéns de Shea, mas onde ele nunca colocara os pés. Shea detestava comida muito condimentada e recusava-se a comer o que não fosse pão
e macarrão puro. Terminado o almoço, Don Corleone explicou que os
homens que operavam aqueles caminhões convertidos apenas aluga-
vam os veículos da Genco Pura, e depois esperou que as implicações
fossem absorvidas pelo interlocutor. Falando da futilidade da compe-
tição no mercado livre, deu uma verdadeira aula a Mickey Shea. Disse
que alguém com tantos amigos (não precisou dizer "amigos na prefeitura, em Wall Street e sobretudo nos escalões da polícia dominados pelos irlandeses") decerto era um grande homem, alguém muito útil de
se conhecer. Os amigos de Mickey Shea tornaram-se amigos da família
Corleone. Shea foi fundamental para a expansão das conexões políticas e jurídicas de Don Corleone, que, em última análise, eram sua
maior fonte de poder. Don Corleone, por sua vez, foi fundamental ao
amealhar para Shea uma riqueza tão grande — mantendo-o distante
tanto dos derramamentos de sangue quanto das demonstrações de
força necessárias para evitá-los — que, mesmo antes da morte daquela
galinha dos ovos de ouro chamada Lei Seca, Shea pôde apagar todas
as pegadas que conduziam à origem de sua riqueza e reinventar-se aos
olhos da sociedade como o sangue azul M. Corbett Shea, presidente

de uma firma de corretagem, co-proprietário de um time de beisebol e filantropo preferido dos fotógrafos (inúmeros salões, auditórios e bibliotecas foram construídos com doações do embaixador). Seus filhos estudaram em Lawrenceville e depois em Princeton. A participação deles na guerra foi alardeada nas revistas de circulação nacional como um ato de heroísmo. Shea serviu como embaixador dos Estados Unidos no Canadá durante as seis últimas semanas do mandato de um presidente interino — um tempo curto demais para providenciar a mudança da família, mas suficientemente longo para lhe conferir o título. A filha mais velha casou-se com um Rockefeller. O primogênito agora era o governador do pujante estado de Nova Jersey.

O embaixador não teria meios de saber que fora Tom Hagen, no tempo em que Genco ainda era *consigliere*, quem cuidara de todas aquelas matérias nos jornais durante a guerra.

E embora o embaixador pensasse que havia comprado sua embaixada — o que não estava longe da verdade —, foi Hagen quem, por debaixo dos panos, lhe conseguira o cargo.

Hagen havia aprendido com o próprio Vito Corleone o poder de não divulgar informações como essa.

Portões de ferro abriram-se automaticamente. O motorista parou o carrinho de golfe diante de uma casa de blocos de pedra, construída em meia escala como a réplica de um castelo inglês. Uma equipe de mexicanos assentava torrões de grama e plantava cactos. Pendurados em andaimes, descamisados de pele coriácea e cabelos claros raspavam as pedras com escovas finas para lhes conferir um aspecto antigo. Hagen achou que sua cabeça iria explodir.

— Por aqui, senhor. — O motorista ainda evitava o contato visual.

Apertando as pálpebras, imaginando se mais trezentas pratas poderiam lhe comprar quatro aspirinas e um par de óculos, Hagen seguiu pelo caminho da porta de entrada.

— Não, senhor. Por aqui.

Hagen olhou para cima. O homem havia subido nas pedras do jardim inacabado. Contornando a casa, o motorista levou-o até a piscina, como se Hagen não fosse confiável o bastante para atravessar o castelo. Hagen conferiu as horas no relógio. Quase três. Teria de pegar outro vôo para casa.

A Volta do Poderoso Chefão   115

No jardim dos fundos, a piscina tinha a forma de um "P", um semicírculo acoplado a uma raia comprida. Em torno do semicírculo perfilavam-se sete anjos de mármore, todos idênticos. O embaixador falava aos berros num telefone branco, sentado diante de uma mesa de pedra. À sua frente, uma bandeja de frios e um prato com restos de mostarda e farelos de pão. O filho-da-puta já havia comido. Além disso, estava completamente nu (o que teria constrangido Hagen caso a última reunião deles não tivesse sido na sauna do clube de Princeton). A pele do homem era da cor de um bife cru. O peito e as costas eram glabros como os de um porco recém-nascido. Nem óculos ele usava.

— Opa! — Shea berrou para Hagen, embora ainda estivesse ao telefone.

— Senhor embaixador — devolveu Hagen, acenando a cabeça.

O embaixador fez um sinal para que Hagen se sentasse, o que ele fez, e para que se servisse dos frios, o que ele não fez.

— Já comi — disse Hagen apenas com os lábios. Depois fez uma careta que denotava seu pesar pelo mal-entendido.

O embaixador baixou a voz, mas continuou falando, em cifras, mas a conversa parecia de caráter pessoal, e não comercial. A certa altura, tapou o bocal e perguntou a Hagen se ele havia trazido uma sunga. Hagen fez que não com a cabeça.

— Que pena — disse o embaixador.

Naturalmente. Apenas um *pezzonovante* poderia sentar-se ali em toda a sua gloriosa nudez. Não que Hagen estivesse disposto a tirar as roupas e dar um mergulho. Mas não deixou de notar a interdição velada e grosseira do embaixador.

Por fim, Shea desligou o telefone.

— Ora, vejam só. É o "consiguilhere" irlandês!

Hagen ficou pensando se o embaixador realmente não sabia pronunciar a palavra ou se forçara o sotaque para fazer um gracejo.

— Germano-irlandês — corrigiu Hagen.

— Ninguém é perfeito.

— E sou apenas um advogado.

— Pior ainda. — Um comentário estranho, pensou Hagen, para alguém que havia mandado quatro filhos para a faculdade de direito. — Quer beber alguma coisa?

— Água gelada — disse Hagen. Disse, não pediu. Em público, o embaixador transbordava charme e boas maneiras. Ali, no entanto, a ausência de um pedido de desculpas só poderia ter sido deliberada ou portadora de segundas intenções.

— Nada mais forte que isso?

— Água gelada, mais nada — Para descer um punhado de aspirinas. — Com muito gelo.

— Também parei de beber — disse o embaixador —, a não ser por uma taça de Pernod de vez em quando. — Ele levantou um copo semicheio, com pedras de gelo. — Suco de ameixa. Aceita? — Hagen fez que não com a cabeça, e o embaixador berrou pelo copo d'água. — Meu pai acabou da mesma maneira que o seu, sabia. A birita. A maldição da sua gente.

Uma empregada negra, vestindo um uniforme ao estilo francês, trouxe uma jarra de prata e um copo de cristal. Hagen mandou a água para dentro e por conta própria reabasteceu o copo.

— Sinto muito por não ter aparecido na hora marcada para o nosso jogo — falou, simulando uma raquetada no ar. — Sua perícia na quadra já é famosa

O embaixador olhou para Hagen como se não tivesse a menor idéia do que ele estava falando.

— As pessoas comentam — disse Hagen.

O embaixador assentiu com a cabeça. Montou outro sanduíche e levantou-se da mesa. Acenou para que Hagen o acompanhasse, caminhou até a piscina e sentou no degrau superior da parte rasa do semicírculo. O pinto dele balançava na água, semi-submerso.

— Estou muito bem aqui, embaixador — disse Hagen. — Na sombra. Se o senhor não se incomodar.

— Você está perdendo. — Shea prendeu o sanduíche entre os dentes, espargiu um pouco de água sobre o corpo e depois deu uma mordida. Como se pudesse ver a cena, o estômago de Hagen grunhiu. — Refrescante — disse o embaixador.

Shea terminou o sanduíche. Hagen perguntou pela família. O embaixador desfiou todo um rosário sobre o assunto, especialmente sobre Danny (Daniel Brendan Shea, ex-assessor de juiz na Suprema Corte Federal e agora promotor público assistente do estado de Nova York)

A Volta do Poderoso Chefão 117

e seu irmão mais velho, Jimmy (James Kavanaugh Shea, governador de Nova Jersey). Danny, que no ano anterior se casara com uma descendente direta de Paul Revere — o evento mais importante do calendário social de Newport —, agora estava traçando uma estrela da televisão, a apresentadora de um show de marionetes ao qual as filhinhas de Hagen costumavam assistir. E Jimmy. O governador. Embora ainda no primeiro ano de mandato, já era cogitado para participar das eleições presidenciais. O embaixador não perguntou pela família de Hagen.

Mas pediu notícias de amigos e conhecidos comuns a ambos. Circulando nas entrelinhas de toda aquela conversa fiada estavam os acontecimentos recentes de Nova York. No entanto, nenhum dos dois tocou no nome dos falecidos — Tessio, Tattaglia, Barzini ou qualquer outro. Nenhum dos dois mencionou os assassinatos especificamente, nem precisou mencionar.

O embaixador ficou de pé num dos degraus da piscina, a água à altura dos joelhos, e espreguiçou os braços. Era um homem alto, um gigante para os padrões da sua geração. Gabava-se de ter dado uma surra em Babe Ruth quando ambos ainda eram crianças; o que era mentira, é claro, mas com Ruth morto havia anos e o embaixador ali, orgulhosamente exibindo o pênis vetusto e muxibento, a história não deixava de ter um fundo de verdade. Shea mergulhou na água e começou a nadar. Depois de dez voltas na raia, parou.

— Fonte da juventude, meu amigo — ele disse, nem tão ofegante quanto Hagen havia previsto. — Juro para você. Juro para Deus e para o diabo.

Não fosse pelo sol coruscante, pela dor de cabeça, pela irritação com a arrogância do embaixador, pela necessidade de voltar para casa ainda naquela noite, Hagen talvez tivesse esticado um pouco mais a conversa.

— E então, senhor embaixador? Negócio fechado?

— Ora, ora. Um homem sem meias palavras.

Hagen olhou para o relógio. Já eram quase quatro horas.

— É assim que eu sou.

O embaixador saiu da piscina. O que fez a empregada sair do nada e aparecer com uma toalha e um roupão felpudo, Hagen não foi capaz

118 Mark Winegardner

de adivinhar. Hagen acompanhou o embaixador até uma varanda fechada por vidraças, escura e refrigerada, graças a Deus.

— Vocês fazem muito de mim. Você e Mike. Ou melhor, fazem muito de *Danny*. — Ele deu um tempo para que Hagen entendesse o subtexto. — Não posso cancelar as investigações, você deve saber disso. E Danny certamente também não. Mesmo que pudesse, trata-se de um assunto local. *Cidade* de Nova York, e não *estado*.

O que Hagen corretamente interpretou como o contrário. O que estava implícito naquele circunlóquio era que o embaixador armara as coisas de tal modo que nada saísse diretamente do seu gabinete, nada pudesse ser vinculado a ele.

— Não estamos pedindo o cancelamento de nada — disse Hagen.

— É importante que a justiça seja feita. Seguir em frente, voltar ao trabalho sem as dispersões que essas acusações falsas têm ocasionado, esse é o principal interesse de todos os envolvidos.

— Com certeza — disse o embaixador, balançando a cabeça —, com certeza. — O negócio estava fechado, desde que Hagen fizesse a coisa da maneira correta.

— O senhor também faz muito de mim — disse Hagen. — Ou melhor, de nossos parceiros comerciais. Como o senhor decerto deve saber, muitas pessoas têm ingerência na escolha de quem fará o discurso de nomeação na convenção nacional do partido no ano que vem. A convenção será em Atlantic City. Isso já foi resolvido.

— Já foi?

Hagen fez que sim com a cabeça.

O velho deu um murro no ar, um gesto inusitadamente infantil. A notícia era excelente, é claro. Agora, mesmo que os aspectos mais delicados daquela negociação não chegassem a bom termo, o governador Shea poderia, quando nada, colher os louros por ter levado a convenção — e os participantes da convenção — para o estado dele.

— A localização é uma ótima ajuda — concordou Hagen. — A idéia de convidar o governador do estado anfitrião para fazer o discurso de nomeação será muito bem recebida por quase todos. Depois disso, quem sabe o que mais pode acontecer?

"Depois disso", falou Hagen, como se o discurso fosse de fato acontecer, o que para o embaixador já era uma certeza.

— Teoricamente falando — disse o embaixador. — Se Jimmy fizer o discurso...

Hagen balançou a cabeça positivamente. As hipóteses eram inúmeras.

— Sou um homem cauteloso, porém otimista, senhor. Digamos que muita água ainda pode rolar até 1960.

Se a maioria daquelas hipóteses se tornasse realidade, os sindicatos trabalhistas controlados pelos Corleone apoiariam James Kavanaugh Shea para a presidência da república.

O embaixador acompanhou Hagen, dessa vez pela casa, até o carrinho de golfe que já esperava por ele à porta.

— Dizem por aí — falou — que você também tem lá suas ambições políticas.

— O senhor sabe como é, embaixador. Isto aqui são os Estados Unidos. Terra das oportunidades. Qualquer garoto pode acabar virando presidente.

O embaixador riu a valer. Entregou a Hagen um charuto antes que ele entrasse no carrinho.

— Você ainda vai longe! — emendou ele, como se a vida de Tom Hagen até então tivesse sido um lugar nenhum.

Capítulo 6

Muitos anos se passariam antes que alguém fora do clã de Chicago descobrisse que Louie Russo havia encomendado a execução de Fredo Corleone. Russo não tinha nada contra o próprio Fredo. Não passava de uma reles coincidência que a tentativa de assassinato tivesse acontecido poucos meses depois que seu filho distante (e homônimo) se mudasse para Paris e ali passasse a viver assumidamente como homossexual. Isso posto, Russo Jr. de fato vivera em Las Vegas por um ano, de onde informava o serviço de inteligência do pai sobre as escapadelas ocasionais de Fredo Corleone. Os assassinos haviam sido instruídos para esperar até encontrarem Fredo na cama com outro homem — idealmente de madrugada, para que as circunstâncias fossem mais incriminadoras — e em seguida fazer parecer que Fredo havia atirado no outro e depois matado a si mesmo. O episódio sórdido serviria para humilhar e enfraquecer Michael Corleone — que acabara de nomear o irmão *sotto capo*, para a decepção de muitos na sua própria organização —, sem que o clã de Chicago fosse culpado pelo que quer que fosse nem precisasse temer possíveis represálias. Não eram apenas as represálias violentas que Russo tentava evitar. Ele cobiçava desesperadamente um assento na Comissão, o órgão regimental da Cosa Nostra — algo que ele jamais conseguiria se viesse à tona sua participação no assassinato de um membro de outra família sem a aprovação prévia da Comissão. Tudo teria dado certo se, depois de plantar um falso bilhete de suicídio sob o pára-brisa do carro de Fredo, um dos assassinos não tivesse tido um violento espasmo intestinal e tivesse sido obrigado a parar num posto de gasolina para ir ao banheiro.

A Volta do Poderoso Chefão 121

Fredo Corleone ainda viveria por mais quatro anos, mas jamais suspeitaria de nada. Poderia ter deduzido toda a história se não tivesse acionado o limpador de pára-brisa e desfigurado o bilhete falso. A tinta se manchara, e tudo que ainda podia ser lido era "Desculpa, Fredo". Ele presumira que o bilhete havia sido escrito pela bichona desesperada que ele conhecera na noite anterior e que por algum motivo pedia perdão. Aliás, na experiência dele, pedir perdão era o que aquela gente doentia mais gostava de fazer.

Quanto aos tiras, eles o levaram para dentro do chalé próximo às cabines da alfândega, submeteram-no a um teste grafológico e começaram a fazer um monte de perguntas, que ele se recusou a responder na ausência de um advogado. Fredo disse que, embora não fosse da região, seu bom amigo, o Sr. Joe Zaluchi, talvez pudesse recomendar um advogado. Constatou-se então que a caligrafia dele não coincidia com a do bilhete. Um capitão de polícia pertencente aos quadros de Zaluchi materializou-se de repente e disse que conduziria as coisas dali em diante. Todos, exceto o capitão, ainda acreditavam estar tratando com Carl Frederick, subgerente de um *camping* de *trailers*, um daqueles bêbados difíceis de encontrar, que ficam mais espertos e articulados depois de uns tragos.

Fredo disse que precisava fazer uns telefonemas, e o capitão disse aos outros policiais que eles estavam dispensados. Fredo esparramou-se numa cadeira como se fosse o dono do lugar, ligou para o aeroporto e pediu que chamassem pelo serviço de alto-falantes os guarda-costas que já deviam estar esperando por ele havia uma hora. O capitão sentou-se a uma mesa do outro lado da sala e começou a comer as laranjas confiscadas. Depois ligou um rádio decrépito que repousava sobre o armário de arquivos ao seu lado. Perry Como berrava uma canção animada. Incomodado com o barulho repentino, Fredo fez uma careta, e o capitão baixou o volume.

— Desculpe — disse o policial baixinho.

Fredo continuou esperando, mas nem Figaro (era assim que ele chamava o barbeiro) nem o criador de cabras apareceu para atender o telefone. Ele desligou e pediu à telefonista que discasse para Joe Zaluchi. O nome obviamente não constava da lista. O capitão bebericava café e devorava as laranjas com volúpia, desviando o olhar para dar a Fredo a privacidade necessária.

— Senhor? — disse Fredo. — Por acaso sabe como posso entrar em contato com Joe Z.?

— Não faço a mínima idéia — disse o capitão, piscando o olho. Ele adorava ser chamado de "senhor". — Posso ajudar em alguma coisa?

— Foi ele quem me emprestou o carro. Já perdi um vôo hoje. Se tiver de ir até Grosse Point para devolvê-lo, jamais vou...

O capitão interrompeu-o com um tapinha no ar.

— Deixe o carro aí. O aeroporto fica no meu caminho, posso lhe dar uma carona. Cuido do carro depois, fique tranqüilo.

A oferta parecia suspeita, mas o policial havia comparecido ao casamento na véspera.

— Obrigado — disse Fredo. Depois tentou o aeroporto outra vez, sem sucesso. Então discou para a central telefônica de Las Vegas.

— Aqui é o Sr. E. — ele disse. "E" de Entretenimento, seu codinome. — Se alguém perguntar, diz que perdi o vôo mas que vou pegar o próximo, entendido?

Fredo certamente juntaria os pedaços do quebra-cabeça se não tivesse pedido ao capitão para baixar o volume do rádio. Terminada a canção, veio o noticiário. E esta era uma das histórias principais: a polícia investigava um caso de homicídio num motel em Windsor. Um vendedor de suprimentos para restaurantes, residente de Dearborn, dizia que a porta de seu quarto havia sido arrombada por dois homens armados e que ele atirara em ambos com um Colt .45. Um dos invasores havia morrido; o outro — Oscar Gionfriddo, 40 anos, representante comercial de Joliet, Illinois — encontrava-se em estado grave no hospital Salvation Army Grace.

A identidade do morto ainda não havia sido divulgada. O atirador alegou que o revólver pertencia a um amigo. "Eu nunca tinha disparado uma arma em toda a minha vida", ele disse com a voz embargada. "Que sorte, a minha." A escolha de palavras dava a entender que ele acabara de ganhar uma fortuna na loteria, e não de matar um homem, possivelmente dois.

O capitão, é claro, não tinha motivo algum para se preocupar com a notícia, e o rádio estava baixo demais para que Fredo pudesse ouvi-lo do outro lado da sala.

O telefone tocou. O capitão atendeu. Era o guarda-costas, o barbeiro. Figaro. Fredo disse que não demoraria a chegar.

A Volta do Poderoso Chefão

— Tudo certo — Fredo disse ao capitão.

— Já pegou tudo o que é seu? Bem, menos as laranjas. — O capitão falou ainda com a boca cheia. — Estas o senhor não pode levar. É mais fácil entrar no país com uma arma do que com uma fruta. Entendeu? *Uma arma*.

Neri havia dito que era praticamente impossível identificar a origem daquele carregamento de Colt Peacemakers. Mesmo assim não seria conveniente deixar a arma para trás. Fredo faria papel de bobo. Pior, ficaria desarmado. Pensou em pedir uma arma ao capitão, mas não quis forçar a própria sorte.

— Sim, peguei — ele respondeu, tomando a direção da porta.

Fredo e o capitão entraram numa viatura à paisana. O policial ligou o rádio. *"E agora, mais música pra vocês!"*, berrou o apresentador. O capitão baixou o volume e novamente se desculpou. Tratava-se de uma velha canção: a *big band* de Les Halley e seus New Haven Ravens, acompanhada dos vocais de Johnny "Hora da Saudade" Fontane. Uma das últimas colaborações entre eles, informou o apresentador, "antes de Johnny trocar os pentagramas da música pelos fotogramas do cinema".

— Minha mulher — disse o capitão, apontando para o rádio — adorava esse disco.

— A mulher de todo mundo adorava — disse Fredo. — Foi assim que muitas delas acabaram *virando* a mulher de alguém. Por causa de canções como esta.

— Dá para imaginar como deve chover mulher na horta de um sujeito assim?

— É verdade — disse Fredo. — E para completar, o homem tem um coração do tamanho de um boi.

— Você conhece Johnny Fontane?

— Somos amigos — disse Fredo, sacudindo os ombros.

Nem um nem outro disse mais nada até o fim da canção.

— Então vocês são amigos, heim? — disse o capitão.

— Amigos íntimos. Na verdade, meu pai era padrinho dele.

— Está brincando.

— Não, não estou.

— Então vou fazer uma pergunta. É verdade que ele tem um pau do tamanho de um braço?

— E como é que eu saberia de uma coisa dessas?

— Sei lá. Numa sauna, talvez. É só um boato que ouvi, então pensei...

— Por acaso você gosta da fruta?

O capitão revirou os olhos e acionou a sirene. Passaram o resto da viagem assim: a 160 por hora, mudos.

Capítulo 7

A sala de Phil Ornstein ficava num dos vértices do quadragésimo primeiro andar do prédio da National Records; as paredes cobriam-se de discos de ouro e fotos de seus familiares — que não primavam exatamente pela beleza —, mas nenhuma foto de gente famosa, o que poderia ser uma afetação ou mais um motivo de admiração pelo homem. Ele conduziu Johnny até sua mesa de aço escovado.

— Não precisa se apressar — falou, embora certamente não estivesse sendo sincero.

Milner preparava a banda para a canção seguinte. Johnny discou o número de sua ex-casa.

De repente, parou. Ginny e as meninas não sabiam que ele estava em Los Angeles. E continuariam sem saber se ele não ligasse. Johhny queria se desculpar por não poder se encontrar com elas durante sua estada na cidade, mas a única coisa que faria aquela ligação necessária seria a própria ligação.

Tirou do bolso um frasco de anfetaminas, olhou para o rótulo, pegou um comprimido e engoliu-o a seco.

Merda. O que era ele afinal? Um *segaiolo* recém-formado do ginásio, com medo de convidar a rainha do baile para sair? Ele conhecia Ginny, sua ex-mulher, desde que ambos tinham dez anos de idade. Eram vizinhos. Discou novamente.

— Sou eu — ele disse.

— Olá, minha vida — disse Ginny, de um jeito ao mesmo tempo doce e sarcástico. As garotas do Brooklyn eram imbatíveis. — Onde você está?

— Puxa, como é bom ouvir a sua voz — disse Johnny. — O que você está fazendo?

Elas haviam acabado de chegar da May Company, respondeu Ginny. A filha mais velha havia comprado seu primeiro sutiã.

— Não está falando sério, está?

— Quando foi que você a viu pela última vez? — perguntou Ginny.

Ele havia tido uns compromissos bem lucrativos em Atlantic City e nos clubes fechados de Jersey Palisades, assim como na boate de Louie Russo nas imediações de Chicago. Havia trabalhado num filme com locações em Nova Orleans. As primeiras cenas haviam sido rodadas num estúdio em Los Angeles. Devia ter sido mais ou menos por essa época.

— No feriado de 30 de maio?

— Foi só uma pergunta retórica — ela disse. — Afinal, onde você está?

— Você se lembra daquele outro feriado, acho que era Dia do Trabalho, em que a gente alugou uma casa em Cape May e depois fizemos aquele churrasco à beira-mar?

— Não, não lembro.

— Está brincando. — Johnny ouvia as filhas ao fundo, discutindo.

— Claro que estou brincando. Aqueles foram os melhores anos da minha vida. Quando eu ainda não existia.

Les Halley havia insistido para que Johnny fingisse ser solteiro para que as franguinhas ficassem babando por ele.

— A idéia não foi minha.

— E você tinha sua vadia do outro lado da cidade, e sempre que saía para comprar cigarros...

— Lembra quando queimei a mão tentando cozinhar aquele milho e...

— E queimou *de novo* com os busca-pés!

— É verdade — disse John, rindo.

— Tem uma festa da vizinhança amanhã — disse Ginny. — Cada um vai levar uma torta. Você quer vir?

— À festa?

— Você está na cidade, não está? Parece tão próximo...

A Volta do Poderoso Chefão   127

Johnny prendeu o telefone com o ombro e cobriu os olhos com ambas as mãos.

— Não, não estou. A ligação é que está boa.

— Ah. Azar o seu. Além da torta, estou fazendo um *scarpariello* de frango. A mesma receita da sua mãe. Na verdade, são as meninas que estão fazendo. Se não se matarem antes. Estão naquela fase, você sabe.

Johnny adorava as filhas, mas, até onde conseguia se lembrar, elas sempre estavam "naquela fase".

Ginny perguntou se ele queria falar com elas. Johnny disse que sim, mas apenas a mais nova veio ao telefone. Philly entrou na sala, apontando para o relógio.

— Diga a sua mãe — falou Johnny — que farei o possível para comparecer à festa amanhã.

— Está bem — disse a menina. Ela daria o recado. Era educada o suficiente para tanto, mas, pelo tom de voz, sabia claramente que o pai jamais daria as caras por lá.

Os comprimidos verdes haviam sido receitados por Jules Segal, o mesmo médico que diagnosticara os calos nas cordas vocais de Johnny e recomendara-o a um especialista, o autor da cirurgia que lhe devolvera a voz do passado e a possibilidade de voltar a gravar. Antes do Dr. Segal, Johnny já havia consultado dois médicos que não chegaram a diagnosticar nada. Grassava em Hollywood uma raça de charlatões cujo interesse no corpo humano havia se reduzido às partes carnudas de suas clientes famosas e ao aprimoramento do próprio desempenho nas quadras de tênis, gente que fazia fortuna receitando pílulas e resolvendo o problema de garotas incautas; por outro lado havia Segal, que gozava da mesma reputação, mas que se mostrara um médico da melhor qualidade, competente o bastante para ocupar o cargo de chefe de cirurgia no hospital novo que os Corleone construíam em Las Vegas. Então, como explicar que, a cada vez que tomava aqueles comprimidos — sempre na dosagem recomendada na bula, nunca acima —, Johnny ficava com a sensação de que agia como um autômato?

Para recuperar a lucidez, Johnny sacudiu a cabeça como um cachorro molhado. Ficaria bem, não tinha com o que se preocupar. Ao mesmo tempo em controle e sem controle nenhum sobre as coisas. O que vinha a calhar naquelas circunstâncias. Ele vivia à base de quatro comprimidos, vinte xícaras de chá, um bule inteiro de café, um sanduíche de presunto e nenhuma noite de sono. No espaço entre o couro cabeludo e o crânio, sentia formigas microscópicas dançarem freneticamente uma espécie de *hucklebuck*. A dor nos músculos superiores das coxas, fosse lá que nome tivessem, piorava a cada minuto. Mas Johnny continuava de pé, exausto demais até para se esborrachar no chão e tirar uma soneca. Por outro lado, tinha muita energia. Absorvia cada uma das instruções daquele calhorda brilhante chamado Milner — por mais sutis que elas fossem — e dava o melhor de si para colocá-las em prática.

Ele teria dado qualquer coisa para parar.

Teria dado qualquer coisa para fazer aquele sentimento durar para sempre.

Tinha ido para Los Angeles achando que gravaria a metade de um LP. Poucos minutos depois de começada a sessão, deu-se conta de que teria sorte se conseguisse terminar uma única faixa dentro dos padrões de qualidade exigidos por Cy Milner e por si próprio. Todavia, minutos antes de ter de tomar o avião de volta a Las Vegas, viu-se gravando a terceira música do dia com tamanha facilidade que em nenhum momento precisou parar ou ser interrompido.

Assim que terminou, abriu os olhos e viu Jackie Ping-Pong e Gussie Cicero parados à porta, do outro lado do estúdio. Não soube dizer por quanto tempo eles estavam ali.

Milner já havia passado a mão num bloco de notas. Como regente, era lacônico e fluido, mas quando escrevia acordes, parecia um cachorro vira-lata devorando uma costela. Alheava-se de tudo e de todos, inclusive do estagiário parado ao seu lado com uma garrafa de refrigerante e um punhado de lápis.

Johnny sentou-se na sua banqueta e acendeu um cigarro.

— Mãããe! Paaai! — ele chamou, olhando primeiro para Milner e depois para Ornstein. Em seguida, apontando para Ping-Pong e Gussie, emendou: — Minha carona acabou de chegar. Não esperem por mim acordados! — Sentiu as pernas impossivelmente pesadas. Por fim esticou o pescoço e fez sinal para que Gussie e Ping-Pong se aproximassem.

— Meu amigo! — exclamou Jackie, atravessando a sala. Caminhava como um ganso por causa da gordura, e não era exatamente amigo de

A Volta do Poderoso Chefão   129

Johnny, apenas um conhecido. — Está com uma aparência ótima, com cara de milionário! E a voz nunca esteve tão perfeita!

Johnny sabia que estava com a aparência de um zumbi.

— Sabe o que é melhor que ter um milhão no banco?

— É ter um milhão no banco com uma loura chupando seu pau — respondeu Gussie Cicero, um amigo das antigas.

— Errado — disse Johnny. — Se a loura souber que tem um milhão, ela chupa você de graça.

— As chupadas gratuitas acabam sendo as mais caras.

Johnny caiu na gargalhada. Deu um tapa carinhoso nas costas de Cicero e disse:

— Bem, eu estou com cara de milionário, mas vocês dois estão parecendo a bosta que eu caguei hoje de manhã.

Johnny ficou de pé e deixou que Ping-Pong e Cicero o abraçassem. Achara durante anos que o apelido de Jackie devia-se aos olhos esbugalhados, mas fazia pouco que Frank Falcone lhe corrigira, dizendo que Ping-Pong era uma brincadeira com o nome Ignazio Pignatelli. Gussie Cicero era proprietário de uma das casas noturnas mais elegantes de Los Angeles. Johnny não cantava lá desde que perdera a voz no meio de uma apresentação e a revista *Variety* noticiara o fato como se ele tivesse morrido, o que merecia um brinde de Crown Royal. Todavia, Gussie e Johnny haviam mantido a amizade.

— Frank Falcone manda lembranças — disse Gussie. Gussie supostamente pertencia à organização de Los Angeles, que de alguma forma tinha laços com Chicago.

— Ele não veio? — disse Johnny.

— O Sr. Falcone teve uma pequena indisposição — disse Ping-Pong. Com o punho gorducho segurava uma bolsa de couro novinha em folha. Era o subchefe de Falcone. Johnny não tinha a menor idéia do que fazia um subchefe; procurava não saber mais a respeito dessas coisas do que o estritamente necessário. — E além das lembranças, ele também manda isto.

— Muito bonita — disse Johnny.

— Vou lhe dar uma — disse Ping-Pong. — É só encomendar na Sicília e mandar entregar. Conheço um sujeito lá, trabalha como um cachorro e não faz mais do que dez bolsas iguais a esta a cada ano.

Couro virgem, o melhor que existe. Quer que eu mande para o cassino? Para a sua casa? Para onde?

Fontane tentou produzir uma piada com o "virgem" de "couro virgem", mas foi vencido pelo cansaço.

— Essa daí não é minha?

— Vou encomendar uma para você.

— Brincadeira, Jack.

— Não estou perguntando se você quer que eu encomende. Estou dizendo que *vou* encomendar, entendeu? Mas esta aqui — ele entregou a bolsa a Johnny — é para Mike Corleone, *capisc*?

Tradução: "Chega de conversa" e "Faça o que fizer, meu amigo, não cometa a insanidade de abrir isto aqui".

A bolsa estava estufada e tão pesada quanto uma bola de boliche. Johnny balançou-a no ar e, como um menino no Natal, sacudiu-a próximo à orelha para ver se o conteúdo tilintava.

— Muito engraçado. — Ping-Pong semicerrou os olhos no rosto rechonchudo e ficou ali, esperando até ter certeza de que Johnny havia captado a mensagem. — Bem, agora peço desculpas — disse afinal. — Preciso cuidar de uns assuntos pessoais. Coisa de família.

— Tudo bem — disse Johnny. "Então agora eu não passo de um leva-e-traz?", pensou. Mas não disse nada; ficou ali, absorvendo a afronta como ácido em cimento vagabundo.

— É uma pena não podermos ficar para continuar ouvindo — disse Ping-Pong. — Está cantando muito bem, John.

Milner continuava a escrever. Os músicos haviam se dispersado. Johnny despediu-se deles e saiu na companhia de Gussie e Ping-Pong. Um Rolls-Royce Silver Shadow esperava próximo à porta dos fundos.

— Onde está a rainha? — perguntou Johnny.

— Como é que é? — devolveu Ping-Pong, franzindo as sobrancelhas, adivinhando ali uma ofensa.

— A rainha *da Inglaterra* — disse Gussie. — Foi uma brincadeira.

Ping-Pong balançou a cabeça de maneira condescendente, como se dissesse "Ah, essas crianças de hoje...".

— O carro é meu, Johnny — disse Gussie.

Um Lincoln preto parou junto ao meio-fio, recolheu Ping-Pong e seus homens e seguiu em disparada.

A Volta do Poderoso Chefão 131

Logo depois, Johnny viu de soslaio algo de metal vindo na sua direção e jogou o corpo para o lado. Tropeçou e caiu na lateral do Rolls-Royce.

Não havia sido uma bala.

Johnny não tinha muita certeza do que fora aquilo.

— Bela defesa — disse Gussie. — Tudo bem com você?

Johnny pegou as chaves do carro no chão.

— Hoje foi um dia longo — explicou-se.

— Bastava dizer "não, obrigado".

— "Não, obrigado", o quê?

— "Não, obrigado, não quero dirigir um Rolls-Royce de merda."

Johnny jogou as chaves de volta para Cicero.

— Não, obrigado, não quero dirigir um Rolls-Royce de merda.

— Viu? Não foi tão difícil assim.

— Não ouvi o que você disse, só isso. Estou um caco, companheiro.

— O sol estava prestes a se pôr. Johnny não saberia dizer quando tinha sido a última vez que tivera uma noite de sono decente.

Gussie abraçou Johnny e disse que havia sido um privilégio tê-lo ouvido cantar. Eles entraram no carro e tomaram o rumo do aeroporto. Johnny começou a pesquisar as estações de rádio para ver como andava a concorrência. Só modismos, nada mais. *Rock and roll*. Locutores tagarelas. *Mambo*: mais um modismo. Cantoras chorosas: modismo também. Johnny não encontrou sua voz em lugar nenhum. Talvez as outras gravadoras tivessem razão. Era possível que o disco que ele tentava gravar não tivesse a menor chance. Continuou a procurar.

Gussie decerto percebeu a irritação do amigo e teve a decência de não dizer nada durante quase todo o trajeto até o aeroporto. Tão logo saíram da auto-estrada, perguntou:

— Qual é a diferença entre Margot Ashton e um Rolls-Royce?

Margot tinha sido a segunda mulher de Fontane, a primeira de Gussie. Fontane havia abandonado Ginny para ficar com Margot. Margot não lhe roubara apenas o coração; tinha levado tudo, até mesmo a dignidade. Certa vez, Johnny apareceu no *set* de um filme em que ela estava trabalhando, e o diretor colocou-o para cozinhar espaguete. Sem nenhuma palavra de protesto, ele vestiu o avental e foi para o fogão. Ah, o amor. O maldito amor.

— Nem todo mundo já esteve dentro de um Rolls-Royce.

— Já tinha ouvido essa?

— Todo mundo já ouviu essa. Com carros e vadias diferentes, você sabe.

— Ninguém é mais vadia do que Margot Ashton.

— É aí que você se engana, amigão. Uma vadia é uma vadia, e pronto.

Gussie seguiu para o terminal de vôos comerciais.

— Ei, você pegou a saída errada — disse Johnny, apontando o caminho para os hangares particulares.

Gussie fez que não com a cabeça.

— Na verdade, eu também não vou para Las Vegas. Frank não queria que você se ofendesse, mas você sabe, um avião inteiro, só para uma pessoa...

Gussie enfiou a mão no bolso interno do paletó para pegar alguma coisa. Uma arma? Não, um envelope.

— Avião comercial — falou —, mas de primeira classe.

Johnny pegou a passagem. Faltavam quinze minutos para o vôo.

— Não vai mesmo?

— Na verdade — disse Gussie —, ninguém me convidou.

— Bobagem! Pois *eu* estou convidando você.

— Não se preocupe. Gina e eu já temos um compromisso. — Gina era a garota com quem ele se casara depois de levar um chute de Margot Ashton. Ashton casou-se com um xeque árabe logo em seguida, mas já havia se divorciado dele também. — Nossas bodas de cinco anos, dá para acreditar? — Gussie parou o carro. Supondo malas enormes e gorjetas maiores ainda, os carregadores apareceram num segundo para retirar a bagagem. — Na semana que vem, no entanto, temos ingressos para vê-lo em Vegas.

— Vocês *compraram* ingressos?

— Uma pechincha, se você cantar tão bem quanto cantou hoje no estúdio.

— Da próxima vez, se eu não vir seu nome na minha lista de convidados, eu lhe corto o saco, ouviu bem?

Uma pequena multidão de carregadores cercava o Rolls. Gente de todas as idades. Fontane informou que não tinha bagagem nenhuma,

A Volta do Poderoso Chefão 133

a não ser aquela bolsa de couro; mesmo assim molhou a mão de cada um deles com uma nota de vinte. Dois homens de jaqueta azul-celeste vieram ao seu encontro e ajudaram-no a abrir caminho pelo saguão congestionado, o que chamou a atenção de todos, mesmo numa cidade como Los Angeles. Os fãs logo se juntaram atrás dele, seguindo-o durante todo o trajeto até o portão de embarque. Correndo um risco desnecessário, Johnny entregou a bolsa de couro para um dos funcionários da companhia aérea de modo que pudesse assinar autógrafos apressados e quase ilegíveis, incluindo um diretamente no rosto de uma maluca. Depois molhou a mão dos comissários com cinqüenta paus.

Quando entrou na aeronave, foi recebido com aplausos. Agradeceu com um sorriso, mas não tirou os óculos escuros. Tomou seu assento e acomodou a bolsa no chão, entre as pernas. Fossem outras as circunstâncias, teria jogado um charme para cima da aeromoça ruiva e peituda que viera atendê-lo, mas limitou-se a pedir um travesseiro, um burbom com gelo e um chá quente com mel. Olhou para a bolsa. Outra pessoa aproveitaria a oportunidade para abri-la e ver o que tinha dentro. Johnny estava cagando e andando.

Demorou uma eternidade para que a aeromoça aparecesse com os drinques.

— Infelizmente não temos mel, senhor — ela disse.

— Chá também não, ao que parece.

— A água está quase quente.

Ela foi buscá-la. Johnny olhou para a bolsa. Abriu-a.

Estava forrada de dinheiro, é claro. Sobre as cédulas, um bilhete datilografado e anônimo dizia: "Falei para você não abrir". E logo abaixo, o desenho de um sorriso invertido.

Johnny amassou o bilhete entre os dedos. Viu a ruiva se aproximando e tragou metade do burbom. Mastigando gelo, esperou que ela servisse o chá. Depois simulou uma pistola com a mão esquerda, mirou na moça e estalou a língua. A ruiva enrubesceu.

Quando ela atravessou o corredor da cabine, conferindo se tudo estava pronto para a decolagem, Johnny já havia terminado o burbom e o chá e dormia profundamente.

Capítulo 8

— Você estava na festa do sorvete do Tri-Delta, não estava? — perguntou a loura de voz melíflua na fila do refeitório, na frente de Francesca Corleone. Ela servia seu jantar: lascas de pêssego com queijo *cottage*, uma folha de alface crespa já um tanto murcha e uma xícara de chá doce. Só.

Atrás de Francesca, Suzy Kimball mantinha os olhos fixos na bandeja e cantarolava baixinho.

— Não, não estava — respondeu Francesca. — Você deve estar me confundindo com alguém.

— Ah. — Uma pessoa normal teria aproveitado a oportunidade para se apresentar. Em vez disso, a loura deu as costas e voltou para o grupinho saltitante e risonho com o qual tinha chegado.

Havia muitas outras garotas na fila que não exibiam as letras gregas dos grêmios estudantis em suas blusas, outras que não cochichavam entre si, que não tremiam sob as capas de chuva quando os rapazes mais velhos entravam na sala. Essas garotas existiam, mas Francesca não as enxergava. Quem ela de fato enxergava era Suzy, a garota de pele escura que vinha atrás dela, muito tímida, escolhendo a mesma comida que ela, seguindo-a até uma mesa próxima à porta.

— Você sabia — disse uma voz masculina atrás de Francesca — que esta escola *era* só para mulheres?

Francesca virou-se para trás e, na mesa vizinha, viu um rapaz de pele bronzeada, vestindo uma camisa de algodão listrada e usando os óculos, desses que geralmente usam os pilotos, para prender os cabelos louros e cacheados no alto da cabeça. Ele agarrava na mão a maquete de um foguete espacial em madeira.

A Volta do Poderoso Chefão   135

— Como? — ela disse.

— Faculdade Flórida para Mulheres. — Os dentes brancos se revelaram num sorriso maroto. — Até pouco depois da guerra. Sinto muito por ter ouvido sua conversa. Eu estava lá, ajudando meu irmão a fazer a mudança. Sua mãe parece ser bem protetora, o que é ótimo. Sinal de que ela gosta muito de você.

A mãe dele já estava aflita para que os filhos saíssem de casa, explicou o rapaz, finalmente largando o foguete sobre a mesa.

Francesca sentiu-se levemente tonta, embevecida pelo perfume dos arbustos floridos de jasmins-do-imperador.

Ele havia dado as costas para um grupo de pessoas — alunos do terceiro ou quarto ano, a julgar pela aparência, inclusive a loura dos pêssegos — para falar com ela. Havia algo de estranho e ao mesmo tempo simpático na maneira em que ele tagarelava sem parar. Por fim, desculpou-se por não ter se apresentado.

— Billy Van Arsdale — falou, estendendo a mão.

Aquela era a grande oportunidade dela. "Fran Collins. Franny Taylor. Frances Wilson. Francie Roberts." Quando esticou o braço para cumprimentá-lo, percebeu que a mão estava suada. Suada não, ensopada. Mas Francesca estava determinada. Não era o caso de desistir agora, apesar do pânico. Com a ponta menos molhada dos dedos, virou a mão de Billy e beijou as articulações.

Os companheiros de Billy caíram na gargalhada.

— Francesca Corleone — ela disse, quase sussurrando e irrefletidamente pronunciando todas as sílabas do sobrenome, no melhor italiano. Tentou sorrir, como se o beija-mão tivesse sido uma piada. — Bem, hmm... E esse foguete aí, qual é a história?

— Um nome adorável — disse Billy.

— Ela é italiana — cuspiu Suzy Kimball, olhos arregalados, como se estivesse na sala de aula e aquela fosse a primeira vez que sabia responder alguma coisa. Dirigira-se a todos na mesa de Billy. — Eles adoram beijar, os italianos. Achei que fosse "Corle-own", em vez de "Corle-o-ne". Qual é o certo?

Francesca não teve forças para dizer nada, não conseguia despregar os olhos de Billy.

Alguém na outra mesa disse:

— *Mamma mia, dove* está *la mozzarella*? — O que foi motivo de mais risadas.

Billy não deu ouvidos a ninguém.

— Bem-vinda à FSU. Se eu puder ajudar em alguma coisa...

— Ih, lá vai ele — disse um dos rapazes na outra mesa.

— Querido — disse a loura dos pêssegos —, você não toma jeito, não é?

— ...é só pedir.

— Corleone, hein? — disse o garoto da mozarela. Ele levantou uma submetralhadora invisível e fez "ra-ta-ta-ta-tá".

— Algum parentesco? — perguntou alguém.

— Vocês são uns idiotas — disse Billy. — Parem com isso. Eles são uns idiotas — ele consolou Francesca. — Bem, agora tenho de ir, mas se precisar de qualquer coisa, meu nome está na lista telefônica. W.B.Van Arsdale.

— Sim, *dahling*... — disse a loura, afetando um sotaque britânico. — William Brewster Van *Ahhhsdale* III.

Billy revirou os olhos e apertou carinhosamente os ombros de Francesca. Pegou o foguete de madeira, voltou os óculos para o nariz e saiu. Francesca achou que a gozação continuaria, mas os amigos de Billy deixaram-na de lado e voltaram a conversar entre si.

— Sinto muito — murmurou Suzy. Ela tremia como um cachorrinho apavorado.

O que Francesca poderia dizer?

— Sim, eu sou italiana. Sim, nós adoramos beijar. E você pode dizer meu nome do jeito que quiser.

Suzy levantou os olhos e tapou a boca com a mão.

— Ah, se você pudesse ver seu próprio rosto agora...

— O que foi?

Um trovão ribombou no céu.

Suzy balançou a cabeça. Mas Francesca sabia do que ela estava falando; ainda sentia nos ombros o toque de Billy.

Depois do jantar elas subiram para arrumar o quarto. As roupas de Suzy mais pareciam uniformes: saias e blusas quase idênticas; meias, calcinhas e sutiãs absolutamente idênticos. Ambas acharam por bem empilhar as camas-beliches para aumentar o espaço, e Francesca dei-

A Volta do Poderoso Chefão 137

xou Suzy escolher em qual delas preferia dormir. Ela escolheu a de baixo. Quem *escolheria* a cama de baixo de um beliche? A chuva parou. A supervisora do dormitório tocou todas as meninas para fora dos quartos, distribuiu velas brancas e conduziu-as para o outro lado do *campus* para a convocação dos calouros. A banda de música já tocava quando elas entraram no estádio de futebol. Uma chuva fina começou a cair. Filas e mais filas de cadeiras dobráveis cobriam o gramado. Suzy e Francesca sentaram-se mais para trás. "As morenas." Francesca precisava encontrar uma maneira de se afastar daquela garota sem ferir os sentimentos dela.

Sobre uma plataforma na linha de 50 jardas, um dos reitores deu boas-vindas aos alunos. Depois apresentou o presidente da universidade, um homem lúgubre, vestindo uma beca preta. O reitor sentou-se, e só então Francesca percebeu, atrás dele, o rapaz de camisa listrada, cabelos louros e dentes muito brancos que reluziam ao longe. Por um instante achou que delirava. Por causa do calor. Então Suzy cutucou-a com o cotovelo e apontou.

— É William Brewster Van Arsdale III! — ela disse.

— Aquilo foi uma piada — explicou Francesca.

— Você precisava ver o seu rosto de novo!

Francesca tentou arquear as sobrancelhas como Deanna Dunn havia feito naquele filme antigo em que interpretava uma assassina.

Billy passou todo o discurso do presidente fazendo anotações em fichas de arquivo. Francesca passou o mesmo tempo dizendo a si mesma que, num mundo de paixonites estúpidas, aquela era claramente a mais estúpida de todas.

Puxando a faixa da beca, o presidente pediu aos calouros que olhassem para os vizinhos da direita e da esquerda. Disse que uma em cada duas pessoas não conseguia chegar ao término do curso e aconselhou a todos que se esforçassem para não ser uma delas. Depois pediu às garotas da torcida organizada, devidamente uniformizadas e paradas nas extremidades das fileiras, para acender as velas de cada aluno. Os trovões retumbavam sobre o estádio. Por fim, apresentou o presidente do corpo estudantil.

— Naturalmente, qualquer um de vocês que já tenha comido uma laranja colhida na Flórida poderá dizer-se um fiel freguês da família. —

O presidente parou para rir e mostrar a todos quanto gostara da própria aliteração. — Senhoras e senhores, William Brewster Van Arsdale.

— Achei que você tinha dito que o nome dele era uma piada — disse Suzy.

Francesca deu de ombros. Van Arsdale *Citrocultura*?

Billy subiu ao pódio e acenou para os alunos. Tirou o foguete de madeira de dentro da jaqueta. A chuva começou a apertar. Billy seguiu em frente. O foguete era um acessório para ilustrar seu discurso sobre a iminente era espacial, fonte de oportunidades extraordinárias para todos que estavam ali. As velas começaram a se apagar. As pessoas começaram a ir embora. De súbito, como é freqüente acontecer na Flórida, a chuva se transformou numa tempestade. Francesca abotoou a capa de chuva. A banda correu em busca de abrigo. Momentos depois a água já cobria a pista de atletismo em torno do campo Billy guardou o foguete na jaqueta e jogou as fichas de arquivo para o alto.

— Nossa formação acadêmica — ele berrou — deve condizer com as outras coisas importantes que já aprendemos. O amor. A família. O bom senso. Vamos lá, pessoal, vamos ter o bom senso de dar o fora dessa chuva!

Quando ele disse isso, boa parte das pessoas já tinha ido embora. Exceto Francesca, que permaneceu sentada.

Estava enganando a si mesma. Era ridículo. Agora estava claro que, no refeitório, Billy tivera em mente apenas uma de duas coisas: ou tentara ser bonzinho, estendendo a mão para duas garotas estranhas, de etnia minoritária, ou havia tirado um sarro com a cara dela.

Francesca o viu fugir da chuva ao lado do reitor e do presidente embecado; os três dividiam um *ombrellone* de golfe.

Billy Van Arsdale era daqueles para quem um enorme guarda-chuva se materializava sempre que necessário.

Francesca, a última pessoa ainda no gramado, jogou a vela molhada de lado e afundou o rosto entre as mãos.

Ela devia voltar. Não para o dormitório. Mas para casa.

Como sempre fazia nos momentos de dificuldade, Francesca tentou visualizar o rosto do pai. Cada vez que fazia isso, a imagem ficava mais difusa. Ele fazia as mesmas poses e sorria os mesmos sorrisos das fotografias. Seria realmente o pai que ela via agora, ou apenas uma

A Volta do Poderoso Chefão 139

foto tirada no casamento da tia Connie, ocasião em que ele aparentemente conseguira abraçar todos os adultos da família, em que estava feliz e apaixonado pela mulher e tomava conta de toda a família? Francesca e Kathy também apareciam nas fotos, dançando na pista com Johnny Fontane, um personagem que agora lhe parecia tão irreal quanto o Mickey Mouse. Por um breve instante, tudo havia funcionado como devia.

Francesca abraçou os joelhos e deixou que a chuva lhe fustigasse as costas. No fundo do coração, sabia que já não se lembrava mais da voz do pai. E, para falar a verdade, sabia que a felicidade estampada nos álbuns de fotografia talvez não passasse de uma ilusão também. Era possível que ela tivesse se deixado enganar por tudo aquilo — os penteados engraçados, os *smokings* e os vestidos fora de moda, o maravilhoso uniforme da Marinha do tio Mike, o quepe largo demais — do mesmo jeito que uma garota inocente se deixa enganar pelo sorriso aparentemente natural nos lábios de um defunto, por truques de fotografia, por fenômenos estranhos provocados pela luz. As coisas *nunca* funcionavam como deviam. Quem não sabia disso? Havia outras fotografias de família que Francesca geralmente optava por afastar do pensamento. Aquela em que seu tio Fredo aparecia chorando na sarjeta. A de seu avô, Vito Corleone, escondendo o rosto do fotógrafo, que o *The New York Times* escolhera para publicar no obituário dele. A Polaroid da mãe, sentada com o torso nu na cadeira de curvim no escritório do vendedor de bebidas, encontrada junto com um pênis de borracha dentro de um buraco no colchão da cama. Aquela, de bordas festonadas, em que o pai matava um atum a porretadas na costa da Sicília, sorrindo como um garoto na manhã de Natal.

"Algum parentesco?" O que Francesca *teria* respondido caso Billy não tivesse dito aos amigos para deixá-la em paz? Ela não fazia a menor idéia.

As tempestades tinham inúmeras serventias. Francesca Corleone talvez estivesse chorando, talvez não. Dissera a si mesma que não deixaria aquele campo antes que caísse a última gota.

Capítulo 9

Quem estivesse vendo Michael Corleone pousar o avião em Lake Mead — os motoristas dos dois Cadillacs, por exemplo, que seguravam cordas na extremidade do píer — poderia supor que ele já tivesse feito isso um milhão de vezes, e não apenas umas vinte. Kay, dormindo ao lado dele, sequer buliu — pelo menos até Tommy Neri e os outros dois rapazes espremidos na traseira começarem a aplaudir.

Kay empertigou-se na mesma hora, os olhos arregalados de pânico.

— Meus filhinhos! — exclamou.

Michael riu. E num átimo arrependeu-se. O pânico desnecessário parecera-lhe engraçado, e um tanto comovente também. Na companhia de qualquer outro, ele não teria reagido sem pensar. Kay era a única pessoa no mundo capaz de fazê-lo contrariar a própria natureza.

— Desculpe, Sra. C. — disse Tommy. — Mas a senhora devia ter visto. Seu marido é um ás. Agora posso admitir: eu estava com um pouquinho de medo. Nunca tinha andado num avião *normal* até o ano passado.

Kay esfregou os olhos.

— Eu não estava rindo de você — disse Michael. — Tudo tranqüilo?

— Eles flutuam de verdade — disse Kay a Tommy. — Os aviões com flutuantes. Mas às vezes eles capotam.

— É verdade.

— Com o que estava sonhando? — perguntou Michael.

Ela colocou a mão sobre o peito como se quisesse acalmar um coração palpitante.

A Volta do Poderoso Chefão   141

— Estou bem. Já estamos em casa?

— Estamos de volta a Lake Mead.

— Foi isso mesmo o que eu quis dizer. O que achou que fosse? Um *shopping* em Long Beach?

Michael detestava que a palavra "casa" tivesse qualquer laivo de ambigüidade. Como também detestava discussões, por mais banais que fossem, diante de pessoas que não eram assim tão próximas. Deixou para responder a Kay depois de abordar o píer.

— Não — disse ele. — Não foi isso que achei que você quis dizer.

Kay desafivelou o cinto de segurança, desceu do avião e, sem dizer palavra aos motoristas, entrou no Cadillac amarelo de teto preto, o carro do casal. Estava amuada desde que Michael parara na propriedade deles para pegar os garotos e trazê-los de volta.

Michael pediu aos homens que cumprimentassem Fredo e Pete Clemenza por ele — o Cadillac vermelho era de Fredo; dali iria para o aeroporto para buscar a ambos — e os informasse de que ele estaria no Castle in the Sand às seis e meia em ponto.

Depois sentou-se ao lado de Kay no banco de trás.

— Um dia inteiro de namoro — disse ela. — Como nos velhos tempos, até o fim do dia. Foi isso o que você disse.

— Eu tinha de trazê-los de volta de alguma forma. Além do mais, você dormiu a viagem toda.

Ela deu de ombros. Mas não deu o braço a torcer. Havia dois tipos de esposa naquele meio. Michael já fora casado com o outro tipo. No entanto, uma mulher como Apollonia — isto é, uma mulher como a própria mãe, uma siciliana que baixava a cabeça para tudo que o marido dizia — não teria sido boa para ele nem para as crianças, não nos Estados Unidos.

Mas Michael não podia permitir aquilo na frente dos outros. Mesmo seus homens mais leais não deveriam ver o chefe da família num momento de fraqueza, por menor que fosse.

— Negócios — acrescentou Michael. O que no código do casamento deles significava: "este assunto não está aberto a discussão".

— Claro — disse ela. — Você tem razão.

Eles voltaram para casa com músicas de caubói tocando no rádio.

Os pais de Kay haviam estacionado diante da garagem. Do outro lado da rua, em frente ao canteiro de obras que deveria ser a casa de

Connie, a irmã de Michael, havia um Plymouth cinza. Provavelmente um tira — não só por causa do tipo do carro, mas porque, fosse outra pessoa, a turma de Al Neri já teria corrido com ela dali.

De dentro da casa vinha o som, ou melhor, o *barulho* de uma ópera lamurienta, Michael não saberia dizer qual. Ao contrário dos chefões da velha guarda, Michael jamais sentira a necessidade de afetar qualquer interesse pela ópera. Toda a música que ouvia em casa era de inteira responsabilidade da mulher.

Kay fez uma cara de desgosto e disse:

— É o papai.

A relação fria que ela mantinha com os pais deixava Michael perplexo. Eles haviam apoiado a filha em tudo que ela jamais quisera fazer. Agentes federais já haviam entrado no mesmo escritório onde o pai escrevia seus sermões para chamar Michael de gângster e assassino; todavia, quando ela decidiu se casar, eles não hesitaram em dar sua bênção. Michael estava prestes a dizer algo — lutando, como fazem os casais, contra os moinhos de vento do imutável — quando lhe ocorreu: a eletrola que eles haviam trazido de Nova York não poderia tocar assim tão alto. O som vinha do escritório, onde havia um aparelho *hi-fi*.

— Ele está no meu escritório — disse Michael.

— Está perdendo a audição, entre outras coisas — disse Kay. — Seja gentil com ele.

— Ele está no meu escritório — repetiu Michael.

Kay ajeitou a saia e apontou para o quintal, onde sua mãe empurrava Mary no balanço. Michael assentiu com a cabeça e entrou.

Ele subiu as escadas e foi direto para o escritório, nos fundos da suíte. A sala era um pesadelo em tons de laranja e marrom, com cadeiras de plástico moldado e luminárias de chão que não iluminavam como deviam. Duas crianças ruivas, que ele jamais tinha visto antes, brincavam no carpete com caminhõezinhos basculantes Tonka. Thornton Adams sentava-se atrás da escrivaninha moderna, de madeira loura dinamarquesa. Anthony aninhava-se no colo dele. Ambos estavam de olhos fechados e com a cabeça jogada para trás como o Jesus beatífico que retratam os vitrais. Michael atravessou a sala e girou um botão no *tape deck* de rolo montado na parede.

A Volta do Poderoso Chefão   **143**

A expressão de susto no rosto de Anthony foi de tal modo parecida com a de Kay no avião que Michael chegou a ficar comovido. Os meninos no carpete se levantaram e deram no pé.

— Thornton — disse Michael.

— Tomei a liberdade de...

— Não tem importância. Tudo bem.

— A gente se meteu numa encrenca? — perguntou Anthony.

O lábio superior do garoto tremia, e os olhos estavam arregalados. Michael havia espancado o garoto talvez umas três vezes na vida. Quem acha que pode explicar tudo que o ser humano é capaz de fazer sem dúvida mudará de idéia depois de um ou dois filhos.

— Não, amigão — respondeu Michael. — Não tem encrenca nenhuma. — Ele tomou Anthony nos braços e apertou-o contra o peito. — Você gosta de música, gosta? Desse tipo de música?

— Eu falei com o vovô que a gente não devia...

— Está tudo bem — disse Michael. — O que vocês estavam ouvindo?

— Diz a ele, Tony — interveio Thornton, recolocando os óculos de lentes grossas e aros pretos.

— Puccini.

— É um italiano — disse Thornton. — Ou melhor, era — emendou, rindo. — Está mortinho da silva, é claro.

— Disso eu sei — falou Michael.

— O que foi que disse?

Michael falou mais alto.

— Puccini está morto! Você quer comer? Quer que eu prepare alguma coisa?

—Agnes está com uma panela no fogo—disse Thornton.—Alguma coisa com feijão.

Michael não sentiu o cheiro de nada. Que espécie de comida não tinha cheiro nenhum?

— Puccini está morto? — perguntou Anthony, pálido.

Michael fez um carinho nos cabelos do filho.

— Ele teve uma vida boa, Puccini — respondeu Michael, embora não soubesse patavinas sobre a vida do músico. Viu que o filho ficou mais tranqüilo. — Quem são seus amiguinhos?

— Vizinhos seus — disse Thornton. — O quintal deles e o seu são contíguos. Aparentemente já eram amigos de Tony e Mary. Venha, Tony. A gente precisa ir. Desculpe se...

Michael simplesmente olhou para o sogro, o que foi mais que suficiente. Colocou o filho de volta no chão, fechou a porta e ficou sozinho.

Ouviu o chuveiro abrir-se no cômodo vizinho: Kay. Pegou seu *smoking*. O *smoking* que ele usara no dia do seu casamento (o outro tinha sido usado na véspera), embora as calças estivessem um pouco apertadas. Espiou Kay através do vidro do chuveiro e voltou ao escritório para se trocar.

As intenções de Fredo tinham sido boas, e talvez fosse esse o seu epitáfio um dia. Aquele carro, por exemplo. Era um carro excelente, com grade dourada e rodas de aros de sabre. Michael ainda considerava o irmão um boboca por comprar carros tão chamativos assim. No entanto, olhando para os lados, chegava a compreendê-lo. Na costa oeste um sedã preto chamaria muito mais atenção do que aquela coisa exuberante, com rabos de peixe, estacionada na garagem. O mesmo raciocínio valia para o aparelho *hi-fi*. Era o mesmo aparelho usado nos estúdios de gravação, informara Fredo. Ocupava uma parede inteira. Mas quem precisava de uma coisa dessas em casa? Embora soubesse que se tratava da última palavra em tecnologia, Michael não era daqueles que perdiam tempo ouvindo música gravada.

Sentou-se diante da escrivaninha, plenamente consciente de quanto estava cansado. Dois dias em Nova York, um dia em Detroit, além da diferença de fuso horário e da concentração para a viagem de hidroavião. E ainda tinha pela frente aquilo que prometia ser uma noite muito longa: reuniões no Castle in the Sand, as novidades de Rattlesnake, uma passada pelo show de Fontane e aquela história depois do show. A cerimônia. Michael passou um dedo displicentemente sobre a borda de um enorme cinzeiro de cerâmica com uma sereia no centro. O cinzeiro pertencera ao pai dele. A rachadura onde a cerâmica havia sido colada de volta ainda era visível. Michael acendeu um cigarro com o isqueiro de mesa, um leão de 15 centímetros de altura. Tamborilando os dedos naquela mesa horrível de madeira clara, pensou no golfe. Uma idéia brilhante, o golfe, ao mesmo tempo um esporte e um lazer, uma forma tanto de relaxar quanto de fazer negócios. Tacos sob medida. Perfeito.

Ele caiu num sono tão profundo que poderia permanecer daquele jeito, debruçado na mesa e morto para o resto do mundo, até a manhã seguinte.

Ele acordou de repente.

— Não estava dormindo — falou.

Kay o havia tocado nos ombros.

— Vi quando você foi me espiar no banheiro.

— Sinto muito.

— Não tem problema. Quando você parar de espiar, aí sim eu vou ficar preocupada.

— Por que está vestida assim? Aonde vai?

Kay franziu as sobrancelhas.

— Ao show de John Fontane, ora bolas. Anda. Vamos.

— Você quer ver Fontane?

— É como quando a gente mora em Nova York e pode visitar a estátua da Liberdade a hora que quiser, mas nunca visita. Johnny Fontane tem se apresentado no seu cassino...

— Somos apenas parceiros no negócio.

— ...há várias semanas. A gente já poderia ter ido há muito tempo. Faz dez anos que eu o ouvi cantar no casamento da sua irmã... Aquela foi a primeira e a última vez.

Depois ela riu.

— Você devia ver o seu rosto agora — falou. — Está bem, está bem, negócios, você precisa tratar de negócios. Então vai. Vai. Vou levar mamãe, papai e as crianças para jantar num restaurante de carnes que acabou de abrir.

— Achei que sua mãe estivesse cozinhando alguma coisa.

— Você *já comeu* a comida da minha mãe?

Michael beijou a mulher. Agradeceu-a pelo dia maravilhoso e por uma vida igualmente maravilhosa.

— Não espere por mim. Vou chegar tarde.

— Você sempre chega tarde. — Kay sorriu ao dizê-lo, mas ambos sabiam que não se tratava de uma brincadeira.

146   Mark Winegardner

*

— Como foi o seu *péripro*? — perguntou Hal Mitchel, vestindo roupas de golfe. Périplo. O sargento não conseguia pronunciar a letra "l". Tinha sido o alvo predileto das gozações durante a guerra, uma vez que a maioria das senhas continha justamente a letra "l" para dificultar a vida dos japoneses. Mas era adorado por todos. Ninguém o chamava de Hortelino Trocaletras frente a frente.

— Tranqüilo — respondeu Michael, abraçando o velho amigo. — Mais tranqüilo, impossível.

Atrás de Mitchell, pontualíssimo como sempre, estava Tom Hagen. Hagen e o caubói de cabelos brancos se levantaram. O careca na cadeira de rodas estendeu a mão para ser apertada. Michael era o único de *smoking*. O sol não havia se posto ainda, mas não haveria tempo suficiente para uma troca de roupa mais tarde.

As paredes do escritório de Mitchell cobriam-se de fotografias de gente famosa, a não ser por um instantâneo em que o próprio sargento, o soldado Michael Corleone e vários fuzileiros que jamais voltariam para casa posavam na praia de Guadalcanal, em frente a um tanque japonês incinerado. As janelas da sala davam vista para a entrada principal do cassino. No letreiro da marquise estava escrito: "Bem-vindos, trabalhadores norte-americanos!". O nome de Fontane voltaria no dia seguinte. Na pracinha da entrada, membros do sindicato chegavam sucessivamente para a convenção que começaria no dia seguinte, bem como outros amigos da família Corleone.

Mitchell ofereceu a poltrona de sua mesa a Michael, que recusou categoricamente. O careca na cadeira de rodas era presidente de um banco de Las Vegas. O homem de cabelos brancos e chapéu de caubói era um advogado que abrira seu próprio escritório depois de um mandato como promotor público e de muitos anos como presidente do Partido Republicano de Nevada. No papel, esses dois homens, além de Mitchell e de uma *holding* do setor imobiliário, controlada por Tom Hagen, eram os quatro maiores acionistas do cassino. A construtora de Michael ocupava a sexta posição, atrás de Fredo, que usara o próprio nome — uma atitude arriscada e objeto de enorme celeuma não só nos quadros da família Corleone como também na Comissão de Jogos do estado de Nevada. Fredo deveria estar presente na reunião.

A Volta do Poderoso Chefão   147

— Fredo Corleone pede desculpas — disse Hagen. — Seu vôo sofreu um inevitável atraso.

Michael apenas balançou a cabeça. Não tinha nada a dizer, não na presença de pessoas estranhas à família, e certamente não naquela sala, que estava grampeada.

A reunião durou cerca de uma hora. Não foi de todo uma encenação — o presidente do banco e o advogado caubói sequer suspeitavam de que agentes do governo estavam na escuta —, nem tampouco foi muito diferente de uma reunião entre os principais acionistas de uma empresa privada qualquer: problemas operacionais, problemas administrativos, avaliação da eficácia dos planos de marketing e publicidade. Houve certa discussão sobre a idéia de Mitchell de promover piqueniques na cobertura por ocasião dos testes com a bomba A. Michael perguntou a si mesmo que espécie de idiota subiria à cobertura do cassino num horário absolutamente desumano e pagaria dez pratas para ouvir uma musiquinha que era gratuita nos salões de baixo, apenas para ver uma lufada de areia que poderia facilmente ser vista do próprio quarto. Mas não disse nada. Seu pensamento estava voltado para as duas reuniões seguintes. Naquela em curso, o debate mais acalorado deu-se em torno do nome do novo cassino em Lake Tahoe. A idéia de Hal — Hal Mitchell's Castle in the Clouds — acabou saindo vencedora.

Terminados os trabalhos, Mitchell disse que contava com a presença de todos na apresentação de Fontane, exclusiva para convidados. Afinal, Johnny era o novo sócio deles, com uma participação de dez por cento no Castle in the Clouds. Os outros disseram que não perderiam o show em hipótese alguma.

Hagen esperou que todos saíssem e fez um telefonema para Louie Russo.

— Don Russo está a caminho do Chuckwagon agora mesmo — ele informou a Michael.

Eles tomaram a direção das escadas dos fundos.

— O que foi que aconteceu a Fredo? — quis saber Michael.

— Vai chegar amanhã de manhã — disse Hagen. — Tudo bem com ele. Está com dois homens muito bons.

— Você está falando do barbeiro e daquele sujeito, o criador de cabras...

— Isso mesmo.

Michael balançou a cabeça. O barbeiro deveria ser batizado naquela noite, depois do show de Fontane. Uma surpresa, assim como todas as iniciações. Uma pena que ele tivesse sido convocado para trabalhar.

— Mas por que foi que Fredo perdeu o avião afinal?

— Sei lá. Todo mundo perde um avião de vez em quando.

— Você não perde.

— Para falar a verdade, perdi um hoje mesmo.

— Mas não perdeu a reunião.

Hagen não disse nada. Sempre tratara Fredo com certa condescendência.

— E como foi em Palm Springs? — perguntou Michael.

— Somente aquilo que já tínhamos discutido antes. Ali não vamos ter problema.

Eles atravessaram o saguão até um refeitório, o Chuckwagon, que abria apenas para o café da manhã. Michael tinha a chave. Ele e Hagen sentaram-se numa mesa de canto. Momentos depois, um dos assistentes de Hal Mitchell abriu a porta para Russo e dois de seus homens; depois saiu e trancou a porta por fora. Russo era um homem pálido, tinha mãos minúsculas e usava uma peruca no topo da cabeça, além de gigantescos óculos escuros. Foi direto para os interruptores e apagou todas as luzes. Seus homens fecharam as cortinas.

— Ei, você trouxe o seu *consigliere* irlandês. — Ele tinha uma voz aguda, feminina. — Que simpático...

— Bem-vindo ao Castle in the Sand, Don Russo. — Hagen ficou de pé. O sorriso exageradamente aberto era o único sinal de sua insinceridade.

Michael esperou que os homens de Russo fossem para o outro lado do café e sentassem diante do balcão.

— Posso lhe garantir, Don Russo — falou por fim, apontando para a luminária de teto —, nossas contas de luz estão rigorosamente em dia.

— No escuro é melhor — disse Russo, batendo o indicador nos óculos, que de tão grandes faziam o nariz se parecer ainda mais com um pênis. — Um vagabundo tentou atirar em mim através da janela de uma loja de doces. O vidro cortou meus olhos. Não tenho problemas para enxergar, mas, na maior parte do tempo, a luz ainda me incomoda.

A Volta do Poderoso Chefão

— Claro — disse Michael. — Se o escuro for mais confortável...

— Sei que você não gostou nem um pouco — disse Russo, sentando-se à mesa — quando apaguei as luzes sem dizer nada, certo? Agora vocês sabem como é.

— Como é o quê? — perguntou Hagen.

— Ora, ora, irlandês. Sabe muito bem do que estou falando, e o seu chefe também. Vocês de Nova York são todos iguais. Fizeram um acordo. Tudo a oeste de Chicago é de Chicago. Mas tão logo percebem que *existe* alguma coisa a oeste de Chicago, mijam para trás. Capone tem o fim que merece, e vocês acham que aquele napolitano de merda *é* Chicago. E nós? Nós não somos nada. Vocês inventam aquela Comissão, e nós somos chamados para participar? Não. Moe Greene pega todo aquele dinheiro em Nova York e constrói Las Vegas. Não somos consultados. Vocês vão logo chamando isto aqui de campo livre. E querem saber o que acho? Acho ótimo. Campo livre funciona em Miami. Em Havana. E rezo para que continue assim. E talvez funcione aqui melhor do que em qualquer outro lugar. Mas por que tanta falta de respeito? Nem sequer fomos *consultados*. É isso que estou querendo dizer. Não estávamos em posição de reclamar. Houve anos em que, melhor nem lembrar, as coisas não andavam lá muito bem organizadas. O que aconteceu foi... Não vou dizer que vocês se aproveitaram, mas nós saímos perdendo. *Tudo bem.* Vegas vai muito bem do jeito que está. Em Chicago, tudo está sob controle. Em Nova York, vocês tiveram aquela confusão, aquele derramamento de sangue, mas pelo que ouvi dizer as coisas já se acalmaram outra vez. Tomara que seja verdade. O que estou querendo dizer é isto. Quando vocês estavam na merda, em momento algum eu disse: "Ei, vamos aproveitar a situação dos nossos amigos de Nova York." Disse? Não, não disse. Fiquei de fora. Não espero que vocês me mandem flores nem nada, mas, porra! Que recompensa eu recebo pelo respeito que demonstrei durante essa hora de necessidade? Vocês transferem a sede de todas as operações para cá. *Para cá!* Uma cidade supostamente aberta e, se quisermos ser rigorosos, uma cidade nossa de direito. Não sou *burro*, fiquem vocês sabendo. Mas também não sou advogado como nosso amigo irlandês aqui, nem fui para porra de universidade nenhuma. Então vocês é que vão me dizer. Por que é que tenho de tolerar isso?

Louie Russo supostamente tinha um QI de 90, mas era um gênio ao ler a mente das pessoas. Mas os óculos dificultavam que a mente dele fosse lida pelos outros.

— Aprecio sua sinceridade — disse Michael. — Não há nada que eu aprecie mais que um homem honesto.

Russo resmungou qualquer coisa.

— Não sei onde você tem buscado suas informações — continuou Michael —, mas elas não são verdadeiras. Não temos nenhuma intenção de dominar Las Vegas. Estamos aqui apenas em caráter temporário. Tenho terras em Lake Tahoe, e assim que terminarmos as primeiras edificações, é para lá que nós vamos, em caráter permanente.

— Até onde sei — disse Russo —, Lake Tahoe também está a oeste de Chicago.

Michael deu de ombros.

— Você não terá nada com o que se preocupar.

— Já estou preocupado.

— Sem necessidade — disse Michael. — No futuro, não vamos iniciar mais ninguém. Estou gradualmente me desligando de tudo que tínhamos em Nova York. Os negócios que terei aqui serão todos legítimos. Conto com a sua colaboração, ou pelo menos com a sua neutralidade, quando as coisas chegarem a esse ponto. Você mencionou minha passagem pela universidade de Dartmouth. Então sabe que nunca foi minha intenção participar dos negócios do meu pai. Tampouco era isso que ele queria para mim. Como eu disse, é apenas temporário. Vamos abrir um cassino novo em Tahoe, e tudo será tão limpo que um exército inteiro de tiras, fiscais do imposto de renda e agentes da Comissão de Jogos poderão se mudar para lá se quiserem.

Russo riu.

— Boa sorte!

— Vou tomar isso como um desejo sincero — disse Michael, levantando-se. — Infelizmente agora precisamos ir. É um prazer tê-lo como hóspede. Esperamos revê-lo hoje à noite.

Tom Hagen desceu ao subsolo e abriu a porta do escritório de Enzo Aguello, velho amigo da família Corleone e agora *chef pâtissier* do cassino. Os três homens do lado de dentro — os dois *capi* de carreira, Rocco

A Volta do Poderoso Chefão

Lampone e Pete Clemenza, bem como o chefe da segurança, Al Neri — haviam estado juntos na véspera, no casamento do filho de Pete em Detroit. Todos exibiam olhos injetados. Lampone tinha apenas trinta, mas parecia dez anos mais velho. Usava uma bengala desde que voltara do norte da África com uma medalha no peito e nenhuma rótula. Clemenza precisou fazer um esforço descomunal apenas para levantar da cadeira. Hagen sempre o vira como um daqueles gordos sem idade aparente, mas agora enxergava nele o velho de mais de setenta anos que de fato era.

Eles poderiam ter-se reunido numa suíte qualquer do hotel, mas o escritório de Enzo tinha diversas vantagens: era modesto, ficava perto da comida e era cem por cento seguro — um *bunker* de blocos de concreto que, com o melhor equipamento que o dinheiro era capaz de comprar, Neri havia esquadrinhado à procura de escutas. Neri assumiu seu posto no corredor e fechou a porta.

— Onde está Fredo? — perguntou Clemenza.

Mike balançou a cabeça.

— Ele está bem — disse Hagen. — Seu vôo atrasou. Tempestades em Detroit. Vai chegar amanhã.

Clemenza e Lampone se entreolharam. Ambos ocupavam cadeiras de metal dobráveis e duras em torno da mesa de Enzo, também de metal cinzento.

— Eu não ia dizer nada — disse Clemenza —, mas ouço umas histórias bem cabeludas a respeito de Fredo. Sinto muito, mas é o que ouço. — Os guarda-costas de Fredo eram egressos do *regime* de Clemenza.

— Que histórias são essas? — quis saber Michael.

Clemenza deu um tapinha no ar e disse:

— Acredite, é tudo tão esquisito, tão ridículo... Além disso, pelo que sei, foram os crioulos e os drogados que andaram falando coisas, então noventa por cento deve ser mentira, para início de conversa. Acontece que, todo mundo sabe que ele... — Clemenza fez uma careta como se padecesse de uma crise de gases. — Bem, não sou eu quem vai recomendar uma vida abstêmia a ninguém, mas Fredo tem um problema com a birita.

— "Abstêmia"? — Mike levantou as sobrancelhas. — Onde foi que você aprendeu essa palavra?

152   Mark Winegardner

— Mandei meu menino para a mesma escola almofadinha em que você estudou, Mike, e foi lá que eu aprendi essa palavra. — Clemenza piscou o olho. — Só que, ao contrário de você, meu filho se formou.

— Seu filho fala "vida abstêmia"? Em voz alta?

— E de que outra forma alguém pode falar alguma coisa? Sabe o que mais eu sei? Em inglês, *abstemious* é uma das duas palavras que usam todas as vogais, e na ordem certa.

— É mesmo? E qual é a outra?

— E como é que eu vou saber qual é a outra? Um segundo atrás eu era burro demais até para saber o significado da primeira!

Todos riram e depois passaram ao trabalho.

Durante o pequeno ínterim em que trabalhara como advogado comercial, Hagen havia participado de inúmeras reuniões; a maioria tinha metade da importância e apenas dez por cento da quantidade de detalhes daquela que agora se realizava no subsolo do cassino e, no entanto, contava com a presença de um batalhão de secretárias que anotavam absolutamente tudo; mesmo assim, muito do que era dito acabava se perdendo ou sendo distorcido. Naturalmente, nenhum daqueles homens na sala de Enzo Aguello não anotava nada, mas, por mais cansados que estivessem, todos se lembrariam mais tarde de cada palavra dita. Eles passaram três horas remoendo os negócios antigos e novos, bem como discutindo a melhor receita de polvo grelhado e *pasta e fagioli*.

Discutiram os prejuízos que a guerra com os Barzini e os Tattaglia havia causado nos negócios da família. Discutiram o auxílio dado à mulher e à família de Tessio, o mais triste e impensável dos traidores, amigo e parceiro de Vito Corleone desde a juventude, bem como o apoio médico, financeiro ou funerário dispensado a outros membros da organização, vítimas da mesma guerra. Falaram do triunfo da opinião, equivocada porém amplamente disseminada — na polícia de Nova York, nos jornais, nas outras famílias, em quase todos os lugares fora da organização Corleone —, de que tanto Tessio quanto Carlo, o covarde que surrava a própria mulher, cunhado de Michael e verdadeiro assassino de Sonny, haviam sido mortos por encomenda de Barzini ou Tattaglia. Além disso, o homem da família Corleone na promotoria pública de Nova York (ex-colega de Michael em Dartmouth) planejava indiciar ainda naquela semana diversos membros da família Tattaglia

A Volta do Poderoso Chefão

153

pelo assassinato de Emilio Barzini, bem como diversos membros da família Barzini pelo assassinato de Phillip Tattaglia. Mesmo que, como era de se esperar, aquelas prisões não resultassem em condenação, o FBI consideraria o assunto encerrado e sairia do caminho outra vez. Os tiras locais — centenas dos quais vinham sofrendo com a diminuição dos proventos tanto quanto qualquer agiota — estavam felicíssimos com a retomada da vida normal. O breve interesse do público não demoraria a voltar, como sempre acabava voltando, para o pão e para o circo. De modo geral, o cessar-fogo tinha tudo para se transformar numa paz genuína.

— A cada dez anos — disse Clemenza, sacudindo os ombros —, a gente passa por coisas assim e depois volta a trabalhar como antes. — Ele havia encontrado uma caixa de palitos sobre a mesa de Enzo e a cada cinco minutos pegava um para mastigar. Todos os outros fumavam charutos ou cigarros. O médico de Clemenza o havia recomendado a parar de fumar. Ele estava tentando. — É batata. Esta é a quarta vez que passo por isso.

Todos ali já haviam, ao longo dos anos, ouvido essa teoria de Clemenza. Ninguém disse nada.

— Então, Mike — disse Clemenza. — Você acha que é isso mesmo que vem por aí? Paz? — Ele agitava o palito no ar como se fosse um charuto. — Acha que será preciso convocar a Comissão?

Michael sacudiu a cabeça, mais um gesto de concentração do que de concordância. Hagen sabia que Michael não havia submetido à Comissão uma lista dos homens que seriam iniciados naquela noite. Provavelmente a última coisa que queria era reunir-se com ela. Mas o rosto não denotava nada.

— Rocco? — ele falou, fazendo uma mesura com a cabeça e estendendo a palma da mão como se dissesse: "você primeiro".

Aquela longa pausa — Hagen percebeu, impressionado — dera a impressão de que Michael havia refletido seriamente sobre o assunto e agora se consultava com um auxiliar de confiança. Se ainda fosse vivo e estivesse no comando das coisas, Sonny teria cuspido sua opinião sem titubear e ficado orgulhoso da sua assertividade. Michael havia herdado e aprimorado a capacidade do pai para promover o consenso.

Rocco Lampone deu um longo trago no charuto.

— Essa é a pergunta de um milhão de dólares, não é? Como vamos saber que a guerra acabou se alguém não sair do buraco e dizer que ela acabou?

Michael cruzou os dedos e permaneceu calado, o rosto completamente impassível. A Comissão funcionava como um comitê executivo para as vinte e quatro famílias do crime organizado nos Estados Unidos, com os dirigentes das sete ou oito mais importantes aprovando os nomes dos novos membros, novos *capi* e novos chefes (quase sempre sem problemas) e arbitrando apenas os conflitos mais acirrados. Ela se reunia o mais raramente possível.

— Eu diria que sim — Lampone pronunciou-se afinal —, que a paz está aí. Temos a palavra de quem? Joe Zaluchi, com certeza. Molinari, Leo o Leiteiro, Black Tony Stracci. Todos, menos Molinari, estão na Comissão, certo? Forlenza está pendendo para o nosso lado, certo? Alguma notícia do Ace?

— Ainda não — disse Hagen. — Geraci ficou de ligar depois de chegarem naquela luta.

— Ali não tem erro — disse Rocco. — Estou falando de Geraci, não da luta. Quanto à luta, gosto daquele canhoto vira-lata. O cruzado do crioulo é simplesmente perfeito. É tão rápido e certeiro que nem parece coisa de gente.

Clemenza bateu no tampo da mesa de metal quatro vezes e arqueou as sobrancelhas.

— Bem, com Forlenza, já são cinco — retomou Rocco. — Nós ainda achamos que Paulie Fortunato é o novo *Don* dos Barzini?

— Achamos — respondeu Hagen.

— Então, seis. Ele é um homem razoável e, além disso, é mais chegado à gente de Cleveland do que Barzini era. Em outras palavras, fará a mesma coisa que o Judeu fizer. E então sobram apenas os outros. — Em vez de pronunciar o nome Tattaglia, Rocco fez um gesto obsceno típico da Sicília. Suas rusgas com os Tattaglia eram pessoais, viscerais, complicadas e inúmeras. Fora ele quem apagara Phillip Tattaglia depois de surpreendê-lo num bangalô nas imediações da Sunrise Highway, em Long Beach. A não ser pelas meias de seda presas com ligas, Tattaglia estava nu — um homem peludo que já passara dos

A Volta do Poderoso Chefão 155

setenta — e prostrava-se diante de uma prostituta adolescente, esparramada na cama, que refreava as lágrimas enquanto ele tentava ejacular na boca dela. Lampone cravou quatro balas nas carnes murchas do velho. A organização dos Tattaglia ficou na mais completa desordem, e o homem que assumiu o comando, Rico, irmão de Phillip Tattaglia, fora arrancado de uma confortável aposentadoria em Miami. Parecia improvável que um homem daqueles tivesse estômago para mais vinganças, mas um Tattaglia era sempre um Tattaglia.

Vendo que Michael continuava calado, Lampone franziu a testa como um colegial ansioso por agradar o professor. Michael era o mais jovem naquela sala, o mais jovem *Don* em todos os Estados Unidos; não obstante, os outros visivelmente se esmeravam para mostrar seu valor diante dele. Ele ficou de pé e caminhou até um local na parede onde ficaria a janela que não estava ali.

— O que você acha, Tom?

— Nada de convocar a Comissão — respondeu Hagen. — Não se pudermos evitar. — Hagen, na qualidade de *consigliere* de Vito, era o único presente que já havia participado de uma reunião daquelas. Também era o único que já havia participado de uma reunião ainda mais rara, entre todas as famílias, que seria a conseqüência natural de uma convocação da Comissão naquelas circunstâncias. — Vou dizer por quê. Três membros da Comissão morreram este ano. Com tantos homens novos assim, se a reunião acontecer, eles serão obrigados a decidir se vão incluir Louie Russo ou não. A despeito da nossa opinião pessoal sobre Russo, Chicago sendo o que é, eles terão de dizer sim. Se não houver reunião, poderão cozinhá-lo em banho-maria, dizendo que o assunto será tratado tão logo possível. E quando eles de fato se reunirem, Russo certamente terá de participar, o que significa que muitas coisas diferentes podem acontecer. Coisas imprevisíveis.

— Quanto mais velho o sujeito fica — disse Clemenza —, mais o nariz dele se parece com uma pica.

Isso fez Michael sorrir. Clemenza também tivera o dom de arrancar um sorriso ocasional de Vito Corleone. Com Mike, no entanto, a tarefa era bem mais difícil.

— Quando o Cara-de-Pau ganhou esse apelido — continuou Clemenza, inserindo o nono palito na boca miúda —, o nariz dele era apenas grande. Agora a ponta é vermelha e arredondada, exatamente como a cabeça de um pau. E as sobrancelhas são os pentelhos! Estou certo ou estou errado? Agora ele só precisa de uma veia estufada na lateral para ser jogado no xadrez por atentado ao pudor. Porra, eles pegaram Capone por sonegação fiscal! — Clemenza balançou a cabeça. — Só um maricas vai preso por causa de sonegação fiscal! — E então, agarrando a própria virilha e carregando no sotaque, arrematou: — É assim que se faz em *Tchicahgo*!

Todos riram, mesmo Hagen, embora pessoalmente acreditasse que a razão para que os gânsgteres irlandeses e judeus tivessem conseguido sair das listas de "os mais procurados" e conquistar embaixadas no mundo inteiro era que eles (inclusive o próprio Hagen) pagavam seus impostos, pelo menos até certo ponto. Era compreensível que muitos sicilianos, em cujas veias a descrença num governo central vinha correndo durante séculos, optassem pela sonegação. E também era verdade que o negócio deles operava em grande parte com dinheiro vivo, e que nada de grande valor era registrado nos papéis. Uma centena de fiscais do imposto de renda, trabalhando dia e noite durante cem anos, não seriam capazes de descobrir nem um por cento do que acontecia. No entanto, governos não eram tão diferentes assim de qualquer pessoa ou organização com muito poder nas mãos. Queriam o que era seu de direito. Era preciso pingar alguma coisa no bolso deles. Ou matá-los.

Também estavam na pauta de discussões diversos assuntos de ordem prática que precisavam ser resolvidos para que a família e seus negócios pudessem recuperar a operacionalidade. Somente próximo ao fim da reunião foi que Michael trouxe à tona os ambiciosos planos de longo prazo que ele e seu pai — nos meses em que Vito lhe servira de *consigliere* — haviam concebido. Hagen informou a todos da conversa que tivera com o embaixador e do papel que a família desempenharia nos planos de James Kavanaugh Shea para chegar à Casa Branca em 1960. Eles já estavam a par dos planos do próprio Hagen, de certo modo vinculados aos do filho do embaixador: concorrer ao Senado no ano seguinte e perder (de um jeito ou de outro, aquela vaga já estava no bolso dos Corleone), depois usar a legitimidade de uma derrota honrosa para estimular o governador a lhe designar uma pasta qual-

A Volta do Poderoso Chefão   157

quer. Em 1960, Hagen poderia concorrer ao governo do estado e ganhar. O que trouxe Michael à última ordem do dia:

— Antes de cuidarmos das baixas sofridas nos escalões de baixo, precisamos preencher os buracos no topo. Em primeiro lugar está o problema do antigo *regime* de Tessio. Alguma sugestão antes que eu tome uma decisão?

Eles balançaram a cabeça. A escolha era óbvia: Geraci seria uma opção popular, especialmente entre aqueles que se ressentiam do fim que tivera Tessio. Na verdade, certos rumores haviam circulado entre os mais velhos de Nova York. Geraci era o protegido de Tessio, mas Tessio havia traído a família. Havia o problema de uma operação de narcóticos que Geraci tivera permissão para empreender (embora isso ainda não passasse de um rumor). Havia ainda o problema da idade (embora ele fosse mais velho que Michael). Geraci era de Cleveland. Tinha um diploma universitário e freqüentava alguns cursos na faculdade de direito. Hagen ouvira falar dele pela primeira vez quando Paulie Gatto mandara-o dar uma surra nos vagabundos que haviam atacado a filha de Amerigo Bonasera. Três anos mais tarde, depois do assassinato de Gatto, Geraci havia sido a segunda opção de Pete para assumir a posição de chefe dos prega-botões. Rocco ficara com a posição e seu bom desempenho lhe valera o posto de *capo* que agora ocupava; era mais uma das opções. Todavia, Geraci era o que mais se conformava ao gosto de Michael; além disso, era um dos membros mais rentáveis que a família jamais tivera. Havia ainda outras opções, homens mais velhos, como os irmãos DiMiceli ou talvez Eddie Paradise. Todos íntegros e leais, mas não do mesmo calibre de Ace Geraci.

— A única coisa que eu tenho a dizer sobre esse assunto — interveio Pete — é que, se Jesus Cristo em pessoa estivesse pronto para ser promovido a *capo*, ainda assim alguém iria reclamar. Estou na área há muito tempo, minha gente, e nunca vi ninguém gerar tanta grana quanto esse tal de Geraci. O garoto é capaz de engolir uma moeda de cinco e cagar uma pilha de notas de cem. Não conheço o sujeito pelo avesso, mas o que sei, para mim basta. Ele me deixou impressionado.

Michael assentiu com a cabeça.

— Mais alguma coisa?

— Só uma coisinha sobre Eddie Paradise — disse Rocco.

— O que foi? — disse Michael.

Rocco sacudiu os ombros.

— É um bom sujeito. Já fez por merecer. As pessoas o conhecem.

— Muito bem — disse Michael. — Mais algum comentário?

— É que Eddie é primo da minha mulher — continuou Rocco. — Quando ela me perguntar se eu dei uma forcinha para ele... Bem, todo mundo aqui é casado, todo muito tem família. Ah, deixa pra lá.

— A forcinha está dada — disse Michael. — Muito bem. Minha escolha é Fausto Geraci.

A notícia foi recebida com legítima satisfação. Hagen nunca tinha ouvido alguém chamar Geraci de Fausto, mas Michael raramente chamava alguém pelo nome de rua, hábito que adquirira com o pai. Sonny era justamente o oposto. Conhecia alguém durante anos, trabalhava com ele, jantava na casa dele e muitas vezes só vinha a saber o nome verdadeiro do camarada ao vê-lo impresso num convite de casamento ou num obituário.

— O que me traz a você, Tom — disse Michael. — Ou melhor, ao seu cargo.

Hagen concordou com a cabeça.

Michael olhou para Pete e Rocco.

— Com o envolvimento cada vez maior de Tom na política, precisamos afastá-lo de certas coisas. Desde que renunciou ao posto de *consigliere*...

Hagen em nenhum momento fora consultado ou reivindicara qualquer mudança.

— ...Tom tem sido um conselheiro de total confiança, como aliás devem ser os conselheiros jurídicos. E é assim que as coisas vão continuar. Mas o posto de *consigliere* permanece vago. Tom tem realizado um excelente trabalho, e meu pai... — Michael olhou para a palma da mão. As palavras não fariam jus à grandeza do falecido *Don*. — Não tenho nenhum sucessor em vista. Ao longo do próximo ano, as responsabilidades de *consigliere* serão divididas entre todos os *capi*, e com você também, Tom, quando for o caso.

A omissão do nome de Fredo não foi acidental, observou Hagen.

— Todavia — continuou Michael, deixando a pausa se estender —, há situações em que preciso me apresentar na companhia de um *con-*

sigliere: reuniões da Comissão, coisas desse tipo. Não há ninguém que eu gostaria mais que estivesse ao meu lado nessas ocasiões que o amigo mais antigo de meu pai, Pete Clemenza.

Hagen aplaudiu e cumprimentou Pete com tapinhas nas costas. Clemenza disse que aceitava a indicação com o maior prazer. Rocco abraçou-o longamente. Clemenza berrou a Neri que mandasse Enzo trazer uma garrafa de Strega para um brinde. Hagen sorriu. Quando homens como Clemenza se fossem, os brindes importantes não seriam mais feitos com Strega ou com grapa caseira, mas com Jack Daniel's ou Johnnie Walker. E não demoraria muito para que fossem feitos em reuniões de conselhos administrativos com xícaras de café fraco.

Soube-se então que Enzo guardava uma garrafa de Strega na gaveta da escrivaninha. O *chef* juntou-se aos outros para a comemoração.

— Vivamos nossas vidas — disse Clemenza — de modo que estejamos sorrindo na hora da nossa morte. E que todo mundo esteja chorando como um bando bebês.

Eles estavam prestes a sair quando alguém bateu na porta. Al Neri.

— Com licença, pessoal. Achei que vocês já estavam terminando e...

Carregando uma sofisticada bolsa de couro, Johnny Fontane passou pelo segurança e, beirando o sussurro, disse algo parecido com "Olá rapazes, tudo em cima?". Neri fez uma careta de mau humor. Não estava acostumado a ser atropelado daquela forma, nem mesmo por um *pezzonovante* metido a galã como Fontane.

— A gente estava mesmo falando de você — disse Clemenza. — Aquela estátua que você quebrou, no quarto lá em cima? Pois é, custou três mil pratas.

— Uma pechincha — disse Fontane. — Achei que valia pelo menos cinco.

Ele nunca tivera muita intimidade com Michael, mas tomou a liberdade de atravessar a sala e, com o braço livre, abraçá-lo. Michael ficou imóvel. Também não disse nada.

Hagen não via nenhuma serventia naquela gente do *show business*.

Hal Mitchell apareceu à porta, já de *smoking*, ofegando e pedindo desculpas.

160   Mark Winegardner

— É que o número de abertura já começou e...

— Primeira coisa — Fontane levantou a bolsa o mais alto que pôde —, isto aqui. — E deixou a bolsa esborrachar na mesa diante de Michael.

— Correio aéreo de Frank Falcone. Ele manda lembranças, bem como o Sr. Pignatelli.

Presumivelmente tratava-se de um "empréstimo" do fundo de pensão dos sindicatos de Hollywood que Falcone controlava, um investimento no Castle in the Clouds.

Michael permaneceu sentado. Olhou para a bolsa. Fora isso, continuou imóvel. Não exibia a menor expressão no rosto, como se já tivesse morrido ainda naquela tarde.

Fontane sentiu uma das têmporas latejar.

Michael passou o dedo sobre a borda do copo vazio à sua frente.

Os outros permaneceram calados, deixando Fontane e Michael encarando-se mutuamente e esperando que o cantor dissesse o que era a segunda coisa. Parecia-lhes impensável que aquilo, um favor tão pequeno em retribuição a tudo que fora feito em benefício dele, fosse motivo de um acesso tão infantil.

Hagen jamais fora capaz de compreender a ingratidão de Fontane. Dez anos antes ele abandonara a festa de casamento de Connie para se desincumbir de dois favores: conseguir a cidadania norte-americana de Enzo Aguello e obter para Johnny o papel que ele tanto cobiçava num filme de guerra. Desde então, Enzo transformara-se num amigo fiel, chegando ao ponto de permanecer ao lado de Michael, embora desarmado, quando Vito Corleone recebeu a visita de uma tropa de assassinos no hospital onde estava internado. Um ato de heroísmo que provavelmente salvara a vida do *Don*. E qual tinha sido a retribuição de Johnny Fontane para os Corleone?

Ninguém havia encostado uma arma na cabeça de Johnny para que ele assinasse um contrato com a orquestra de Les Halley; mesmo assim, Vito Corleone havia mandado um de seus homens para encostar uma arma na cabeça de Halley para que ele liberasse Johnny do compromisso. Os Corleone haviam conseguido que Jack Woltz o escalasse para o tal filme de guerra, um papel que Johnny teria conquistado de qualquer maneira caso não tivesse traçado, tão-somente por esporte, uma atriz por quem Woltz estava apaixonado. Hagen sentiu uma onda

A Volta do Poderoso Chefão   161

de calafrios. Depois de tanta gente assassinada, como era possível que o objeto mais freqüente de seus pesadelos fosse a imagem de Luca com um machete na mão, decapitando o puro-sangue de corridas de Woltz? Algo que Hagen sequer tinha presenciado. E algo de que Johnny sequer suspeitava, pois Woltz, como esperado, havia fechado o bico. Mais um presente dos Corleone: a bênção da ignorância. A família havia até mesmo comprado um Oscar para Fontane. Tantos favores, e era assim que ele agia?

O silêncio na sala ficou ainda mais pesado.

Fontane jogava o peso do corpo alternadamente sobre cada uma das pernas. Por acaso achava que era capaz de vencer uma batalha de nervos com Michael Corleone?

Por fim, Fontane esvaziou o ar dos pulmões e disse:

— Tudo bem, mas a segunda coisa é esta aqui. — Ele apontou para a própria garganta. — Sinto muito, de verdade, mas acho que não é uma boa idéia eu me apresentar hoje.

Tudo o que Michael disse foi:

— É mesmo?

Clemenza crispou os lábios e, com um peteleco, mandou um palito molhado na direção de Fontane.

— Achei que aquele médico amigo de Fredo tivesse dado um jeito nisso — falou. — Na sua garganta. O judeu cirurgião, qual o nome dele? Jules. Jules Stein.

— Segal — corrigiu Johnny. — E deu mesmo. — Ele olhou em torno da sala. — Falando nisso, vocês viram Fredo por aí? Tenho uma coisinha para ele. Um presente. Um presente meu.

— O vôo dele atrasou — disse Hagen.

— Acho que vou esperar, então — disse Fontane, sacudindo os ombros. — Olha, vocês me conhecem, rapazes. Sou um profissional. — O sussurro forçado lembrava o daquelas mulheres que falam baixo só para fazer os homens se aproximarem. — Minha voz ficou boa. Mas a garganta? — Ele balançou a cabeça negativamente. — Não ficou exatamente cem por cento. Mesmo assim tenho feito essas apresentações aqui, casa lotada todas as noites. Hoje tive uma excelente sessão de gravações em Los Angeles. Tem dias que tudo dá certo. Mas o que aconteceu foi o seguinte. No avião de volta para

Vegas, caí no sono. Quando acordei, minha garganta estava em frangalhos. Então pensei...

— Esse foi o seu primeiro erro — disse Clemenza.

— ...pensei que seria melhor fazer um gargarejo de sal e cair na cama. Desse jeito, não estou prestando para nada. Numbnuts pode esticar mais um pouco. — Morrie "Numbnuts" Streator era quem abria os shows de Fontane, um humorista já em franca decadência que ele havia buscado nos *resorts* de Catskills, no estado de Nova York. — Ele já está no palco. Está matando a pau. Podem perguntar ao sargento.

Ninguém perguntou nada. A questão ali não era se a platéia estava gostando ou não das piadas sujas do humorista.

— Tomei a liberdade — continuou Fontane — de chamar Buzz Fratello. Ele e Dotty não têm nenhum show marcado para hoje. Poderiam se apresentar no meu lugar. Na verdade, já estão a caminho.

— Já estão? — disse Clemenza, impressionado. — Quanto mais vejo aquele Buzz, mais eu gosto dele.

— Não vai dar, Johnny — disse Hal. Ele não tinha sido convidado para entrar e, como Neri, permanecera do outro lado da porta. — Buzz Fratello e Dotty Ames têm contrato com o outro lado da rua. — Hal referia-se ao Kasbah, hotel-cassino controlado pelo clã de Chicago. — Contrato de exclusividade.

— Eles só começam no fim de semana que vem. Isso aqui hoje é só um show particular, certo? Uma festa. Não é muito diferente de alguém dar uma canja num dos bares do hotel, é? Todos nós já fizemos isso.

Michael ainda estava imóvel, os olhos pregados em Fontane. Depois de uma eternidade, levantou a mão direita e começou a tamborilar o queixo com o dorso dos dedos, um trejeito idêntico ao do velho Corleone. Vendo isso, Hagen sentiu um calafrio.

— Mike — disse Fontane. — Michael. — Ele andava em círculos. Mas sua coragem era de se admirar. Outra pessoa teria olhado para trás e tentado ler o que fosse possível nos rostos menos imperscrutáveis ali presentes. Talvez tivesse até feito uma piadinha. Era assim que Fontane agiria em condições normais. — Don Corleone — prosseguiu.

— Tenho o maior respeito pela sua pessoa. Verdade. Mas é só um show. Um mísero show.

Michael cruzou os dedos sobre a mesa. Sequer piscou. Por fim limpou a garganta. Depois do interminável silêncio, foi como se tivesse disparado uma arma.

— O que você faz ou deixa de fazer — falou — não é da minha conta. Cai fora.

Capítulo 10

Frank Falcone tinha cem mil pratas apostadas naquela luta no Cleveland Armory. Conseguiria um assento na beira do ringue nem que tivesse de atravessar o lago nas costas de Geraci. Don Forlenza ofereceu um de seus barcos. Sal Narducci, o Sorridente, observou que as lanchas maiores já haviam partido para a luta. Só haviam restado os barquinhos de pesca, incapazes de ir tão longe debaixo de tempestade.

O vôo seria curto, talvez não levasse mais que quinze minutos. Geraci disse a todos que não se preocupassem, que já havia pilotado em condições cem vezes mais adversas — o que naturalmente era mentira —, e saiu para preparar o avião. Pelo rádio, chamou a torre do aeroporto Burke Lakefront e recebeu uma advertência categórica contra a decolagem. Fez que não ouviu.

O bimotor — levando os passageiros Tony Molinari, Frank Falcone, Richard "Macaco" Aspromonte, Lefty Mancuso e o piloto oficialmente registrado como Gerald O'Malley — partiu da ilha de Rattlesnake e alçou vôo rumo à escuridão. As dificuldades não tardaram a surgir. Geraci estava de tal modo preocupado com os desafios que a tempestade oferecia a cada instante que não sabia dizer ao certo se havia algum problema com o combustível. Provavelmente não havia. Ele verificara ambos os tanques antes de decolar. Optou por mudar de tanque, nem tanto por precaução, mas sobretudo porque precisava se concentrar em outras coisas. Enquanto pelejava para ver as luzes de Cleveland em meio ao aguaceiro, teve a impressão de que o motor engasgava e automaticamente voltou para o tanque anterior. Depois chamou a torre e falou em sabotagem, o que

A Volta do Poderoso Chefão   165

naquelas circunstâncias seria ousado afirmar até mesmo para um piloto dez vezes mais experiente do que ele.

O avião fez sua infeliz aproximação na direção de Cleveland. As últimas palavras do piloto à torre foram: "*Sonno fottuto.*" Tradução: "Estou fodido."

Dali a pouco, a uma milha da costa, o bimotor embicou na direção da superfície parda e encapelada do lago Erie.

Geraci já havia levado muitas pancadas nos jogos de futebol na escola, e pancadas ainda mais fortes nos ringues de boxe. Certa vez, em Lake Havasu, ele entrara numa lancha pilotada pelo pai e acabara colidindo frontalmente com um ancoradouro de alumínio. A defesa mais violenta, o *jab* mais brutal, o acidente de barco que milagrosamente ele havia sobrevivido, nada disso *junto* teria sido tão duro de agüentar quanto o baque do avião nas águas daquele lago.

O avião começou a afundar. No que pareceu uma questão de segundos, Geraci viu-se debaixo d'água. Constatou que a porta estava emperrada. Desvencilhou as pernas e com chutes vigorosos procurou abrir um buraco maior no vidro do pára-brisa. A água estava completamente negra. Ele tentava atravessar o buraco quando alguém o agarrou pelo braço. Não pôde ver quem era devido à escuridão. Tentou puxá-lo junto, mas o homem estava engastado em algum lugar. Se não saíssem logo dali, ambos morreriam. Geraci já estava quase sem fôlego. Sentia os dedos do outro cravarem-se nele com a urgência dos desesperados. Teve de soltá-los à força, sentindo, e até mesmo ouvindo, os ossos se partirem.

Geraci por fim escapou da fuselagem avariada. Usou o ruído da chuva para localizar a superfície. Os pulmões espamavam, o pomo-de-adão latejava. Sentiu um formigamento nos braços e, logo em seguida, uma ferroada no topo do crânio. Achou que jamais chegaria à superfície. Estava prestes a inalar água. Não havia mais o que fazer. "Pense em algo bom, pois este será o seu último pensamento." Mas Geraci não conseguia pensar em nada, a não ser naquela água imunda, tão próxima de casa, onde encontraria o próprio fim. A mãe! Esse, sim, seria um bom pensamento. Geraci tinha verdadeira paixão por ela. Mãe extremada, boa mulher. Chegou a ver seu rosto. Parecia mais jovem naquele momento do que na última vez que ele a vira. Bebericava uma

166   Mark Winegardner

taça de martíni e lia uma revista de cinema à beira da piscina pública do bairro. Ela estava morta, também.

Johnny Fontane e seus convidados muitíssimo especiais — Buzz Fratello e a adorável, linda e talentosa Srta. Dotty Ames — terminaram sua apresentação em grande estilo, com um demorado *pot-pourri* só de canções que tinham a bebida como tema, executado para uma platéia que ainda sequer suspeitava do acidente de avião. Uma platéia só de convidados, na maioria membros do sindicato Teamsters, vindos de todo o país e acompanhados de suas respectivas esposas (ou simulacro mais jovem de esposa). Michael Corleone também havia, a título de bandeira branca, convidado um seleto grupo de conhecidos — comida, hospedagem, mil dólares em fichas, tudo por conta da casa. Por tratar-se de uma festa particular, mesmo aqueles que comumente não podiam colocar os pés em Las Vegas puderam comparecer. Por exemplo: bem na frente do palco estavam o irmão de Don Molinari, Butchie (que já havia cumprido pena por seqüestro e extorsão) e vários outros figurões de São Francisco. No banheiro masculino, tentando urinar e xingando o próprio pênis em italiano, estava Carlo Tramonti (assassinato, furto, incêndio criminoso, fraude em operações de seguro), chefão de Nova Orleans e um poder em ascensão em Havana. Havia pelo menos um representante de cada uma das outras famílias de Nova York, acompanhado de esposa e seguranças. O sujeito pálido e de óculos gigantescos num dos sofás mais afastados era Louie "Cara-de-Pau" Russo (agressão, apropriação indébita, suborno de agente federal), o *Don* de Chicago e, segundo o FBI, "um dos mais cotados para ocupar a vaga ainda livre de *capo di tutti i capi* da assim conhecida Cosa Nostra". A reunião de todas aquelas pessoas no mesmo evento constituía uma espécie de salvaguarda para que também pudessem comparecer, insuspeitos, diversos aliados da família Corleone vindos de Nova York. Também digna de nota — sobretudo por estarem na fila do gargarejo e serem alvo de tantos comentários maldosos — era a presença dos recém-casados Susan Clemenza (Zaluchi de nascimento) e Ray. Ambos coraram quando Fontane pediu uma salva de palmas em homenagem aos pombinhos.

Em sua própria cabine, Michael Corleone recostou-se no sofá de veludo preto e deu um longo trago no cigarro. Olhou para o relógio.

A Volta do Poderoso Chefão 167

Um relógio suíço, de mais de cinqüenta anos. Presente de um oficial da Marinha chamado Vogelsong, que consumira os últimos estertores dizendo a Michael que ficasse com ele.

Àquela altura, se tudo tivesse dado certo, todos naquele avião já deveriam estar mortos.

Michael já tinha visto, de perto, muitos aviões caírem. Não teve dificuldade para imaginar o terror estampado na face dos passageiros durante a queda. Balançou a cabeça. Não queria pensar naquilo.

Então pensou nisto: seu plano havia funcionado. Apesar dos contratempos, dos danos colaterais e dos ajustes de rota, tudo havia dado certo afinal.

Agora a Comissão poderia se reunir. Hagen estava enganado: nenhum acordo perduraria sem o envolvimento de Chicago, mas nenhuma paz envolvendo Chicago seria do interesse dos Corleone a menos que Louie Russo viesse motivado para a mesa de negociações. E aquele acidente seria motivação mais que suficiente.

Michael jamais havia fumado um cigarro com tamanha rapidez ou tamanho prazer. Acendeu um segundo e tragou com força.

Fez o que fora preciso fazer. Ponto final. Por causa disso, teria uma ótima noite de sono. Depois que tudo se concretizasse, num prazo de mais ou menos um mês, tiraria umas férias e dormiria doze horas por noite. Quando fora que, na sua vida de adulto, ele havia tirado férias? Aqueles anos que passara escondido na Sicília foram muitas coisas, mas férias? Não. Durante a guerra ele havia saído uma ou outra vez de licença — Havaí, Nova Zelândia. Mas férias em família? Nunca. Ele, Kay e as crianças iriam para Acapulco. Ou talvez para o Havaí, que ele tinha vontade de rever em tempos de paz. Por que não? Brincar com Anthony e Mary da mesma maneira que o velho Corleone sempre encontrara tempo para fazer, enterrar-se na areia, passar óleo nas costas sensuais de Kay, ou quem sabe tentar engravidá-la de novo. Ele usaria camisas floridas e até mesmo dançaria um *mambo*.

Michael levantou o copo de água como se fosse fazer um brinde. "Chegamos lá, pai", pensou. "Nós vencemos."

— Caramba! — exclamou Clemenza, vermelho de tanto rir. Ele apontava o polegar gorducho para Fratello, que corria de um lado para outro no palco como se tivesse tomado bola. — Muito bom, muito bom!

— É. Muito bom — disse Michael.

Fontane havia se poupado, optando por canções mais calmas e fazendo piadas nos trechos que exigiam mais de sua voz, mas o brilho que ele irradiava, mesmo quando não se esforçava para brilhar — talvez especialmente aí —, era algo admirável. Era um patife, mas também era um artista. Michael não podia admitir ser tratado da forma que fora tratado naquela tarde, mas, por outro lado, também não conseguia ficar com raiva do cantor.

Fratello? Um vexame. O sujeito se promovera durante anos como "o *cafone* do saxofone". Mas depois abandonou o sax, começou a cantar como os crioulos — porém com forte sotaque macarrônico — e se casou com uma loura pernalta, duas vezes mais nova. E assim nasceu a dupla Buzz Fratello e Dotty Ames, os astros do "Show de variedades do sabão Starbright".

Fratello chegava ao fim do seu número: tomou embalo, mergulhou no chão do palco, deslizou cerca de três metros e parou exatamente entre as pernas de Dotty; depois virou-se e esfregou os olhos diante do que viu, num gesto de cômica estupefação. Fontane caiu na gargalhada. Dotty ajudou Buzz a se levantar, e os três fizeram uma mesura de agradecimento. A platéia aplaudiu de pé. Os cantores saíram para as coxias, mas os aplausos continuaram. Os músicos da orquestra prosseguiram com a fanfarra, sinal de que haveria bis.

Michael sentiu alguém tocar seu ombro.

— Telefone — sussurrou Hal Mitchell. — É o Tom.

Michael aquiesceu com a cabeça e apagou o cigarro. "Hora de entrar em ação." Depois olhou para a mesa de Louie Russo. Alguém também sussurrava no ouvido dele; ao perceber que era observado por Michael, o sussurrante desviou o olhar. Michael aproximou-se de Clemenza e deu-lhe uns tapinhas nas costas.

Segundos depois — enquanto a orquestra arranhava um improviso de *Mala Femmina*, e Buzz, Dotty e Fontane, abraçados e saltitantes, voltavam ao palco para o bis —, Louie Russo aparentemente se deu conta de algumas das implicações do que tinha acontecido no lago Erie, apesar da escassez de detalhes. Quando olhou por sobre os óculos, encontrou a cabine de sofás de veludo preto já completamente vazia. Até mesmo a vela sobre a mesa já havia sido apagada.

A Volta do Poderoso Chefão 169

*

Nick Geraci ganhou a superfície. Sorveu todo o ar que podia, sentiu o oxigênio invadir-lhe os braços e as pernas e, por fim, gritou. Só então sentiu a dor excruciante das costelas fraturadas e de uma das pernas quebrada.

A uma distância de aproximadamente cem metros, uma ampla mancha de óleo em chamas marcava o lugar onde o avião havia caído. Boiando no meio dela estavam uma das asas; um pedaço grande da fuselagem em que se via a logomarca de leão; o dorso de um cadáver, que seria o de Frank Falcone.

Geraci não sabia dizer o que de fato tinha acontecido nem quem era o verdadeiro culpado pelo acidente. Sob os efeitos da dor e da adrenalina, não era capaz de qualquer raciocínio preciso. Sobrava-lhe contudo a convicção de que, caso os outros estivessem mortos, o destino que o aguardava não seria lá muito diferente. Resgate seria sinônimo de morte certa.

Em meio à chuva, viu a silhueta dos prédios de Cleveland e nadou na direção oposta. Rumo ao norte. De volta à ilha, até o Canadá, até um barco de passagem. Algum lugar onde pudesse ganhar tempo para clarear as idéias. Onde tivesse a chance de comandar o próprio destino. Sentia a perna arder em fogo e mal podia respirar em razão das costelas quebradas. Todavia, quando foi encontrado pela lancha da guarda costeira, já estava a uns quatrocentos metros do local do acidente — em estado de choque, inconsciente, os pulmões se enchendo d'água, afogando-se.

Atrás do parapeito da mais alta das três torres mouras do cassino escondia-se o salão de baile giratório — abraçado de ponta a ponta por vidraças espelhadas — onde se realizaria a cerimônia.

— Aposto que está sentindo o cheiro das prensas de jornal, não está? — Clemenza cutucou Michael com o cotovelo. — Já está sentindo o gostinho, certo? Lá no fundo da garganta. Como óleo, só que pior.

Nas portas douradas do elevador, o reflexo de Michael bebericava água gelada numa taça de cristal. Tinha ares de um homem de respeito, senhor de si, invulnerável, com o vento na popa e o mundo a seus pés.

— Estou dizendo a você — continuou Clemenza. — Acho que nunca tinha visto seu velho...

170   Mark Winegardner

Michael concordou com a cabeça.

— Aos prantos — disse Clemenza. — A primeira vez em tantos anos que eu o vi dessa maneira.

Clemenza havia sido o responsável pela iniciação de Michael, poucas semanas depois que ele, Michael, havia chegado do exílio na Sicília. O assassinato de Sollozzo e McCluskey, que servira para cumprir o ritual iniciático, havia acontecido três anos antes. Clemenza tinha ingressos para um jogo dos Dodgers, presente de um amigo que trabalhava para o time. Segunda fileira, bem atrás da plataforma do batedor. Era o primeiro jogo que Michael via depois da autorização de jogadores negros. Ele sequer sabia que isso tinha acontecido, muito menos quando. Havia passado sete dos oito anos anteriores longe dos Estados Unidos, lutando e matando e correndo o risco constante de ser morto. Passara ao largo de um monte de coisas. Sequer havia comparecido ao enterro do irmão. Os Dodgers derrotaram o time de Chicago por 4 a 1.

No caminho de volta para casa eles pararam no que antes — à época em que Michael saíra do país — havia sido a sede de um jornal diário. Um dos agiotas de Clemenza havia, pelos motivos de sempre, se apropriado do prédio. Clemenza disse que precisava dar uma olhada no lugar para decidir o que fazer com ele: vender, alugar, incinerar. Todas essas informações eram verdadeiras.

Quando entraram no imenso salão vazio onde antes ficavam as prensas, encontraram Tessio e o pai de Michael, sentados ali, do outro lado de uma mesa comprida que um dia fora azul, em meio à luz branda dos últimos dias de verão. Sobre a mesa havia uma vela comprida e fina, um santinho, uma pistola e uma faca. Michael sabia o que estava por vir: os mais velhos iriam iniciá-lo na família. Depois de tudo o que havia acontecido, tratava-se apenas de uma formalidade. Tinha sido do próprio Michael a idéia de matar aqueles homens — o que havia organizado o ataque a Vito Corleone e o policial canalha que, ao aparecer no hospital para terminar o serviço, resignara-se a arruinar o rosto de Michael. Fora seu irmão Sonny que, agindo temporariamente como *Don*, havia aprovado os dois assassinatos (Tessio objetara, comparando a escalação de Michael para realizar o trabalho à de um jogador da liga infantil para arremessar no campeonato nacional

A Volta do Poderoso Chefão 171

de beisebol). Mais tarde Vito afirmaria que jamais quisera aquele tipo de vida para o filho, embora jamais tivesse conseguido disfarçar a convicção de que nenhum outro seria tão bom quanto ele. Durante a iniciação, engrolou algumas palavras incompreensíveis antes de soerguer os ombros e abrir a boca a chorar. Clemenza fez a mesma coisa. Tessio terminou o trabalho com saturnina eloqüência, numa mistura de siciliano e inglês. Em seguida, eles mataram duas garrafas de Chianti. Vito não conseguia parar de chorar. O cheiro de tinta e graxa ficou impregnado em Michael, mas, estranhamente, não a intensidade da cerimônia. No dia seguinte suas roupas fediam tanto que tiveram de ser jogadas no lixo. Uma semana depois o prédio pegou fogo e desabou. "Raio", sentenciou o perito do corpo de bombeiros. Um mês depois do anúncio, o sujeito abandonou a corporação e mudou-se para a Flórida. Agora administrava as operações que serviam de fachada para a lavagem de dinheiro — lojas de bebidas, imobiliárias, vendedoras automáticas de refrigerantes e chocolates — e estava noivo de Sandra, a viúva de Sonny.

As portas do elevador se abriram. Michael e Pete entraram e subiram juntos ao topo.

— Forlenza jamais faria isso com o próprio afilhado — disse Clemenza, embora tivesse sido ele mesmo que, sob ordens de Michael, havia matado Carlo Rizzi, pai do afilhado do próprio Michael. Depois engoliu três azeitonas de uma só vez e guardou o palito no canto da boca. — Também não acho possível que alguém de outro clã pudesse ter posto os pés naquela porcaria de ilha sem que o Judeu ficasse sabendo. Só pode ter sido acidente.

A única informação que Hagen havia conseguido pescar era a de que havia um sobrevivente. Isso ainda não estava confirmado. Se o sobrevivente fosse um dos dois *Dons*, ou um dos homens deles, melhor. Se fosse Geraci, difícil prever o que aconteceria depois. Talvez fosse possível fazê-lo passar por um piloto particular chamado O'Malley, sem qualquer conexão com a família Corleone. Além disso, seria quase impossível descobrir o que ele sabia ou fora capaz de descobrir. Por outro lado, havia a questão da tempestade. O mau tempo poderia ser culpado por tudo, o que evitaria que o acidente produzisse todo o seu efeito. De qualquer modo, Michael já cogitava maneiras de usar a seu favor a incerteza quanto às causas do acidente.

— Acidentes não acontecem — disse ele — para pessoas que tomam os acidentes como insultos pessoais.

— Acha então que foi sabotagem?

— Não sei. Concordo que Don Forlenza não mataria o próprio afilhado, mesmo que tivesse uma boa razão. Até onde sabemos, ele não tinha essa razão. Mas não creio que seja impossível invadir aquela ilha.

— Se não foi Forlenza...

Michael deu de ombros, levantou uma sobrancelha e manteve os olhos fixos nos de Pete.

— *La testa di cazzo.* — Clemenza puxou o botão de emergência do elevador com uma das mãos e com a outra esmurrou a parede. — Russo!

Michael fez que sim com a cabeça.

— Com um único avião — falou —, quem ele conseguiu atingir? A nós, a Molinari, a Falcone. Esse último, embora fosse gente dele mesmo, era um sujeito atrevido e talvez tivesse ido longe demais com as próprias pernas. E tudo *leva a crer* que o acidente foi obra de Forlenza. Os quatro maiores rivais dele, não só aqui, em Las Vegas, mas em toda a metade oeste do país.

— Tudo a oeste de Chicago é Chicago — zombou Clemenza. — *Quello stronzo.*

— Se você estiver certo — disse Michael —, "patife" é pouco para descrever aquele sujeito. — Ele balançou a cabeça como se estivesse sinceramente enojado.

Clemenza inflou as bochechas carnudas, soprou o ar lentamente e deixou o elevador prosseguir. Quando as portas se abriram, deparou-se com uns gatos pingados espalhados pelo salão. Deu um tapinha nas costas de Michael e sussurrou:

— Não deixe essa merda toda estragar a sua noite. Procure se divertir, ouviu bem? Você teve um trabalhão para consertar o estrago que aquele tira filho-da-puta fez na sua cara. Agora é hora de exibi-la um pouco por aí. Vamos, sorria.

Michael havia mentido.

Talvez não exatamente. Tinha conduzido o cavalo até a água, mas o próprio cavalo — Pete Clemenza — tinha baixado o pescoço para

A Volta do Poderoso Chefão 173

bebê-la. Pete acusara Russo sem titubear, e era bem provável que muita gente fizesse o mesmo.

A verdade era que Michael Corleone havia procurado atingir os quatro maiores rivais que *ele* tinha no oeste. Aquela fora a parte fácil da história. A parte difícil vinha agora: evitar a todo custo que a culpa recaísse sobre ele. Michael havia orquestrado o incidente de tal modo que nenhuma alma viva soubesse o que ele havia feito (nem Hagen, nem Pete, nem ninguém) e talvez conseguisse o seu intento.

Frank Falcone era uma ameaça. Desde que Michael providenciara a morte de Moe Greene, Falcone havia sido o maior obstáculo para a expansão dos Corleone em Las Vegas. Pignatelli seria mais obediente a Chicago do que Falcone; todavia, em razão de seus laços com a família — a participação no Castle in the Clouds, a bolsa de dinheiro que enviara por intermédio de Johnny Fontane como tributo pela morte de Falcone —, não chegava a representar um problema.

Tony Molinari era um aliado de longa data, verdade, mas sua crescente desconfiança com a futura instalação de uma base de operações em Lake Tahoe, a apenas alguns quilômetros de São Francisco, constituía um problema fadado a se agravar. Molinari transformara-se numa espécie de câncer: quanto mais cedo extirpado, melhor.

Forlenza era um homem velho. Espicaçá-lo ainda vivo era melhor que matá-lo. Fazia anos que ele se gabava junto aos outros *Dons* da sua pequena fortaleza insular. Receberia parte da culpa, senão a culpa toda, pelo acidente. Mesmo que ninguém acabasse com ele a título de vingança, haveria uma forte pressão por parte de sua própria gente para que renunciasse. Sal Narducci — que fechara um acordo com Michael Corleone e supervisionara a sabotagem do avião — assumiria a posição de *Don*. Depois de esperar pela promoção durante vinte anos, dificilmente abriria o bico sobre o que fizera para conquistá-la. A instalação de Narducci na chefia também daria fim aos laços de Cleveland com os Barzini.

A melhor parte do plano eram as conseqüências que ele acarretaria ao clã de Chicago. Seria impossível provar que Russo estava por trás do acidente, e igualmente impossível provar que não estava. Mas tão logo Michael informasse aos membros da Comissão de que o piloto morto era na verdade seu novo *capo*, as pessoas certas poderiam deduzir quem tinha mais a ganhar com tudo aquilo.

Forlenza mataria o próprio afilhado? Não.

Michael Corleone mataria seu novo *capo*? Também não.

E com isso sobrava Chicago.

Michael conseguira atingir Chicago sem matar um único homem do clã de Russo. Portanto, não precisava se preocupar com uma possível vingança. O único prejuízo tangível de Russo seria, mais tarde, ver-se obrigado a participar das negociações de paz numa posição de fraqueza. Mas isso era tudo que Michael queria.

A decisão mais difícil para Michael fora a de matar Geraci.

Sem dúvida Geraci havia realizado um belíssimo trabalho com o negócio das drogas, mas era demasiadamente agressivo. Sua ambição não conhecia limites; ele próprio muitas vezes se assustava com ela. Apesar da lealdade rigorosamente demonstrada até então, o elo com Forlenza seria sempre um motivo de preocupação. Geraci jamais se esqueceria do episódio com Tessio. E quando Michael nomeara Fredo *sotto capo*, ele havia dito em público: "Você ficou maluco?" Eles jantavam no Patsy's. Ninguém mais estava à mesa. Ninguém ouvira nada. Geraci havia pedido desculpas. Mas poucos *Dons* tolerariam tamanho desrespeito. Ainda que aparentemente banal, o incidente bastara para convencer Michael Corleone de que todas as outras preocupações acerca de Geraci tinham fundamento e tendiam a se agravar ao longo do tempo.

No entanto, apenas a insolência justificava a sentença de morte para Geraci. Mesmo isso poderia ser perdoado. Não houvera nenhuma traição. Os créditos de Geraci superavam em larga escala as suas dívidas.

Sacrificar Fausto Geraci Jr. não era o que Vito Corleone teria feito.

Era, no entanto, o ato de um fuzileiro naval que vira centenas de homens bons morrerem de maneira aparentemente gratuita: um mal necessário oferecido em troca da chance de alcançar um bem maior.

O plano era perfeito, a menos que um dos homens tivesse de fato sobrevivido.

Clemenza também havia mentido.

A iniciação de Michael não fora a única ocasião em que ele vira Don Corleone chorando. Ainda se recuperando dos ferimentos de bala, o

A Volta do Poderoso Chefão
175

velho voltara do enterro de Santino de tal modo abalado que os outros que o viram daquele jeito jamais se esqueceriam da cena. Michael não o vira. Os que tinham visto — a mãe de Michael, a irmã, o cunhado, os irmãos Tom e Fredo, assim como Pete Clemenza, que, desesperado com a choradeira, abraçara o amigo e voltara para casa, abandonando a família à sua própria dor —, todos esses carregariam para sempre na lembrança a imagem daquele homem fendido, o som daquele pranto medonho. Nenhum deles jamais tocaria no assunto, nem entre si, nem tampouco com alguém que não comparecera ao enterro, e muito menos com Michael.

Várias das pessoas que haviam assistido ao show de Fontane subiram para o salão giratório. Uma recepção, ao que tudo indicava. Não se vira nenhuma debandada por parte dos representantes do sindicato, dos membros da orquestra, nem das mulheres. Até onde qualquer um dos treze novatos era capaz de compreender, aquelas pessoas haviam caído ali de pára-quedas. Todavia, quando membros iniciados da família Corleone arrastaram para o centro da pista de dança duas mesas compridas, já cobertas com toalhas de linho branco, os pára-quedistas gradualmente caíram em si e foram embora.

Alguém apagou as luzes.

Em diversos pontos do salão, homens tocavam os ombros dos recém-empossados (que seriam quatorze, se Fredo não tivesse feito Figaro perder o avião), sussurrando palavras de felicitação. Aqueles homens eram figuras que os novatos haviam admirado durante anos — cruzando seus respectivos bairros; vestindo ternos sob medida; apregoando nas barbearias, nos balcões de mercearia, sobre engradados de pêssego vazios diante de certas oficinas mecânicas; dirigindo carros sofisticados e comendo mulheres mais sofisticadas ainda; distribuindo favores e cuidando dos próprios interesses; presidindo tribunais de último recurso para os infelizes que deles precisavam; vivendo num mundo que outrora lhes parecera enigmático, poderoso e inatingível. Do lado de fora do salão escuro, turistas desavisados nadavam na piscina.

Quando as luzes do salão de baile se reacenderam, a mesa estava posta: treze *couverts*, cada um com uma vela votiva, um santinho, uma

176 Mark Winegardner

adaga e — símbolo da expansão da família para o Velho Oeste (idéia de Fredo, é claro) — uma reluzente Colt .45, descarregada.

Os treze novatos foram conduzidos a seus respectivos lugares. Os demais — os cinqüenta e dois que haviam conseguido comparecer, uns vindos do show, outros vindo diretamente para a cerimônia — sentaram-se no círculo de cadeiras.

Michael Corleone sentou-se com o restante de sua turma. Perscrutou o silêncio. Não era supersticioso, mas trabalhava com homens supersticiosos e sabia que eles contavam e recontavam os novatos ao centro, aflitos por chegarem invariavelmente à soma de treze. Mas o risco de deixá-los matutar sobre aquela coincidência boba valia o prazer de ver os novatos suando, mal conseguindo disfarçar a própria ansiedade. Tentavam ao máximo dar a impressão de que aquele era um dia como outro qualquer de suas vidas. Sabiam quem ele era e sabiam também que ele estava no comando da cerimônia; portanto, era engraçado vê-los se esforçando para não olhar para ele. Michael podia ouvir a voz do sargento Bradshaw, responsável pelo seu treinamento militar: "Os tolos neeeeegam o medo. FUZILEIROS não temem admitir o medo. Os tolos ignoooooram o perigo. Diante do perigo... FUZILEIROS... NÃO IGNORAM... NADA!"

Michael levantou-se afinal.

— Vou contar-lhes a história de um menino — ele disse, acercando-se das mesas. — Esse menino nasceu mil cento e quarenta anos atrás, no interior da Sicília, num vilarejo próximo a Corleone. Teve uma infância de fartura e felicidade, até que, quando já tinha doze anos, os nômades árabes, que seguiam para o norte pelas montanhas, assassinaram seus pais. Escondido dentro de um pote de barro, o garoto espiou para fora e viu a lâmina de uma cimitarra decapitar a mãe; com os lábios já mortos, a cabeça separada do corpo, ela gritou palavras de amor para o filho único. Aqueles assassinatos eram atos de selvageria. Os árabes não estavam protegendo nada, não estavam vingando ninguém. Matavam pessoas como colhiam tomates dos campos, uvas das vinhas, uma oliva do pomar. Assassinaram a mulher pelo simples prazer de matar, e depois continuaram sua marcha para o norte, rumo a Palermo.

Michael tirou um charuto do bolso interno do *smoking*. Alguns dos novatos esfregavam a palma da mão contra as coxas.

A Volta do Poderoso Chefão

— O nome do garoto — continuou Michael — era Leolucas. — Michael fez uma pausa para acender o charuto e deixar o nome reverberar na sala. — Embora tivesse apenas doze anos, Leolucas conseguiu não só administrar a propriedade da família como também cultivar a terra com o vigor e com a competência de alguém duas vezes mais velho do que ele. Algum tempo depois, todavia, no isolamento dos campos, ele ouviu um chamado para seu verdadeiro destino. Vendeu seus bens, distribuiu o dinheiro entre os pobres e tornou-se frade. Muitos anos depois, voltou ao vilarejo de sua infância e ali realizou inúmeros atos de caridade e recebeu o carinho e a devoção de todos que o conheciam. Morreu tranqüilamente, aos cem anos de idade.

— *Cent'anni!* — berrou Clemenza. Todos que seguravam um copo derramaram o conteúdo ao pularem de susto.

— Quinhentos anos depois — disse Michael, caminhando em torno das mesas —, por intercessão de Leolucas, a cidade de Corleone viu-se protegida da Peste Negra. E em 1860, mais de mil anos depois de sua morte, Leolucas vingou o assassinato dos pais aparecendo como uma torre de fogo diante do exército invasor de Bourbon e afugentando-os de Corleone direto para as mãos de Garibaldi, que os expulsou da Sicília de uma vez por todas. Esses milagres, e muitos outros realizados junto a seu túmulo, foram confirmados pelo Santo Padre em Roma. Leolucas é hoje, e para sempre será... — Michael tirou uma bela baforada do charuto, aproximou-se de uma das mesas e pegou o santinho diante de Tommy Neri, um dos treze novatos. Beijou o papel e colocou-o de volta. — ...o santo padroeiro de Corleone. Senhores?

Michael rodopiou o indicador no ar, e os treze novatos beijaram o santinho de São Leolucas.

— Apenas alguns anos depois da terrível aparição do santo como torre de fogo, num casebre próximo aos campos que no passado pertenceram a Leolucas e foram arados por ele, outro menino veio ao mundo. Este também teve uma infância feliz, até que, também com doze anos, homens apareceram para matar seu pai. O assassinato se deu com três disparos de uma *lupara*. A mãe foi esfaqueada. E eviscerada como um animal. Ferida de morte, ela também conseguiu gritar palavras de amor para o filho. O menino escapou. Os assassinos foram atrás dele, sabendo que um dia ele voltaria para se vingar. O nome dele... —

178 Mark Winegardner

Michael deu mais um longo trago no charuto. Sentiu o próprio destino insuflar-lhe os pulmões — ...era Vito Andolini. Vito emigrou, sozinho, para as terras distantes dos Estados Unidos, onde, para despistar os assassinos, mudou o sobrenome, substituindo-o pelo nome da sua cidadezinha natal. Esse foi um dos únicos gestos sentimentais que fez na vida, de alguma maneira relacionado com *la famiglia* — aí ele bateu o punho no peito —, com sua venerada *figliolanza* — aí ele tocou o queixo. — Vito trabalhou duro, ajudou seus amigos, construiu um império e jamais se deixou dominar pela arrogância. Mais tarde voltou à Sicília para vingar a morte dos pais. Vito Corleone, que ainda este ano morreu em paz no seu adorado jardim, era meu pai. Eu, Michael Corleone, sou filho dele. Todavia — Michael apontou para os homens sentados em círculo —, estes aqui, homens honrados todos eles, também fazem parte da família Corleone. E aqueles de vocês que quiserem se juntar a nós estão convidados para renascer como tal.

Michael voltou à sua cadeira. Fredo deveria se ocupar da parte seguinte. A despeito do que pessoas como Nick Geraci achavam, a instalação de seu irmão mais velho como *sotto capo* havia sido mais um gesto de estímulo do que a concessão de um emprego. Fredo recebera algumas atribuições muito específicas, bem como uma pequena equipe de homens confiáveis, porém medíocres, uma casa de prostituição no deserto e algumas responsabilidades simbólicas, das quais ele se desincumbia com a habitual inconsistência. Michael já havia se conformado. Um jumento jamais se transformaria num puro-sangue de corridas, por mais que apanhasse.

Clemenza fincou a bengala no parquete, grunhiu ruidosamente e ficou de pé.

Os treze novatos já conheciam as formalidades daquela estrutura, quanto a isso não restava dúvida. Mas certas convenções não podiam ser negligenciadas. Clemenza começou a explicar a hierarquia da família. Michael Corleone era o Padrinho, com autoridade absoluta. Frederico Corleone era o *sotto capo*. Rocco Lampone e ele próprio, Pete Clemenza, eram os *capiregime*. Clemenza não fez nenhuma menção ao cargo de *consigliere*. Tal havia sido o procedimento desde a morte de Genco Abbandando, sobretudo porque Hagen, que não era siciliano, jamais poderia participar dessas reuniões, nem sequer ser men-

A Volta do Poderoso Chefão 179

cionado nelas, mas também porque, durante o breve interregno de Vito como *consigliere*, os livros haviam permanecido fechados. Clemenza não fez qualquer menção a Nick Geraci.

— Antes que vocês se juntem a nós — disse Clemenza —, é preciso que algumas coisas fiquem bem claras. — Ele mudou para o siciliano e continuou, passeando em torno dos treze. — Isso que existe entre nós não é apenas um negócio, uma relação de trabalho. É uma relação de honra. Para quem quiser entrar, essa coisa nossa deverá ficar acima do país. Acima de Deus. Acima da própria mulher, da mãe, dos filhos. Se você for convocado e sua mãe estiver à beira da morte, você vai beijar a testa febril da pobrezinha e sair para acudir os seus superiores.

Ele parou diante da cadeira de onde tinha começado a volta. Apoiando-se na bengala, inclinou o tronco para a frente até dar a impressão de que ia cair.

— Vocês compreendem? — perguntou. — Estão de acordo?

Os novatos concordaram sem titubear.

Clemenza, por sua vez, acenou a cabeça positivamente e voltou à sua cadeira.

Michael levantou-se de novo e, talvez para compensar a fragilidade de Clemenza, aproximou-se das mesas com passos decididos e vigorosos. Ele havia comido demais, bebido demais, trabalhado demais e dormido de menos. Sentiu o suco gástrico subir no esôfago.

— Há duas leis — ele explicou — que de modo algum poderão ser violadas. Os segredos desta sociedade jamais deverão ser revelados, de acordo com a velha tradição de *omertà*. A pena para a violação dessa lei é a morte. Lei número dois: a mulher ou os filhos de outro membro jamais serão molestados. Vocês juram, sob pena de perder a própria vida, obedecer a essas leis?

Todos juraram.

Os mais velhos notaram a omissão de uma terceira lei, invariavelmente mencionada nas cerimônias presididas por Vito Corleone. "Vocês jamais se envolverão no comércio de narcóticos." Nenhum deles disse nada. Nem um pio.

— Vocês entram vivos — disse Michael — e saem mortos.

"Quando pedi você em casamento, Kay, eu disse que meus negócios seriam completamente legítimos em cinco anos."

Michael aproximou-se de Tommy Neri.

— Os instrumentos que utilizarão na vida e na morte são a pistola — Michael prendeu o charuto entre os dentes e pegou a Colt com uma das mãos — e a faca. — Pegou a adaga com a outra e cruzou as duas armas sobre a mesa, diante de Tommy.

— Você promete — continuou — usar estes instrumentos, sempre que necessário, para defender os interesses desta família?

— Prometo, Padrinho.

Michael sugou o charuto e usou a chama para acender a vela de Tommy. Depois apontou para a mão direita do garoto. Tommy estendeu-a. Michael pegou a adaga, picou o indicador de Tommy, dobrou-o contra a palma e apertou o punho com toda força, cuidando para não pressionar diretamente o ferimento de modo a aumentar a quantidade de sangue.

Um a um, todos os demais deram a mesma resposta e cumpriram o mesmo ritual.

Michael voltou à cabeceira da mesa. Deu um tapinha no punho cerrado de Tommy. Tommy abriu os dedos e juntou as duas mãos: a direita ensangüentada e a esquerda limpa. Michael pegou o santinho, acendeu-o com a vela votiva e deixou-o cair nas palmas viradas de Tommy.

— Use as duas mãos — sussurrou.

Alternando entre a direita e a esquerda, Tommy recebeu o flamejante Leolucas nas mãos.

— Se trair os seus amigos — disse Michael —, você vai queimar. — Ele soprou uma nuvem de fumaça no rosto impassível de Tommy. — Como a imagem do nosso adorado padroeiro agora queima na sua palma ensangüentada. De acordo?

— De acordo, Padrinho.

Michael esperou até que o santinho se reduzisse a cinzas. Em seguida, tão carinhosamente quanto um namorado, esfregou o pó nas palmas de Tommy e beijou-o de leve nas bochechas.

Um a um, todos os demais deram a mesma resposta e cumpriram o mesmo ritual.

— Vocês agora já estão devidamente qualificados — concluiu Michael. — *Gli uomini qualificati*. Senhores, apresentem-se uns aos outros.

A Volta do Poderoso Chefão   181

O salão eclodiu numa cacofonia de cumprimentos, rolhas de champanhe a espocar, brindes e bênçãos em italiano. Os veteranos permaneceram sentados em círculo de modo que os iniciados pudessem dar seqüência à cerimônia, apresentando-se individualmente e beijando as faces de cada um deles, sem correr o risco de saltar este ou aquele. Michael já os havia beijado. Esgueirou-se pela porta dos fundos e desceu as escadas. Sabia que, chegando em casa, talvez recebesse notícias do agravamento dos seus problemas. Mas também era possível que aquele dia tivesse chegado ao fim. Talvez pudesse descansar um pouco e enfrentar as lutas do dia seguinte com renovado vigor. Imediatamente sentiu-se melhor, saindo daquele salão, deixando para trás a fumaça dos charutos, o vapor das bebidas. Os únicos beijos que queria agora eram os da mulher, do filho e da filha.

"Vocês saem mortos."

Michael chegou ao carro. Esperava por Al Neri, que se atrasara recolhendo as pistolas vazias, quando começou a sentir espasmos no estômago. De início tentou reprimi-los, mas acabou caindo de joelhos e vomitando. Botou tudo para fora: o Strega, o uísque, a comida que Enzo preparara com tanto esmero, os petiscos do piquenique, e aparentemente cada um dos milhos da pipoca que comera no cinema.

— Tudo bem, chefe? — As pistolas tilintavam dentro da fronha que Al Neri usava para carregá-las, como as correntes de Jacob Marley numa montagem de *Conto de Natal* a que Michael assistira quando criança. Neri era o chefe de segurança, mas descer quinze andares e atravessar um sem-número de saguões e corredores com treze pistolas embrulhadas numa fronha de travesseiro? Isso era demais.

— Tudo bem — respondeu Michael. Ele estava ensopado de suor. Aos trancos e barrancos, conseguiu ficar de pé. As calças do *smoking* haviam se rasgado num dos joelhos. — Tudo ótimo. Vamos embora.

As adagas usadas no ritual haviam ficado de presente para os iniciados. Eram artefatos da melhor qualidade, com gemas semipreciosas no punho, que nada haviam custado aos cofres da família. Nick Geraci conhecia um sujeito.

Capítulo 11

No Chevrolet alugado, Fredo Corleone zuniu pela rampa de acesso ao cassino e meteu o pé no freio diante do estande dos manobristas. No banco de trás, Figaro acordou xingando em inglês, e o Cabra, em siciliano.

— Espero vocês lá em cima — disse Fredo, saltando do carro. Entregou uma nota de vinte ao motorista e só então percebeu que ele era um de seus conhecidos. — Só de curiosidade: qual foi a maior gorjeta que você já recebeu?

O homem olhou para ele, surpreso.

— Cem dólares — ele respondeu. — Uma vez só.

"Fontane", pensou Fredo. Só podia ser. E deu duzentos ao motorista.

— Quero uma vaga boa, ouviu bem? Mas antes bota aqueles vagabundos para trabalhar. Afinal, de quem foi o recorde que eu quebrei?

— Seu mesmo, senhor. Semana passada.

Fredo riu, entrou no cassino e apertou o passo até começar a correr. Três da madrugada. No Castle in the Sand, contudo, a única coisa que denunciava o adiantado das horas era a presença de mulheres hipnotizadas, de robe e rolinhos na cabeça, cigarro pendurado entre lábios soturnos e sem maquiagem, despejando moedas nos caça-níqueis como quem prepara um jantar para uma família de ingratos. Não é comum alguém atravessar correndo um cassino, mas nenhuma daquelas senhoras, e nenhum dos jogadores em torno das mesas de *blackjack*, sequer levantou a cabeça para olhar. Os supervisores de mesa olharam, é claro, bem como os seguranças que porventura estivessem atentos do outro

A Volta do Poderoso Chefão 183

lado das câmeras, mas esses já tinham visto Fredo Corleone fazer a mesma coisa antes, o que é outra maneira de dizer: se um estranho qualquer, não associado à Comissão de Jogos do estado de Nevada, lhes perguntasse se tinham visto o Sr. Corleone passar por aí, eles sacudiriam os ombros e diriam: "Quem?"

Fredo morava numa suíte no terceiro andar — cinco quartos, incluindo um escritório com um bar e uma mesa de bilhar de tamanho profissional. Fazia duas semanas que ele estava fora, cuidando de um negócio em Nova York e ajudando a mãe com os preparativos para a mudança. Tão logo abriu a porta, pressentiu que algo estava errado. A primeira coisa de concreto que percebeu foram as cortinas fechadas e o breu da suíte. Fredo jamais fechava as cortinas e jamais desligava o aparelho de televisão, nem mesmo quando as estações saíam do ar, nem mesmo quando ele deixava a cidade. De um pulo, voltou para o corredor — fora da linha de fogo — e procurou a arma no bolso do paletó.

Nenhuma arma. Aquela Colt Peacemaker extraordinária, a arma que havia fulminado milhares de bandidos em centenas de filmes vagabundos, perdida em algum lugar nos confins da grande Detroit.

Do outro lado do corredor, uma bruxa velha — de robe e rede nos cabelos, carregando uma caneca de moedas e uma ferradura de verdade — saiu do quarto. Atrás dela — de bermuda, camiseta de baixo e um reluzente chapéu de caubói, provavelmente adquirido naquele mesmo dia —, arrastava-se o acanhado marido. Fredo ficou imóvel. Nenhum barulho vinha da suíte. A bruxa decerto viu Fredo encolhido junto à porta, mas baixou a cabeça e seguiu direto para as escadas. O marido acenou, a face contorcida num ricto de desespero.

A porta do poço da escada fechou-se.

Fredo contou até dez.

— Quem está aí? — berrou para dentro da suíte.

Ele deveria ter saído dali e chamado a segurança. Mas estava exausto e não raciocinava direito. Queria apenas tomar uma ducha rápida e subir até o salão de baile. Não queria ser o banana que chamou a segurança só porque uma camareira nova não havia sido instruída para jamais fechar as cortinas do Sr. Corleone ou desligar o televisor.

Nenhuma resposta. Só podia ser isso, pensou, uma camareira nova. Assim que entrou na suíte e levou a mão ao interruptor, deu-se conta de que esse era exatamente o momento em que as pessoas levavam uma bala bem no meio da testa, quando baixavam a guarda e pensavam "Ah, não deve ser nada".

Assim que acendeu a luz, ouviu alguém acionar a descarga no banheiro. Sentiu o coração saltar à boca, mas antes que tivesse a oportunidade de fugir, baixar o corpo ou até mesmo gritar "Quem está aí?", viu uma mulher sair ao quarto, uma loura platinada, completamente nua. Ela gritou.

— Santo Deus! — exclamou depois. — Você quase me mata de susto!

Mat de sust. Forte sotaque francês. Aparentemente verdadeiro. Fredo fechou a porta e sentiu as batidas do coração lentamente voltarem ao normal.

— A gente por acaso se *conhece*?

A louraça se aproximou e sorriu. Seus pentelhos eram negros como piche, embora as sobrancelhas fossem claras.

— Estou aqui, esperando você, sabe por quanto tempo?

— Chega de brincadeira, meu amor. Quem é você? Que diabos está acontecendo aqui? Quem deixou você entrar?

— Desde as cinco da tarde. — Ela apontou para o balde de champanhe ao lado da cama. — O gelo... já derreteu há horas! — Deu de ombros, fazendo os peitinhos balançarem. Os bicos eram de um vermelho desbotado e tão enormes que ocupavam o território quase inteiro. — Sinto muito, mas a garrafa, bem, a garrafa já está vazia.

O sotaque era verdadeiro, e ela já estava enrolando a língua.

— Meu bem — disse Fredo —, você não sabe com quem está falando, sabe?

— Sei sim, ora. — *Orrra.* Ela estufou o lábio inferior num beicinho. — Você é Fredo Corleone, certo? — *Frrredo.*

— Que tal você começar dizendo seu nome?

Ela estendeu a mão, sorrindo.

— Meu nome é Rita. Marguerite. Mas... — Ela deixou os ombros murcharem, já demonstrando certa timidez. — ...agora sou Rita.

Fredo não apertou a mão da mulher.

— Muito prazer, Rita. Agora me dê um bom motivo para não colocar você atrás das grades por invasão de domicílio.

A Volta do Poderoso Chefão 185

— Uma mulher nua está esperando para fazer amor com você; será que isso não basta?

— Estou começando a perder a paciência, boneca.

— Aaah... — Ela jogou a cabeça para trás, exasperada. — Você é um chato. Johnny Fontane foi quem me mandou, oquei? Eu sou... — ela riu, talvez de uma piada que só ela compreendesse — ...sou um presente para você. Johnny disse... você sabe, que eu ficasse nua na sua cama, esperando. — Ela corou. — Mas uma garota, quando bebe champanhe, ela precisa fazer pipi...

Pipi?

— Muito gentil da parte de Johnny. Mas já é muito tarde, você está muito bêbada e eu estou muito cansado. Além do mais, ainda tenho um compromisso hoje à noite. Hoje de manhã. Sei lá. Melhor você ir embora, coração. Se precisar de um táxi, é só pedir.

Ela fez que sim com a cabeça, deu meia-volta e foi buscar suas roupas, tão cuidadosamente dobradas sobre a mesinha de cabeceira que Fredo ficou com pena. Ela tinha pernas bonitas e musculosas. Só então ele pôde notar.

Fredo foi até o *closet* buscar suas próprias roupas. Voltando ao quarto, constatou que Rita havia conseguido vestir apenas o sutiã de algodão florido. Algo que ele jamais conseguiria entender. Era de se imaginar que as mulheres quisessem cobrir a xoxota primeiro, uma vez que a calcinha era sempre a última peça que elas tiravam, mas não: abandonadas aos próprios miolos, elas invariavelmente começavam a se vestir pelo sutiã. Sentada na beira da cama, Rita chorava com a cabeça apoiada nas mãos.

"Essas bonecas quando bebem...", pensou Fredo, balançando a cabeça.

— Eu sinto muito — ela disse.

— Não precisa. Olha, não é uma questão de... sei lá. — Fredo tocou-a numa das faces. Ela olhou para ele. Lágrimas autênticas. Rita tentava contê-las, parecia aborrecida consigo mesma. — Você é muito linda, ouviu bem? Acontece que já é tarde, e eu preciso sair. Trabalho. Mas, quem sabe... Se você quiser esperar aqui, eu...

Ela fez que não com a cabeça.

— Você não entende. — Rita enxugou as lágrimas com a calcinha. Algodão florido, como o sutiã. Fredo pôde ler a etiqueta: Sears. — Eu não faço isso. Quer dizer... — Ela levantou os olhos para o teto. — Quer dizer, *eu faço*, mas não... Sou uma dançarina, OK? Agora estou participando de um show, um show de verdade. Ninguém fica de peito de fora. Era só para ser... uma farra. É assim que se diz, não é? Uma aposta que fiz comigo mesma. Não sou uma...

Fredo deu-lhe um lenço. Já havia estado com muitas garotas desde a mudança para Las Vegas, e sabia que, quando elas começam a chorar, o melhor a fazer é fechar o bico e oferecer um lenço, em vez de dizer que tudo vai ficar bem.

Sentou-se ao lado de Rita. Agora precisava ir. Passou a mão nas costas dela. O pedacinho de bunda que conseguia ver tinha uma pele muito mais firme e mais lisinha do que a maioria das mulheres, mesmo as muito jovens, conseguia ter no rosto. Este era um grande mérito das dançarinas: a metade inferior do corpo delas era sempre sensacional. Fredo já não podia perder mais tempo com aquilo. Johnny só estava tentando ser simpático, porém o mais provável era que tivesse comido Rita antes e revirado a cabeça da moça, convencendo-a a fazer coisas que ela jamais faria quando ainda vivia lá na cidadezinha dela, no interior da França.

— Tenho uma idéia — disse Fredo.

Rita levantou os olhos. Parecia mais controlada.

— Quanto foi que Johnny lhe deu para vir até aqui?

— Mil dólares.

— Espere aqui.

Fredo foi até o escritório, puxou a réplica da *Mona Lisa* que se prendia à parede com dobradiças, abriu o cofre e tirou duas notas de mil dólares. Era possível que ela jamais tivesse visto uma nota daquelas na vida, muito menos duas. O governo sequer se dera ao trabalho de caprichar no design delas. O verso dizia apenas: MIL DÓLARES. E Cleveland na frente? Que diabos Cleveland tinha feito para estar ali? Ele dobrou as notas pela metade, voltou ao quarto e depositou-as na mão da garota.

— Fique com o dinheiro que Johnny lhe deu. E com isto aqui também. E não fique achando que você é uma prostituta, OK? Como você pode ser uma prostituta se a gente não... você sabe.

A Volta do Poderoso Chefão   187

— Trepar?

Havia na voz dela uma nota de esperança que deixou Fredo confuso, como se trepar fosse deixá-la mais animada ou algo parecido. Ele vinha evitando sequer dizer a palavra "trepar", uma vez que ela estava cheia de melindres por talvez ser confundida com uma puta.

— Claro. Se a gente não trepar. Só tem uma condição.

Ela fez que sim com a cabeça e depois guardou as notas no bolso do vestido vermelho jogado ao seu lado.

— É só isto: procure o Johnny e, quando ele perguntar como foram as coisas — e ele perguntaria, Fredo tinha certeza, pois assim era o Johnny —, diga a ele, você tem de me prometer, diga a ele — Fredo piscou o olho e abriu um sorriso bandalho — que eu fui, sem sombra de dúvida, a melhor cama que você já teve na vida.

— Sem sombra de dúvida — ela repetiu, já vestindo a calcinha. — Tudo bem.

— Boa garota! — disse Fredo.

O telefone tocou. Era Figaro, o apelido que ele dera ao novo guarda-costas por não conseguir se lembrar do nome real do sujeito. Sim, disse Fredo. Tudo estava bem.

Olhando Rita se vestir, Fredo tirou os sapatos, as meias e a camisa.

Ele subiria ao salão dali a pouco, disse. Figaro informou que ainda havia gente por lá. Fredo ficou feliz ao saber. Mitchell ainda estava lá? Não, não estava.

— Que pena. — Aliviado, Fredo desligou.

Fazia anos que ele já não usava camisetas por baixo das camisas. Depois daquele filme, um sujeito vestia uma camiseta e as garotas moderninhas ficavam achando que ele não estava com nada. Só quando se viu ali, de calças e sem camisa, foi que Fredo se deu conta de uma coisa: se fosse metade do cavalheiro que pensava ser, teria esperado a moça sair ou ido ele mesmo para outro quarto. O vestido dela era de cetim vermelho. Por algum motivo, vendo Rita daquele jeito, já vestida, e sabendo da *lingerie* vagabunda que ela usava por baixo, Fredo sentiu algo diferente. Talvez tivesse se comovido.

— Bonito quadro — disse ela, apontando para a Virgem Maria com moldura de pinho em cima da cama dele. O quadro que originalmente fora colocado ali era uma coisa enorme com um índio montado num cavalo branco, socado na sela, vendo o Sol se pôr no horizonte. — Foi você quem pintou?

— Eu? Não.

— Conhece o artista?

— É só um quadro, OK?

— Tive muito tempo para ficar olhando para ele. A modelo, ela não tem nenhuma vaidade. É uma boa peça.

— Uma boa peça?

— Estudei artes. — Ela olhou para baixo. O esmalte das unhas do pé estava rachado. — Muito tempo atrás.

— É, é uma boa peça — concordou Fredo.

— Então é isso — disse ela, pegando a bolsa.

— Então é isso — repetiu Fredo, acompanhando Rita até a porta. Ela tirou um cigarro. Ele pôs a mão no bolso.

— Merda. Perdi meu isqueiro.

— Você é muito bacana — disse ela, encaixando o cigarro atrás da orelha dele.

— Nem tão bacana assim — disse Fredo, devolvendo-lhe o cigarro. — Não é a minha marca.

Ela se inclinou para lhe dar um beijo. Tudo levava a crer que seria um beijinho singelo na bochecha, mas isto era outra coisa que Fredo já aprendera sobre aquelas garotas que vinham ganhar a vida no oeste: muito do que às três da madrugada aparentava ser algo perfeitamente normal para as três da tarde acabava se transformando em algo que homens dormindo em suas camas do outro lado do país jamais acreditariam. Os lábios de Rita se abriram. Fredo obedeceu, penetrando a língua na boquinha molhada dela, passando as mãos nos cabelos quase brancos de tão louros. De repente ela arfou de um jeito que ambos ficaram assustados.

Olharam-se nos olhos um do outro. Os de Rita se arregalaram, como se ela tivesse acabado de encontrar um brinco perdido. Ela tinha razão, não era uma profissional. Prostitutas não olham ninguém daquela maneira.

— Minha vida — disse ela — é tão complicada...

— Todo mundo acha isso — disse Fredo. — Mas provavelmente você tem razão. Quanto à sua vida.

A tal de Rita tinha um sorriso bem maroto.

— Ah, é? E a sua vida, hein?

— Não posso reclamar. Embora reclame. Mas acho que está tudo sob controle.

— Você acha. — Com o indicador, ela começou a desenhar espirais no torso nu de Fredo.

Ele se beijaram outra vez. A boca dela estava um tanto azeda por causa do champanhe, mas Fredo agüentou firme.

— *Fre-di Cor-le-o-ne.*

Não fossem três da madrugada, ele decerto teria percebido quanto era estúpido correr o risco de que um dia essa garota andasse por aí dizendo que tinha ficado peladinha na frente de Fredo Corleone e que ele pagara duas mil pratas para *não* comê-la. Por que ele estava com tanta pressa para subir ao salão? Já não havia mais nada o que fazer por lá.

— A seu serviço.

— Seu pilantra — ela disse, mas de um jeito estranho.

— Como?

— Nada. — Ela respirou fundo e segurou a maçaneta. — Vejo você nos jornais, OK?

Ah, sim. Ela havia imitado um gângster qualquer que decerto vira no cinema. Fredo tocou a mão dela.

— Fique.

O sorriso maroto de antes sumiu de repente.

— Você não vai querer seu dinheiro de volta, vai?

— Eu não paguei você para isso — disse Fredo. — Paguei para que você tirasse o sono de Johnny por muitas noites.

Ela pareceu refletir profundamente sobre isso.

— Então, que tal eu devolver o dinheiro dele?

Fredo riu.

— Perfeito. Diga a ele, você sabe, aquilo que pedi para você dizer. Quer que eu escreva ou você vai se lembrar?

— A melhor cama da minha vida. Sem sombra de dúvida. Vou lembrar.

— E depois diga que nem quer o dinheiro dele. De tão bom que foi.

— Mas ficar aqui... Sei não. Por que a gente não se encontra amanhã e recomeça tudo do zero? Um jantar, quem sabe?

— Hoje já é amanhã, coração.

Ela ainda parecia pensativa. Colocou um dedo na boca, molhou-o de saliva e deslizou-o lentamente sobre o peito nu de Fredo, do pescoço à fivela do cinto. Parou a mão ali.

— Eu adoro sexo — falou, como se admitisse a uma derrota. A voz era comum, em nada parecida com os sussurros rascantes que as pessoas geralmente associam às francesas. Ainda enrolava a língua. — É errado, eu sei. Mas como um homem eu adoro trepar.

A frase "como um homem eu adoro trepar" perpassou pelo corpo de Fredo como um choque elétrico. Embora, é claro, ela não dissera aquilo do jeito que, durante uma fração de segundo, ele chegara a suspeitar. Depois Fredo voltou a si e agarrou os peitinhos dela com ambas as mãos.

Ela gemeu, mas agora como uma profissional. Exagerando. Não era possível que sentisse tanto prazer assim nos peitinhos.

Os dois voltaram ao quarto. Rita tirou o cinto de Fredo, arrancou-lhe as calças e depois a cueca. Fredo jogou-se de costas na cama. Ela montou nele e levou a mão às costas para abrir o zíper do vestido.

— Não — ele disse.

Ela se virou para que ele abrisse o zíper.

— Deixe o vestido. É muito bonito.

Rita deu de ombros e sentou-se na cama. Eles se beijaram por um tempo, e ela pegou no pau dele. Fredo poderia botar a culpa no excesso de bebida — na véspera e durante a eternidade que tivera de esperar no aeroporto de Detroit, mas nenhuma gota desde então. Ou poderia culpar o cansaço da viagem. Ele não queria — de jeito nenhum — pensar na outra coisa. Aquilo nunca tinha acontecido. De qualquer modo, já havia traçado dançarinas muito mais lindas do que aquela, fácil, fácil. Mas agora que pensava nessas coisas, a situação ficou ainda pior. "Esquece, Fredo, não fique pensando no seu pau." Então pensou na dançarina, nos beijos e nos peitinhos dela, em como seria bom trepar com ela naquele vestido brilhante, o que poderia acontecer dali a dez segundos se ele conseguisse parar de pensar naquelas coisas todas em que estava pensando. Já era mesmo hora de dar um tempo na bebida.

A Volta do Poderoso Chefão   191

Rita ficou de joelhos e tomou-o pela boca antes que ele pudesse dizer qualquer coisa. Fredo sentiu um calafrio terrível na espinha.

— Não — ele disse, puxando-a pelas axilas.

Ela parecia ofendida.

— Eu não faço isso — explicou Fredo. — Não fique chateada, OK? Vem, me dá um beijo.

Ela obedeceu. Manteve, contudo, a mão na virilha de Fredo e, depois de baixar a calcinha estampada da Sears, tocou a si mesma também. Eles continuaram se beijando.

— Que tal você ficar de joelhos?

Rita suspirou. Deu a impressão de que estava perdendo a paciência. Parecia uma garota no trabalho.

— *Não* — respondeu Fredo. — Já disse. — Depois tentou parecer um pouco mais ameno. Não que ela tivesse feito algo errado. Parecia uma boa garota que talvez tivesse ido para a cama com ele só por prazer, provavelmente porque tinha ouvido boatos de que ele era um gângster perigoso, mas também porque ele havia sido bacana com ela quando não precisava ter sido. Fredo colocou Rita de joelhos (de costas para ele), subiu o vestido dela à altura das ancas, começou a se masturbar com uma das mãos e com a outra tocou na xoxota dela. Rita achou por bem ajudá-lo. Algo na vulnerabilidade daquele gesto fez com que ele ficasse imediatamente ereto na mão dela. Então Fredo penetrou-a por trás, determinado a chegar até o fim. Precisava agir, e não pensar. Agarrou-a pelos lados, apertando os dedos em torno dos ossos do quadril. Pediu que ela implorasse para ser comida. Rita começou a grunhir quanto queria ser possuída, implorando para que ele não parasse, repetindo "garanhão, garanhão"; Fredo fechou os olhos e acelerou o ritmo das estocadas quanto lhe permitiam as forças.

Sentiu os músculos se retesarem e depois começou a urrar.

— Tira — ela disse, ofegante. — Tira, garanhão, tira. — A voz era quase um chiado. — Garanhão.

Mas Fredo não tirou. Com os quadris grudados no traseiro musculoso da dançarina, numa sucessão de espasmos curtos e rápidos, aliviou-se do que ainda tinha para dar. Depois sentiu uma sensibilidade tão grande no pau, algo próximo à dor, que teve de tirá-lo. Teria sido sensual, pensou, molhar aquela bunda e aquele vestido com suas pequenas poças peroladas. Nada teria sido mais sensual do que isso. Por que então não fez?

Ele sabia muito bem por que não fez. Gostava de comê-las daquele jeito e pronto.

Embora também não fosse essa toda a verdade.

Fredo caiu de costas na cama. Fechou os olhos e golpeou a cabeça com os punhos, uma meia dúzia de pancadinhas ligeiras. O ódio que sentia por si mesmo reverberava em cada fibra do seu corpo.

Rita enrodilhou-se ao lado dele e, naturalmente, voltou a chorar.

Fredo levantou-se, caminhou até as janelas e abriu as cortinas.

Assim estava bem melhor. Ele adorava aquelas luzes de néon. Logo, logo, já seria manhã.

O telefone tocou outra vez. Ele atendeu no escritório. Disse a Figaro que não arredasse dali porque ele já estava subindo. Figaro disse que tinha sido uma boa idéia eles terem decidido prosseguir de carro em vez de pernoitar em Los Angeles, pois havia uma notícia que Fredo decerto gostaria de ouvir pessoalmente, e Fredo perguntou a Figaro se ele tinha ficado surdo.

— Já disse que estou subindo, não disse?

Fredo buscou outro lenço de linho, o melhor que o dinheiro podia comprar, e deitou-se ao lado de Rita.

— Olá, boneca — falou, imitando um caubói.

Ela assoou o nariz e ficou assustadoramente calada.

— Eu não demoro — disse Fredo. Ele conferiu o relógio, um hábito que adquirira ainda na infância, e saiu para o banheiro. Conseguiu tomar banho e se barbear em menos de cinco minutos. Vestiu um roupão de tal modo felpudo que, sempre que o vestia, tinha a sensação de que colocava aquelas ombreiras dos uniformes de futebol. Quando voltou ao quarto, Rita ainda estava lá.

— Sinto muito — ela disse.

Ele poderia ter passado sem essa. Queria que ela fosse embora, claro, e quanto antes melhor, mas não queria se sentir um merda por causa disso. Rita havia parado de chorar, o que já era um progresso.

— O banho mais rápido que eu já vi na vida — ela disse.

— Nessa altura do campeonato — disse Fredo —, já sei onde ficam as coisas. — Era isso que ele respondia sempre que ouvia esse comentário.

A Volta do Poderoso Chefão   193

— Eu preciso ir. Desculpa. Sei que eu já devia ter ido.

— Fique quanto quiser. Eu sinto muitíssimo, mas...

— Você tem um compromisso. Eu sei. Sinto muito. — Ela enxugou os olhos e apontou para o banheiro. — Não vou me demorar.

Pelo menos dessa vez ela não disse "pipi". Enquanto ela estava no banheiro, Fredo se vestiu e ligou para a recepção pedindo que providenciassem um táxi para Rita.

Doze exasperantes minutos depois, ela saiu com os cabelos penteados e o rosto vermelho de tão esfregado. Estava de batom e exalava o perfume que talvez já estivesse usando quando aparecera por ali. Tinha carregado na dose. Poucas coisas o deixavam mais irritado que o excesso de perfume. Fredo ligou a televisão e levou a dançarina até o corredor.

— Temos um trato, certo? — ele disse, apertando o botão do elevador.

— Temos. — Rita levantou a mão direita. — Sou uma garota de palavra — ela disse, séria. Depois forçou um sorriso. — Você achou que eu não diria "sem sombra de dúvida", certo?

Que diabos ele poderia responder àquilo? Pensou em pedir o telefone dela, mas geralmente isso só servia para piorar as coisas.

O elevador chegou para lhe devolver a paz. Fredo deu um tapinha nas costas de Rita antes que ela entrasse.

— Boa sorte — ela disse —, no seu compromisso. — Ela soprou um beijinho no ar e escandindo as sílabas arrematou: — Cor-le-o-ne.

Fredo esperou as portas se fecharem. Olhou para seu reflexo distorcido no dourado do metal. Não havia muito o que ver. Apertou o botão para o sexto andar, plantou as mãos contra superfície fria das portas e deixou cair a cabeça exausta. Quem disse que a vida era fácil? E no entanto lá estava ele. Tinha cometido erros como todo mundo, e sobrevivera a cada um deles, ao contrário de muita gente que ele conhecia.

As portas se abriram e ele entrou.

As pessoas o tinham na conta de um sujeito relativamente bom, um tanto fraco, vá lá, e meio aparvalhado. Ele sabia disso. Mas quantas dessas pessoas teriam sido capazes de passar por um dia daqueles e se sair tão bem quanto Frederico Corleone? Ele havia acordado no meio de um sonho ruim — ou melhor, de um mau passo — sem saber onde estava, nem mesmo em que porra de *país*. No entanto, no raiar do dia ele conseguira picar a mula de lá e ainda por cima, por um instinto milagroso, tomar a direção certa. Tudo bem, tinha deixado a arma para trás, mas em outro país, então o assunto podia ser dado como encerrado. Talvez tivesse se atrapalhado um pouco na alfândega, mas, poxa, as laranjas sequer eram dele, e o drinque que ele havia bebido tinha sido apenas um levanta-defunto. A menção do nome de Joe Zaluchi não passara de um risco calculado; poderia tê-lo livrado daquela inspeção. Tudo bem, não livrou. Isso posto, quantas pessoas teriam conseguido permanecer tão calmas quanto ele depois da dura dos tiras? Ele atravessara aquela linha branca como um campeão. Os caipiras da alfândega haviam ficado de queixo caído. Ele não havia dito nada além do necessário, nem tampouco chamara um advogado. Os patetas deixaram-no partir ainda achando que ele era Carl Frederik, subgerente do *camping* de *trailers* do Castle in the Sand (o que, no papel, ele de fato era; já havia passado por perto, mas nunca entrado no *camping*).

No fim das contas, a única razão pela qual as pessoas consideravam Mike um gênio e Fredo um bocó era o desejo de Michael de construir um grande império, ao passo que ele, Fredo, não queria nada além de se divertir um pouco e conquistar uma fatia do bolo que fosse exclusivamente sua. Algo maior que um estacionamento de *trailers* e menor que a General Motors. O que havia de errado nisso afinal? Todavia, até mesmo um estacionamento era *mais* do que aquilo que Mike estava disposto a lhe dar. Dera-lhe uma porcaria de *título*. Subchefe. *Sotto capo*. Bobo da corte teria sido a mesma coisa. Teta-de-mula. Vice-presidente.

Ele desceu no sexto andar e usou sua chave mestra para entrar na suíte-falsa. Aquele aparato todo ali? Obra de Fredo. As pessoas adoravam, e muitas se diziam autoras da idéia. Fredo ouvira dizer que outros cassinos estavam copiando o conceito. Grandes merdas. Quem precisava receber crédito por uma bobagem daquelas? Mesmo assim...

— Um drinque, senhor? — perguntou o *barman* na toca secreta.

— Não, obrigado — disse Fredo. — Só uma cerveja gelada.

A Volta do Poderoso Chefão   195

Provavelmente ele poderia subir pelas escadas. Uma oportunidade para botar o sangue para circular. Mas ele estava exausto, e uma cervejinha cairia bem naquela hora, então preferiu esperar pelo elevador.

Quando o elevador de fato chegou, Figaro, o Cabra e mais dois homens da equipe de Nova York irromperam para fora. Não pareciam que tinham vindo da cerimônia alegre de que tinham vindo. Mas as caras feias não podiam ser atribuídas ao fato de que Figaro havia perdido sua grande noite. Aquela havia sido a primeira iniciação fora de Nova York, portanto teria sido difícil para ele adivinhar ou ficar sabendo por outra pessoa.

— Caramba — disse Figaro. — A gente estava a ponto de mandar uma equipe de busca. Na verdade, nós *somos* a equipe de busca. Onde você estava?

— Você telefona para o meu quarto umas vinte vezes e ainda pergunta onde eu estava?

— Não, quer dizer, por que demorou tanto? Só havia uns gatos pingados quando a gente chegou lá, mas agora já não tem mais ninguém. A não ser Rocco. Está esperando por você.

A notícia que Fredo deveria ouvir pessoalmente.

— Minha família? — ele perguntou.

Figaro balançou a cabeça.

— Ninguém. Você devia subir para se encontrar com o Rocco.

— Não tem ninguém, ninguém mesmo, lá em cima? — quis saber Fredo. — Ou meia dúzia de pessoas. Além de Rocco, é claro.

O Cabra — que na verdade se chamava Gaetano Paternostro, nome comprido demais, pomposo demais, para um camponês com carinha de neném como ele — interrompeu Figaro antes que ele pudesse responder, perguntando-lhe o que Fredo acabara de dizer, o que deixou Fredo fulo da vida. Fredo era fluente, e aquele barbeiro enjoado na verdade não passava de um borra-botas comedor de maionese de Ohio. Nas bancas de apostas, talvez ele rendesse alguns dividendos, mas Fredo ainda não conseguira entender o que, além disso, Mike havia visto naquele sujeito.

— Perguntei ao nosso amigo barbeiro e incomparável peidorreiro — disse Fredo no dialeto siciliano — quantos de nossos amigos ainda estavam lá em cima, no salão de baile.

O Cabra riu.

— *Non lo so. Cinque o forse sei.*

Fredo sacudiu a cabeça. Ele daria um pulo lá de qualquer jeito. Que sentido faria ter viajado de carro naquela noite, em vez de pegar o avião no dia seguinte, se ele pelo menos não desse uma passada na cerimônia?

— Olha — ele disse a Figaro —, por que você *acha* que eu demorei tanto?

— E se eu soubesse por acaso eu tinha perguntado? Poxa, Fredo. Eles me dão uma tarefa, eu cumpro a tarefa. Sem querer faltar com o respeito, *non rompermi i coglioni,* por favor.

O Cabra e os outros dois haviam ido para o bar. Café para todo mundo.

— Não, não vou lhe cortar o saco. — Fredo arqueou uma sobrancelha. — Não vai dizer que não ouviu a garota, vai? Lá no quarto?

— Você está brincando. — Aquela havia sido a mesma desculpa usada na véspera.

— Uma francesa. Dançarina. Esqueci de perguntar de onde. Encontrei com ela no caminho para o quarto, uma coisa levou a outra, você sabe como são as coisas, não sabe? *Che fica.*

Figaro era careca, dez anos mais velho que Fredo, e provavelmente, afora sua experiência com as prostitutas, não sabia como eram as coisas.

— Filho-da-puta. Está tentando quebrar algum recorde?

Alguém havia desligado o motor que fazia o salão de baile girar. O ar cheirava a fumaça e bebida esparramada. Em torno de uma mesa coberta por uma toalha imunda sentavam-se quatro veteranos remanescentes daquilo que havia sido o *regime* de Tessio. Jogavam dominó. Dois deles eram os irmãos DiMicelli, um dos quais (Fredo nunca sabia dizer quem era quem) tinha um filho, Eddie, que havia sido iniciado naquela noite. Ele não conhecia os outros dois. Fredo não conhecia muito bem o pessoal do Brooklyn.

Sozinho, refestelado numa poltrona azul-piscina, estava Rocco Lampone, olhando fixamente para a janela e resmungando algo para si mesmo. Não fosse pela decoração, era como se Fredo tivesse acabado de entrar numa daquelas espeluncas em Gowanus onde os fregueses aparecem na primeira hora da manhã, recebem sua xícara rachada de café

A Volta do Poderoso Chefão 197

com *brandy* e ficam lá, quietinhos, abandonados à sua própria miséria, ou então procuram uma briga qualquer, sempre pelos motivos mais banais: a música que está tocando no *jukebox*, onde é que esse mundo vai parar.

— Olha só quem vem lá! — disse um dos DiMicelli — Se não é o nosso subchefe!

Fredo achou que a brincadeira não pararia por ali. Ele não havia pedido pelo título. Sabia que as pessoas o consideravam um fraco. Sabia que suas responsabilidades não eram muito claras, assim como não tinham sido claras as razões que levaram Michael a criar aquele cargo. Perder a cerimônia daquela noite não ajudaria em nada. Mas os homens à mesa apenas acenaram com a cabeça e grunhiram seus olás.

Rocco fez sinal para que Fredo se aproximasse. Ao lado dele, próximo à janela, havia uma cadeira de metal vazia. Do lado de fora, num palco improvisado sobre o telhado que se via do salão, uma banda de sopros tocava uma das canções daquele famoso musical sobre os negros. O teto inteiro estava tomado de gente, embora não houvesse ninguém na piscina. Umas duas dúzias de caça-níqueis, quatro mesas de *blackjack* e duas de dados haviam sido transportadas para lá. Diversos bares haviam sido montados, bem como um bufê de café da manhã.

— Que diabos... — disse Fredo, apontando.

— Por onde você esteve?

— Detroit. Los Angeles. Perdi o avião. Uma história comprida.

— Eu ouvi. Mas onde esteve desde que chegou aqui? No hotel. Me deixando esperar aqui como se eu fosse um... — Rocco esfregou o joelho avariado. — Me fazendo esperar. Aqui. Por você.

Um dos homens jogando dominó deu uma risada estridente. Fredo olhou para trás. O risonho deu um tapinha na careca de um companheiro amuado, que não esboçou qualquer reação.

— Mas que diabos está acontecendo ali embaixo? — disse Fredo.

— Por favor, senta aí. — Rocco nunca fora de muitas palavras. Pela expressão no rosto dele, estava claro que ainda não sabia ao certo o que dizer, ou talvez como dizê-lo.

Fredo sentou-se.

— Aconteceu alguma coisa com a mamãe?

— Não — respondeu Rocco. — Um acidente. Amigos nossos. Parece que a coisa foi feia.

Sobre o palco aparentemente frágil, a prefeita de Las Vegas — uma ex-dançarina do Ziegfield Follies, uma mulher e tanto segundo Fredo, ainda bem bonitona — ajustou a faixa laranja fosforescente sobre os peitões avantajados e pouco práticos da morena sorridente que Hal Mitchell havia, ao que tudo indicava sem nenhuma concorrência, eleito *Miss* Bomba Atômica. Colocar a tiara foi ainda mais difícil. Com muito laquê, a *Miss* Bomba Atômica havia arrumado os cabelos num volume vagamente parecido com o cogumelo de uma explosão. A prefeita tentou colocá-la pela frente, mas os peitões da morena se mostraram um obstáculo intransponível; então tentou por trás, mas a tiara só fez cair. Por fim, resignada, entregou a tiara nas mãos da garota. A *Miss* Bomba Atômica viu-se obrigada a coroar a si própria. O que não foi nenhum problema. Ali estava uma jovem que transbordava felicidade. O biquíni era tão decotado que chegava a deixar o umbigo de fora. O trombonista fez um sinal, e a banda voltou a tocar. A *Miss* Bomba Atômica dirigiu-se ao microfone e começou a cantar *Praise the Lord and Pass the Ammunition*.

As mesas de jogo estavam lotadas. Todos os caça-níqueis estavam ocupados. Por toda parte, as pessoas se esparramavam em espreguiçadeiras ou em torno de mesas de piquenique, devorando omeletes ou ovos mexidos em pratos de papelão.

Fredo havia descido — seguido do seu *entourage*, do qual não se separava nem mesmo no próprio hotel: Figaro e o Cabra, além dos dois de Nova York, suas sombras até que qualquer coisa acontecesse em decorrência das mortes em Cleveland — ainda sem ter a menor idéia do que se passava por ali.

A *Miss* Bomba Atômica, que sacudia enquanto cantava e sorria com tamanha sinceridade que qualquer pessoa de bom senso teria tido vontade de dar uma bofetada nela, começou a cantar *Take the A Train*, porém mudando a letra para *Drop the A Bomb*.

Fredo não tinha nada contra tirar os jogadores do quarto o mais cedo possível, mas já havia visto o suficiente. Apontou a cabeça para a porta de saída, e os guarda-costas, já exaustos, respiraram aliviados.

A Volta do Poderoso Chefão   199

Nesse exato momento, por nenhum motivo aparente, tudo ficou quieto. A banda parou de tocar, os hóspedes engoliram o zunzunzum de suas conversas, o ruído distante do trânsito fez-se notar ao deixar de existir. Fredo levantou a cabeça e lá estava: uma nuvem de fumaça branca no horizonte a nordeste.

E depois o barulho voltou.

Só isso?

Por todos os lados no telhado as pessoas conversavam, bebiam e jogavam. Os zumbis dos caça-níqueis mantinham os olhos pregados nas frutinhas rolantes à sua frente. A *Miss* foi a única a aplaudir. E de um segundo a outro.

Uma lufada quente — como a de um aparelho de calefação, porém muito mais forte — soprou no rosto de Fredo, fazendo com que ele jogasse a cabeça para trás. Ele tapou os olhos com as duas mãos.

Segundos antes, numa planície salina a mais de cem quilômetros de distância, havia existido um lugar chamado Doomtown — um aglomerado de casas tipicamente norte-americanas, porém variadas (não havia duas iguais), perfumadas pelos pratos da cozinha tipicamente norte-americana, porém variada (não havia dois iguais), esfriando sobre a mesa da sala de jantar, em torno da qual sentavam-se figuras humanas vestindo, de maneira variada, suas roupas recém-compradas na J.C. Penney. Dentro e fora de Doomtown, a distâncias variadas da torre de quinze metros que servia de epicentro à cidade, dúzias de porcos fechados em suas baias individuais pareciam estranhamente quietos. Sob o olhar atento de duzentos soldados, espremidos nas trincheiras que eles mesmos haviam construído nas imediações de Doomtown, o governo norte-americano detonou uma bomba de 29 quilotons. No primeiro segundo depois disso, as casas, os manequins, a comida, os porcos mais próximos à torre, tudo isso se desmanchou em fogo, vento e pó. Um pouco mais ao longe, deixando-se registrar pelas câmeras do governo, tapumes ardiam em fogo, escombros pulverizavam anões de jardim e decapitavam bonecos de bebês sorridentes, sentados em suas cadeirinhas em desintegração. Porcos flamejantes corriam berrando para todos os lados até explodirem. Outro meio segundo depois, esses também se reduziram a pó. No meio segundo subseqüente, um vento quente, pior que vinte furacões canalizados, jogou ao chão a maior parte do que sobrara da cidade. Uma nu-

200   Mark Winegardner

vem de poeira — poderia ser qualquer coisa: areia; sal; vidro; partículas de aço, madeira ou urânio; farinha de osso para os porcos, sacrificados apenas porque a pele deles lembrava ligeiramente a dos humanos ansiosos em descobrir o que sobraria dela — varreu com velocidade supersônica os jantares de Ação de Graças, os carros reluzentes, os papais de plástico com tabaco de verdade nos cachimbos, os equipamentos de monitoração do estado sólido, as paredes de tijolo, tudo.

As trincheiras desmoronaram. Os soldados foram enterrados vivos, mas todos sobreviveram — até agora.

Os porcos a mais de mil metros da torre também sobreviveram, mas sofreram queimaduras tão graves que foram sacrificados muito antes que alguém pudesse sacar o seu contador de Geiger-Müller e medir a intensidade da radiação.

Os Hagen jamais encontrariam Garbanzo, o pequeno *dachshund* de estimação. E ainda isso.

Mas o palco principal era mesmo Doomtown: uma operação em princípio confidencial, mas, na realidade, algo entre um boato e uma manchete de jornal — afinal, aquelas casas (construídas por certa empreiteira de Las Vegas), e mesmo aquela comida (fornecida por certo atacadista de São Francisco), tinham de sair de algum lugar.

O telhado do Castle in the Sand de Hal Mitchell era apenas um palquinho secundário. No ínterim em que Fredo Corleone pensou em tapar os olhos com as mãos e de fato levou as mãos aos olhos, o jato de calor se dissipou. Em seguida, uma espécie de poeira caiu do céu, fina demais para ser vista, mas minimamente espessa para ser sentida. As pessoas continuaram a jogar e quase nem se mexeram.

— Isso não pode ser bom — disse Fredo.

— Essa merda aqui? — disse o barbeiro, apontando para a poeira, para o próprio ar.

O jovem pastor de cabras esticava a língua para fora como se quisesse pescar flocos de neve.

— Os comunas querem que a gente fique pensando que essa merda é alguma coisa perigosa — teorizou o barbeiro —, mas é apenas uma conspiração para fazer os Estados Unidos pararem com os testes, para que eles, os russos, possam alcançar a gente. Pode acreditar. Isso não é nada, só poeira. Menos que nada. Anda, vamos sair daqui.

A Volta do Poderoso Chefão   201

— É, nada — murmurou Fredo, varrendo a poeira invisível das mangas da camisa.

Logo acima, duas das enormes janelas espelhadas do salão de baile escondido pelo parapeito do cassino haviam se esfacelado. Os velhinhos jogadores de dominó estavam do outro lado, boquiabertos. Fredo não olhou para cima. Por que olharia? As janelas haviam implodido. Todos os estilhaços haviam sido chupados para dentro.

LIVRO III

Inverno-Natal de 1955

Capítulo 12

As mortes de Tony Molinari e Frank Falcone — no limiar do que se apresentava como um duradouro período de paz — soçobraram o submundo do crime em todo o país. Não fosse pelo contexto, a queda do avião poderia facilmente ser taxada de acidente: tempestade forte, bolsas de ar sobre o lago, caso encerrado. O desaparecimento misterioso de Gerald O'Malley, o único sobrevivente, levantou suspeitas, bem como a mensagem confusa que ele passara à torre de Cleveland, cogitando a possibilidade de sabotagem. Fora isso, a voz dele permanecera calma até pouco antes do impacto, quando gritou *"Sonno fottuto"*, o que o relatório da FAA traduziu como "Estou arruinado". Os investigadores não encontraram nenhuma prova irrefutável de sabotagem. Acidente. Erro do piloto. Ponto final.

Tratava-se, em princípio, de uma coincidência absolutamente banal que o último enterro a que os quatro mortos haviam comparecido juntos tivesse sido o de Vito Corleone. No entanto, desde as origens sombrias da Máfia, na Sicília do século XIX, todos os atos humanos — para o bem ou para o mal, premeditados ou aleatórios, fossem eles fruto da agressão ou do instinto de sobrevivência, da paixão ou da mais fria *ragione* — formavam uma vasta teia em que nenhum tremor era pequeno demais para se fazer sentir em toda parte. Para um siciliano, cuja língua pátria é a única no mundo que não dispõe de um tempo futuro, o passado e o presente são uma coisa só. Para um siciliano, cujo sangue perdurou seis séculos de invasão e ocupação, um acidente ou uma coincidência são tão insignificantes, ou significativos, quanto um ato da vontade. São coisas muitas vezes indistintas. Para um siciliano, nada acontece fora de contexto.

A equipe de resgate da guarda costeira havia amarrado O'Malley a uma maca e o despachado para um hospital próximo, onde a enfermeira da recepção — consultando a carteira de motorista encontrada no meio de um bolo de notas no bolso dianteiro do paciente — registrou às 10h25 a entrada de Gerald O'Malley, natural de Nevada, sexo masculino, branco, 38 anos. A perna quebrada foi engessada e colocada em tração; as costelas fraturadas, enfaixadas; os outros ferimentos, suturados. Não parecia ter sofrido nenhum ferimento interno, mas ainda havia exames a serem feitos. Ainda estava inconsciente, mas o prognóstico de longo prazo parecia ótimo. Seu estado passou de crítico a sério. De acordo com o prontuário, os médicos terminaram de atendê-lo às 4h18 da manhã. A última anotação no prontuário era das 4h30 — o que provavelmente não era verdade. Nada estava anotado a não ser os horários e algumas rubricas que nenhum funcionário do hospital conseguia identificar.

Àquela altura as irregularidades tanto no vôo quanto nos outros quatro corpos, senão em partes deles, haviam vindo à tona por conta própria ou sido trazidos por mãos humanas à luz cinzenta do dia.

Os corpos não haviam sido identificados ainda, e o tumulto de repórteres e delegados que aquelas identificações provocariam ainda não se desencadeara. O plano de vôo em Detroit fora comprovadamente arquivado, mas ninguém conseguia encontrá-lo. O avião havia decolado de Detroit pela manhã e portanto fizera uma escala em algum momento das doze horas subseqüentes, mas quando fez contato pelo rádio com a torre do aeroporto Burke Lakefront, o piloto informou que vinha diretamente de Detroit. A torre tentou obter uma explicação, mas o sinal do rádio — decerto por causa das descargas elétricas — foi engolido inteiramente pela estática. Quando ficou claro que o avião estava em apuros, todos os esforços foram canalizados para fazê-lo aterrissar em segurança.

A empresa de empacotamento de carne cuja logomarca estava estampada na fuselagem foi localizada nas cercanias de Buffalo, estado de Nova York. O presidente da empresa, grogue de sono, inicialmente disse ao investigador que ele havia discado o número errado, que sua empresa não tinha avião nenhum, mas quando perguntado se tinha certeza absoluta, o presidente fez uma pausa e depois disse "Aaaahh

A Volta do Poderoso Chefão 207

sim, o nosso avião" e depois desligou. Quando outros telefonemas foram feitos e os agentes da polícia do estado chegaram à sua casa às margens do lago para buscá-lo para ser interrogado, ele estava de banho tomado e barbeado, de terno, esperando em sua sala de visitas na companhia de um advogado que já havia sido promotor público do estado. Falando em nome de seu cliente, o advogado informou aos policiais que uma semana de uso ilimitado da aeronave em questão havia sido concedida a título de presente ao Sr. Joseph Zaluchi — amigo de seu cliente, duas vezes agraciado com o prestigioso prêmio de "Filantropo do ano" concedido pelo estado de Michigan e membro do conselho do time de futebol de Detroit desde 1953 —, no intuito de facilitar o transporte de convidados para a festa de casamento da filha dele, realizada no fim de semana anterior em Detroit, ao qual, devido a compromissos previamente assumidos, ele, seu cliente, não havia podido comparecer. O presidente não conhecia nenhum dos passageiros a bordo, nem tampouco sabia de qualquer detalhe sobre o vôo além do que já havia sido revelado. O advogado perguntou aos policiais se eles tinham algum mandado, fosse de busca ou de prisão, depois agradeceu-os pela diligência nas investigações e pela gentileza de deixarem seu cliente sozinho para que pudesse se recolher ao devido luto.

Um dos advogados de Joseph Zaluchi disse que seu cliente não tinha nenhuma informação sobre o comandante do avião, senão que era piloto comercial e trabalhava para uma respeitável empresa de táxi aéreo em Nova York. Havia sido contratado por telefone por um conhecido do Sr. Zaluchi. Do mesmo modo, o Sr. Zaluchi externava suas sinceras condolências pelas vítimas do acidente e suas respectivas famílias.

"Gerald O'Malley" desapareceu do hospital em algum momento entre a anotação das 4h18 registrada no prontuário e mais ou menos cinco horas, quando um servente entrou no quarto e encontrou a cama vazia e os tubos de medicação bamboleando no ar. A polia que havia sido atrelada à perna quebrada também havia desaparecido, bem como os objetos pessoais do paciente.

Nick Geraci já havia sido indiciado inúmeras vezes (mas nunca condenado), e portanto suas impressões digitais estavam arquivadas. Mas não houvera nenhuma necessidade de colher suas impressões quan-

208   Mark Winegardner

do ele deu entrada no hospital. Além disso, o quarto havia sido cuidadosamente esfregado antes que ele saísse.

As duas enfermeiras de plantão — cuja responsabilidade teria sido verificar de tempos em tempos o paciente registrado como Gerald O'Malley — jogavam a culpa uma na outra, afirmando categoricamente que o tal paciente não havia sido atribuído a elas. A enfermeira-chefe mais tarde assumiria total responsabilidade pelo engano e, arrasada, pediria demissão do hospital. Acabou mudando-se para a Flórida e arrumando um emprego, aparentemente com salário menor, para uma empresa fornecedora de serviços de enfermagem em domicílio. Muitos anos mais tarde, morreu tranqüilamente durante o sono. Quando o testamento foi aberto, seus filhos, novos proprietários de uma pequena fortuna, ficaram estupefatos com os hábitos de poupar daquela geração forjada pela crise de 1929.

Vários órgãos da polícia e um sem-número de repórteres tentaram desvendar o mistério do piloto desaparecido. Nenhum deles conseguiu. Capitalizando sobre a fascinação do público com o caso, membros do Senado começaram a instilar a criação de comitês de investigação para quaisquer assuntos relacionados à crescente ameaça, talvez de inclinação comunista, dos sindicatos do crime organizado nos Estados Unidos, invariavelmente qualificando tais procedimentos como "há muito necessários", "talvez inevitáveis" ou "algo que devemos às nossas mulheres e crianças, e sobretudo à nossa grande nação".

A carteira de motorista não era falsa, mas a certidão de nascimento que o estado de Nevada tinha em seus registros na verdade pertencia a um bebê enterrado no cemitério de New Hampshire.

(Somente Deus e Tom Hagen sabiam do resto. O cemitério ficava ao lado de uma rodovia que, muitos quilômetros mais ao norte, tornava-se a estrada principal da cidadezinha onde Kay Adams Corleone havia crescido. Logo depois de Michael ter matado o marido da irmã e mentido à mulher sobre o assunto, Kay abandonou-o, levando as crianças e mudando-se para a casa dos pais. Michael telefonou-lhe apenas uma vez. Uma semana depois, pela manhã, Hagen apareceu numa limusine. Tom e Kay fizeram uma longa caminhada pelo bosque. Mike mandava dizer que ela podia ter tudo o que quisesse e fazer o que bem entendesse desde que cuidasse bem das crianças; dizia também que

A Volta do Poderoso Chefão 209

a amava muito e — numa piada caracteristicamente engenhosa — que ela era o seu *Don*. Hagen deu o recado apenas depois de revelar algumas coisas que Mike havia feito — uma inconfidência que poderia ter lhe custado a vida. Mas funcionou; Kay acabou voltando para casa. No caminho de volta a Nova York, Hagen parou numa biblioteca pública e, folheando um velho compêndio do jornal local, descobriu a triste história de Gerald O'Malley, vitimado pela difteria e levado pelos anjos aos onze meses de idade. Em seguida, despachou temporariamente a limusine e caminhou até a prefeitura. Era um homem de feições comuns e sabia se comportar numa biblioteca ou numa repartição pública de modo a passar completamente despercebido pelas pessoas. Suas muitas viagens haviam possibilitado que ele recolhesse cópias autenticadas de certidões de nascimento em todo o país, porém nunca no mesmo local. Tinha amealhado uma pilha tão grossa quanto um catálogo da Sears. Quando Geraci solicitou uma certidão com um nome irlandês, O'Malley, o pobrezinho, estava bem no topo.)

Uma vez confirmada e divulgada a identidade das vítimas do acidente, os que sabiam quem era Vincent Forlenza e o tipo de situação que ele tinha na ilha de Rattlesnake imediatamente concluíram que o avião havia passado a tarde por lá — mas sem ao menos suspeitarem de que o piloto era o próprio afilhado dele. As autoridades, é claro, nada puderam provar. Interrogado dois dias depois do acidente, também na presença de eméritos conselheiros legais, Forlenza sugeriu que os veneráveis homens da lei talvez estivessem assistindo à televisão mais do que deviam. *Gângsteres?* No seu tão amado santuário? De onde tinha saído uma sandice daquelas? De qualquer modo, ele havia passado o fim de semana todo em casa, exceto a tarde de domingo, quando os tais gângsteres supostamente haviam pousado em Rattlesnake para realizar... Realizar o quê? Uma reunião de cúpula? Uma pajelança? Não fazia diferença. Forlenza disse que passara o dia em questão num piquenique em homenagem ao Dia do Trabalho, promovido por um líder do sindicato local, bebericando a cerveja caseira e estupidamente gelada dos sindicalistas, espremido sob um toldo enorme e recusando-se a deixar que a tempestade arruinasse a comemoração daquele feriado nacional tão importante, história que poderia ser corroborada por qualquer membro da direção dos Teamsters de Cleveland.

210   Mark Winegardner

O retrato de O'Malley que a polícia costurara a partir das entrevistas com o pessoal de resgate e com os médicos não parecia lá muito promissor. Eles haviam prestado atenção aos ferimentos da vítima, e não especialmente ao rosto. Haviam se preocupado sobretudo com os sinais vitais do piloto, e não com o tamanho das orelhas, o formato dos olhos (fechados) ou os detalhes da linha irregular do nariz muitas vezes quebrado — que aliás tinha se quebrado outra vez e estava roxo e inchado demais para servir de pista ao que quer que fosse.

Ninguém fora das organizações Corleone e Forlenza poderia ter imaginado que Gerald O'Malley e Nick Geraci fossem a mesma pessoa. Ninguém fora daquelas famílias sabia muita coisa sobre quem Geraci era e o que ele fazia. Os sete anos em que se dedicara ao boxe, apesar de todas as marmeladas, haviam repaginado seu rosto de tal forma que até mesmo os amigos de infância teriam dificuldade para reconhecê-lo. Havia lutado sob tantos pseudônimos que nem ele próprio era capaz de se lembrar de todos eles. Pugilistas tornam-se guarda-costas todos os dias, e qualquer guarda-costas com um mínimo de juízo pode vir a ser iniciado numa organização qualquer. Mas essa gente não se transforma numa galinha de ovos de ouro com a mesma freqüência, e muito menos consegue entrar numa faculdade de direito. Geraci era conhecido em Nova York como protegido de Sally Tessio, mas havia feito tantas coisas diferentes que as pessoas tinham dificuldade para montar o quebra-cabeça até o fim. Quanto mais uma pessoa torna-se excepcional, tanto mais o seu lugar no mundo tende a um extremo. De duas uma: ela torna-se conhecida ou por todos ou por absolutamente ninguém. Ela se destaca, embora não se revele em carne e osso para a maioria das pessoas, ou desaparece, embora esteja sentada bem ao seu lado num balcão de mercearia em Tucson, cantarolando o refrão do mais novo sucesso de Johnny Fontane e batendo uma moedinha na fórmica, esperando para usar o telefone público.

Que mundinho maluco esse nosso. Durante meses, Nick Geraci, ou o que sobrara dele, perambulou por aí, pelas esquinas desse mesmo mundinho. Onde? Quase ninguém sabia dizer. Quase ninguém procurava por ele.

*

A Volta do Poderoso Chefão

Richard Aspromonte, o Macaco — que uma única vez na vida precisara responder, a uma cega, como tinha recebido o apelido —, foi enterrado em Los Angeles. À cerimônia seguiu-se uma recepção no restaurante de Gussie Cicero, e na hora dos brindes os quatro irmãos de Aspromonte olharam para Jackie Ping-Pong. Embora mal conhecesse o Macaco, Jackie falou com eloqüência e emoção, o que foi um conforto para a mãe enlutada. Em São Francisco, os pais de Lefty Mancuso preferiram fazer um enterro discreto. A única celebridade presente foi um dos irmãos menos notórios de Joe DiMaggio, ex-colega de ginásio do falecido. O único membro da família Molinari foi Nicodemo, irmão caçula de Tony Molinari. Por uma questão de respeito, até mesmo os guarda-costas dele permaneceram afastados, misturados a um pequeno grupo de policiais e curiosos.

Em circunstâncias normais, os *Dons* compareciam ao enterro de homens assim somente quando se tratava de amigos próximos. Mas os tempos não tinham nada de circunstâncias normais. Então tornou-se público — para além de seus pequenos círculos e por todo o submundo do crime organizado — que, como esperado, Jackie Ping-Pong e Nicodemo "Butchie" Molinari haviam, aparentemente sem maiores problemas, assumido o controle de suas respectivas organizações.

Os chefes de Aspromonte e Mancuso, Frank Falcone e Tony Molinari, seriam enterrados no dia seguinte. Os amigos que tinham em comum não poderiam comparecer às duas cerimônias.

Uma escolha teria de ser feita. E essa escolha seria cuidadosamente observada.

Caminhando de um lado para outro diante das casas semi-acabadas da rua sem saída de Tom Hagen, com Al Neri e dois homens esperando no carro, Michael Corleone, fumando cigarros, disse a Hagen, que fumava um charuto, apenas que ele devia começar a juntar dinheiro não-identificável caso houvesse um resgate a pagar. Michael não queria saber de onde viria esse dinheiro e, para o bem do próprio Hagen, não o colocaria a par de toda a história. Hagen parou ao fim da rua. Na outra ponta seu filho Andrew, de treze anos, irrompeu da porta da frente com uma bola de futebol sob o braço e, aparentemente depois de avistar o carro de Neri, jogou a cabeça para trás em sinal de irritação e voltou para dentro. Hagen olhou para algum lugar vago da linha dentada do horizonte e permaneceu calado por um bom tempo. Michael acendeu outro cigarro e disse que era assim mesmo que as coisas tinham de ser.

— Mas você pagaria o resgate afinal, não pagaria? — perguntou Hagen.

Michael olhou para ele com visível decepção, mas apenas deu de ombros. Hagen continuou calado por mais um tempo; depois jogou o toco de charuto no chão de cimento branco e disse:

— Para o meu próprio bem. — Não falou em tom de ironia, apenas repetiu o que Michael dissera antes.

Michael fez que sim com a cabeça. E não se disse mais nada.

Rocco, Clemenza e Fredo foram convocados para uma reunião na casa de Michael. Subiram ao escritório e sentaram-se em torno da mesa clara, nas cadeiras de plástico laranja. Michael perguntou à queima-roupa se eles tinham alguma pista do que havia acontecido a Geraci. Com igual veemência, todos responderam que não.

— Não foi você? — perguntou Rocco. Michael fez que não com a cabeça, e todos ficaram surpresos. Um acidente já era ruim, mas cedo ou tarde as pessoas que interessavam acabariam descobrindo a verdadeira identidade do piloto.

— Aí vem merda — disse Clemenza.

Michael concordou. O único jeito de consertar as coisas, ele disse, era convocar uma reunião entre todas as famílias, a primeira depois daquela que Vito realizara por ocasião da morte de Sonny. Fazê-los admitir que a decisão de assistir àquela luta de boxe havia sido uma estupidez, e que Falcone não deveria ter insistido, mesmo com uma pequena fortuna em jogo. Uma restituição poderia ser feita: todos os *Dons* dariam sua palavra de que o assunto estava encerrado, e o mal acabaria vindo para o bem, pois aquele poderia ser o primeiro passo para a formalização de um acordo de paz ainda mais amplo. Todos sairiam ganhando. Ora, se a tal reunião se realizasse certamente haveria uma votação para a entrada de Russo na Comissão; todavia, naquela altura dos acontecimentos, até isso seria um preço pequeno a pagar diante dos benefícios proporcionados pelo fim da guerra.

— Mas o nosso problema agora — disse Michael — é que o desaparecimento de Geraci, seja por seqüestro, encobrimento, ou até mesmo prisão, torna esse tipo de reunião impossível.

A Volta do Poderoso Chefão

Clemenza bufou e disse que cheirava algo de podre no reino de Cleveland, o que deixou Michael intrigado.

— Vi uma montagem de *Hamlet* com aquele frutinha não-sei-das-quantas. O famoso. Não é tão ruim assim, depois que você se acostuma com aquelas calças apertadas.

Clemenza olhou para Fredo e este disse "O que foi?", e Clemenza deu de ombros e perguntou a Mike se ele achava que os homens de Forlenza haviam sabotado o avião ou se estavam tentando manter a identidade de Geraci em segredo para que as pessoas não *pensassem* que eles haviam sabotado o avião. Já que a melhor saída para aquela confusão seria alegar que o Judeu jamais sabotaria um avião pilotado pelo próprio afilhado, o que daria azo a todo tipo de especulações. Quem sabe tudo não passava de uma tentativa equivocada por parte de Forlenza de proteger o afilhado? Talvez até de nós mesmos?

No andar de baixo o sogro semi-surdo de Michael assistia à televisão com o volume praticamente no máximo. Num *falsetto* de furar os tímpanos, o pequeno Anthony Corleone cantarolava o tema de um seriado de caubói.

— Caramba, mas que *giambott'*! — exclamou Fredo. — São tantos os rumos que essa história pode tomar que eu fico até zonzo!

Michael sacudiu a cabeça quase em câmera lenta, mais uma pausa teatral para reflexão do que um sinal de concordância. Uma pausa necessária. Não estava disposto, ainda na esteira da promoção do irmão a *sotto capo*, a discordar dele assim tão frontalmente, mesmo na presença de homens tão confiáveis quanto Clemenza e Lampone.

— Nada disso — falou — nos ajuda a descobrir o que aconteceu a Geraci.

Michael debruçou-se na moderna escrivaninha dinamarquesa. Era hora de parar com a especulação. Hora de botar a mão na massa.

No dia seguinte, Clemenza voltou a Nova York com ordens para retomar suas operações como se a paz estivesse assegurada e o acidente jamais tivesse acontecido. Os homens dele fariam a mesma coisa. No dia subseqüente, Rocco, que conhecia o pessoal da equipe de Geraci, também foi para Nova York, onde deveria permanecer até segunda ordem, com a missão de supervisionar as operações do desaparecido. Fredo, na qualidade de subchefe, assumiria o controle temporário sobre os homens de Rocco em Nevada.

A família tinha laços antigos com Tony Molinari, que havia protegido Fredo na seqüência da tentativa de assassinato de Vito e cuja colaboração havia possibilitado a mudança dos Corleone para Las Vegas e, num futuro próximo, para Tahoe e Reno. Vito, e agora também Michael, jamais havia considerado Frank Falcone uma pessoa séria. Nenhum dos dois acreditava que aquele velhaco espalhafatoso e de segunda categoria tinha os meios ou a disposição para largar as barras da saia de Chicago. A vontade de Michael era não comparecer a nenhum dos dois funerais. Muitos esperavam que ele fizesse justamente isso e, num primeiro momento, talvez fosse essa a decisão mais prudente e mais sensata. Mas "prudência" e "sensatez" eram meras palavras que podiam facilmente ser substituídas por outras: "arrogância", "medo", "fraqueza". Um homem é as suas ações, públicas e privadas, tanto aos olhos dos outros quanto longe deles.

Fredo, que afinal havia sido o mais próximo a Tony Molinari em toda a organização, foi despachado para São Francisco. Michael, acompanhado de Tommy Neri e dos mesmos dois que haviam se escondido no bosque em Lake Tahoe, foi para Chicago: a cidade onde Frank Falcone havia nascido; onde ele cumprira o assassinato iniciático; onde seus ossos, ou o que restavam deles, agora seriam enterrados. Quem tivesse conhecido Vito Corleone reconheceria de pronto a lógica na decisão de Michael: "Mantenha seus amigos por perto", dizia o grande *Don*, "e seus inimigos ainda mais".

A cerimônia foi realizada numa igrejinha singela na zona oeste da cidade, no bairro italiano conhecido como "Patch", onde Falcone crescera e seus pais haviam sido donos de uma mercearia de esquina. Estava quente para o mês de setembro em Chicago. A polícia havia bloqueado o tráfego num raio de dois quarteirões. Boa parte dos dignitários — o vice-governador da Califórnia, o campeão mundial dos pesos pesados e diversos artistas de cinema, incluindo Johnny Fontane — recebeu uma escolta de motocicletas até a porta da igreja. Outros, como Michael Corleone, chegaram cedo o suficiente para ocupar seus lugares sem tamanha ostentação. Do lado de fora, a rua estava lotada. As origens de Falcone eram motivo de orgulho na comunidade, e, embora os presentes na igreja observassem o silêncio de praxe, os que se misturavam

A Volta do Poderoso Chefão   215

à turba do lado de fora invariavelmente ouviam a história do defunto. Quando Frank tinha apenas quinze anos, seu pai havia fechado a mercearia e sua irmã mais velha contava a receita do dia quando ambos foram mortos num assalto à mão armada, um crime investigado com tamanha displicência pela polícia — "nesse antro de carcamanos isso acontece a toda hora", dissera um dos detetives, não muito longe de Frank e, pior ainda, da mãe — que o garoto jurou a si mesmo que um dia se vingaria. O que não demorou a acontecer. De alguma maneira, a obstinação do menino acabou por lhe render uma audiência com Al Capone. O cadáver do ladrão foi encontrado nos degraus de entrada da delegacia local e, a se fiar na lenda, exibia sessenta e quatro cortes espalhados pelo corpo inteiro (o pai de Frank tinha quarenta e cinco anos e a irmã, dezenove). O detetive e seu parceiro saíram para uma pescaria em Wisconsin Dells e nunca mais foram vistos outra vez. Durante um tempo, Frank e a mãe mantiveram a mercearia aberta, mas as lembranças associadas ao lugar eram insuportáveis. De repente um comprador surgiu do nada (na verdade, de Trapani) e pagou uma bela quantia pelo negócio. A mãe de Frank pegou esse dinheiro, bem como o dinheiro da venda da casa, e mudou-se para a casa do irmão dela, na mesma vizinhança. Frank encontrou emprego na organização do Sr. Capone. Depois dos problemas que culminaram na ruína de Capone, mudou-se para Los Angeles, na busca de outras oportunidades. No início conseguiu permanecer nas boas graças dos conterrâneos, obtendo bons resultados, lembrando-se de suas origens e recompensando os homens que o ajudaram a chegar onde havia chegado. Esses homens já tinham problemas demais para se preocupar com tudo o que acontecia a oeste de Chicago — que também era Chicago — e sabiam que Falcone era cria deles, e sempre seria. Difícil dizer quando as coisas começaram a mudar, quando Falcone passou a ter a sensação de que fora desde sempre o chefe de Los Angeles, o fundador do seu próprio clã. Nunca conseguiu convencer a mãe a se mudar, embora tivesse construído para ela uma casa em Hollywood Hills, com piscina e tudo mais.

Vinte policiais a cavalo (os animais usavam antolhos por causa dos *flashes* incessantes) abriram caminho em meio à multidão, e o cortejo fúnebre prosseguiu até o cemitério de Mt. Carmel. Muitos dos carros exibiam pôsteres de campanha para os políticos e juízes dentro deles.

216   Mark Winegardner

Milhares de pessoas seguiram a pé. Logo depois da entrada principal, o cortejo passou pela morada dos despojos sifilíticos e putredinosos de Al Capone, morto dezesseis anos depois do golpe fatal do fisco norte-americano, e cujo enterro, inglório, havia sido prestigiado por um número significativamente inferior de pessoas. Vito Corleone não fizera mais do que enviar flores.

O mausoléu de Falcone era de granito preto e encimado pela estátua de um anjo com um falcão amarrado ao braço direito. O falcão preparava-se para alçar vôo e estirava as asas o bastante para produzir uma sombra benfazeja aos circunstantes. O pai e a irmã de Falcone não estavam enterrados ali, mas placas de bronze em portas diferentes ostentavam o nome deles.

A mãe de Falcone, a viúva e os filhos sentavam-se ao lado do caixão. Além deles, a única pessoa no banco da frente era Louie Russo, envergando seus óculos gigantescos. Os outros parentes de Falcone sentavam-se na segunda fila, junto com Jackie Ping-Pong e Johnny Fontane, que estava listado no quadro de avisos como um dos que carregariam o féretro. Fontane chorou como um bebê.

Às outras quarenta e nove pessoas que dividiriam com ele essa honraria — políticos, capitães de polícia, juízes, empresários, atletas e artistas; mas ninguém do clã de Chicago nem de qualquer outra organização — também foram designados assentos mais à frente.

Decerto havia quem estivesse observando Michael Corleone, mas, especialmente naquele circo, não muitos. Ele não era famoso, certamente não em comparação com Fontane, com o vice-governador da Califórnia, com o campeão mundial de pesos pesados, nem tampouco com o filantropo e ex-embaixador dos Estados Unidos no Canadá, M. Corbett Shea (sexta fila, ao lado de Mae West). Michael Corleone não era o alvo dos *flashes* dos fotógrafos, e apenas alguns dos policiais presentes tinham mais informações sobre ele do que o público em geral, o que não era muito. Ele havia sido herói de guerra, mas muitos homens haviam sido heróis de guerra. Seu nome havia aparecido nos jornais durante a crise em Nova York nos meses de primavera, mas as fotos eram difusas e tiradas a distância, e a memória das pessoas é mais curta que a de um cachorro senil. No seu mundo, Michael Corleone era conhecido de todos, mas a maior parte daquela gente conhecia ape-

A Volta do Poderoso Chefão 217

nas sua reputação e dificilmente seria capaz de associar o nome à pessoa. Embora conhecesse suficientemente bem muitos dos presentes, não falou com nenhum deles. Bastavam-lhe os acenos respeitosos. Fontane, ao que parecia, sequer havia notado sua presença. Michael acompanhou os procedimentos em silêncio. Depois esperou pacientemente na fila para oferecer suas condolências à viúva Falcone e à mãe, as únicas palavras que ele disse em público durante o dia todo, e depois desapareceu no banco de trás do discreto Dodge preto que o levara até ali.

O cortejo fúnebre de Don Molinari partiu em meio à neblina, uma procissão de mais de cem carros, lentos, ronronantes, coleando em direção ao sul e para fora de São Francisco. Frederico Corleone estava no quarto carro depois do rabecão, no Cadillac bicolor — preto-e-branco — que Tony Molinari gostava de dirigir ele próprio. Fredo comparecera sozinho. Dissera a Michael que levar o Cabra e Figaro, depois de toda a proteção que os Molinari lhe haviam fornecido ao longo dos anos, poderia parecer uma desfeita — ou que os Corleone tinham algo a temer em São Francisco, o que seria ainda pior — e ficou chocado ao constatar que o irmão concordava com ele. O motorista era um *soldato* de cujo nome Fredo tentava se lembrar. No mesmo carro, no banco da frente, estava a mulher de Dino, o irmão caçula de Tony; as duas filhinhas do casal sentavam-se atrás, ao lado de Fredo.

Foi o cortejo mais longo de que Fredo podia se lembrar, agravado sobretudo pelas crianças que não paravam de chorar e por sua própria falta de jeito ao tentar consolá-las. Ele fora suficientemente prevenido para levar dois lenços — lenços de seda pura, com monogramas bordados, que as meninas trocavam entre si até que uma delas assoou com tamanha força que fez o nariz sangrar e teve de usar os dois para conter o sangramento.

— Onde fica esse lugar afinal? — perguntou Fredo, olhando para o roteiro da missa que informava o nome do cemitério: CEMITÉRIO ITALIANO.

— Colma — respondeu o motorista. — Estão todos em Colma.

— Quem está em Colma? Que diab... — Fredo engoliu o resto da palavra. — Onde fica Colma?

— Os cemitérios. São ilegais em São Francisco. É preciso ir para Colma, que já está quase chegando. Na época da Corrida do Ouro as pessoas enterravam seus familiares onde bem entendessem. No jardim, no quintal, na rua, em qualquer lugar. Tinha alguns cemitérios, quase todos só para os ricos. Mas esses foram transferidos para Colma, quer dizer, os corpos. Não teve outro jeito. Minha *nonna* ainda conta histórias sobre a época dos terremotos, que faziam os cadáveres brotar do chão, pela cidade inteira e...

— *Chega!* — exclamou a mulher de Dino. — Só fale — disse ela em italiano — quando a galinha mijar! — Em outras palavras: "Feche a matraca!" As meninas aparentemente não falavam italiano.

O motorista não disse mais nada.

Fredo achou mesmo que história do terremoto não era lá muito apropriada para ser contada na frente das crianças, mas ambas haviam parado de chorar e pareciam bem interessadas.

Do lado de fora, as casas e as vizinhanças simplesmente sumiram do horizonte, suplantadas em todas as direções por planícies ondulantes cobertas de pedras tumulares, sepulturas, estátuas, crucifixos e palmeiras: uma necrópole vasta, incomensurável. Por algum motivo Fredo lembrou-se do que o irmão Sonny dissera quando efetivamente o baniu da família: "Las Vegas é uma cidade do futuro." Não, Sonny. Colma é uma cidade do futuro. É *a* cidade do futuro. A cidade dos mortos. Mortos como você, Sonny. Fredo sentiu brotar no peito um riso nervoso, daqueles meio disparatados, e viu-se obrigado a sufocá-lo.

O cemitério italiano estendia-se por quilômetros em ambos os lados da estrada. O cortejo entrou numa via da parte sul, passando por um monumento do qual se projetavam dezenas de punhos de bronze patinado, segurando uma longa corrente preta.

Fredo balançou a cabeça, abismado. "Essa é a maior mutreta que já vi em toda a minha vida. É *claro* que aqui tem um cemitério só para italianos." Ele quase podia apostar que, antes que aquilo tudo estivesse ali, no tempo em que ainda era permitido enterrar os parentes debaixo da roseira, toda aquela área havia sido comprada aos poucos, e sem alarde, pelos italianos. A região era muito parecida com os campos da Sicília, onde os agricultores miseráveis pelejavam para cultivar vinhas e oliveiras até que alguém aparecesse com a idéia de uma plantação

A Volta do Poderoso Chefão   219

melhor. Bastaria induzir os jornais a publicar algumas histórias de médicos alarmistas advertindo sobre os riscos à saúde pública, fazer a prefeitura baixar um decreto e, *presto!*, os proprietários venderiam suas terras por um preço duas vezes maior para reenterrar os mortos de um século inteiro. Ganhariam de um lado para exumar e transportar, e de outro para reenterrar os despojos em Colma. Gerariam empregos para uma centena de marmoreiros italianos que se sentiriam obrigados a retribuir o favor. O mesmo para qualquer um que precisasse de trabalho e fosse capaz de manusear uma pá. Em seguida, para completar, comprariam as terras em São Francisco onde ficavam os cemitérios — propriedades certamente bem localizadas —, as quais seriam vendidas a preço de banana por causa dos cadáveres que haviam abrigado. Mas os Estados Unidos não têm história, e os norte-americanos não têm memória. Bastaria fazer meia dúzia de melhorias nos terrenos e as pessoas fariam fila para comprar. Na outra ponta do negócio, um bom dinheiro seria embolsado em tudo que fosse necessário para transportar os presuntos: jazigos, lápides, urnas, flores, limusines. Tudo isso, além das tradicionais vantagens associadas ao setor dos campos santos (caso fosse investigado, aquele cemitério que Amerigo Bonasera tinha no Brooklyn seria uma verdadeira caixa de Pandora: uma surpresa sairia de baixo de cada túmulo).

"Colma." Até o nome parecia italiano.

Fredo sentiu um frio na espinha, uma contração no plexo solar. Fechou os olhos. Ele já podia *ver*: os pântanos de Nova Jersey estendiam-se diante dele como uma Colma dez vezes maior. Os Corleone tinham poder político suficiente para obter a aprovação do decreto. Quanto à disputa territorial com os Stracci, isso poderia ser solucionado. Ele quase podia ouvir a voz do pai: "Cada pessoa tem apenas *um* destino."

— Tudo bem com você? — perguntou a mulher de Dino.

Fredo abriu os olhos. Contrariando sua predisposição otimista, fez um esforço para responder que sim com uma inconfundível inflexão de pesar. Ela e as meninas saíram do carro. Fredo tomou o uísque que restava no cantil e apressou-se para assumir seu posto entre os que carregariam o féretro.

Terminadas as exéquias, todos voltaram à cidade e seguiram direto para o Fisherman's Wharf, onde ficava o restaurante Molinari's, um dos melhores de São Francisco; o lugar havia sido fechado ao público tão logo os funcionários souberam da morte do patrão. No entanto, assim que saltou do carro, Fredo pôde constatar que a equipe da cozinha não passara a semana inteira chorando o morto no aconchego de seus lares. A brisa do mar exalava o perfume de manteiga clarificada, siri-mole, anchova e lagosta grelhada, das tinas de molho *marinara*, das grelhas recém-acesas com tocos de carvalho e cobertas com os melhores cortes que os frigoríficos da costa oeste, competindo uns com os outros, haviam sido capazes de doar. Crianças, dezenas delas, corriam dos carros para o fundo do restaurante onde eram esperadas por um auxiliar de *chef*, não com as sobras de comida que de ordinário teriam recebido, mas com reluzentes baldes de alumínio com as sardinhas frescas que elas deveriam levar até o fim do píer e jogar ao vento, uma por uma, detonando o farfalhar de um milhão de asas, o alvoroço de uma nuvem de gaivotas e pelicanos. Observando o movimento das crianças, Fredo viu os pássaros juntarem-se acima delas como uma guinchante praga bíblica. Teria borrado as calças se tivesse a idade delas. Sua irmã Connie? Estaria gritando até hoje. Mike teria assistido ao espetáculo sentado numa das colunas do píer, silenciosamente condenando o desperdício de tantas sardinhas e tapando os ouvidos com as mãos. Sonny? Teria preferido jogar pedras, em vez de sardinhas, a não ser que pudesse encontrar uma arma, o que acabaria encontrando. Hagen também teria adorado atirar nos pássaros, mas jamais correria o risco de despertar a ira do velho Vito e teria assistido a tudo de dentro do carro. Mas as crianças que estavam ali simplesmente corriam pelo píer, às gargalhadas, os olhinhos brilhando como se tivessem acabado de receber as chaves de um parque de diversões. Mesmo quando viam as gaivotas despencar do alto para atacar os baldes, achavam a maior graça. Não demoraria muito para que um adulto arruinasse as coisas, mandando-as parar com a balbúrdia e demonstrar o devido respeito ao falecido tio Tony. Momentos depois, com efeito, a tia gorda e furiosa de alguém veio pisando forte na direção delas. Sem estômago para ver a cena, Fredo virou os olhos na direção das guirlandas pretas penduradas na porta do restaurante. De qualquer modo já era hora de fazer o que estava ali para fazer. Sua vontade era voltar ao hotel e refletir sobre a melhor maneira de apresentar a Mike seu pro-

A Volta do Poderoso Chefão

jeto para uma nova versão de Colma na costa leste. Se estivesse bêbado o suficiente para ser fiel a si mesmo, talvez tivesse se permitido pensar nos outros lugares aonde o dia e a noite pudessem levá-lo, mas não o fez. Em vez disso, respirou fundo e entrou.

A despeito das circunstâncias, o restaurante de Molinari era um lugar escuro, com paredes revestidas de pranchas de cipreste, sofás de couro preto e vidraças emolduradas por cortinas vermelhas, fechadas por toda parte exceto na parede que dava para a baía, cuja luz freqüentemente se resumia à palidez da neblina. Naquele dia, mesmo essas estavam fechadas. A costumeira penumbra era ainda mais pesada, e as velas, menores. De ponta a ponta o salão regurgitava de pessoas de tez e cabelos escuros, vestidas de preto. O que mais reluzia por ali eram as toalhas de mesa, de tal modo alvejadas que Fredo pilhou-se espremendo as pálpebras. No meio da famosa fonte de mármore no centro do restaurante, uma estátua de Tony Molinari — em gelo, de tamanho natural — estendia a mão na direção do bar. A toda hora alguém esticava o braço para tocá-la na testa.

A multidão era maior ali do que no cemitério — o que podia ser explicado por qualquer um que tivesse provado das delícias servidas. Fredo circulou pelo salão, abraçando as pessoas e balançando a cabeça em sinal de pesar pela tragédia, pelo despropósito daquilo tudo. Aos que aludiam cifradamente à sua promoção, ele agradecia dizendo "É, um homem tem de comer", e depois comia. Bebia cerveja para não ficar tonto. Fredo nunca tivera o mesmo carisma do pai e dos irmãos, porém, já mais velho, dera-se conta de que justamente por isso ele se saía melhor daquele tipo de situação. Não intimidava ninguém. Era tão acintosamente desajeitado que as mulheres tinham vontade de lhe oferecer colo. Os homens, ao vê-lo pairando em torno das rodas de conversa, botavam um drinque na sua mão e logo colocavam-no a par do assunto. E Fredo agia em reciprocidade: bebia com alguém uma única vez e jamais se esquecia do drinque preferido dessa pessoa. Havia prosperado na hotelaria, ramo ancilar do negócio dos cassinos, porque gostava sinceramente de ver as pessoas se divertindo, e não para ter a oportunidade de cobrar favores no futuro.

Na companhia dos outros membros da família Corleone, as pessoas comportavam-se como robôs, mentalmente sopesando as palavras antes de ousarem dizer o que quer que fosse. Na companhia de Fredo, contudo, podiam ser elas mesmas. As pessoas gostavam dele. Consideravam isso uma fraqueza, mas na opinião de Fredo era aí que elas se enganavam. "Não há vantagem maior na vida do que a supervalorização das nossas fraquezas pelo inimigo", dissera o velho Corleone certa vez. Não para *ele*, é claro. Mas para Sonny. Vito havia ensinado muitas coisas a Sonny, quase sempre na presença de Fredo, totalmente ignorado. Sonny ouvia. Fredo escutava.

O salão fervilhava com especulações sobre o piloto desaparecido, o tal de O'Malley, e com Fredo as pessoas comentavam o assunto de um jeito que jamais fariam com Mike. Ele ouviu toda sorte de teorias; as mais recorrentes davam conta de que o piloto era um agente secreto da polícia ou alguém de alguma forma ligado à organização de Cleveland. Talvez as duas coisas ao mesmo tempo. Mas os mais graduados pensavam diferente. Butchie Molinari, por exemplo, ao se desvencilhar do abraço de Fredo, simplesmente sussurrou: "É o Cara-de-Pau, não é?" Assim como fizera o dia todo, Fredo disse que não tinha a menor idéia, outra coisa que Mike jamais teria sido capaz de fazer.

Por que ele fazia isso consigo mesmo? Aquela comparação incessante com os irmãos. Fredo parou diante do espelho de moldura dourada no banheiro masculino. Empertigou o tronco e murchou a barriga. Seus olhos pareciam... Como era mesmo a letra daquela canção? Duas cerejas num copo de leite. Seus irmãos, disso ele tinha certeza, não perdiam tempo comparando-se uns com os outros, e muito menos com ele. Fredo passou a mão nos cabelos ralos. Tinha bebido muito, não restava dúvida. Olhando para o rosto redondo, tentou não enxergar nele os traços que herdara dos pais; o maxilar parecido com o de Sonny, porém menos viril; os olhos quase idênticos aos de Mike, porém mais próximos um do outro. Pegou o pote cheio de pentes e loção e jogou-o contra seu próprio reflexo. O líquido verde esparramou por toda parte. O espelho apenas rachou. Fredo deu uma nota de cem dólares a seu vizinho de pia, e outra para o servente negro, que disse que compreendia, que todo mundo adorava o Sr. Tony. Fredo atravessou o salão já quase vazio, passou pela estátua de gelo de Tony Molinari (a testa derretida de maneira grotesca, como se tivesse recebido uma

A Volta do Poderoso Chefão 223

bala de ponta oca em vez do carinho de centenas de pessoas) e ganhou a escuridão da noite fria, determinado a não ser ninguém, nem mesmo ele próprio.

Ignorou os motoristas no ponto de táxi e, cabisbaixo, continuou pelo píer. Faltava pouco, ele sabia, para que a vizinhança começasse a ficar perigosa e ele tomasse a direção daqueles bares cheios de estivadores e marinheiros, ou daqueles mais escondidos, que só os depravados conheciam.

Fredo procurou se conter. Não. De novo, não.

A rua Powell estava logo ali. Praticamente uma linha reta até o hotel. Uma caminhada longa, mas que lhe faria bem. Que o ajudaria a clarear as idéias. Ele olhou para as luzes distantes e sombrias dos bares, e depois para a rua Powell. Tinha quase certeza de que ela passava por North Beach, aquele velho bairro italiano. Poderia dar uma parada ali, relaxar um pouquinho, tomar um café e refletir melhor sobre a história de Colma. Seria ótimo, justo o que estava precisando.

Tão logo pôs os pés na rua Powell, Fredo sentiu uma onda de alívio e parabenizou a si mesmo.

Depois de escalar a primeira colina um pouco mais íngreme, no entanto, viu-se todo suado e começou a se questionar. Estava cansado demais para pensar no seu plano ou no que quer que fosse; já não queria mais café, e sim algo gelado, talvez até uma cerveja, que mal haveria nisso?

A rua ficou plana outra vez. As lojas começaram a ter nomes italianos, mas algo estava errado. A calçada estava tomada de garotos de aspecto sujo, vestindo suéteres sob o macacão, alguns deles negros, quase nenhum sequer aparentando italiano. Tentou lembrar-se da última vez que estivera ali: 1947, 1948? Na travessa seguinte, viu o café que tinha em mente; o lugar exalava o mesmo cheiro, embora a uma quadra de distância, e ainda tinha o mesmo nome, Caffè Trieste, o que ele interpretou como um sinal — "tome o café, esqueça a cerveja" —, mas assim que abriu a porta, deparou-se com um garoto ruivo tocando bongô enquanto, ao lado dele, um negro de suéter preto berrava só Deus sabe o quê — era difícil entender o que ele berrava por causa da algazarra nas mesas e da quantidade de dedos estalando. Era possível que ele sequer falasse inglês.

Boêmios de merda. Fredo deu meia-volta e saiu. Em algum lugar daquela cidade haveria um copo bem longo de uísque e água com o nome dele escrito.

Fredo parou noutro estabelecimento italiano do qual se lembrava, Enrico's, que ainda tinha mais ou menos o mesmo aspecto de antes, exceto pela placa do lado de fora na qual se lia: ESTA NOITE, *JAZZ* AO VIVO! Boêmios ali também, mas a música era bem melhor, então que se dane! Ele pagou as três pratas da entrada e sentou-se diante do balcão do bar. Piano, sax soprano e um percussionista com um par de vassourinhas nas mãos. Música maluca, mas Fredo pediu seu drinque e começou a acompanhar o ritmo sincopado com a cabeça. Era o único de terno no lugar, o que por algum motivo deu azo a que certas pessoas se aproximassem dele e começassem a falar da "cena do *jazz*" ou a exaltar as maravilhas da maconha. Ele resistiu ao impulso de dizer que acabara de sair do enterro do camarada que mais havia lucrado com a erva que elas tanto admiravam. Depois de mais um drinque, começou a achar que aqueles músicos eram a coisa mais fantástica que ele havia ouvido em toda a vida. Dali a pouco já estava na mesa de um grupo grande de pessoas, homens e mulheres, e até bicava um cigarro de maconha que lhe aparecera nas mãos. A banda parou para descansar, e um norueguês gordo, com um fez marroquino na cabeça, anunciou que depois do intervalo leria os seus haicais enquanto os músicos improvisavam alguma coisa. Fredo sentiu um braço pousar nos seus ombros. Era um homem de rosto fino e suíças compridas, mais ou menos trinta anos, de suéter e óculos colados com fita adesiva.

— Ouvi dizer que você trabalha numa gravadora — falou o sujeito, quase corando.

— Ouviu dizer, é? — Fredo lembrava-se vagamente de ter pregado essa mentira assim que se juntou ao grupo.

— Tenho uma banda que vai se apresentar aqui amanhã. — O homem começou a descrever sua música numa língua parecida com inglês: palavras estranhas, conversa sem sentido. Olhava Fredo de cima a baixo. Um pederasta, sem dúvida.

— Meu nome é Dean — falou afinal. — Bonito terno.

— Muito prazer, Dean — disse Fredo. — Não quer se sentar? Eu me chamo Troy.

A Volta do Poderoso Chefão

*

As buscas pelo piloto desaparecido encerraram-se várias semanas depois, quando um corpo foi encontrado no fundo de uma vala às margens do rio Cuyahoga, não muito distante do hospital, entalado numa grade de esgoto. O conteúdo e a força das águas servidas haviam acelerado a decomposição. O que sobrara dele havia servido de banquete aos ratos ribeirinhos. O rosto e os olhos já não estavam mais lá, e, tão logo o cadáver foi puxado, ratos vivos irromperam da boca e do reto. A pulseirinha do hospital (GERALD O'MALLEY, BRANCO, SEXO MASCULINO, 38 ANOS) e os trapos da camisola foram considerados autênticos. O médico-legista sentenciou que os ferimentos no corpo eram consistentes com os que o piloto havia sofrido, e os pontos obedeciam ao estilo de sutura facilmente reconhecível do cirurgião que o atendera no pronto-socorro. Um exame da arcada dentária poderia ter sido útil, mas as autoridades não tinham a menor idéia de quem era Gerald O'Malley. Fosse quem fosse, e a despeito de como tinha ido parar no fundo daquela vala, o pobre coitado estava mortinho da silva.

Capítulo 13

O plano tinha sido que Billy Van Arsdale e Francesca Corleone voassem da Flórida para Nova York junto com os irmãos de Francesca, a mãe dela e o eterno noivo da mãe, Stan, o vendedor de bebidas, mas os pais de Billy acharam por bem antecipar seu presente de Natal: um Thunderbird bicolor, à sua espera no dia em que ele voltou da faculdade na sua furreca amarela, típica dos universitários, um velho jipe que Billy adorava, em parte porque irritava os pais, mas que na verdade por pouco não chegara ao fim da viagem de Talahassee até Palm Beach. A oportunidade de cair na estrada num carrão como o Thunderbird, ele disse à Francesca pelo telefone, era boa demais para deixar passar. Ela percebeu o que ele também disse nas entrelinhas, mas preferiu não fazer nenhum comentário, e ele também não. As passagens de avião já haviam sido compradas, mas os pais de Billy, que iriam esquiar na Áustria, telefonaram para seu agente de viagens e conseguiram um reembolso.

Na véspera da viagem, Billy foi de carro até Hollywood. Já havia estado lá uma vez, no feriado de Ação de Graças, um mês depois que ele e Francesca começaram a namorar, e aparentemente causara uma boa impressão em todos, exceto em Kathy, que foi fria o tempo todo e na semana seguinte escreveu à irmã para dizer que estava decepcionada ao constatar que ela, Francesca, não tinha o menor resquício de auto-estima. Tradução de Francesca: Kathy estava roxa de ciúmes.

Todavia, mesmo sem o auxílio de Kathy, todo o resto da família aparentemente se incumbiu de deixar Billy constrangido. Antes que ele tivesse a chance de dar um abraço em Francesca, o vovô Francaviglia

A Volta do Poderoso Chefão

arrastou-o até sua casa para ajudar na instalação de um novo vaso sanitário. No meio dos trabalhos, a *nonna* apareceu com um prato cheio de laranjas — de um lado, as que ela mesma havia plantado; de outro, as que a família dele cultivava — e depois desafiou-o a experimentar de ambas e dizer qual era qual. Mais tarde, todos foram jantar num restaurante de gosto muito duvidoso só porque o primo do técnico de futebol de Frankie era o proprietário. Frankie perguntou a Billy por que ele fazia natação em vez de jogar futebol, se ele tinha sido expulso do time de futebol. Francesca estava a ponto de chutar o irmão debaixo da mesa quando Billy disse que tinha sido isso mesmo e depois contou uma história engraçada sobre o assunto. Chip derramou sua Coca-Cola em Billy. Duas vezes. Seria mesmo possível que um garoto de dez anos derramasse seu refrigerante *duas vezes* na mesma pessoa, acidentalmente? Todo mundo, menos Francesca, achava que sim.

Sandra supervisionou o carregamento dos presentes de Natal no porta-malas e no banco traseiro do carro de Billy (o transporte daquela tralha havia sido fundamental para que ela permitisse a viagem), depois acompanhou Billy e Francesca até a casa dos pais, logo ao lado, onde Billy seria exilado por medida de precaução. Billy passaria a noite ali somente para que eles pudessem partir ainda na madrugada e cumprir a promessa de dirigir o dia todo e a noite toda, vinte e quatro horas, direto para Nova York, sem parar em nenhum motel de beira de estrada.

— E se por algum motivo — disse Sandra pela milésima vez — vocês tiverem de parar, Deus permita que não, vocês vão fazer o quê?

— Ficar em quartos separados, mãe — respondeu Francesca, arrastando a voz. — E telefonar para avisar que está tudo bem.

— Ligar quando?

— Imediatamente, mãe. Agora pára com isso, né?

— E os recibos para os quartos separados?

— A gente vai guardar para lhe mostrar depois. — Como se isso fosse provar alguma coisa. — Mãe, isso já está passando dos limites.

Sandra fez Billy repetir toda a litania. Ele obedeceu. Aparentemente satisfeita, Sandra disse que confiava neles, mas preferia nem pensar no que aconteceria caso eles faltassem com a palavra.

— Agora vou deixá-los sozinhos. Sei que devem estar doidos para dar um beijo de boa-noite.

"Hipócrita", pensou Francesca. Quando tinha a idade dela, Sandra já estava grávida.

— Eu te amo — sussurrou Billy, aproximando-se lentamente da namorada. E ela sussurrou a mesma coisa, os lábios ainda em movimento quando receberam o beijo dele. Na mesmíssima hora, a luz da varanda se acendeu.

— Eu adoro a sua família — disse Billy.

— Você ficou maluco.

— Você quer ficar livre deles, mas quem não tem o que você tem fica louco para ter.

Não foi a primeira vez que Francesca receou que Billy a estivesse namorando só porque ela era diferente, exótica, *a garota italiana*, uma maneira de chocar os pais, porém menos radical que namorar uma negra. Ou uma índia, como Suzy, sua colega de quarto. Mas foi a primeira vez que teve coragem de tocar no assunto.

— Tem certeza de que não gosta de mim só por causa da minha família?

Billy fez que sim com a cabeça e desviou o olhar. Francesca arrependeu-se imediatamente. Era bem possível que ele dissesse aquilo para todas as namoradas. Quando ela começou a se desculpar, Billy aproximou-se para beijá-la mais uma vez, tocando-a apenas com os lábios quentes. Quando Francesca abriu os olhos, os dele já estavam abertos.

Antes do meio-dia eles já haviam se registrado como marido e mulher num hotelzinho à beira-mar, ao norte de Jacksonville. Francesca receou que o recepcionista criasse problemas — nenhum dos dois usava aliança —, mas Billy já havia cuidado disso com uma gorjeta.

— É impressionante — ele disse já a caminho do quarto — o silêncio que vinte pratas é capaz de comprar.

No banheiro, Francesca tirou o *négligé* verde-água que — sabendo que a mãe vasculharia suas malas — ela havia enrolado e escondido na bolsa.

"Muito bem", pensou. "Vamos lá." Observava a si mesma tirando a roupa como se ali, no espelho, estivesse outra pessoa. "Uma menina — uma mulher — nos últimos momentos da sua virgindade." Desabotoando, desafivelando, tirando, desvencilhando-se. Dobrando cada uma das peças, meticulosamente colocando-as sobre a bancada de mármore, como se fossem explodir a qualquer instante. Alisando o ventre. Esfregando as marcas que as alças grossas do sutiã haviam deixado no seu corpo, tentando fazê-las desaparecer. Contorcendo-se, esticando o pescoço para ver se era bonita por trás. Ela toca os cabelos, e eles não se mexem. Retira o laquê com uma escova — gestos longos e regulares —, depois levanta os olhos e balança os cabelos para ver de que lado eles caem, para ver como ficam agora. Derrama um pouquinho de perfume na ponta do dedo e passa-o em todos os lugares que qualquer vendedora de cosméticos recomendaria passar, depois inclina o tronco e lentamente alcança a chama de pelos negros entre as pernas para perfumá-la também. Os peitos da mulher são grandes, porém incômodos (Francesca reparou, suspirando) e assimétricos, como os de uma jovem camponesa na pintura de uma colheita semi-acabada (ou como os da mãe, a última pessoa em que Francesca queria pensar naquele momento). A mulher respira fundo uma vez, mais fundo outra vez; os peitos se levantam, adquirindo um contorno mais parecido com o dos que se viam nas revistas. Quase imperceptivelmente, ela enrubesce. Pega o *négligé* de seda, obviamente caro, que jogara sobre a bolsa puída e segura-o diante do corpo pelas fitas delicadas que fazem as vezes de alças. Ela vira para um lado, depois para o outro. Franze as sobrancelhas. O *négligé* é indiscutivelmente bonito, mas, por algum motivo não parece adequado para aquela mulher, para aquele momento. Ela o afasta do corpo e deixa-o cair; uma piscina de seda sobre a pilha de roupas. Completamente nua, já não respira fundo como antes, mas pesadamente. Nua. Pelada. Não como numa pintura. Uma mulher de verdade, jovem e amedrontada, depilada e perfumada, arrepiada e trêmula a despeito das gotículas de suor nas sobrancelhas e nas dobras dos peitos. O tronco alvo, salpicado de pontinhos cor-de-rosa. A mulher balança a cabeça e ri à socapa, depois abre um sorriso que pretende matreiro, ou pelo menos corajoso. Olha para a porta.

— Vamos lá — disse ela. — "Será minha, essa voz tão assertiva?"

— Feche os olhos.

Ela abraça os próprios seios, fecha os olhos e irrompe na incerteza, na inevitabilidade do quarto ao lado.

*

Eles planejavam as paradas com quilômetros de antecedência, procurando postos de gasolina onde não teriam de esperar por um frentista. Para reduzir o número de paradas, bebiam o mínimo possível. Não comiam nada além de sanduíches, frutas e biscoitinhos *strufoli* da cesta de piquenique que a *nonna* havia preparado, embora Francesca advertisse que Billy se arrependeria de comer até mesmo o pouco que estava comendo. Haviam combinado de alternar entre si para que um dormisse enquanto o outro dirigia; no entanto, a relembrança daquelas quatro horas passadas no Sand Dollar Inn e a velocidade alucinante que Billy imprimia no T-Bird, tentando compensar o atraso, costurando os caminhões mais lerdos e os sedãs insossos das famílias em passeio — sem falar nas vezes em que Billy aumentava o volume do rádio até o máximo quando encontrava uma canção de *rhythm-and-blues* ou uma das faixas do sensacional LP novo de Johnny Fontane —, não permitiam a Francesca fazer mais do que fechar os olhos.

Um policial rodoviário parou-os na estrada. Billy mostrou-lhe a carteira de motorista, os documentos do carro e outro pedaço de papel, sussurrando alguma coisa como "cortesia". Momentos depois já estavam de volta à rodovia, sem nenhuma multa, correndo tanto quanto antes. As doações polpudas que o pai fazia à Ordem Fraternal da Polícia haviam mostrado o seu valor mais uma vez.

— Meu cartão "anticadeia" — disse Billy, constrangido.

Que mundo estranho, pensou Francesca, os pinheiros da Carolina do Sul sucedendo-se do lado de fora numa mancha indistinta. Billy, aquele rapaz mais velho que ela antes havia se recriminado por ser estúpida o suficiente para acreditar que um dia poderia ter, aquele figurão da universidade, ricaço, reduzido diante de seus olhos à condição de namorado, e que namorado, sempre solícito, sempre cobrando favores em seu benefício, e perdidamente apaixonado. Tudo começou no dia em que a irmã partiu. Francesca conheceu Billy naquele mesmo dia, mas o fato de ele ter se apaixonado por ela, por mais importante que isso fosse agora, não passava de um feliz efeito colateral.

Na adolescência, Kathy sempre fora a gêmea inteligente. Francesca era a bonita, ou pelo menos a que mais se interessava em ser bonita, a mais "mulherzinha" das duas. Kathy era a boêmia que adorava *jazz* e fumava escondido. Francesca era a dócil garota católica. Francesca

A Volta do Poderoso Chefão

231

participava da torcida organizada do time de futebol e do comitê de recepção nas festas de reunião de ex-alunos. Francesca fazia seus deveres de casa, ou fingia fazer, numa sorveteria. Francesca tinha não apenas uma, mas duas saias de *poodle*. Todavia, quando Kathy não estava por perto, Francesca — inconscientemente — preenchia o vazio deixado pela irmã tentando de alguma maneira *transformar-se* nela. Nas primeiras semanas do semestre, dissera a si mesma que todas as compras realizadas à época haviam sido feitas em benefício da colega de quarto, uma diversão para ambas e um meio de fazer Suzy se livrar dos macacões e saias horríveis com os quais ela havia se apresentado na universidade. Só depois Francesca percebeu que havia transformado todo o seu guarda-roupa no guarda-roupa da irmã, com pretos e vermelhos, blusas de gola rulê e calças. Da mesma forma, não se lembrava de quando havia tomado a decisão de começar a fumar (a mesma marca da irmã, é claro), senão que um dia abrira a bolsa e lá estava o maço. Os cigarros provavelmente eram uma conseqüência da carga de estudos. Ela não havia tomado uma decisão consciente de estudar mais; no entanto, de uma hora para outra, viu-se na turma dos alunos brilhantes, cujas mãos levantadas eram invariavelmente escolhidas quando os professores desistiam de colher uma resposta correta entre os demais. O que veio primeiro? O ovo da felicidade de ser uma daquelas pessoas ou a galinha das noites insones sobre a escrivaninha, a fumaça dos cigarros misturando-se à luz difusa da luminária?

Muitas vezes ela havia visto Billy Van Arsdale na biblioteca estudando na companhia de uma garota ou saindo de um dos bares da rua Tennessee com outra. Francesca, por sua vez, também saía com alguém de vez em quando (alunos do primeiro ano, nada de especial) ou participava de um grupo de estudos. Billy sempre a cumprimentava com um aceno de cabeça, freqüentemente fazia contato visual e às vezes até parava para trocar gentilezas. Francesca o odiava por conta do pouco caso. Tratava-o com certa frieza, porém sempre educadamente. Temia que Billy encontrasse uma maneira de castigá-la ainda mais caso ela continuasse a ignorá-lo ou, pior, chegasse a ser grosseira. Em nenhum momento chegou a pensar que empregava a tática favorita da irmã — na verdade, a única tática — para conquistar os garotos. Francesca talvez jamais tivesse se dado conta de que era justamente isso o que estava fazendo não fosse por Suzy, que era colega de coral do irmão caçula de Billy, o atarracado George. Certo dia, enquanto estudavam para as provas de meio de semestre, Suzy disse a Francesca que se ela não tomasse cuidado e insistisse naquela história de se fazer de difícil, Billy acabaria perdendo definitivamente a coragem de convidá-la para sair.

"Me fazer de difícil?" Ridículo. Francesca era doce demais, ansiosa demais para agradar e tampouco tinha o sangue frio necessário para desdenhar daquilo que queria conquistar. Francesca retrucou dizendo que Suzy estava ficando doida, mas Suzy repetiu o que lhe dissera George, que lhe confidenciara uma conversa que havia tido com o irmão, que o perguntara se Francesca Corleone era colega dele em alguma matéria. "Por que você quer saber?", George havia perguntado. Por nada, disse Billy. "Você está gostando dela, é isso?", perguntou George. "Cala a boca, pirralho", disse Billy, "ela é sua colega ou não é?" "Achei que você tinha me mandado calar a boca", disse George. "Você é um péla-saco", disse Billy, antes de dar um soco no ombro do irmão e mandá-lo esquecer o assunto. E George disse que não era colega de Francesca em matéria nenhuma mas sim amigo da colega de quarto dela. "Como você sabe que eles disseram tudo isso?", Francesca havia perguntado a Suzy, e Suzy respondeu que não podia ter certeza, mas por que George iria mentir? Lembrando-se do jeito que seus irmãos conversavam um com o outro, Francesca havia chegado à conclusão de que Suzy, que era filha única, não poderia ter inventado algo semelhante. Quando se encontrou com Billy depois disso, não fez outra coisa senão prolongar o contato visual por um átimo apenas, e o truque naturalmente funcionou. Segundos depois ele se aproximou e a convidou para sair. Disse que conhecia um lugar bacana, um bar com um *jukebox* na periferia da cidade. H-Bomb Ferguson estava tocando em algum lugar; seu sucesso mais recente chamava-se *She's been gone*, ela já tinha ouvido? "Ainda não tive o prazer", respondeu Francesca, tentando, sem sucesso, apagar o sorriso e disfarçar a vergonha. No dia seguinte, a supervisora do dormitório bateu na porta dela e entregou-lhe uma rosa vermelha, acompanhada de um envelope contendo um 45 rotações de H-Bomb Ferguson. Dois dias mais tarde, eles tiveram o seu primeiro encontro. Dois meses mais tarde, lá estavam eles, voando pelas estradas rumo ao norte.

A Volta do Poderoso Chefão 233

Olhando para ele agora, e fingindo que não olhava, ela podia ver — agora que já tinha visto tudo o que havia para ver, agora que já tinham dormido juntos e, mesmo depois de ter dormido com uma centena de garotas, ele tivesse se revelado o acanhado e ela a curiosa, apontando, perguntando, experimentando coisas (sim, doía um pouquinho; sim, quatro vezes em quatro horas bastavam, qualquer coisa além daquilo seria um exagero), agora que ela estava convencida de que eles estavam, de todas as maneiras adultas, *apaixonados* — que Billy Van Arsdale não era o que ela achara que fosse naquele primeiro dia na faculdade. Era um tanto baixinho e tinha os olhos de um cão de caça, bem como um sorriso malicioso que ela achava engraçadinho, mas que jamais arrasaria nas telas de cinema. Os cabelos louros estavam sempre atrapalhados. Ele se vestia como um advogado de cidadezinha do interior — botinas, ternos de linho ou de *seersucker*, relógio de bolso (relíquia de um tio-avô que fora chefe de justiça da Suprema Corte da Flórida), camisas de algodão egípcio feitas sob medida e, talvez para torná-las menos pretensiosas, de punhos puídos — e, por algum motivo, tão logo ele acabava de se vestir e a despeito do que estivesse usando, suas roupas ficavam invariavelmente amarfanhadas. Era um terrível dançarino e parecia não se dar conta disso. Cantarolava canções das quais não conhecia a letra, e sempre em voz alta. Ria entre dentes, como os personagens dos desenhos animados. Os pais se detestavam e haviam sido ausentes na criação dos filhos. A negra adorável que de fato os havia criado suicidara-se depois de saber que o filho tinha sido assassinado no Mississippi pela Ku Klux Klan, e fora Billy quem a encontrara, enrodilhada no chão do banheiro com um armarinho inteiro de remédios no estômago. Billy passou a freqüentar o consultório de um psiquiatra duas vezes por semana e durante as consultas falava do assunto como se não houvesse nada para se envergonhar. Tudo isso para dizer que não fora sua beleza indiscutível, nem seus inúmeros talentos, nem sua biografia digna de romance que lhe haviam conquistado todas aquelas garotas do passado, nem tampouco a presidência do corpo estudantil. Billy era um político nato: parte em razão do sobrenome Van Arsdale e do peso que isso tinha na Flórida; parte em razão de seus modos peculiares e de sua natureza social; e uma terceira parte em razão de algo difícil de definir. Na opinião de Francesca, era algo mais do que carisma. Algo muito próximo do magnetismo.

A não ser por um pequeno trecho na Virgínia, Billy dirigiu a viagem inteira. Depois de um tempo Francesca acabou pegando no sono, até que sentiu a mão de Billy nos ombros e acordou, desorientada, na claridade ofuscante do sol de inverno rebatido na neve.

— Achei que você ia gostar de ver isso. — Billy apontou para a silhueta de Nova York. — Sua cidade natal.

Francesca endireitou o corpo e esfregou os olhos. Billy ficou visivelmente orgulhoso de sua façanha, de proporcionar à namorada aquela vista miraculosa. Ela não sabia dizer se já tinha visto a cidade pelo lado de Nova Jersey. Apesar do cenário deslumbrante, nem de longe teve a sensação de que estava voltando para casa.

— Muito bonito.

— Não está animada?

— Tudo bem com você? Está com sono? Já dirigiu na neve antes? Que horas são?

Sim. Não. Muitas vezes, nas estações de esqui. Bem no horário previsto. Eles haviam compensado as quatro horas.

— Eu te amo — ela disse, aproximando-se para beijar as bochechas intonsas do namorado.

— Minha graça é Junior Johnson, madame — ele disse, afetando um sotaque sulino. — A seu serviço.

— Quem é Junior Johnson?

Um piloto de corridas que aprendera a guiar fugindo dos agentes federais quando contrabandeava bebidas alcoólicas na época da Lei Seca. Ela nunca tinha ouvido falar de *Junior Johnson*? Um primo distante, aliás, da mãe de Billy.

— Ah... — disse Francesca. — Então foi assim que começou a fortuna dos Van Arsdale.

Billy começou a dizer algo, mas parou.

— Anda — aconselhou Francesca. — É melhor você dizer de uma vez.

— Não é nada.

— Tem certeza? — Eles já haviam tocado no assunto antes. Francesca contou-lhe que seu pai havia se rebelado contra tudo aquilo e que agora era um empresário legítimo. Sua firma de importação e exportação chamava-se Irmãos Corleone, mas só por respeito à vontade

A Volta do Poderoso Chefão 235

do avô. O único irmão envolvido no negócio era mesmo o pai dela. — Porque ninguém na minha família gosta de falar disso. Se você quiser saber alguma coisa, é melhor perguntar agora. Não vai me fazer passar vergonha na frente deles, vai?

Billy se virou para ela, boquiaberto.

— Não acredito que você chegou a achar que...

— Não achei nada. Sei que você não faria isso. Sei lá, nós dois estamos muito cansados. Desculpa. Agora vamos.

Véspera de Natal, mas o tráfego da manhã ainda estava terrível. Quando finalmente chegaram a Long Beach, eles já haviam perdido uma hora das quatro que tinham recuperado.

Dois homens retacos, de sobretudo comprido, saíram da guarita na entrada do semicírculo de casas da família Corleone. Francesca podia sentir o cheirinho de comida que vinha da casa da avó, a uns bons cinqüenta metros de distância. Ela se apoiou no colo de Billy para que os guardas pudessem vê-la.

Um dos homens chamou-a de Kathy e se desculpou dizendo que não havia reconhecido o carro, nem a ela própria, sem os óculos.

Óculos?

— Na verdade eu sou a Francesca.

O homem assentiu com a cabeça.

—Nós estávamos esperando um Silver Hawk, não um Thunderbird. Sua mãe não entende muito de carros, eu acho. Melhor vocês entrarem. Faz horas que ela está telefonando.

A fachada da casa dos avós de Francesca — a menor e a menos ostentosa das oito que compunham o semicírculo, todas de propriedade da família — não exibia nenhum adorno de Natal. Sem luzinhas ou guirlandas, ela parecia ainda menor. Encolhida. Do outro lado da rua, o bangalô em que ela e sua família haviam vivido no passado estava escuro e vazio. Alguém havia erguido um boneco de neve no quintal da frente e pendurado na porta de entrada uma guirlanda do tamanho de um pneu de caminhão.

Antes que Billy pudesse estacionar o carro, os parentes de Francesca irromperam da casa da avó, liderados — quem diria? — pela irmã gêmea, a boêmia lânguida e indiferente, ostentando um enorme par de óculos escuros e dançando na neve, isso mesmo, como uma chefe de torcida.

— Está com fome? — Francesca perguntou a Billy.

— Morrendo.

— Vai devagar, mas não muito, senão eles vão achar que você não gosta deles.

Francesca abriu a porta do carro e foi recebida primeiro pelo frio — "Como foi que eu consegui viver nessa geladeira antes?" — e depois pelo abraço de Kathy, que por pouco não a derrubou. Elas começaram a pular e a dar gritinhos, o que não fazia nem um pouco o estilo de Kathy. Embora o encontro delas no feriado de Ação de Graças não tivesse sido muito diferente. Somente quando se separaram para olhar uma para a outra e Francesca sentiu o vento frio no rosto foi que ela percebeu que estava chorando.

— Você agora usa óculos! — exclamou Francesca.

— E você está grávida! — devolveu Kathy. Depois se afastou ao ver o resto da família se aproximar.

Francesca, assustada, foi engolida por uma chuva de beijos e abraços. Sorrindo e equilibrando-se nas canelas, Kathy acenou de um jeito aparentemente inocente, embora fosse difícil ler a expressão nos olhos dela por causa dos óculos. Francesca sabia que era possível engravidar logo na primeira vez, e também sabia que o que Billy tinha feito — interromper o coito, agarrar a mão dela e colocá-la em seu membro — não era seguro. Mas não era um dia de risco naquele mês. De qualquer modo, gêmeas ou não, *como Kathy poderia saber?*

Billy jogou um enorme saco de laranjas Van Arsdale sobre o ombro direito, e outro, de toranja, sobre o esquerdo.

— A árvore, onde fica?

— Que árvore? — disse Kathy. Ela levantou Mary, a adorável filhinha da tia Kay, e alojou-a nos quadris como se fosse a mãe de alguém.

— Que áfore? — macaqueou Mary.

— A árvore de Natal — respondeu Billy. — Para colocar os presentes.

— Somos italianos, Billy-Boy — disse Kathy. — Não tem árvore de Natal por aqui.

— Italiano, Bibói! — berrou Mary.

Pelo menos a Kathy que Francesca conhecia havia ressurgido.

— Claro que tem, caramba! — disse Francesca. — Na casa da vovó, não, mas na nossa, sim. Pode colocar os presentes do lado do *presepe*.

A avó pareceu não gostar muito do "caramba". Billy não sabia o que era um *presepe*.

— É aquela coisa... — disse Francesca. — Como é mesmo? Aquela cena da natividade. — Ela se calou e olhou para Kathy, que compreendeu a pergunta não-dita e fez que sim com a cabeça: sim, o *presepe* era sagrado o suficiente para não afrontar o luto da vovó Carmela. — Na sala de estar, você vai ver.

A mãe de Francesca arqueou uma sobrancelha, levantou o braço esquerdo e olhou para o relógio.

— A neve — disse Francesca. — Por isso a gente se atrasou.

— Nevou a viagem inteira?

— De Washington em diante — Francesca respondeu de improviso. Já estava dormindo naquele trecho.

— Que nada, vocês vieram bem depressa — interveio um sujeito careca que se apresentou como "Ed Federici, amigo da sua titia". Kathy o havia mencionado numa de suas cartas; ele e tia Connie estavam noivos, muito embora a anulação do casamento dela ainda não tivesse sido oficializada. — Quer dizer, com essa neve toda.

Stan Jablonsky concordou.

— Não liga para sua mãe — ele disse, piscando para Sandra, o que Francesca sempre achava repugnante. — Ela está acordada desde a madrugada, verificando as janelas e olhando para o relógio.

Os noivos carregaram o resto da bagagem e no caminho de casa começaram a interrogar Billy sobre as rotas que ele havia escolhido, as pontes, os atalhos, a autonomia do carro.

Como aquilo era possível? Um Natal em família e *aqueles dois intrusos* eram os únicos homens além de Billy? Stan, que estava noivo da mãe fazia três anos e ainda não tinha marcado a data do casamento, e o contador que cuidava das declarações de imposto de renda da família, noivo de uma mulher ainda casada? O mais viril de todos, Santino, pai de Francesca, estava morto. O avô, sempre rindo, epicentro de qualquer reunião familiar, também estava morto. Tio Mike não compareceria (estava em Cuba ou na Sicília a negócios — ela havia ouvido as duas coisas, talvez fossem mesmo os dois lugares, mas para o *Natal*? O vovô Vito devia estar revirando no túmulo.). Os Hagen haviam se mudado para Las Vegas e também não viriam. Tio Fredo já devia ter chegado

238   Mark Winegardner

na véspera, mas tinha telefonado para avisar que talvez não conseguisse comparecer. Tio Carlo aparentemente tinha sumido do mapa.

Apenas os dois noivos lastimáveis. E Billy. O *seu* Billy.

Francesca viu-o se afastar, aflita para poupá-lo de uma tarde de cartas, jogos de futebol na televisão e lanchinhos oferecidos a cada minuto, subitamente louca de desejo por ele — será que Jacksonville não tinha passado de um *sonho*? Mas fora apartada dele, impotente, carregada pelo mulherio até a cozinha quente e perfumada da avó: uma fortaleza de amor sólido, alheia à passagem do tempo.

Nuvens de vapor, névoas de farinha, tinas de óleo fervente, bancadas forradas de massa aberta, nacos de peixe temperado sobre tiras de papel encerado. Aquele gigantesco fogão branco, uma peça de museu que provavelmente sobreviveria à família toda. Na sala ao lado, a vitrola tocava a mesma música que vazava para a mesma cozinha desde que Francesca era criança: Caruso, Lanza, Fontane, tudo o que podia ser encontrado em discos de 45 rotações. Crianças entravam e saíam, estorvando a passagem, colhendo as migalhas de doce. Tia Kay estava diante da pia, lavando a louça até chegar a hora de preparar a meia dúzia de pratos que sabia fazer. Sua mãe Sandra, forte e rústica, e a tia Connie, estridente e amarga, nunca tinham gostado uma da outra, mas quando estavam naquela cozinha, conciliavam seus movimentos e necessidades como se fossem Fred Astaire e Ginger Rogers. Angelina — a tia palermitana da avó, que já devia ter passado dos cem anos e ainda não falava uma palavra de inglês — sentava-se num canto, diante de uma mesa de parede, juntando os ingredientes que lhe eram entregues. E, naturalmente, vovó Carmela supervisionava tudo, berrando ordens e instruções, intervindo na hora de executar as tarefas mais complicadas, distribuindo o amor de sempre, o amor que sentia, mas nunca externava em palavras.

Kathy apontou para uma pirâmide de berinjelas brancas; depois entregou a Francesca uma faca de cozinha e uma garrafa recém-aberta de soda Brookdale que havia sido colocada para gelar num banco de neve do lado de fora. Bastou olhar para garrafa — o refrigerante não podia ser encontrado na Flórida, é claro — para que Francesca se derramasse em lágrimas outra vez. O que havia acontecido com a irmã durona que ela conhecia? Onde estava aquela outra Kathy com a qual estava acostumada?

A Volta do Poderoso Chefão 239

— Ah, as doces lágrimas da alegria — disse a avó em italiano. Ela levantou sua caneca de café, a mesma caneca lascada que vinha usando desde sempre, a imagem desbotada das ilhas do Havaí agora tapada pelo restolho de uma dezena de massas diferentes. — Era só isso que faltava para uma bela *cena di Natale*, o ingrediente mais importante de todos!

Quem teria sido capaz de permanecer imune àquela afirmação, saída dos lábios de uma mulher enviuvada havia menos de um ano? As outras mulheres se embarafustaram à procura de uma xícara, caneca ou garrafa que pudessem levantar também.

Francesca sentiu na nuca o rosto da irmã, o aro frio dos óculos.

— Você não passa de uma bobona — sussurrou Kathy, e as gêmeas riram juntas, idênticas.

Durante a missa, Francesca precisou sussurrar todas as instruções no ouvido de Billy, que jamais havia colocado os pés numa igreja católica. Ele se ajoelhava e se persignava com a mesma encantadora falta de jeito que demonstrava ao dançar. Mas Francesca sentia os olhos de Kathy no namorado, apesar de o próprio Billy não sentir nada. Podia ouvir a irmã dizer que aquilo agora era lindo e adorável, mas que no futuro seria fonte de muito sofrimento, embora Kathy — sentada na ponta do banco, especando a pobre tia Angelina — não fizesse nada além de cantar os hinos e responder à litania.

Quando os sinos da igreja prenunciaram a confissão comunitária, Francesca fechou a mão em punho e bateu no peito quatro vezes, uma para cada hora passada no Sand Dollar Inn. Diante do altar, fez a mesma coisa, uma batida para cada vez que eles tinham feito amor. Voltou para o banco com os olhos voltados para o chão, contritos, fugindo dos de Billy, mas depois de se ajoelhar e fazer suas orações, sentou-se novamente e segurou a mão do namorado. Só então percebeu que tia Kay — ao lado dela, ainda de joelhos, rezando silenciosamente — também havia comungado.

— Ela se converteu — disse Kathy no caminho de casa.

— Eu vi, mas depois desses anos todos? — disse Francesca. — Pelas crianças, talvez?

Elas estavam no T-Bird de Billy.

240 Mark Winegardner

Kathy levantou as sobrancelhas. Mesmo com os óculos, lembrava a mãe de uma maneira desconcertante.

— *Per l'anima mortale di suo marito.* — Pela alma mortal do marido.

"A alma mortal do marido?" Francesca franziu a testa, incrédula.

— Vai à missa todos os dias — continuou Kathy. — Como a vovó. E pelo mesmo motivo.

— Todo mundo vai à missa pelo mesmo motivo. — Francesca ainda não havia tido a oportunidade de ficar sozinha com a irmã e perguntar que história era aquela de gravidez. — Mais ou menos.

Kathy arregalou os olhos, exasperada.

A despeito — ou mais provavelmente por causa — das ausências conspícuas notadas por quase todos em torno da mesa, a tradicional ceia de sete peixes da família Corleone foi mais animada e barulhenta do que nunca. O vinho correu solto, as mulheres compensando pelo que de outra forma teria sido bebido pelos homens. Durante os primeiros pratos, as cartas de Natal das crianças foram lidas uma a uma, expressando de forma singela o amor que elas tinham pelos pais, os mais novos primeiro, os outros depois. Quanto mais velhos os autores, menor a incidência de observações comoventes e perturbadoras. Mas todas as cartas foram recebidas com alegria e estardalhaço. A última a ser lida foi a de tia Connie. Essa foi a primeira vez em mais de trinta anos que Carmela Corleone recebeu uma declaração de amor filial — um momento delicado que Connie, para a surpresa de muitos, soube aplacar com uma carta tão engraçada que horas depois ainda era passada de mão em mão.

Da mesma forma, todos se deixaram comover pela história das solitárias incursões de Vito Corleone na vida amorosa dos filhos — o encontro às cegas que ele havia arranjado muitos anos antes para Connie, logo depois que ela começou a namorar Carlo Rizzi, com um bom rapaz que acabara de se formar na faculdade de administração. A versão espirituosa e autodepreciativa de Ed Federici para o malfadado encontro inspirou *mama* Corleone a fazer um brinde de champanhe ao feliz casal de *fidanzati* entre um prato e outro.

E que pratos: coquetéis de camarão e patas de caranguejo; bacalhau frito e lulas recheadas; mexilhões cozidos no vapor sobre massa fresca, *capelli d'angeli* ao molho *marinara*. E por último — pelo menos até a sobremesa —, linguado recheado com espinafre, tomates secos, queijo mozarela e diversos ingredientes secretos que tia Angelina havia inserido quando ninguém estava olhando.

— O risco de infarto — disse Ed Federici, mãos espalmadas sobre a mesa, pasmo como alguém olhando para a vaga onde antes estava o carro roubado — é três vezes maior durante a primeira hora depois de uma refeição pesada.

Stan havia sucumbido antes de terminar o último prato e agora dormia na sala ao lado, banhado pelo brilho tremeluzente de um jogo de futebol a que ninguém assistia. Apenas duas pessoas ainda comiam: Frankie, mandando brasa como um campeão, e Billy, fincando o linguado como alguém que havia encontrado ouro e tentava lembrar por que o metal era tão precioso.

Connie repreendeu o noivo com um tapa na careca dele, prematura e rosada.

— Se mamãe ouvir isso, vai ser a primeira a infartar.

Connie vinha bebendo no mesmo ritmo o dia todo e acabara de abrir mais uma garrafa de Marsala. O tapa, teoricamente de brincadeira, foi suficientemente ruidoso para assustar a maioria dos comensais. Os que já haviam se levantado viraram-se para ver o que era. Na careca de Ed ainda se via a mão estampada da noiva.

Francesca convidou Billy a se levantar para conhecer o antigo escritório do avô.

Kay terminava de dobrar a mesa das crianças.

— Comeu bem, Billy? — ela perguntou.

— Sim, senhora. — Billy se refestelava num sofá de couro encostado à parede.

— Guarde um lugarzinho para a sobremesa — disse Kay, sorrindo.

— Ei, alguém viu Anthony por aí?

— Está lá fora, eu acho — disse Billy. — Com Chip e um monte de garotos dos Clemenza. — Eram os filhos dos garotos com quem Francesca costumava brincar quando tinha a idade de Chip. Agora os companheiros de infância tinham suas próprias famílias e moravam na vizinhança.

Francesca e Billy ficaram sozinhos.

242   Mark Winegardner

— Você se comportou direitinho, meu amor. Eles gostam de você, tenho certeza disso.

— Por que você está sorrindo assim? — ele perguntou, sentando-se no sofá, apertando o estômago.

Francesca se ajoelhou no chão ao lado dele.

— Tudo tem um preço, sabia? — ela sussurrou. — Então pode ir pagando, patife. Me dá um beijo.

Billy obedeceu. Um beijo demorado, não do tipo que Francesca se sentia à vontade para dar naquela casa. Quando ela abriu os olhos, as luzes do escritório estavam piscando.

— Será que eu vou precisar buscar um balde de água fria? — disse Kathy. — Anda, vocês dois. Já para a cozinha. Lavar louça. Eu enxáguo, vocês enxugam.

Billy deitou-se no sofá, o mesmo olhar de saciedade que exibira no hotel, e fez que não com o indicador.

As mulheres, é claro, haviam passado o dia inteiro na preparação da ceia. Francesca deparou-se com uma montanha de pratos, talheres, taças de cristal, vasilhas e mamadeiras. Um radinho portátil que Kathy havia encontrado em algum lugar estava sintonizado numa estação de *jazz*. Num dos cantos da cozinha, Tia Angelina roncava numa cadeira que não parava de ranger. Fora ela, as gêmeas estavam sozinhas.

— Onde está vovó? — perguntou Francesca.

— Foi à missa. Ela e tia Kay acabaram de sair.

— Duas vezes? Está brincando.

— Pode ir lá ver. O carro não está na garagem. — Kathy aproximou-se da irmã. — Ainda bem que ela ronca. Senão a gente ia ter de conferir a toda hora se ela ainda estava viva. Não precisa me olhar desse jeito. Além de não falar inglês, ela já está surdinha.

— Quer apostar que ela entende muito mais do que a gente pensa?

— Você está falando do Billy?

— Como assim?

— Você acha que todo mundo é tão cego que...

— Eu não acho nada.

— ...mas você é que está cega. O garotão metido a besta, lá, *deitado no escritório do vovô*! Você não acha que é muita petulância? Não vê que ele só está usando você?

A Volta do Poderoso Chefão 243

— Me usando? Será que você voltou para o ginásio? Fui eu quem levou ele para lá.

— E você? Por acaso é a Princesinha Vadia de Tallahassee? — Os óculos de Kathy estavam semi-embaçados por causa da água quente, mas ela não os tirou.

— Você ficou maluca. É triste. Na verdade, tenho pena de você.

Francesca levantou um prato de porcelana no formato de um peixe e arqueou as sobrancelhas; não sabia onde guardá-lo.

— Não tenho a menor idéia — disse Kathy. — Põe junto daquelas coisas ali, debaixo do telefone. Você não está vendo que Billy está aqui só para ver como é um ge-nu-í-no Natal de mafiosos? Para ele, a gente não passa de um monte de carcamanos imundos. Algo para contar no futuro aos amigos almofadinhas, no iate clube, com um copo de uísque na mão, rindo daquele ano em que viu os carcamanos de perto, com suas metralhadoras escondidas nas caixas de violino.

Anthony Corleone havia trazido seu violino de Nevada apenas para tocar *Noite feliz* para eles — nenhuma maravilha, mas um gesto simpático.

— Nem vou me dar ao trabalho de responder.

Kathy bateu uma taça de cristal contra a torneira, espatifando-a. Sequer disse um palavrão. Tinha se cortado. Muito sangue, mas nada de grave. Elas limparam o corte sem dizer palavra. Francesca foi buscar um curativo.

Kathy suspirou, buscou o olhar da irmã e disse algo tão baixinho que Francesca precisou pedi-la para repetir.

— Eu disse — sussurrou Kathy — que é tudo verdade.

— O que é verdade?

Kathy limpou a sujeira da pia e disse a Francesca que vestisse um casaco. Elas caminharam até a extremidade do quintal, esconderam-se atrás de um holofote, e Kathy — numa brincadeira que ambas já haviam feito um sem-número de vezes — acendeu dois cigarros de uma vez, à maneira dos mocinhos durões de Hollywood, e entregou um deles à irmã.

— Você e Billy... — disse ela. — Acho que foi a primeira vez que um beijo naquele escritório não acabou em... — Olhou para a neve como se ali esperasse encontrar a palavra certa.

— Em quê?

Com a mão esquerda na cintura, Kathy exalou um jato de fumaça para longe da luz.

— Você sabe quanto tempo leva até que alguém seja oficialmente declarado morto? Sabe quanto tempo leva para conseguir a anulação de um casamento na Igreja?

— Alguns meses, eu acho.

— Achou errado, irmãzinha. — Kathy era quatro minutos mais velha. — Muito mais do que isso. Foi assim que eu descobri. — Quando tia Connie anunciou seu noivado e marcou o casamento para dezembro, Kathy ficou tão chocada quanto os outros. Chegou a achar que Connie estivesse grávida, mas uma descoberta fortuita no banheiro dela provou o contrário. Kathy, sendo quem era, foi até a biblioteca e fez uns telefonemas. Descobriu que levava um ano até o estado declarar alguém oficialmente morto, e que era muito complicado. A maioria das anulações, mesmo para uma mulher abandonada, levava aproximadamente o mesmo tempo.

— Ora, Kathy! — exclamou Francesca. — Então é isso? Uma doação para o fundo de campanha de um juiz, outra para a Igreja, e tudo se resolve num minuto. É assim que o mundo funciona.

Kathy balançou a cabeça. Desviou o olhar da irmã para a escuridão da noite.

— Você não está entendendo — falou. — Ela não está *obtendo* uma anulação. É tudo mentira. Ela não precisa de uma anulação. Eles mentiram para nós. Mantiveram tudo em segredo. Tio Carlo não desapareceu. Foi assassinado.

— Quem são "eles"?

— Tio Mike e todo mundo que ele controla.

— Você é mesmo uma retardada — disse Francesca. — Nunca houve um enterro para o tio Carlo.

— Existe uma certidão de óbito arquivada. Fui até o tribunal de justiça e descobri.

— Aposto que na lista telefônica de Nova York tem umas vinte pessoas chamadas Carlo Rizzi.

Kathy mais uma vez balançou a cabeça, fumando no escuro.

— O olho humano é absolutamente passivo — falou. — Só o cérebro é capaz de ver.

A Volta do Poderoso Chefão 245

— O que você quer dizer com isso?

Kathy não respondeu. Apagou o cigarro, acendeu mais dois e recomeçou a fumar. Certa vez, num domingo, ela havia encontrado tia Connie para almoçarem juntas no Waldorf. Connie apareceu bêbada, com um homem que não era Ed Federici, despediu-se dele com um beijo e sentou-se; quando Kathy a confrontou perguntando como ia o processo de anulação, ela entregou: Carlo não desapareceu, ela disse. Mike o matou. Connie levantou a mão e disse a Kathy que ficasse calada. Estava bêbada, mas falava com firmeza. Mike o matou, disse Connie, ou mandou alguém matá-lo, porque Carlo matou o seu pai. Carlo matou Sonny.

Francesca caiu na gargalhada.

Kathy olhava para o nada, sem nenhuma expressão.

— Connie disse que Carlo havia batido nela, sabendo que papai apareceria para socorrê-la. Quando ela o chamou, foi isso mesmo que ele fez, ou tentou fazer. Homens com metralhadoras o mataram quando ele foi parado num pedágio na ponte de Jones Beach.

— Tia Connie está maluca — disse Francesca —, e você também, se acreditar nessa história toda.

— Apenas ouça — disse Kathy. — OK?

Francesca não respondeu.

— Os guarda-costas de papai apareceram no local logo depois que ele foi morto e levaram o corpo dele para um agente funerário que devia um favor ao vovô Vito. Os jornais nunca publicaram nada. Uns tiras foram subornados para registrar a coisa toda como acidente.

— Papai não tinha guarda-costas. Ninguém... — Ela ia dizer "matou papai", mas não conseguiu.

Kathy jogou no chão o toco de cigarro.

— Você não se lembra, Francesca, dos guarda-costas?

— Sei de quem você está falando, mas aqueles homens eram da firma dele. Importadores.

Kathy mordeu o próprio lábio.

— Por acaso você acha que eu *brincaria* com uma coisa dessas?

— Não acho que você esteja brincando. Só acho que está enganada.

— Isso é muito difícil. Por favor, ouça o que eu vou dizer.

Francesca franziu o cenho e fez um gesto de "sou toda ouvidos".

— Muito bem — disse Kathy. — Então depois tia Connie disse que os homens que... Bem, os homens do pedágio, aqueles homens, no fim das contas, trabalhavam para as mesmas pessoas que pagaram tio Carlo para bater nela. A essa altura ela estava chorando como uma desesperada, e se você estivesse ali para ver teria acreditado nela também. O próprio marido recebeu dinheiro para dar uma surra nela, e deu mesmo, e o *motivo* dele para fazer isso foi criar uma oportunidade para aquela gente matar o *irmão dela*. Para que eles pudessem matar o *papai*...

— Pára!

— ...e ela ficou casada com ele por mais *sete anos*. Ela trepou com ele por mais...

— Chega.

— ...sete anos, e ela teve *filhos* com aquele monstro. Mas a história é tão, tão, tão maior do que isso... Connie disse que os mesmos homens que fizeram aquilo são os mesmos que atiraram no vovô Vito *e* os mesmos que mataram a mulher do tio Mike.

— Em primeiro lugar — disse Francesca —, tia Kay não...

De novo, a mão. Não a tia Kay, explicou Kathy. A outra, Appolonia, a primeira mulher dele, na Sicília, da qual a tia Kay não sabe nada. Ela foi reduzida a pó com uma bomba no carro.

"Appolonia?", pensou Francesca. "Bomba no carro?" Kathy tinha uma imaginação fértil o suficiente para inventar uma maluquice dessas, mas tia Connie certamente não. Se Connie havia mesmo dito isso, ou ela tinha caído na conversa de alguém, ou estava dizendo a verdade.

Falando cada vez mais depressa, Kathy continuou seu relato, as histórias da tia Connie misturando-se às coisas que ela própria havia conseguido provar depois. A voz de Kathy ficava mais fria à medida que ela falava. Poderia ter falado por cinco minutos ou por cinco horas, Francesca não fazia a menor idéia. Não conseguia permanecer ali parada, mas também não conseguia se mexer. Concentrou-se no barulho dos estalinhos que espocavam no quintal da frente, das crianças que gargalhavam. Dali a pouco, percebeu que esses barulhos já não se ouviam mais, embora não soubesse dizer quando eles haviam cessado. Tentou olhar para a irmã, para além dela, para os vestígios invernais do jardim que o avô tanto adorava, onde ele havia morrido, feliz, em paz.

A Volta do Poderoso Chefão   247

— ...e é por isso que a tia Kay virou católica e vai à missa todos os dias, às vezes de manhã *e* de tarde. Rezam de joelhos para tirar a alma dos seus maridos assassinos do inferno, da mesma forma que a mamãe deve fazer para...

E então, de um segundo a outro, Francesca pilhou-se olhando para baixo, para a irmã que havia desfalecido na neve, sangrando outra vez, agora pelo nariz. Os óculos haviam caído do rosto, a alguns passos de distância. A mão direita de Francesca ainda estava fechada em punho, e doía. Kathy mexeu-se de leve.

— Sua maluca... — sussurrou.

Francesca sentiu uma tempestade de ódio rugir nos ouvidos e chutou Kathy nas costelas. Não foi um golpe direto, mas suficientemente forte para fazer Kathy grunhir de dor.

Francesca virou-se e correu de volta para casa.

Francesca estava deitada no escuro, no seu lado da cama de casal que um dia pertencera a seu tio Fredo, que vivera ali com os pais até os trinta anos. Ele havia se mudado para Las Vegas dez anos antes, mas a decoração — cortinas escuras e paredes revestidas de madeira, um mapa desbotado da Sicília, um quadro de pescaria que poderia ter sido comprado na Sears — parecia inalterada, como se a vovó Carmela esperasse pela volta dele a qualquer instante.

Depois do que poderiam ter sido horas ou minutos, Francesca ouviu alguém no banheiro do outro lado do corredor; pela barulheira, pelas torneiras abertas, só poderia ser Kathy. Francesca ouviu os passos da irmã; ouviu quando ela se deitou do outro lado da cama. Não precisou olhar para saber que Kathy estava virada para a outra parede, deitada de lado, uma imagem espelhada de si própria, não fossem os pijamas. Francesca usava camisolas.

Ficaram ali por um bom tempo. Se não tivesse passado milhares de noites no mesmo quarto que Kathy, Francesca teria todos os motivos para acreditar que ela estivesse dormindo.

— Por que você disse que eu estava grávida?

— Do que você está falando?

— Quando a gente chegou. Quando você veio correndo na nossa direção como se estivesse contente de verdade.

De novo, outra pessoa teria acreditado que Kathy havia caído no sono.

— Aaahhh... — disse ela finalmente. — Aquilo. Você não se lembra? Quando a gente deixou você na universidade, a última coisa que você disse foi que eu não ficasse cega de tanto ler. E eu disse para você não ficar grávida. Aí, quando você chegou aqui, a primeira coisa que fez, com sua capacidade única de constatar o óbvio, foi dizer que eu estava usando óculos. Então eu...

— Foi o contrário. Você disse "não fique grávida", e eu disse "não fique cega".

— Tá bom, tá bom... E então, está ou não está?

— Não — Francesca disse por fim. — Claro que não.

— Você não... Nunca?

— Por quê? Você já?

— Não — disse Kathy, tão rápido que Francesca deduziu que a resposta era "sim".

Não falaram sobre o que tinha acontecido atrás dos holofotes — as histórias, o chute, nem mesmo sobre o destino dos óculos de Kathy. Permaneceram do jeito que estavam: cada uma do seu lado da cama, viradas para suas respectivas paredes. Ficaram acordadas até ouvirem a avó no andar de baixo, começando a fritar salsichas, e deduziram que já deviam ser umas quatro e meia da manhã. Dali a pouco acabaram dormindo. Dali a pouco, como fazem os que dormem, mudaram de posição. Inexoravelmente foram puxadas para o centro da cama. Entrelaçaram braços e pernas. Respiravam como uma pessoa só; uma exalando na nuca da outra. Os cabelos louros também pareciam os de uma única pessoa.

— Ah, maninha — sussurrou Francesca na escuridão, presumindo que a irmã estivesse dormindo. — Nem acredito que fiz aquilo. Com você.

— Talvez eu *seja* você — murmurou Kathy.

E as gêmeas, como uma pessoa só, voltaram a dormir.

Francesca acordou com a gritaria estridente das crianças e o murmúrio de um rebanho de adultos. Sentou-se na cama. Nevava. No andar de baixo, a algazarra ficou ainda maior. Acima de tudo, o berro de vovó

A Volta do Poderoso Chefão   249

Carmela: *"Buon Natale!"* Alguém havia chegado. Francesca desceu apressadamente a estreita escada dos fundos. Encontrou uma cozinha repleta de comida e vazia de pessoas. Ouviu um par de passadas caminhando na sua direção e parou para não ser atropelada pela porta da frente. A porta se escancarou de repente. De banho tomado e devidamente vestidos, Kathy e Billy riam como se tivessem acabado de encontrar Papai Noel com a boca na botija e confiscado o trenó. Billy ostentava um paletó vermelho, gravata verde e uma camisa tão branca que fazia a neve corar de inveja. Punhos não-puídos. Brancos como suspiro.

— Você nem *adivinha* quem acabou de chegar com seu tio — disse Billy.

— Qual tio? — Francesca ajeitou os cabelos desgrenhados. Sequer tinha escovado os dentes.

— Qual deles você acha? — disse Kathy.

— Mike. — "Os dois vieram atrás de mim porque estão loucos para me dar a notícia", pensou Francesca.

— Ah, que isso! — Kathy retrucou, revirando os olhos. — Tio Fredo! — Ela não estava de óculos. Um dos olhos estava roxo, porém muito ligeiramente. Era preciso fazer um esforço para perceber.

— Anda, adivinha! — disse Billy.

— Eu desisto — disse Francesca. — Papai Noel.

— Mais estranho ainda — disse Kathy.

— Quem é mais estranho que Papai Noel?

— Deanna *Dunn*! — disse Billy.

Francesca revirou os olhos. Da última vez que saíram juntos, eles tinham visto aquele filme de Deanna Dunn em que ela dá à luz um bebê surdo e o marido morre combatendo o grande incêndio de Chicago em 1871.

— Não brinca...

— Estou falando sério. Como um juiz. — Billy levantou a mão direita como se fosse prestar juramento. Não era difícil ver nele um juiz, mesmo aos 22 anos, mesmo vestindo um paletó vermelho na manhã de Natal.

— Ele não está brincando — disse Kathy. — É Deanna Dunn. Juro por Deus. Aliás, já tinha ouvido um boato de que ela e o tio Fredo estavam namorando, mas nunca...

Nesse exato momento a porta da cozinha se abriu e, na esteira da vovó Carmela, entraram tio Fredo e Deanna Dunn. Ao vivo, a cabeça de Deanna Dunn parecia gigantesca. Ela era muito alta, e mais vistosa do que bonita. Na mão esquerda, trazia um diamante tão desproporcional quanto a própria cabeça.

— Srta. Dunn! — disse Francesca.

— Eu não falei? — disse Kathy, embora tivesse sido Billy o portador da notícia. Kathy gostava de filmes estrangeiros. Para ela, Deanna Dunn era motivo de chacota. No entanto, a julgar pela maneira que olhava para a atriz, poderia ser facilmente confundida com a presidente do fã-clube de Deanna Dunn.

— Por favor, querida. Pode me chamar de Deanna. — O sotaque não era nem norte-americano nem britânico; sequer parecia a fala de um ser humano.

Ela apertou a mão de Francesca.

Deanna Dunn! Tão magnética que Francesca ficou tonta. Os acontecimentos de Jacksonville haviam apenas de modo muito indireto declanchado o embate com Kathy na noite anterior. Não tinham nada a ver com a visão surreal de *Deanna Dunn* naquela cozinha velha de guerra. A vida de Francesca havia sido tomada por uma lógica de sonho e pesadelo.

Calmamente, o ricaço que ela amava servia café preto para uma atriz duas vezes vencedora do Oscar. Sua avó Carmela cantarolava uma canção de Natal — não um hino de igreja, mas uma canção de *Papai Noel*. O falecido pai era um assassino e morrera assassinado. Tio Fredo recostava-se no batente da porta olhando para os próprios sapatos; parecia ter comido mariscos podres. Atrás dele, como se alguém tivesse dado um sinal, uma explosão de *flashes* pegou a todos de surpresa. Francesca chegou a achar que veria uma turba de repórteres, com suas lentes e máquinas enormes, lutando pela melhor posição e fotografando-os como se estivessem na borda do tapete vermelho. Fredo sequer levantou os olhos.

Na sala ao lado, em meio a uma balbúrdia de agradecimentos e presentes sendo abertos, Francesca ouviu a voz de sua mãe — da mãe que vinha mentindo para ela a vida toda.

— Se vocês não se apressarem — berrou Sandra —, vão acabar perdendo o Natal!

A Volta do Poderoso Chefão

— Natal! — exclamou Deanna Dunn, passando apressadamente pelo tio Fredo. Deanna Dunn não era alta. Apenas parecera alta quando chegou ao lado de tio Fredo, que era baixo, e porque tinha o andar de uma mulher alta, além da cabeça descomunal. O olho é passivo. Apenas o cérebro é capaz de ver. — Que *maravilha*!

LIVRO IV

1956-1957

Capítulo 14

Na primavera daquele mesmo ano, depois de meses de negociação, a Comissão finalmente concordou em se reunir. O primeiro item da pauta seria a inclusão de Louie Russo, de Chicago, como o oitavo membro. Em seguida vinha a aprovação formal do acordo de paz. Os cabeças das vinte e quatro famílias foram convidados. Todos os esforços seriam envidados para que, dessa vez, a paz fosse duradoura.

Michael Corleone tomou o vôo da madrugada para Nova York, acompanhado apenas de três guarda-costas. Hagen, agora candidato declarado ao Senado dos Estados Unidos, não poderia participar. Uma vez que todas as decisões importantes já haviam sido tomadas, pelo menos por ora, o que Michael precisava ter a seu lado não era um estrategista brilhante, mas alguém cuja presença sugerisse estabilidade e respeito pelas tradições. Clemenza era o *consigliere* perfeito para a ocasião.

Michael não tinha a menor intenção de um dia escolher um *consigliere* permanente. O cargo exigia um conjunto complexo de capacitações contraditórias. Um intriguista que também fosse leal. Um negociador ao mesmo tempo maquiavélico e honesto. Um homem motivado sem nenhuma ambição pessoal. De acordo com o plano original, Vito teria sido o último a ocupar a posição. Um diretor executivo dispõe de um conselho e de um batalhão de advogados. O presidente tem uma equipe, um gabinete, juízes que devem a ele sua magistratura, além do controle sobre o exército mais poderoso do mundo. A organização Corleone se desenvolveria às claras e seguiria as mesmas diretrizes.

Clemenza foi pessoalmente buscá-los no aeroporto. A mera figura do gordo já era, por si própria, imponente. Ele havia abandonado o

256   Mark Winegardner

hábito de mascar palitos e voltara aos charutos. A única mudança desde a infância de Michael era que agora Clemenza andava com o auxílio de uma bengala.

Dirigiram até Manhattan, pararam numa padaria na rua Mulberry para comprar uma caixa de folhados, e depois seguiram para o apartamento da avenida 93 onde os Corleone mantinham um Bocchicchio como refém — um primo de terceiro grau, com carinha de nenê, que chegara da Sicília na véspera. Ele jogava dominó com Frankie Pants, Little Joe Bono e Ritchie "Duas Armas" Nobilio — homens de Clemenza. O garoto não poderia ter mais que quinze anos. Eles ficaram de pé. Michael e Pete abraçaram e beijaram a todos. Num inglês hesitante, o garoto, cujo nome era Carmine Marino, dirigiu-se a Michael como "Don Corleone" e agradeceu-lhe a oportunidade de conhecer os Estados Unidos. A única janela do lugar havia sido vedada com o que parecia ser piche.

— *Prego* — disse Michael. — *Fa niente*.

— Não trouxeram café? — perguntou Ritchie Duas Armas, abrindo a caixa.

— Faz *você* o café, vagabundo — disse Clemenza. — Ou então vai lá embaixo comprar. Uma padaria boa é difícil de encontrar, mas café a gente compra em qualquer lugar. Você queria o quê? Que eu derramasse café no meu carro limpinho e chegasse aqui com os copos pela metade e o café já frio?

Clemenza piscou o olho, deu um tapinha no ombro de Frankie, tirou os folhados da caixa e, como um guia turístico, apontou as qualidades principais de cada um.

As negociações de paz começaram às duas. Àquela altura, cada uma das famílias convidadas à mesa mantinha um Bocchicchio como refém. Os reféns se entregavam sem resistência. Era assim que os Bocchicchio ganhavam seu dinheiro. Se, por exemplo, qualquer coisa acontecesse a Michael ou Clemenza, um dos Corleone mataria o tal garoto. Nenhum Bocchicchio sossegaria até que o assassinato do garoto fosse vingado — mas a vingança não recairia sobre o assassino, e sim sobre aqueles que haviam atacado os patrões do assassino. Os Bocchicchio constituíam o clã mais vingativo de toda a Sicília, e nunca se deixavam intimidar pela possibilidade de prisão ou morte. Não havia defesa con-

A Volta do Poderoso Chefão   257

tra eles. Um seguro Bocchicchio era melhor do que cem guarda-costas. Os participantes das negociações compareceriam na companhia de seus *consiglieri*.

De volta ao carro, Michael perguntou a Clemenza que idade ele dava ao jovem Bocchicchio.

— Carmine? — O gorducho refletiu por um bom tempo. — Não sou mais bom nisso. De repente todo mundo virou um garoto para mim.

— Parecia ter no máximo 15 anos.

— Ouvi dizer que a família já está acabando — disse Clemenza. — Por outro lado, na minha idade, até *você* às vezes parece ter 15 anos. Sem querer faltar ao respeito.

— Claro que não. — Quinze anos. Quando tinha essa idade, Michael havia subido na mesa, olhado o pai direto nos olhos e dito que preferiria morrer a tornar-se um homem igual a ele. O que aconteceu em seguida ainda fazia Michael se arrepiar, mesmo depois de tantos anos. Não fosse por aquele momento de orgulho infantil e estúpido, Michael costumava se perguntar, teria ele próprio entrado nesse ramo? — Eu nem sabia — ele disse — que um garoto dessa idade podia tomar um avião sozinho.

— Não sei se pode ou não — disse Clemenza —, só sei que ele não tomou um avião. Veio de navio, junto com todos os outros reféns. De terceira classe. Ou de quinta classe, sei lá. No lugar mais barato. Duvido até que os Bocchicchio estejam pagando a ele. Muitas vezes, mandam apenas um parente de meia pataca que deseja morar nos Estados Unidos. Nós estamos pagando um resgate de rei nessa história, você sabe, mas o que eles fazem com o dinheiro? Só Deus sabe.

Clemenza balançou a cabeça rechonchuda, uma expressão de tristeza no olhar. Eles atravessaram a ponte de Tappan Zee e rumaram para o norte.

— Me diz uma coisa, Clemenza — falou Michael depois de um longo silêncio. — Aqueles boatos que você ouviu a respeito de Fredo, o que eram afinal?

— Que boatos?

Michael não desviou o olhar da estrada.

— Aquilo mesmo que eu disse — continuou Clemenza. — A bebedeira, e o resto vem de fontes suspeitas.

Michael respirou fundo.

— Você ouviu dizer que ele é homossexual?

— Ficou maluco? Acha que ouvi uma coisa dessas?

— O homem que ele espancou em São Francisco era homossexual.

— O que não quer dizer que ele também não fosse um ladrão. Um sujeito pode ser ladrão e pederasta ao mesmo tempo. Se todo mundo que matasse um pederasta virasse pederasta também, o mundo estaria cheio de pederastas.

A história de Fredo foi que ele havia saído para uma caminhada a fim de espairecer depois do enterro de Molinari e parou para um drinque. Um garoto do bar seguiu-o até o hotel e depois invadiu o quarto dele para roubá-lo. Fredo deu uma surra no sujeito, que acabou morrendo. Era uma história ridícula — por que, por exemplo, ele não havia roubado Fredo na rua? Por que esperar para roubá-lo no hotel e ter de arrombar a porta? Além do mais, os pais do garoto tinham morrido havia pouco e deixado uma herança de quase trinta mil dólares — nenhuma fortuna, mas por que ele precisaria roubar alguém? Agindo estritamente como advogado, Hagen havia conseguido manter o assunto longe das páginas dos jornais e cuidado para que nenhuma queixa fosse registrada, mas voltara de São Francisco com vários motivos de preocupação.

— Então você tem certeza de que nunca ouviu isso? — disse Michael.

— Não disse que nunca ouvi. Disse que as fontes eram suspeitas. Se fosse acreditar em tudo que dizem essas fontes, eu jamais... Puxa, Mike. Ele é seu *irmão*. Tudo bem, ele fez uma merda, surrou o viado, mas não posso acreditar que você esteja suspeitando dele. É de *Fredo* que a gente está falando, não é? Cabelo anelado, meio baixinho? Gasta sua grana toda com abortos e jóias, casado com uma *atriz de cinema*; é desse Fredo que estamos falando? Vou dizer a você o que ouvi de uma fonte *boa*. Aquele médico que vocês mandaram lá? Segal? O sujeito contou que, mesmo *depois* de começar a sair com Deanna Dunn, Fredo engravidou uma dançarina. Marguerite alguma coisa. *Francesa*, meu amigo, biscoito fino. Isso lá parece coisa de viado?

Michael permaneceu impassível.

Dera a Fredo uma chance de se destacar, e o que aconteceu? Mais bebedeira. Mais dançarinas na cama. Não sabia ao certo o que Fredo estava tentando provar ao se casar apressadamente com aquela *putta-*

na de Hollywood. Embora nada torne um homem mais viril que o casamento. Além disso, naquele momento, a associação de um Corleone a uma estrela do cinema era um ganho importante em termos de imagem pública, mesmo no caso de uma atriz em franca decadência. Esse mérito Fredo tinha.

— Quer saber de uma coisa? — disse Pete. — Você não vai gostar de ouvir, mas vou dizer assim mesmo. Era com *você* que seu pai se preocupava. Com relação a isso. Por um tempo.

Michael aumentou o volume do rádio. Clemenza não havia dito nada que ele não tivesse ouvido da boca do próprio pai. Por muitos quilômetros, nem Michael nem Clemenza disse palavra.

— Os Bocchicchio — disse Clemenza por fim.

— O quê? — perguntou Michael. Eles ficaram calados por tanto tempo que a mente de Michael deixara-se levar por diversos outros assuntos. — O que tem os Bocchicchio?

— Essa coisa maluca deles, só isso. Como é que alguém, sobretudo com a burrice típica de um Bocchicchio, foi capaz de pensar numa ocupação dessas?

— Se o seu destino é uma coisa, você não precisa pensar nela — respondeu Michael. — É só ouvir.

— Como assim, ouvir?

— Se alguém encontrou o seu destino, Pete, esse alguém é você.

Clemenza franziu a testa e refletiu sobre o assunto. Depois arreganhou a boca num sorriso bandalho.

— Ouça! — ele disse. — Acho que é o meu destino chamando! — Arqueou as sobrancelhas numa afetação de surpresa e levou a mão atrás da orelha, como se pelejasse para ouvir algum barulho vindo de fora. — *Pete...* — ele sussurrou de maneira histriônica. — *Pára o carro e vai mijar...*

Nick Geraci lembrava-se do acidente e de tudo mais até o ponto em que entrou em choque e desmaiou na água. Talvez houvesse uma maneira de descobrir de quem eram os dedos que ele havia quebrado, mas preferia jamais saber.

Permanecera inconsciente durante todo o tempo passado no hospital e por muitos dias depois. Quando finalmente acordou, viu-se num quarto amarelo-limão, tão minúsculo que a cama de casal praticamente ocupava o espaço inteiro. A perna estava engessada e em tração numa polia parafusada a uma das vigas do teto. A luz do dia vazava através de uma porta de vidro, do outro lado da qual parecia haver uma varanda. Aquilo não era um hospital, embora ele se encontrasse conectado a toda espécie de equipamento hospitalar. Com os olhos fixos no teto, tentava reconstruir os acontecimentos que o haviam levado até ali. Onde quer que "ali" fosse.

Muitos, muitos médicos são judeus, é claro; no entanto, ao perceber as feições obviamente judias da primeira pessoa que viu depois de recobrar os sentidos, um velho com um estetoscópio pendurado ao pescoço, Geraci deduziu — ridiculamente, ele se deu conta mesmo naquelas circunstâncias, mas também, como pôde constatar depois, corretamente — que onde quer que estivesse, aquilo havia sido obra de seu padrinho, Vincent Forlenza, o Judeu.

— Ele acordou, cambada de gênios! — berrou o médico por sobre os próprios ombros. Na sala ao lado, ouviu-se o barulho de cadeiras afastando-se e de alguém discando um telefone.

— Quem é você? — murmurou Geraci. — Onde eu estou?

— Não sou ninguém — disse o médico. — Nem estou aqui. E se eu puder arriscar um palpite, você também não está.

— Quanto tempo faz que eu cheguei?

O médico suspirou, fez uma série de testes rápidos e examinou os ferimentos. Geraci, lendo nas entrelinhas, supôs (mais uma vez corretamente) que fazia menos de uma semana que ele estava naquele quarto. O que doía mais eram as costelas, mas Geraci já as havia quebrado um número suficiente de vezes para saber que o problema não era grave. O mesmo com o nariz. O médico tirou a perna da tração.

— A única coisa que me preocupa a longo prazo — disse o velho — é a concussão na cabeça. Não foi a primeira vez, foi?

— Eu lutava boxe — disse Geraci.

— Lutava boxe... — repetiu o médico. — E lutava mal, se me permite dizer.

— Por acaso me viu lutando?

— Nunca vi você na vida. Seja quem for, mais uma dessas e você vai virar um quiabo babão.

A Volta do Poderoso Chefão   261

— Quer dizer então que ainda não sou um quiabo. Excelente notícia, doutor.

— Não estou afirmando nada. Mas posso garantir que sua capacidade de recuperação beira as raias do extraordinário.

— Coisa de família — disse Geraci. — Meu pai recebeu a extremaunção depois de um acidente de barco e um mês depois quase completou os 300 pontos numa partida de boliche; ficou por uma bola.

— Sem falar naquela vez em que levou um tiro numa sexta e na segunda seguinte já estava dirigindo o caminhão.

— Você sabe disso?

— Eu não sei de nada. — respondeu o médico, sacudindo os ombros. — Mas não se preocupe. — Ele tamborilou a ponta tampada de uma caneta tinteiro na perna engessada do paciente. — De medicina eu entendo.

Disse a Geraci para não se mexer e saiu.

Geraci sentiu o cheiro de rosquinhas doces. Eram da Presti's, ele sabia. Mais uma suposição ridícula; quem seria capaz de distinguir o cheiro de uma loja de rosquinhas do de outra qualquer? Mesmo que estivesse em algum lugar de Cleveland, jamais poderia esperar que estivesse em Little Italy. Óbvio demais. Minutos depois, contudo, Geraci ouviu alguém subir uma escada com aparente dificuldade. A porta se abriu, e no quartinho amarelo entrou Sal Narducci, o Sorridente, mancando de uma perna, braço estendido, um saquinho da Presti's na mão.

— Quer sentir o gostinho de casa? — perguntou ele. — Vai, pega duas.

Nick Geraci pegou duas rosquinhas.

Alguém da outra sala trouxe uma cadeira, e Narducci sentou-se. Explicou as coisas. Geraci havia sido levado para um apartamento de terceiro andar na Little Italy de Cleveland, a apenas algumas quadras da casa comprida onde ele havia crescido. Além dos homens mais confiáveis de Don Forlenza, ninguém sabia que Geraci estava ali. A idéia tinha sido inteiramente de Don Forlenza, uma decisão que tomara sem titubear ao perceber que, mesmo que o acidente fosse real, a organização dele, ou o próprio Geraci, acabaria levando a culpa.

— Não preciso lhe dizer isto — falou Narducci —, mas muita gente na nossa tradição, se um dos amigos morre de infarto, já vai logo pensando num jeito de se vingar de Deus.

262 Mark Winegardner

— Você estava lá, Sal. Sabe como Frank... como Don Falcone gosta das lutas.

— Gosta das lutas... — disse Narducci. — Verdade! Um golpe e tanto para alguém que estava sentado.

"De nada", pensou Geraci.

— Não é isso, estou falando do boxe. Ele *insistiu*...

— O camarada dele venceu, sabia? Pagaram cinco para um. Se Frank não tivesse morrido, aquele teria sido o dia de sorte dele.

— Minha família... Minha mulher e...

— Charlotte e as meninas estão bem. O seu velho ainda... você sabe. Seu velho. Forte como um touro, certo? Não fala muito, mas até onde a gente sabe, também está OK.

— Eles sabem que estou passando bem?

— Passando bem... — repetiu Narducci. — Você está *mesmo* bem?

— Logo, logo, vou ficar. — Um sujeito que provavelmente era médico disse que, na opinião abalizada dele, ainda não sou um quiabo babão.

— Quiabo babão... Médicos não sabem de bosta nenhuma. Agora vai, diz. O que aconteceu lá em cima para que você dissesse "sabotagem"?

— Eu nunca disse isso.

Narducci ficou surpreso.

— Acho que disse sim.

— Hmm. Não me lembro. Não mesmo.

— Não mesmo... No rádio, não falou nada? Para a torre de controle? Não está lembrando agora?

— Não.

— Não? Pensa direito.

Geraci sabia muito bem por que Narducci estava insistindo no assunto. Caso tivesse *mesmo* havido sabotagem, isso significava que alguém de alguma forma havia se infiltrado naquela ilha e executado o serviço. Ainda que depois descobrissem quem foi ou quem estava por trás da história, Don Forlenza acabaria levando a culpa.

Seria mesmo um caso de sabotagem? Tanta coisa havia saído errado naqueles últimos instantes. Geraci tinha a impressão de que se lembrava de tudo, mas ainda assim não tinha uma idéia clara sobre o que acontecera. Não era improvável que a culpa tivesse sido exclusivamente

A Volta do Poderoso Chefão 263

dele. A consciência de que o avião estava caindo o havia levado a dizer e fazer muita bobagem. Ele havia berrado: "Sabotagem!" A torre pedira que ele repetisse, e ele não repetiu. "Como foi?", e ele não disse nada. Tinha sido *errado* pensar em Charlotte e nas meninas, na dor estampada no rostinho lindo delas quando soubessem que ele havia morrido. Isso não poderia ter tomado mais que alguns segundos, mas quem sabe? Talvez fossem esses os segundos de que ele precisara. Embora não pudesse ver o campo de pouso, Geraci sabia que não estava longe da costa. Houve um problema com o altímetro, sim, mas várias coisas poderiam ter causado isso. Os instrumentos haviam dado informações contraditórias, e ele tivera de se guiar pelo instinto. "Se der ouvidos ao instinto", dissera certa vez seu instrutor de pilotagem, "vai morrer junto com ele". O instrutor era um ex-piloto de teste. "A realidade é absoluta", ele costumava dizer. "Um bom piloto nunca se esquece disso." Geraci achou que talvez tivesse se esquecido.

— As coisas começaram a dar errado — ele disse. — Foi tudo muito rápido.

Narducci preferiu deixar que ele continuasse. Permaneceu imóvel.

— Se disse alguma coisa sobre sabotagem, o que não me lembro de ter dito, eu estava apenas pensando em voz alta, excluindo essa possibilidade. — Geraci achou que já tivesse comido as duas rosquinhas e ficou surpreso ao ver que ainda restava um último pedaço. Comeu-o. — O que aconteceu foi terrível, mas não foi culpa de ninguém.

— Culpa de ninguém... — Narducci repetiu isso mais umas tantas vezes, sem qualquer inflexão especial. — Bem — falou por fim —, isso é muito bom. Mas ainda tenho uma pergunta.

— Sou todo ouvidos.

— O'Malley. Quem sabe que ele é você? Ou poderia descobrir? Tem muita gente esperta no mundo, não se esqueça disso. Muita gente mais inteligente do que parece. Pensa direito, não precisa se afobar. Não estou com pressa. Só de pensar em ter de descer aquelas escadas de novo... — Narducci tremeu o corpo.

A lista era pequena. Incluía apenas o próprio Narducci, Forlenza e o alto escalão da família Corleone. Não era necessário listar todos eles. Se tudo o que Don Forlenza queria era apagar suas pegadas, Geraci já estaria morto àquela altura. Se quisessem ajudá-lo a sair

264 Mark Winegardner

daquela enrascada, Forlenza e seus homens precisariam de algumas informações.

Uma estradinha ao norte do estado de Nova York, mais comumente freqüentada por tratores e caminhonetes, viu-se invadida por um fluxo irregular porém persistente de Cadillacs e Lincolns. Policiais à paisana conduziram o carro de Clemenza até um pasto do outro lado de uma casinha de madeira, numa fazenda. A julgar pela longa fila de carrões meticulosamente estacionados, eles haviam sido os últimos a chegar. Se Hagen ainda fosse *consigliere*, Michael ouviria que Vito Corleone teria sido um dos primeiros. Mas Vito, já no fim da vida, havia pessoalmente orientado Michael a fazer as coisas a seu próprio modo. Clemenza assoviava uma canção folclórica e não disse nada; sequer perguntou quanto teria de andar.

Eles saíram do carro. Atrás da casa havia um toldo com um bufê. Ao lado do toldo, um porco, grande o suficiente para se fazer passar por um jovem hipopótamo, chiava sobre uma pilha de carvão e girava no espeto.

Embora nunca tivessem participado de uma reunião daquelas, Michael e Clemenza aproximaram-se da casinha como se soubessem exatamente o que esperar. Especialmente Michael. Mas ele também achara que sabia o que esperar quando viu-se encolhido naquele tanque anfíbio na costa de Peleliu, pronto para atacar a praia.

Ali não era a mesma coisa, disse a si mesmo. A guerra pertencia ao passado. A paz aguardava no futuro.

— A cada dez anos, hein? — Clemenza deu um tapinha no relógio de pulso. O gesto não passou de uma boa desculpa para que ele parasse um pouquinho e recuperasse o fôlego. — Com a precisão de um relógio suíço.

— Na verdade — disse Michael —, só houve oito. — Apesar do seguro Bocchicchio, ele perscrutou as matas à procura de atiradores ou de qualquer outro que não devesse estar ali. Um hábito.

— Então da próxima vez vão ser doze. Para dar uma média de dez. Ei, espia só aquele porco!

Michael riu.

— Tem certeza de que não quer fazer isso permanentemente?

A Volta do Poderoso Chefão 265

Clemenza balançou a cabeça e continuou a andar.

— *A chi consiglia non vuole il capo.* — Quem aconselha não quer a chefia; um velho ditado. — Nada contra Hagen ou Genco, contra nenhum deles, mas sou do tipo que gosta de ajudar.

A porta dos fundos se abriu. Michael e Clemenza foram recebidos com uma saraivada de cumprimentos, como se de amigos numa festa. Depois de uma última conferida no porco sobre o fogo, Clemenza apoiou a mão no ombro de Michael e entrou também.

Nick Geraci passou semanas naquele apartamento amarelo-limão, acordando todas as manhãs com o perfume das rosquinhas e com o barulho das mulheres de chinelo que resmungavam em italiano e varriam a entrada de suas casas. Charlotte e as crianças continuavam bem — segundo o haviam assegurado — e sabiam que ele se recuperava aos poucos. Foi informado de que Vincent Forlenza e Michael Corleone estavam fazendo o possível para negociar um acordo para trazê-lo de volta em toda segurança. Sequer um dia se passava sem que alguém lhe dissesse quanto ele tinha sorte por ter dois padrinhos, e mais, dois padrinhos que gostavam tanto dele.

Geraci jamais soube o nome do médico que cuidara dele, nem como o sujeito havia se tornado devedor de Don Forlenza. Devia ser algo grande. Para produzir o corpo que mais tarde seria descoberto na vala próxima ao rio, o médico havia ficado ao lado dos homens de Forlenza, com vários relatórios nas mãos, ajudando-os a encontrar um cadáver aproximadamente do mesmo tamanho de Geraci e orientando-os na simulação de ferimentos semelhantes aos que Geraci tivera. O velho costurou os ferimentos falsos com as próprias mãos, imitando o estilo de sutura dos açougueiros do pronto-socorro. Geraci nunca soube de onde tinha saído aquele corpo. A única coisa que quis saber, no dia em que o tiraram dali e o levaram para o Arizona para reencontrar a família, foi se eles sabiam que os ratos comeriam uma parte tão grande do cadáver e, se sabiam, *como* sabiam. O rosto havia sido providencialmente destruído, segundo lhe disseram, e os ratos haviam invadido as vísceras do corpo em putrefação. Era isso o que naturalmente acontecia quando se escondia um cadáver às margens de um rio? Ou eles havia cuidado de tudo apenas para evitar riscos desnecessários?

— Que diferença isso faz? — perguntou Sal Narducci, ao lado dele, no rabecão que os conduzia até a estação de trem.

Geraci sacudiu os ombros.

— Curiosidade científica, só isso.

— Ah, bom. Mania de universitário, deve ser.

— Mais ou menos.

— Aposto que muita gente não deve gostar nem um pouco dessa sua mania.

— Muita gente — concordou Geraci. — Aposto.

Ele havia observado o hábito de Narducci de repetir o que as pessoas diziam e em seguida fazer uma pausa. Acabara de fazer a mesma coisa. As pessoas nunca reconhecem a si mesmas. Num ringue de boxe, é possível nocauteá-las exatamente assim, imitando-as.

— O mais provável — disse Narducci por fim — é que a natureza tenha cumprido o seu papel. Mesmo assim, a gente nunca deve confiar na probabilidade das coisas.

A despeito da distância até o Arizona, Geraci havia se recusado a voar, nem mesmo num luxuoso avião-ambulância, com sistema *hi-fi*, enfermeira bonita, o escambau. Aviões, nunca mais. Então mandaram-no para lá num caixão, a bordo de um vagão de carga até a mesma agência funerária onde ele estivera no verão anterior por ocasião da morte da mãe.

Não precisou passar a viagem inteira dentro do caixão, apenas no carregamento e no descarregamento. No caminho, num vagão com mais quatro urnas e um piano encaixotado, pôde sair, ler, relaxar, jogar cartas com os homens que o acompanhavam e tirar-lhes o último centavo. Ficou com pena deles. Tinha um lugar para dormir, e eles não. Sugeriu que tirassem os corpos de alguns dos outros caixões, mas a idéia não foi bem recebida. Num gesto de boa vontade, quis devolver o dinheiro ganho no jogo, mas naturalmente eles não aceitaram. A boa gente de Cleveland...

Quando o trem parou em Tucson, Geraci despediu-se dos companheiros e fechou-se na urna. Depois de dois dias dormindo naquilo, o

A Volta do Poderoso Chefão 267

travesseiro de veludo já fedia. O próximo rosto que veria seria o de Charlotte, como lhe haviam dito, ou o do pilantra feioso prestes a matá-lo.

Totalmente no escuro, ele ficou imóvel. Dali a pouco ouviu homens falando em espanhol e sentiu a urna ser carregada. Muito sacolejo e muitas pancadas até que ouviu alguém dizer "Atenção!" em inglês; momentos depois foi depositado no chão, ou melhor, despejado. Geraci tapou a boca com as mãos e tentou controlar o chiado dos pulmões que tinham de lutar com os músculos latejantes para se encher. Talvez o próximo rosto que visse não fosse afinal o de Charlotte, nem o de um assassino.

Os homens riam e xingavam-se mutuamente numa mistura de inglês e espanhol. Levantaram a urna. A respiração de Geraci voltou a algo próximo do normal. Ele havia batido a cabeça também, só então pôde perceber. Dali a pouco foi colocado dentro do que provavelmente era outro rabecão. Michael Corleone havia mandado dizer que não o culpava pelo acidente e que, depois de tanto trabalhar naqueles últimos meses, Geraci mais que merecia alguns meses de descanso com a família no deserto. Ele havia recebido garantias de que as coisas iam bem, e de que ninguém estava atrás de vingança. Ninguém estava procurando por ele. Tirá-lo de Cleveland daquela maneira não passava de uma medida cautelar, algo para manter os policiais e os curiosos a distância.

Provavelmente tudo aquilo era verdade. Mas também era o tipo de conversa que um homem ouve segundos antes de levar uma apunhalada.

Todavia, ainda que provavelmente jamais passasse a *gostar* de Michael Corleone, Geraci admirava-o. Confiava nele. Michael salvaria Nick Geraci simplesmente porque *precisava* dele. Precisava de sua lealdade, de sua capacidade de gerar dinheiro, de seu *cérebro*. A intenção de Michael era transformar uma organização composta de camponeses criminosos e violentos numa empresa que pudesse ocupar seu devido lugar no maior esquema legítimo de apostas já inventado: a bolsa de valores de Nova York. Se quisesse chegar lá, não poderia abrir mão de alguém como Geraci. Na ordem geral das coisas, Geraci sabia, ele não passava de um joão-ninguém de Cleveland, um batalhador que

268   Mark Winegardner

agüentava os trancos, trabalhava duro, estudava à noite e saía-se relativamente bem como advogado e empresário de terceiro escalão. No entanto, se comparado à maioria dos homens naquele negócio, Nick Geraci era Albert Einstein.

Mesmo assim, Geraci *havia* cometido erros. Deveria ter enfrentado Falcone e recusado a voar naquele tempo. Não deveria ter dito que suspeitava de sabotagem quando de fato não tinha a menor idéia. Deixar o avião cair: mais um ponto contra. Certamente não deveria ter nadado para longe do acidente como se fosse culpado de alguma coisa. O acúmulo de erros havia limitado suas opções. Agora não lhe restava outra coisa a fazer senão deixar o barco rolar.

Aquela seria uma maneira muito elaborada de matá-lo, embora a possibilidade não pudesse ser eliminada. Ele já tinha ouvido falar de outras ainda mais elaboradas. Já havia *participado* de outras tantas.

Geraci nunca havia odiado Michael Corleone tanto quanto naquela noite em que fora obrigado a matar Tessio. No entanto, do momento em que se afastara da cova aberta de Tessio até aquela viagem de rabecão para onde quer que o estivessem levando, Geraci nunca chegara sequer a pensar no assunto.

O rabecão parou. A urna foi retirada por homens que não diziam absolutamente nada, o que não parecia um bom sinal.

Geraci sentia a cabeça latejar. Mal conseguia respirar. Afinal, urnas funerárias não costumam vir com furinhos de ventilação. Antes de chegar ali, ele não ficara com o tampo fechado por mais de aproximadamente um décimo do tempo consumido naquela última etapa. Achou que morreria sufocado no próprio fedor. Eles abririam o caixão para matá-lo e o encontrariam já asfixiado. No entanto, ele faria o que lhe haviam dito para fazer: ficar com o tampo fechado até Charlotte aparecer para buscá-lo.

Os homens o carregaram através de um chão de cimento e o depuseram em algum lugar. Cimento, só podia ser. Aquilo poderia muito bem ser o quartinho dos fundos da funerária dos irmãos Di Nardo. Na noite da execução de Tessio, aquele crematório para onde levaram as cabeças, o lugar tinha chão de cimento, não tinha?

Também poderia ser um galpão. Um frigorífico. A garagem de alguém. Qualquer coisa.

A Volta do Poderoso Chefão   269

Geraci ouviu uma porta se abrir e, em seguida, as solas de borracha dos sapatos de alguém que se aproximava. Um chão de cimento *encerado*. Prendeu o pouco ar que ainda lhe sobrava nos pulmões.

O tampo se abriu.

Era Charlotte.

Geraci sentou-se e sentiu o oxigênio invadir seu corpo, fazendo formigar os dedos das mãos e dos pés. Sentiu o ar espalhar-se pelas costas, pelo couro cabeludo. Charlotte estava bronzeada e parecia feliz.

— Você está tão bem! — ela disse. Pareceu sincera. Não esboçou qualquer reação ao vê-lo ofegar. Geraci voltou a respirar normalmente. Só então viu Barb e Bev recostadas na parede do fundo, juntas, obviamente assustadas, segurando um par de muletas na altura dos quadris, paralelamente ao chão.

Charlotte beijou-o rapidamente nos lábios. Era como se estivesse dopada, ou algo parecido. Geraci não sentiu cheiro de álcool.

— Bem-vindo ao lar!

— Obrigado — disse Geraci. Bem, aquilo ali não era um lar, mas ele entendeu o que a mulher quisera dizer. No andar de cima, um funeral estava em andamento. Cantoria abafada. Uma oração ou um credo.

— É bom estar... de volta. Como você está?

Geraci esticou os braços na direção das meninas. Elas acenaram com a cabeça, mas ficaram exatamente onde estavam.

— Muito ocupada — disse Charlotte. — Mas estou bem. — Delicadamente, tocou o calombo que se formou onde Geraci havia batido a cabeça.

Barb tinha onze anos; Bev acabara de completar nove. Barb era uma réplica lourinha de Charlotte, tinha até o mesmo bronzeado. Bev era uma menina pálida, forte, de cabelos escuros, a mais alta da turma (incluindo os meninos) e uns cinco centímetros mais alta que a irmã mais velha, que também era alta.

— Elas viram um filme sendo rodado no deserto e desde então não falam de outra coisa — disse Charlotte, acenando para que elas se aproximassem. — Venham, meninas. Contem a ele.

Bev soltou uma das mãos da muleta para que pudesse apontar para o pai.

— Não falei? — disse à irmã. — Não *falei* que papai não estava morto?

— Ainda não — disse. — Mas vai estar.

Geraci fez um gesto para que Charlotte se aproximasse e o ajudasse a sair do caixão, mas ela fez que não viu.

— Papai *nunca* vai morrer — disse Bev.

— Todo mundo morre um dia, bobona — retrucou Barb.

— Ei, meninas — disse Charlotte. — Sejam boazinhas.

Era como se ela não visse absolutamente nada de errado naquela situação, em ter sido conduzida por mais de 3.000 quilômetros até os fundos de uma agência funerária para recuperar o marido acidentado de dentro de um caixão. No andar de cima, um órgão, só Deus sabe por quê, começou a tocar *Yes, Sir, That's My Baby*.

— Ele vai morrer, sim — disse Barb. — Todo mundo morre.

— Mas o papai, não — disse Bev. — Ele prometeu. Não prometeu, papai?

Geraci havia mesmo prometido. O pai dele sempre dissera que promessa é dívida. *Ogni promessa è um debito.* No entanto, somente a própria condição de pai — muito mais que sua profissão traiçoeira — fora capaz de fazê-lo compreender o peso dessas palavras.

—Agora você pode ver o que tem sido a *minha* vida — disse Charlotte. Mas disse com alegria, e com aparente sinceridade. Sorrindo, tomou o rosto machucado de Geraci e beijou-o. Nada muito dramático ou passional, apenas um beijo protocolar entre marido e mulher, ligeiramente mais demorado, do tipo que se troca na mesa do café da manhã. Não o tipo de beijo que Geraci esperaria receber naquelas condições, deitado num caixão com as costelas enfaixadas e uma perna quebrada — e, quem sabe, com uma nova concussão também — enquanto no andar de cima um coro de vozes abafadas cantava uma velha canção popular no velório de um presunto miserável. No entanto, em defesa de Charlotte, talvez não houvesse nenhum tipo de beijo certo para uma ocasião daquelas.

— Pode me dar uma ajuda? — pediu ele. — Para sair daqui?

— Seu pai está esperando no carro. Quer que eu vá chamá-lo?

— Não. — Naturalmente o pai dele não podia se dar ao trabalho de entrar nem que fosse apenas para cumprimentá-lo. —Só preciso de uma ajudinha. Nós dois vamos dar um jeito.

A Volta do Poderoso Chefão   271

E deram. As meninas se aproximaram, juntinhas uma da outra. Haviam ensaiado. Entregaram as muletas ao pai como se fossem duas camponesas ofertando ao rei um singelo presente.

Depois elas caíram no choro, e por um bom tempo Geraci não fez outra coisa senão desfrutar o abraço das filhas. A certa altura, Bev sussurrou:

— Você prometeu.

— E até agora cumpri — sussurrou Geraci de volta.

O estacionamento da agência funerária, com chão de pedrinhas, era grande o suficiente para alojar um *shopping*. Talvez cinqüenta carros, mas Fausto, o pai de Geraci, naturalmente ocupava a melhor vaga, a mais próxima à porta. Era bem provável que tivesse vindo na véspera, avaliado a movimentação do estacionamento e chegado com horas de antecedência apenas para pegar a tal vaga. Sentava-se ao volante do Oldsmobile, olhando para a frente e ouvindo música mexicana no rádio. Mantinha o ar-condicionado no máximo, decerto para ter a oportunidade de usar sua velha jaqueta forrada, com o logotipo do sindicato nas costas. Sequer olhou para trás antes que Nick se acomodasse por completo no banco de trás, depois de muita luta com as muletas.

— Ora, vejam só quem está aqui — disse Fausto Geraci. — Será o Eddie Rickenbacker?

Uma equipe de marceneiros locais fora contratada para construir mesas especiais — compridas, de madeira de bordo — para as negociações de paz. As mesas foram dispostas num amplo retângulo, dentro de um salão de baile que outrora havia servido de estábulo. O verniz dos tampos estava seco, mas de tão recente ainda exalava um cheiro forte. A fedentina não era de todo insuportável, mas logo se misturou ao cheiro dos charutos e dos cigarros. Embora todas as janelas tivessem sido abertas, o *consigliere* da Filadélfia, que havia tido enfisema, e Don Forlenza de Cleveland, que sofria de todos os males sobre a face da Terra, tiveram ambos de acompanhar a reunião numa sala contígua. A temperatura no lado de fora era de cinco graus. A não ser por Louie Russo, que decerto tentava provar alguma coisa, todos permaneceram de cachecol e sobretudo.

Em prol da paz, acordou-se que: o acidente no lago Erie não foi culpa de ninguém. Frank Falcone de fato havia apostado cem mil pratas naquela luta em Cleveland e insistido na viagem à revelia da tempestade. Durante a queda, alguém na torre ouviu o piloto dizer a palavra "sabotagem", mas Geraci estava apenas pensando alto numa situação de muito estresse, justamente *excluindo* a possibilidade de sabotagem. Os raios e trovões dificultaram a compreensão do que se disse pelo rádio. O avião caiu e todos morreram com o impacto, exceto Geraci. Don Forlenza soube do trágico fim de seus convidados recentes e foi informado de que as autoridades suspeitavam de sabotagem. Imediatamente, Don Forlenza assegurou a todos de que ninguém de sua organização havia sabotado o avião. Depois resgatou o afilhado do hospital. O que mais havia a fazer? Tivessem Don Falcone e Don Molinari morrido em conseqüência de uma sabotagem, havia a possibilidade de que a culpa recaísse sobre a organização de Cleveland. Ou sobre seu afilhado, que, inconsciente, não teria a chance de se explicar e de se defender. Quem naquela sala não teria feito o mesmo por um afilhado? Além disso, uma vez que Geraci pertencia à família Corleone, Don Forlenza temia que ele sofresse alguma espécie de violência por parte das outras famílias de Nova York. Geraci havia recobrado a consciência. As autoridades federais haviam descartado a possibilidade de sabotagem. O acidente tinha sido um ato de Deus. Don Corleone havia revelado aos outros membros da Comissão que o piloto desaparecido era Geraci. Como o próprio Don Corleone dissera na ocasião e agora poderia reafirmar, o brevê com nome falso tinha como único objetivo ludibriar os homens da lei, um expediente em tudo semelhante à carteira de motorista que muitos dos presentes traziam consigo ali e agora. Naquele caso, o pseudônimo cumprira sua função. Embora todos naquela sala tivessem sido informados fazia meses de que Gerald O'Malley era na verdade Fausto Geraci Jr., as autoridades haviam presumido que O'Malley era o cadáver encontrado naquela vala, carcomido pelos ratos.

Seria uma homenagem mais que apropriada aos quatro mortos que as discussões, inicialmente travadas no intuito de esclarecer o acidente, logo dessem lugar a outros assuntos. Um acordo de paz duradoura não tardou a ser firmado — o acordo que todos estavam ali para ratificar.

A história oficial era em grande parte verdadeira, mas ninguém naquela fazenda acreditou em tudo que se disse.

Embora nenhuma prova tivesse sido produzida, quase não restava dúvida de que os homens de Louie Russo haviam invadido a pequena fortaleza de Don Forlenza e sabotado o avião. Afinal, os homens naquele avião *de fato* representavam os quatro maiores rivais de Chicago em Las Vegas e em todo o oeste. O acidente havia logrado fazer Don Forlenza se passar por um grande bobo. As rixas de Nova York tinham dado a Russo uma oportunidade que ele soube aproveitar. Ele havia forjado uma aliança com vários outros *Dons* — Carlo Tramonti de Nova Orleans, Bunny Coniglio de Milwaukee, Sammy Drago em Tampa, bem como o novo chefe de Los Angeles, Jackie Ping-Pong. Em Cuba, hospedara-se no palácio presidencial. Ninguém, a não ser os aliados do próprio Russo, via com bons olhos o retorno de Chicago ao poder, mas todos concordavam que ele representava uma ameaça menor como membro da Comissão do que como forasteiro conquistador de territórios. Para a maioria dos homens naquela fazenda, provar a culpa de Russo no acidente não era importante. O que importava acima de qualquer outra coisa era poder voltar à normalidade dos negócios. Mesmo Butchie Molinari havia sido persuadido (por Michael Corleone, aliás) a declarar publicamente que aceitava a versão oficial do acidente e prometer não buscar vingança.

Louie Russo e seu *consigliere* não julgaram necessário defender-se de uma acusação que ninguém havia verbalizado, mesmo sabendo tratar-se de uma acusação sem fundamento. Nenhuma ordem de sabotagem havia saído de Chicago. E se Russo tinha alguma suspeita, preferiu guardá-la para si.

Russo, é claro, sabia de algumas coisas. Jackie Ping-Pong também sabia de algumas coisas. Sal Narducci — que devido aos problemas de saúde de Forlenza sentava-se sozinho à mesa principal, como se já fosse o manda-chuva de Cleveland — sabia de mais outras tantas.

O homem que Narducci contratara para sabotar o avião saiu de férias para Las Vegas e nunca mais foi visto depois.

(Pelo menos depois de Al Neri — que não precisava saber quem deveria matar, nem por quê — lhe acertar uma bala na testa e enterrá-lo no deserto.)

Clemenza sabia de muita coisa, mas não de tudo.

Michael Corleone tinha certeza quase absoluta de que não tinha deixado nenhum vestígio que possibilitasse alguém — amigo ou inimigo, tira ou *capo* — juntar todas as peças do quebra-cabeça.

Quem poderia imaginar que Michael não só havia ordenado a morte de Barzini, de Tattaglia, de seu próprio *caporegime* Tessio e do próprio cunhado — sem falar em todas as mortes colaterais que esses assassinatos haviam deflagrado — como também havia, em seguida, negociado um cessar-fogo e usado o frágil armistício para orquestrar um ataque aos homens naquele avião, incluindo Nick Geraci, que ele recentemente havia promovido a *capo*, e Tony Molinari, um aliado de todas as horas? Não havia rumores de que um ou outro o tivessem traído — em grande parte, é claro, porque não tinham mesmo.

Quem poderia adivinhar qual tinha sido o verdadeiro destino daquele dinheiro entregue por Fontane? Mesmo Hagen havia categoricamente concluído tratar-se de um investimento no novo cassino de Lake Tahoe.

Vendo Michael Corleone ali, tamborilando os dedos no velho relógio suíço que o cabo Hank Vogelsong lhe havia dado de presente, quem poderia imaginar — mesmo tendo apenas *lido* sobre aviões japoneses explodindo em bolas de fogo e partindo ao meio os navios de linha — que um homem que tinha visto tudo o que Michael vira no Pacífico mataria *quem quer que fosse* num acidente de avião?

Todas as manhãs, Fausto Geraci — "é *dje-ra-tchi*", mas, paciência, as pessoas pronunciam as coisas do jeito que elas bem entendem — era sempre o primeiro a se levantar. Fazia café, saía de cuecas e camiseta para o quintal dos fundos da casa de estuque, deitava-se numa espreguiçadeira de alumínio e lia o jornal da manhã, fumando seus Chesterfield Kings como uma chaminé. Terminada a leitura, olhava vagamente para a piscina vazia. Mesmo a presença das netas durante boa parte do ano escolar pouco havia contribuído para melhorar seu humor.

O coração de Fausto Geraci deixara-se acometer por uma amargura mais corrosiva que ácido de bateria. O homem tinha certeza de que o mundo o havia apunhalado pelas costas. Anos e anos arrastando-se

A Volta do Poderoso Chefão 275

da cama, subindo na boléia gelada de um caminhão e transportando qualquer coisa que se pudesse imaginar, além de várias outras que melhor seria nem imaginar. Carregando e descarregando carrocerias, um trabalho árduo que tinha dado como certos todos os recipientes de todas as tralhas que ele transportara a vida inteira. Muitas vezes dirigindo o que pareciam ser carros roubados; ele não tinha como saber. Mas dirigia mesmo assim. Sempre firme na oposição a qualquer injúria aos italianos, sempre fiel àquele patife do Vinnie Forlenza e à organização dele. Chegou a ser *preso* por causa daquelas pessoas. E alguma vez reclamou? Não. Para aquela gente, ele não passava de Fausto, o Motorista, um boi manso que trabalhava duro e obedecia ordens. Fez aquelas coisas todas para eles, coisas que haviam condenado sua alma ao inferno tanto tempo atrás que até a própria mulher já havia dito que desistira de continuar rezando por ela; e por acaso foi tratado como um igual na partilha dos resultados? Não. Recebeu algum dinheiro, é claro, mas judeus e negros eram tratados com mais generosidade do que ele, Fausto Geraci, jamais fora tratado. Ele deveria sentir-se agradecido a eles a vaga no sindicato. Que nada. Ainda era um boneco nas mãos deles. O salário era bom, mas não o suficiente para compensar os dias inteiros atrás de uma mesa ouvindo as reclamações mesquinhas de trabalhadores preguiçosos. Ainda assim ele ouvia, sem dizer quase nada, e cumpria sua obrigação. Passou anos resolvendo os problemas dos outros, mas quem se mobilizou para resolver um único problema dele, quem? Tantos anos de lealdade e um belo dia: *tuf*! Pé na bunda. Deram seu emprego a outra pessoa (Fausto era esperto o suficiente para não tirar satisfações) e pagaram-lhe uma gratificação a título de "aposentadoria prematura". Um cala-boca. Um passa-fora. E o que foi que ele fez? Foi embora. Fiel até o fim. Fiel até *depois* do fim. O bom e velho Fausto.

E quanto aos filhos? Melhor nem falar. A filha era uma solteirona seca, professora escolar, que se mudou de Youngstown para Tucson apenas para transformar a vida dele num inferno — toda noite é a mesma ladainha: "coma isso", "não coma aquilo", "quantos cigarros o senhor já fumou hoje, heim pai?" E o menino, o que tinha *o mesmo nome dele*? Sempre achou-se melhor que todo mundo. Incentivado pela mãe, é claro. Tudo caía do céu para aquele garoto. Casou com uma loura com os peitões até aqui. Conseguiu entrar na universidade, e ainda por cima na faculdade de direito. E aquela história de pilotar? Não passava de mais uma maneira de mostrar ao mundo que era melhor que o pai — um piloto de avião bacana, vejam bem, e não de um caminhãozinho velho, caindo aos pedaços. Cada passo que o ingrato filho-da-puta dava era uma afronta. Nem sabia pronunciar o próprio nome. "Ace *Dje-rei-ce*". Porra. Quem ele acha que tornou tudo isso possível? Vinnie Forlenza, deve ser isso que ele acha. Ou aqueles canalhas de Nova York.

Assim que ouvia os outros se levantando, antes que começassem com a amolação, Fausto saía da espreguiçadeira de alumínio e ia para a garagem. Vestia um roupão e um par de chinelos que sempre deixava por lá. Depois ia dar duro no quintal. Antes de saírem para a escola, Barb e Bev — Deus as abençoe — vinham lhe dar um beijo. Sua vontade era protegê-las de um mundo que mais tarde as decepcionaria e as destruiria, mas em vez disso ficava ali, de roupão, segurando uma mangueira ou um ancinho, sorrindo como um camponês feliz e acenando adeus.

Depois entrava, tomava banho e atravessava a cidade até o *trailer* de Conchita Cruz. Ela mal falava inglês, e ele mal falava, mas de alguma maneira eles haviam se conhecido num bar pouco depois de ele se mudar para Tucson e ver-se enredado naquela trama. Fausto sequer se lembrava daquele primeiro encontro, tão descontraída era a história que eles tinham. *Her-AH-ci.* Era assim que ela pronunciava o nome dele, muito mais próximo do correto que a pronúncia do filho almofadinha. Às vezes eles trepavam, porém o mais comum era passarem uma hora juntos sem perguntas de qualquer espécie. Apenas existindo. A televisão era boa para isso. De vez em quando calhava um baralhinho, uma partida de dominó, até uma massagem nos pés. Almoçavam juntos, no *trailer* mesmo ou na lanchonete da esquina, e depois ele a beijava na testa. Nada de declarações de amor ou promessas: ela partia para seu segundo emprego na fábrica de enlatados, e ele, para um pequeno passeio no deserto. Todos os dias, exceto aos domingos, sempre no mesmo trecho da rodovia, ele pisava fundo no acelerador e fazia o motor do carro trepidar — o motor e o próprio coração, pelo menos era essa a sensação que ele tinha ao ver o ponteiro do velocímetro ul-

A Volta do Poderoso Chefão 277

trapassar os 200. Só então aliviava a pressão e deixava minguar a velocidade, o batimento cardíaco e a alegria. Depois voltava para casa, onde aquele seu xará de meia-tigela e a sueca que se dizia esposa dele estariam discutindo. Nos primeiros dias em Tucson, Charlotte revelara-se a esposa perfeita, e Nick estava de crista baixa por causa da trapalhada com o avião. Mas algumas semanas depois, talvez quando ele tirou o gesso da perna, as implicâncias começaram. Até mesmo uma televisão ligada na hora errada bastava para deflagrar uma discussão idiota. Especialmente isso. A cada dia que se passava o comportamento deles ficava mais parecido com o de Fausto e o da finada mulher; o garoto estava mesmo determinado a zombar do pai.

Eles não tinham nada para fazer. Nada. O desperdício de tempo deixava Fausto Geraci de estômago embrulhado. Charlotte saía e gastava o dinheiro do marido com coisas das quais não precisava. Às vezes Nick alugava um carro e dirigia sem rumo pelas ruas, parando num telefone público qualquer ou num bar pé-sujo que cismara de freqüentar. No mais das vezes, contudo, ficava em casa lendo ou conversando com os homens que vinham lhe trazer recados.

Certo dia, Fausto chegou em casa e encontrou Nick enchendo a porcaria da piscina. Bastou uma leve ruga na testa do pai para que o filho começasse a desfiar um longo discurso, dizendo que, embora a mãe tivesse morrido naquela piscina quando seu coração fatigado pelo câncer parou de bater, ela morrera fazendo o que mais gostava. O que aquele garoto sabia disso? Não havia sido ele quem teve de fisgar o corpo dela da água. Pirralho egoísta. Os desejos da mãe, uma ova! Nick só queria encher aquela piscina para usá-la ele mesmo. Dito e feito: no dia seguinte, Fausto chegou em casa e encontrou-o na água, deitado num colchão inflável e ainda por cima lendo um livro sobre Eddie Rickenbacker. Mais zombaria! Dali em diante ele só faria repetir as histórias do ás da aviação, do piloto de carros de corrida, do magnata da aviação comercial. Um homem notável, Fausto Geraci não podia negar. Herói norte-americano, toda aquela merda do bem. Mas quer saber de uma coisa? No cu de Eddie Rickenbacker!

Nick tratava ambas as filhas como garotos, principalmente a pobre Bev, que idolatrava o pai e provavelmente viraria uma professora de ginástica solteirona e seca como a bruaca da tia. Ele e Charlotte levavam as meninas para todos os cantos: jardim zoológico, circo, concertos, jogos de futebol, cinema — como se tentassem se redimir de alguma culpa.

Todavia, elas haviam se adaptado à mudança como duas campeãs. Tinham feito amizades na vizinhança, tiravam notas boas na escola, o escambau. Eram felizes só por serem crianças, mas os pais não conseguiam enxergar isso.

Quando súbito chegou a hora de voltarem para Long Island, foi Charlotte quem lhe deu a notícia. Aparentemente o filho bacana não podia se incomodar com nada que tivesse a ver com os sentimentos do pai. Fausto Geraci trepou nas tamancas. Não ficou orgulhoso do que fez, mas pelo menos uma vez na vida disse o que tinha para dizer. Aquelas meninas tinham transferido de escola no meio de um ano letivo, vindo para Tucson e contra todas as expectativas tinham se saído muito bem. E agora o quê? Eles queriam que as pobrezinhas se transferissem *de volta* a menos de dois meses do fim do ano letivo? Uma cagada egoísta, isso sim! Por acaso eles não sabiam quanto é difícil para as crianças se adaptarem? Ele não assistiria àquilo tudo de braços cruzados, não senhor. Que Nick voltasse para casa. E Charlotte também. Deus é testemunha, tem muito mais lugares para torrar dinheiro lá do que em Tucson. Mas as meninas iriam ficar. Por acaso Charlotte achava que Fausto Geraci, que passara a vida inteira cuidando dos problemas dos outros, não seria capaz de cuidar daqueles dois anjinhos por apenas dois meses? Seria uma cadela tão estúpida a ponto de achar que poderia cuidar delas melhor do que ele?

Enquanto soltava os cachorros nela, chegou a quebrar, sim, algumas coisas, mas eram coisas dele. Se derramou lágrimas, foram lágrimas de ódio. E agora os canalhas dos filhos queriam que ele consultasse um médico.

É isso que um homem recebe por falar a verdade. Nada. Fausto Geraci não tinha nenhum bem na vida além das duas netas e uma mexicana que morava num *trailer* e quase não sabia nada a respeito dele. E agora as meninas tinham ido embora. Levou-as ele mesmo até a estação de trem e despediu-se delas com um efusivo aceno das mãos. O filho e a megera sequer olharam para trás, nem a filha mais velha. Mas

A Volta do Poderoso Chefão   279

Bev virou-se, empertigou o tronco e soprou-lhe um beijo. Que sorriso lindo! Ela deveria sorrir mais, aquela Bev.

A viagem até a estação de trem o havia feito perder o almoço com Conchita. O passeio de carro agora também não lhe apetecia mais. Então voltou sozinho para a casa vazia. Poderia ter ficado sozinho em qualquer lugar, mas já estava acostumado àquele quintal. Seria apenas uma questão de tempo, ele pensou, até que Conchita sumisse do mapa também. Fausto Geraci olhou para a piscina. Mais um cigarro, talvez dois — no máximo três — e depois ele esvaziaria aquela porcaria para sempre.

Historiadores e biógrafos freqüentemente asseveram que todas as decisões mais ousadas ao longo dos anos de formação de Michael Corleone foram tomadas em oposição ao pai. O alistamento na Marinha. O casamento com uma mulher como Kay Adams. A adesão aos negócios da família quando Vito Corleone estava em coma e incapacitado de impedi-lo. A incursão no tráfico de narcóticos. Algumas fontes chegam a sugerir que Michael Corleone usou a morte do pai como desculpa para declarar guerra aos Barzini e aos Tattaglia muito mais cedo do que Vito Corleone teria julgado prudente.

O primeiro desvio desse padrão de comportamento talvez tenha sido a decisão de Michael de manter Nick Geraci vivo. A despeito do que se possa dizer acerca das conseqüências daí advindas, isso foi exatamente o que Vito teria feito, por quatro motivos.

Primeiro, a nomeação de Geraci como *capo* do antigo *regime* de Tessio havia, como Michael esperava, aplacado qualquer ressentimento que porventura tivesse restado da infeliz porém necessária execução de Tessio. Geraci era popular entre os homens da rua, que não tinham a menor idéia de que ele era O'Malley, que pensavam que a estadia dele em Tucson tivera a ver apenas com a abertura de novos negócios, o que não era de todo falso. Os Corleone tinham alguns agiotas em atividade por lá, eram donos de um bar e de um capitão da polícia e haviam descoberto um fornecedor de maconha protegido por um ex-presidente do México.

Segundo, todos os motivos de preocupação com relação a Geraci haviam sido controlados ou eliminados. Mesmo que Chicago, Los An-

280   Mark Winegardner

geles ou São Francisco jamais mandassem alguém para matá-lo, ele ficaria receoso e isso serviria para mitigar sua agressividade. Geraci parecia profundamente agradecido a Michael pela proteção oferecida após o ridículo seqüestro orquestrado por Forlenza, pelo o retiro em Tucson, pela preparação de seu retorno a Nova York. E agora que Narducci estava prestes a assumir o comando de Cleveland, os laços de Geraci com Forlenza já não eram mais tão preocupantes assim.

Terceiro, Geraci era uma excelente fonte de renda. O homem parecia uma galinha dos ovos de ouro.

Quarto, Michael Corleone precisava da paz. Sua organização não era a Marinha dos Estados Unidos. Não dispunha de um contingente numeroso o bastante, nem qualificado o bastante, para alimentar uma guerra sem perspectiva de fim. Manter Geraci vivo ajudaria Michael a consolidar a idéia de que Louie Russo era o responsável pelo acidente, um componente fundamental para o acordo de paz formalizado naquela primeira reunião de cúpula no norte do estado de Nova York.

Então por que a necessidade de uma *segunda* reunião? Por que a necessidade de realizar reuniões dessa natureza anualmente? E por que realizá-las no mesmo lugar?

Os homens que se reuniram pela primeira vez naquela fazenda certamente não tinham nenhum imperativo para concordar em se reencontrar ali no ano seguinte (com efeito, a reunião de 1957 revelou-se sob todos os ângulos um evento rotineiro, quase desnecessário, uma simples nota de rodapé em comparação à de 1956 e à fatídica reunião da primavera de 1958). Os assuntos a serem discutidos e resolvidos foram discutidos e resolvidos. A paz acordada naquele dia foi histórica e duradoura; até o presente, não se soube de nenhum surto de violência entre as famílias comparável à guerra de 1955-1956 (ou às outras duas que a precederam: a guerra das cinco famílias da década de 1940 e a guerra de Castellammarese de 1933). Não havia nenhum precedente para a fixação de um segundo encontro; todas as reuniões de cúpula haviam sido realizadas em resposta direta aos problemas vigentes.

A decisão de se reunir anualmente foi tomada *não* no encontro de 1956, mas pouco tempo depois. Nada disso teria acontecido não tivesse sido pela mudança repentina no clima e, sobretudo, pelo tal porco gigantesco.

A Volta do Poderoso Chefão 281

A intenção de Michael tinha sido partir tão logo terminassem as discussões em pauta. Mas durante horas as janelas haviam permanecido abertas. Durante horas o aroma do porco assado havia se infiltrado na sala, enfeitiçando narizes e estômagos. Clemenza — à semelhança de quase todos ali — não era o tipo de homem que sairia para uma longa viagem sem antes provar um pedacinho, ou seis. O pão de alho estava delicioso o bastante para fazer um adulto chorar. Não aqueles adultos ali, talvez, mas ainda assim estava ótimo. Além do mais havia torta. Um banquete humilde porém convidativo, no que providencialmente revelou-se o primeiro dia de sol da primavera. Os homens ficaram para comer. Qualquer coisa diferente disso teria sido uma *infamità*.

Michael Corleone sentiu uma mão gelada na nuca.

— Não posso comer carne de porco — disse Russo. Sua voz era pouco mais grave que a da filha de três anos de Michael. — É de partir o coração. Mas se eu comer — ele bateu no próprio peito —, aí é que ele vai partir mesmo. Posso ter uma palavrinha com você antes de ir embora?

Eles saíram para uma caminhada enquanto os outros atacavam a comida. O *consigliere* de Russo foi buscar o carro.

— Não quis dizer isso lá dentro. Sou novo na turma. Os novatos devem fechar o bico e ouvir.

Michael sacudiu a cabeça afirmativamente. Na verdade, Russo havia falado bastante na reunião.

— Nunca freqüentei boas escolas como você — disse ele naquela voz esquisita e aguda —, e portanto estou confuso com relação a uma coisa. Quando, já próximo ao final da reunião, você falou em *mudança*, eu não entendi.

— Não tenho a intenção de dizer a quem quer que seja como administrar os seus negócios. Mas um tempo virá em que outras pessoas vão controlar o crime das ruas, da mesma maneira que os italianos um dia desbancaram os irlandeses e os judeus. Basta ver o que está acontecendo com os negros, que em algumas cidades estão ganhando poder a cada dia.

— Não em Chicago.

— De qualquer modo, não vejo sentido em reunir mais poder e dinheiro se não for para deixar as sombras e sair para a luz. E é isso que pretendo fazer.

Risadas ecoaram ao longe. Sentados numa pedra grande ao lado do toldo, Pete Clemenza e Joe Zaluchi, agora aparentados com o casamento dos filhos, trocavam amenidades e contavam histórias.

— Continuo não entendendo essa história de sombra e luz.

Michael começou a explicar.

— Não, não, não — disse Russo. — Não fale comigo como se eu fosse *estúpido*.

Michael não se desculpou nem deu confiança à explosão mesquinha, o que era espantoso vindo de um *Don*, ainda que de Chicago.

— Vou colocar as coisas da seguinte maneira — continuou Russo. — Você diz que um dia nossos filhos poderão ser deputados, senadores, até mesmo presidentes, mas no entanto essa gente toda trabalha para *nós*.

— Jamais um presidente — disse Michael, lembrando-se do embaixador e pensando "ainda não".

— Ainda não — disse Russo. — Não olhe para mim dessa maneira. Sei que você conversou com Mickey Shea. Por acaso acha que ele negocia só com você?

Vários *Dons* olhavam para eles. A última coisa que Michael queria era que pensassem que ele e Russo estavam tramando alguma coisa.

— É melhor a gente voltar — ele disse.

— Eu não vou *voltar*, esqueceu? Vou embora. Olha, só estou dizendo que, pelo menos em Chicago, nós elegemos quem queremos eleger, e uma vez no poder, eles fazem o que a gente quer que eles façam. Mesmo aqueles que *não* controlamos são controlados por *alguém*.

"Não fale comigo como se eu fosse *estúpido*", Michael Corleone pensou, mas não disse.

— Por que então — concluiu Russo — alguém poderia desejar isso para os próprios filhos? Por que desejar vê-los numa posição de marionete? Ninguém aqui é inocente, você sabe, nenhum de nós, e no entanto alguns têm esses sonhos ingênuos. Não entendo. Nem um pouco.

Os homens sob o toldo chamavam por eles.

Michael sorriu.

— Ninguém está livre do controle de outra pessoa, Don Russo. Nem mesmo a gente.

— Só queria dar a minha opinião — disse Russo. — Ah, e também...

A Volta do Poderoso Chefão   283

— Ei, Mike! — gritou Clemenza. — Quando puder, a gente precisa de você aqui!

— Sim? — Michael disse a Russo.

— Rapidinho — disse Russo. — Só quero esclarecer uma coisa de uma vez por todas. Você sabe, é óbvio, que Capone mandou meu irmão Willie e outro sujeito para ajudar Maranzano naquela época em que ele e seu pai andavam às turras.

Então era *esse* o verdadeiro motivo da caminhada.

— Foi o que me disseram — disse Michael. A *ajuda* tinha sido o mandado de execução de Vito Corleone. A única parte de Willie Russo, o Palito, a voltar para Chicago foi a cabeça degolada.

— Para mim, a culpa foi de Capone. Queria que você soubesse disso. Não era da conta dele a situação em Nova York. — Russo estendeu a mão minúscula e macia. — Seu pai só fez o que tinha de fazer.

Michael aceitou o cumprimento, que se desdobrou num abraço selado com um beijo. Don Russo entrou no carro e partiu.

— Para onde foi Don Russo? — Clemenza perguntou quando Michael voltou ao toldo. Decerto precisou morder a língua para não chamá-lo de Cara-de-Pau na frente dos outros *Dons*.

— Ele não pode comer porco — disse Michael.

— Achei que Vinnie Forlenza fosse o único judeu da turma — brincou Zaluchi.

— Chega! — berrou Forlenza, na cadeira de rodas. — Não fosse pelos judeus que eu mandei para Las Vegas, vocês agora nem teriam um penico para mijar, seus vagabundos!

— Teríamos muito mais dinheiro do que o que eles fizeram para nós — disse Sammy Drago, o *Don* de Tampa — se a gente recebesse dez centavos a cada vez que você diz isso!

Forlenza despachou-o com um gesto de irritação e depois disse:

— Ei, Joe. Você sugeriu uma votação, então vamos votar.

Estimulado pelo churrasco e pela boa companhia, Pete havia dito que aquele encontro deveria se repetir todos os anos; levantando o copo em sinal de assentimento, Joe Zaluchi propusera uma votação. Todos os membros da Comissão, exceto um, ainda estavam lá. O resultado foi unânime.

Pouco antes de voltar a Nova York, Nick Geraci encontrou-se com Fredo Corleone no *saloon* do *set* de filmagem de *Emboscada em Durango*. O lugar parecia real o bastante não fossem pelos cabos e passarelas. Fredo tinha uma ponta no filme (Jogador trapaceiro nº 2), mas ainda não estava de figurino. Sentaram-se a uma mesa próxima à porta de vaivém. Do lado de fora, o diretor, um alemão de monóculo, berrava com alguém porque não estava satisfeito com a tonalidade e a textura da lama.

— Viu essa merda aqui? — perguntou Fredo, jogando sobre a mesa o jornal da manhã. "Rainha do cinema passa lua-de-mel aqui com marido gângster", dizia uma das manchetes. Os dois primeiros parágrafos traziam citações inofensivas de Deanna Dunn. O terceiro mencionava que Fredo também estava no filme, "estreando nas telas como bandido". Depois disso, a matéria resumia-se a um apanhado de notícias velhas, publicadas ao longo dos anos nos jornais de Nova York e salpicadas com a palavra "supostamente". Mas também havia fotos. Fredo ficou furioso por eles terem desenterrado a foto que o mostrava sentado na sarjeta logo depois do ataque a Vito, esbugalhando os olhos em vez de tentar salvar a vida do próprio pai.

— Meu papel não é de *bandido* — ele disse. — Eu pego o bandido *trapaceando* no jogo.

— Qual é o problema? — indagou Geraci. — Se você ligar para o jornal ou for até lá, aí sim eles terão o que publicar. Você só vai piorar as coisas. Belo terno, aliás. Você tem um alfaiate?

— Você disse "piorar", certo? Então concorda comigo. Nada piora se já não estiver ruim.

— Não sei por que você se importa com isso. É só uma porcaria de jornal de Tucson.

— Disseram um monte de bobagens.

Entre outras coisas, que Deanna Dunn ainda era uma "rainha do cinema". Era uma alcoólatra, isso sim, e tanto sua beleza quanto sua carreira já começavam a sofrer as conseqüências disso. Na opinião de Geraci, ela havia se casado com Fredo apenas para manter a vida boa depois que os papéis parassem de surgir por completo.

— Ação! — gritou o diretor do lado de fora.

Uma diligência atravessou em disparada a rua poeirenta, e Deanna Dunn começou a gritar.

A Volta do Poderoso Chefão   285

— Está no roteiro — disse Fredo. — Fontane morre e Deanna grita. — Ela fazia o papel da viúva do xerife. Johnny Fontane era o bandido disfarçado de padre.

— Se você quer a verdade — disse Geraci —, então é melhor não ler os jornais.

— Nós nos casamos há *um mês*. Não fizemos nada escondido, como dizem aqui, e já tivemos nossa lua-de-mel. Um fim de semana em Acapulco e naquele lugar com os jipes cor-de-rosa que andam na praia.

— Lua-de-mel curta, hein?

— Somos pessoas ocupadas.

— Pisei em algum calo, foi?

— Ei, quem não gostaria de passar mais tempo numa lua-de-mel? Você sabe como é.

Geraci não gostaria, não se tivesse de se ver trancado num quarto de hotel com alguém tão patologicamente autocentrada como Deanna Dunn. A não ser que fosse possível fazê-la gritar daquela maneira na cama. O diretor gritou "ação" para uma repetição da mesma cena. Os berros de Deanna pareceram ainda melhores.

— Nunca estive em Acapulco. É bonito?

— Sei lá. Claro. É como um monte de lugares, eu acho. — Fredo esmurrou a mesa, exatamente sobre a foto em que ele aparecia subindo numa limusine no aeroporto. — Que explicação isso pode ter? Ela já está aqui por três semanas inteiras, e eu, entre idas e vindas, quase isso, e só agora essa merda vira notícia!

— Você se casou com uma estrela do cinema, Fredo. Esperava o quê?

— Eu me casei com uma estrela do cinema há *um mês*!

— E agora também é artista, ora bolas!

— Ah, isso é só uma piada, essa história de ator. Não tenho mais do que duas falas.

— Mesmo assim.

— Então por que não falam de mim como alguém com experiência no ramo do entretenimento que agora quer diversificar a carreira, hein?

Geraci reconheceu as palavras de Michael Corleone na boca do irmão. Michael havia concordado com a criação de uma imagem públi-

286   Mark Winegardner

ca para Fredo como parte da estratégia de limpar o nome Corleone, pelo menos aos olhos da população em geral.

— Olha — disse Geraci —, tenho lido esse jornal durante meses. Ninguém lê essa porcaria, pode acreditar.

Fredo riu. Segundos depois ficou sério de novo.

— Isso foi uma piada, não foi?

Geraci deu de ombros, mas depois sorriu.

— *Coglionatore* — disse Fredo, sorrindo também, dando um soco brincalhão no ombro de Geraci.

Até três semanas antes, quando começaram as filmagens, Geraci mal havia falado com Fredo, que se revelara um sujeito absolutamente simpático.

— Você acha que aquele uísque todo é de verdade? — perguntou Fredo, apontando para as garrafas sem rótulo do outro lado do bar rústico.

— Como é que eu vou saber? Por que você não vai conferir?

Fredo refutou a idéia com um tapinha no ar.

— A última coisa de que eu preciso.

Geraci concordou.

— Quer uma aspirina?

— Já tomei.

— Uma noite e tanto, hein?

— É verdade — respondeu Fredo, balançando a cabeça e subitamente aparentando um misto de arrependimento e surpresa. — Agora, meu amigo, toda noite é uma noite e tanto.

Na noite anterior eles haviam saído com as esposas para uma farra na cidade. E num capricho foram para o México. Chegando lá, Deanna Dunn insistiu em ver um show de zoofilia. Charlotte, pelo menos desde aquela manhã, não falava mais com o marido. Mas talvez estivesse irritada porque durante a noite toda, a despeito do que qualquer um dissesse sobre o que quer que fosse, Deanna Dunn sempre arrumava um jeito de trazer a conversa de volta para si mesma. Geraci tentava mudar de assunto arbitrariamente, mas, por mais ridículas que fossem essas mudanças, ela as interpretava como uma deixa para contar mais uma história de Deanna Dunn. Chegando em casa, Char o havia acusado de flertar com a atriz, e ele deixara a acusação entrar

A Volta do Poderoso Chefão   287

por um ouvido e sair pelo outro. Além disso, ela havia ficado francamente decepcionada ao constatar que a rainha do cinema — que ela tanto se orgulharia de incluir no seu círculo de amizades — não passava de uma cabeçuda falastrona que fazia piadas sobre a aversão do marido ao sexo oral — com Fredo bem ali ao lado dela, tentando sorrir como se estivesse no meio de uma crise de cólica — e achava que assistir a um jegue copular com uma adolescente de origem indígena era o que havia de mais engraçado sobre a face da Terra. Todavia, o mais provável era que, dando-se tempo ao tempo, Charlotte relembrasse aquela noite com uma ponta de orgulho, contando às amigas fofoqueiras de East Islip todos os detalhes sórdidos daquela aventura selvagem e fazendo-se passar por uma espécie de *jet-setter* internacional.

Ouviu-se então, no fim da rua, o barulho de uma terrível trombada. A diligência.

— Não se preocupe — disse Fredo. — Também está no roteiro.

— Desculpe — disse Geraci. — É que agora qualquer barulho de acidente me dá arrepios.

— Não tenho esse tipo de poder — disse Fredo. — Se quiser perdão, procure o Mike. O departamento é dele.

Geraci fez um esforço para disfarçar a surpresa. Jamais ouvira Fredo externar qualquer ressentimento em relação ao irmão.

— Então Fontane está aqui?

Fredo fez que não com a cabeça.

— Eles tiveram de chamar um roteirista para eliminar o papel dele do filme, você acredita? É o dublê dele que está morrendo lá fora.

O descaso de Fontane com a própria produtora vinha se tornando um problema cada vez maior, mas aquela tinha sido a primeira vez que ele havia pulado fora de uma produção no meio das filmagens.

— É assim, é? — disse Geraci. — Ele cai fora e fica por isso mesmo?

— Não quero nem falar nisso — disse Fredo. — Deanna fica buzinando numa orelha, Mike na outra, aquele chato do Hagen na outra.

— Você tem três orelhas?

— É essa a sensação que tenho. E não recomendo a ninguém.

Então eles começaram a falar de negócios. Geraci esperava que Fredo — como acontecera nos outros encontros que eles haviam tido —

recebesse as notícias de suas operações em Nova York. Em vez disso, Fredo deu a ele as notícias das conversações de paz realizadas na véspera. Já estava tudo acertado: Geraci voltaria para casa.

De novo, o tipo de conversa que um homem ouve segundos antes de levar uma punhalada. Mas se era isso mesmo o que iria acontecer, por que Michael havia enviado Fredo?

— Tudo bem com você? — perguntou Fredo. — Por acaso ficou surdo? Achei que uma notícia dessas deixaria você nas nuvens.

Os homens da equipe de iluminação entraram no *saloon* para preparar uma cena. Contra-regras começaram a derramar serragem no chão e a espalhar cartas de baralho, fichas de pôquer, copos sujos e partituras para o pianista supostamente de vida curta.

— É que vai ser complicado, só isso — disse Geraci. — Voltar para casa.

Fredo baixou a voz.

— Ei, como está a sua situação com os Stracci? Quer dizer, você sabe, como estavam as coisas entre vocês? Antes dessa história toda por aqui? Tenho uma razão para perguntar.

— Tem uns sujeitos por lá que trabalham comigo. — Sem os tributos que ele pagava a Tony Stracci, as drogas não tinham como chegar a Jersey e depois a Nova York com a mesma facilidade. — Que razão é essa?

— Tive uma idéia. Uma nova fonte de renda. Talvez haja uma parte nela para você também. Acho que pode ser um dos nossos melhores negócios. Quando falei com Mike, ele disse "nada feito", mas quanto mais conheço você, mais fico convencido de que nós dois juntos podemos dobrá-lo.

— Sei não, Fredo. — Geraci fez de tudo para não deixar transparecer sua estupefação. Fredo mal o conhecia e já o estava recrutando para desafiar Michael Corleone. — Se o *Don* vetou...

— Não se preocupe. Disso cuido eu. Conheço meu irmão como ninguém.

— Claro que conhece — disse Geraci. Aquele tipo de deslealdade teria sido imperdoável se tivesse saído da boca de um *soldato* qualquer. Mas do *sotto capo*? Do irmão do *Don*? — Mas vou ser honesto com você, Fredo. Não vou...

A Volta do Poderoso Chefão   289

— Eu aprecio a sua honestidade, mas pelo menos ouve o que eu tenho a dizer, OK? Muito bem. O negócio é o seguinte. Você é advogado,
certo? Você sabia que é ilegal enterrar cadáveres em São Francisco?

Errado, ele não era advogado, mas Geraci não se deu ao trabalho
de corrigi-lo. Foi então que Deanna Dunn irrompeu pela porta de
vaivém.

— Ei, *barman* — ela rosnou —, manda aí uma dose do seu melhor
uísque.

— Muito bom — disse Geraci, porque de fato tinha sido muito bom.
Uma imitação perfeita do ator que fazia o papel de vilão, um bronco
grisalho que também havia começado como pugilista.

— Aquilo ali não é uísque de verdade — disse Fredo.

— Esse apego que você tem com a realidade... — ela disse. — É
uma gracinha, mas guarda só para você, está bem?

— Ah, sim — disse Fredo a Geraci, ignorando a mulher. — Tenho
mesmo um bom alfaiate. É de Beverly Hills, mas vem aqui fazer as provas.
Fontane é seu cliente também, foi assim que fiquei sabendo dele.

— Ao contrário de você — disse Deanna —, Johnny precisa *mesmo*
de calças sob medida. Acontece que o pau dele é tão...

Fredo deu um sorriso amarelo.

— É verdade.

— Dos grandes, heim? — Geraci mal pôde acreditar que Fredo
deixaria aquilo barato.

— É o que se diz por aí — disse Fredo.

— Quem diz?

— Ah, *querido* — Deanna Dunn montou numa cadeira virada. —
Quem *não* diz? — arrematou ela, mexendo com as sobrancelhas.

Geraci pôde ver nos olhos de Fredo que ele estava furioso, mas o
sorriso permaneceu de um jeito tenebroso no rosto do *sotto capo*.

— Fiz um filme com Margot Asthon — disse Deanna Dunn —
quando ela ainda era casada com Johnny. O diretor, Flynn, um irlandês
gordo e asqueroso, vivia debochando dela por ser casada com um fracote de 45 quilos como Johnny Fontane. Isso já tem um tempo. Aí então,
na frente de *tooooodo mundo* e *de tooooda altura*, ela diz: "Ele é magrinho, pode ser, mas suas proporções são perfeitas. Cinco quilos de
Johnny e quarenta quilos de pau."

Fredo explodiu numa gargalhada estridente.

— Muito elegante, essa Margot Ashton — disse Geraci. "E você é quarenta quilos de Deanna Dunn e cinco quilos de cabeção."

— Naturalmente — continuou Deanna —, depois de ouvir isso, fiz questão de conferir pessoalmente se ela não estava exagerando.

A não ser pelas próprias filhinhas, e mesmo assim quando ainda eram bebês, Geraci jamais vira alguém passar diretamente da alegria ao desespero com a mesma rapidez de Fredo Corleone.

— Portanto, posso afirmar a vocês dois, aqui e agora, e com enorme prazer, e bota enorme nisso, que...

— Eu preciso ir — disse Geraci, e foi-se. Ouviria sobre os presuntos de São Francisco em outra ocasião.

Uma coisa continuava a intrigar Pete Clemenza.

Naquela noite no Castle in the Sand... Durante a apresentação de Johnny Fontane, Buzz Fratello e Dotty Ames, quando Mike recebeu o telefonema de Hagen com a notícia do acidente de avião... Por que Mike lhe havia dado um tapinha no ombro, chamando-o para sair ainda *antes* de começar a falar com Hagen? Como ele poderia ter adivinhado que teriam de sair?

Não que Clemenza fosse dizer algo.

Mas esse era o tipo de coisa que dava muito o que pensar. O tipo de coisa que fazia um homem sair de casa em seus pijamas de seda às duas da manhã, acendesse um bom charuto, ligasse os holofotes e encerasse até a alma do seu próprio Cadillac.

Capítulo 15

O congressista — ex-promotor público, opositor ferrenho à incursão da Cosa Nostra em seu adorado estado de Nevada e, de quebra, dono de uma propriedade rural a barlavento de Doomtown — recebeu seu cruel diagnóstico na ala Vito Corleone, recém-inaugurada no hospital. Depois de voltar a Washington, consultou um especialista em busca de uma segunda opinião. O resultado foi o mesmo: câncer; linfático; inoperável; seis meses de vida. Optou por manter a doença em segredo e combatê-la. Se havia alguém forte o suficiente para vencer o "grande C", esse alguém seria o grande touro. Um ano depois e 40 quilos a menos, ele morreu. E como costuma acontecer, a pessoa constitucionalmente responsável pela nomeação de um sucessor era rival político do falecido. O governador pediu a Thomas F. Hagen, proeminente advogado e financista de Las Vegas, para desistir de sua improvável nomeação para candidato a senador pelo partido e aceitar a cadeira na Câmara Federal. O Sr. Hagen abnegadamente concordou em abrir mão de seus planos de um dia poder servir ao povo honesto do estado de Nevada.

A nomeação não foi acolhida com boa vontade. O problema residia menos nas ligações de Hagen — afinal, ele não era o único naqueles tempos com ligações semelhantes — e mais na curta duração de seu domicílio em Nevada. Além disso, ele era um novato na política sem nenhuma experiência no serviço público. Todos os jornais do estado, sem exceção, criticaram a escolha e deram ampla cobertura à controvérsia. As primárias constituíam uma complicação adicional. O finado deputado vinha concorrendo sem nenhuma oposição. Os processos ju-

292 Mark Winegardner

diciais começaram a pipocar, mas a eleição geral de novembro ganhava contornos de uma disputa entre Tom Hagen e um homem morto.

Para amealhar poder, às vezes é preciso controlar aqueles que aparentemente são os menos poderosos. Esse era o segredo da capacidade dos Corleone de controlar juízes. Embora a corrupção e a venalidade grassem em todas as classes da sociedade, o juiz padrão — o povo ficará aliviado em saber — é mais honesto do que o ser humano padrão. Na prática, juízes são mais difíceis e caros de controlar. Mas... Os processos são distribuídos "aleatoriamente" por um serventuário judicial cujo salário não é muito maior do que, digamos, o de um professor de espanhol. Aquele que controlar dez por cento dessas pessoas e uma ampla maioria de juízes terá um poder substancialmente menor do que aquele que tiver aliciado uma ampla maioria de serventuários e alguns poucos juízes estrategicamente colocados, vítimas de seus pendores cínicos, maus hábitos ou segredos impublicáveis.

A imprensa funciona de maneira contrária. Alguns repórteres podem ser vergados por um almoço grátis, uma dívida de jogo perdoada ou até mesmo um copo de cerveja gelada. Mas a maioria possui um temperamento obsessivo ou uma fixação em qualquer coisa que possa vir a ser notícia que prevalece sobre sua lealdade ao que quer que seja. Felizmente, esses também são influenciáveis, ansiosos por furos de reportagem, na direção dos quais costumam correr como um rebanho de cordeirinhos. Para dominar a imprensa é preciso ter influência sobre o topo. O público tem memória curta. Se um assunto é esquecido por uns dois dias e substituído por algo que acabou de sair do forno, os leitores exigem não uma conclusão para a história velha, mas os detalhes mais recentes da história nova. Ou uma história mais nova ainda. Terá pleno controle sobre a imprensa aquele que controlar os que controlam os que decidem até onde irá a cobertura de um assunto e em que parte do jornal ele será tratado.

Alguns dias depois, um sujeito estranho, carismático, com roupas de couro preto e costeletas mais pretas ainda — um cantor-sensação do estado de Mississippi, um branquelo que urrava como um negro — apareceu em Las Vegas pela primeira vez. Hagen sumiu das primeiras páginas, dando lugar ao medíocre desempenho do caipira e a

A Volta do Poderoso Chefão   293

especulações sobre o possível fim não só da carreira do cantor como também daquela nova moda vulgar, de inclinação supostamente comunista, conhecida como *rock and roll*. No dia em que Hagen tomou posse e voou para Washington a fim de assumir suas responsabilidades, a única menção ao nome dele em todos os jornais de Nevada deu-se na matéria de um repórter obstinado de Carson City, que, na obscuridade de uma página interna, tentou fazer um balanço das batalhas jurídicas associadas à disputa eleitoral. O partido do finado deputado corroía-se com lutas internas e injunções e parecia cada vez menos capaz de escolher um candidato e muito menos de colocar o nome dele nas cédulas de votação antes do fim do prazo estabelecido. O deputado Hagen, por sua vez, vinha se saindo melhor. Embora tivesse sido nomeado muito depois do prazo de registro para as eleições de novembro, ele submetera toda a papelada e todas as petições necessárias já na semana seguinte ao anúncio de sua nomeação. O serventuário judicial dissera que, dadas as circunstâncias, a solicitação dos advogados de Hagen para que lhe fosse concedida a prorrogação necessária resumia-se a um "expediente de rotina".

Os *Dons* e seus imediatos agiam cada vez mais como o alto escalão de uma grande empresa ou do governo. Isso, Hagen sabia, era o que Michael achava que queria: a *legitimidade*. Michael prosseguia nessa trajetória sem buscar os conselhos de seu ex-*consigliere*. Até que eles fossem solicitados, Hagen guardaria suas reservas para si.

Ao contrário de Hagen, Michael nunca havia trabalhado para uma empresa privada. *Naquele* ramo, só morria quem cavava a própria cova. Mas nos negócios "legítimos", a coisa era diferente. Antes de pedir demissão e ir trabalhar para Vito Corleone, Hagen havia passado seus últimos meses como advogado comercial trabalhando com "taxas de óbito aceitáveis": quantas pessoas inocentes podiam morrer em acidentes com os carros fabricados pelo cliente antes que as indenizações previstas passassem a justificar o custo da instalação de peças mais seguras e caras. Bebês, colegiais, mulheres grávidas, jovens brancos de alta renda: tudo pesquisado, tudo calculado, tudo registrado no relatório entregue no dia em que ele se demitiu. Seria razoável dizer que aquelas pessoas haviam cavado a própria cova?

No governo a situação era ainda pior, e Hagen sabia disso muito antes de ingressar, ele próprio, no serviço público. Quem não se lembra da explosão do encouraçado *Maine* na baía de Havana em 1898? Tudo uma grande mentira para que os Estados Unidos pudessem declarar guerra à Espanha, e os homens no poder pudessem tornar seus amigos ricos ainda mais ricos (incluindo os magnatas da imprensa que em benefício próprio haviam espalhado a notícia do falso ataque espanhol). Mais pessoas morreram naquela guerra fabricada do que na soma de todos os conflitos da Máfia. São apenas os estereótipos negativos que levam as pessoas a acreditar que os italianos representam uma ameaça ao cidadão comum. O governo, por sua vez, declara guerra todos os dias ao cidadão comum, e os panacas simplesmente comem o seu pão, vão ao seu circo e continuam na ilusão de que vivem numa democracia — uma mentira de tal modo cultuada que eles tornam-se incapazes de enxergar o óbvio, que os Estados Unidos são inteiramente governados por acordos escusos envolvendo os ricos. Em quase todas as eleições, os candidatos mais ricos derrotam os mais pobres. Quando o candidato mais pobre vence, geralmente trata-se de um boneco nas mãos de pessoas ainda mais endinheiradas do que aquelas que financiaram a campanha de seu concorrente mais rico. Tente derrotar os canalhas e veja o que acontece! Ou melhor: veja o que *não* acontece. Este deveria ser o *slogan* dele: "Hagen para o Congresso. Veja o que não acontece!"

Na opinião de Hagen, não havia falcatrua melhor do que o governo norte-americano. É muito difícil processar o governo, por exemplo, e mesmo quando isso acontece, qual é o problema? Toma aí, um milhão de dólares. Depois eles aumentam os impostos em dois milhões. No caso das empresas privadas, alguém em algum lugar precisa comprar o produto vagabundo delas. Mas o que as pessoas podem fazer em relação ao governo? O governo é seu, ele é *você*, você está de mãos amarradas, ponto final.

Fazia anos que Hagen negociava acordos com políticos, enxergando nos olhos mortos daqueles homens os oportunistas desalmados em que eles haviam se transformado, muito antes de ele, Hagen, colocar os pés naqueles gabinetes para explicar o arranjo mutuamente lucrativo que eles seriam praticamente obrigados a aceitar. Esses homens

A Volta do Poderoso Chefão   295

— e muito ocasionalmente mulheres também — aquiesciam sem fazer qualquer objeção, agradeciam a Hagen, apertavam a mão dele, sorriam os seus sorrisos burocráticos e convidavam-no a voltar sempre que quisesse. Se Hagen algum dia se olhasse no espelho e visse aquela imagem nos próprios olhos, o mais provável seria que metesse uma bala entre eles.

Hagen jamais havia esperado ocupar um cargo eleito fora do estado de Nevada (o que ele sempre vira com reservas), e jamais teria chegado lá não fosse pela inesperada oportunidade oferecida pelo predecessor morto. O povo de Nevada parecia tão assustado ao vê-lo no Congresso quanto ele próprio ao se pilhar ali — embora menos assustado que sua mulher, Theresa. As críticas à nomeação de Hagen, mesmo depois de arrefecerem, haviam sido difíceis de suportar. Theresa preocupava-se com o efeito que elas poderiam ter sobre os filhos. E a idéia de tornar-se uma típica esposa de político causava-lhe arrepios. "Você sempre consegue o que quer", ela havia dito ao marido, "e conheço você o bastante para saber que você nunca quis isso." Hagen tentou convencê-la do contrário, mas Theresa viu a verdade nos olhos dele. Ela precisava de tempo para refletir sobre o assunto, e então levou as crianças para passar o verão nas praias de Nova Jersey.

Tom Hagen havia se metido nessa história a contragosto, e talvez fosse justamente por isso que sua chegada em Washington o abalou tanto. Atravessando o Potomac de táxi, deu-se conta, irreversivelmente, de onde estava e de quem ele era. Por mais realista que fosse quanto ao que se passava naquela cidade, Hagen sentiu um nó na garganta quando viu o Memorial de Lincoln.

Naquela primeira noite no hotel, não conseguiu pregar os olhos e botou a culpa na diferença de fuso horário e no café, embora voasse para todos os cantos e bebesse litros de café sem que isso jamais interferisse em sua capacidade de dormir. Quando abriu as cortinas, viu as luzes da esplanada do Capitólio e ficou arrepiado.

Hagen era milionário. Era membro do Congresso norte-americano. Não conseguiu deixar de rir.

Depois se vestiu.

O impulso viera do coração, e Hagen já estava no elevador quando se deu conta da natureza absurdamente sentimental do que estava prestes a fazer.

Ninguém jamais poderia ficar sabendo daquilo.

Ele cruzou a avenida Constitution e parou diante da ponta oeste do lago, que cheirava a ovo podre. As luzes refletiam na água. Um casal do outro lado beijava-se de mãos dadas. Que beleza extraordinária.

Hagen era um *órfão*, isso é o que ele era. Quando tinha dez anos, viu a mãe ficar cega, morrer logo em seguida, e o pai beber até morrer também. Fugiu do orfanato para onde fora levado e viveu mais de um ano nas ruas antes de ficar amigo de Sonny Corleone e ser carregado para a casa dele como um cachorrinho vira-lata. À época, não entendeu por que o pai de Sonny concordou com a coisa toda, mas sentia-se agradecido demais para perguntar. Depois de um tempo, simplesmente parou de pensar no assunto. A mãe morrera de doença venérea, e o pai era um bêbado violento e imprevisível que desdenhava da morte. Hagen já era um especialista em calar as coisas, e até mesmo em não pensar nelas, muito antes de Vito Corleone aperfeiçoar e dominar essas técnicas.

Mas, súbito, naquela noite ele percebeu. *Vito* tinha sido órfão também, fora recebido pelos Abbandando quando tinha mais ou menos a mesma idade de Hagen ao ser recebido pelos Corleone. Vito cresceu na mesma casa em que o homem que mais tarde se tornaria seu *consigliere*. Vito havia recriado uma imagem espelhada daquela dinâmica na sua própria casa, uma vez que Sonny, e depois Michael, teriam Hagen na mesma posição.

Hagen virou-se lentamente, braços estendidos, absorvendo tudo, o Memorial de Lincoln, o de Jefferson, o Monumento de Washington. O Capitólio, e acima dele as estrelas aparentemente inócuas que de alguma forma haviam se alinhado para que aquele fosse o seu novo local de trabalho. Sem sair do lugar, na ponta oeste do lago, refletido e refletindo, Hagen continuou a girar. Não acreditava em Deus, em vida após a morte, em nada que fosse místico, mas naquele momento ele sentiu, sem sombra de dúvida, a presença dos mortos, tão pesada e palpável quanto a de um bloco de gelo. Washington, Jefferson e Lincoln. O finado deputado. Sonny e Vito Corleone. Bridget e Marty Hagen.

A Volta do Poderoso Chefão

Aquele sem-número de anônimos que haviam recebido uma bala na testa ou no coração em nome de algo maior que suas famílias e seus interesses imediatos. Todas as pessoas cujas vidas tinham sido vividas de modo que ele pudesse ter tudo aquilo — de modo que, por quanto tempo fosse, ele pudesse permanecer ali, na pele do grisalho e respeitoso congressista Thomas F. Hagen.

Ao longo de seu mandato no Congresso, ele freqüentemente se lembraria daquele momento e da euforia que sentira — de modo geral, numa daquelas ocasiões surpreendentemente numerosas em que as pessoas pareciam legitimamente e até mesmo abnegadamente interessadas em melhorar a vida dos seus semelhantes. Ao contrário daqueles que consumiam os primeiros anos em Washington vendo seu idealismo ingênuo rapidamente reduzir-se a pó, esmagado pelas injunções da política e do dinheiro, Hagen não tinha ideais a perder. Quando os congressistas que ele vira pela última vez numa de suas visitas de suborno encontravam-no dentro do Capitólio e apresentavam-se como perfeitos desconhecidos, Hagen divertia-se apenas parcialmente. Por outro lado, embora a virtude e a generosidade sejam difíceis de se encontrar no Congresso, para um homem imune a desilusões, elas estão em toda parte.

Mas a euforia de Hagen naquela primeira noite em Washington foi por fim interrompida quando, olhando para o céu da noite, ele sentiu o cano de uma arma nas costelas. Era um negro com um chapéu de caubói na cabeça e um lenço cobrindo o rosto. Usava sapatos com solado de crepe. Hagen não o ouvira se aproximar.

— Espero que esse relógio não tenha valor sentimental — disse o homem.

— Não tem — disse Hagen, embora o tivesse recebido de Theresa como presente de aniversário de casamento. Não um aniversário importante, mas ele gostava do relógio. — É só um relógio.

— É um *belo* relógio, isso sim.

— Obrigado. Não se esqueça de dizer isso ao seu receptador. Gostei do chapéu.

— Obrigado. Você é rico, não é? — ele disse, devolvendo a Hagen a carteira vazia.

— Menos rico agora. — Hagen tinha apenas uns duzentos dólares na carteira.

298 Mark Winegardner

— Sinto muito — disse o homem, afastando-se. — É só um negócio, você entende.

— Entendo perfeitamente — gritou Hagen. Aquela cidade jamais tinha visto uma vítima de assalto mais feliz. — Boa sorte para você, amigo!

Hagen, sendo quem era, havia reservado um tempo mais que bastante para a viagem da casa dos pais de Theresa, em Asbury Park, até Atlantic City, onde se realizaria a convenção nacional de seu partido; desceu pela costa e só quando se viu no meio de um engarrafamento em Atlantic City foi que encontrou motivo para conferir as horas. Ele havia substituído o relógio roubado por uma réplica para não ter de dar explicações à mulher. Mas o havia esquecido na mesinha-de-cabeceira. Podia até vê-lo; estava bem ao lado das suas credenciais para a convenção. Para aliviar a raiva, deu um tapa no volante do carro.

Tinha sido uma estupidez não ter ficado num hotel em Atlantic City, mas Hagen vinha tentando dobrar Theresa, e tinha sido ótimo rever as crianças. Mesmo os meninos tinham ficado contentes com a presença dele, com a oportunidade de jogar um pouco de bola-ao-cesto com o pai, conversar sobre garotas, carros e até mesmo aquela música infernal que eles tanto adoravam. Tudo havia chegado a bom termo. Theresa voltaria para casa tão logo terminasse o verão — Hagen tivera dúvidas quanto a isso — e ainda por cima havia dito que participaria de vários eventos da campanha desde que Tom lhe conseguisse um assento na diretoria daquele novo museu de arte moderna, ainda em fase de projeto. Mas ele subestimara o desgaste daquelas idas e vindas, e, é claro, o dia de maior congestionamento era o único dia em que ele realmente precisava estar lá, e, de tão sobrecarregado que estava, era natural que acabasse esquecendo-se das coisas. Se não tivesse procurado fazer tanto em tão pouco tempo, teria arregimentado seu chefe de gabinete — um fedelho antipático, porém irritantemente eficaz, graduado em Harvard e pessoalmente recomendado pelo governador —, e Ralph teria se certificado de que o patrão havia recolhido tudo, por mais que tivesse se distraído com um mergulho de última hora na companhia da filha.

Hagen não saberia dizer se vinha batendo no volante do carro por um minuto ou uma hora quando por fim se viu no espelho retrovisor,

A Volta do Poderoso Chefão 299

vermelho e ensopado de suor, à beira de uma crise cardíaca. Então respirou fundo. Tirou um pente do bolso e procurou se recompor. Estava sem o crachá do estacionamento e portanto teve de deixar o carro numa vaga bem distante da passarela do centro de convenções. Quando por fim chegou lá, estava tão suado e descabelado que, apesar de suas táticas inventivas com diferentes porteiros, não conseguiu entrar no salão a tempo de ver o discurso de nomeação do governador James Kavenaugh Shea. A julgar pelo rebuliço dos presentes, o discurso fazia sucesso.

Pela primeira vez, Hagen notou as palavras talhadas na fachada de calcário do prédio: CONSILIO ET PRUDENTIA. Latim. "Conselho e prudência." *Consiglio. Prudenza.*

Do jeito que as coisas iam, Hagen não se surpreenderia se um dia a Máfia alugasse um lugar daqueles para a realização das suas próprias reuniões. Ficaria chocado, mas não surpreso. Se ainda fosse *consigliere*, Hagen não hesitaria em alertá-los de que as reuniões em que podiam ser encontrados homens das diversas famílias — casamentos, funerais, finais de boxe, os donos secretos de uma boate tentando impressionar os de outra com shows cada vez extravagantes, cantores cada vez mais famosos — haviam se tornado freqüentes demais, glamourosas demais, até mesmo os enterros. Tinha ouvido dizer que na reunião de Nova York ficara decidido que os encontros repetiriam-se anualmente. O que viria a seguir? Certificados de participação? Cobertura ao vivo pela televisão?

Do lado de dentro, mais vivas.

Hagen deu um suspiro, cruzou a passarela e sentou-se num banco.

A alguns metros dali, operários apressavam a montagem do palco temporário para o show ao ar livre que Johnny Fontane realizaria ainda naquela noite. Além deles, uma equipe de filmagem fazia os seus preparativos; eram funcionários da produtora de Johnny Fontane, embora não houvesse planos para exibição das imagens em outro lugar além da mansão do próprio Fontane em Beverly Hills. Homens descarregavam cadeiras e plataformas — fornecidas pela família Stracci — da carroceria de caminhões.

Que importância tinha que Hagen não tivesse ouvido aquele discurso? Quem saberia que ele não estivera presente? Que diferença fazia que, não fosse pela habilidade de Tom Hagen como negociador, aquela convenção provavelmente tivesse se realizado em Chicago? Outras pessoas colheram os louros, e, no fim das contas, era assim mesmo que Hagen gostava. Não era da sua natureza exigir reconhecimento pelo que quer que fosse, como precisam fazer aqueles que desejam ganhar o voto dos patetas que crêem viver numa democracia.

Hagen enxugou a testa, torceu o lenço e enxugou-a novamente. Ele havia cuidado das negociações, mas o plano fora de Michael Corleone, e aquilo — a realização da convenção em Atlantic City — havia sido um golpe de mestre. Possibilitara a coadunação de várias coisas. Os Stracci controlavam a máquina do partido no estado. Mas Black Tony (que vinha tingindo o cabelo de preto-piche desde criança) não tinha conexões fora de Nova Jersey e tinha ficado mais do que agradecido pela total colaboração dos políticos controlados pelos Corleone. Os Stracci beneficiaram-se ainda mais porque controlavam os serviços de aluguel de toalhas, lavanderia e remoção de lixo em Atlantic City, além dos cassinos ilegais nos Jersey Pallisades. Isso havia sedimentado uma amizade entre os Corleone e Don Stracci, permitindo ao *regime* de Ace Geraci usar o porto para a operação de contrabando que ajudaria a financiar muito do que viria mais tarde.

O governador Jimmy Shea ficou com o mérito de trazer para Nova Jersey a convenção e todos os benefícios econômicos decorrentes dela. Teve a oportunidade de fazer um grande discurso, transmitido ao vivo e em horário nobre pelas três redes de TV, sem correr o risco de sair derrotado nas primárias. Em retribuição a esses favores, seu irmão Danny (que não sabia em nome de quem seu pai estava intervindo) ajudou a truncar um processo contra qualquer uma das famílias em razão dos assassinatos recentes. E (mais uma vez por intermédio do embaixador) Jimmy Shea concordou em não fazer oposição a um decreto de legalização do jogo em Atlantic City. Assim, com um belíssimo discurso, Jimmy Shea teve a oportunidade de preparar o terreno — soubesse ele ou não — para tornar-se o primeiro presidente norte-americano a dever sua eleição à Cosa Nostra.

Ele saberia disso cedo ou tarde, não havia dúvida.

Do interior do prédio veio uma explosão de aplausos. Uma banda de metais começou a tocar o hino da aeronáutica, *Into the Wild Blue Yonder*.

A Volta do Poderoso Chefão   301

Aquela convenção poderia ser tomada por uma espécie de pedra fundamental do período de paz. Hagen havia sido o pivô de tudo, mas no momento mais importante, onde estava ele? Num banco, do lado de fora, olhando para dentro. Jamais chegou a botar os pés no centro de convenções. O lugar abrigava o maior órgão de tubos do mundo, alguém lhe dissera. Todos os anos servia de sede para o concurso de *Miss* Estados Unidos, que Hagen já havia visto pela televisão. Por certo, a única diferença entre as opiniões da *Miss* Alabama sobre a oportunidade (bate à porta!), as crianças (o futuro!), a educação (a favor!), os preceitos de uma vida decente (trabalho duro! fé em Deus! família!) e a paz mundial (possível ainda nesta vida!) e aquelas do governador Shea era que Shea não tinha de expressá-las de salto alto e traje de banho.

Aos diabos com tudo aquilo. Por que Hagen deveria se importar?

Hagen caminhou até o hotel em que o embaixador havia alugado um enorme salão de recepções; achou que seria o primeiro a chegar, mas, com um pouco de sorte, acharia algo para beber. Uma guirlanda de veludo azul com um logotipo de sindicato dava as boas-vindas aos delegados, mas o embaixador havia pago por tudo na surdina. O lugar já estava surpreendentemente cheio. Jimmy Shea havia terminado seu discurso, e uma maré crescente de pessoas invadia o salão, tecendo loas ao brilhantismo do governador, lamentando que ele tivesse feito o discurso de nomeação em vez do discurso de agradecimento e cogitando que Shea — jovem, carismático, herói de guerra — talvez tivesse alguma chance em novembro, ao contrário daquele ranzinza sem graça de Ohio que o partido escolhera como ovelha sacrificatória.

Hagen sabia que algumas daquelas pessoas haviam sido plantadas ali para elogiar o discurso de Shea, a despeito dos méritos do próprio discurso. Sabia também que o heroísmo de guerra do governador, ainda que genuíno, havia sido exagerado aos olhos do povo pela extensão e pela natureza da cobertura dada pela imprensa à época, cobertura essa que Hagen pessoalmente orquestrara. E sabia ainda, mesmo com tão pouco tempo em Washington, que o "ranzinza sem graça de Ohio" era um homem honrado e formidável. O que ser jovem e carismático tinha a ver com ser presidente, Hagen não conseguia entender. Serviu-se de um uísque duplo com água e esquadrinhou o salão à procura daqueles cujas mãos seria prudente apertar. Foi então que se ouviu um

302 Mark Winegardner

tumulto na porta, incluindo gritinhos histéricos. Ao virar-se para ver o que era, Hagen sentiu alguém tocá-lo no ombro.

— Meu deputado! — disse Fredo Corleone, trajando um *summer*.

— Prometo votar em você, amigão. Pode me dar o seu autógrafo? Hagen falou ao ouvido de Fredo:

— O que está fazendo aqui? Como está a mamãe?

Fredo estava bêbado. Apontou para a porta com o polegar.

Não havia sido Shea quem chegou, como Hagen havia suposto, mas Johnny Fontane, com todo o seu séquito.

— Vim com Johnny — disse Fredo.

— E mamãe? — Duas semanas antes Carmela Corleone havia sido levada às pressas para o hospital, onde fora diagnosticado um coágulo no cérebro. De início, achou que não sobreviveria, mas acabou se recuperando. Da última vez que Hagen havia estado em Nova York, Fredo o havia assegurado que ficaria na cidade para supervisionar as coisas, mas lá estava ele agora: em Atlantic City.

— Ela está bem — disse Fredo. — Já está em casa.

— Sei que ela está em casa. Por que você não está ao lado dela?

— Fique tranqüilo. Estou a caminho.

Hagen tinha dúvidas quanto a isso. Connie Corleone havia abandonado Ed Federici e escapulido para a Europa com um *playboy* alcoólatra que fizera nada mais que mandar flores e um telegrama. A tia de Carmela havia morrido no início daquele ano. Mike e Kay haviam passado uns dias com ela, mas precisaram voltar para Nevada. Haviam contratado uma enfermeira. A única pessoa da família que Carmela tinha por perto era Kathy, a filha de Sonny, que vivia num dormitório em Barnard.

Hagen apontou o queixo na direção do grupo que acompanhava Fontane, do qual faziam parte Gussie Cicero, proprietário de um clube em Los Angeles e parceiro de Jackie Ping-Pong, e dois homens do clã de Chicago.

— O que *eles* estão fazendo aqui?

— Também vieram com Johnny.

— Como assim?

— Gussie era casado com Margot Ashton antes de ela se casar com Johnny, lembra? E agora somos amigos. Relaxa, Tommy. É uma festa, não é? Caramba, você viu aquele discurso?

A Volta do Poderoso Chefão   303

Fredo tinha credenciais para a convenção?

— Você estava lá?

— Vi pela TV. Estávamos na suíte em que Gussie e Johnny estão hospedados. Jimmy e Danny estavam lá ontem à noite também. O bicho comeu. Você devia ter aparecido.

Hagen não tinha sido convidado, não fazia a menor idéia.

— Jimmy e Danny Shea?

— Quem mais poderia ser? Claro que é Jimmy e Danny Shea!

Hagen sabia que deveria deixar aquela conversa para mais tarde. Depois de toda aquela grita da imprensa por conta da sua nomeação, ser visto em público ali, dizendo qualquer coisa além de "olá", não poderia ser bom.

— Onde você está hospedado?

— Aqueles ali são os maiores que você já viu, ou o quê? — Fredo apontou para Annie McGowan e seus famosos peitões. Era a loura que vinha logo atrás de Johnny Fontane, ao lado do humorista que Fontane chamava de Numbnuts, que perdera para Annie o lugar de número de abertura no show de Johnny, mas que por algum motivo ainda fazia parte do séquito dele. Annie McGowan, por sua vez, ocupara o lugar da envelhecida Mae West como alvo das piadas sobre mulheres peitudas.

— Agora preciso ir, Fredo.

— Já foi apresentado a ela?

— Uma vez — disse Hagen. — Mas não deve se lembrar de mim.

Por fim, Jimmy Shea fez sua entrada, cercado pelo pai e pelo irmão. O salão eclodiu numa salva de palmas e numa versão gravada do hino da Aeronáutica.

— Shea e Hagen para 1960! — berrou Fredo.

Até onde Hagen podia perceber, Fredo estava completamente bêbado.

Hagen saiu de fininho. Àquela altura o salão já transbordava de gente. Ele tentou cumprimentar as pessoas certas, mas estava difícil. Fez o que pôde; mais de uma vez, contudo, estendeu a mão para alguém que acreditava ser um senador, deputado ou secretário de alto escalão e recebeu de volta um olhar vazio. Tentou encontrar membros da delegação de Nevada — os únicos que supostamente haviam notado a ausência dele na convenção. Mas só encontrou uma professora primária de Beatty, fosse lá onde isso ficasse.

— Portão para o vale da Morte! — ela berrou em meio à algazarra.

— Ah, claro — disse Hagen. "Eles se orgulham disso em Beatty?"

— Minas — disse a professora. — É isso o que temos por lá. Embora muitas tenham sido fechadas.

— É por isso que temos de tirar os canalhas do poder! — berrou Hagen.

Ela franziu a testa. Talvez por causa da palavra "canalhas", talvez porque o próprio Hagen fosse um dos canalhas que ela gostaria de tirar do poder, mas antes que ele pudesse se desculpar, o rosto da professora se iluminou.

— Você é ótimo! — gritou ela, visivelmente encantada.

Hagen precisou de um segundo para se dar conta de que o governador Shea se aproximara dele, por trás, usando o sorriso de orelha a orelha como uma espécie de abre-alas. Dirigindo-se à professora, o governador sacudiu o polegar e disse:

— Muito obrigado, prazer em vê-la. — Depois deu um tapinha no ombro dela. Em seguida apertou a mão de Hagen (eles nunca haviam sido apresentados), e ainda antes de soltá-la já olhava para a pessoa seguinte na multidão. E pronto. Mas a expressão de pós-coito nos olhos da professorinha serviu de uma bela lição política para Hagen. Ser jovem e carismático não tinha nada a ver com ser presidente, mas muito a ver com ser eleito.

Hagen aproximou-se do ouvido dela e disse:

— Então suponho que você viu o discurso do governador.

— Um discurso a gente *ouve*, não vê — respondeu ela, franzindo a testa novamente.

— Certo — disse Hagen.

Então ela aproximou-se do ouvido de Hagen e disse:

— Permita-me economizar o seu tempo. Nunca votei fora do partido na minha vida, mas é isso que vou fazer em novembro; vou votar contra o senhor.

Ela se afastou, piscando os olhos para realçar o sarcasmo.

O que ele poderia dizer, "Senhorita, o meu concorrente está morto"?

A Volta do Poderoso Chefão   305

— Muito bem, então — foi o que ele disse, dando um tapinha no ombro dela, inconscientemente copiando Shea. — Prazer em vê-la.

Hagen coleou através da multidão. Por mais apinhado que estivesse o salão, não havia quase ninguém na fila do bar. Quase todos estavam babando diante das celebridades.

Fontane, Shea e Annie McGowan haviam subido numa mesa. Fontane e Shea abraçavam-se, e Annie estava mais ao lado, as mãos tapando a virilha como uma folha de figueira. O embaixador, no chão ao lado deles, meteu os dedos na boca e assoviou. Era difícil para Hagen não olhar para ele sem se lembrar daquela figura pelada e queimada de sol dentro da piscina. Fontane pediu a todos que cantassem *America the Beautiful* junto com ele.

Alguns anos antes, Hagen havia levado Andrew a uma loja de brinquedos para ver Annie McGowan, quando Andrew ainda era pequeno e o show de marionetes dela, *Jojo, Mrs. Chesse & Annie*, estava apenas em início de carreira. No ano anterior, mais ou menos na mesma época em que Annie abandonou Danny Shea (que afinal era casado) e juntara os trapos com Johnny Fontane, ela havia desistido do programa de televisão para tornar-se cantora.

Shea desceu da mesa, acenando. Fontane e Annie permaneceram onde estavam, berrando uma canção que originalmente servira de homenagem a outro estado e agora era usada para exaltar as virtudes de Nova Jersey.

Hagen tirou do bolso a ficha em que seu chefe de gabinete havia listado — numa caligrafia minúscula e perfeita — as festas às quais ele deveria comparecer logo mais à noite, incluindo endereços, indicações de caminho, as pessoas que ele deveria procurar, até mesmo sugestões de tópicos a serem abordados. Que nada. Ele já havia visto o suficiente, suportado o que era possível suportar. Hagen voltaria ao encontro de sua família em Asbury Park.

A caminho da saída, viu Fredo sentado no saguão do hotel, conversando com os dois sujeitos de Chicago e um homem de paletó xadrez, Morty Whiteshoes, que trabalhava principalmente em Miami.

— Já está indo, Tom? — berrou Fredo.

Tom fez um sinal para que ele não se levantasse e disse:

— Vejo você logo mais.

— Não, espera — disse Fredo. — Vou acompanhá-lo. — Depois desculpou-se com os outros. — Volto já.

Fredo juntou-se a Hagen já na passarela congestionada. Hagen andava mais depressa que o necessário.

— Preciso perguntar uma coisa a você.

— Está tudo sob controle — disse Hagen, presumindo que ele se referia à trapalhada de São Francisco no ano anterior. — Tudo arquivado. Fique tranqüilo, OK?

— Olha. Por acaso Mike contou a você sobre essa idéia que eu tive? Uma idéia brilhante, aliás, em que a gente conseguiria a aprovação de uma lei que proibisse as pessoas de serem enterradas em Nova York. Em nenhum dos distritos, nem em Long Island.

— Fala baixo. — Instintivamente, Hagen olhou para os lados.

— Não estou falando *desse* tipo de enterro — disse Fredo. — Estou falando de enterros normais, você sabe. Todo mundo. A gente consegue um decreto de zoneamento e...

— Não — disse Hagen. — Você sabe que eu não participo mais dessas coisas. Olha, agora preciso mesmo ir. — Ele se pôs na frente de Fredo e começou a andar de costas, na esperança de pôr fim àquela conversa. — Dê um abraço em Deanna por mim, está bem?

Fredo parou, aparentemente confuso. Hagen não podia ver os olhos deles através dos óculos escuros.

— Deanna, sua mulher — disse Hagen. — Lembra-se dela?

Fredo fez que sim com a cabeça.

— Diga a Theresa e às crianças que eu mandei um abraço. Não esquece, hein?

Algo na maneira em que ele disse isso deixou Hagen preocupado. Os dois foram juntos até um beco afastado.

— Tudo bem com você, Fredo?

Fredo deu de ombros, olhando para o chão. Parecia um dos filhos birrentos de Hagen.

— Tem mais alguma coisa que você queira me contar sobre o que aconteceu em São Francisco?

Fredo levantou a cabeça e tirou os óculos.

— Vá se foder, Tommy. Eu não lhe devo satisfações.

— Em que espécie de merda hollywoodiana você se meteu, Fredo?

A Volta do Poderoso Chefão 307

— Não ouviu o que eu acabei de dizer? Não lhe devo nenhuma satisfação.

— Por que diabos todos os amigos de Fontane estão dormindo com as mulheres com quem ele costumava dormir, ou costumavam dormir com as mulheres com quem ele está dormindo?

— Como é que é?

Hagen repetiu o que disse antes.

— Isso é muito baixo, Tommy.

E era.

— Esquece — disse Hagen.

— Não, eu conheço você — disse Fredo, encurralando Hagen, espremendo-o contra a parede do beco. — Você não esquece porra nenhuma. Continua remoendo as coisas na cabeça até achar que tem uma solução, mesmo quando não existe solução *nenhuma*, ou a solução é tão simples que você nem agüenta, porque então você não pode ficar pensando — nesse ponto ele deu um soco no tórax de Hagen — e pensando — outro soco — e pensando — mais um soco — e pensando até começar a soltar fumaça!

Hagen estava com as costas grudadas na parede de tijolos encardidos. Fredo comportara-se como um garoto violento durante uma época, mas depois essa parte dele simplesmente desapareceu. E reapareceu quando surrou aquele pederasta em São Francisco.

— Eu preciso ir — disse Hagen. — Tudo bem? Eu preciso ir.

— Você se acha muito inteligente — Fredo deu um empurrão no peito de Hagen —, não acha?

— Deixa disso, Fredo. Fica calmo.

— Anda, responde!

— Você está armado, Fredo?

— Por quê? Por acaso tem medo de mim?

— Sempre tive — disse Hagen.

Fredo riu, mas não um riso de alegria. Espalmou a mão e acertou no rosto de Hagen algo mais forte que um tapinha e menos forte que um tapa de verdade.

— Olha, Tommy. Não é complicado.

— O *que* não é complicado? — perguntou Hagen. Depois crispou os lábios e sacudiu a cabeça. — Então tá, não é complicado.

— Não, não é. — O hálito de Fredo cheirava a vinho e cebola. Ele havia negligenciado um pedacinho do pescoço ao se barbear. — Acontece que, se você gosta de boceta como Johnny, e todos os seus amigos gostam de boceta, a coisa acaba acontecendo. Pode acreditar. O número de bocetas boas nesse mundo não é lá muito grande, e cedo ou tarde todas elas passam pelo mesmo pau. Está entendendo?

— Pelo menos em tese — disse Hagen. — Claro, estou entendendo.

Fredo recuou e recolocou os óculos.

— Da próxima vez que se encontrar com Mike — disse Fredo —, diz a ele que tenho mais detalhes sobre meu plano, OK?

— Ora, Fredo. Como eu disse, já não...

— Vá embora, porra. — Fredo apontou vagamente na direção do mar. — Se você precisa ir, vá!

Naquela noite, quando Tom Hagen chegou na casa dos pais de Theresa em Asbury Park, os filhos rolavam na grama do quintal da frente, brigando.

Ele desceu do carro. A briga aparentemente devia-se a uma garota que interessara a Andrew primeiro e que Frank havia beijado. Hagen deixou a coisa prosseguir por um tempo, mas tão logo viu Theresa aparecer na varanda da frente, assoviou e apartou os brigões. Mandou que entrassem no carro e depois entrou em casa para buscar o relógio. Encontrou Gianna assistindo a um filme de faroeste na companhia dos avós. Pegou-a no colo e reuniu toda a família no carro para comprar sorvete.

— Mamãe tem sorvete em casa — disse Theresa, mas vendo o olhar fulminante de Tom, aderiu ao plano dele.

Eles chegaram à sorveteria, não muito distante da rodovia, segundos depois de as portas se fecharem. Tom Hagen foi até os fundos e deu uma nota de cinqüenta ao proprietário; pouco depois a família Hagen sentava-se em torno de uma mesa de piquenique verde e melada, sob uma lâmpada de mercúrio amarela. Uma família. Gianna — puxando ao pai — comia seu sorvete com os modos de uma professora de etiqueta, sem deixar cair uma gota sequer. O *sundae* de Theresa derretia enquanto ela limpava o rosto de Andrew com um guardanapo

A Volta do Poderoso Chefão 309

de papel molhado de saliva. Andrew comia algo com pedacinhos de *brownie*. Frank devorava uma *banana split* servida num prato verme-lho em forma de canoa. Tom apenas bebia café.

Assim que todos terminaram, Tom Hagen ficou de pé diante da mesa e informou a todos que eles passariam o resto do verão em Washington, como uma família. Antes que começassem as aulas, eles voltariam de carro para Nevada, juntos, como uma família. Quando ele perdesse as eleições para um homem morto, o que na opinião dele era quase uma certeza, eles enfrentariam a situação também, e como?

Gianna levantou a mão e foi logo dizendo:

— Como uma família!

— Isso mesmo, espertinha — disse Hagen, beijando os cabelos ruivos da filha. — Sei que tudo isso tem sido muito difícil para todos vocês. Sei que os jornais disseram coisas absurdas, e sei também que muita gente deve ter dito a vocês coisas ainda piores. Mas estamos nis-so juntos. Por enquanto, sou um dos deputados federais do Congresso norte-americano. O que é uma honra, um privilégio, na verdade, um milagre. Uma experiência da qual eu gostaria que vocês se lembrassem pelo resto da vida. Pois eu também vou me lembrar.

As crianças se viraram para Theresa. Ela respirou fundo e disse:

— Você tem razão. Sinto muito por não ter...

— Não precisa se desculpar — disse Tom. — Eu entendo perfeita-mente.

Na verdade, Hagen não se esqueceu de dar o abraço enviado por Fredo; simplesmente não encontrou o momento certo de fazê-lo.

No dia seguinte, eles entraram no carro e foram juntos para Wa-shington. Quando lá chegaram, Ralph já havia mudado as coisas de Hagen para uma suíte maior e recrutado um estagiário para servir de guia turístico. Eles foram a todos os monumentos, visitaram os bastidores da Suprema Corte e da Biblioteca do Congresso. Foram a todos os museus, e Theresa, que se formara em história da arte na Universidade de Syracuse, parecia mais feliz do que nunca. Tom e os garotos joga-ram basquete no ginásio reservado aos congressistas e cortaram os ca-belos na barbearia também reservada aos congressistas.

Ralph havia providenciado até uma visita ao Salão Oval para que, como uma família, eles conhecessem o presidente. Melhor ainda, Prin-

310 Mark Winegardner

cesa, a cadela *collie* do presidente, parente da Lassie da TV, havia dado à luz uma ninhada, e os Hagen poderiam ficar com um dos filhotinhos. Saindo juntos do hotel, foram surpreendidos sem guarda-chuvas por uma tempestade repentina. Na fotografia tirada pelo fotógrafo oficial da Casa Branca, os Hagen, tão amarfanhados quanto uma família de gatos encharcados, aparecem lado a lado com o presidente, que sorri como se precisasse com urgência ir ao banheiro. A pequena Gianna aparece segurando o filhotinho — Elvis, como haviam decidido chamá-lo — e fazendo uma careta, os olhos voltados para a bolotinha de cocô, do tamanho de uma fava, que caía no ar e parecia destinar-se à xícara de café do presidente.

Tom encomendou a maior ampliação que pôde encontrar. A família inteira dobrou de rir ao ver o resultado. De volta a Las Vegas, ele pendurou a foto sobre o consolo da lareira, onde antes ficava a litografia de Picasso pela qual Theresa havia desembolsado uma fortuna e que, de qualquer modo, ficava melhor na sala de jantar.

A derrota de Hagen foi uma das mais arrasadoras na história do estado de Nevada — de longe, a maior vitória que os mortos jamais haviam impingido aos vivos, pelo menos nas sondagens.

Fosse nas reuniões dos Kiwani, do Rotary, da Associação de Pecuaristas, do sindicato dos mineradores ou do sindicato dos professores, Hagen havia sistematicamente se revelado um orador rígido, sem graça e incapaz de conquistar a atenção de quem quer que fosse. Tratava-se de um advogado irlandês e católico num estado comandado por caubóis batistas ou agnósticos. Hagen só veio a conhecer melhor seu novo estado quando começou a percorrê-lo em campanha. Alguns servidores temporários que trabalhavam para as missões de assistência social haviam passado mais tempo em Nevada que o próprio Hagen. O debate com a viúva do finado deputado, miúda e feroz, havia sido um tremendo equívoco, mas um equívoco que ele cometera por desespero, um recurso de última hora, já que todas as sondagens, mesmo àquela altura, o apontavam como um lanterninha sem possibilidade de salvação. Aquela mesma opacidade que tanto o ajudara na apresentação de centenas de propostas irrecusáveis produzira justamente o efeito contrário nas suas aparições na TV, em que ele falava com o entusiasmo de um

A Volta do Poderoso Chefão   311

réptil. Nevada tem mais espécies de lagarto do que qualquer outro no país. É um lugar onde as pessoas reconhecem um réptil quando se vêem diante de um.

Dias antes da eleição, um jornal de Las Vegas noticiou que Thomas Hagen havia sido não só o advogado daquele suposto gângster Vito Corleone, o Padrinho, como era do conhecimento geral, mas também seu tutelado, o que nem todos sabiam. Segundo a matéria, os filhos sobreviventes de Vito às vezes até o chamavam de "irmão". Hagen não refutou nenhuma dessas informações. Qualificou a si mesmo como um dos inúmeros beneficiários da generosidade dos Corleone, generosidade essa que possibilitara, entre outras coisas, a construção da maior ala do maior hospital do estado de Nevada, bem como do museu de arte, ainda em fase de projeto, que não tardaria a ser o melhor do país. Mostrou à repórter a cópia de um artigo publicado no *Saturday Evening Post* em que a Fundação Vito Corleone era apontada como uma das melhores novas instituições de filantropia da década de 1950, além de uma reportagem da revista *Life* que mencionava o heroísmo de Michael Corleone durante a Segunda Guerra Mundial. Hagen observou que os Corleone, que a repórter parecia ter na conta de criminosos, jamais haviam sido condenados por nenhum tipo de crime, nem mesmo por atravessar a rua fora da faixa de pedestres. Ela perguntou sobre as inúmeras vezes que eles, e em especial o finado Santino Corleone, haviam sido acusados dos mais diversos crimes. Hagen entregou-lhe uma cópia da Constituição dos Estados Unidos e recomendou que ela lesse a parte em que se diz que "todo acusado é considerado inocente até ser declarado culpado". A matéria observou que tal frase não aparece em nenhum lugar daquele documento.

Não ficou claro se a repórter ou o diretor do jornal haviam recebido informações voluntárias sobre as origens de Hagen. Se tivessem, elas poderiam ter vindo de diversas fontes. Amigos e vizinhos que Hagen conhecera ainda jovem. Fontane, que nunca gostara de Hagen. O clã de Chicago, furiosos com a nomeação. Até mesmo Fredo, visto seu comportamento maluco nos últimos tempos. Não era de todo improvável que a repórter tivesse obtido as informações por conta própria. Fosse como fosse, nem Hagen nem Michael quiseram perder tempo tentando deslindar o mistério, pelo menos por ora. Para quê? Mesmo

312 Mark Winegardner

na ausência daquela matéria, o destino de Hagen havia sido perder aquela eleição, e feio.

No entanto, pouco tempo depois, em Washington, um pequeno mistério de natureza diferente foi resolvido, e uma injustiça banal, corrigida. Várias semanas de perguntas certas, formuladas pelas pessoas certas, culminaram com um Cadillac vermelho e preto com placa de Nova York estacionando diante de um prédio de apartamentos próximo ao rio Anacostia. Nevava. Dois homens brancos saíram do carro, um baixinho de terno impecável e um altão de jaleco cinza. Foram direto para a entrada e, quase sem perder o passo, o de jaleco abriu a porta com um chute. Dali a pouco ouviu-se um tiro. Ali era um bairro em que os tiros eram tão comuns quanto os lagartos em Nevada. O homem de terno impecável foi o primeiro a sair do prédio, amassando debaixo do braço um chapéu de caubói que mais parecia uma bola de futebol. Atrás dele, com o velho relógio de Hagen apertado na mão, veio o homem de jaleco. No apartamento lá em cima, o ladrão — que gostara do relógio a ponto de não querer vendê-lo — esparramava-se inconsciente sobre o chão acarpetado e frio. Havia sido brutalmente nocauteado pelo altão, um pugilista peso pesado de nome Elwood Cusik, cuja namorada, casada, recentemente se beneficiara de um aborto, realizado num hospital de Nova York e providenciado por um sujeito com inúmeros motivos para ser agradecido a Ace Geraci. O baixinho — Cosimo Barone, ou "Momo, o Barata", sobrinho de Sally Tessio — havia disparado uma bala calibre 38 na mão leve do negro, a título de lição. O ladrão ainda não havia acordado. Cusik, que jamais havia realizado um trabalho dessa natureza, levantou a mão preservada do sujeito e conferiu o pulso. Parecia normal. O mesmo com a respiração. Os ferimentos do ladrão eram do tipo que poderiam facilmente ser evitados por quem jamais tivesse roubado alguém. Pressupondo-se que recobrasse a consciência antes de morrer de hemorragia, e a não ser que tivesse planos de começar a estudar piano, ele ficaria bem.

— De quem é esse relógio afinal? — perguntou Cusik, colocando-o no próprio pulso, já dentro do carro.

Momo não respondeu. Baixou o pára-sol e conferiu no espelho a cabeleira, dura como uma carapaça de tanta goma. Eles já estavam fora da cidade quando o pugilista voltou a falar.

A Volta do Poderoso Chefão 313

— O chapéu pertence ao mesmo sujeito do relógio ou a outra pessoa?

— Põe o chapéu também, vai — disse Momo.

Cusik deu de ombros e obedeceu. O chapéu coube perfeitamente.

— Que tal? — ele disse.

Momo balançou a cabeça.

— O problema é você, Tex. Me faz um favor. Vê se consegue ficar de bico calado igual você consegue mandar os outros para a lona.

De novo, Cusik deu de ombros e obedeceu.

O ladrão — enroscado no chão de um cubículo numa parte do mundo em que as pessoas demoram a chamar a polícia e a polícia demora ainda mais para atender os chamados — de fato sangrou até morrer. Vítima dos negócios. Ou do destino. Ou quem sabe da lei das conseqüências involuntárias. Tanto faz. Por que Tom Hagen deveria se importar? Um homem faz coisas e coloca outras tantas em movimento. Um morto não precisa significar nada. Poucos significam.

Capítulo 16

Assim que avistou a ilha da Sicília, Kay Corleone sufocou um grito. Michael levantou os olhos do livro que estava lendo — *Peyton Place*, que Kay havia comprado por recomendação da mãe dela, de Deanna Dunn e de várias mulheres da Liga Infantil de Las Vegas; ela própria, que acabara de lê-lo algumas horas antes, achara-o uma porcaria.

— O que foi? — perguntou ele.

— Nada — disse Kay. — Meu Deus, você nunca me disse que era tão bonito.

Michael largou o livro e inclinou-se diante de Kay, aproximando-se da janela.

— É, é muito bonito mesmo.

Uma sucessão de montanhas cobertas de neve abraçava a cidade murada de Palermo, visível do alto como um emaranhado de torres, entalhes, colunas e pórticos. Era fevereiro, mas o Mediterrâneo estava impossivelmente azul e refletia o dourado do sol, a superfície da água completamente lisa não fosse por um levíssimo trepidar, semelhante ao do vinho de uma taça esquecida sobre um rádio a tocar baixinho. O campo de pouso ficava numa língua de terra a noroeste da cidade. Entre os inúmeros argumentos que Michael usara para dissuadir Kay de passar as férias ali incluía-se a informação de que, estatisticamente, aquele era um dos aeroportos mais perigosos do mundo. Na maioria das vezes, ele próprio voava para Roma e depois seguia para a ilha de trem e balsa. Quando o avião adernou, tão próximo à água que ela podia ver o rosto intonso dos pescadores no interior de um

A Volta do Poderoso Chefão   315

barquinho cinza, Kay — que já viajara para a Europa antes, mas sempre de navio — ficou feliz por ter insistido na viagem de avião.

Somente quando a sombra do avião surgiu na encosta dos rochedos à beira-mar foi que ela sentiu no corpo uma pontada de pânico — "meus filhinhos!" —, porém nada mais grave que isso. Segundos depois eles estavam no chão, um pouso levemente mais brusco que o desejável, mas de outra forma sem nenhum revés.

— Depois desses anos todos — maravilhou-se Kay —, cá estou eu, na Sicília pela primeira vez.

— Berço de Vênus — disse Michael, alisando a perna da mulher.

— A deusa do amor.

Durante toda a sua vida adulta, Kay acostumara-se a ouvir sobre tudo aquilo que era ou não era siciliano, coisas que ela não podia compreender porque não era siciliana. Michael havia estado na ilha inúmeras vezes a trabalho e até mesmo *morado* nela por três anos. O mínimo que podia fazer era apresentar-lhe o lugar: uma semana de passeios turísticos e outra apenas de namoro num esconderijo romântico nas encostas de um penhasco próximo a Taormina. Ele devia isso a ela. *Pelo menos* isso.

Enquanto o avião taxiava na direção do terminal, Kay viu uma fileira de carros italianos minúsculos e meticulosamente estacionados sobre um gramado. Ao lado dos carros, umas trinta pessoas, algumas com bisnagas de pão e flores espremidas sob o braço, perfilavam-se do outro lado de uma corda, sorrindo e acenando na direção do avião recémchegado. À frente da corda, quatro *carabinieri* uniformizados montavam guarda, dois deles com espadas reluzentes sobre os ombros e os outros dois com espadas embainhadas e metralhadoras enviesadas contra o peito.

— Amigos seus? — perguntou Kay.

Tratava-se de uma brincadeira, mas Michael fez que sim com a cabeça.

— Na verdade — ele disse —, são amigos de amigos meus. Parece que vai haver uma festa-surpresa num restaurante na praia de Mondello.

Kay fez uma careta de reprovação.

— É, eu sei — disse Michael.

316   Mark Winegardner

— Achei que a gente tinha combinado.

— Fique tranqüila, nosso acordo ainda está de pé. De *mim* você não terá nenhuma surpresa. Foi esse o combinado, não foi? Nas partes do mundo que não estiverem sob o meu controle, você terá de se entender diretamente com Deus.

— O que você quer dizer com isso? — Estaria ele fazendo troça da conversão dela para o catolicismo?

— Nada — disse Michael. — Acontece que eu não tinha certeza de que haveria mesmo uma festa. Mas assim que vi aquelas pessoas, eu avisei a você. Se eu tivesse dito que haveria uma festa-surpresa e depois não houvesse festa nenhuma, isso também seria uma surpresa, não seria?

Kay balançou a cabeça e deu um tapinha no joelho do marido. Ele estava precisando *mesmo* de umas férias.

— Mas a gente não pode pelo menos ir para o hotel primeiro e tomar um banho?

— Se você quiser... — Essa era a sua maneira de dizer "não". — De qualquer modo, tente fazer uma cara de surpresa. Para não desapontá-los.

Quando o avião parou, os *carabinieri* desprovidos de metralhadora embainharam a espada e atravessaram correndo a pista de pouso. A aeromoça disse aos passageiros que permanecessem sentados.

— O que foi? — sussurrou Kay.

— Não faço a menor idéia. — Michael virou o rosto, quase imperceptivelmente, mas o bastante para fazer contato visual com Al Neri, duas fileiras atrás dele. Que Michael tivesse concordado em fazer aquela viagem com apenas um guarda-costas (ainda que o melhor e mais confiável deles) era sinal de que as coisas estavam mesmo melhorando. Além disso, segundo o próprio Michael havia prometido, Neri sequer se fizera notar em nenhum momento daqueles dois dias que eles haviam passado entre aviões e aeroportos.

A porta se abriu. As escadas foram descidas. A chefe das aeromoças e os *carabinieri* trocaram algumas palavras que, embora acreditasse dominar o italiano, Kay mal pôde decifrar.

A aeromoça virou-se e num inglês perfeito disse:

— Senhores passageiros, sua atenção, por favor. O Sr. e a Sra. Corleone queiram por gentileza se identificar.

A Volta do Poderoso Chefão   317

Ela tinha menos sotaque do que a maioria dos empregados de Michael. Havia até americanizado a pronúncia de "Corleone".

Neri ficou de pé e caminhou na direção da aeromoça, que perguntou se ele era o Sr. Corleone. Neri não disse nada. Somente depois de passar por Michael e Kay foi que Michael levantou a mão. Kay fez a mesma coisa.

— Surpresa... — disse ela entre dentes.

— Não deve ser nada — disse Michael. — Só uma questão de logística.

Neri começou a falar em italiano com a aeromoça — algo a ver com proteção, com o fato de que Michael era um homem importante nos Estados Unidos, algo sobre indelicadeza e hospitalidade, e tudo a meia voz, de modo que Kay continuou a não entender nada. Em seguida, Neri virou-se para Michael e Kay e fez um gesto para que ficassem onde estavam. Michael assentiu com a cabeça. A aeromoça pediu que o Sr. e a Sra. Corleone permanecessem sentados até que todos os outros passageiros desembarcassem. Neri sentou-se numa poltrona vazia na parte dianteira do avião e lá ficou.

— O que está acontecendo? — sussurrou Kay.

— Tudo vai acabar bem — disse Michael.

— Não foi isso o que perguntei.

Depois que todos desceram, os dois *carabinieri* subiram a bordo. Neri os interceptou. Os três tiveram uma rápida conversa a meia voz e depois seguiram pelo corredor, parando ao lado de Michael e Kay.

Michael os cumprimentou em italiano. Um dos homens parecia conhecê-lo. Michael fez um gesto para que se sentassem. Eles permaneceram de pé. Explicaram que fontes seguras haviam informado que a festa de boas-vindas era muito provavelmente uma armadilha e aconselharam que, daquela feita, ele e a esposa não colocassem os pés na Sicília.

— Fontes seguras? — repetiu Michael, ainda em italiano.

Os homens mantiveram-se implacáveis.

— Sim — respondeu em inglês o que parecia conhecê-lo.

Michael olhou para Neri e viu-o escandir a palavra "Chicago" somente com os lábios. O que ele queria dizer com aquilo? Talvez tivesse dito outra coisa, o nome de alguém.

318 Mark Winegardner

Michael ficou de pé e apontou o queixo para a dianteira do avião. Os *carabinieri* foram atrás dele e lá continuaram a conversa, sempre aos cochichos. Kay não sabia se devia ficar apavorada ou furiosa. Do lado de fora, os ilhéus andavam de um lado para outro, gesticulando das mais diversas maneiras para o avião. Vários entraram nos seus carros e foram embora. Kay baixou o quebra-sol da janela. Por fim, Michael deu um tapinha nas costas dos *carabinieri* e, em voz alta, disse:

— *Bene. A che ora è il prossimo volo per Roma?*

O *carabiniere* que parecia conhecê-lo ficou radiante.

— Temos o prazer de informar — disse o outro, de novo em inglês — que o senhor já está nele. — E com isso os dois saíram.

Michael, Kay e Neri não só já estavam no próximo vôo para Roma, como também voariam sozinhos feito passageiros de um avião fretado. As aeromoças disseram que as coisas já haviam sido previstas daquela maneira, mas tiveram dificuldade para explicar por quê.

— *Deadhead* — disse Michael. — Essa é a palavra que você está procurando.

— Perdão? — disse a aeromoça em inglês.

— *Nell'inglese la parole è "deadhead".*

— *Deadhead* — ela repetiu. — Obrigada. — Ela ficou aparentemente ofendida por Michael ter recorrido ao italiano. Ela e as outras aeromoças limparam a cabine e saíram.

— Isso é a sua cara — disse Kay a Michael. — Você *nunca* quis vir para a Sicília, e agora vai ter a sua vontade realizada.

— Kay, você não pode estar falando sério.

— Pense na sua mãe. — Ela se referia ao baú cheio de presentes guardado em algum lugar do avião. A preparação daquele baú havia sido a razão de viver de Carmela durante meses, o motivo — e quanto a isso todos concordavam, inclusive os médicos — pelo qual ela conseguira se recuperar do seu breve encontro com a morte.

— Vou mandar descarregá-lo — disse Michael. — Conheço pessoas que poderão fazer os presentes chegarem às mãos certas.

— Claro que conhece.

— Kay.

— Estou me sentindo péssima. Voar até aqui, deixar os meninos, e para quê? Para nada.

A Volta do Poderoso Chefão 319

Michael ficou calado. Não precisava dizer nada. Se sua vontade tivesse sido atendida, eles teriam ido para algum lugar com as crianças. O que teria sido um verdadeiro descanso para ele. A coisa mais difícil que precisaria fazer seria ficar parado e deixar-se enterrar na areia. Kay passaria a maior parte do tempo cuidando das crianças — o que para ela não era nenhum castigo, porém não nas férias. Por dois anos ela havia abnegadamente feito o que Michael precisava que ela fizesse. Havia sido obrigada a criar os filhos quase como se fosse uma viúva (incluindo apaziguá-los durante horas de choro inconsolável naquele ano em que ele estivera tão ocupado com seus negócios em Cuba que sequer voltara para o Natal). Ela ainda não havia voltado a lecionar e começava a suspeitar de que jamais voltaria. Tinha coordenado sozinha a mudança para Las Vegas. Depois assumira a responsabilidade ainda maior de projetar e fiscalizar a construção de todo o complexo em Lake Tahoe: a casa deles; o coreto no jardim para abrigar uma orquestra nos dias de festa; os projetos preliminares para a construção futura (e harmoniosa do ponto de vista arquitetônico) de casas para os Hagen, para Connie e Ed Federici, para Fredo e Deanna Dunn, para Al Neri, e até um bangalô para hóspedes. Na verdade, Kay surpreendera-se com quanto havia gostado de construir uma casa: os incontáveis detalhes e decisões, a oportunidade de se abandonar às compras, e tudo para o bem-estar da própria família. Ainda assim, era trabalho. Ela não havia pedido quase nada a Michael, a não ser que ele a levasse para conhecer a Sicília durante as férias, só os dois e mais ninguém.

— O que vamos fazer agora? — ela quis saber. — Dar meia-volta e retornar?

— Não precisamos voltar. Aliás, se você se lembra bem, esse foi um dos motivos pelos quais relutei em vir com você para cá.

— Santo Deus, Michael. É de uma ameaça de assassinato que estamos correndo.

— Não estamos correndo.

— Certo, estamos voando.

— Não foi isso o que eu quis dizer. E não se trata de uma ameaça. É mais uma questão de prudência. Olha, Kay, se tem uma coisa com a qual eu sou... qual é a palavra melhor? Categórico. Isso. Se tem uma coisa com a qual eu sou categórico, essa coisa é a segurança da minha família.

Kay virou o rosto e não disse nada. Na verdade ele era categórico em tudo. Nas virtudes e nos defeitos. Era justamente isso o que havia de melhor e pior em Michael.

— Aqueles homens... — ele disse. — Os *carabinieri*... Um deles era Calogero Tommasino, filho de um velho amigo do meu pai. Já fiz negócios com o Tommasino pai, e com o filho também. É de confiança. Agora já não corremos perigo nenhum, e o mais provável é que antes não corríamos nenhum perigo também. De novo, é só uma questão de prudência. Por favor, entenda. E você, é claro, *jamais* correria nenhum risco. Faz parte do código não... — Michael parou no meio da frase.

— Machucar as esposas e os filhos — completou Kay, revirando os olhos. — O que sem dúvida é duplamente válido na Sicília, o que naturalmente eu jamais vou entender porque afinal não sou siciliana, não é isso que você ia dizer?

Michael escusou-se de responder. Estava com um péssimo aspecto. Talvez fosse apenas o vôo. Kay não admitiria isto agora, mas se de fato soubesse de todo o transtorno envolvido numa viagem de Las Vegas para Palermo, provavelmente teria concordado em ir para o Havaí ou para Acapulco.

Os pilotos voltaram a bordo. Neri foi até a cabine falar com eles e pouco depois sentou-se numa poltrona afastada. Os carros e as pessoas já haviam todos partido. O avião decolou.

— Você jamais entenderia — Michael disse afinal. — Como poderia entender?

— Ah, Cristo... — disse Kay. Ela se levantou e foi sentar-se numa poltrona longe de Michael. Por duas vezes, numa questão de minutos, ele a havia provocado e evocar o nome do Senhor em vão.

Michael não a deteve.

Mas Kay sabia que, cedo ou tarde, seu silêncio teria o efeito desejado. Só porque Michael sabia tão habilmente se valer do silêncio como de uma arma, isso não significava que fosse invulnerável a ele também, sobretudo quando o silêncio partia dela. Sentada no lado direito da aeronave, Kay pacientemente observava o continente se aproximar.

A Volta do Poderoso Chefão   321

Depois de mais ou menos uma hora, Michael aproximou-se.

— Este lugar está ocupado? — perguntou.

— E então, terminou o livro?

— Terminei. Na verdade, achei bom. Um belo escape.

— Se você acha... — O livro que ele levara para ler era *O fim do espetáculo*, de Edwin O'Connor, que Kay lhe havia dado de presente de Natal. Sem saber o que mais dizer, Michael ficou balançando a cabeça. Eles haviam trocado de livro pouco depois de Kay terminar sua própria leitura. Na opinião dela, *O fim do espetáculo* era a melhor coisa que já havia sido escrita sobre a política das cidades. Ficou chocada ao saber que Michael não havia adorado. — E, sim, este lugar está ocupado.

— Kay — ele disse —, falei que você não entenderia porque eu não... — Ele fechou os olhos. Talvez isso, a dificuldade para encontrar as palavras certas, também se devesse à viagem longa, mas a julgar pela expressão que trazia no olhar, Michael estava mais abalado do que cansado. — Porque... É verdade que... que eu não tenho sido inteiramente... — Então deixou vazar do peito um suspiro de frustração que logo se transformou num discreto grunhido de agonia.

— Michael — disse Kay.

— Eu queria dizer umas coisas para você — disse Michael. — Eu *preciso* lhe dizer umas coisas.

Na maioria das vezes, Kay olhava para o marido e mal reconhecia nele o homem por quem havia se apaixonado. O rosto de Michael havia sido praticamente destruído, e depois reparado. Os cabelos começavam a ficar grisalhos e — embora ela atribuísse isso à própria imaginação — Michael estava cada vez mais parecido com o pai. Mas o olhar que exibia agora era o mesmo que ela vira anos atrás, num campo de golfe de New Hampshire sob um céu estrelado, quando Michael lhe contou o que tinha feito durante a guerra, coisas que jamais havia contado a alguém, e desabou em lágrimas nos braços dela. Por mais magoada que estivesse, Kay subitamente baixou a guarda.

— Isso seria ótimo — ela disse, a voz trêmula. Ela deu um tapinha na poltrona ao seu lado.

Michael sentou-se e disse:

— Me desculpe.

322 Mark Winegardner

— Não precisa se desculpar — ela disse, tomando a mão dele nas suas. — Apenas fale.

Eles permaneceram em Roma apenas o suficiente para recuperar o vigor e jantar num restaurante magnífico onde Kay estivera anos antes na companhia dos pais. No dia seguinte, com Michael ainda dormindo no quarto e por iniciativa própria, ela conversou com o *concierge* do hotel e fez uma reserva num *resort* nos Alpes suíços. Também com a ajuda dele, reservou um avião para que Michael pudesse pilotar até lá, o que decerto adoraria fazer. Ela nunca havia estado nos Alpes antes, mas ao sobrevoá-los a caminho da Itália, prometera a si mesma que um dia os veria de perto. Calhou, afinal, que "um dia" fosse o dia seguinte.

Terminada a conversa com o *concierge*, Kay se virou e viu Al Neri sentado numa poltrona de couro do outro lado do saguão, fumando e devorando uma rosquinha doce. Ela balançou a cabeça, e ele respondeu com um aceno respeitoso. Kay voltou ao *concierge* e disse que havia se enganado. Precisaria de dois quartos. De preferência, não contíguos. O homem suspirou exasperado, mas ligou novamente para a Suíça e conseguiu alterar a reserva.

Kay pediu um *espresso* no bar do hotel. Depois dirigiu-se para um pátio cercado de vidraças, próximo ao saguão, e no caminho até a mesa foi surpreendida com o assovio de um homem, que aparentava ter a mesma idade que ela. O companheiro dele, mais jovem, levantou as sobrancelhas e cumprimentou-a pela beleza. Kay fez que não ouviu, mas, por mais feliz que fosse, admitiu que eles haviam contribuído um pouquinho mais para sua felicidade. Tinha apenas trinta e dois anos. Sim, eles eram italianos. Mesmo assim, não fazia nada mal saber que ainda era capaz de despertar o interesse de estranhos.

Sentou-se sozinha, banhada por aquela luz amarelo-rosa tão peculiar a Roma.

No dia em que a pediu em casamento, Michael advertira Kay de que jamais poderiam ser totalmente francos um com o outro. Kay retrucara dizendo que Vito sempre havia confiado na mulher. Verdade, dissera Michael, mas a lealdade de Carmela destinava-se em primeiríssimo lugar ao marido, e havia sido assim por *quarenta* anos. Se as

A Volta do Poderoso Chefão 323

coisas dessem certo entre eles, Michael dissera ainda, talvez um dia ele lhe contasse algumas coisas que talvez ela não gostasse de ouvir. Calhou, afinal, que aquele "um dia" tivesse sido o dia anterior.

Kay provavelmente deveria estar furiosa, apavorada ou pelo menos abalada. Mas não estava. A despeito ou talvez por causa de tudo que Michael lhe havia contado, Kay não se lembrava da última vez que se sentira tão feliz. Não havia nada de mais irracional do que aquilo, mas, pensando bem, toda felicidade era irracional por natureza.

O marido dela era um assassino. Fugira para a Sicília não porque havia sido injustamente acusado da morte daqueles dois homens, mas porque havia atirado neles: na cabeça de um, e duas vezes no outro, na garganta e no coração. Três anos depois disso, Michael voltou para os Estados Unidos. Quando ele e Kay reataram, ele confessou que havia estado com uma mulher, sim, durante a estadia na Sicília, mas somente por acreditar que jamais veria Kay outra vez, ou, quando nada, por seis meses. O que ele não havia contado até então foi que essa mulher, uma camponesa adolescente chamada Apollonia, havia se casado com ele. O motivo daqueles seis meses era que, seis meses antes, ela havia sido lançada nos ares pela explosão criminosa de um Alfa Romeo.

O irmão dele, Sonny, não havia morrido vítima de um acidente de carro. Fora trespassado de balas diante de uma cabine de pedágio.

Tudo o que Tom Hagen lhe havia contado dois anos antes — que Michael havia encomendado a morte de Carlo, Tessio, Barzini, Tattaglia e uma hoste de congêneres — era verdade. O dia em que Hagen lhe contara aquelas coisas — e dissera que se um dia Michael descobrisse isso, ele, Hagen, seria um homem morto — havia sido o pior dia da vida dela.

O dia anterior, quando Michael confiara nela o bastante para repetir tudo aquilo da própria boca, não fora exatamente um dia bom. Mas também não fora o pior dia da vida de Kay. Ninguém poderia sentir-se feliz ao ouvir semelhantes barbaridades, mas ela ficara, como pôde perceber, contente por Michael ter se confessado. Kay ficou chocada, mas não surpresa. As esposas sabem das coisas. Kay sabia quem era Michael. Ao conhecê-lo, vira nele a mistura perfeita entre mocinho e bandido. No casamento de Connie, ela havia culpado o vinho forte por sua euforia, mas a verdadeira culpa residia na explicação sincera que

Michael lhe havia dado acerca dos negócios da família. Em seguida, quando Michael a arrastou para tirar uma foto em família — *seis anos antes de eles se casarem* —, Kay tivera a impressão de ter sido bruscamente jogada no enredo de uma peça shakespeariana. Ela demonstrara certa relutância, mas tudo não havia passado de uma encenação. Kay havia adorado.

Em abono da verdade ela teria de admitir que guardava os seus próprios segredos, os quais ainda não havia confessado a Michael. Durante o refúgio dele na Itália, ela havia tido um longo caso amoroso com seu professor de história em Mount Holyoke (também chegara a achar que jamais veria Michael outra vez), sobre o qual o marido nada sabia. Deanna Dunn lhe havia confidenciado coisas a respeito de Fredo que ela, Kay, jamais *ousaria* contar a Michael. E Kay jamais deixara transparecer que Hagen lhe havia contado o que quer que fosse.

Kay apaixonara-se por Michael naquela noite em que ele dividira com ela o horror vivido nas ilhas do Pacífico — amigos decapitados, incinerados, abandonados para apodrecer na lama quente. Michael contara-lhe também sobre os homens que havia matado. A violência brutal e viril de tudo aquilo — bem como a força que aquele homem havia demonstrado não apenas para sobreviver à guerra, mas para se permitir aquele momento de franqueza — a deixara francamente seduzida. Ele havia assassinado homens também, e isso a havia deixado *excitada.* Se Kay havia sido capaz de se casar com um homem que havia matado pessoas na defesa do próprio país (e de se apaixonar por ele, não a despeito, mas por causa disso), como poderia ficar chocada com o fato de que ele havia matado pessoas, e encomendado a morte de outras tantas, em defesa da própria família?

Kay era mais madura agora, é claro. Era mãe. E isso mudava tudo — exceto o que sentia naquele momento. Terminou de beber seu café. O coração batia forte no peito.

Subiu para o quarto (ouviu Neri segui-la, mas não se virou para ver), fechou a porta com a corrente de segurança, abriu as cortinas e deixou a luz invadir o cômodo. Michael se mexeu, mas não acordou. Kay se despiu e submergiu nas cobertas ao lado dele.

— Nós vamos para os Alpes — ela sussurrou, o coração batendo ainda mais forte.

A Volta do Poderoso Chefão 325

— Não sei esquiar — disse ele.
— Não vamos esquiar. Talvez nem sair do quarto.
— Só para ir à missa, é claro. — Não se tratava de uma brincadeira.
— Nem mesmo para isso. Não preciso ir à missa todos os dias. — Só então Kay percebeu que de fato não precisava ir à missa todos os dias.

Ela revelou os detalhes da viagem. Eles iriam num aviãozinho que ele mesmo pilotaria. Ficariam uma semana, anteciupariam a volta para casa, buscariam as crianças e iriam para a Disneylândia. Ela havia passado um telegrama para um agente de viagens que conhecia em Nova York, e tudo já estava arranjado para essa parte também. Michael ficou impressionado com a capacidade e a rapidez da mulher em ressuscitar aquelas férias aparentemente moribundas.

— Você me subestima — disse ela. — Nem acreditaria se soubesse quanto as coisas estão adiantadas em Lake Tahoe.

— Eu vou mesmo pilotar até os Alpes?

— Achei que você fosse gostar. Mas se achar que é arriscado demais, ou...

— Eu vou adorar — interrompeu Michael, segurando-a pelos quadris. Ela contorceu o corpo num caloroso gesto de assentimento carnal.

Aquele era o lugar onde as coisas mais funcionavam para eles, na cama. Não seria de todo improvável que ela saísse dali grávida. O que, a julgar pela alegria de Kay, não seria má notícia. Nos últimos tempos, nas raras vezes que haviam feito amor, Michael ou ela ficara por cima, e assim eles haviam permanecido até o fim, como se estivessem cumprindo uma enfadonha tarefa doméstica. Dessa vez, contudo, como na véspera, eles fizeram do jeito que Kay mais gostava, freqüentemente trocando posições, ele por cima, depois ela, olhando para ele e em seguida dando-lhe as costas, os olhos espremidos de prazer, cavalgando-o, feliz o bastante para se contentar apenas com aquilo e nada mais. No entanto, Michael surpreendeu-a ao preferir seguir adiante. Saiu da cama e carregou-a até a pia de mármore do banheiro. Ao sentir a pedra fria, Kay se derreteu em espasmos irregulares; fechou os braços em torno dele e jogou a cabeça para trás. Michael acarinhou seus seios e deixou as mãos escorregarem de leve sobre as costelas, e ela tremeu novamente, dessa vez mais forte. A altura era *perfeita*. Percebendo que ele chegava ao clímax, Kay tocou-o carinhosamente no peito suado. Não precisou dizer nada. Ele entendeu o recado e se afastou, permitindo que ela voltasse à cama e se colocasse de quatro. Ao sentir Michael penetrá-la por trás, deixou escapar um gemido lânguido. O sol em sua pele crestava, queimava, ardia. O lençol havia se soltado das beiras, revelando a nudez do colchão. Kay derreou os braços, deixando o rosto cair nas cobertas amarfanhadas. Dali a pouco, tão rápido que ela mal pôde entender como, viu-se de novo por cima dele. Michael puxava-a forte contra si, e a expressão no rosto dele — a abertura, a vulnerabilidade, a vontade ardente de agradar *a ela*, de fazer o que ela gostava, do jeito que ela gostava — foi o que bastou. Chegou a doer, mais um choque elétrico que um orgasmo. Kay teve a sensação de que irradiava raios solares, assim como os raios solares refletiam-se nela, em ondas sinuosas. Em meio àquele maremoto de emoções, sentiu os espasmos de Michael sob si, aparentemente muito distante. Dali a pouco — dez segundos ou dez anos depois —, Kay desmaiou, exausta, sobre o colchão encharcado.

Nada havia doído, é claro.

Michael soprou carinhosamente sobre as costas da mulher, estriadas de suor. De leve, com um único dedo, escreveu nelas as palavras "eu te amo". Repetidas vezes. Kay deixou a respiração e o batimento cardíaco arrefecerem. De súbito, uma torrente de palavras brotou-lhe nos lábios, uma longa e encarecida profissão de amor. Só quando se calou foi que percebeu ter dito tudo em italiano.

— Onde foi que você aprendeu isso? — perguntou Michael, rindo de surpresa.

— Não faço a menor idéia — ela respondeu em inglês, virando-se para beijá-lo. — Hoje foi...

Michael calou-a com um dedo nos lábios. Eles riram. Ele tinha razão. Palavras seriam supérfluas.

Mary usava os presentes recém-adquiridos — o chapeuzinho de Mickey Mouse, o vestido de Cinderela e os mocassins de Davy Crockett — todo santo dia, para onde quer que fosse. Estava com três anos e achara que o urso com o qual havia dançado era real. Anthony andava

A Volta do Poderoso Chefão 327

pelos cantos repetindo a plenos pulmões, e sempre afinadíssimo, cada uma das canções que ouvira nas diversas atrações. Tinha o dom surpreendente de ouvir uma canção uma única vez e guardá-la para sempre na memória. O que dava azo a um sem-número de problemas na escola, mas Kay acreditava que esse talento renderia ao filho benefícios futuros. O pai dela, um aficionado da ópera, planejava contratar um professor de canto para o neto, a título de presente de aniversário. Eram crianças de sorte, Kay supunha, mas tê-los como filhos era sorte ainda maior.

Michael talvez não se desse conta de quanto perdia com tantas ausências. Levá-los para a Disneylândia havia sido para ele um prazer evidente, visceral. Sempre que estava em casa, chegava a babar por conta de Mary. Tinha certa dificuldade com Anthony, mas um amor desabrido era o que tornava tão comovente a maneira confusa com que avaliava o filho. Vários dias depois de voltarem das férias, Michael precisou ir a Nova York, para trabalhar e para ver como a mãe — que havia tido algumas complicações, mas já voltara para casa — estava passando. Fazendo as malas no quarto, disse a Kay que se aproximasse da janela. Anthony havia cavado um buraco grande atrás dos balanços e postara-se diante dele, sozinho, olhos voltados para baixo, rezando.

— É o enterro do chapéu de racum dele — explicou Kay.

— Está brincando.

— Não precisa ficar bravo.

— Não estou bravo. — Ele não tinha uma palavra adequada para dizer como estava.

— Acho até engraçadinho.

— Aquele chapéu custou quatro dólares.

— A não ser que você esteja escondendo alguma coisa de mim, acho que a gente está em condições de enterrar quatro dólares.

Michael ficou calado por um tempo. Evidentemente havia outras coisas que ele ainda escondia dela.

— Não é isso o que estou dizendo. Os quatro dólares. É óbvio.

— É mesmo? Então, o que está dizendo?

Kay sabia que Anthony estava enterrando aquele chapéu menos por respeito ao racum morto e mais porque vários meses antes ele tinha visto na TV um senador do Tennesseee usando um chapéu igual, fazendo campanha para a presidência da república e nominalmente denunciando Michael Corleone, entre outros. A idéia de comprar aquele chapéu tinha sido de Michael, e não do próprio Anthony, que raramente conseguia dizer ao pai o que queria e o que não queria. Michael era bem-intencionado, porém desatento. Kay achou melhor não trazer tudo isso à baila, pelo menos naquele momento.

Michael suspirou, resignado.

— Acha que aquilo é mesmo pele de racum? — perguntou. — Ou de coelho? — Kay beijou-o na testa. Ele forçou um sorriso e desceu ao encontro de Anthony. Kay ficou observando da janela. Michael parou diante do filho, do outro lado do buraco. Anthony olhava para baixo e aparentemente não dizia nada. A certa altura, começou a cantar a *Ave Maria*. Michael ouviu até o fim. Teria ficado menos constrangido se tivesse descoberto ali mesmo que o filho era um homenzinho verde de Marte.

Foi durante aquela viagem de Michael para Nova York que a casa deles em Lake Tahoe, semi-acabada, consumiu-se num incêndio. Tom Hagen, que voltara à posição de advogado da família, dera a notícia a Kay. Uma tempestade de raios. O seguro cobriria tudo, ele assegurou. Os alicerces não haviam sofrido nenhum dano. Kay havia sido de tal modo competente na tomada de decisões que bastaria contratar um reforço para a equipe de pedreiros para reconstruir a casa num curto espaço de tempo. Além disso, havia uma mansão em Reno — um verdadeiro castelo, antes pertencente a um magnata do ramo ferroviário — que estava sendo remodelada para se transformar num hotel moderno; Kay poderia adquirir ali todo o material de demolição que porventura a interessasse. Quando visse a tal mansão, disse Hagen, ela acabaria achando que o incêndio havia sido uma bênção dissimulada em tragédia. Sabendo que ela contava se mudar ainda naquele verão, Hagen havia se adiantado e conversado com o engenheiro-chefe, que achava possível concluir a obra talvez antes do Dia do Trabalho.

— *Você* falou com ele? Antes que ele falasse comigo? Ou que *você* falasse comigo?

— Ele trabalha para mim também. Na nossa casa de Tahoe.

— Michael já sabe?

— Sabe.

A Volta do Poderoso Chefão

Sobrancelhas franzidas, braços na cintura, Kay ficou parada no vão da porta e não convidou Hagen a entrar. Naquele mesmo dia ela havia se dado conta de que não estava grávida. Naquele exato momento, deu-se conta de que fora melhor assim.

— Na verdade, não falei com ele — emendou Hagen. Deixei um recado.

— Com Carmela?

— Claro que não. — Hagen não disse com quem havia deixado o recado. — Sei no que você está pensando.

— Não tenha tanta certeza disso.

— Estamos fazendo as investigações, OK? Mas você há de convir que fabricar uma tempestade de raios é quase sempre coisa de Deus.

— E será que foram mesmo os raios?

— Disso nós temos certeza.

— E como vocês podem ter essa certeza? Alguém estava lá para ver?

Atrás de Kay, Mary começou a chorar. Anthony caiu de joelhos, abriu os braços e desandou a cantar uma canção apresentada ao mundo por um tristonho personagem dos desenhos animados chamado Dudley.

LIVRO V

1957-1959

Capítulo 17

— E então, Kay ficou chateada quando soube daquele problema em casa? — perguntou Fredo, apoiando-se numa cadeira vazia e aproximando-se do ouvido do irmão.

Michael acendeu um cigarro. A essa altura Kay e Deanna já estavam do outro lado do salão de festas, a caminho do toalete feminino. Francesca, a filha de Sonny, e aquele panaca ricaço com quem ela acabara de se casar estavam na pista de dança (o garoto se acidentara esquiando, ou fazendo qualquer outra coisa que os *playboys* costumam fazer, e apresentara-se no dia do próprio casamento com a perna engessada). A maioria dos convidados também dançava, incluindo, para surpresa geral, Carmela, que escapara das garras da morte havia cerca de dois meses. Ela rodopiava nos braços de Frankie, filho de Sonny, o campeão de futebol. Michael e Fredo estavam sozinhos na mesa.

— Ela ainda não sabe — disse Michael por fim.

— Kay é mais esperta do que você imagina. Vai acabar descobrindo.

Michael exalou. Ele fumava com o charme estudado de quem se habituara a observar os fumantes do cinema. Fumava assim desde o início. Sonny o havia instruído nos detalhes, e, na verdade, nas primeiras aulas ele se sentira ridículo, como um garotinho ensaiando uma peça infantil.

— Fredo — disse Michael —, você é a última pessoa no mundo em condições de me dar conselhos sobre como lidar com minha mulher.

Tratava-se, é claro, de uma alfinetada em Deanna, mas Fredo deixou passar.

— A situação... dos *insetos*... — disse Fredo, referindo-se aos aparelhos de escuta que alguém conseguira a proeza de esconder nas vigas da casa nova de Michael em Lake Tahoe. Neri havia usado suas engenhocas para detectá-las, e aparentemente a casa de Michael era a única afetada. — Quer dizer... sua casa já foi... Como é mesmo aquilo que a gente faz quando encontra insetos em casa? Fumegada. Isso mesmo, fumegada. Sua casa já foi fumegada? Você já sabe... — Ele hesitou. Queria saber quem havia plantado as escutas. — Você já sabe que tipo de insetos eram?

Michael espremeu as pálpebras, mal acreditando no que estava ouvindo.

— Vocês já chamaram o dedetizador, certo? — continuou Fredo, naturalmente referindo-se a Al Neri.

— Fredo, você e a sutileza simplesmente não combinam.

— O que você quer dizer com isso?

— Quanto foi que já bebeu até agora?

— Que espécie de pergunta é essa?

— Por que não vai dançar? — sugeriu Michael. — Deanna vai gostar.

Muito bem, então. Michael não queria tocar naquele assunto em público. Embora ali não houvesse *exatamente* um público, quase todos eram da família. Além do mais, quem tivesse ouvido a conversa deles não teria achado nada de mais. Ele substituíra grampos por insetos. Todo mundo tem insetos em casa. Todo mundo chama o dedetizador. Principalmente na Flórida. A quantidade de bichos estranhos que a gente vê por ali, até mesmo nos bons hotéis... Deixa pra lá... Afinal, quem vai suspeitar de uma conversa sobre insetos em Miami Beach? Ah, tenha a santa paciência...

— Desculpe — disse Fredo.

Michael balançou a cabeça.

— Ah, Fredo.

— "Ah, Fredo" para cima de mim, não. Qualquer coisa, menos isso.

— A situação está sob controle.

Fredo sacudiu as mãos no ar, em sinal de frustração. Tradução: "Fale comigo!"

— Quando é que você volta para Las Vegas? — perguntou Michael.

— Meu vôo para Havana é cedo, mas quem sabe a gente não toma o

A Volta do Poderoso Chefão   335

café-da-manhã juntos? Ou pelo menos faz uma caminhada na praia?
Só nós dois.

— Puxa, isso seria ótimo, Mikey. Muito bom mesmo. Nosso vôo é
à tarde, não sei bem a que horas. — Fazia meses que Fredo tentava
ficar a sós com o irmão. Por causa de Deanna, ele vinha passando a
maior parte do tempo em Los Angeles. Mike não parava de viajar. Mesmo
quando estavam na mesma cidade, eles raramente encontravam
tempo para serem apenas irmãos — assistir a um jogo de futebol, beber
uma cerveja, pescar. Não tinham feito nada disso desde antes da
guerra. E sua intenção não era falar sobre os assuntos de sempre. Precisava
mais uma vez conversar com Mike sobre a oportunidade de abrir
um negócio de cemitérios em Nova Jersey, como o que vira em Colma.
Tinha feito algumas pesquisas adicionais. E contara com uma bela ajuda
de Nick Geraci. Estava convencido de que dessa vez conseguiria
dobrar o irmão.

— Kay não vai para Havana com você?

— Vou a trabalho, Fredo. Você sabe disso.

— Claro. — Fredo deu um tapa na própria cabeça. — Desculpe.
Como vão as coisas por lá? Havana, Hyman Roth, tudo isso?

Michael franziu o cenho.

— Amanhã — ele disse. — Durante o café.

A maneira vaga com que Fredo formulara a pergunta devia-se sobretudo
à sua ignorância dos fatos, e não à discrição. Roth havia sido
parceiro de Vito Corleone durante a Lei Seca. Agora era o mais poderoso
dos chefões da máfia judia em Nova York — e, por extensão, em Las
Vegas e Havana também. Fredo não sabia ao certo o que Michael e Roth
estavam aprontando em Cuba, apenas que Michael vinha se dedicando
ao assunto por um bom tempo, e que a coisa era grande.

— Durante o café. Ótimo. — Fazia tempo que Fredo esperava para
saber o que estava acontecendo, não faria mal nenhum esperar até o
dia seguinte. — Afinal, essa é a refeição mais importante do dia.

— Quando começa o seu programa na televisão? — quis saber
Michael.

— Setembro. Fontane está escalado para o primeiro. — Depois de
tantos favores recebidos, isso era o mínimo que Johnny Fontane poderia
fazer. Ele aceitara no ato.

— Uma ótima idéia — disse Michael.

— O quê? Fontane ou o show?

— Ambos, eu acho. Mas eu estava me referindo ao programa.

— Acha mesmo?

— Precisamos mudar a percepção das pessoas. Para que nossos negócios cresçam da maneira que queremos, é importante mostrar ao público que, no fim das contas, não existe muita diferença entre os Corleone — ele apontou para a família do noivo — e pessoas como os Van Arsdale.

— Obrigado — disse Fredo.

Eles combinaram de se encontrar no saguão do hotel às seis da manhã no dia seguinte.

— Sabe que eu nunca consegui distinguir uma da outra? — disse Michael, apontando o queixo para as gêmeas Francesca e Kathy.

— Francesca é a que está de vestido de noiva.

Michael riu.

— Quem diria!

Os irmãos se abraçaram. Prolongaram o abraço por um bom tempo — o abraço mais longo de que Fredo podia se lembrar — e depois se apertaram ainda mais. Era em Sonny que ambos estavam pensando, embora nenhum dos dois tivesse dito nada. Em espírito ele estivera ali o dia todo, mais presente do que qualquer um dos convidados vivos. Tanto Fredo quanto Michael haviam ficado à beira das lágrimas quando entraram na fila para entregar seus envelopes a Francesca. Agora, desfeito o abraço, ambos choravam sem nenhum pudor. Trocaram tapinhas nos ombros e não disseram mais nada.

Mas a coisa era difícil de controlar. Quem poderia ser crucificado simplesmente por querer afogar as mágoas? Fredo sabia, mesmo ao longo do processo, que estava bebendo muito, mas em tais circunstâncias isso não chegava a configurar uma ofensa pública. Além disso, havia o problema do padre que celebrara a cerimônia — um sósia quase perfeito do padre Stefano, o padre que um dia o fizera achar que abraçaria a batina também: o mesmo sorriso assimétrico; os cabelos ralos e negros, penteados do mesmíssimo jeito; o mesmo porte longilíneo, como o de um corredor de longa distância. Fredo esforçava-se para não pensar no padre Stefano e na maioria das vezes obtinha sucesso

A Volta do Poderoso Chefão

— meses se passavam sem que lhe viesse à cabeça uma única imagem, ainda que momentânea —, mas nas raras ocasiões em que de fato lembrava-se dele, Fredo acabava exagerando na bebida.

Se as pessoas não bebessem para esquecer, metade das canções que tocavam na rádio e três quartos das destilarias do mundo inteiro simplesmente desapareceriam. Fredo permaneceu na festa, não deu vexame nenhum, nem esticou para outro lugar depois. Ele e Deanna começaram a dançar todas as músicas, e ela parecia genuinamente feliz, embora ambos estivessem bêbados demais para que suas emoções ficassem imunes a qualquer tipo de suspeita.

De volta ao quarto, ele comeu a bunda dela, o que jamais tinha feito sóbrio, e ela não reclamou, o que também foi obra da bebida.

Ao acordar na manhã seguinte, Fredo não conseguiu se lembrar de como havia chegado ali. Levantou o braço inerte de Deanna para ver as horas no Cartier dela. Sentiu o coração disparar. Precisou fazer um esforço para recuperar o foco dos olhos embaçados. Eram quase onze horas. Num estado de pânico, telefonou para o quarto de Michael.

— Sinto muito, senhor — disse a telefonista. — O Sr. Corleone e sua família inteira deixaram o hotel horas atrás.

(*The Fred Corleone Show* foi ao ar a intervalos irregulares, geralmente nas noites de segunda-feira numa estação de UHF de Las Vegas, de 1957 até o desaparecimento do apresentador em 1959). Era transmitido do saguão do Castle in the Sand, num cenário minimalista: uma mesa redonda e baixa, rodeada por cadeiras estampadas de onça em que se sentavam o apresentador e o convidado. Num painel atrás deles, lia-se "Fred!" em luzes brancas. Atrás do painel, cortinas escuras. O que se segue é a transcrição do show de estréia em 30 de setembro de 1957 (cortesia do Museu de Rádio e Televisão do estado de Nevada).

FRED CORLEONE: Espero que este primeiro show seja, digamos, bastante aconchegante. Ou, em outras palavras, um sucesso absoluto. Vejo esses outros programas que têm de tudo um pouco: mulheres, piadas, quadros de humor, o diabo a quatro. Música. Tudo a que se tem direito. Às vezes os convidados são tantos que é preciso um guarda de trânsito para colocar ordem nos bastidores, verdade. Os camaradas que fazem esses shows são todos boa gente, mas, cá entre nós, acho

338   Mark Winegardner

que eles têm medo de não conseguir prender a atenção dos espectadores, e por isso vão com tudo para cima deles. Mais convidados do que gente assistindo em casa. Hoje vamos seguir por um caminho diferente, e espero que vocês se divirtam de verdade. Um convidado, e só. Mas trata-se de um astro de primeira grandeza: um astro dos palcos e das telas, e, é claro, um incomparável cantor, além de grande amigo e conterrâneo meu. Senhoras e senhores, o Sr. John Fontane.

Corleone fica de pé e aplaude. Fontane acena para a platéia. Apresentador e convidado tomam os seus assentos; ambos acendem cigarros e se preparam para começar.)

FRED CORLEONE: Segundo me disseram, *Groovesville* poderá ser um dos discos mais vendidos em toda a história da indústria fonográfica. A moda do *rock and roll* está chegando ao fim, e você está no topo, é o número um nos quatro cantos do planeta.

JOHNNY FONTANE: Obrigado. Minha carreira de cantor sofreu um pequeno abalo sísmico, mas consegui me reerguer e realizei alguns bons trabalhos. Modéstia à parte, os discos que tive a felicidade de fazer sob a orientação do gênio Cy Milner — não só *Groovesville*, mas também *The Last Lonely Midnight, Johnny Sings Hoagy* e o primeiro deles, *Fontane Blue* — talvez sejam os melhores que já fiz.

FRED CORLEONE: Talvez os melhores que qualquer um já tenha feito.

JOHNNY FONTANE: Você devia trazer o Cy no seu programa. É ele quem está produzindo meu próximo disco também, a realização de um velho sonho, um disco só de duetos com Ella Fitzgerald.

FRED CORLEONE: Vou trazer, sim. *(Olha para os bastidores.)* Alguém anota isso aí. Cy Milner, gênio, hmm.... Com a sua recomendação, talvez ele venha mesmo.

JOHNNY FONTANE: Traga também a Ella. Como diz a canção, Ella é *"the tops"*!

FRED CORLEONE: Claro.

JOHNNY FONTANE: Quando chamo alguém de gênio, não estou brincando.

FRED CORLEONE: Como fazem aqueles enganadores de Hollywood. Mas você, não. Claro que não.

A Volta do Poderoso Chefão 339

JOHNNY FONTANE: Qualquer cantor que trabalhou com Milner um dia pode confirmar: o sujeito é mesmo um gênio, pelo simples motivo de que, durante os anos em que foi trombonista na banda de Les Halley, ele tocava tão bem que parecia estar cantando. Então, quando está no comando das coisas, sabe, como ninguém, deixar um cantor completamente à vontade, fazê-lo cantar como se valesse um milhão de dólares.

FRED CORLEONE: Sabe o que é melhor do que um milhão de dólares?

JOHNNY FONTANE: Um milhão de dólares e... *(Dá um longo trago no cigarro. Sacode os ombros.)*

FRED CORLEONE: Os seus discos, no entanto, rendem muito mais que um milhão de dólares.

JOHNNY FONTANE: Olha, o que aprendi ao longo desses anos todos no *show business* é que, seja qual for a medida do meu sucesso...

FRED CORLEONE: Muito sucesso.

JOHNNY FONTANE: ...devo tudo às pessoas, ao meu público. *(Aplausos.)* Muito obrigado. Mas é verdade.

FRED CORLEONE: E você acha que tenho razão ao dizer que o *rock and roll* já deu tudo o que tinha que dar? Para mim... sei lá, isso não é música. Pior ainda, se você me permite dizer, a coisa não tem classe nenhuma.

JOHNNY FONTANE: Esse tipo de música vem de um lado primitivo das pessoas. Artisticamente já nasceu morta. Portanto, já passou da hora de ser enterrada.

FRED CORLEONE: Fico feliz em saber. A sua opinião, é claro. Bem, então agora... Agora vamos falar sobre o que realmente interessa, aquilo que as pessoas querem saber.

JOHNNY FONTANE: Manda bala.

FRED CORLEONE: Na sua opinião, considerando todo o *show business* e todas as mulheres... Considerando tudo, certo? Se você fosse dar uma nota de um a dez, sendo dez o mais alto...

JOHNNY FONTANE: *(Aponta para a xícara de café do apresentador.)* Alto? Quem será que está "alto" por aqui?

FRED CORLEONE: ...e em duas categorias, beleza e talento. Melhor, de um a vinte. Ou então de um a dez; depois a gente soma as duas notas e divide por dois. A escala não é o mais importante.

JOHNNY FONTANE: Você não me avisou que eu precisaria ser Ph.D. em matemática para fazer esta entrevista.

FRED CORLEONE: Em nome da objetividade, vamos deixar de fora a sua noiva, Annie McGowan, que aliás faz de tudo — canta, dança, conta piadas e até interpreta. Além disso tem as marionetes, que eu nunca vi, mas ouvi dizer que é um ótimo programa. Espera aí. Aqui eu preciso fazer uma pequena interrupção.

JOHNNY FONTANE: Achei que você nem tinha começado.

FRED CORLEONE: Então, Annie. Você sabe o que dizem por aí. Sobre... *eles*. Me ajuda aqui, Johnny. Tem famílias assistindo. As pessoas sabem do que estou falando, pode acreditar. Como eu poderia dizer? Os...

JOHNNY FONTANE: *(Rindo.)* Os seios dela, é isso?

FRED CORLEONE: Seios! Isso mesmo. São os seios mais famosos do mundo, sem querer faltar ao respeito com você ou com ela.

JOHNNY FONTANE: Claro que não. O que você quer saber?

FRED CORLEONE: Quem possui a melhor combinação de beleza e talento em toda Hollywood?

JOHNNY FONTANE: *(Exageradamente estupefato.)* Já estou ficando tonto com esse seu jeito de entrevistar.

FRED CORLEONE: Puxa vida, o homem não pára de brincar. Parece que está no meio de um dos shows dele. Você precisa se apresentar aqui outra vez, no famoso palco do Castle in the Sand...

JOHNNY FONTANE: Obrigado. Muito obrigado. Já faz um tempo que não tenho tido a oportunidade de me apresentar em Las Vegas. Mas tenho alguns shows programados para Los Angeles e Chicago, para quem estiver interessado em me ver.

FRED CORLEONE: Nosso programa só vai ao ar aqui em Las Vegas, e nem mesmo na cidade inteira. Esse canal não pega nem na minha casa, acredita nisso?

JOHNNY FONTANE: Você tem uma torre, ou só aquelas antenas tipo orelha de coelho?

FRED CORLEONE: Torre, é claro. Bem, de volta ao trabalho. Brincadeiras à parte, quer dizer então que você não vai cantar aqui? Hoje? Para nós? Achei que tinham providenciado uma pequena banda para acompanhá-lo...

A Volta do Poderoso Chefão 341

JOHNNY FONTANE: Eu adoraria. Mas preciso descansar o gogó. Esses shows que já estão agendados são muito importantes. Sinto muito.

FRED CORLEONE: Estou decepcionado. Muito decepcionado. Assim você vai me deixar mal com o público.

JOHNNY FONTANE: Você não precisa de mim para isso.

FRED CORLEONE: *(Gargalhada.)* O sujeito é mesmo muito engraçado.

JOHNNY FONTANE: Eu tento.

FRED CORLEONE: *(Para alguém na coxia.)* Alguém ligou para os músicos e... Certo. Ligou? Ligou. Por que sou sempre o último a saber das coisas? *(Para Fontane.)* Então vamos lá. Começando. O que você acha da mudança dos Dodgers e dos Giants para a Califórnia?

JOHNNY FONTANE: Nada que as famílias assistindo vão gostar de ouvir. Todo mundo ficou de coração partido.

FRED CORLEONE: Sei não. Empresas mudam de lugar o tempo todo. Os negócios do meu irmão, por exemplo, dos quais também sou sócio — hotelaria, construção, entretenimento, cimento —, mudaram-se para a costa oeste. Se não fosse por essa mudança, nós não estaríamos conversando aqui agora. Por que seria diferente com o beisebol? Tenho um apego especial com Nova York, assim como você, mas por que justamente o esporte nacional deveria se comportar de um jeito diferente do restante do país?

JOHNNY FONTANE: O beisebol tem um vínculo forte com as comunidades locais e com a boa fé do povo. Todas as vezes que estive no estádio de Ebbets Field... Bem, não consigo imaginar aquele lugar vazio, ou demolido. Se demolirem aquele lugar, um pedaço meu será demolido também.

FRED CORLEONE: Mas você também mudou de Nova York para o oeste.

JOHNNY FONTANE: É diferente. As pessoas podem ouvir os meus discos em qualquer lugar, podem ver os meus filmes. E estou sempre me apresentado no país inteiro.

FRED CORLEONE: Aposto que você vai assistir aos Dodgers em Los Angeles. Hoje você está mais ligado a Los Angeles do que a Nova York.

JOHNNY FONTANE: *(Pausa para acender outro cigarro.)* Claro que vou. Mas eles nunca mais serão os Dodgers de antes. Já se transformaram numa coisa bastante diferente.

FRED CORLEONE: OK, chega de polêmicas. A gente podia falar um pouquinho sobre política. Ouvi dizer que você já escolheu um candidato à presidência para apoiar. Um passarinho me contou.

JOHNNY FONTANE: Como vai Deanna?

FRED CORLEONE: Muito bem. Mas não é desse passarinho que estou falando.

JOHNNY FONTANE: *(Pisca para a câmera.)* Porque, para responder à sua pergunta anterior, se as categorias forem beleza e talento, ninguém supera Deanna Dunn. Sem querer faltar ao respeito a você ou a ela, Deanna é de parar o trânsito.

FRED CORLEONE: Muito obrigado, Johnny. Gentileza sua, embora eu concorde plenamente. Para aqueles que acabaram de ligar, este pérapado que ora vos fala é casado com a linda e talentosa Deanna Dunn.

JOHNNY FONTANE: Atriz já agraciada com o Oscar.

FRED CORLEONE: Duas vezes. Aliás, você também já ganhou um Oscar. Ficou surpreso com o peso da estatueta?

JOHNNY FONTANE: Uma honra dessas, conferida pelos colegas do meio, foi isso que o papai aqui achou pesado.

FRED CORLEONE: Falando em prêmios, você está apoiando o governador Shea de Nova Jersey para presidente, não está? Ele ganhou um prêmio importante por aquele livro que ele escreveu, você sabe qual.

JOHNNY FONTANE: Se ele for mesmo candidato, estou propenso a apoiá-lo, sim. Espero que seja. É um homem bom, e prestaria um bom serviço ao país. Você leu o livro dele?

FRED CORLEONE: Está na minha mesinha-de-cabeceira neste exato momento. Vou ler antes de recebê-lo no programa.

JOHNNY FONTANE: Ele vem ao programa?

FRED CORLEONE: Estamos batalhando para isso. Bem, Johnny, me responde uma coisa. Você já viu um filme chamado *Emboscada em Durango*?

JOHNNY FONTANE: Se eu vi? *(Rindo.)* Você só pode estar brincando!

A Volta do Poderoso Chefão 343

FRED CORLEONE: Johnny *trabalhou* nesse filme, pessoal, caso vocês tenham entrado no cinema depois do primeiro rolo.

JOHNNY FONTANE: Você também trabalhou, e sua mulher também.

FRED CORLEONE: Quem piscou não me viu. E quem piscou duas vezes não viu você também.

JOHNNY FONTANE: Quem piscou e não viu nem a mim nem a você está em excelente companhia. Quase ninguém viu esse filme. Não dá para fazer só obras-primas. Nem só sucessos de bilheteria.

FRED CORLEONE: Ouvi dizer que você está pensando em se afastar do cinema, é verdade?

JOHNNY FONTANE: De forma alguma.

FRED CORLEONE: Mas não é isso o que você mais gosta de fazer neste momento, é? Você tem sua própria produtora, e no entanto...

JOHNNY FONTANE: Alguns filmes estão em fase de produção e provavelmente serão grandes sucessos. Um deles é uma história de gladiadores.

FRED CORLEONE: Um musical?

JOHNNY FONTANE: Isso mesmo. Música de primeira. Como ficou sabendo disso?

FRED CORLEONE: Conheço mais ou menos metade dos compositores. Olha, agora a gente precisa pagar as contas.

JOHNNY FONTANE: Você não anda pagando as suas contas?

FRED CORLEONE: O que eu disse é que agora vamos chamar os comerciais. Você entendeu muito bem.

JOHNNY FONTANE: A gente volta já.

FRED CORLEONE: Ei, de quem é este show afinal?

JOHNNY FONTANE: Foi você mesmo quem disse. Como é que um pé-rapado como você conseguiu um programa de televisão, sem falar naquele avião chamado Deanna Dunn?

FRED CORLEONE: Eu não disse, pessoal? Ah, Johnny, você é um monumento nacional. A gente volta já, já.

Diante da janela de sua suíte no Chatêau Marmont, sozinho no escuro, Fredo Corleone olhava para a avenida Sunset, esperando a mulher voltar para casa. O lugar custava a ele, por semana, mais do que

Vito Corleone havia pago por todo aquele complexo de casas em Long Island, mas decerto os benefícios superavam os custos. Ali não havia fãs para perturbar Deanna Dunn, nem guarda-costas respirando no cangote dele. Fredo olhou para o relógio. A reserva no restaurante era para as onze horas. As filmagens geralmente terminavam em torno das nove, embora ele soubesse, depois de ter participado de três filmes (sempre em papéis secundários), que tudo podia acontecer. Deanna não havia tido um único sucesso de bilheteria em cinco anos — o que na cronologia de Hollywood podia muito bem ser quinhentos anos. Conseguira aquele papel depois de várias atrizes mais jovens o terem recusado, e todos os dias chegava das filmagens falando da bomba em que se metera e da absoluta falta de talento do bonitão que interpretava seu par romântico.

Fredo afastou-se da janela e caminhou na direção do telefone, mesmo sabendo que não iria discar, mas apenas testar a si próprio. Discou. A telefonista transferiu-o para o Bangalô 3. A voz rouca e sonolenta que atendeu pertencia a Wally Morgan, metade de uma das duplas de compositores mais requisitadas de todo o país. Ele havia servido na Marinha, participado de corridas de motocicleta e gostava de caçar: ninguém jamais o teria na conta do pederasta que de fato era. Fredo começava a aprender que não devia julgar o livro pela capa. Quem pinta a parede da própria casa não é necessariamente um pintor. É apenas o sujeito que pintou a parede da própria casa. Além disso, tratava-se de Hollywood. Lá as coisas eram diferentes. Fontane chamava os viados de "soca-bostas", bem na cara deles, mas não deixava de convidá-los para suas festas para que mantivessem as mulheres entretidas enquanto ele e os rapazes conversavam sobre futebol ou soltavam bombas numa ravina próxima de casa. E para que lado ia Fredo nessas ocasiões? Para o lado dos rapazes, maldizendo os *quarterbacks* e perturbando a vizinhança. Então decerto não era um viado.

Fredo limpou a garganta e perguntou se podia dar uma passada para tomar um drinque.

— Dar uma passada? — ironizou Morgan. — Belo eufemismo, tigrão. Claro, pode vir. Vou preparar uns martínis. Mas traz aquelas nossas amiguinhas verdes também, pode ser?

"Eufemismo." "Amiguinhas verdes." "Tigrão." Fredo mal acreditava que pudesse ter alguma coisa a ver com alguém que falava daquele jeito.

A Volta do Poderoso Chefão 345

Pegou uma sunga e um frasco de pílulas e depois saiu. A sunga era para mais tarde, uma volta na piscina para colocar a cabeça em ordem.

Quando por fim chegou à piscina já eram quatro horas da manhã, e um casal trepava na parte funda. Tudo escuro. Fredo trocou-se no vestiário, esperando encontrar a piscina vazia quando voltasse, mas quando abriu a porta eles ainda estavam lá. Ele não havia tomado uma ducha no Bangalô 3. Precisava fazer alguma coisa antes de voltar à suíte, se limpar, só por precaução. Os dois amantes estavam mais ou menos no mesmo lugar — prensados contra a borda, ao lado de uma escada — e pareciam com pressa. Fredo nem se importou. Pulou na parte rasa e nadou algumas voltas. Não havia comido nada, mas as pílulas lhe haviam fornecido toda a energia de que precisava. Enquanto recolhia suas roupas, olhou mais uma vez para o casal, que ainda mandava ver. Só então percebeu que a mulher era a *sua* mulher.

— Deanna?

Ela riu. O homem também. Matt Marshall, o par romântico dela no filme.

— Já vou! — berrou Deanna. — Agora estou ocupada!

Fredo baixou a cabeça e foi para o elevador. Na suíte, vestiu o cinturão que havia roubado durante as filmagens de *Apache Creek* (o segundo filme dele, em que fazia um índio) e pegou dois Colt Peacemaker carregados. Apesar das pílulas, sentia-se completamente calmo. A vingança era justificável, e dali a pouco tudo estaria consumado.

Mas chegando à piscina, não os encontrou mais lá.

Quando deu fé de si outra vez, estava na garagem do Châteu Marmont, com um dos revólveres apontado para o Corvette Regal Turquoise 1958 que ele havia dado à mulher no primeiro aniversário de casamento. Ouvia o próprio coração bater. Respirou fundo seguidas vezes, mantendo a arma firme, pressionando mas não exatamente puxando o gatilho. Eles haviam ido juntos a Flint para buscar o carro. O assessor de imprensa deles havia conseguido que as fotos daquele momento de felicidade conjugal fosse publicado nos jornais e nas revistas do mundo inteiro — boa publicidade para todos os envolvidos.

Fredo abriu fogo: contra a janela de trás, contra o pneu traseiro da esquerda, duas vezes contra a porta do motorista, uma contra a janela do motorista (a bala vazou do outro lado), outra contra o pára-brisa.

346 Mark Winegardner

Sentiu-se bem matando um carro. Vidros estilhaçaram, pneus e estofados explodiram. Os ecos de metal contra metal, o tilintar pós-choque de só Deus sabe o quê.

Ele guardou no coldre o primeiro Colt, abriu o capô do Corvette e sacou o outro revólver. O gerente do hotel e vários funcionários apareceram na seqüência dos disparos, mas eles conheciam Fredo e sabiam que o carro era de Deanna Dunn. Já tinham visto pessoas mais famosas do que eles fazendo coisas mais estranhas e mais criminosas do que aquela. Com toda calma do mundo, o gerente perguntou se havia alguma coisa que pudesse fazer.

— Não. — Fredo atirou contra o carburador de quatro cilindros. — Tudo sob controle, obrigado.

O disparo seguinte provocou uma pequena explosão e uma nuvem de fumaça branca. Os primeiros curiosos começaram a aparecer.

— Já é tarde, Sr. Corleone. Como o senhor pode ver, outros hóspedes...

Fredo disparou um terceiro tiro contra o bloco do motor.

— ...infelizmente foram incomodados.

Mais dois tiros pelo lado do passageiro. A última bala não acertou o carro.

Atrás dele, uma senhora berrava alguma coisa sem sentido no que poderia ser francês. Quando Fredo se virou, lá estava Matt Marshall — sem camisa, sem sapatos, calças de brim, avançando na direção dele, o rosto bonito deformado numa careta de raiva.

Fredo sacou da outra arma e apontou os dois revólveres na direção de Marshall — que era doido ou então sabia que Fredo não tinha mais balas, pois continuou avançando. Fredo jamais tivera um momento de tamanha lucidez. Permaneceu imóvel. Marshall investiu, e ele desviou o corpo com a habilidade de um toureiro. Marshall esborrachou-se no chão. Depois levantou, ensangüentado, e investiu de novo, com a cabeça ridiculamente abaixada. Fredo quis rir, mas, em vez disso, desferiu um golpe com a coronha de um dos revólveres. O ruído foi semelhante ao de um pernil estatelando-se na calçada depois de ser largado de um arranha-céu. Marshall foi ao chão.

Em uníssono — com exceção da francesa histérica —, os curiosos exclamaram:

A Volta do Poderoso Chefão 347

— Óóóó...

Fredo guardou as armas.

— Autodefesa — falou. — Pura e simples.

Foi Hagen quem apareceu para pagar a fiança.

— Você não demorou nem um minuto — disse Fredo, já fora da delegacia. — Por acaso sabe voar?

— Só metaforicamente. Caramba, Fredo. Acho que ninguém naquele hotel jamais colocou os pés numa prisão.

— Balas perdidas — disse Fredo. — Pode acontecer com qualquer um. Só fico com pena daquele cachorro.

A senhora francesa era uma condessa deposta, que na hora passeava o seu *poodle* de estimação. Uma das balas havia estourado a cabeça inteira do animalzinho, a não ser pelo pouco que sobrara pendurado ao pescoço. O outro disparo problemático foi o que de alguma maneira havia atravessado o Corvette e desfigurado a grade do carro estacionado atrás dele, um DeSoto Adventurer branco que servira de carromadrinha na Indy 500 de 1957. O vencedor da corrida recebera um fortuna ao vendê-lo para Marshall, mais conhecido pelos cinéfilos como o piloto boa gente de *Checkered Past, Checkerd Flag*. O canalha não havia lutado por Deanna, nem em nome dela. Simplesmente perdera a cabeça ao ver a fumaça acre que exalava do seu pequeno tesouro.

— É muito pior que um caso de balas perdidas, Fredo. Aquelas armas...

— São limpas. Neri disse que elas eram totalmente limpas.

— Tomara que sejam, pois a polícia de Los Angeles chamou o FBI para ajudar na investigação.

— Elas são limpas.

Eles entraram no Buick de Hagen — de uma hora para outra todos da família haviam passado a dirigir carros discretos e sem graça — e voltaram calados para o Chatêau Marmont. Surpreendentemente, Fredo não havia sido expulso; Hagen havia reservado um quarto ali também. Felizes os que podem se hospedar num hotel cuja equipe sabe ficar de bico calado. Felizes os que têm dinheiro suficiente para dar boas gorjetas, pagar adiantado por suas despesas e se casar com uma celebridade. Hagen e Fredo fizeram uma pequena caminhada pelos jardins tropicais do lugar.

— E aquelas pílulas que foram encontradas no seu bolso? — perguntou Hagen.

— Têm receita. Foi Segal quem me deu. — O que era verdade, pelo menos indiretamente. Ele havia mandado Figaro, o capanga dele em Vegas, buscar as pílulas. Jules Segal, um velho amigo da família, era o chefe de cirurgia do hospital que os Corleone haviam construído.

— Disseram que elas estavam num frasco de aspirina.

— Eu guardei as pílulas no frasco e depois tomei todas as aspirinas. Não existe uma lei que diz que você tem de guardar os seus remédios desse ou daquele jeito.

— Sei não. Segal foi suspenso uma vez por isso, muito tempo atrás, e antes de ele trabalhar no nosso hospital. E agora... bem, o hospital é para limpar nosso nome, e se...

— Então peça a outro médico para dizer que foi ele quem receitou as pílulas. Você já consertou encrencas mil vezes mais graves do que essa. Poxa, Tommy. Papai sempre disse que você era o mais siciliano de todos. Que diabos aconteceu? Eles tiraram isso de você com um decreto especial do Congresso? Eu *falei* para você o que aquele sujeito fez! Era a minha *mulher*!

— Você me disse pelo telefone. O que não foi uma boa idéia, Fredo. Fredo admitiu o erro com uma sacudidela dos ombros.

— Marshall não morreu nem nada. Morreu?

— Não, graças a Deus — respondeu Hagen. — Vai ficar bem. Quanto ao rosto dele, isso é outra coisa...

— Tão mal assim, é?

— É. Muito mal. Matt Marshall ganha a vida com as maças do rosto, uma das quais agora está mais líquida do que sólida. O que já seria ruim, mas, como você sabe, ele ainda está filmando. Parece que não podem terminar o filme sem ele. É possível que a gente dê um jeito nas coisas, mas Los Angeles agora é um lugar difícil para nós, com o clã de...

— A gente está em paz com Chicago. Eles me conhecem. Gostam de mim. Posso muito bem lidar com eles.

— De qualquer forma, você já colocou muita coisa nas minhas costas.

— Ora, Tom, o que você teria feito se fosse Theresa?

A Volta do Poderoso Chefão   349

— Puxa, nem sei dizer. Matar um carro, um *poodle*, um filme?

— Pelo menos você não disse que Theresa jamais faria uma coisa dessas.

— Theresa jamais faria uma coisa dessas.

— No seu cu que não faria, seu merda metido a santo!

— Quantas pílulas você tomou hoje, Fredo?

— Nenhuma. Só tomo de vez em quando. — Ele não queria passar outra vez diante do Bangalô 3. E muito menos pela piscina. — A vista é mais bonita por aqui. Da avenida Sunset e tudo mais.

— Eu sei — disse Hagen. — Já me hospedei aqui. Aliás, fui eu quem falou a você desse lugar.

— Então você sabe. Por aqui.

Eles seguiram pelo tal caminho.

— Já tem um tempo que estou querendo perguntar — disse Fredo. — A Kay trepou nas tamancas quando soube das escutas?

— Ela ainda não sabe — respondeu Hagen.

Fredo estava certo sobre suas suspeitas. Michael não tinha tido coragem de contar a ela pessoalmente. Mandaria Tom fazer isso por ele. Ora, Kay não era nenhuma freira.

— A Kay é muito inteligente. Sabe das coisas. E quando não sabe, cedo ou tarde, provavelmente mais cedo do que tarde, você conta para ela.

— Do que você está falando?

— Não estou dizendo que você é apaixonado por ela, não é isso, mas todo mundo sabe que ela sempre dá um jeito de arrancar as coisas de você.

— Essa é a coisa mais ridícula que já ouvi em toda a vida.

— Você disse que aquela minha idéia do cemitério em Nova York, como o de Colma, era a coisa mais ridícula que você tinha ouvido na vida.

— A idéia do *cemitério*? Ainda está pensando nisso? O Michael já disse, não dá para levar esse projeto adiante agora. Estamos passando longe de qualquer espécie de golpe nesse momento. Não queremos ficar devendo nenhum favor aos Stracci, por nada. Além disso, teríamos de acionar uma leva de políticos em Nova York, e a última coisa que queremos fazer agora é queimar esses cartuchos num projeto dessa natureza. Um projeto cheio de furos, diga-se de passagem.

350 Mark Winegardner

Eles dobraram uma esquina e deram de cara com Alfred Hitchcock, que caminhava na companhia de Annie McGowan e o agente dela. Fredo apresentou Hagen como o "deputado Hagen". Annie perguntou a Fredo se ele estava bem. Fredo disse que a história era longa e que telefonaria mais tarde para conversar. Não, Johnny não estava na cidade, disse Annie. Estava em Chicago. Hitchcock disse que estava com pressa, e eles foram embora.

— Que furos? — perguntou Fredo, novamente sozinho com Hagen.

— Furos — disse Hagen. — Olha, o negócio é o seguinte: a operação de Nova York vai ficar do jeito que está. Novos projetos, só se forem legítimos.

— Mas é aí que está a beleza do meu plano, Tom. Não é golpe nenhum. Tudo vai ser completamente dentro da lei.

— Fredo, não dá para ter tudo ao mesmo tempo. Você não pode, por um lado, ser uma figura pública, estar casado com uma estrela do cinema, administrar a parte de entretenimento dos nossos hotéis em Las Vegas e apresentar um programa de televisão, que segundo ouvi dizer foi muito bem.

— Obrigado. A gente fez o que pôde.

— Mas você não pode fazer tudo isso e ao mesmo tempo ser o cabeça por trás de um projeto como esse do cemitério. E não pode fazer *nada* disso se não começar a andar nos trilhos outra vez. Acorda, Fredo!

Acordar seria ótimo, não tivessem os tiras ficado com as porcarias das pílulas verdes.

— Então que outra pessoa cuide do trabalho sujo — disse Fredo. — Rocco poderia fazer isso. Ou então, sabe quem mais seria perfeito? Nick Geraci. Depois que tudo estiver limpo, eu assumo a liderança. A idéia foi *minha*, Tom.

— Idéias e merda são a mesma coisa — disse Hagen. — O importante é saber o que fazer com elas.

— Sei muito bem o que fazer com a minha idéia, oquei? Sei como tirá-la do papel. E também sei como administrar a coisa toda depois disso. O problema é que você não me dá o sinal verde.

Hagen tentou dizer alguma coisa.

— Pode confessar — interrompeu Fredo. — Confessa que não é você quem está me empatando, é o Mike. Porra, Tom, ele se aprovei-

A Volta do Poderoso Chefão 351

ta de você muito mais do que de mim. Nós dois somos mais velhos do que ele. Nós dois fomos atropelados, e sabe por quê?

Hagen franziu a testa.

— Porque você não é italiano — disse Fredo. — E não tem o nosso sangue. Tudo bem, isso complica as coisas, mas não a ponto de transformar você numa espécie de leva-e-traz.

— Eu devia ter deixado você esfriando os miolos atrás das grades, seu filho-da-puta mal-agradecido. Quer voltar para lá? Eu te levo.

— Que diabos você está querendo dizer?

— Nada — respondeu Hagen, de olhos fechados.

— O que foi? Está com medo?

Hagen ficou calado.

— Eu fiz uma pergunta a você, porra!

— Você vai me bater, Fredo? Bate logo.

— Sei muito bem o que está tentando dizer, Tom. Então diz de uma vez. Isso tem a ver com aquele sujeito, o ladrão de São Francisco, não tem? — Fredo não precisara matar alguém para ser iniciado na organização. Dean, o *beatnik*, havia sido a primeira pessoa que ele jamais havia matado. Se pelo menos o garoto não tivesse se lembrado daquela foto de Fredo chorando na sarjeta. Fredo havia fingido não saber de foto nenhuma. Tinha um rosto comum, podia ser confundido com qualquer outro, foi o que ele disse. Mas o garoto recusou-se a mudar de assunto. Fredo sufocou-o com o travesseiro, vestiu o cadáver e espancou-o para deixá-lo do jeito que queria. Um bom garoto, mas ainda assim era um pervertido. Não era apenas um sujeito atrás de uma simples brincadeira, mas alguém que se assumia como pederasta. Um acinte. Naquele momento, Fredo estava com tanto medo de ser reconhecido que não teve a menor dificuldade para liquidar a fatura. Sair da enrascada havia sido mais difícil, mas no fim tudo dera certo também. — Não fica parado aí, me olhando. Anda, diz.

— Não estou tentando dizer porra nenhuma — disse Hagen. — São Francisco, no que me diz respeito, é coisa do passado.

— Você está começando a me irritar, Tom.

— Começando?

Fredo armou um soco. Tom aparou o golpe com a mão esquerda, torceu o braço de Fredo e depois cravou o punho no estômago dele com tamanha força que Fredo saltou do chão. Tom largou o braço do irmão. Fredo cambaleou e caiu de joelhos, arfando.

— Eu detesto você, seu merda — falou por fim, ainda ofegante.

— Você o quê? — perguntou Hagen.

— Desde que botou os pés na nossa casa, você sempre foi o preferido do papai.

— Deixa disso, homem. Quantos anos você tem?

— Mike era o preferido da mamãe — disse Fredo, recuperando o fôlego. Sonny não precisava de ninguém, e Connie é mulher. Acontece que *eu* era o preferido do papai até você chegar. Sabia disso? Já parou para pensar nisso? Algum dia se importou com isso? Você tomou o que era *meu*.

— Uma coisa bastante estranha para dizer à pessoa com quem você conta para limpar toda a merda que faz.

— Que diferença faz o que eu digo ou deixo de dizer? Você vai limpar a minha merda de qualquer jeito, não vai? Sempre faz o que Mike manda.

— Sou leal a essa família.

— Mentira. Só é leal a Mike.

— Presta atenção na bobagem que você está dizendo, Fredo.

Fredo ficou de pé e investiu mais uma vez. O segundo soco de Hagen acertou Fredo diretamente no queixo e fez com que ele se esborrachasse de costas num canteiro de jasmins asiáticos.

— Quer mais ou já chega?

Fredo sentou-se e esfregou as mãos no rosto pálido, ainda por barbear. Respirou fundo diversas vezes e depois disse:

— Faz, sei lá, dias que eu não durmo. *De verdade.*

Hagen acendeu um charuto. Saboreou um longo trago e depois estendeu a mão. Fredo, ainda de joelhos, ficou olhando para a mão de Hagen por um bom tempo antes de finalmente apoiar-se nela.

— Charuto? — ofereceu Hagen, levando a mão ao bolso da camisa.

— Não, obrigado.

— Acho melhor você subir e ver como está a sua mulher.

— Ela está lá em cima?

Hagen deu um tapinha nas costas do irmão.

— Sabe que eu gosto muito de você, não sabe?

A Volta do Poderoso Chefão 353

Fredo deu de ombros.

— Também gosto muito de você, Tommy. Mas ao mesmo tempo...

— Já falamos sobre isso — interrompeu Hagen. — Esqueça.

— Acho que entre irmãos a coisa funciona assim mesmo, não é?

Hagen inclinou a cabeça como se dissesse "talvez sim, talvez não".

— Belo reflexo, aliás — disse Fredo. — Pegar aquele soco no ar.

— Muito café — disse Hagen.

— Melhor você dar uma maneirada. Tanto café ainda vai acabar te matando.

— Agora vá. Descanse um pouco. Tudo vai ficar bem.

Por um tempo, ainda que breve, tudo de fato ficou bem.

Deanna recebeu-o à porta. Beijou-o uma, duas, inúmeras vezes; depois foi ao banheiro e encheu a banheira enorme. Fredo relaxava na água quente enquanto a mulher o barbeava.

Deanna era, sim, uma das atrizes mais respeitadas de sua geração, mas Fredo estava convencido de que o ardor que ele despertara nela ao reagir, ao lutar pelo próprio casamento, não podia ser uma encenação. Durante todo o tempo de casados, eles jamais haviam tido uma cama melhor.

— Então, como foi que um pé-rapado como eu conquistou uma mulher como você, hein? — ele perguntou depois.

Deanna suspirou, aparentemente feliz.

— A cavalo dado não se olham os dentes.

— E isto aqui também não é para olhar?

— *Isso*, sim, a gente olha. Bem de perto. E se possível lambe.

— Não, isso não.

— É, eu sei — ela disse, ronronando, as mãos firmes na nuca dele.

— Isso não.

Capítulo 18

Naquele mês de março o pai de Nick Geraci foi a Nova York — pela primeira vez depois de Nick se mudar de Cleveland. Foi de carro, é claro. Percorreu sozinho, em três dias, todos os sejam lá quantos mil quilômetros desde o Arizona. Até o fim dos seus dias ele seria Fausto, o Motorista.

Assim que chegou, limitou-se a remoer o próprio rancor e a própria rabugice no interior do seu casulo impenetrável, parado diante da piscina do filho. Os Chesterfield King haviam acabado. Charlotte ofereceu-lhe um maço dos próprios cigarros, e ele agradeceu. Tratava-se de uma marca feminina. Diante da emergência, contudo, acabou dizendo que uma amiga fumava esses mesmos cigarros e que já estava até se acostumando a fumá-los também. Nick piscou e perguntou se a tal amiga por acaso não seria a Srta. Conchita Cruz.

— Não fala sobre o que você não sabe — respondeu Fausto. — Quer que eu pague pelos cigarros? — Ele retirou do bolso as notas presas num clipe.

— Não, pai, não precisa.

— Você pode ser um figurão, mas eu mesmo pago pelas minhas despesas, ouviu bem?

— Só queremos que o senhor se divirta um pouco, OK?

— É muita gente querendo alguma coisa de mim — ele respondeu. — Por que não vão cuidar da própria vida? E peguem logo esse dinheiro, a não ser que o *meu* dinheiro não tenha nenhum valor.

— Nesta casa não tem, não, pai — disse Nick. — O senhor é o nosso hóspede.

A Volta do Poderoso Chefão   355

— Hóspede? — repetiu ele, irônico. — Não seja imbecil, seu imbecil. Hóspede que nada, sou parente.

— É muito bom tê-lo aqui conosco — disse Nick, ainda recusan-
do o dinheiro e abraçando o pai, que de fato devolveu o abraço. Os dois
se beijaram no rosto.

Na manhã seguinte Charlotte encontrou uma nota de cinco dólares
sob a bolsa.

Mais tarde, num dia extemporaneamente quente para um mês de
março em Nova York, eles foram almoçar em família no Patsy's — o
restaurante italiano preferido de Geraci, no qual ele praticamente dispunha de uma mesa particular — e depois foram dar um passeio de barco,
por sugestão de Charlotte. O passeio oferecia vistas da cidade que de outra forma nem mesmo uma nova-iorquina como ela tinha a oportunidade
de ver; além disso, proporcionaria uma benfazeja mudança de ares para
aquele homem que passava a maior parte do dia diante da piscina, mudo,
cultivando seu habitual mau humor. Nick e Charlotte já haviam feito esse
mesmo passeio, mas as crianças não. Barb cursava a última série do primeiro grau e agora não ia a lugar nenhum sem a companhia das amigas,
um bando das quais já esperava por ela no píer. Bev, que parecia mais
velha, mas tinha apenas onze anos, permaneceu o tempo todo ao lado do
avô, fazendo perguntas sobre a história de Ellis Island — que Fausto conhecera ainda garoto, da primeira e última vez que estivera em Nova York.
Antes de chegarem a Roosevelt Island, ela de alguma forma já o havia
convencido a lhe ensinar algumas palavras no dialeto siciliano.

Tão logo ultrapassaram o antigo estádio dos Giants e dos Mets,
porém antes que a desolação da ponta norte de Manhattan passasse
de inacreditável a inacreditavelmente monótona, Fausto, tão bem-hu-
morado quanto possível, puxou o filho para um canto e disse que na
verdade tinha ido a Nova York numa missão de trabalho.

Nick pareceu não entender.

— Recado do Judeu — explicou Fausto, referindo-se a Vince Forlenza. — Uma história comprida. Aqui não é o lugar. A gente está muito
longe de Tróia?

— Tróia, o quê? Tróia, Nova York? — Nick Geraci tinha certeza absoluta de que o pai jamais lhe havia contado uma história, fosse ela
comprida ou curta.

356   Mark Winegardner

— Não, figurão. Tróia da Helena, com cavalo e tudo. Claro que é Tróia, Nova York.

— Precisamos ir até lá pra você me dizer o que precisa me dizer?

— Não precisamos ir até lá para porcaria nenhuma. A gente pode conversar na sua casa, naquele Clube de Política Patrick Hudson que você tanto enche a boca para falar, em qualquer lugar que...

— Patrick Henry — corrigiu Nick. O quartel-general dele no Brooklyn. O escritório.

— Seja como for. Mas ouve uma coisa. Eu *quero* ir a Tróia, OK? Acha que pode realizar um pequeno desejo desse velho à beira da morte?

— Desde quando você está à beira da morte?

— Desde o dia em que nasci.

— Achei que você fosse dizer desde o dia em que *eu* nasci.

— Você não tem essa importância toda, não, figurão.

Acontece que Fausto ouvira dizer que havia rinhas de galo em Tróia, aparentemente as melhores do país. O lugar ficava mais ao norte do estado e portanto submetia-se ao controle direto ou indireto da família Cuneo. Fausto sempre fora fã das brigas de galo e ao longo dos anos havia deixado tanto dinheiro numa espelunca em Youngstown que, por direito, o nome dele já deveria constar da escritura. Havia rinhas em Tucson também, mas eram controladas pelos mexicanos, e Fausto não confiava neles.

— Está brincando — disse Nick. — Aquele lugar em Youngstown tinha galos com cocaína caindo pelas penas. Os pilantras injetavam hemodiluidor nos bichos para fazê-los sangrarem à beça depois de uma derrota, depois tiravam as drogas e botavam os mesmos galos para lutar de novo, na condição de azarões, só que aí eles ganhavam. Galos com mil e um tipos de veneno diferentes no esporão. E nem consigo me lembrar de todos os truques que eles usavam para fazer os bichos parecerem doentes quando na verdade estavam em plena forma, e outros parecerem saudáveis quando estavam com o pé na cova.

— Você é ingênuo. Os mexicanos são muito piores. Mas uns gênios, eu devo admitir.

Eles não precisariam partir antes do meio da tarde, mas Fausto Geraci levantou-se às quatro da madrugada para estudar os mapas rodo-

A Volta do Poderoso Chefão

357

viários e dar um último trato no motor do seu mimado Oldsmobile 88. Ele insistiu em dirigir, é claro. O motorista regular de Geraci — Donnie do Saco, um primo de terceiro grau — era apenas um camarada que dirigia o carro, mas o pai de Nick Geraci era um verdadeiro ás do volante. Quem o visse à direção e ignorasse todo o resto diria que ele conduzia como um velhote: óculos enormes, queixo grudado ao volante, mãos enluvadas fechadas em punho, rádio desligado para que ele pudesse se concentrar na estrada. Ao mesmo tempo, costurava o trânsito com seu Olds 88 como o piloto de Fórmula 1 que deveria ter sido, mudando de pista a toda hora, enfiando-se em espaços que pareciam exíguos demais, mas nunca eram. A não ser pelos carros e caminhões que ele destruíra de propósito, e relevando-se a pequena temporada na prisão de Marion por homicídio culposo (uma operação de fachada da qual ele participara, fiel como sempre, depois de uma sobrinha do Judeu, de 14 anos, roubar um carro e mandar uma velhinha dessa para a melhor), Fausto Geraci jamais tivera um acidente. Além disso, tinha um sexto sentido que o informava onde se escondiam os guardas, e, nas raras ocasiões em que era parado, sabia avaliar o sujeito instantaneamente antes de decidir se lhe mostrava o distintivo de membro aposentado da Polícia Rodoviária de Ohio (o objeto era real, comprado, por incrível que pareça, numa venda de garagem) ou passava o mesmo distintivo junto com uma nota de 50, que ele sempre mantinha no porta-luvas, cuidadosamente dobrada entre o distintivo e os documentos do carro. Certa vez, quando tinha 12 anos, Nick Geraci pegou o dinheiro. Levou uma surra épica do pai: esse foi o verdadeiro motivo para que ele abandonasse os costumeiros "Junior" e "Faustino" e passasse a chamar a si mesmo de "Nick" (uma gíria para ladrão), e também começasse a tomar aulas de boxe.

Nick não quis pressionar o pai. Sabia que ele contaria sua história somente quando lhe desse na veneta. Fosse o que fosse, tratava-se de algo importante. Fausto tinha ares de que finalmente havia sido incumbido de uma missão à altura de seus indiscutíveis talentos.

Já do outro lado da ponte de George Washington e depois de recuperar o controle do carro — ele havia catado o meio-fio na ultrapassagem de duas jamantas —, Fausto Geraci por fim começou a contar ao filho tudo o que ouvira, pessoalmente, de Vinnie Forlenza.

— Está ouvindo?

— Sou todo ouvidos — disse Nick, puxando as próprias orelhas.

Aparentemente, Sal Narducci havia se cansado de esperar pela morte do Judeu. Todavia, embora tivesse coragem suficiente para matar um a um os torcedores de um estádio inteiro, o Sorridente não tinha colhões para apagar o próprio chefe. Então, em vez disso, armou um plano para humilhar Forlenza a ponto de fazê-lo renunciar, primeiramente conseguindo alguém para sabotar aquele avião — sim, *aquele* avião — e depois aparecendo com a idéia de raptar Nick do hospital e escondê-lo, tudo isso com o objetivo de fazer Forlenza passar por irresponsável e fraco, o que, pelo menos em certa medida, obteve o resultado esperado.

— Mas, presta bem atenção, *Ace* — disse Fausto, como sempre pronunciando o apelido do filho com uma nota de ironia. — Não quero que você vá correndo contar tudo para o seu chefe, oquei? Aquele *pezzonovante* está por trás da história toda.

Nick Geraci achou aquilo mais do que improvável.

— Por que você acha que está vivo, seu grande trouxa? — disse Fausto. — Acha que eles teriam lhe poupado se achassem que você tinha metido os pés pelas mãos? Quantas pessoas você conhece que conseguiram fazer aquela façanha que você fez no lago e não acabaram com uma bala na testa, um gancho de açougue no rabo, o diabo a quatro?

Havia muitos motivos. Michael precisava dele.

— Aquilo foi comprovadamente um acidente.

Fausto suspirou.

— E todo mundo diz que meu filho é um gênio... Dá para acreditar?

Só então Nick deu-se conta de que não tinha a menor idéia do tipo de gente que trabalhava para a FAA, de quanto era fácil ou difícil suborná-los. Embora sempre houvesse um borra-botas chinfrim e mal pago com quem fosse possível conversar: um mergulhador, um assistente no laboratório de investigações criminais, alguém que mentiria sobre assuntos de vida ou morte por meros trocados ou uma noite na companhia de uma puta de primeira.

Nick ficou calado por um bom tempo. Ouvindo. Fausto repetiu a história toda. Tudo parecia se encaixar. Alguma coisa havia sido *mes-*

A Volta do Poderoso Chefão   359

mo despejada naqueles tanques de gasolina. Don Forlenza chegara às suas conclusões ao saber de um sujeito que havia saído de férias para Las Vegas e nunca mais voltado. O tal sujeito era um mecânico, mas também um *cugin'*, queria porque queria ser iniciado no mundo do crime organizado. Fausto riu.

— Posso lhe dizer uma coisa, aquela gente não contrata ninguém desde só Deus sabe quando.

Fausto mantinha o carro exatamente a 88 milhas por hora, como se o nome do carro fosse uma espécie de determinante.

— Bem, o tal *cugin'* não volta de Las Vegas, e um compadre dele, outro *cugin'*, de repente começa a arrotar camarão, a freqüentar o clube social, tentando descobrir o que aconteceu. O Judeu tem um estalo. Um mecânico. Desaparecido, provavelmente... — Fausto aponta uma arma imaginária contra a cabeça de Nick e dispara. — Então Forlenza chama o fulano para um particular. Uma pergunta aqui, outra dali, patati-patatá. O sujeito sabia de tudo. O resto você pode imaginar sozinho.

— De que resto você está falando? Que o tal amigo acabou servindo de comida para minhoca numa cova rasa qualquer?

— Esquece o amigo, *Einstein*. Para encurtar a conversa, seu patrão e o Sorridente mandaram esse mecânico morto colocar alguma coisa no seu tanque de gasolina. Dá uma olhada no porta-luvas, sabichão.

Nick olhou para o pai com desconfiança.

— Anda — disse Fausto. — Não vou dar uma surra em você.

Trinta anos antes, foi quando aconteceu a tal surra, e desde então nenhum dos dois havia tocado no assunto. Trinta anos entre pai e filho podem se passar assim. É o que normalmente acontece.

Tal como o resto do carro, o porta-luvas estava impecavelmente arrumado: o distintivo, a nota de 50 (que Nick teve o cuidado de não tocar), os documentos, dois envelopes brancos e o manual do proprietário. Um dos envelopes continha os recibos dos serviços mecânicos realizados no carro.

— O outro — disse Fausto. — Aquele ali.

Nesse outro envelope encontravam-se seis passagens de trem para Cleveland, para Nick e cinco de seus homens, o que tornava improvável qualquer tipo de emboscada à espera deles por lá.

360   Mark Winegardner

Fausto explicou em detalhes aonde ele precisava ir e todas as medidas de segurança que deveria tomar para o encontro com Don Forlenza, que se realizaria numa das alas do Museu de Arte de Cleveland, fechada ao público em razão do hiato entre uma exposição e outra.

— Provavelmente você não se lembra de Mike Zielinsky, aquele polaco que dava as cartas no meu velho sindicato.

— Fala sério, pai. É claro que eu me lembro. — O polaco Zielinsky era um velho amigo da família. Era o padrinho da irmã de Nick e o melhor amigo, senão o único amigo, de Fausto Geraci.

— Muito bem, então. Chegue ao museu às nove e quinze em ponto. O gordo filho-da-puta vai estar esperando você perto daquele outro filho-da-puta Pensador.

— A escultura?

— Escultura, estátua, sei lá. Na frente do prédio.

— Eu sei.

— Se ele estiver lá, o polaco, não o Pensador, você vai saber que está tudo nos trilhos, aí você entra. Sem polaco, volta para o hotel, ele vai estar esperando você no saguão.

Para Nick Geraci a história toda já tinha passado, havia muito, de inacreditável a inaceitável. Que motivos Michael poderia ter tido para fazer uma coisa daquelas? Por que diabos poderia querer matá-lo?

— Sei o que está pensando. — Fausto balançou a cabeça. — Você é *mesmo* um ingênuo.

— Por que diz isso?

— Há quanto tempo você está nesse ramo?

— Aonde quer chegar?

— Em lugar nenhum — disse Fausto. — Muita merda é feita e ninguém sabe por quê, a não ser o sujeito que fez e os outros que botaram a mão na merda para ele. Tem vezes que nem os amarra-cachorros sabem o que estão fazendo. Fazem a merda e pronto. É um milagre que você não tenha morrido muito tempo atrás, figurão.

Felizmente para Nick Geraci a viagem até Tróia não era das mais curtas, e seu pai não era dos mais falantes. Os longos períodos de silêncio davam-lhe a chance de pensar no que fazer. Mesmo assim não era fácil. Ele faria as suas investigações, verificando tudo o que era possível verificar sem dar pistas do que estava fazendo. Agiria devagar e

A Volta do Poderoso Chefão 361

com cuidado. Buscaria novas informações. Analisaria todos os passos, de todos os ângulos.

De uma coisa Nick tinha certeza: se aquilo tudo fosse verdade, encontraria algo para fazer a Michael Corleone que doesse mais do que a morte.

Eles chegaram a Tróia. As brigas de galo se davam no interior de um velho frigorífico. A fachada do lugar havia sido transformada num bar. Um enorme estacionamento de cascalho escondia-se atrás do prédio, fora do campo de visão de quem passasse pela rodovia.

— Como ficou sabendo desse lugar, pai?

Fausto Geraci revirou os olhos.

— Você é um sabe-tudo, não é? Sabe o que é alho e o que é bugalho. Mas o papai aqui não é capaz de saber nem onde fica a própria bunda.

Nick deixou passar. Eles saíram do carro. Fausto reclamou do frio. Nos tempos de Cleveland, tinha sido o mais durão de todos na tolerância do frio.

— Março em Nova York é assim mesmo, pai.

— O sangue da gente fica ralo. — Mesmo assim ele parou para acender um dos cigarros de Charlotte; deu um risinho sarcástico, resmungou alguma coisa e caminhou na direção da porta.

— O que foi que o senhor disse?

— Eu disse: "Para mim a guerra aérea é assassinato legitimado pela ciência". — Ele caminhava rápido demais para alguém da sua idade.

— Para você o quê?

— No seu livro sobre o Eddie Rickenbacker, sabichão — explicou Fausto. — Foi ele quem disse isso. Você deixou para trás. O livro. E pára de olhar para mim como se eu não soubesse ler.

Nick lembrava-se vagamente de ter lido aquela frase na orelha do livro.

No interior do frigorífico, homens que Nick desconhecia reconheceram a ele e abriram caminho para deixá-lo passar. Isso acontecia muito em Nova York, mas foi bom vê-lo acontecendo ali, através dos olhos do pai.

Eles foram até o banheiro.

— Uma última coisa — sussurrou Fausto, os olhos voltados para a parede acima do mictório. — Se quiser que eu apague você-sabe-quem

362   Mark Winegardner

— ele largou o pau, virou-se para o filho e estalou os dedos de ambas as mãos —, faço isso amanhã mesmo.

Nick sorriu.

— Obrigado, pai. Qualquer coisa, eu aviso.

— Não subestime aquele filisteu — alertou Fausto, fechando o zíper da calça. — Na vida dele, já mandou muito mais gente para o inferno do que...

— Pode deixar, vou tomar cuidado. — Nick lavou as mãos e abriu a porta para o pai. — A primeira aposta é por minha conta.

Com os cinco dólares que Fausto havia deixado sob a bolsa de Charlotte, Nick fez a primeira aposta num *blueface* ainda jovem, um azarão dez-por-um que eles tinham visto no cercado, borrando sem parar. Fausto viu aquela diarréia e passou o dedo num montinho de bosta que vazara através da grade para analisar o cheiro. Depois de trinta segundos de luta, o galo do rabo borrado arremeteu e furou a carótida do outro animal. Como Fausto, o Motorista, havia imaginado, a diarréia havia sido uma armação, induzida com sais de Epsom.

Os Geraci estavam cinqüenta dólares mais ricos; procurando não dar nas vistas, tentavam descobrir o ardil que decidiria a luta seguinte, a despeito do ódio que pulsava no coração de um galo e de outro.

Capítulo 19

Pete Clemenza estava em reunião num pequeno restaurante nas imediações do Garment District, um lugar com uma saleta de jantar nos fundos em que jamais entrava quem não estivesse com Clemenza. O proprietário era velho o bastante para ser pai dele, e Pete já estava com setenta anos. Eram amigos desde sempre. Naquela manhã em particular, o dono do restaurante ficara em casa, doente, e Pete se apossara da cozinha, avental amarrado sobre o terno de seda, cozinhando pimentões e ovos, refatiando as cebolas (as que já haviam sido fatiadas estavam grossas demais) e mostrando o jeito certo de fazer as coisas à equipe de trapalhões que trabalhava para o amigo, mantendo-os na linha. Dois dos homens de Clemenza sentavam-se em lados opostos de uma mesinha espremida num dos cantos da cozinha, vendo e ouvindo Clemenza fazer o que fizera por boa parte da vida: contar uma história. Isso fora o que de fato selara a amizade dele com Vito Corleone. Pete era um contador de histórias nato; Vito nascera para ouvir.

Essa havia se passado cinco anos antes, logo depois de Pete deixar a prisão por uma curta pena que tivera de cumprir por extorsão (a sentença fora revertida depois de um pedido de recurso). Pete tinha ido ver o novo aparelho de televisão de Tessio.

— Comparado a esses aparelhos aqui — disse Pete —, o de Tessio tinha uma imagem tão boa que deixava a gente de pau duro. Era uma noite de sábado, e ele tinha convidado umas pessoas para assistirem às lutas, tomarem umas biritas, fazerem uma apostinha. Tessio sempre teve os seus informantes, desde a primeira luta sobre a face da Terra, mas ali ele era o anfitrião, queria bancar o hospitaleiro, então o dinheiro que ia perder era como se fosse uma gorjeta na mão de alguém em troca de um lugar na frente do ringue. O único que eu não conhecia ali era um sujeito novo, nervoso como um gambá. Para alguém que não é muito conhecido, o camarada fazia perguntas demais, e a certa altura acabei falando alguma coisa a respeito. O garoto ficou branco, mas o Sally falou: "Deixa o rapaz perguntar, senão como é que vai aprender?" Dali a pouco eu estava no corredor, tinha acabado de mijar, e encontrei com o Richie "Duas Armas", que quis saber de onde tinha saído o tal gambá. Respondi que não sabia de porra nenhuma, que aliás o meu epitáfio devia ser: "Ele não sabia de porra nenhuma." A primeira luta começa, e Sally pede a Richie para tirar o som da televisão, porque ele não agüentava a voz do locutor. E depois resolve mandar o gambá anunciar a luta. O garoto fica lá, rindo, então o Sally saca uma arma, mira na cabeça do infeliz e manda ele parar de enrolar. O garoto parecia que ia mijar nas calças. "Bem-vindos ao Madison Square Garden", ele diz, e, juro por tudo que é sagrado, a voz dele saiu pela TV! "E quem é que está de calção preto?", diz o Sally. O gambá diz: "E de calção preto, Beau Jack!", e de novo a voz do camarada sai pela TV. Sally dá uma risada e diz que não gosta daquele locutor também. Então o Richie vai e rasga a camisa do gambá. E não é que o filho-daputa estava com uma escuta pregada no peito cabeludo? A primeira que eu tinha visto com um transmissor. Uma porcaria primitiva, fabricada pelo governo, saindo direto da TV nova do Sally. Sally põe a cabeça perto do microfone e diz: *"Fatta la legge, trovato l'inganno."* Acontece que toda regra tem uma exceção. Bem, o tira, ou seja lá quem ele era, devia entender italiano e deduziu que, apesar da regra contra o assassinato de tiras, Sally ia passar fogo nele de qualquer jeito. Aí então ele começa a mijar *de verdade* nas calças. E provoca um curto-circuito no transmissor. O gambá começa a tremer e a gritar. Juro por Deus, o saco dele tava pegando fogo. O *saco* dele!

Todos na cozinha apertada caíram na gargalhada.

Clemenza desabou sobre a grelha.

Os outros decerto acharam que ele se dobrara de tanto rir. E de fato ele ainda ria quando seu coração descomunal explodiu como o pneu careca de um caminhão. As carnes gordas do rosto começaram a chamuscar e a crepitar, e o paletó do terno se desmanchou em chamas.

A Volta do Poderoso Chefão   365

Os homens pularam junto dele e o puxaram da grelha. Abafaram o fogo na mesma hora.

Todos os funcionários originais da Genco Pura Comércio de Azeites — o presidente Vito Corleone, o gerente Genco Abbandando e os dois vendedores, Sal Tessio e Pete Clemenza — agora estavam mortos.

A estação de trem de Cleveland era tão próxima ao lago que as rajadas de vento gelado chegavam a derrubar os passageiros no desembarque. Nick Geraci foi um dos que caiu, além de dois de seus homens. Eddie Paradise quebrou o braço, mas só se deu conta disso alguns dias depois.

O Polaco esperava próximo ao Pensador.

Era véspera do enterro de Clemenza, uma hora depois do fechamento do Museu de Arte. Geraci foi conduzido até uma sala branca, completamente vazia a não ser por Vincent Forlenza — o maior patrocinador anônimo na história daquele grande museu — e sua cadeira de rodas. Ele mandou que seus homens providenciassem uma cadeira ou um banco para o Sr. Geraci, mas Nick disse que não tinha problema, que continuaria de pé. A enfermeira de Forlenza e todos os guarda-costas se afastaram até a extremidade mais distante de um longo corredor.

Geraci admitiu que seu primeiro impulso havia sido sabotar o carro de Sal Narducci e fazer que tudo parecesse um acidente. Em grandes linhas, mais ou menos isso. A idéia de Forlenza havia sido providenciar um carro-bomba e fazer o traidor sumir num milhão de pedacinhos. Os carros-bomba faziam parte do estilo das famílias do Meio-Oeste. Poupavam o trabalho de dispor dos cadáveres.

Eles discutiram as vantagens e desvantagens de torturar Narducci, assim como Forlenza havia feito com o amigo morto do finado mecânico. Mas não havia nada que ele pudesse dizer que já não estivesse confirmado. Se fossem matá-lo, o melhor seria mesmo meter uma bala na testa do infeliz ou, claro, dar um jeito no carro dele.

Mas Geraci convenceu Forlenza a manter Narducci vivo. Por ora.

Em primeiro lugar, se Narducci morresse ou desaparecesse, Michael Corleone saberia que eram os responsáveis. E Narducci de maneira alguma representava algum tipo de ameaça. Não poderia atacar Forlenza de maneira mais indireta do que aquela. Além disso, até onde Geraci sabia, nenhum *consigliere* jamais havia traído o seu chefe. Isso seria um terrível constrangimento para a organização de Cleveland. Narducci teria de ser eliminado de tal modo que nenhuma suspeita recaísse sobre Don Forlenza, direta ou indiretamente.

Matar Michael Corleone teria sido outra opção, e, assim como matar Narducci, uma boa opção. Mas a que isso levaria? Tumulto, guerra, milhões de dólares em prejuízo nos negócios. Mesmo que vencessem, eles acabariam perdendo.

Por ora ficariam de olho nos traidores, mas dedicariam seus esforços sobretudo à formação de novas alianças. Geraci já trabalhava para Black Tony Stracci e a organização dele. Forlenza tinha laços com Paulie Fortunato. E com a morte de Clemenza, Geraci passaria a controlar todas as operações rotineiras da família Corleone em Nova York. Podia praticamente considerar-se um chefe. Só ali já eram três das cinco famílias de Nova York.

O alvo depois disso seria Chicago. Louie Russo já comandava uma coalizão que envolvia Milwaukee, Tampa, Los Angeles, Nova Orleans e Dallas. Bastaria somar isso ao que Geraci e Forlenza eram capazes de construir sozinhos para que Michael Corleone passasse a *desejar* a própria morte.

A melhor vingança para Michael Corleone seria olho por olho.

Eles usariam Fredo como joguete, da mesma forma que Michael havia tentado fazer com Geraci.

Assistiriam a tudo de camarote e deixariam que seus inimigos degolassem uns aos outros.

Agiriam devagar. Com cautela.

Ao fim de tudo, Cleveland, Chicago e as outras famílias do Meio-Oeste recuperariam o controle sobre o oeste do país. Nick Geraci assumiria o comando do que antes fora a família Corleone, fazendo negócios em toda a região de Nova York. Tudo que precisariam fazer era colocar Fredo entre Michael Corleone e Hyman Roth.

Don Forlenza balançou a cabeça frágil. Os necrotérios estão cheios de recém-chegados com aspecto mais vital que o *Don* ancião.

— Me diz uma coisa, Fausto — ele disse. — Por que esse tal de Fredo faria uma coisa dessas?

A Volta do Poderoso Chefão

"Fausto." Apenas ele e Michael Corleone chamavam Geraci de "Fausto", o que sempre causava um certo susto. O verdadeiro Fausto não o chamava de nome nenhum, apenas de algum epíteto como "Figurão", "Einstein" ou "Ace".

— Aquela vez que ele chorou na rua em Nova York depois que o pai levou um tiro? — continuou Forlenza. — Isso não aconteceu depois que o irmão dele, Sonny, se colocou contra a família na questão dos narcóticos?

Don Forlenza não fazia a menor idéia de que o próprio afilhado era o maior importador de heroína nos Estados Unidos.

— Não sei — respondeu Geraci. Embora ele soubesse, é claro. — Mais ou menos isso.

— Sonny foi de certa forma responsável pelo que aconteceu com Vito, segundo o que ouvi. Não vejo esse Fredo, depois de uma experiência dessas, fazendo algo ainda pior.

— Em primeiro lugar — disse Geraci —, Fredo tem problemas com a bebida, além de um casamento inacreditavelmente confuso. O homem está fora de controle. Segundo, e é aí que vamos fazer com que ele enforque a si mesmo...

— Enforcar a si mesmo?

— Figura de linguagem.

Forlenza deu de ombros.

— Se ele enforcar a si mesmo, problema dele.

— Claro. Certo. Bem, o negócio é o seguinte: Fredo tem essa idéia de construir uma necrópole em Nova Jersey. Parece um daqueles visionários malucos que estão sempre martelando o mesmo assunto.

— Necrópole?

— Uma barbada no ramo dos cemitérios. Uma história comprida. Michael é contra, e provavelmente está certo. Então, como é que Fredo, que mora em Las Vegas e é casado com uma estrela do cinema, vai poder chefiar uma operação como essa, e ainda por cima num dos outros currais, pelo menos até certo ponto, da família Corleone? Mas Fredo está convencido de que a idéia dele é genial, e que Mike está ocupado demais com seus negócios em Cuba para dar a devida atenção ao assunto. Ou então de saco cheio com as maluquices do irmão para dar a ele algo mais que um título simbólico e um puteiro disfarçado de hotel.

368 Mark Winegardner

Ouvindo a si próprio dizer tudo aquilo, Geraci deu-se conta de que não poderia voltar atrás. Tinha se posicionado contra a família. Paciência. A lealdade é uma rua de mão dupla. Em toda a sua vida, ele sequer havia pensado em ser desleal — até o momento em que Michael Corleone tentou matá-lo.

Vingança, na cartilha de Nick Geraci, não era a mesma coisa que traição.

Don Forlenza fechou os olhos e ficou calado por tanto tempo que Geraci viu-se obrigado a observar o peito do velho para conferir se ele ainda respirava.

— A parceria de Michael com Hyman Roth — disse Geraci — é muito mais antiga que a parceria dele com você, mas o negócio em Cuba é tão grande que eles chegaram a uma espécie de impasse. — Geraci aproximou-se. Levantou a voz o suficiente para acordar Forlenza se fosse o caso. — Podemos usar Fredo para acabar com esse impasse. Roth ainda tem muita influência política em Nova York. Se Fredo achar que Roth vai apoiar a história do tal cemitério, vai se interessar na mesma hora.

Forlenza continuou como antes. Com a ponta dos dedos, quase imperceptivelmente, puxava a borda do cobertor que trazia ao colo.

— O que a gente tem de fazer — prosseguiu Geraci — é usar Louie Russo como intermediário para tudo. Os homens de Los Angeles são bonecos nas mãos dele. Fredo é amigo de vários. Depois é o seguinte: você faz com que Russo espalhe a notícia em Los Angeles. Gussie Cicero, ou qualquer outro, pode fazer a coisa de tal modo que um dos homens de Roth, sei lá, Martie Whiteshoes ou Johnny Ola, qualquer um desses que adoram uma boca-livre, acabe topando com Fredo em algum lugar de Beverly Hills. Fredo vai dar aos homens de Roth todas as informações sobre Mike que eles quiserem, desde que continue achando que vai embolsar um tostão se você bater as botas em Nova York.

Forlenza levantou a cabeça afinal.

— E por que diabos você acha que vou bater as botas em Nova York?

— Padrinho, tenho certeza de que você não vai bater as botas em lugar nenhum.

Forlenza riu e abanou as mãos, tranqüilizando o afilhado.

A Volta do Poderoso Chefão   369

— *La testa de cazzo*, hein? E por que você tem tanta certeza de que o Cara-de-Pau vai concordar com tudo isso?

— Porque ele vai sair ganhando. Isso é o mais importante de tudo. Mas também porque é com você que ele vai lidar: o único *Don* que não é uma marionete nas mãos de Russo, nem inimigo dele.

— Acha mesmo isso? — disse Forlenza, visivelmente lisonjeado.

— Não cheguei aonde estou se não fizesse o meu dever de casa todos os dias, você sabe.

Forlenza riu. De fato sabia. Concordou com o plano e selou-o com um beijo no afilhado.

Se alguma coisa desse errado, a culpa recairia sobre Russo. Se aquela camada de segurança falhasse, a culpa recairia sobre Forlenza, que, em nenhuma hipótese, nas suas negociações com Russo, envolveria o nome de Geraci — tanto para proteger o afilhado, mas sobretudo para não dividir com ninguém o mérito pelo plano. Geraci não *queria* que a culpa recaísse sobre Forlenza, mas melhor assim do que sobre ele.

Eles discutiram todos os detalhes.

— Confie em mim — disse Geraci, quando eles já se aproximavam do final. — Fredo é tão burro que vai trair o irmão achando que está ajudando.

— Nunca diga "confie em mim". Porque senão ninguém vai confiar.

— É mesmo?

— Confie em mim.

Geraci riu.

— O senhor confia em mim, não confia, Padrinho?

— Claro que confio. Claro!

— O bastante para me fazer um favor? Um último detalhe sobre o qual ainda não falamos.

Forlenza crispou os lábios e virou a palma das mãos para cima como se dissesse: "vamos lá".

— Quando chegar a hora — disse Geraci —, quero pessoalmente acabar com a raça daquele rato chamado Narducci.

"Aquele rato." À mente de Geraci veio a imagem de um rato saindo pelo reto do presunto que o Sorridente havia plantado nas margens do rio, o cadáver que o mundo acreditara pertencer a Gerald O'Malley.

370 Mark Winegardner

— Para falar a verdade — disse Forlenza —, eu ia mesmo pedir isso a você.

Clemenza havia sido o amigo mais antigo de Vito Corleone; no entanto, Fredo foi o único membro imediato da família do finado *Don* a comparecer ao enterro em Nova York. Carmela havia tido uma nova embolia, dessa vez nas pernas, e não estava em condições de viajar. Michael tivera de trabalhar. Kay, segundo muitos suspeitavam, estava à beira de deixá-lo. Connie havia abandonado o segundo marido, aquele arremedo de contador chamado Ed Federici, e refugiava-se em Mônaco, adejando nua pelas praias na companhia da escória européia. Não ficara claro — pelo menos para Nick Geraci — o motivo da ausência de Hagen, mas ele não estava lá. O mesmo se poderia dizer a respeito de todos os membros da organização em Nevada, até mesmo Rocco Lampone, que galgara todos os degraus de sua carreira — de veterano de guerra, manco e com poucas possibilidades pela frente, até a honorável posição de *caporegime* — com o apoio infalível de Clemenza. Ninguém além de Fredo, cuja presença era presumivelmente simbólica, muito embora ele tivesse dito, ao ser apanhado no aeroporto por Geraci, que não perderia por nada desse mundo a oportunidade de fazer uma última homenagem a Pete Clemenza.

A caminho do velório, em meio a uma tempestade de neve, Fredo Corleone e Nick Geraci pararam para uma caminhada nas aléias do Jardim Botânico do Brooklyn. Aquele havia sido o lugar preferido de Tessio para falar de negócios, e agora era o de Geraci. Nos dias de semana, nunca estava cheio a ponto de impedir uma conversa tranqüila, em particular. Além disso, ali não havia a menor possibilidade de se colocar escutas.

A neve caía em flocos molhados; dez centímetros ou mais eram esperados. O Jardim das Pedras parecia a superfície acidentada da lua. Guardando a distância de alguns passos seguiam quatro homens de Geraci: Momo (o Barata), Eddie Paradise e dois novatos (recém-chegados da Sicília, isto é, sanguinários temidos até pelos próprios colegas). Dois outros (Tommy Neri, que tinha vindo com Fredo, e o motorista de Geraci, Donnie do Saco, assim chamado em razão da bolsa de colostomia que ele carregava desde que fora baleado pela própria mulher) haviam ficado junto dos carros.

A Volta do Poderoso Chefão   371

— O que tenho ouvido falar por aí — disse Fredo — é que o ataque do coração de Pete não foi ataque nenhum.

— A autópsia confirmou o infarto — disse Geraci. — Fazer alguém *ter* um infarto? Essa não. Sabe o que eu acho? As pessoas vêem muita televisão. Isso embota o cérebro delas. Não vai aí nenhuma ofensa, é claro.

— Claro que não — disse Fredo. — Além do mais acho que você tem razão. — O boato que prevalecia era o de que os homens que haviam puxado Clemenza da grelha na verdade o tinham empurrado, que haviam tentado botar fogo não só nele como também no restaurante, e acabaram tendo sorte: Clemenza havia infartado, o que simplificara bastante as coisas. As suspeitas de assassinato — se é que houvera assassinato, o que era altamente discutível — recaíam sobre pessoas tanto de fora quanto de dentro da equipe de Clemenza.

Mas isso não bastou para ceifar a circulação de outros boatos. Muitos aparentemente achavam que Clemenza havia sido assassinado a mando de Hyman Roth, o líder da gangue judia, tão-somente porque Roth estava em negociações com Michael Corleone pelo controle de Cuba. O clã de Chicago, liderado por Louie Russo, também não estava imune a suspeitas. Caso tivesse *mesmo* sido assassinato, Geraci teria apostado nos irmãos Rosato, uma ovelha negra no *regime* de Clemenza que tivera laços com o falecido Don Rico Tattaglia. Não obstante, tanto a navalha de Ockham quanto os hábitos alimentares de Clemenza apontavam para um infarto puro e simples. A autópsia revelara que o coração dele era duas vezes maior que o de um homem normal.

— Hagen disse que também não via muito fundamento nesses boatos — disse Fredo.

— E o *Don*, disse o quê? — perguntou Geraci.

— Mike concordou com Hagen. Conversei pessoalmente com ele sobre o assunto. — Fredo disse isso enquanto balançava o corpo sobre os calcanhares.

Qualquer intérprete dos seres humanos, ainda que semiletrado, saberia que aquilo era uma mentira, embora Geraci nem precisasse imaginar. O principal guarda-costas de Fredo havia sido o barbeiro de Geraci. Era conhecido por todos como Figaro. O primo de Figaro era soldador e montador — o braço-direito de Geraci para a fabricação de

372 Mark Winegardner

esconderijos nos carros e caminhões que faziam o transporte das mercadorias desde as docas de Nova Jersey. Segundo Figaro e o primo, Fredo mal havia cumprimentado o irmão desde o casamento de Francesca.

Fredo tremia quase a ponto de ter uma convulsão. Ele se mudara para a costa oeste fazia doze anos e dizia que já não tolerava mais aquele frio. Patético. Se quisesse saber o que era mesmo frio, devia tomar um trem para Cleveland qualquer hora dessas. Por piedade, no entanto, Geraci conduziu-o para o orquidário, cheio de plantas em floração e uma tropa de bandeirantes.

— Como vai a sua mãe? — quis saber Geraci. — Tudo bem com ela?

— Mamãe é forte. Mas a mudança foi difícil. A casa dela em Tahoe é um milhão de vezes mais confortável que a de Long Beach, mas ela e o papai construíram juntos aquele lugar. Muitas lembranças enterradas ali.

— Se ela se parecer pelo menos um pouquinho com a minha mãe — disse Geraci, persignando-se e olhando para a neve —, a mudança de ares vai ser ótima para ela.

— Sem falar no clima mais ameno — disse Fredo. — Nunca tinha visto uma orquídea laranja antes — ele emendou, apontando.

As bandeirantes saíram, e os dois homens ficaram sozinhos no orquidário.

— Michael queria muito vir — disse Fredo —, mas ele está muito enrolado com alguma coisa grande. Gostava de Pete como de um tio. Puxa, ele e todos nós.

Geraci concordou, acenando a cabeça e procurando apagar do rosto qualquer marca de emoção.

— Tenho certeza de que o *Don* sabe o que é melhor. — Geraci suspeitava de que Michael não tivesse comparecido sobretudo porque não queria ser visto no enterro por nenhum repórter ou agente do FBI. Sua obsessão de se transformar num empresário "legítimo" sobrepunha-se à lealdade que tinha pelo velho amigo do pai, um homem que ele próprio aparentemente amava, na medida em que era capaz de amar ou sentir o que quer que fosse. — Alguma coisa grande, hein?

— Para ser sincero — disse Fredo, não sei muito bem do que se trata.

A Volta do Poderoso Chefão 373

O que provavelmente era verdade. Mas Geraci sabia de muita coisa. Michael e Roth aparentemente não tinham consciência de que suas negociações pelo controle de Cuba eram vãs, uma vez que o governo de Batista estava fadado a cair, e não tinham nenhuma importância real além de transformá-los em dentes de uma engrenagem ainda maior, envolvendo uma coalizão entre as famílias do Meio-Oeste, lideradas por Chicago e Cleveland. Louie Russo havia feito um acordo com os rebeldes. Mesmo que de alguma forma Batista continuasse no poder, a fraqueza de Fredo poderia ser usada para criar uma cizânia entre Michael e Roth. Tudo o que sobraria da negociação entre eles seria a própria negociação, cujas condições Russo e seus parceiros estavam absolutamente preparados para assumir.

Geraci apontou em direção à porta. Eles precisavam ir.

Fredo recebeu as notícias mais recentes do projeto que eles haviam batizado de Colma Leste. Geraci havia solucionado os problemas de território em Nova Jersey com os Stracci. Ele usara um amarra-cachorro, alguém impossível de ser associado à família Corleone, o arrendatário de um grande terreno pantanoso. Além disso, visto que Geraci escondia boa parte da heroína que importava da Sicília entre blocos de mármore pesados demais para serem inspecionados na alfândega, entrar no ramo da marmoraria seria uma barbada.

— E do seu lado, como vão as coisas? — perguntou ele.

— Tudo nos trilhos. Eu e Michael só precisamos sentar para discutir uns detalhes.

— Ainda não fez isso? — perguntou Geraci, fingindo surpresa. — Porque da minha parte já fiz tudo o que podia fazer. Essas coisas de reclassificação de zonas urbanas, alvarás etc. são partes da lei que desconheço por completo. Sei *a quem* recorrer, como fazer o bonde andar, mas, antes, você precisa obter a aprovação do *Don*. Quanto aos políticos, isso também é com ele, não comigo. E ainda tem o problema de como a população vai reagir à coisa toda, a maneira certa de vender o projeto, de mantê-lo fora das disputas eleitorais. Fredo, admiro muito o que está tentando fazer, mas você não acha que se o *Don* pudesse resolver todos esses problemas com facilidade, a gente já não estaria muito mais adiantado na história toda?

— Que nada. O problema é o *timing*. Mike está com a atenção voltada para outras coisas nesse momento. Mas quando souber que você está na jogada, pronto, tudo vai começar a andar. Do ponto de vista dele, eu e você somos perfeitos para uma operação dessas. O próprio irmão e o homem que ele mais considera em toda a organização.

Geraci colocou a manzorra sobre o ombro do *sotto capo*.

— Mike nunca disse isso, Fredo.

Tratava-se de uma insolência, um risco calculado, mas é claro que Geraci estava com a razão.

— E por acaso eu falei que ele *disse?* — retrucou Fredo. — Só disse que é assim que ele vê as coisas.

— Sou apenas um caipira de Cleveland. — Geraci fechou os dedos ainda com mais força. — Faço o que me mandam fazer, cuido das minhas coisas, divido os resultados e todo mundo fica feliz. Aqui e ali, identifico uma oportunidade e entro em ação. Mas não faça de mim algo que eu não sou. Também não estou "na jogada". Você pediu que eu fizesse umas pesquisas, e eu fiz. Ponto final. Combinados?

Fredo fez que sim com a cabeça. Geraci largou do ombro dele. Eles retomaram a caminhada. O sol havia saído, mas ainda a neve continuava a cair.

— Detesto isso — disse Fredo. — Sol com neve. Não é natural. Como se uma bomba tivesse caído, e o mundo tivesse ficado maluco.

— Ainda preciso deixar uma coisa bem clara, Fredo — disse Geraci. — Não quero me meter nos problemas entre você e seu irmão.

— Não tem problema nenhum entre mim e meu irmão.

— Só para ficar claro. Não estou tomando partido. Definitivamente.

— Mas não existe partido para você tomar. Estamos do mesmo lado em todos os assuntos. Quem disser outra coisa é porque não me conhece. E não conhece Mike também.

— "Me parece que a dama promete demais."[1]

— Que porra é essa agora?

Geraci apontou o polegar para trás e disse:

— Shakespeare. Aquele jardim ali atrás me fez lembrar dele. Você agora é ator, Fredo. Talvez devesse começar a ler essas coisas.

---

[1] Tradução de Millôr Fernandes. (*N. do T.*)

A Volta do Poderoso Chefão   375

— Para suas negas, com esse papo de universitário. O caipira de Cleveland por acaso acha que é *melhor* do que eu?

— Calma — disse Geraci. — Eu não acho nada. Shakespeare estava na minha cabeça, só isso.

— Porque eu já fui ver Shakespeare. Já vi Shakespeare até em italiano.

— Qual delas? Quer dizer, que peças?

— Assim, de supetão, não consigo lembrar. Mas quem é você para me dizer o que eu preciso ler? Meu professor de inglês? Para seu governo, tenho mais o que fazer. Não fico o dia todo tomando *sherry* e fazendo uma lista das peças que já vi. Já fui a muitas peças, OK? Peças. E pronto.

— Tá bem, tá bem — disse Geraci.

Eles continuaram a andar. Geraci esperou que Fredo se acalmasse.

— Olha — falou ele por fim. — É que eu fico preocupado. Não gosto de fazer nada pelas costas de Michael, nem mesmo de mijar.

— Não se preocupe com isso. Nossa operação é grande demais para que uma pessoa só saiba de todos os detalhes, ou mesmo queira saber.

Se de fato acreditasse nisso, Fredo certamente não conhecia o irmão que tinha.

— O problema com Michael — continuou Fredo — é que ele é inteligente, mas não sabe lidar com as pessoas. Ele não entende. O que é natural para quem quer fazer as coisas por conta própria, construir coisas. Tudo o que eu quero é ter um troço só meu. Um legado, por assim dizer. Se você não pensa da mesma maneira...

— Isso não vai levar a gente a lugar nenhum, Fredo. Eu já disse o que tinha de dizer. — Geraci havia dito a coisa certa. Fredo era um sujeito simpático, mas burro o suficiente para embolsar seu quinhão e trair Michael sem sequer suspeitar do que fizera. Aquele foi um momento triste. Apesar dos pesares, ele realmente gostava de Fredo.

— O passo seguinte é cem por cento entre você e seu irmão. Fim de papo.

Fredo deu de ombros, depois olhou para os próprios pés.

— Vou lhe dizer uma coisa. Esses sapatos não são os mais apropriados para essa neve.

— Você devia ter colocado suas botas de caubói.

376 Mark Winegardner

— Que botas de caubói?

— Achei que todo mundo por lá usasse botas de caubói, andava com pistolas de seis tiros, o pacote todo. Atirando em carros e cachorrinhos.

Fredo riu. Geralmente reagia bem quando alguém brincava com ele, prova adicional do bom sujeito que era. Como seria triste usá-lo como joguete naquela história...

— Se já houve no mundo dois carros que fizeram por merecer o próprio destino — disse Fredo —, foram aqueles dois lá. Mas fiquei com pena do cachorro.

— Verdade que o bichinho ficou sem cabeça?

Fredo fez uma cara de contrição.

— Verdade. Eu não conseguiria repetir uma façanha dessas nem daqui a um milhão de anos.

— A gente precisa ir — disse Geraci, apontando para o estacionamento. — Esse não é um enterro em que a gente possa chegar atrasado.

— A gente é muito parecido — disse Fredo —, sabia disso?

— Vou tomar isso como um elogio — disse Geraci, sobraçando-o pelo pescoço, sufocando-o de brincadeira, como um irmão ou um velho amigo.

Eles atravessaram uma pontezinha de madeira, sobre um lago praticamente enregelado.

— Você devia ver este lugar na primavera — disse Geraci. — As cerejeiras apinhadas, as flores mais rosas que você já viu na vida.

— É, devia mesmo.

— Sabe — disse Geraci —, sempre tive vontade de perguntar uma coisa a você.

— Então pergunte.

— Pode dizer se eu estiver faltando com o respeito, mas quais são exatamente as suas responsabilidades como *sotto capo*? O que foi que Michael disse quando nomeou você?

— Está falando sério? Que espécie de pergunta é essa?

— Porque eu acho que ninguém sabe de verdade. Não me leve a mal. Mas para muita gente, ou talvez só para mim mesmo, embora eu ache que não esteja sozinho, a impressão que dá é que seu cargo é apenas simbólico.

A Volta do Poderoso Chefão 377

— Simbólico? Como assim, simbólico? Tem muitas coisas diferentes que eu faço. Você, Geraci, tinha a obrigação de entender que não dá para falar sobre tudo.

— Isso eu entendo. É só que...

— Acho até que, agora que o Pete se foi, Michael vai me convocar para ir com ele naquela reunião com todos os chefes das famílias, lá no norte do estado.

"Acho." O que significava, é claro, que ele não tinha a menor idéia. Tocar no assunto chegava a ser patético e de mau gosto, não só porque Pete ainda sequer havia sido enterrado, mas também porque se tratava de uma especulação que ele não deveria fazer na frente de ninguém a não ser do próprio irmão.

— É só que — disse Geraci — muitas das coisas que acontecem com você acabam se tornando públicas.

— Ah, deixa disso. Só uma coisinha ou outra. É um programa local, quase ninguém assiste. Não atrapalha em nada, e até pode ajudar.

— Eu não discordo — disse Geraci. — Sei do valor que o seu programa pode ter para a organização se o objetivo for exclusivamente cair fora de qualquer negócio que possa ser considerado criminoso, com vítimas ou sem vítimas. Mas tem outros aspectos do negócio que precisam ser considerados também.

Eles entraram de volta no carro.

— Não se preocupe, meu amigo — disse Fredo. — Eu e Michael vamos cuidar de tudo.

O que Nick Geraci gostaria de saber é o seguinte: se Michael queria que a organização se tornasse cada vez mais uma grande empresa, maior que a General Motors, no controle de presidentes e potentados, então por que administrá-la como uma reles mercearia de esquina? Corleone & Filhos. Os Irmãos Corleone. Quando Vito Corleone foi baleado e teve de se afastar, quem assumiu o lugar dele? Não Tessio, seu imediato mais sagaz e experiente. Mas Sonny, um cabeça-dura sanguissedento. Por quê? Porque era um Corleone. Fredo era fraco demais para qualquer coisa de maior importância; mesmo assim, simbólico ou não, Michael fez dele o seu subchefe. Hagen manteve o título de *consigliere* mesmo quando na prática não o era, o único *consigliere* não-italiano de todo o país. Por quê? Porque ele e Michael haviam sido criados juntos. Michael, ele próprio, tinha todas as capacitações do mundo, mas, no fim das contas, era a maior piada de todas. Vito, mesmo sem consultar seus próprios *capiregime*, passou o cargo de chefe para Michael — um sujeito que jamais conquistara um tostão furado para a organização, jamais comandara uma equipe, jamais dera provas do seu valor a não ser por aquela noite em que apagou dois sujeitos num restaurante (embora todos os detalhes da empreitada tivessem sido orquestrados pelo finado e extraordinário Pete Clemenza). Apenas três pessoas foram iniciadas na família Corleone sem antes provar sua capacidade de gerar dividendos para a família. Quem? Os irmãos Corleone, é claro.

Agora, então, toda a organização estava sob o comando de um camarada que jamais havia feito outra coisa senão fazer grandes planos e mandar matar gente. Sim, ele era inteligente, mas seria possível que ninguém além de Sally Tessio, Nick Geraci e possivelmente Tom Hagen tivesse percebido que, enquanto Michael considerasse a si mesmo a pessoa mais inteligente do mundo, a organização inteira ficaria à mercê do ego dele?

Verdade seja dita: Nick Geraci mal havia cogitado essas coisas antes de ficar sabendo que Michael Corleone o havia tentado matar. Mesmo assim. Isso não significava que estivesse errado.

Embora ninguém pudesse saber à época, o funeral de Peter Clemenza foi o último dos grandes funerais da Máfia. O ar na Catedral de St. Patrick tornara-se quase irrespirável com o perfume dos milhares de flores que cobriam o altar e entupiam a nave, assinadas com menos discrição do que semelhantes coroas jamais o seriam pelo resto da história. Nos bancos sentavam-se juízes, empresários e políticos, pela última vez indiferentes à natureza de suas relações com o defunto. Até hoje, cantores e outros artistas comparecem a tais cerimônias, porém jamais no contingente que se vira nas exéquias de Clemenza. Quem soubesse das coisas — e até então não havia muitos — poderia ter esquadrinhado a horda de enlutados e arregimentado uma impressionante equipe de estrelas do crime organizado de Nova York, bem como de figurões vindos de fora, inclusive da Sicília. Nunca mais

A Volta do Poderoso Chefão 379

a presença de tantos homens da lei se repetiria com igual diplomacia. Somente por uma única vez depois disso é que tantos membros do alto escalão da Cosa Nostra se reuniriam num mesmo lugar. Tudo isso para um importador de azeites que durante a vida toda se esquivara dos holofotes e mal havia conhecido a maioria dos famosos ali presentes para um último adeus. A pessoa mais famosa que ele conhecia — Johnny Fontane — sequer estava lá.

Nick e Charlotte Geraci sentaram-se logo atrás de Sal Narducci, da mulher dele e do filho Buddy, que estava no ramo dos *shoppings*, em sociedade com Ray Clemenza — assim como o Castle in the Sand, um negócio legítimo do qual alguns elementos das organizações Corleone e Forlenza participavam como investidores legais. (Isto é, a despeito da origem primária do dinheiro deles. Pensando bem, qual é a origem primária de *qualquer* dinheiro? Como definir "origem primária"?) Sal virou-se para trás e debruçou-se sobre o banco para dar um forte e demorado abraço em Geraci. Ao longo de toda a homilia e de diversos panegíricos, o Sorridente, como era de seu costume, repetiu cada uma das últimas palavras do orador, e não exatamente em voz baixa. Charlotte mal conhecera Clemenza e mesmo assim ficou emocionada.

Terminada a cerimônia, Sal Narducci virou-se para os Geraci.

— Tão novo... — ele disse, o rosto estriado de lágrimas. — Uma verdadeira tragédia...

Nick Geraci meneou a cabeça em sinal de assentimento, como faria qualquer um numa missa fúnebre. Narducci e Clemenza tinham aproximadamente a mesma idade.

Uma soprano da Metropolitan Opera cantava a *Ave Maria* quando Charlotte, de braços cruzados, virou-se para os fundos da igreja e viu as enormes portas de carvalho se abrirem. O féretro de jacarandá foi carregado escadaria abaixo. E desapareceu sob a cortina de neve.

Capítulo 20

Para os especialistas, são muitos os fatores que minaram a Cosa Nostra depois de seu apogeu nos anos 1950 e 1960 para transformá-la no arremedo maneirista e traiçoeiro que se vê nos dias de hoje. A mudança de foco do FBI da Ameaça Vermelha para a Máfia. A tendência presente em todos os negócios fundados por imigrantes de primeira geração de se desestabilizarem na segunda e arruinarem-se por completo na terceira. A suposição compartilhada pela maioria dos norte-americanos (introduzida pela Máfia na corrente de pensamento dominante e corroborada de maneira exemplar pelo escândalo de Watergate) de que leis e regras valem apenas para os outros, ou seja, para os trouxas. Os lucros promissores que as empresas "legais" podem granjear com a obtenção de contratos sem concorrência, assinados com a ajuda de amigos poderosos no governo. Mas, sobretudo, a Máfia foi solapada pela aprovação do decreto RICO (*Racketeer Influenced and Corrupt Organization Act*), que deu aos promotores do país uma base mais sólida para as acusações de extorsão, chantagem, contrabando etc., resultando não só em longas sentenças para os mafiosos como também num sentimento, vigente nas esquinas mais escuras do submundo norte-americano, de que a *omertà* transformara-se numa lei antes ignorada do que cumprida.

Essas coisas foram de imensa importância, é claro, mas todas tiveram uma origem comum, o golpe mais devastador jamais sofrido pelo crime organizado nos Estados Unidos: a encomenda, feita menos de um mês antes daquela primeira reunião entre todas as famílias numa fazenda no interior do estado de Nova York, de duas dúzias de mesas em madeira de bordo.

A Volta do Poderoso Chefão   381

Ora, se eles tivessem comprado, alugado, ou até mesmo roubado outras mesas, o verniz não teria sido tão fresco. Os vapores não teriam obrigado os homens a abrir as janelas. O cheirinho do churrasco não teria tido a tarde inteira para invadir a casa e inebriar os seus ocupantes. Os *Dons* e os seus respectivos *consiglieri* não teriam demorado ali. Talvez sequer tivessem agendado novas reuniões entre os chefes de todas as famílias.

Mesmo que as mesas *tivessem sido* feitas sob encomenda, mas o marceneiro-chefe não tivesse sido o Sr. Floyd Kirby, muito possivelmente os Estados Unidos seriam um país bastante diferente nos dias de hoje. Não só porque o marceneiro talvez tivesse usado uma marca de verniz menos nociva, mas também porque o Sr. Kirby era casado com a prima de um membro da polícia do estado de Nova York. Naquele Natal, ao saber da encomenda, o policial começou a conjecturar sobre o tipo de gente a que se destinavam as mesas. Sabia das suspeitas de suborno da polícia local que recaíam sobre o morador daquela fazenda, proprietário de uma pequena cervejaria. O policial e seu parceiro conversaram com diversas pessoas na vizinhança, mas nenhuma delas havia visto nada de incomum, ou pelo menos assim disseram.

O policial decidiu então ficar de olhos bem abertos, mas quem sabe não teria negligenciado seu propósito se não tivesse se divorciado recentemente e se a mulher que vivia no *trailer* enferrujado próximo à estrada que conduzia à fazenda não tivesse sido tão afável? Eles começaram a namorar. Quando as famílias se encontraram pela segunda vez, já estavam casados. Embora tivesse se mudado para a casa do marido, a mulher manteve o *trailer* porque era proprietária do terreno. Eles tinham planos de plantar alguma coisa ali no futuro. Calhou que estivessem lá — na verdade, em nome dos velhos tempos, faziam amor no *trailer* — quando a procissão de Cadillacs e Lincolns invadiu a estradinha de cascalho ao largo do terreno.

Reiterando: muitas vezes quem quer poder deve controlar os menos poderosos. O policial distribuiu notas de dez entre os recepcionistas dos albergues da região, com instruções de avisá-lo na hipótese de uma enxurrada de reservas por parte de forasteiros com nomes italianos (ele também tinha um talento especial para identificar origens étnicas). No ano seguinte, teve tempo suficiente para armar uma operação.

382 Mark Winegardner

Que por pouco não se realizou. Acontece que o comandante não via mérito suficiente na investigação para destacar um contingente maior que o próprio policial e o parceiro dele. Ninguém no FBI retornava suas ligações. Numa tacada de último recurso, o policial entrou em contato com o ATF, o departamento federal de fiscalização do comércio de álcool, tabaco e armas de fogo. Foi atendido por um funcionário jovem e entusiasmado. Também cuidou de fazer alguns telefonemas para a imprensa. No dia seguinte, ele e o parceiro esconderam-se no *trailer* da mulher, munidos de binóculos. Num posto de gasolina às margens da rodovia principal, no interior dos seus tradicionais Chevrolet cinza, vinte agentes do ATF esperavam para entrar em ação. Atrás deles, em carros alugados, estavam os repórteres: um batalhão de redatores e fotógrafos, além de um radialista de Albany.

O que se deu a seguir foi matéria de primeira página de todos os jornais importantes do país e capa da revista *Life*. Mesmo tantos anos depois, a maioria dos leitores poderá se lembrar: a batida dos policiais naquela fazenda e os cerca de setenta homens que se debandaram ao vê-los chegar.

As fotos são famosas: homens gordos de ternos de seda e chapéu de feltro embarafustando mato afora. O balofo Rico Tattaglia, e Paulie Fortunato, mais balofo ainda, sendo algemados enquanto atrás deles um porco semi-retalhado rodava no espeto. Agentes do ATF agachados ao lado de cavaletes, armas empunhadas, enquanto os *Dons* de Detroit, Tampa e Kansas City emergiam de seus respectivos carros (blindados, o que deixou o público fascinado). O policial do estado, rindo como se tivesse acabado de pescar o maior peixe da sua vida, ao passo que o homem ao lado dele — Ignazio Pignatelli, também conhecido como Jackie Ping-Pong (aqueles apelidos! ah, como o público se divertia com eles!) — cobria o rosto rechonchudo com ambas as mãos.

Os homens foram levados para o quartel mais próximo e acusados de... o quê? Isso acabou se revelando um problema. A coisa não cheirava bem, aqueles homens todos reunidos na fazenda, mas não cheirar bem dificilmente constituiria um crime. "É seguro afirmar", um agente do ATF declarou a um jornal de Nova York, "que aqueles italianos engomados e engravatados não estavam ali só para comer churrasco de

A Volta do Poderoso Chefão

carne de porco". Pode ser. Mas então estavam ali por quê? Ninguém além dos próprios presos sabiam por quê, mas nenhum deles havia se disposto a abrir o bico.

Eminentes juristas arremeteram à cidade e intervieram na polêmica (inclusive um ex-assistente da Promotoria da República, o sócio sênior do que à época era a maior banca de advocacia de Filadélfia e Thomas F. Hagen, ex-deputado federal pelo estado de Nevada). Todos foram unânimes ao afirmar que a constituição federal garantia o direito de livre assembléia.

Os detentos invocaram seu direito constitucionalmente garantido de não testemunhar contra si mesmos. Por conseguinte, alguns foram acusados de obstrução da justiça — acusações que mais tarde seriam, literalmente às gargalhadas, derrubadas nos tribunais. Apesar dos esforços de um sem-número de promotores estaduais e federais, o único resultado direto da operação policial foi a expatriação de três dos detentos para a Sicília, inclusive a de um certo Salvatore Narducci, de Cleveland, que vivera nos Estados Unidos por mais de sessenta anos. Ele declarou que não tinha consciência de que não havia se tornado um cidadão legal.

Os resultados indiretos, todavia, foram vários. Quando os jornais com as matérias sobre a operação chegaram às portas da grande família norte-americana, a maioria dos leitores nunca tinha ouvido falar de coisas como "Máfia" e "Cosa Nostra". As histórias especulavam a existência de um até então insuspeito sindicato internacional do crime. Muitas manchetes usavam exatamente essa palavra: "sindicato". Não se trata de uma palavra agradável aos ouvidos norte-americanos. Tem um quê de matemática, e os norte-americanos não têm nenhuma vocação para a matemática.

O que o público queria mesmo saber era: "Quem são essas pessoas?"

Antes da batida, os policiais de ronda e chefes de delegacia, os políticos corruptos e os folhetinistas de revistas como *Manhunt* e *Thrilling Detective* tinham mais informações sobre aqueles homens na fazenda — e sobre os *uomini rispettati* que trabalhavam para eles, bem como sobre a legião de durões que por sua vez faziam o serviço de rua para esses últimos — do que o FBI.

384 Mark Winegardner

Essa época aproximava-se do ocaso.

Hoje, vinte e três daquelas mesas extraordinárias, quase indestrutíveis, estão encaixotadas e empilhadas num galpão de endereço desconhecido no distrito de Colúmbia ou em algum lugar próximo a ele. Por uma questão de justiça, a vigésima quarta deveria estar exposta no Smithsonian. Na placa estaria escrito: "Esta mesa ajudou a desferir o golpe mais devastador jamais sofrido pelo crime organizado nos Estados Unidos." Com o esqueleto de um porco em cima, ao lado da maquete de um *trailer* enferrujado.

Em vez disso, foi mandada de uma casa de fazenda para uma Casa Branca. Desde 1961, tem sido constantemente usada no Salão Oval ou em algum lugar próximo a ele.

Tom Hagen, é claro, não havia arremetido à cidade coisa nenhuma. Assim havia parecido, e só. Quando os detetives perguntaram como um residente de Nevada havia chegado em Nova York tão rápido, Hagen respondeu que já estava na cidade fazia um tempo, que freqüentemente andava por lá, o que era verdade.

Hagen era um dos mais jovens na fazenda. Conseguiu chegar ao sopé da colina e seguiu o curso de um riacho acidentado até alcançar uma cidadezinha. Depois entrou num pequeno restaurante. Ninguém estava no encalço de um fugitivo parecido com Tom Hagen, e o carro que o conduzira até ali, ainda estacionado na fazenda, estava registrado no nome de um fantasma. Sentou-se ao balcão e calmamente comeu seu almoço. Em seguida foi até uma loja de departamentos, comprou uma mala e ali mesmo descobriu onde ficava o tribunal de justiça regional. Ficava numa cidade vizinha. Ele voltou ao restaurante e chamou um táxi. Mala em punho, como um viajante ordinário, registrou-se num hotel na cidade-sede do tribunal. Caminhou até o barbeiro mais próximo. Enquanto pagava pelo serviço, ouviu do próprio barbeiro as linhas gerais do que tinha acontecido. Telefonou para a central de Las Vegas, voltou ao hotel e tirou um cochilo. Algumas horas depois foi acordado com uma chamada telefônica. Era Rocco Lampone, de Lake Tahoe. Hagen tomou um táxi até o quartel da polícia estadual mais próximo. Constatou que Michael não estava entre os detentos, mas, num gesto de boa vontade, prestou assistência jurídica a alguns amigos da família.

A Volta do Poderoso Chefão   385

Em 1959, sob juramento e diante de um subcomitê do Senado Federal, Michael Corleone declarou que não havia estado na tal fazenda. Negou ser um dos que haviam conseguido fugir daquilo que constituía, sem sombra de dúvida, uma operação ilegal por parte da polícia. Estritamente falando, Michael Corleone estava dizendo a verdade. Ele e Hagen haviam ido em carros separados, por diversos motivos de trabalho e segurança (embora contassem com aquela apólice de seguro arcaica — e no caso de uma batida policial, inútil — que se resumia em manter um membro da família Bocchicchio confinado num bordel no deserto de Nevada). Tivesse Michael sido tão pontual quanto o pai, certamente teria se incluído entre aqueles que, dignidade às favas, haviam sido obrigados a fugir pela encosta da colina. Sim, ele já havia escapado de situações muito mais difíceis, muitas vezes sob o açoite de balas e bombas e monomotores japoneses soprados na sua direção por um maldito vento de cauda. Mas isso se dera doze anos e muitos milhares de cigarros antes. Quem poderia afirmar que ele teria sido capaz de correr rápido o bastante, longe o suficiente, para escapar daquela última investida?

No entanto, não precisou pagar para ver. Como de hábito chegou atrasado. Tão irremediavelmente atrasado que os trabalhos foram iniciados sem ele. Um átimo depois de dar seta para entrar na estradinha de cascalho, Michael avistou algo amarelo entre os arbustos, não muito longe do *trailer* enferrujado. Voltou a mão para o volante e continuou em frente. Ultrapassou a estradinha e lentamente dobrou uma curva. Pelo retrovisor, viu dois homens — tiras de alguma espécie — arrastando cavaletes amarelos para fora dos tais arbustos.

O carro que ele estava usando era um Dodge azul, já com alguns anos de uso, equipado com um radar de polícia (Al Neri havia sido policial; tanto o carro discreto quanto o radar tinham sido idéia dele). Michael esmurrou o volante o mais forte que pôde e deu um berro de raiva.

Aquela deveria ter sido sua última aparição numa reunião da Comissão ou de todas as famílias. Tinha planejado uma negociação para o seu afastamento. Daquele dia em diante, depois de concluir o negócio de Cuba, teria se transformado num empresário absolutamente legítimo. Ele esmurrou o volante outra vez.

386   Mark Winegardner

"Calma", pensou. "Raciocine."

Acendeu um cigarro. Acomodou-se melhor no banco, fazendo um esforço consciente para apaziguar a respiração, ouvindo os ruídos da emboscada que por muito pouco não o derrubara. Eram ruídos de um mundo chegando ao fim. Como a notícia de Pearl Harbor que ele ouvira pelo rádio muitos anos antes.

Michael Corleone não tinha a menor idéia de aonde chegaria se continuasse seguindo naquela estrada estreita e sinuosa. O sol estava a pino, e ele sequer podia identificar a direção que estava tomando. Continuou dirigindo, cuidando para não infringir nenhuma lei ou sinal de trânsito. Que mais ele podia fazer? Qualquer coisa, menos voltar pelo mesmo caminho.

Fredo Corleone não acordou pensando: "É hoje que vou trair meu irmão." Não era esse o seu propósito, e, como Nick Geraci havia previsto, Fredo não se deu conta do que tinha feito nem mesmo depois de selar o próprio destino ao fazê-lo. Na verdade, seu dia começou quando, na suíte do Château Marmont, Deanna Dunn saiu do chuveiro e, ainda cheirando ao gim da noite anterior, meteu-se debaixo das cobertas ao lado do marido, que ainda dormia.

— Acorda, garanhão — ela ronronou, começando a amarrar o pulso dele ao pilar da cama com uma toalha de rosto.

Fredo desvencilhou-se com um gesto brusco.

— Que diabos você está fazendo?

— Ah, seja bonzinho, vai...

— Que horas são? Dormi uma hora e olhe lá.

Deanna jogou a toalha para o lado e, tomada de sarcasmo, disse:

— Você não vai me deixar na mão logo no meu primeiro dia de trabalho com um novo par romântico, vai?

Fredo sabia de fonte segura — Wally Morgan — que o novo par romântico de Deanna não tinha as inclinações necessárias para encostar um dedo que fosse em Deanna Dunn.

Mesmo assim deu à mulher o que ela queria.

— Vê se faz alguma coisa além desse sobe-e-desce, sobe-e-desce... — disse Deanna.

Fredo estava por cima.

A Volta do Poderoso Chefão   387

— Não é exatamente isso o que um homem gosta de ouvir. — Ele tentou mudar de posição, fazer de ladinho ou de qualquer outro jeito que ela quisesse. — Não no meio das coisas.

— Quer que eu vire? — Antes que ele pudesse responder, Deanna já havia virado. Era assim que ela agia na maioria das situações. — Mas não na bunda. — Ela ficou de quatro. — Não a essa hora da manhã.

— Não era isso o que eu ia fazer — disse Fredo. — Caramba. — Por que ela insistia em tocar naquele assunto? Mesmo com Wally Morgan, tudo o que Fredo costumava fazer era dar o pau para ser chupado. Na noite anterior, por exemplo, não acontecera nada além disso. Fredo perdeu a ereção. Jogou-se na cama, enojado.

— Não fica assim — disse Deanna, pegando no pau do marido. — Isso não é nada.

Fredo deu um tapa na mão dela.

— Para mim é.

— É que você anda bebendo muito, só isso.

— Olha só quem está falando.

Então eles se calaram e permaneceram deitados, olhando a si mesmos no espelho que Deanna mandara instalar no teto do quarto. Depois de um tempo, ela tomou a iniciativa de resolver o problema com as próprias mãos. E com furor. Fredo acendeu um cigarro e ficou olhando. Achou a idéia interessante. Procurou desviar o olhar do homem barrigudo e semicalvo cujo pinto repousava, mole e inútil, sobre uma das coxas. Deanna plantou os pés na cama, levantou a bunda e, freneticamente remexendo os quadris, gozou sem o menor resquício de pudor. Foi como se Fredo tivesse assistido a um programa de televisão sobre a vida animal. Deanna beijou-o em seguida. Ele lhe deu as costas. Os dois ficaram ali por mais um bom tempo, mudos.

— Fredo — disse Deanna afinal. — Meu amor. Queria que você soubesse de uma coisa. Eu sei. Sempre soube.

— Sabe do quê? — Fredo saiu da cama e foi mijar. Sabia no entanto do que ela estava falando. Ficou transido de ódio.

— Hollywood é assim mesmo. O *show business*. Muitos casamentos não passam de uma fachada para... bem, você sabe. Para mim não tem problema. Tudo o que peço é uma caminha quente onde eu possa me deitar à noite e quem sabe, de vez em quando...

388   Mark Winegardner

— De que diabos você está falando?

— De nada. — Ela suspirou. — Esquece.

Fredo lavou as mãos e parou no vão da porta do banheiro.

— Eu quero saber. — Ele levantou o punho e começou a dar murrinhos leves no alizar. — Anda, diz.

— O que você vai fazer? Me bater? Matar mais um cachorro? Estou dizendo que entendo você, do jeito que você é. Não sei se "perdoar" é a palavra certa, mas...

— Me perdoar do quê?

Fredo teve ganas de jogá-la pela janela. Deanna não passava de uma puta bêbada, em franca decadência profissional. Gente assim pulava da janela todos os dias.

— Esquece, Fredo. Sinto muito por ter tocado nesse assunto.

Os irmãos dele teriam dado uma surra naquela mulher. Fredo tinha certeza disso. Eles o consideravam um fraco. Todo mundo achava a mesma coisa. Mas ele não era fraco. Era forte. Forte o bastante para resistir ao impulso de jogar Deanna pela janela ou lhe dar uma bela sova. Manteve a respiração perfeitamente normal e pediu o café no quarto. Quando a comida chegou, não partiu o melão na testa da mulher. Calmamente, tomou seu café e esperou que Deanna saísse do quarto.

Esperou que ela se afastasse o suficiente e espatifou o copo de suco de laranja contra a porta.

Pegou o abajur de cabeceira e lançou a base de metal contra a tela da TV. Jogou um cinzeiro de vidro contra uma fileira de garrafas do outro lado do bar. Pegou uma faca e, sem pressa, destruiu o sofá, as cadeiras, a cama, os travesseiros, até mesmo as cortinas.

Tomando impulso e chutando com vigor, abriu diversos buracos no gesso das paredes.

Por nenhum motivo aparente as únicas coisas na suíte que teve o cuidado de não tocar foram as roupas e as jóias de Deanna. E suas próprias roupas também. Fora isso, destruiu o que pôde. As pessoas decerto ouviram, mas ninguém apareceu para detê-lo.

Por fim buscou sua arma. Uma porcaria de marca inferior, nem de longe parecida com aqueles Colts sofisticados. Foi até o banheiro e abriu fogo contra o bidê, aquele objeto misterioso que ele nunca soubera ao certo como usar e que talvez se destinasse apenas às mulheres.

A Volta do Poderoso Chefão 389

Um absurdo, pagar uma fortuna daquelas e ainda por cima ser humilhado por um bidê. Fredo sequer sentiu o rasgo no rosto provocado por um estilhaço de porcelana.

Olhou-se no espelho do banheiro. Cravou uma bala no reflexo da sua cabeça semicalva. Depois atirou no espelho da cama também. A chuva de cacos foi espetacular. A vida dele tinha se resumido até então a quarenta e três anos de má sorte; se o ataque aos espelhos lhe trouxessem mais sete, ou mais quatorze, paciência.

Fredo olhou para o relógio. O dia havia escapado entre seus dedos. Ele tinha um jantar marcado com Jules Segal e alguns possíveis investidores no clube de Gussie Cicero dali a uma hora. Chamou a recepção e informou que sua mulher havia dado uma festinha selvagem na noite anterior.

— Melhor mandar alguém subir para avaliar os prejuízos. Pode botar tudo na minha conta.

O recepcionista perguntou se Fredo tinha ouvido tiros.

— Ah, isso... É que eu estava assistindo a um bangue-bangue na televisão com o volume no máximo.

Fredo desligou o telefone e deu um chute na carcaça arruinada do televisor. Foi até o banheiro inundado e fechou o registro da privada. Uma bagunça dos diabos, mas, no fim das contas, tudo aquilo não havia custado mais que um dia perdido. A bagunça da sua própria vida havia custado quarenta e três anos. Ele pegou o *smoking* e os cigarros de maconha. Poderia se vestir no clube.

Depois de duas voltas ao palco, J.J. White Jr. saiu para as coxias, encharcado de suor e aplaudido de pé. Fredo e Jules Segal sentavam-se a uma das mesas da frente, na companhia de dois advogados de Beverly Hills, Jacob Lawrence e Allen Barclay, amigos de Segal e proprietários legais de um cassino em Vegas que na verdade pertencia a Vincent Forlenza. Fredo havia providenciado duas atrizes em início de carreira, ambas maravilhosas, para os dois advogados casados. A consorte de Segal era Lucy Mancini, a ex-*goumada* de Sonny Corleone. As mulheres foram juntas ao toalete.

Figaro e o Cabra estavam à mesa ao lado com suas próprias acompanhantes, guardando as costas de Fredo.

390   Mark Winegardner

— Então, doutor — disse Fredo. — Tenho uma teoria.

— Sei o que você vai dizer — disse Segal. — J.J. é muito melhor quando está sozinho, e não lambendo as botas de Johnny Fontane com toda aquela bajulação.

— A minha teoria — disse Lawrence — é que os judeus são os melhores artistas do mundo. Está no nosso sangue.

Isso fez com que Barclay e Segal caíssem na gargalhada. J.J. White, que era negro, havia se casado com uma judia e se convertido. Lawrence, Barclay e Segal eram todos judeus de nascimento, embora os advogados tivessem mudado de nome.

Fredo franziu o cenho, irritado.

— J.J. é ótimo — ele disse —, mas não é de nada disso que estou falando. Estou falando do nosso possível negócio em Nova Jersey. Minha teoria é que, para induzir alguém a fazer alguma coisa, o truque é fazer o sujeito achar que a idéia foi dele.

— Agora que você descobriu isso? — disse Segal. — Quantos anos você tem? — Alguns anos antes os cabelos dele eram grisalhos. Mas agora eram marrons como o chocolate. O rosto bronzeado estava apenas um pouquinho mais claro.

Fredo forçou um sorriso.

— O que eu queria dizer é que seria muito fácil para mim retorcer os fatos e dar a entender que a idéia do cemitério foi de vocês. Mas não é assim que eu faço negócio. Não estou tentando vender nada para ninguém. Se vocês não quiserem entrar no bonde agora que as coisas ainda estão no início, tudo bem, conheço uma centena de pessoas que vão querer. Mas acontece que você, Jules, já me tirou de tantos apuros com as mulheres que o mínimo que eu poderia fazer era lhe dar essa oportunidade. E quanto a vocês, amigos de Jules são amigos meus. Também sou amigo dos seus amigos de Cleveland. Eu e Nick Geraci, provavelmente vocês o conhecem, a gente é assim. Unha e carne. Quando chegar a hora, ele também vai entrar no bonde, podem ter certeza disso. E o Judeu? — disse Fredo, referindo-se a Forlenza. — Amigo pessoal meu. — Na verdade, ele nunca tinha deitado os olhos sobre Vincent Forlenza. — Para encurtar a conversa, a idéia foi minha, oquei? Mas se vocês deixarem o orgulho de lado, logo vão ver que a idéia é boa e que quem entrar na jogada vai encher a burra.

A Volta do Poderoso Chefão   391

O Cabra afundou a cabeça nos cabelos da acompanhante. Seu inglês rudimentar não permitia que ele entendesse o que se passava na mesa ao lado. Figaro, por sua vez, ficou chocado com a iniciativa de Fredo de pedir dinheiro a civis — embora Geraci tivesse dito que isso provavelmente acabaria acontecendo. Figaro costumava cortar os cabelos de Geraci, mas sua primeira conexão com a família havia sido Tessio (outro cliente). Quanto mais tempo passava em Nevada e na Califórnia, mais ele se convencia de que os filhos de Vito estavam arruinando a história toda. A base de poder da família era Nova York — sua cidade natal e alvo de sua eterna lealdade. Figaro seria fiel a Nick Geraci até o fim dos seus dias.

Gussie Cicero e Figaro cruzaram olhares através do salão. Figaro assentiu com a cabeça. Gussie foi dizer a Mortie Whiteshoes e a Johnny Ola que eles tinham a brecha de que precisavam para fazer com que Fredo os ajudasse a convencer o chefe deles e a Michael a fechar algum negócio de interesse mútuo. Até onde sabia, Gussie achava que estava prestando um favor inofensivo; e Figaro, apenas confirmando que Fredo de fato tratava do assunto que o levara até ali, fosse ele qual fosse. Até onde Gussie Cicero sabia, a idéia de colocar Ola e Whiteshoes em contato com Fredo Corleone — por que motivo fosse — tinha sido de Jackie Ping-Pong. Até onde Ping-Pong sabia, a idéia tinha sido de Louie Russo. Até onde Russo sabia, a idéia tinha sido de Vincent Forlenza, o Judeu.

— A idéia pode ser boa, Fredo — disse Segal. — Mas idéia boa é coisa de babaquara.

Fredo não entendeu.

— O importante não é ter uma idéia boa — explicou o médico —, é saber o que fazer com ela.

Uma afronta inconcebível para um judeu bucetômano e arrogante que sequer teria recuperado seu registro de médico se os Corleone não tivessem dobrado o chefe do comitê de inquérito com uma oferta irrecusável.

— Sei muito bem — disse Fredo, quase sussurrando e conscientemente imitando o discreto tom de ameaça que Vito e Michael sabiam adotar com absoluta naturalidade — o que fazer com a minha idéia.

Seus companheiros de mesa não demonstraram o menor sinal de intimidação.

392   Mark Winegardner

— Pode ser — disse Lawrence —, mas demos uma olhada nos detalhes. Os decretos serão quase impossíveis de conseguir. E mesmo que não fossem, os cemitérios em funcionamento e os outros negócios correlatos entrariam com ações judiciais para derrubar qualquer decreto novo. Não sei como as coisas foram feitas em São Francisco, nem por quê, e isso não faz a menor diferença. Outro estado, outro século. Hoje existem pessoas como eu e Allen. Advogados. Se quiser levar adiante essa sua idéia, pode acreditar, você vai ter de... como é mesmo que vocês gostam de dizer? Molhar a mão de muita gente.

— Vocês quem? — disse Fredo.

Lawrence sacudiu os ombros. As mulheres voltavam do toalete.

— Têm outros problemas também — disse Segal. — Diz para ele, Allen.

— Os cemitérios — disse Barclay — precisam ser mantidos até o fim dos tempos só com os rendimentos de um fundo fiduciário. Em outras palavras, você teria de empatar uma fortuna logo de início, e pelo que sei dos seus negócios, isso simplesmente não seria aceitável. Além do mais, e por favor não me leve a mal, Sr. Corleone, o dinheiro teria de ser tão limpo que uma pessoa poderia até comer em cima dele se quisesse.

— Não se preocupem com isso — disse Fredo. Ele mal podia acreditar que eles continuariam a falar daquele assunto na frente das mulheres. — Já pensei em todos esses problemas. — Embora não tivesse pensado.

As mulheres se sentaram e beijaram seus homens.

— Nem vou falar de todos os problemas que você enfrentaria — disse Lawrence — tentando atravessar milhões de cadáveres de um estado para outro. Nem da impossibilidade de costurar qualquer espécie de monopólio para um negócio dessa natureza em Nova Jersey.

— Cadáveres? — disse Lucy Mancini.

Fredo desferiu um olhar faiscante para os advogados, que pelo menos tiveram o bom senso de não explicar nada. As outras mulheres viraram o rosto. Lucy ficou vermelha, mais vermelha que o *Singapore Sling* que ela estava bebendo. Conhecia aquela gente o bastante para saber que o melhor era mesmo ficar de bico calado.

Segal cingiu Fredo pelas costas e, dando tapinhas no ombro dele, disse:

A Volta do Poderoso Chefão   393

— De todos os negócios da China que já ouvi, esse foi o pior.

Segal estendeu o braço na direção dos dois advogados, e ambos secundaram a opinião do médico.

Fredo ficou de pé. Chamou a garçonete e disse a ela que trouxesse uma nova rodada de drinques.

— Se as senhoras me dão licença... — ele disse. Deu a impressão de que iria ao banheiro, mas na verdade não tinha a menor intenção de voltar para aquela mesa. Uma ótima maneira de se livrar dos guarda-costas também, e desfrutar de uma noite decente na cidade.

Do outro lado do salão, Johnny Ola — o siciliano protocolar de Hyman Roth — levantou-se e, guardando uma distância discreta, seguiu-o até o banheiro.

"Talvez seja melhor voltar para casa", pensou Fredo. No entanto, que casa era essa? Casa? Ele havia passado a maior parte dos doze anos anteriores em suítes de hotel. Seu pai estava morto A mãe estava em Tahoe, onde Fredo tinha uma casa também. Uma casa, mas não um lar. Apenas um chalé à beira de um lago. Um refúgio de pescaria. Fredo Corleone era um rato da cidade, tolhido em Las Vegas. Mas Tahoe? Sufocante demais.

Ao ver Gussie Cicero, Fredo passou-lhe uma nota de mil dólares. Pela conta.

Gussie disse a Fredo que ali ele não precisava pagar nada.

— Ah, compra umas flores para a sua mulher — disse Fredo. — Ou então coloca no saquinho de coleta amanhã durante a missa.

— Missa amanhã? — disse Gussie, embolsando os mil dólares. — Você só pode estar brincando.

Diante do mictório, Fredo ficou pensando no que aconteceria se Deanna voltasse antes dele para a suíte destruída. Sentiu um frio na espinha. Talvez apenas porque estivesse mijando.

Depois fechou o zíper da calça, virou-se para trás e topou com Johnny Ola com tamanha força que o chapéu de Ola voou pelos ares e ele, Fredo, esborrachou-se no chão. O servente do banheiro correu para ajudar, mas Ola já se desculpava e ajudava Fredo a ficar de pé.

— Fui eu quem fez isso? — perguntou Ola, apontando para o corte no rosto de Fredo.

Fredo fez que não com a cabeça.

— Me cortei barbeando.

— Você é Frederico Corleone, não é? Johnny Ola — ele disse, estendendo a mão. — Temos alguns amigos em comum. Andava mesmo querendo trombar com você uma hora dessas. Mas não literalmente, é claro. — Johnny riu. — Precisamos conversar. A gente se vê por aí.

Deanna decerto já estava na suíte, já tinha visto o que ele fizera. Se Fredo não tivesse se acovardado de enfrentar a mulher naquele exato momento, talvez tivesse salvado a própria vida.

— Melhor não deixar para amanhã o que se pode fazer hoje — ele disse.

Dali a pouco ele já estava em seu carro, seguindo Ola e Mortie Whiteshoes até Hollywood. Eles pararam num restaurante, o Musso & Frank Grill. O lugar regurgitava de gente, mas, por milagre, logo eles puderam sentar numa daquelas cabines com sofá de espaldar alto e estofamento de couro vermelho capitonado.

— Um dos meus lugares prediletos — disse Fredo. — Os melhores martínis de Los Angeles, senão do mundo. Mexido, e não batido, esse é o jeito certo de se preparar um martíni. Palavra de italiano.

Num lugar com menos martínis ou menos cabines privadas, ou num dia melhor para Fredo do que aquele, quem sabe o que poderia ter acontecido? Fredo não tinha a si mesmo como um homem fraco, mas certamente se lembraria daquela noite como um momento de fraqueza. Ola e Whiteshoes explicaram que o chefe deles e o irmão de Fredo estavam envolvidos numa jogada grande qualquer. Ola disse que Michael estava sendo intransigente nas negociações. Num dia melhor, talvez Fredo tivesse compreendido que aquele era um jeito rebuscado de dizer que Roth queria ver Michael morto. Mas naquele instante não conseguiu pensar em outra coisa a não ser que o irmão mais velho era intransigente em quase tudo. Tentou evitar que isso transparecesse no rosto; no entanto, mesmo na melhor das circunstâncias, Fredo não levava muito jeito para disfarçar o que quer que fosse.

Ola disse que, caso Fredo se dispusesse a dar uma forcinha — nada muito grande, apenas uma informação que confirmasse a posição e o patrimônio da família —, decerto poderia contar com uma recompensa. Eles estavam abertos para discutir que espécie de recompensa seria essa. Uma gratificação em dinheiro, por exemplo.

A Volta do Poderoso Chefão 395

Foi aí que Whiteshoes interveio, dizendo que um periquitinho verde lhe havia contado sobre a necrópole que Fredo planejava construir em Nova Jersey.

— Só sei o que meu amigo Jules Segal me disse — arrematou Mortie —, mas pelo jeito da coisa, posso dizer que a coisa é muito boa.

(Transcrição de *The Fred Corleone Show*, 23 de março de 1959 [último episódio])

FRED CORLEONE: Senhoras e senhores, no programa desta noite nós iríamos receber uma convidada muito especial, mas como vocês podem ver, não vamos mais. Quer dizer, vamos ter um convidado, e talvez tenha me expressado mal se dei a entender que este outro convidado — estou passando o carro diante dos bois. Que este outro convidado não é especial. Ele é. Um grande sujeito. Não estou... *(Olha para baixo, esfrega o rosto com ambas as mãos.)* Melhor simplificar a coisa. Não estou aqui para complicar nada. Deanna Dunn, como vocês devem saber... O que eu quero dizer é que, apesar do que saiu nos jornais de hoje, nossa convidada não será mais Deanna Dunn. *(Olha para as coxias.)* Não preciso dizer mais do que isso, preciso?

VOZ DO DIRETOR: Inaudível.

FRED CORLEONE: Não, não preciso. *(Volta a olhar para a câmera.)* Não se preocupem, pessoal. Bem, indo direto ao assunto, até porque não temos tanto assunto assim para onde ir, vamos receber o nosso primeiro convidado. Aqui está ele, um ator de primeiro time que no momento está fazendo um filme com Johnny Fontane e com aquela equipe toda, um filme sobre ladrões de cassinos, segundo ouvi dizer, e sobre o qual estou absolutamente curioso. Senhoras e senhores, uma salva de palmas para Robert Chadwick! *(Aplausos pré-gravados. Este foi o único episódio em que este recurso foi usado, embora o programa já não contasse mais com uma platéia ao vivo por muitos episódios.)*

ROBERT CHADWICK *(acenando para uma platéia inexistente)*: Muito obrigado. Muito obrigado. Obrigado, Freddie.

FRED CORLEONE: Obrigado a *você*, Bobby. Você salvou a pátria, aparecendo assim, no último minuto.

ROBERT CHADWICK: Não tem de quê. Pode acreditar. Já fui chamado para substituir atores bem menos memoráveis do que Deanna Dunn.

FRED CORLEONE: Isso é uma brincadeira, é claro, e eu adoro uma brincadeira. Mas falando sério, um sujeito boa-pinta como você, talentoso, com esse sotaque britânico classudo, tenho certeza de que a coisa é bem diferente. Na maioria dos papéis que fez até agora, você foi a primeira escolha do diretor, não foi?

ROBERT CHADWICK: Os roteiros que me mandam já foram lidos por tanta gente que eles têm mais manchas de café do que palavras. Mas uma coisa eu devo confessar: é bem melhor do que ter de trabalhar para viver.

FRED CORLEONE: Como?

ROBERT CHADWICK: Eu disse que a gente vai vivendo.

FRED CORLEONE: Claro. Desculpe. É que...

ROBERT CHADWICK: Tudo bem. Antes de mais nada, quero lhe dar os pêsames pelo falecimento da sua mãe. Perdi a minha própria mãe no ano passado, então sei muito bem como é. Um golpe do qual a gente nunca se recupera.

FRED CORLEONE *(franzindo a testa)*: Sabe o que eu... *(Fecha os olhos, balança a cabeça afirmativamente, pára de franzir a testa.)* Certo. Claro... Muito obrigado.

ROBERT CHADWICK: Mas vou lhe dizer no que realmente acredito. Uma filosofia de vida, por assim dizer. Depois de perder a mãe e — sei que você não quer falar sobre isso no ar, mas também fiquei chateado quando soube que as coisas não deram certo entre você e a patroa.

FRED CORLEONE: Obrigado.

ROBERT CHADWICK: Mas depois desses dois infortúnios, posso garantir a você que sua sorte está prestes a mudar.

FRED CORLEONE: Prestes a mudar...

ROBERT CHADWICK *(olhando para a câmera)*: Atenção, mulherada, podem começar a fazer fila! Este camarada aqui do meu lado está de volta ao mercado!

FRED CORLEONE: Ainda vai levar um tempo. Antes eu...

ROBERT CHADWICK: Claro. Mas peixe é o que não vai faltar na sua rede.

FRED CORLEONE: É o que todo mundo diz. Mas e você? Ouvi dizer que é um senhor casado e respeitável.

A Volta do Poderoso Chefão

ROBERT CHADWICK: Verdade. Sete anos este mês.

FRED CORLEONE: Bobby é casado com uma garota excepcional. Se não me engano, sua mulher é irmã do governador Jimmy Shea.

ROBERT CHADWICK: É sim.

FRED CORLEONE: O que você acha? É o nosso próximo presidente?

ROBERT CHADWICK: Quem, Margaret?

FRED CORLEONE: Não. O governador Shea. Ah, claro. Você estava brincando.

ROBERT CHADWICK: Acho que sim. *Espero* que sim. Na verdade, conheço o governador desde os tempos do ginásio. É um grande líder, um excelente amigo. Herói de guerra, como você deve saber. Fez coisas extraordinárias por Nova Jersey, e do fundo do coração acho que os Estados Unidos precisam de um líder assim, um sujeito jovem e inteligente, capaz de inspirar as pessoas e nos conduzir para a era espacial. Não estou aqui para fazer campanha, mas foi você quem perguntou.

FRED CORLEONE: O quê? Ah, sim. Perguntei. Não, concordo com você. Meu programa não é de política, mas sou norte-americano e tenho as minhas opiniões. As opiniões expressas pelos convidados, ou até mesmo pelo apresentador deste programa, não representam necessariamente, blá, blá, blá. Seja lá como for que isso termina. Bem, de qualquer modo, acho que deveríamos falar de outra coisa.

ROBERT CHADWICK: Sou norte-americano também, amigão.

FRED CORLEONE: É mesmo? Achei que...

ROBERT CHADWICK: Desde os doze anos de idade.

FRED CORLEONE: Isso é fantástico. Gostaria de saber como é que você e Fontane e toda a sua turma — Gene Jordan, J.J. White Jr....

ROBERT CHADWICK: Morrie Streator, Buzz Fratello.

FRED CORLEONE: Certo. Vocês se apresentam durante a noite toda no palco daquele cassino cujo nome agora eu não quero dizer...

ROBERT CHADWICK: O Kasbah.

FRED CORLEONE: ...e depois filmam durante o dia inteiro?

ROBERT CHADWICK: Parece trabalho duro, mas na verdade é pura diversão.

FRED CORLEONE: O que você faz num espetáculo noturno?

ROBERT CHADWICK *(rindo)*: Quase nada.

FRED CORLEONE: Sério?

ROBERT CHADWICK: Eu não canto, e certamente não danço. O que eu faço é... Eu subo no palco, tomo uns drinques e conto umas piadas sujas. Pode acreditar, as piadas são *muuuuito* ruins. Mas as pessoas acham graça. Quando a gente está se divertindo assim, é contagioso.

FRED CORLEONE: Vamos falar disso daqui a pouco, mas antes de chamarmos os comerciais, quero lhe perguntar sobre o filme que vocês estão fazendo, porque ouvi dizer que você, Fontane, Gino Buzz, a turma toda, que vocês acham que vão roubar todos os cassinos de Vegas.

ROBERT CHADWICK: É só um filme, amigão.

FRED CORLEONE: Sim, eu sei, claro, só que...

ROBERT CHADWICK: Por falar nisso, você estava primoroso em *Emboscada em Durango*. Fiquei arrepiado.

FRED CORLEONE: Obrigado. Mas o que eu estou dizendo é que... Fico imaginando como é que vocês vão fazer a coisa toda. Ou vocês fazem de um jeito que jamais funcionaria na vida real, e nesse caso o público vai achar ridículo, ou *então* — e aqui vai a minha pergunta — vocês de fato têm um jeito realista de realizar a coisa, mas aí existe o risco de que alguém acabe copiando o truque na vida real.

ROBERT CHADWICK: Você está brincando comigo, não está? Isso é uma pergunta?

FRED CORLEONE *(dando de ombros)*: É uma preocupação legítima, eu acho.

ROBERT CHADWICK: Você quer saber como a gente dá o golpe? No filme?

FRED CORLEONE: Quero. Acho que seria interessante.

ROBERT CHADWICK: Seria. Mas aí, quem é que iria ver o filme?

FRED CORLEONE: Muitas pessoas veriam um filme como esse. E então pessoal, vocês querem saber como eles realizam o... ardil? Acho que a palavra é essa, sei lá. Então, o que vocês acham?

(Aplausos pré-gravados.)

ROBERT CHADWICK: Muito engraçado. O problema, Freddie — e vocês todos aí de casa também —, o problema é que eu *poderia* contar, mas depois teria de matar todo mundo.

A Volta do Poderoso Chefão 399

FRED CORLEONE *(olha fixamente para o convidado, sério, um silêncio longo e constrangedor.)*
ROBERT CHADWICK: *(Faz uma careta de medo e depois grita para as coxias.)* Contra-regras! Providenciem um par de sapatos italianos, tamanho 42, e um bloco de cimento bem pesado! Mandem a conta para este sujeito aqui!
FRED CORLEONE: Nós voltamos daqui a pouco.
ROBERT CHADWICK: Ou pelo menos um de nós.

Dois dias depois, Fredo Corleone foi a Lake Tahoe para resolver alguns detalhes decorrentes da morte da mãe. Também havia prometido levar o sobrinho Anthony para pescar.

O garoto morava à beira de um lago, mas o próprio pai nunca pescava com ele. Michael e Kay estavam se separando, e Anthony tinha a vaga impressão de que, de alguma forma, ele era o culpado. Se tivesse se comportado melhor, talvez nenhuma daquelas coisas ruins teriam acontecido. Agora ele e a irmãzinha sequer tinham permissão para ficar com a mãe. Ela estava se mudando. Ele ficaria ali, com o pai que estava sempre viajando, naquela casa amedrontadora que alguns meses antes havia sido atacada por homens com metralhadoras. Muitos dos buracos de bala ainda podiam ser vistos, bastava saber onde olhar. E Anthony era o tipo de garoto que sabia onde olhar.

Uma hora depois de se despedir da mãe, Anthony entrou no barco com seu tio Fredo e Al Neri, que trabalhava para o pai. O Sr. Neri havia pedido que ele, Anthony, o chamasse de tio Al, mas na verdade ele não era tio nenhum. Anthony achou que aquilo poderia ser pecado e portanto nunca chamou o outro de tio. Era assim que o diabo pegava a gente, ele havia aprendido no catecismo. Com pequenos truques como esse.

O Sr. Neri ligou o motor. Tio Fredo tinha um jeito secreto de pegar peixes que eles iam experimentar. Anthony não gostava da idéia de compartilhar o segredo com o Sr. Neri, mas estava tão ansioso para ir pescar que achou por bem não reclamar. Anthony estava tão feliz quanto um garoto absolutamente infeliz poderia estar.

Segundos antes de eles zarparem, tia Connie veio correndo pelo ancoradouro, gritando que o pai de Anthony precisava levá-lo para Reno.

Anthony começou a reclamar, mas tio Fredo fez uma cara de bravo e disse que ele deveria obedecer. Prometeu levá-lo para pescar no dia seguinte. O garoto fez que sim com a cabeça, procurando disfarçar a própria tristeza.

Tia Connie levou Anthony de volta para casa. Todo mundo tinha falado coisas ruins sobre ela até poucos meses antes. Agora seria ela quem, todos os dias, cuidaria dele e da irmã. Tia Connie mal conseguia cuidar dos próprios filhos, como Anthony bem podia ver.

Já em casa, tia Connie mandou-o para o quarto. Ele perguntou sobre Reno. Ela disse que não sabia nada sobre Reno. Anda, sobe logo. E Anthony subiu.

Da janela do quarto, o garoto viu o Sr. Neri e tio Fredo se afastarem do ancoradouro. Mesmo depois de vê-los sumir no horizonte, ele continuou ali, embora não tivesse mais nada para ver. Anthony sentia-se sozinho. Mas não chorou. Prometeu a si mesmo que jamais choraria, mesmo que uma coisa muito ruim acontecesse. Seria sempre um bom menino e quem sabe um dia os seus pais ficariam juntos outra vez.

Minutos depois ouviu um tiro.

Dali a pouco o Sr. Neri voltou no barco, sozinho.

Anthony começou a chorar. E não parou de chorar tão cedo.

Por ocasião do divórcio litigioso, o garoto reuniu coragem suficiente para jogar na cara do pai o que ele havia visto. Michael Corleone retirou a petição de custódia dos dois filhos, que foi concedida a Kay Adams Corleone.

As águas geladas de Lake Tahoe muitas vezes impedem a formação dos gases internos que fazem os cadáveres flutuar. O corpo de Frederico Corleone jamais foi encontrado. Seu sobrinho jamais quis pescar outra vez.

LIVRO VI

1920-1945

Capítulo 21

Diz-se que os bebês já nascem com a própria sorte, e assim foi com Michael Corleone. Os Corleone se debatiam com a miséria, espremidos num apartamento na região de Hell's Kitchen. Uma linha de trem corria bem no meio da rua. Dia e noite, trens cargueiros troavam para cima e para baixo, levando animais para o corte. A meninada vibrava com a oportunidade de brincar de caubói, montar um cavalo e alertar os pedestres para que saíssem do caminho. Toda semana, um ou outro ignorava os alertas.

Desde o nascimento de Santino, dez anos antes, Carmela havia sofrido quatro abortos. O bebê que sobrevivera, Frederico, passara cinco anos de sua vida adoentado. Vito trabalhava seis dias por semana numa mercearia de esquina de propriedade dos pais adotivos. Para equilibrar as finanças, ele havia ajudado os amigos Clemenza e Tessio no seqüestro de um caminhão, apenas para descobrir que um janota extorsionário da vizinhança, um tal de Fanucci, contava embolsar uma parcela dos resultados. Falando o mínimo possível, começou a apaziguar conflitos e proteger os comerciantes dos vagabundos e da polícia.

O parto de Michael foi tão indolor quanto jamais será outro parto. O bebê nasceu com pele alva, longos cílios negros e uma lustrosa cabeleira. Ao ser espancado pela parteira, respirou fundo, mas não chorou. Ela suspirou como uma garota dos filmes de Valentino. Tão logo foi levado para o peito da mãe, Michael tornou-se o favorito dela. Vito mal havia transposto a soleira da porta quando reparou nos traços nobres do filho. O bebê era a imagem do avô, pai de Vito, que havia lutado ao lado de Garibaldi. Vito caiu de joelhos e chorou de alegria.

No dia seguinte, lembranças do adorado olivedo do pai inspiraram Vito a entrar no comércio de azeites. Tessio e Clemenza seriam seus vendedores. A Lei Seca — que acabou fornecendo uso mais rentável para a frota de caminhões — foi outro golpe de sorte que veio ao mundo mais ou menos na mesma época que Michael Corleone. Eles não demorariam a ficar ricos.

Os primeiros anos de Michael passaram-se sem que ele tivesse sequer uma febrícula. Muitas vezes sua temperatura ficava abaixo dos 36,5. Ele tinha um quê de autoconfiança, como se soubesse que as pessoas o amariam e fariam tudo o que fosse preciso fazer, e que portanto não haveria nenhuma necessidade de escândalos. Sua festa de batismo foi realizada na rua, que a polícia fechou a título de obséquio ao jovem e generoso importador. O padrinho de Michael, o saturnino Tessio, passou a tarde inteira fazendo caretas ridículas para o bebê, que já era capaz de sorrir. Era o sorriso de Vito, sem a sugestão de ameaça.

Depois de aproximadamente um ano, os irmãos mais velhos perceberam que Michael os havia destronado e tornado-se o favorito de ambos os pais. Fredo reagiu colocando ratos no berço da criança e, por um tempo curto, regressando à fase de molhar a cama durante a noite. Chegou ao ponto de, certa vez, contar na escola que o irmão caçula havia sido partido ao meio pelo limpa-trilhos do trem cargueiro da avenida 11.

Sonny foi mais ousado, quebrando o monopólio de Michael ao trazer para casa um novo rival que ele mesmo escolhera: um garoto doente e imundo cujos pais haviam morrido em conseqüência da bebida. Aos doze anos ele fora viver nas ruas, contando apenas com a própria esperteza — que acabou se revelando extraordinária. O nome dele era Tom Hagen. Sonny cedeu ao amigo órfão sua caminha estreita e passou a dormir no chão. Ninguém chegou a discutir se aquela situação perduraria para sempre. Em conformidade com o *modus operandi* de Vito Corleone, um problema se apresentou e, com um mínimo de palavras, foi resolvido.

A lembrança mais remota de Michael era a do dia em que sua família mudou-se para o Bronx. Ele tinha três anos. Na escadinha de entrada da casa, sua mãe despedia-se dos vizinhos e chorava tanto quanto a pequena Connie. Tom e Sonny já deviam estar no apartamento novo.

A Volta do Poderoso Chefão   405

Michael estava no carro com o pai e um motorista. Fredo estava no meio-fio, olhando na direção dos trens. "O que foi?", gritou Vito. Fredo queria brincar de caubói. Sonny havia brincado de caubói pelo menos uma centena de vezes. Mas Fredo não, nem uma única vez, e agora eles estavam deixando o bairro. Vito viu o desconsolo nos olhos do filho. Tomou Michael e Fredo pelas mãos e juntos desceram a rua estreita. O homem a cavalo viu Vito e minutos depois Fredo estava montado, à espera de um trem. Quando um deles apareceu, Vito sentou Michael nos ombros. Fredo tocou o cavalo para o outro lado dos trilhos, berrando para os pedestres, feliz e destemido.

O apartamento novo dos Corleone ficava numa área do Bronx conhecida como Belmont, no segundo andar de um prédio de oito pavimentos e tijolinhos vermelhos. O apartamento em si era modesto, mas tinha um refrigerador novo, boa calefação e espaço suficiente para todos. Vito era dono do prédio, embora tão discretamente que nem o síndico sabia disso. Para o jovem Michael, Belmont era um paraíso. As ruas fervilhavam de garotos improvisando jogos de beisebol e vendedores ambulantes gritando os seus bordões. O ar bruxuleava com o cheiro das cebolas cozinhando na manteiga e a névoa açucarada dos pães crescendo no forno. Depois do jantar, as mulheres arrastavam cadeiras para as calçadas e ali ficavam, fofocando, até o sol se pôr. Os homens trocavam insultos zombeteiros. Havia mais italianos em Belmont do que na maioria das cidades onde eles haviam nascido. Anos inteiros se passavam sem que ninguém saísse do Bronx.

O apartamento dos Corleone dispunha de uma escada de incêndio externa, de ferro. Nas noites de muito calor era ali que eles dormiam, uma aventura que só não era deliciosa quando o vento mudava de direção e carregava o fedor do jardim zoológico através da Arthur Avenue. "Agora chega", dizia Vito Corleone quando os filhos começavam a reclamar. "Aquele zoológico? Foi construído por italianos. Isso que vocês estão cheirando é o fruto do trabalho deles. Como é que um filho meu pode recusar um fruto oferecido por Deus?" Os outros ainda reclamavam às vezes, mas não Michael. Havia leões naquele zoológico. Os Corleone. Os "Coração de Leão".

Os Corleone tornaram-se membros ativos da nova igreja. De início, até Vito comparecia. Fredo ia à missa com a mãe quase todos os dias. Quando tinha dez anos, ficou de pé durante o jantar e anunciou que decidira tornar-se padre depois de uma conversa com o frei Stefano, o celebrante preferido da mãe e professor de boxe dele. A família deu vivas de alegria, parabenizando-o. Naquela noite Michael sentou-se na escada de incêndio e ficou olhando a mãe pavonear o futuro padre pela vizinhança. Fredo chegou em casa com as bochechas borradas de marcas de batom.

Na escola, Michael se afastava quando os amigos entregavam-se àquele antigo ritual de contar vantagens sobre a profissão do pai. Fora criado para não contar vantagens. Tampouco precisava fazê-lo. Até mesmo o mais valentão dos colegas sabia que o pai dele era um homem de respeito. Quando Vito Corleone saía às ruas, as pessoas abriam caminho, por pouco não faziam mesuras como se estivessem diante de um rei.

Certa vez durante o jantar — Michael já estava com seis anos — alguém bateu à porta. Era Peter Clemenza. Ele se desculpou pela interrupção e perguntou se podia ter uma palavrinha com Vito em particular. Dali a pouco, do outro lado da porta trancada da sala de visitas, Vito começou a gritar no dialeto siciliano, que Michael compreendia, embora não totalmente. A fúria do pai era evidente. Carmela servia *calamari* com azeitonas a Connie e fingia não estar ouvindo nada. Tom deu um sorriso irônico e balançou a cabeça. "É o Sonny", ele disse. Sonny não estava à mesa — o que vinha acontecendo com freqüência cada vez maior —, mas o sorriso de Tom parecia indicar que nada de muito grave havia acontecido a ele.

Mesmo assim Michael ficou apavorado. Somente Sonny — e, anos mais tarde, Michael — poderia provocar Vito Corleone a ponto de fazê-lo perder sua paciência e reserva já lendárias. Não havia medida melhor para a profundidade do amor que ele sentia pelos filhos. Se os mortos pudessem falar, muitos atestariam que a paciência e a reserva de Vito eram o que alguém mais deveria temer.

— O que foi que ele fez? — disse Michael.

— Uma *cafone* qualquer, só pode ser — disse Sonny. — É a cara dele.

Ambos Tom e Sonny estudavam na escola preparatória de Fordham. Com a mudança para o Bronx, eles passaram a conviver com turmas

A Volta do Poderoso Chefão 407

diferentes. Tom era tenista e excelente aluno. Talvez porque não fosse de fato um membro da família, talvez por gratidão, ele havia mansamente transformado-se no filho perfeito: o mais inteligente, o mais leal, o mais bem-comportado, o mais ambicioso e ao mesmo tempo o mais modesto. Estudioso ardente do código de conduta de Vito Corleone, ele falava italiano como um nativo e, em todos os aspectos menos o genealógico, era também o mais siciliano.

Quanto a Sonny, ele havia sido expulso do time de futebol depois de gritar com o técnico (quando Sonny pedira para o pai interceder, Vito estapeou o filho e não disse nada). Ele escondia gim contrabandeado e escapava para o Harlem para ouvir *jazz*. Mesmo aos dezesseis anos, Sonny já era um reputado conquistador, e não só entre as garotas da sua idade.

— Que tipo de *cafone* ele fez? — perguntou Michael a Tom.

— *A rubar poco si va in galera, a rubar tanto si fa carriera.* — Rouba pouco, vai para a cadeia; rouba muito, faz carreira. — Sonny e dois idiotas que ele acha que são amigos dele armaram um assalto...

— Ah-ah-ah! — Carmela tapou os ouvidos de Connie. — Basta!

A porta da sala de visitas se abriu. Vito tremia, o rosto vermelho, visivelmente irritado. Ele e Clemenza saíram sem dizer palavra. Connie desandou a chorar. Michael teve de se segurar para não fazer o mesmo.

Anos mais tarde, Michael ficaria sabendo que Sonny havia roubado um posto de gasolina que contava com a proteção da família Maranzano, embora ele não soubesse disso. O assalto havia sido apenas uma pândega. Naquela noite, Vito foi acertar os ponteiros com Maranzano e despachou Clemenza para ir procurar Sonny. Algumas horas depois Pete o encontrou por cima de uma solitária e efusiva dona de casa e o arrastou até o escritório da Genco Pura para enfrentar a fúria do pai.

Quanto Vito pediu satisfações ao filho sobre a besteira que ele tinha feito, Sonny disse em defesa própria que havia visto o pai matar Fanucci. Vito sentou-se, pesadamente, derrotado, incapaz de dizer ao filho como ele deveria se comportar. Quando Sonny pediu para abandonar a escola e juntar-se aos negócios da família, Vito aquiesceu e pôs a culpa no destino.

Vito acreditava que ele próprio havia feito o que tivera de fazer num mundo que pouco tinha a oferecer a um homem que possuía as feições que ele possuía e viera de onde ele viera. Fez o que fez na firme certeza de que a vida seria diferente para os filhos. Prometera a si mesmo que nenhum deles, nem mesmo Hagen, seguiria os seus passos. Essa foi a única promessa que Vito jamais quebrou em toda a sua vida.

À época, contudo, só o que Michael sabia era que pela primeira vez na vida ele havia visto o estóico pai perder a cabeça, e que de alguma maneira Sonny havia sido o culpado. Momentos depois de Vito e Clemenza saírem, Tom, claramente aborrecido, desculpou-se e foi até a porta.

— Precisa de alguma coisa, mãe? Vou dar uma caminhada.

Carmela respondeu que não, o rosto abatido, pálido.

Michael saltou à porta antes que Tom a fechasse e seguiu o irmão escadaria abaixo. Chovia. Uma tempestade. Na rua, Tom espremeu-se contra a porta de vidro, hesitante.

— Me diz o que está acontecendo, Tom — disse Michael. — Tenho o direito de saber. Somos uma família.

— Onde foi que você aprendeu a falar assim, pirralho?

Michael ficou o mais sério que pôde.

Tom olhou por cima do irmão. O síndico e alguns inquilinos aproximavam-se, fugindo da chuva.

— Aqui não. — Ele apontou para um toldo a algumas portas dali. Juntos, correram até lá.

Aos dezesseis anos, Hagen não sabia de tudo. Mas sabia como interpretar Sonny, e idolatrava Vito, portanto sabia mais do que alguém poderia imaginar. As coisas que contou a Michael naquela noite, sob o toldo listrado do açougue Racalmuto, foram sinceras e verdadeiras.

Daquele dia em diante, Sonny juntou-se ao grupo que acompanhava Vito para todo canto. Voltava tarde para casa, quando voltava. Em casa, preferia a companhia de Fredo, que o admirava como Michael admirava a Tom. No aniversário de sete anos de Michael, Tom deu-lhe de presente um suéter de tênis. Michael passou a usá-lo amarrado ao pescoço, como Tom fazia.

Num intervalo de apenas algumas semanas, Sonny saiu de casa e foi morar em Manhattan, num apartamento próximo à rua Mulberry,

A Volta do Poderoso Chefão 409

e Tom mudou-se para o dormitório da Universidade de Nova York. Em razão da saída dos irmãos ou da própria maturidade, Fredo revelou-se, inesperadamente aos treze anos, um rapaz forte e motivado. Ainda que miúdo para a idade, jogava na defesa do time de futebol da escola. Depois de muitos anos lambendo lona, venceu um pequeno torneio de boxe promovido pelo Grêmio de Jovens Católicos. Recebia notas cada vez melhores e sobressaía-se nos estudos religiosos sob a orientação do frei Stefano. Fredo ainda era tímido com as mulheres, mas, de uma hora para outra, essa timidez transformou-se numa espécie de charme, tanto mais especial por se tratar de um candidato a padre, o que era do conhecimento de todas.

Michael não seria capaz de apontar o momento exato em que tudo isso mudou, quando a falta de jeito de Fredo transformou-se em algo mais sombrio, quando a auto-suficiência transformou-se num ensimesmamento tristonho. A mudança decerto fora gradual, mas, aos olhos de Michael, o irmão passara repentinamente de um menino fracote e desajeitado a um atleta forte e estudioso a um adolescente que passava horas a fio trancado no quarto. Aos dezesseis anos, Fredo anunciou o que todos da família, exceto a mãe, já esperavam: ele não queria mais ser padre. Começou a se dar mal nos estudos. Saía com algumas garotas, mas apenas porque elas o consideravam inofensivo. Não demorou para que ele também começasse a trabalhar com o pai, embora Vito lhe confiasse apenas as tarefas menos importantes: levar recados, buscar café, descarregar garrafas de azeite (legítimas).

Vito Corleone continuava a ressaltar a importância dos estudos e às vezes, durante a noite, ele e Michael sentavam-se na escada de incêndio e sonhavam grandes sonhos para o futuro do garoto. Vito havia tido conversas semelhantes com os outros filhos também, mas apenas Tom — que estava prestes a começar o curso de direito na Universidade de Colúmbia — havia conseguido terminar o ginásio. Michael amava e respeitava o pai, mas temia que, ao completar dezesseis anos, algo no sangue dele o fizesse se lançar no mundo sobre o qual Tom havia falado.

A compreensão que Michael tinha daquele mundo ainda era a de um menino de onze anos. Durante as férias de verão — naqueles dias

410   Mark Winegardner

que tinham tudo para ser completamente monótonos —, seu pai às vezes o levava junto para fazer as rondas. Parecia que Vito não fazia outra coisa senão pular de refeição a refeição, em diversos clubes sociais, restaurantes e cafés, apertando mãos, dizendo que já tinha comido e depois comendo assim mesmo. Saía sem aparentemente ter realizado trabalho nenhum, a não ser que o trabalho tivesse sido realizado em brevíssimos cochichos.

Num dia como esses, Vito foi repentinamente chamado para ir ao encontro de algumas pessoas no armazém da Genco Pura. Disse a Michael que esperasse do lado de fora. Michael achou uma bola de beisebol no porta-malas do carro e foi até o beco para arremessá-la contra a parede. Chegando lá, constatou que um garoto que ele nunca tinha visto antes já estava fazendo a mesma coisa. As feições dele eram agressivamente irlandesas.

— Esse beco é meu — disse Michael, embora sem saber o que levara a fazê-lo.

— Ah, que isso... — disse o garoto. — Nenhum beco é de ninguém.

— Ele abriu um sorriso alvo e encantador, que se desdobrou numa gargalhada. O que deixou Michael mais tranqüilo, embora o garoto risse mais ou menos como um jumento zurrando.

Mesmo assim, nenhum dos dois falou mais que isso por um bom tempo. Ficaram ali, um do lado do outro, jogando suas respectivas bolinhas um milhão de vezes contra a parede, tentando se superar mutuamente embora nem um nem outro demonstrasse sinais de uma carreira brilhante nos esportes.

— Sabe de uma coisa? — disse o irlandês por fim — Meu pai é dono de todos aqueles caminhões ali, e você sabe o que tem dentro deles, não sabe?

— Alguns daqueles caminhões são do meu pai. Todos que têm escrito "Genco Pura Comércio de Azeites".

— Bebida! — O inglês do garoto lembrava o de Katharine Hepburn: nem norte-americano, nem britânico, porém as duas coisas ao mesmo tempo. Michael levou um tempo para entender o que ele havia dito.

— O suficiente para deixar todo mundo bêbado em Nova York hoje à noite, e metade de Nova Jersey também.

Michael deu de ombros e disse:

A Volta do Poderoso Chefão 411

— Está escrito "azeite". — Embora ele soubesse que a maioria daqueles caminhões carregava bebidas alcoólicas. Já os tinha visto por dentro. — Onde você aprendeu a falar assim?

— Eu é que pergunto — disse o garoto. — Você é italiano, não é?

— Mas eu não falo esquisito.

— Claro que não. Aposto que você quer saber por que os tiras não estão aqui agora, prendendo todo mundo por causa da bebida contrabandeada, não quer?

— Você ficou maluco. Só tem azeite naqueles caminhões.

— Porque meu pai dá dinheiro para todos os tiras de Nova York, só por isso!

Michael olhou para os dois lados do beco. Não viu ninguém por perto, mas mesmo assim não achou uma boa idéia que o garoto continuasse falando aquelas coisas em voz alta.

— Mentira — ele disse.

O garoto explicou em detalhes como o pai fazia o suborno. Falou em termos bastante específicos sobre os assassinatos e espancamentos necessários para se ganhar dinheiro na venda de contrabando. Ou ele tinha uma imaginação muito fértil, ou então dizia a verdade.

— Você inventou tudo isso — disse Michael.

— A sua gente é ainda pior, pelo que ouvi dizer.

— Você não sabe de nada. Só está falando isso para contar vantagem.

— Ache o que quiser — retrucou o garoto. — Mas aposto que você não tem coragem de roubar uma garrafa daquelas e depois dividir comigo.

Michael, que jamais havia cogitado fazer coisa semelhante, aceitou o desafio sem titubear e foi buscar a garrafa. Fredo ajudava outro homem a descarregar um caminhão. Michael disse a eles que Vito estava chamando. Esperou que os dois se afastassem e voltou ao beco com uma garrafa de uísque canadense debaixo do braço.

— Achei que você fosse amarelar — disse o garoto.

— Achou errado. Talvez você não seja muito bom da cabeça. — Michael abriu a garrafa e deu um trago. Sentiu a bebida queimar na garganta, mas não deu o braço a torcer. — E então, qual é o seu nome?

— Jimmy Shea — respondeu o garoto, roubando a garrafa. Deu um gole grande e imediatamente sucumbiu a uma crise de tosse. Ficou de joelhos e começou a vomitar.

412   Mark Winegardner

Dali a pouco, os pais de ambos apareceram e surpreenderam os dois pirralhos de onze anos bebendo uísque em plena luz do dia, no auge da Lei Seca. A cobra iria fumar. Os garotos — embora suas vidas fossem correr em paralelo — jamais se falariam outra vez.

Com a extinção da Lei Seca, Vito Corleone viu-se novamente diante de uma encruzilhada. Sem sofrer uma única ameaça de prisão, ele havia amealhado uma pequena fortuna, o suficiente para bancar a família e viver o resto da vida no mais absoluto conforto. Decidiu, contudo, propor sociedade a Salvatore Maranzano, o manda-chuva do submundo nova-iorquino. Seria esse o único destino possível para Vito Corleone? Uma vida de trapaças e oportunismo venal? Ou teria ele agido como agiu simplesmente porque era brilhante no que fazia? Talvez não lhe restasse outra opção. Sonny e Fredo não tinham uma boa formação acadêmica nem muitos talentos. Abandonados aos seus próprios recursos, estariam mortos no prazo de um ano. No entanto, seria possível que não houvesse um único negócio legítimo que alguém rico e inteligente como Vito pudesse ter abraçado? Sem sombra de dúvida aquele teria sido o melhor momento para os Corleone se mudarem para Las Vegas e entrar no mundo da legalidade.

O que aconteceu em vez disso entrou para os anais da história.

Maranzano mal acreditou na proposta de uma parceria equânime com Vito Corleone, que acabou por declanchar a guerra de Castellammarese. Al Capone, aliado de Maranzano, mandou para Nova York dois de seus homens mais graduados com a missão de matar Vito Corleone. Um deles era Willie Russo, o Picareta, irmão mais velho do futuro *Don*. Rendeu bons frutos outra vez aquela capacidade que Vito Corleone tinha de granjear poder a partir daqueles que aparentemente não tinham poder nenhum. Um carregador da estação de Chicago informou o trem em que seguiam os assassinos, e um carregador de Nova York os conduziu até um táxi cujo motorista trabalhava para Luca Brasi. Brasi amarrou os homens e com um machado de bombeiro decepou os braços e as pernas deles; depois ficou ali, calmamente vendo-os morrer. Por fim decapitou-os. Na véspera do Ano-novo, Tessio entrou num restaurante e atirou em Maranzano. Vito apoderou-se da organização Maranzano, reagrupou as outras iniciativas de Nova York e Nova

A Volta do Poderoso Chefão 413

Jersey nas cinco famílias que conhecemos hoje e tornou-se o *capo di tutti capi*. O chefe de todos os chefes. E tudo isso sem derramar uma única gota de sangue além do estritamente necessário e sem dar azo a qualquer menção a seu nome nos jornais.

O jovem Michael Corleone havia notado o acréscimo de homens montando guarda em torno de Vito, bem como o de ausências do pai durante a noite. De outra forma a reviravolta não afetara em nada a vida no apartamento do Bronx. Anos depois, ao saber do que acontecera, Michael ficou chocado. Na sua memória aquela fora uma época de bonança para a família. Tom formou-se na faculdade de direito. Connie ganhou o primeiro cavalinho de presente. Michael foi eleito presidente de turma na escola. Fredo havia saído da sua concha e freqüentemente levava Michael para jogar sinuca na cidade. Michael era exímio jogador, capaz de perceber todos os ângulos na mesa com a facilidade de um visionário. Fredo era antes um exímio agenciador de apostas, capaz de perceber os ângulos metafóricos e se antecipar a quase todos, menos aos tubarões do lugar. Quem subestimasse o garoto e seu irmão mais velho — o primeiro, calado e impassível; o outro, simpático e falastrão — deixava a mesa sem um tostão furado no bolso. Na única vez em que Fredo e Michael se sentiram ludibriados, Sonny encontrou os dois espertalhões e matou-os a pontapés em plena luz do dia, abandonando-os ali, no meio da rua 114. O crime foi investigado por um detetive pertencente aos quadros da família Corleone. Um agiota desonesto, que também trabalhava para os Corleone, foi condenado no lugar de Sonny. Michael não soube de nada até ouvir a história, muitos anos depois, da boca do próprio irmão, que achava a maior graça na coisa toda. Por que diabos eles achavam que haviam sido roubados uma única vez?

Por mais de dez anos a paz reinou. O país submergiu durante os anos da Grande Depressão e emergiu novamente para lutar uma guerra justa; no entanto, ao longo desse período de adversidade, Vito Corleone não parou de colher poder e riqueza. Trouxe uma equipe de marmoreiros da Sicília e mandou construir mausoléus para defuntos inexistentes, lugares surpreendentemente cômodos para esconder milhões de dólares em dinheiro vivo. Os Corleone continuaram a viver uma vida simples.

Certo dia, já em pleno período de paz, Michael estava junto do quadro-negro durante a aula de geometria quando alguém bateu à por-

414 Mark Winegardner

ta. Era Fredo. Ele disse ao professor que havia ocorrido uma emergência na família. Fredo permaneceu calado até entrar no carro.

— É o papai — ele disse. — Foi baleado. No peito. Disseram que ele vai ficar bom, mas...

Michael mal podia ouvi-lo. O carro ainda estava parado em fila dupla diante da escola, mas Michael teve a sensação de que eles haviam passado por cima de um enorme buraco na rua.

— *Quem* atirou nele?

— Uns merdas aí — respondeu Fredo. — Uma gangue de cagões irlandeses, burros demais para procurar saber a diferença entre o papai e um zé-ninguém antes de entrarem numa disputa de território. Uma das antas irlandesas veio na direção do papai, na rua, e atirou nele. Mas logo depois a gente abriu fogo contra ele.

— Contra o papai? — "Disputa de território?" "Gangue?" Ninguém jamais havia dito coisas assim na frente de Michael.

— O quê? Claro que não! Poxa, Mikey, não seja burro, né? — Fredo engatou a marcha e arrancou em disparada.

— Para onde a gente tá indo?

— Para casa. Já tem muita gente no hospital.

"Muita gente" era claramente um eufemismo. Eufemismo para quê Michael não sabia, mas preferiu não insistir.

Carmela adotou uma fachada de fortaleza diante dos filhos, mas Michael pôde ver através dela. Depois que todos foram para a cama, pôde ouvi-la do outro lado da parede do quarto. Ela estava rezando quando ele finalmente pegou no sono e ainda rezava quando ele acordou. Michael foi correndo para a cozinha e preparou o café-da-manhã para a família inteira, de modo a aliviar a mãe daquela insignificante tarefa. Carmela correu com o filho da cozinha, mas antes que ele saísse deu-lhe um abraço e começou a cantar alguma coisa em latim que ele não compreendia.

Mais tarde naquela mesma manhã, quando Fredo disse que era hora de ir para o hospital, Michael recusou-se a acompanhá-los.

— Ele vai ficar bom, não vai? — perguntou Michael.

— Vai — disse Fredo.

— Então vou ver meu pai quando ele vier para casa.

Carmela ficou estupefata.

A Volta do Poderoso Chefão 415

— Tenho uma prova daqui a uns dias — ele ajuntou. — Já que o papai vai ficar bom, prefiro ir para a escola.

Carmela fez um carinho no rosto do filho, dizendo que ele era um bom garoto e que o pai ficaria orgulhoso quando soubesse disso.

Na manhã seguinte Michael recusou-se a ir outra vez. Fredo disse à mãe que levasse Connie e esperasse no carro. Depois chamou Michael de lado e perguntou que diabos ele estava tentando provar.

— Sei lá — disse Michael. — Nada.

— Nada? Como nada?

— Provavelmente a culpa foi dele.

— Como é que é? O que deu em você, Mikey?

— Não tem nada de errado comigo. Ele é um criminoso. E os criminosos levam tiros. Papai tem sorte de nunca ter levado um tiro antes. Ele e todos vocês.

O soco de Fredo acertou-o diretamente no queixo. Michael caiu sobre a poltrona predileta do pai e ouviu algo se quebrar. Foi um grande cinzeiro de cerâmica no centro do qual se via uma sereia no topo de uma ilha. O cinzeiro havia se quebrado em duas partes exatamente iguais.

Ainda assim Michael persistiu na sua recusa. Fredo não insistiu mais. Quando a cola secou, a rachadura no meio do cinzeiro mal podia ser vista.

No dia em que Vito recebeu alta do hospital, Carmela levantou-se ainda de madrugada para preparar um belo jantar de boas-vindas para o marido. A família inteira compareceu: Sonny e sua nova mulher, Sandra; Tom e sua noiva, Theresa; todo mundo. Vito aparentava estar mais cansado do que fraco. Parecia especialmente saudoso de Michael. Nenhuma menção foi feita à ausência do caçula no hospital.

Vendo o incessante leva-e-traz de bandejas e os brindes cada vez mais entusiasmados, o jovem Michael Corleone sentiu o peito arder de raiva. Completaria quinze anos dali a alguns meses e temia que de alguma maneira acabasse arrastado para trabalhar nos negócios da família. Mesmo nos tempos de paz e prosperidade no mundo governado por Vito Corleone, Michael sabia que o pai nunca estaria a salvo daquele sem-número de pessoas que acreditavam ter algo a ganhar com a morte dele. Embora amasse sua família de paixão, ele ansiava por poder sair logo dali: daquele apartamento, daquela vizinhança, daquela cidade, daquela vida. Para onde iria, não sabia dizer. Tampouco por que desejava tanto fugir. Somente já muito velho é que teria a ciência necessária para se dar conta de quanto era insensato tentar adivinhar os motivos que levam qualquer ser humano a fazer o que quer que seja.

Ao ver Carmela acenar para que Connie o ajudasse a limpar a mesa para a sobremesa, Michael bateu uma colher na taça de vinho. Ficou de pé. Não havia feito nenhum brinde até então. Olhou para o pai e para mais ninguém, a colher levantada no ar. Quando seus olhares se cruzaram, Vito abriu um minúsculo sorriso. Vendo o pai sorrir daquele jeito diante de tamanha tragédia, Michael sentiu o sangue ferver nas veias.

— Eu prefiro morrer — ele disse, levantando a taça — do que ser como o senhor quando eu crescer.

Um silêncio de estupefação caiu sobre a mesa como um pesado manto de lã. Do ponto de vista de Michael, todos haviam desaparecido. Restavam apenas duas pessoas no mundo.

Vito deu a última mordida no escalopinho de frango e deitou o garfo. Pegou o guardanapo e limpou o rosto com vagar e delicadeza; depôs o guardanapo e, com uma frieza que jamais havia sido dirigida a outra pessoa da própria família, encarou o filho mais novo.

Michael sentiu um nó na garganta. Apertou os dedos na taça de cristal. Continuou de pé, preparado para ouvir o pai se desmanchar numa gargalhada ou dizer que ele, Michael, ainda teria de comer muito feijão antes de ser o que quer que fosse.

Em vez disso, Vito continuou a encará-lo.

Michael sentiu calafrios na espinha e suas pernas começaram a tremer. Os nós dos dedos da mão direita já estavam brancos. A taça se quebrou. Vinho, sangue e cacos de cristal caíram sobre a mesa, mas ninguém disse palavra. Michael tentou ficar imóvel, mas não conseguiu conter a tremedeira.

Por fim, Vito Corleone levantou sua própria taça.

— Seu desejo é idêntico ao meu — ele disse, a voz pouco mais forte que um sussurro. Esvaziou a taça na boca e largou-a na mesa sem o menor ruído. — Boa sorte — ele disse, sem desviar o olhar.

A Volta do Poderoso Chefão   417

Os joelhos de Michael cederam. Ele sentou.

— Agora faça um favor à sua mãe. — Vito apontou para a taça quebrada. — Limpe essa bagunça aí.

Michael obedeceu. Connie e Carmela levantaram-se para limpar todo o resto e trazer a sobremesa, mas ninguém disse nada. O *sfogiatelle* e o café chegaram à mesa, e dali em diante não se ouviu mais que o tilintar das colheres e o mastigar dos comensais. Michael embrulhou a mão ensangüentada com um guardanapo e comeu com a cabeça abaixada. Fredo sequer pensou em ressuscitar a paz com uma brincadeira qualquer.

Nenhum dos irmãos de Michael jamais havia esboçado a menor tentativa de se rebelar contra o pai. Santino era como um cachorro ferozmente leal ao dono. Fredo buscava com subserviência a aprovação do pai. Embora não tivesse o mesmo sangue, Tom buscava a aprovação de Vito com o mesmo ardor de Fredo e, em última análise, com mais sucesso. Connie, a única menina, regalava-se no papel de filha dócil e dedicada, o que fez até muito depois da morte de Vito. Apenas Michael sentia a necessidade de se rebelar — assim como, perversamente, pode-se esperar do filho dileto na maioria das famílias.

Foi a revolta do bom filho italiano. Sem nenhuma farpa dirigida à mãe. Michael era tão agarrado a Carmela que por um tempo Vito chegou a duvidar da masculinidade do filho. Nada do que ele fazia era motivo de embaraço para a família. Jamais desobedecia os pais, embora suas escolhas parecessem invariavelmente calculadas para afrontar o pai de alguma forma.

Por exemplo, quando Fredo contou ao irmão caçula que Vito vinha fazendo perguntas sobre a masculinidade dele, Michael parou de levar suas namoradas para o apartamento com o único objetivo de manter a família em suspense. Quando Sonny ofereceu-se para providenciar uma prostituta a título de presente de aniversário de 17 anos, Michael disse que sua namorada não gostaria nem um pouco daquilo, e quando Sonny perguntou "Que namorada?", Michael apareceu no jantar de domingo com uma loura peituda com quem ele vinha saindo esporadicamente já fazia alguns meses. Então passou a trazer uma garota nova a cada duas semanas. Nenhuma delas era italiana. Na única vez em que seu pai fez um comentário a respeito, Michael disse que amava a mãe, mas que não havia no mundo ninguém como ela e nunca haveria. Michael não levou outra garota para casa durante sete anos, até que convidou Kay para acompanhá-lo no casamento de Connie.

Michael candidatou-se a uma vaga nas universidades de Princeton e Colúmbia e foi aceito em ambas. Escolheu Colúmbia porque Tom havia feito o curso de direito lá. Ainda no primeiro trimestre, descobriu que seu pai havia feito uma considerável doação anônima para o fundo de contribuições da universidade. Encontrou-se para almoçar com Tom no Plaza Hotel e disse a ele que havia decidido abandonar a escola. Perguntou se poderia morar com Tom e Theresa depois que o fizesse. Tom estava trabalhando em Wall Street, e eles tinham um apartamento naquelas imediações.

— Arrume um professor particular — disse Tom. — Muita gente tem dificuldades no início.

— Tenho tirado ótimas notas em todas as matérias — disse Michael. Depois contou a Tom o motivo de sua decisão.

— Se todos os alunos daquela escola, cujos pais têm condições de dar uma...

— Não quero saber dos outros. Quero estar ali por mérito próprio e mais nada.

— Você está sendo tão pueril que mal consigo olhar para você agora.

— E então, acha que vai dar? Com certeza você vai ter de consultar a Theresa.

Tom balançou a cabeça e disse que não, que podia falar em nome da mulher. Se Michael quisesse fazer a maior besteira da vida dele, não seria ele, Tom, quem iria detê-lo.

Ao fim do trimestre, Michael, ainda com as melhores notas, abandonou uma das escolas mais prestigiosas do país e tentou arrumar emprego. Frustrado, acabou perguntando a Tom, certa noite durante o jantar, se ele podia lhe emprestar dinheiro suficiente para pagar alguns cursos na faculdade da cidade. Ao ouvir a resposta de Tom — já que ele estava pedindo dinheiro emprestado para estudar, devia usá-lo para estudar em Colúmbia —, Michael ficou calado.

A Volta do Poderoso Chefão   419

— É exatamente isso que o velho teria feito — disse Tom. Ele esperou um pouco, mas Michael não perguntou o que ele queria dizer com aquilo. Tom respondeu assim mesmo: — O silêncio.

Que Michael susteve. Theresa já havia tirado a mesa antes que um dos dois falasse alguma coisa.

— Você não pode fugir de quem você realmente é — disse Tom.

Michael riu e disse:

— Estamos nos Estados Unidos, meu amigo órfão. Fugir de quem somos *é* o que somos.

Por um instante os olhos de Tom cintilaram de raiva. Ele precisou se recompor antes de dizer:

— Você quer dinheiro? Então sabe onde pode conseguir todo o dinheiro do mundo para fazer o que bem quiser. Não vou me meter nesse assunto mais do que já me meti.

Michael viu-se num impasse. Poderia contrariar os desejos do pai pedindo para entrar nos negócios da família, o que estava fora de cogitação. Ir para a universidade e tornar-se médico, advogado, professor — era justo isso que seu pai *queria*. Vito *queria* que Michael seguisse por uma trilha completamente diferente. Mas que trilha Michael poderia seguir que já não tivesse sido aberta pela mão invisível do pai? Quase todas elas não estariam apenas abertas, mas asfaltadas, iluminadas e ladeadas por resistentes corrimões.

Para onde ele podia ir?

Vito estava construindo uma casa em Long Island, e na primavera daquele ano ele se mudaria para lá com a família: Connie, claro, que tinha 16 anos, mas também Fredo, que ainda morava com eles. Sonny e Sandra tinham acabado de ter gêmeas e teriam uma casa só para eles logo ao lado. Na planta da casa de Vito havia um quarto marcado com a legenda "Quarto de Michael". Vendo isso, Michael teve a mesma sensação de sufocamento que tivera quando achou que seria engolido pelos negócios da família aos 16 anos.

Michael padecia daquela maldição dos jovens: sabia apenas o que *não* queria. Uma vida guiada por caminhos recusados é como um time entrando em campo apenas para não perder. Como um pára-quedista tentando não pousar justamente naquela árvore ali. Como um caixeiro viajante que pode dormir no estábulo desde que *não durma*. Como dois amantes nus no Paraíso, livres para fazer tudo *menos...*

420   Mark Winegardner

Então Michael Corleone fez o que milhares de jovens perdidos na década de 1930 fizeram: alistou-se na Corporação Civil de Conservação. Seus companheiros de corporação, é claro, eram na grande maioria pessoas que não haviam desfrutado de nenhuma espécie de vantagem social, de absolutamente nenhuma oportunidade, homens que contavam histórias de uma miséria que Michael (embora tivesse ouvido história semelhante da boca dos próprios pais) não havia compreendido muito bem até então. Ele foi estacionado no vale do rio Winooski em Vermont. Plantou uma infinidade de árvores e removeu inédita quantidade de terra. Ao contrário dos outros italianos, comeu a comida insípida sem reclamar. Seu nome era invariavelmente pronunciado da maneira errada, mas nunca corrigiu ninguém. Ofereceu-se para ajudar os professores dos cursos noturnos e não demorou a assumir a chefia do programa educacional da estação. Alfabetizou uma centena de homens, muitos dos quais eram italianos que mal sabiam ler na própria língua antes de Michael começar a trabalhar com eles. Como todos os demais, recebeu o pagamento de trinta dólares mensais, vinte e dois dos quais eram automaticamente enviados para sua família. À noite, deitado na cama-beliche, Michael muitas vezes imaginou a cara do pai ao receber o cheque a cada mês. Somente no cortejo de suas duas mulheres, Kay (segunda mulher, primeiro cortejo) e Apollonia (primeira mulher, segundo cortejo), foi que Michael Corleone se sentiu mais feliz.

Havia cerca de mil homens naquela estação. A maioria separava-se apenas de uma ou duas gerações de suas raízes na Europa. Todavia, nada unia aqueles homens mais que o orgulho de serem norte-americanos — um orgulho fortalecido pelo compartilhamento da peleja diária. Portanto, quando a Alemanha anexou a Tchecoslováquia, os imigrantes alemães não sofreram nenhuma espécie de retaliação por parte dos colegas tchecos ou eslovacos. Da mesma forma, o único fervor nacionalista deflagrado no vale do Winooski durante a invasão da Albânia pelos italianos ou durante a guerra russo-finlandesa deu-se em razão do medo generalizado quanto ao que poderia acontecer em seguida e às possíveis conseqüências para os Estados Unidos.

— Vai ser diferente para nós — disse certa noite Joe Lucadello, que também era professor. — Para os italianos. É só esperar para ver.

A família de Joe viera de Gênova para Candem, Nova Jersey. Ele sonhara tornar-se arquiteto, mas seus pais haviam perdido tudo com a crise na bolsa de valores. Agora ele projetava muros de arrimo e cabanas de piquenique. Esperto como um chicote e tão magrinho quanto, Joe era o melhor amigo de Michael na corporação.

— Também tenho pensado nisso — disse Michael. — Se os Estados Unidos se meterem nessa guerra, todo mundo de origem italiana vai virar suspeito.

— Parece que os alemães...

— Eu sei — disse Michael. — Você tem razão.

— Não ria, mas tenho pensado num plano para matar Mussolini.

— Não brinca... — disse Michael, rindo. — E como é que você pretende fazer isso?

Joe tinha uma combinação rara de qualidades: era um estrategista talentoso e estava sempre preparado para entrar em ação. De ordinário, era muito prático também, mas tinha um quê de idealista.

— Você não conseguiria chegar nem a dez quilômetros de Mussolini. Ninguém conseguiria.

— Pensa bem. Você já leu muitos livros de história. Nunca houve alguém impossível de matar, nenhum herói, nenhum vilão, nenhum líder de qualquer espécie.

A idéia era reconfortante. Michael de fato pensou bem e admitiu que Joe tinha razão.

— Depois de Mussolini — ele disse —, suponho que você vá querer acabar com Hitler também.

— Sei que estou apenas sonhando — disse Joe. — Não sou idiota. Sei que não sou o homem certo para fazer o serviço. Só que é difícil ver o rumo que o mundo está tomando e ficar de braços cruzados.

Quanto a isso eles estavam de acordo. A velha rusga entre italianos de sul e do norte não afetava em nada a amizade entre eles, nem o desprezo comum que tinham por Mussolini. Ambos odiavam a guerra. Mas ao mesmo tempo desejavam-na: ela não só serviria para acabar com Mussolini como também lhes daria uma oportunidade de provar seu valor aos olhos do povo norte-americano.

E também havia o problema da Ustica. Mais ou menos na mesma época em que assinou o tratado de aliança com Hitler, Mussolini man-

422 Mark Winegardner

dou seu exército para a Sicília com a missão de recolher todos os mafiosos, comprovados ou suspeitos, e confiná-los na minúscula ilha de Ustica (Vito ainda achava que Mussolini não passava de um repressor arrogante e fadado a desaparecer). Comentando o caso, Michael e Joe lamentaram que os homens presos em Ustica não tivessem tido a oportunidade, garantida por lei nos Estados Unidos, de se defender judicialmente. Michael não fez nenhuma menção aos laços do pai com aquela gente. Para todos os efeitos, os Corleone eram importadores de azeite. Caixas do produto lotavam a despensa do alojamento.

Em junho de 1940, quando a Itália declarou guerra aos Aliados, Joe Lucadello concebeu um plano.

— A gente vai para o Canadá — disse ele.

— Fazer o que no Canadá?

Joe tirou do bolso um recorte de jornal. Segundo o artigo, a força aérea real canadense estava recrutando pilotos norte-americanos experientes. Um ás da Primeira Guerra, chamado Billy Bishop — "o Eddie Rickenbacker do Canadá", dizia o artigo —, cuidaria pessoalmente do treinamento deles.

— Isso é ótimo — disse Michael —, mas nós não somos pilotos experientes.

Joe já havia pensado em tudo. Ele tinha um amigo, um judeu polonês de Long Island, que trabalhava como piloto para a CCC, despejando água nos incêndios florestais e DDT naquelas áreas infestadas por insetos onde as equipes trabalhariam depois. Joe convenceu o sujeito a ensiná-los a pilotar, e os três foram se alistar em Ottawa. Joe providenciou brevês falsos, muito convincentes, para si próprio e para Michael. Ambos foram inicialmente aprovados. Dois dias depois, Billy Bishop em pessoa entrou no alojamento, chamou por Michael Corleone (pronunciou o nome corretamente, sinal de que havia algo por trás daquela história) e pediu-lhe que mostrasse o brevê. Muitos dos que estavam ali não tinham brevês, alguns eram pilotos de aviões agrícolas ou de acrobacia que alguns meses depois estariam mostrando o seu valor diante da Luftwaffe. O brevê não era o problema. Michael sabia que, de algum modo, seu pai havia descoberto que ele estava ali. Não faria sentido nenhum apresentar o brevê falso e criar problemas para Joe também.

A Volta do Poderoso Chefão

— Sinto muito, senhor — disse Michael. — Não tenho brevê.

Michael tomou um ônibus de volta ao acampamento da CCC e recuperou seu emprego. Seis meses depois ele estava em outro ônibus — seguindo para Nova York, onde se realizaria uma festa surpresa para Vito — quando o motorista ouviu a notícia sobre Pearl Harbor. Trêmulo, o homem parou no acostamento e aumentou o volume do rádio. Dali a pouco voltou para a estrada. Michael caminhou direto da rodoviária para Times Square. O lugar regurgitava de gente clamando por vingança. Ele entrou na fila para se alistar na Força Aérea do exército[2] e ainda esperava quando um oficial percorreu a fila anunciando: todos que tivessem menos de 1,80m de altura que buscassem vingança noutro setor. Michael ficou aquém do requisito por mais de dois centímetros. O corpo de fuzileiros navais também lhe apetecia. Um esquadrão de elite, mais valente que o resto, com um ritual de iniciação rigoroso e um código de honra sagrado. O requisito de altura era o mesmo, mas a emoção era muita; Michael e o tenente encarregado do alistamento trocaram olhares e o entendimento se deu sem palavras. Michael tomou um táxi para a casa do pai.

O filho predileto de Vito Corleone foi o último na festa a gritar "Surpresa!".

Vito recebeu a notícia do alistamento com estoicismo. Fez as perguntas que todo pai preocupado faria. Embora visivelmente contrafeito, não disse nada.

Nos dias que se seguiram o governo norte-americano arrebanhou todos os cidadãos italianos no país e deteve-os como prisioneiros de guerra (Enzo, o confeiteiro, por exemplo, passaria dois anos na prisão de Nova Jersey). Mais de quatro mil cidadãos norte-americanos de sobrenome italiano foram presos também. Entre eles estavam os pais de Theresa Hagen, que, na ausência de qualquer acusação palpável, foram logo liberados. Centenas de pessoas desprovidas de assistência jurídica igualmente sofisticada permaneceram detidas por muito mais tempo — meses, anos —, embora sobre elas também não pesasse nenhuma acusação.

---

[2] A Força Aérea se transformaria numa força autônoma somente em 1947. (*N. do T.*)

424   Mark Winegardner

Antes do Natal, o governo passou um decreto que restringia a participação dos cidadãos de origem italiana em qualquer atividade direta ou indiretamente relacionada à guerra. Em todo o país, trabalhadores dedicados e honestos — estivadores, escriturários civis, operários de fábrica — foram sumariamente demitidos.

A essa altura Michael já estava em Parris Island, arrastando-se como um réptil através de um estacionamento coberto de conchas de ostra quebradas.

Quatro por cento da população norte-americana era de origem italiana. Destinavam-se a perfazer dez por cento das baixas.

Tudo que Michael recebia do governo ficava grande nele: o capacete, o uniforme, até mesmo as botinas. Mas ele mal se dava conta disso. Orgulhava-se de ser fuzileiro e via apenas o que queria ver. Sua mãe, contudo, chorou três dias inteiros depois de ver pela primeira vez uma foto do caçula de cabelos raspados e roupas brancas que mais lembravam uma fantasia. Depois colocou a foto sobre o consolo da lareira. Sempre que passava por ela, derramava-se em lágrimas outra vez. Mas ninguém ousava tirar aquela foto dali.

O pelotão de Michael em Parris Island contava com quarenta e sete homens, todos da costa leste, um número quase igual de nortistas e sulistas. Michael jamais havia estado no sul. Sabia mais sobre a rixa entre o norte e o sul da Itália do que sobre aquela entre o norte e o sul dos Estados Unidos. Sendo do sul da Itália e do norte dos Estados Unidos, Michael era capaz de ver os dois lados. E as discussões se davam pelos motivos mais banais. Música, por exemplo. Os sulistas gostavam de um tipo de música que os nortistas chamavam de chuta-bosta. Os nortistas gostavam de Cole Porter, Johnny Mercer, música requintada ao som da qual eles podiam dançar. Embora conhecesse Johnny Fontane desde que nascera, Michael guardou a informação para si durante as inúmeras discussões sobre a música dele. Sempre que uma briguinha idiota chegava ao ponto de fazê-los esquecer quem era o verdadeiro inimigo, o sargento encarregado do treinamento cuidava para que eles logo se arrependessem: transformava-se *ele próprio* no inimigo. Eles haviam chegado ali temerosos do próprio medo, de não darem conta do recado quando chegasse a hora. Momentos depois eles

A Volta do Poderoso Chefão 425

temeriam o sargento Bradshaw acima de qualquer outra coisa. Michael era um soldado capaz, quieto, mas passava os dias convencido de que a qualquer instante o sargento poderia matá-lo. À noite, suando no beliche, costumava refletir sobre quanto era brilhante aquele sistema de campo de treinamento.

A suspeita de Michael de que o requisito de altura havia sido instituído em parte para manter os italianos longe das forças de elite confirmou-se quando ele constatou haver apenas uma outra pessoa de origem italiana no seu pelotão. Tony Ferraro, também de Nova York, era jogador de beisebol da segunda liga — jogava na posição de receptor. Tinha o aspecto típico da profissão: era atarracado, já meio careca. Como Michael, alistara-se assim que soube de Pearl Harbor, mas o que queria mesmo era ir para a Itália e despachar Mussolini para o inferno.

Tony e Michael eram os mais baixos do pelotão. Eram lentos nos exercícios físicos e medianos nos exercícios de pontaria, mas haviam chegado em Parris Island com um condicionamento muito melhor que o dos outros homens — felizmente, pois tudo o que tinham ouvido falar sobre o treinamento dos fuzileiros era verdade. Homens desmaiavam, vomitavam, botavam sangue. Michael aprendeu a amar tudo aquilo. Sentia pena dos outros pelotões que voltavam à caserna depois de apenas quatro horas de marcha na areia fofa (à altura dos joelhos), em vez das oito exigidas pelo sargento Bradshaw. Terminado o treinamento, o sargento dirigiu-se a seus subordinados, pela primeira vez, como "homens".

Todos os companheiros de pelotão adoravam o sargento. Muitos acabaram perdendo a vergonha e choraram desbragadamente.

Michael, que não perdera nada além de alguns quilinhos inofensivos, mais uma vez maravilhou-se com a engenhosidade do que lhe havia sido impingido.

Alguns meses depois, Tony Ferraro montava guarda numa ilhota — tão minúscula que sequer tinha nome ou qualquer importância estratégica — quando um atirador de elite do exército japonês acertou-o bem no coração.

Antes da alvorada, os homens pegaram seus fuzis e mochilas e ficaram a postos ao lado de uma fileira de caminhões ociosos. Um cabo

426 Mark Winegardner

com forte sotaque sulino chamou os nomes de cada um e anunciou seus respectivos destinos. Pronunciou "Corleone" de maneira quase irreconhecível, como Michael já esperava. O que ele não esperava, contudo, foi o que o cabo disse depois.

"Camp Elliot, fuzil M1, infantaria." Michael Corleone iria para o Pacífico.

O sonho de liberar a Itália dissipara-se ali mesmo. Mas o que ele poderia fazer? Escrever uma carta a algum deputado de Nova York? Por certo havia sido justamente um deputado de Nova York que, obedecendo a um mero aceno de Vito Corleone, havia armado aquilo tudo.

Michael não deixou nada disso transparecer. Um fuzileiro vai para onde é mandado.

Um sulista, já no caminhão para Camp Elliot, estendeu-lhe a mão e disse:

— Anda, carcamano, San Diego espera você!

Michael preferiu não morder a isca. Eles eram fuzileiros navais em primeiro lugar, norte-americanos em segundo. E tudo mais em terceiro.

Michael também nunca havia estado na costa oeste. Passou a maior parte da viagem à janela do trem, maravilhado. Uma boa maneira de ver aquilo pelo que estava lutando. Nada poderia tê-lo preparado para o tamanho, a grandeza e o esplendor daquele país. Quanto mais rumava para oeste, mais se apaixonava por aquela paisagem acidentada e improvável.

Eles pararam para um exercício no deserto a cerca de cinqüenta quilômetros de Las Vegas, onde o primeiro grande cassino havia sido inaugurado meses antes. Naquela noite Michael matou um coelho com as próprias mãos e comeu a carne estriada dentro de uma vala fria, olhando para o halo sobrenatural sobre aquela cidade que homens visionários como ele estavam destinados a transformar numa indústria que ainda estaria ali, pujante, muito depois da queda das potências do Eixo, do Império britânico e da União Soviética, depois que a maioria das fábricas e siderúrgicas norte-americanas fosse à bancarrota ou se mudasse para o sudeste asiático.

Em San Diego, Michael passou por mais algumas semanas de palestras e treinamento, combate mão a mão, provas de natação, todos os

A Volta do Poderoso Chefão

427

toques finais, mas quando chegou a hora de zarpar, sentiu-se triste outra vez. Ele havia sido designado para o destacamento de guarda. Indefinidamente.

Na primeira oportunidade, foi até um telefone público e ligou para Tom. Os Hagen estavam jantando. Um bebê chorava ao fundo.

— Preciso lhe pedir uma coisa, Tom. Não adianta mentir porque vou saber. As coisas nunca mais vão ser as mesmas entre nós.

— Uma pergunta que começa assim — disse Tom — provavelmente é uma pergunta que não deveria ser feita.

Michael era jovem e irrefreável. Anos mais tarde ele se daria conta de que Tom acabara de responder à pergunta que ele estava prestes a fazer:

— Papai tem alguma coisa a ver com a minha designação?

— Sua designação para fazer o quê?

Michael baixou a voz.

— Não entrei no Exército para me tornar um tira.

— Você é um tira?

Michael desligou o telefone na cara do irmão. Dias depois, convocado para a guarda-marinha, foi para as docas e ficou ali, o fuzil apoiado no ombro, vendo zarpar os homens nos quais ele aprendera a confiar, ouvindo as bravatas de quantos japoneses cada um pretendia matar. Jamais veria nenhum deles outra vez.

A pior tarefa do destacamento de guarda era fazer com que os civis obedecessem à ordem de *blackout*. As pessoas tendem a achar que suas circunstâncias particulares são especiais, o que torna quase impossível argumentar com elas. Nas primeiras noites dessa exasperante missão, Michael teve ganas de acertar as fuças daquele bando de ególatras com a soleira do fuzil, mas logo teve idéia melhor. Seu comandante, que desdenhava os civis ainda mais, achou-a extraordinária.

— Nunca achei que diria isso a um italiano — ele disse —, mas talvez você tenha estofo para uma promoção a oficial.

Michael convocou mais dois homens e foi até um depósito de óleo à beira-mar, na parte norte da cidade. Dois tanques de óleo, ambos vazios. Uma ótima oportunidade para ficar longe dos civis reclamões, bem como para colocar em prática o treinamento que tivera com explosivos.

428 Mark Winegardner

No dia seguinte, os jornais e as estações de rádio (a fonte anônima era o próprio Michael, fazendo-se passar pelo comandante) noticiaram que os tanques haviam sido atacados por um submarino japonês que, em razão das luzes na cidade, não tivera a menor dificuldade para acertar o alvo.

Dali em diante todos apagariam as suas luzes.

Michael recorreu aos seus superiores em Camp Elliot, tentando mudar de posto. Candidatou-se ao treinamento de piloto. No início da guerra os pilotos precisavam ter diploma universitário, mas a regra foi mudada de modo a permitir a candidatura de qualquer um com resultado acima de 117 no exame de aprovação para a universidade. Michael fez o teste, obteve 130 pontos, mas nada aconteceu. Depois de uma das muitas vezes em que montou guarda (turno de quatro horas) diante do gabinete do almirante King, ele finalmente conseguiu ter uma palavrinha com o oficial. O almirante prometeu cuidar pessoalmente do assunto. Até pareceu otimista em relação a uma transferência para o terreno europeu. Nada resultou disso. Michael ficou ali durante um ano, mas teve a impressão de que permanecera dez.

Por fim lhe ocorreu que o secretário do almirante era quem cuidava de toda a papelada e assinava a maioria dos despachos do seu superior. Michael prestou atenção no gosto musical do sujeito e conseguiu dois ingressos de primeira fila no Hollywood Bowl para que o secretário e sua esposa pudessem assistir ao show do inigualável Johnny Fontane.

Dias depois, Michael foi transferido para um batalhão de combate.

O batalhão zarpou num navio de luxo convertido, pintado com o cinza dos encouraçados e contendo equipamentos de artilharia. Semanas inteiras se passaram antes que, já quase chegando ao porto, as tropas receberam a notícia oficial de que desceriam em Guadalcanal.

O confronto tivera início meses antes; cruzadores japoneses ainda despejavam bombas na praia durante a noite, e ainda havia focos de resistência, incluindo centenas de homens em galerias subterrâneas. A batalha estava longe de terminar.

A praia de Guadalcanal era um monturo de veículos carbonizados — tanques, jipes, tratores anfíbios —, mas quando Michael deitou olhos no lugar, com todos aqueles coqueiros verdes e toda aquela areia bran-

A Volta do Poderoso Chefão 429

ca, achou que tinha chegado a um paraíso tropical, ainda que subtraído das mulheres.

Michael desceu por uma rede de carregamento e jogou-se no lanchão de desembarque. Ouviu granadas explodirem ao longe, mas ninguém atirou nele durante a descida. Chegando à praia, ele tropeçou em algo mole e foi ao chão. Levantou-se imediatamente e correu na direção do coqueiral. Para se proteger, jogou-se ao lado de um emaranhado de arame farpado e de uma pilha de cadáveres tisnados. O ar tanto cheirava quanto tinha o gosto de carne queimada, putrescente; o fedor entrava pelas narinas e descia pela garganta. Michael olhou de volta para a praia e viu que havia tropeçado num cadáver também.

Os japoneses abandonavam seus mortos para apodrecer em terra firme ou serem levados pelas marés. Aqueles foram os primeiros cadáveres que Michael jamais havia visto fora de uma sala de velório.

Os fuzileiros que apareceram para receber as novas tropas pareciam igualmente imundos, barbados e exaustos. Não disseram muita coisa. Toda aquela bravata que os recém-chegados haviam demonstrado antes, nos seus uniformes imaculados, agora parecia uma brincadeira infantil de caubóis e índios. Aqueles homens eram *guerreiros*. Acompanhando-os na sua primeira patrulha, Michael sobressaltava-se a cada farfalho. Os companheiros apenas davam um risinho de sarcasmo e seguiam adiante, penetrando a floresta. Quando eles se jogavam ao chão, Michael fazia a mesma coisa, certo de que dali a segundos ele poderia ser alvo de traçantes, balas, granadas ou bombas.

No segundo dia em Guadalcanal, Michael foi posto em sentinela nas imediações do campo de pouso. Ouviu um avião se aproximar. Um Hellcat da Marinha, roçando as copas das árvores e soltando fumaça. O avião caiu a uns cem metros de distância e explodiu logo em seguida. Michael saiu em disparada com a intenção de ajudar o piloto. Chegou ao local mais ou menos junto com dois jipes cheios de gente. O sargento Hal Mitchell, chefe do batalhão de Michael, gritou para que ele se afastasse. As chamas estavam quentes demais. O carro de bombeiros havia sido bombardeado. O equipamento que eles usavam em substituição mal daria para apagar uma fogueira de acampamento. Michael podia ver dentro da cabine. O piloto, preso nas ferragens e desesperado, olhou diretamente nos olhos de Michael e implorou

430 Mark Winegardner

para ser sacrificado. Michael assestou o fuzil, mas não recebeu nenhuma ordem do sargento. Os berros do piloto cessaram dali a pouco. Michael sofreu queimaduras apenas por ter chegado tão perto. A vitória foi declarada em Guadalcanal cerca de uma semana depois. Os fuzileiros mais desgastados foram substituídos, mandados de volta para casa ou pelo menos para algumas semanas de repouso e recreação na Nova Zelândia. A tropa substituta foi deixada para trás com a missão de segurar a ilha. No mapa, Guadalcanal não passa de um pontinho, mas a ilha tem mais de 150 quilômetros de comprimento e 30 de largura, com densa vegetação e relevo acidentado, profundamente avariados por uma batalha de muitos meses. Sem falar nas cavernas.

As cavernas eram um pesadelo. Cadáveres, é claro, valas profundas de esgoto, formigas de dois centímetros, ratos do tamanho de quatis. Os fuzileiros entravam nelas em grupos de quatro, mais um *dobermann*. Michael adorou seu primeiro cachorro, mas depois de ver outros serem explodidos por cadáveres minados, parou de se afeiçoar aos bichos.

Michael pessoalmente capturou o impressionante total de *um* japonês, emaciado e moribundo. Especou o homem contra uma encosta. O japonês apontou para a Ka-Bar que ele, Michael, trazia à cintura.

— Faca — disse o japa. Em mímica, cravou-a nas próprias entranhas.

Mas Michael não atendeu seu pedido. O japonês pareceu aliviado.

No início, como quase todos do seu destacamento de busca, Michael encarava a coisa como uma operação de salvamento. Mas logo aprendeu a surrupiar o armamento de japoneses mortos com a rapidez de um relâmpago. No acampamento, o mercado negro desses objetos sofria um excesso de oferta, e os melhores itens já haviam deixado a ilha com os fuzileiros veteranos. Todavia, um homem empreendedor sempre encontra uma saída. E Michael Corleone encontrou essa saída nos nativos da ilha. Os equipamentos que tinham uma utilidade doméstica qualquer eram fáceis de vender. Muito do que Michael encontrava era trocado por peixe fresco. Os fuzileiros adoram um irmão de armas capaz de melhorar a gororoba, principalmente no campo de batalha.

Certa manhã, no entanto, Michael acordou e viu uma cacatua de estimação — que ele havia recebido de um ilhéu em troca de um maço

A Volta do Poderoso Chefão

de cigarros — ser engolida viva por um daqueles ratos gigantes. Ele tocou o rato para fora da tenda e, ao fazê-lo, olhou para cima e viu a maior teia de aranha que jamais tinha visto em toda a vida, estendida entre dois coqueiros. Uma gaivota havia se prendido nela. Estava embrulhada nos fios, sendo devorada pela aranha. Outro cachorro havia morrido também. Tem dias que são assim. Eles estavam prestes a explodir mais uma caverna e voltar para o acampamento-base quando Michael notou uma folha de papel desenhada e abandonada no chão. Achou estranho que um japonês tivesse passado seu tempo ali desenhando e colorindo. Abaixou-se para ver melhor. Havia uma pilha inteira de desenhos. O de cima mostrava um avião no céu, uma medalha ao lado e, no chão, pessoas sorrindo e acenando para cima. Outro mostrava uma família sentada em torno da mesa de jantar, um dos lugares vazio. Um terceiro mostrava uma princesa; outros tantos, cavalinhos. Apenas uma garotinha fazendo desenhos para mandar ao pai que provavelmente morrera lutando numa guerra cujo curso ele não poderia ter mudado nem para o bem nem para o mal. Michael desamassou as folhas e colocou-as de volta ao chão. Depois deu o sinal para que explodissem a caverna.

Voltando ao acampamento, recebeu a notícia de que a Sicília havia sido liberada. Dali em diante, Michael Corleone não roubaria nada do inimigo senão o que fosse necessário para a própria sobrevivência.

Em comparação a muitos outros, o batalhão de Michael não sofreu quase nada em Guadalcanal ou nos conflitos que eclodiram em algumas das ilhas vizinhas.

Em Peleliu, contudo, a história seria bem outra. Eles seriam os primeiros a entrar. Bucha de canhão.

O comboio que subiu ao navio para a invasão lembrava uma daquelas procissões de carroças dos filmes de bangue-bangue, levando fazendeiros do Sul para tentar a sorte no oeste. Cada centímetro quadrado do convés transbordava de homens e máquinas empilhadas e cobertas com um *patchwork* de lona. O calor era insuportável, 43 graus durante o dia e 32 à noite. Não havia espaço suficiente embaixo para que todos pudessem dormir. Os homens se acomodaram no convés, dentro ou debaixo dos caminhões, em qualquer lugar onde havia sombra.

432   Mark Winegardner

Michael apenas fingiu dormir. Mesmo os veteranos mais calejados pareciam pálidos e trêmulos.

Quando Peleliu surgiu no horizonte, tudo o que havia para ver era uma parede de fumaça e chamas. Dezenas de navios de guerra fustigavam a ilha com obuses de dezesseis polegadas que soavam como trens de carga aéreos. Cruzadores disparavam morteiros de menor porte. O ribombar das bocas de fogo que bombardeavam a ilha logo se transformaram num trovão ensurdecedor. Michael teve a sensação de que o estrondo pressionava seu próprio corpo. O navio inteiro tremia. O ar cheirava a óleo diesel. A força invasora jogou-se nos tanques anfíbios e nos lanchões, protegendo-se atrás das amuradas.

Eles entraram no meio da confusão. O estrépito das balas reverberava por toda parte. A fumaça era de tal modo densa que Michael ficou imaginando como o motorista podia saber que direção estava tomando. Sentiu quando o tanque roçou um banco de coral. O sargento Mitchell deu a ordem de desembarque. Michael saltou e correu. Tudo era fumaça e caos. Ele sabia que homens caíam ao seu redor, ouvia os gritos de dor, mas manteve a cabeça abaixada e, com mais dois fuzileiros, achou refúgio do outro lado de uma árvore caída. Em todos os cantos da praia tanques explodiam e transformavam-se em fogueiras; muitas vezes homens cambaleavam para fora apenas para serem reduzidos a pó pelo fogo das metralhadoras. Michael assistiu à morte de pelo menos uma centena de seus irmãos de armas. Homens de quem gostava, nos quais ele confiava — já naquela época Michael não confiava facilmente nas pessoas. No entanto, não sentiu nada além de uma confusão mental. Ele próprio havia sido atingido no pescoço. Apenas um arranhão, mas que sangrava em bicas. Michael sequer havia se dado conta do ferimento até que o homem ao seu lado, um cabo de Connecticut chamado Hank Vogelsong, perguntou se ele estava bem.

Em combate ninguém sabe ao certo o que está acontecendo. Muito atrás de onde eles estavam encontrava-se o comandante de toda a operação, um coronel que não sabia para que lado sua artilharia apontava. Alguém que Michael não conhecia, e que certamente jamais o vira também, havia decidido que ele era descartável. Não Michael *pessoalmente*. Na guerra nada é pessoal. Michael era apenas um peão naquele tabuleiro. Em Peleliu, não fez mais que procurar manter-se vivo. Nada de

A Volta do Poderoso Chefão   433

espertezas ou bravuras. Apenas teve mais sorte que os milhares de companheiros de divisão que morreram naquele mesmo dia.

Tão logo um contingente numeroso o bastante conseguiu atravessar a praia, os fuzileiros puderam avançar para dentro da ilha e começar a juntar pedras e escombros para retribuir fogo. O fogo inimigo arrefeceu. Mesmo assim, Michael não conseguiu controlar o próprio pavor durante aquela primeira noite. Os japoneses aparentemente haviam desistido daqueles ataques *banzai* para os quais ele havia se preparado, e Michael jamais teria oportunidade de colocar seus conhecimentos em prática.

No raiar do dia o sargento Mitchell organizou um ataque à serra de onde parecia vir a maioria dos disparos. Michael e dez companheiros correram na direção do alvo, cerca de cinqüenta metros até um emaranhado de árvores e vegetação cerrada. Dois homens foram mortos e dois outros foram baleados antes de chegarem lá. Um tanque norte-americano avançou pelo outro lado da serra e abriu fogo da maneira que os tanques sempre fazem. Os disparos cessaram. Eles estavam a seis metros da crista da serra. Hal Mitchell mandou três homens com metralhadoras e dois com lança-chamas até a crista. Quando eles estavam prestes a atacar, os japoneses abriram fogo. O sargento Mitchell ordenou que Michael e Vogelsong o ajudassem a resgatar os feridos para depois baterem em retirada. Enquanto Michael lhes dava cobertura, Vogelsong e o sargento Mitchell carregaram um dos feridos até o lugar onde Michael estava. Eles voltaram para resgatar o segundo, mas um morteiro de 80 mm frustrou a manobra: matou o que já estava ferido e feriu os que foram ajudá-lo, Vogelsong e o sargento.

Mais tarde, ao ser questionado sobre o que fez em seguida — tanto pelos seus superiores quanto pelo repórter da revista *Life* —, Michael não soube dizer o que o fez voltar para resgatar os companheiros, tampouco como conseguiu sair de lá vivo. Talvez o excesso de pó de coral do morteiro lhe tivesse dado cobertura. Talvez os japoneses tivessem acreditado que todos os soldados de chão já estavam mortos e redirecionado a ofensiva para o tanque, que explodiu enquanto Michael atacava o *bunker* deles. Michael não tinha a menor idéia de como operar aquele lança-chamas. Apenas pegou-o sem pensar e aparou o coice quando uma grossa língua de fogo zuniu por cima da serra.

Michael ouviu disparos de metralhadora numa caverna à sua direita e teve a impressão de que uma das pernas havia sido arrancada do tronco. Caiu e arrastou-se à procura de proteção — sozinho na crista de uma serra, o alvo perfeito. O cheiro de carne queimada e napalm era horrível. Uma bala o acertara na coxa e outra atravessara a panturrilha.

Bem à frente dele estavam seis cadáveres da força inimiga. Olhos derretidos, lábios queimados, pele quase nenhuma. Os músculos lembravam ilustrações dos livros de ciências.

Transido de pavor, Michael ficou paralisado por uns vinte minutos até que os japoneses da caverna foram eliminados também, e um médico da Marinha, coberto de sangue dos pés à cabeça, subiu à crista para tirá-lo dali. Anos inteiros haviam se passado mais rápido que aqueles vinte minutos de puro terror.

Michael não tinha nenhuma lembrança de como fora dali para o Havaí.

A primeira coisa que lhe veio à cabeça assim que recobrou os sentidos foi que sua mãe deveria estar morrendo de preocupação. Escreveu-lhe uma longa carta e passou a lábia numa enfermeira para que ela comprasse um presentinho e o enviasse junto. A enfermeira escolheu uma caneca de café estampada com o mapa do Havaí. No dia em que recebeu o presente, bem como a notícia de que o filho logo voltaria para casa, Carmela Corleone encheu a caneca de vinho, levantou-a no ar e agradeceu à Virgem Maria pela graça alcançada. Dali em diante, sempre que passava pela foto de Michael na lareira, Carmela sorria.

Michael e Hal Mitchell ficaram bons. Hank Vogelsong não teve a mesma sorte. Pouco antes de morrer, disse ao médico que entregasse seu relógio a Michael Corleone. Ao recebê-lo, Michael, que mal conhecia o companheiro, escreveu para os pais dele, contou quanto Hank havia sido valente no campo de batalha e ofereceu para lhes devolver o relógio do filho. Eles escreveram de volta, agradecendo-o e insistindo que ele guardasse o presente.

Ainda no hospital, Michael soube que havia sido admitido no curso de pilotagem e que fora promovido a segundo-tenente. Mas a promoção era apenas simbólica, e ele nunca chegou a fazer o treinamento de piloto. Aquele foi o fim da primeira guerra de Michael Corleone.

A Volta do Poderoso Chefão   435

Pouco antes de Michael ser dispensado, um repórter da revista *Life* apareceu para entrevistá-lo. Vendo ali o dedo do pai, Michael agradeceu o repórter pelo interesse e disse que era uma pessoa reservada. Já havia recebido uma medalha e dispensava qualquer outro tipo de glória. Mas o almirante King pessoalmente pediu a Michael que desse a entrevista. Bom para levantar os ânimos, ele disse.

Michael foi fotografado num uniforme do seu tamanho. A matéria foi incluída numa edição especial da revista, sobre as tropas norte-americanas. Audie Murphy foi para a capa. Na página oposta, uma foto de James K. Shea, futuro presidente dos Estados Unidos.

LIVRO VII

Janeiro-junho de 1961

Capítulo 22

O recado foi enviado ao longo de uma extensa rede de intermediários: Nick Geraci deveria se encontrar com o Chefe. Geraci já podia supor o motivo do encontro. Ele havia sugerido o Jardim Botânico do Brooklyn. Público demais, segundo foi informado. Don Corleone não poderia fazer nada que porventura tornasse sua nomeação para a equipe de transição do governo mais controversa do que já era. Eles deveriam se encontrar dentro de um carro, de uma limusine.

Foi o que bastou: eles iriam matá-lo.

Numa situação dessas, no entanto, não há outra escolha senão obedecer. Assim é a vida. Geraci sabia disso havia muito. Quando convocado, um soldado inteligente deve agir como um advogado em véspera de julgamento. Ele se antecipa a todas as perguntas e espera pelo melhor. Se consegue dobrar o juiz na conversa, vai embora cuspindo fogo, e não agradecido.

Pedir para levar seus homens a tira-colo levantaria suspeitas. Impossível. Esconder uma pistola ou uma faca seria um grande risco. Se fosse revistado, pronto, ali seria o seu fim. Se não fosse, dificilmente teria tempo para sacar a arma na hora H.

Ele esperou a manhã inteira numa taberna na Primeira Avenida, junto com Donnie do Saco, Eddie Paradise e Momo, o Barata. Outros, também de suas relações, esperavam do lado de fora. Uma fileira de homens da vizinhança, todos muito pálidos, tomavam café junto ao bar. O proprietário do lugar era Elwood Cusik, um pugilista que já havia trabalhado de capanga para os Corleone.

440   Mark Winegardner

Michael já havia tentado matá-lo uma vez, e Geraci retaliara com um golpe de mestre. Usara Forlenza para que Russo ficasse sabendo do que se passava com Fredo e em Cuba; depois disso não precisou mover uma palha. Fredo havia involuntariamente traído o irmão, por uma besteira. Qualquer um podia ver que Cuba chegara a uma situação de extrema instabilidade, que explodiria a qualquer instante. Todavia, Michael estava tão fascinado com os milhões que poderia embolsar como empresário semilegítimo que se deixara afundar numa situação que culminou no assassinato do próprio irmão. Sua *mulher* deixara-o por causa disso, conseguira a custódia das crianças e mudara-se para outro planeta. Ele havia perdido dois *capi* — Rocco e Frankie Pants, ambos rivais de Geraci — na luta por um império em Cuba que não tinha a menor possibilidade de vir a ser. Caso houvesse destino pior que a morte, Geraci o havia infligido em Michael Corleone.

Enquanto esperava, Geraci perguntou-se como Michael poderia ter ficado sabendo de tudo. Não tinha a menor idéia.

Donnie do Saco, próximo à janela, sinalizou que a limusine de Michael havia chegado. Com duas horas de atraso. O Barata e Eddie Paradise acompanharam Geraci até calçada. Ele estava preparado para o que desse e viesse. Pensou nas duas filhinhas. E levou a mão à maçaneta da limusine.

— Olá, Fausto.

— Don Corleone. — Geraci entrou sozinho no carro e sentou-se diante de Michael. Al Neri estava ao volante. Além dele e Michael, mais ninguém. — Fez boa viagem?

Geraci acenou o queixo para o Barata, que fechou a porta. Neri arrancou o carro.

— Excelente. Você devia voltar a pilotar. Os aviões de hoje em dia praticamente voam sozinhos.

— Imagino que sim — disse Geraci. Um dos presentinhos de agradecimento que Michael recebera do embaixador M. Corbett Shea havia sido um avião novo. — Às vezes sonho que estou pilotando. O mais engraçado é que nunca são pesadelos. Mas depois que acordo, mal consigo me imaginar dentro de um avião outra vez, nem como piloto, nem como passageiro. Aliás, parabéns. Melhor que isso, só um *paesan'* na Casa Branca.

A Volta do Poderoso Chefão   441

— Uma equipe de transição, só isso — disse Michael. — Servi apenas como conselheiro. Um de muitos.

Ao longo dos anos, os Corleone haviam prestado diversos favores aos Shea, inclusive vários que haviam contribuído para a eleição do novo presidente. Em troca, Michael havia pedido essa nomeação. Geraci sabia de fonte segura que Michael jamais havia se encontrado cara a cara com quem quer que fosse da nova administração. Havia sido combinado que a participação dele seria apenas nominal. Tudo o que Michael queria era a credibilidade que aquela nomeação trazia em seu bojo.

— Acha que a gente vai viver o bastante para ver uma coisa dessas? — perguntou Geraci. — Um italiano na Casa Branca?

— Tenho certeza que sim — respondeu Michael.

Geraci havia se posicionado no banco de tal modo que Neri tivesse de parar o carro antes de matá-lo. As chances de que Michael sujasse as próprias mãos eram remotas. Se fossem mesmo matá-lo, a coisa seria feita em algum lugar para onde o estivessem levando, provavelmente por homens que já estariam por lá.

— Espero que o você esteja certo, Don Corleone.

— Pode me chamar de Michael, OK? Somos velhos amigos, Fausto, e eu já pendurei as chuteiras.

— É o que tenho ouvido dizer. — Os rumores de que Michael estava passando para o lado da lei já vinham circulando durante anos e haviam se intensificado com a eleição de Shea. — Mas achei que ninguém pendurasse as chuteiras nessa coisa nossa. O que foi que aconteceu com "Você entra vivo e sai morto"? Todos nós fizemos esse juramento.

— Eu também fiz, e vou cumprir minha palavra. Sempre farei parte da família que meu pai construiu. No entanto, minha relação com ela será a mesma de alguns dos homens já com a idade do meu pai, que cumpriram a sua missão e depois mudaram-se para a Flórida ou para o Arizona. Homens a quem não pedimos mais nada.

— Me explica como isso vai funcionar — disse Geraci. — Ouvi muitas histórias, mas acho que a maioria delas não passa de conversa fiada.

— É simples. Como você sabe, prometi a Clemenza e a Tessio que eles poderiam ter as suas próprias famílias quando chegasse a

442   Mark Winegardner

hora. Tessio nos traiu, e Clemenza está morto, mas a promessa ainda está viva.

— *Ogni promessa è um debito*, não é? Como dizia o meu velho.

— Exatamente — disse Michael. — E hoje vou pagar essa dívida. Em todos os aspectos, você é o nosso melhor homem em Nova York. A partir de hoje, não tenho mais necessidade de nenhum dos negócios que você administra, nem da renda que eles proporcionam. Estou fora. Sou eu quem agora vai chamar você de *Don*. Don Geraci. Meus parabéns.

"Pronto, estou morto", pensou Geraci. Depois disse:

— Assim, de uma hora para outra?

— De que outra forma poderia ser? — respondeu Michael.

Geraci não se conteve e deu uma rápida olhada para Al Neri. Eles seguiam pela rua 79, na direção no Central Park. Neri mantinha os olhos grudados no trânsito.

— Fico muito honrado — disse Geraci. — Nem sei o que dizer.

— Você fez por onde — disse Michael.

Geraci levantou o anular da mão direita e disse.

— Se eu soubesse, teria comprado um anel.

— Fique com o meu — disse Michael. — Foi abençoado pelo Papa em pessoa. — Ele começou a tirar o anel. Uma peça de bom gosto, classuda: um diamante grande cercado de safiras.

Ele não daria aquele anel a alguém que fosse matar em seguida, daria? Também não seria doido de se desfazer de um anel abençoado pelo próprio Papa.

— Eu estava brincando — disse Geraci. — Não poderia aceitar um presente desses. Você já foi generoso demais. — Ele levantou a manzorra direita, duas vezes maior que a de Michael e calejada pela infinidade de golpes que já havia desferido, com ou sem luvas. — Além disso, acho que não iria caber.

— Eu nunca tinha notado — disse Michael, rindo. E colocou o anel de volta no próprio dedo.

Como ele poderia nunca ter notado?

— Sabe como é, né? Mãos grandes...

— Anéis grandes.

— Isso mesmo. Olha, Michael, a notícia não poderia ser melhor. Um sonho que se torna realidade.

A Volta do Poderoso Chefão   443

— Você não sabia?

— Sabia, claro. Mas ouvi dizer que tinha tido um problema com a Comissão.

— Suas fontes são boas. A Comissão pediu que eu continuasse. Eu não queria, mas a decisão deles é final. Vou continuar numa posição de conselheiro, tanto para eles quanto para você. Desnecessário dizer que esse nosso arranjo deve permanecer absolutamente confidencial. Todos os que você nomear como *capo* deverão ser aprovados pela Comissão, e meu conselho é que você me consulte primeiro. Suponho que você vá querer manter o Nobilio, certo?

— Preciso pensar no assunto. — Richie Duas Armas havia assumido o *regime* de Clemenza. Todas as informações que Geraci tinha a respeito de Richie eram boas: ele ajudara na formação do monopólio das famílias de Nova York, agora firme como um bloco de concreto, e além disso tinha uma grande presença em Fort Lauderdale. Mas concordar assim, sem refletir, não parecia uma boa idéia. — Acha que Richie vai achar ruim você ter me escolhido?

— Será que ele não vai achar pior ainda se você acabar com ele?

— Não estou pensando em acabar com ninguém. Só estou pensando em como ele vai reagir.

— Não vai ser nenhuma surpresa, pode acreditar.

— Você falou com ele?

Michael fez que não com a cabeça.

— Mas a notícia já deve estar correndo por aí. No caso de algum problema, posso falar com ele.

— Tenho certeza de que tudo vai dar certo. — Ele e Richie já haviam conversado sobre os boatos. Richie dissera que ficaria feliz em ver Geraci como o novo *Don* e que estava pressionando a Comissão nesse sentido. Provavelmente estava dizendo a verdade. — Richie parece um bom sujeito.

— Para o seu próprio *regime*, não vou fazer nenhuma sugestão. Mas quero que você me consulte primeiro.

— Pode deixar.

— Vou lhe dar alguns conselhos, mas não vou ser o seu *consigliere*. Quero viver outro tipo de vida de agora em diante. Não quero que meu passado misture-se com essa minha vida nova.

— Entendo. — Embora não entendesse, pelo menos não inteiramente. — E posso escolher meu *consigliere* sozinho também?

— Isso é com você.

— Se não tiver nenhum problema, gostaria de ter Tom Hagen ao meu lado.

— Infelizmente não vai dar. Meu irmão Tom continuará trabalhando comigo. Como advogado.

Outro bom sinal. Se fosse mesmo matar Geraci, Michael poderia ter dito sim.

— Achei que não custava nada perguntar. A gente sempre quer o melhor, sabe como é.

— Você não gosta de mim — disse Michael. — Não é, Fausto?

Geraci rapidamente decidiu que mentir seria mais perigoso do que dizer a verdade.

— É, não gosto. Sem querer faltar com o respeito, mas não conheço muita gente que goste de você.

— Mas tem medo de mim.

— O medo é inimigo da lógica — disse Geraci —, mas você tem razão. Tenho medo, sim. Mais do que da própria morte. Sei o que você está tentando dizer, Michael. Estou pronto. Sei o que isso significa para você, os sacrifícios que sua família teve de fazer para construir essa organização. Vou dar o melhor de mim. O melhor.

Michael deu um tapinha afetuoso no joelho de Geraci.

Eles entraram na Broadway, no sentido norte.

Nenhuma menção foi feita ao que antes fora o *regime* de Rocco Lampone. Rocco havia sido assassinado em Miami dois anos antes, e ainda não havia sido substituído. Havia alguns iniciados em Nevada também: Al Neri; o sobrinho dele, Tommy; outros quatro ou cinco, além das conexões de cada um. Se eles estivessem incluídos no pacote, Michael teria dito. Principalmente com a presença de Neri ali, Geraci preferiu não arriscar. Foda-se Nevada.

Geraci esfregou o queixo.

— Talvez eu tenha levado muita pancada na cabeça — ele disse. — Mas estou confuso. Você tem certeza absoluta de que não precisa mais dos meus negócios? Você vai, sei lá, administrar um ou dois cassinos em Nevada e dar-se por satisfeito?

A Volta do Poderoso Chefão 445

— Uma pergunta cabível — respondeu Michael. — Prometi à minha família que pularia fora, e vou cumprir minha promessa. Na verdade, eu já estava pronto para colocar esse plano em prática há uns dois anos. Com os cassinos de Nevada, os de Cuba e uma infinidade de imóveis espalhados por todo canto, eu tinha um império que poderia se sustentar com as próprias rendas por muitos séculos. Mas depois os comunistas tomaram conta de Cuba, e nós perdemos tudo o que tínhamos lá. Outros infortúnios aconteceram mais ou menos na mesma época. Por causa disso, a organização como um todo permaneceu financeiramente dependente daqueles negócios legítimos, e eu não pude renunciar. Todavia, dois anos e a eleição de Jimmy Shea mudaram tudo. Perder o faturamento quente dos cassinos de Cuba foi um golpe duro, mas agora temos bastante influência em Nova Jersey. Fizemos o governador do estado chegar à presidência. No entanto, em se tratando de Nova Jersey, talvez o mais importante de tudo tenha sido o acordo mutuamente vantajoso que você costurou com a família Stracci. Desde que me entendo por gente tenho ouvido falar da legalização do jogo em Atlantic City, e pretendo permanecer na Comissão até que isso aconteça, provavelmente daqui a um ano, de modo que a gente possa colocar os pés ali também. Quanto tempo pode durar um país comunista a 170 quilômetros da nossa costa? Não fosse pelos russos, teríamos tomado aquela ilha de volta em dois tempos, assim que eles começaram a nos roubar. Mas a diferença entre Cuba e qualquer outro país comunista é que eles estão tão próximos do país mais rico do planeta que podem até sentir o cheirinho da riqueza; aliás, já sentiram. Dou no máximo dois anos, talvez três, para que a gente possa voltar a operar por lá. Segundo me garantiram, o governo Shea vai cuidar para que todos os bens confiscados sejam devolvidos a seus proprietários originais. O que estou querendo dizer é que, se não tivermos recursos suficientes, não vamos conseguir administrar cassinos com gente como Louie Russo no nosso pé. Ainda não temos esses recursos. Entre aquilo que *já* temos, em termos tanto financeiros quanto humanos, e aquilo que agora parece inevitável... Bem, é melhor pular fora um ano cedo demais do que um minuto tarde demais.

— Então quem vai azeitar a máquina? — perguntou Geraci. O maior patrimônio da família Corleone era a rede de pessoas que ela man-

446 Mark Winegardner

tinha em sua folha de pagamentos. — Conheço muitos dos tiras e dos sindicalistas que trabalham para nós, alguns dos juízes e promotores, mas tenho certeza de que não conheço nem a metade. E os políticos, menos ainda. Fico sabendo dos boatos, só isso.

Geraci vinha cuidando da maioria dos negócios da família em Nova York, mas as conexões ficavam sob o controle de Michael e Hagen.

— Tom entrará em contato com você — disse Michael. — Haverá um período de transição. Quando assumi o lugar do meu pai, ele e Tom levaram seis meses para me explicar a coisa toda.

— Bem, já que no mundo livre é possível fazer a transição de um governo para outro em dois meses, suponho que seis sejam suficientes para mim.

Michael riu.

— Você não vai usar os nossos tiras, juízes etc.? — perguntou Geraci.

— Vai abrir mão de tudo isso?

— Quem foi que falou? O que eu disse foi que não preciso mais da renda dos seus negócios.

— Claro — disse Geraci. — Eu entendo. Você está fora.

— Não seja ingênuo, Fausto. Tem muita gente na equipe de transição do presidente que está fazendo muito mais do que azeitar máquinas.

"Então o homem pendurou as chuteiras, mas continua jogando", pensou Geraci. "Vai entender."

— E o assento na Comissão? É meu ou é seu?

— Por enquanto é meu. Cedo ou tarde será seu. Procure se organizar, e depois disso a Comissão vai cuidar do assunto. Não creio que haverá problema quanto a isso.

Eles discutiram diversos outros assuntos mais específicos. O carro atravessou o parque outra vez e seguiu pela avenida Lexington — um lugar bastante improvável para um assassinato. Geraci não seria morto afinal. Michael ainda não havia descoberto quem de fato estava por trás da traição de Fredo. Mas Geraci não ia se arriscar.

— Falando de fontes seguras — ele disse —, gostaria que você soubesse de uma coisa. Eles tentaram matar o seu irmão.

— Quem tentou matar meu irmão?

— Louie Russo. O Cara-de-Pau.

— Meus irmãos já estão mortos.

A Volta do Poderoso Chefão 447

— Um tempo atrás. Acabei de saber.

— Qual irmão?

Irritava Geraci o fato de que uma hora Michael chamava Hagen de "meu irmão" e depois dizia "Meus irmãos já estão mortos".

— Fredo. Uma operação desastrada. Você se lembra do Dia do Trabalho?

Geraci não precisou dizer qual deles. Michael fez que sim com a cabeça.

— Depois do casamento do filho de Clemenza, Fredo foi parar num motel no Canadá. Na companhia de... Não sei direito como dizer. Bem, com outro homem. A coisa deveria ter sido feita de modo a sugerir que Fredo tinha se suicidado. De vergonha, ou seja lá o que for. Eu diria que foi uma armação, a não ser por alguns detalhes.

A cara de blefe de Michael tinha um problema: quando ele a vestia, as pessoas notavam.

— Em primeiro lugar — continuou Geraci —, quando os homens de Russo chegaram ao motel, Fredo já tinha caído fora, mas alguém ainda estava lá. Um vendedor, bom emprego, mulher, filhos. Pelado na cama. Em segundo lugar, os amarra-cachorros abrem a porta, o vendedor saca um revólver e atira neles. O revólver é um Colt Peacemaker, com o número de série lixado. Talvez fosse a arma de Fredo, talvez não, mas a verdade é que ele perdeu uma arma naquela viagem. Foi Figaro quem me disse. E Fredo adorava os Colts. Bem, o vendedor mata um dos homens, fere o outro. No dia seguinte, alguém apaga uma enfermeira com clorofórmio, degola o ferido, depois enterra a faca no olho do sujeito, até o cabo, e deixa ele ali. No dia seguinte, o vendedor vai se encontrar com o advogado e some do mapa. A não ser pelas mãos, que alguém arrancou e mandou pelo correio para a mulher dele.

— Você está dizendo que Don Russo apagou as próprias pegadas.

— É isso mesmo o que estou dizendo.

— E por que eles não foram atrás de Fredo outra vez?

— A idéia era criar uma situação embaraçosa para a família. Você tinha acabado de nomear Fredo *sotto capo*, e depois todo mundo ficaria sabendo que ele era viado. Não estou dizendo que ele era, OK? Só estou repetindo o que me disseram.

Michael assentiu com a cabeça.

448 Mark Winegardner

— Se eles tivessem conseguido simular o suicídio — prosseguiu Geraci —, a coisa terminaria ali mesmo. Nenhuma retaliação, nada. Nossa organização ficaria prejudicada, e eles se fortaleceriam. Mas depois... Você sabe. O acidente. O *meu* acidente. Eles poderiam deixar Fredo em paz, pelo menos por um tempo. Não posso provar nada, mas é evidente que Russo estava por trás da tragédia com o seu irmão. Fredo ficava mais em Los Angeles do que em Las Vegas, e foi lá que ele nos traiu. — Geraci arqueou as sobrancelhas e sacudiu os ombros. — Los Angeles e Chicago são a mesma coisa, não são?

Não era segredo nenhum entre os iniciados da organização que Michael havia encomendado a morte do próprio irmão.

— Como você ficou sabendo de tudo isso? — perguntou Michael.

— Conheço um sujeito — respondeu Geraci. — Trabalha no FBI.

— No FBI? — indagou Michael, claramente impressionado. Relevando-se os pecadilhos do diretor, o FBI era considerado incorruptível.

— O revólver com que Fredo foi preso em Los Angeles quando matou aquele cachorro... Também era um Colt com o número de série lixado. No laboratório eles usaram ácido para trazer o número de volta. E fizeram o mesmo com a arma usada em Windsor. Ambas faziam parte de um carregamento que o nosso homem de Reno vendeu para pessoas inexistentes. Mas não para Gerald O'Malley, graças a Deus. Ah, e mais uma coisa.

Geraci levou a mão ao bolso do paletó e tirou a única coisa que poderia fazer as vezes de uma arma escondida: um isqueiro fabricado em Milão, com pedras preciosas e a inscrição "Natal de 1954". Jogou o objeto para Michael e disse:

— Está reconhecendo?

Michael ficou vermelho. Virou o isqueiro na palma da mão pequena e perfeitamente manicurada e fechou os dedos, cobrindo-o. Quase por inteiro.

— O vendedor disse que pertencia ao outro sujeito — disse Geraci.

— Olha, Michael, é muito difícil para mim dizer essas coisas todas. Se quiser que eu vá atrás de Russo, é só estalar os dedos que faço isso na mesma hora. Vou para cima dele com tudo.

Michael virou o rosto para a janela. Ao longo de muitas quadras não fez outra coisa além de bater no próprio queixo com o punho fechado sobre o isqueiro.

A Volta do Poderoso Chefão 449

Geraci estava blefando. Não conhecia ninguém no FBI. Ouvira dizer que os dois Colts tinham a mesma origem e apenas esperava que tivessem mesmo. Recebera o isqueiro de Russo, que o havia recebido do assassino do vendedor.

Mas não estava blefando quando se ofereceu para ir atrás de Russo. Seu *regime* já contava com cinco anos de paz e dispunha de um considerável fundo de guerra. Já fazia alguns anos que Cesare Indelicato, o *capo di tutti capi* siciliano, fornecia a Geraci não só a heroína que ele revendia nos Estados Unidos como também mão-de-obra. Geraci agora tinha uma equipe inteira de sicilianos no Brooklyn, espalhados pela região de Bushwick, e além disso vinha assentando alguns dos imigrantes legais em diversos pontos do Meio-Oeste, colocando-os para trabalhar em pizzarias, vez ou outra enviando alguns trocados e não pedindo nada em troca, pelo menos até que chegasse a hora certa. Esses homens — que se faziam passar por vizinhos prestativos e ordeiros, fosse em Kenosha, Cleveland Heights ou Youngstown — podiam sair "de férias", executar um serviço e voltar para casa sem que ninguém jamais suspeitasse do seu envolvimento no assassinato de um gângster a 1.300 quilômetros de distância. Se Richie Duas Armas fosse tão bom quanto parecia, Geraci tinha certeza de que os Corleone podiam mutilar o clã de Chicago e submeter aqueles animais ao controle das famílias de Nova York outra vez. Além disso, é claro, ele lucraria com o sumiço das pegadas que havia deixado ao manipular Fredo no sentido de trair o irmão. Melhor fazer a coisa toda sob a égide de Michael (e deixar que ele se entendesse com a Comissão depois) do que agir por conta própria e arcar sozinho com as possíveis conseqüências.

— De qualquer forma, muito obrigado — disse Michael afinal. — Mas como eu disse, já me aposentei.

Geraci não sabia dizer se Michael ficara aquele tempo todo pensando ou se apenas esperara o fim do passeio para responder.

Nick Geraci estirou a mão esquerda horizontalmente diante do peito, com a palma voltada para a mão direita, estirada verticalmente.

— *Qui sotto non ci piove.* — Aqui debaixo em ti não chove. — *Un giorno avrai bisogno di me.* — Um dia precisarás de mim.

Uma expressão antiga. Tessio costumava dizê-la quando garantia a alguém sua proteção, e Michael decerto já a ouvira da boca do pai.

450   Mark Winegardner

— Muito obrigado, Fausto — disse Michael.

— Não há de quê.

Michael sorriu. Geraci sentiu um frio na espinha.

— Você achou que eu fosse matá-lo — disse Michael —, não achou?

— Acho que todo mundo está querendo me matar o tempo todo — devolveu Geraci. — Força do hábito.

— Talvez seja por isso que ainda esteja vivo.

O que ele queria dizer com aquilo? Que talvez fosse por isso que ninguém ainda o havia matado ou que ele, Michael, não o tivesse matado ali mesmo? Geraci achou por bem não pedir nenhuma explicação.

— De qualquer forma, Michael, que motivo eu teria para achar que você fosse me matar? Você mesmo disse que já se aposentou. Boa sorte na sua nova vida.

Michael ainda apertava o isqueiro entre os dedos.

Eles se beijaram e se abraçaram, e Geraci esperou a limusine partir. Entrou no bar e deparou-se com uns trinta ou quarenta homens da sua equipe que de alguma forma tinham pressentido o curso dos acontecimentos. Trêmulo, subiu ao segundo andar e arriou-se numa enorme poltrona de couro. Os outros subiram atrás dele. Nick Geraci passou a aliança de casamento para o mindinho direito, e seus homens fizeram fila para beijá-la.

Capítulo 23

— **S**r. Fontane, o governo Shea prometeu-lhe algum emprego na sua equipe?

O Constitution Hall estava abarrotado de repórteres. Johnny Fontane sentava-se do outro lado de uma mesa sobre uma plataforma, cercado por uma boa dúzia de estrelas do palco e das telas. Uma constelação muito maior iria apresentar-se ao vivo no dia seguinte. Nenhum dos artistas que ele convidara para abrilhantar o baile inaugural de Jimmy Shea havia recusado. Se os russos soltassem a bomba sobre Washington, pouco restaria do *show business* norte-americano além do teatro amador, do *rock and roll* e do cinema pornô.

— Emprego? — perguntou Johnny, fazendo uma careta de nojo. — Eu me tornei cantor de boteco só para que nunca tivesse de *ter* um emprego.

O que produziu uma boa gargalhada na platéia. Fontane queria que eles pensassem que talvez a resposta fosse "sim". O embaixador falara em preparar o terreno para que ele entrasse na vida pública. Jimmy em pessoa — no apartamento de Fontane em Las Vegas, num dos intervalos de uma farra com Rita Duvall, que agora estava no pódio também — havia sugerido que Fontane assumisse a embaixada na Itália. Ou que tal em algum pequeno paraíso tropical com céu azul e muita boceta? Ele e Johnny já estavam bastante mamados àquela altura.

— O que podemos inferir de uma administração — gritou um dos repórteres — cujo baile inaugural é produzido por alguém como o senhor, com supostos vínculos com a Máfia?

452 Mark Winegardner

Johnny mal acreditou no que ouviu. Quando é que essa merda teria fim?

O filho da mãe trabalhava para um jornal de Nova York. Johnny já tinha acertado a cara dele certa vez. O acordo extrajudicial havia chegado a dez mil pratas e valido cada centavo.

Bobby Chadwick — cunhado do presidente eleito — debruçou-se sobre o microfone e disse:

— Por alguém *como* Johnny Fontane? Perdão se o senhor for correspondente do planeta Marte e não souber como são as coisas por aqui, mas, na Terra, posso lhe garantir que não existe ninguém *como* Johnny Fontane.

A platéia riu mais uma vez, mas quando os risos se dissiparam os outros repórteres ainda olhavam para Johnny à espera de uma resposta. Se aquilo fosse um restaurante ou um clube noturno, Johnny teria apenas arqueado uma das sobrancelhas e o filho-da-mãe seria jogado na rua.

— "Supostos" é uma palavra que os repórteres preguiçosos usam quando querem inventar alguma coisa — disse Johnny. — Vou lhe dar alguns fatos. Neste país há mais de cinco milhões de cidadãos de descendência italiana. Segundo o relatório divulgado pelo Senado norte-americano há dois anos, há no máximo quatro mil pessoas associadas com a (sinal de aspas) Máfia. Vou fazer as contas para você, meu amigo. A proporção é de treze para um. É mais fácil uma pessoa ser atacada por um urso. Mesmo assim, sempre que alguém cujo sobrenome termina com uma vogal torna-se uma pessoa pública, gente preconceituosa como o senhor pergunta se ele ou ela trabalha para a Máfia.

— O senhor trabalha para a Máfia?

Bem, ele cavara a própria cova.

— Essa pergunta é tão descabida que não merece resposta.

— Eu poderia estar enganado — disse *Sir* Oliver Smith-Christmas, o respeitado ator britânico, sentado numa das extremidades do pódio —, mas o senhor não estaria confundindo o Sr. Fontane com os proprietários da maioria dos clubes noturnos norte-americanos onde meu amigo se apresenta? Onde um cantor da noite se apresentaria senão num clube noturno?

A Volta do Poderoso Chefão   453

— Ollie tem razão — disse Johnny Fontane. — Depois do fim das *big bands*...

— É verdade que o finado Vito Corleone era seu padrinho? — indagou o repórter.

"Mas não esse tipo de padrinho, seu merda ignorante."

— Meu padrinho de batismo, sim. Ele era amigo dos meus pais.

— O presidente eleito tem algum vínculo com o crime organizado? — perguntou outro repórter. — Michael Corleone, chamado para depor no Senado há dois anos, fazia parte da equipe de transição...

— Por que você não vai perguntar isso ao Sr. Corleone? — devolveu Johnny. — Melhor ainda, pergunte às centenas de criancinhas internadas no hospital que ele construiu. Olha, pessoal, nosso país está passando por um momento de glória. Creio que posso falar em nome de todos aqui neste pódio: nosso apoio ao governo Shea é total e irrestrito. Mas sugiro que as perguntas limitem-se ao baile inaugural, pode ser?

— O senhor foi criado em Nova York — gritou o filho-da-mãe —, mas é amigo de Louie Russo de Chicago e de Ignazio Pignatelli de Los Angeles. — O imbecil pronunciou *Pig-natelli* em vez de *Pinhatelli*. — A irmã de Pignatelli está relacionada entre os acionistas da sua nova gravadora. Minha pergunta é: pode-se transferir um título de...

— Você não vai querer que eu desça aí para lhe ensinar um pouco de boas maneiras, vai? — disse Johnny.

— Por acaso o senhor vai me apagar? É assim que os mafiosos dizem, não é? Apagar?

— E como é que eu poderia saber? Vá perguntar para sua mãe! — respondeu Johnny. É claro que todo mundo conhecia a palavra, mas essa não era a questão.

Um burburinho espalhou-se pelo salão.

— Eu não saberia dizer — parafraseou Johnny, recompondo-se.

Depois de deixar o marido e o estado de Nevada, Kay Corleone retomou a carreira de professora num conceituado internato no Maine. Ela e as crianças mudaram-se para um chalé de pedra no terreno da

454 Mark Winegardner

escola. Michael não gostou da idéia, mas ela precisava trabalhar —
não por causa do dinheiro, mas para criar uma identidade à parte
de tudo que ela havia sido ao lado do marido. Candidatara-se apenas
em escolas a milhares de quilômetros de Lake Tahoe. Não havia contado que Michael lutasse tão ferrenhamente pela guarda das crianças e ficara ainda mais surpresa quando, de inopino, ele disse que
havia investigado a tal escola e concluído que não havia outra melhor para a educação dos filhos. Kay sequer podia imaginar o que
levara o ex-marido a mudar de idéia. Michael admitiu tão-somente
que estava usando os filhos como entrave para o divórcio e pensando mais no próprio coração que na felicidade deles. Kay precisou
conter o impulso de dizer que, se ele desse ouvidos ao coração mais
que à mente fria, talvez sequer se encontrasse na situação em que
se encontrava.

Michael não via Tony e Mary com muita freqüência. Quando via,
geralmente buscava-os de avião e levava-os para um fim de semana de
muita atividade em Nova York: passeios de carruagem pelo parque,
patinação no gelo, zoológico, cinema, museus — tudo o que era possível encaixar no espaço de dois dias. Eles voltavam para casa exaustos.
Durante muitas semanas, Mary, que agora tinha sete anos e idolatrava o pai, contava histórias intermináveis sobre o que eles tinham feito
juntos. Tony, com nove, raramente falava do pai.

Certa vez, alegando que estava sobrecarregado, Michael pediu à ex-
mulher que levasse as crianças a Nova York para se encontrarem com
ele; Kay respondeu que não seria possível. Quando ele disse que teria
de comparecer ao baile inaugural e que ela poderia ir também, Kay
declinou. Washington encerrava muitas lembranças ruins para ela. Mas
achou que seria ótimo se Michael encontrasse uma maneira de levar
Mary e Tony. E, não, mandar um capanga ao Maine para levá-los de
carro até Nova York não seria uma opção.

Tudo mudou quando Kay soube de Jules Segal, que havia sido o
médico dela em Nevada. Recomendara-o a uma amiga que se mudara
para lá e só então ficou sabendo que o médico havia sido assassinado
mais de um ano antes — vítima de um assalto malogrado, segundo
haviam noticiado os jornais.

A Volta do Poderoso Chefão   455

Dia do baile. Kay esperava num dos quartos do Essex House, uma suíte com vista para o Central Park. Os meninos assistiam à televisão. Não tinham mais TV em casa. Vendo-os transfigurados diante do aparelho, Kay teve certeza de que tomara a decisão correta. Ela conferiu as horas no relógio. Michael estava atrasado. Certas coisas nunca mudam.

Por fim, ela ouviu vozes no corredor. Michael e — claro! — Al Neri abriram a porta.

— Por que ele ainda não está vestido? — perguntou Michael, apontando para Tony. Michael já estava de *smoking*.

— Eu *não vou* nesse seu baile idiota — disse Tony.

Distraída, Kay sequer notara que Tony havia tirado o terno e vestido a camisa azul e a calça de algodão que usava todos os dias para ir à escola.

Mary saltou da cama e foi abraçar o pai.

— Mas eu vou! — disse ela. — Eu não sou igual a uma princesa bonita? Porque só princesa é que vai no baile.

— Você está linda, meu amor. Muito linda. Deixa disso, Tony. Você vai também. Vai adorar.

Kay disse a Tony que se vestisse outra vez. O menino arrancou o terno das mãos dela e foi pisando duro para o banheiro, resmungando. Neri sentou-se no sofá, aparentemente interessado no desenho animado na TV. Mary rodopiou, exibindo o vestido. Kay disse-lhe que voltasse à televisão e assistisse ao resto do programa; ela precisava ter uma palavrinha a sós com o papai. Depois puxou Michael para o quarto anexo e fechou a porta.

— Eu consegui, Kay. Consegui me livrar... bem, dos aspectos perigosos do negócio que herdei do meu pai. Prometi a você que um dia todas as minhas atividades seriam legítimas, e foi isso o que fiz.

Kay juntou as sobrancelhas e disse:

— Você prometeu isso *há dez anos*. — Suspeitava de que aquilo fosse uma isca infeliz para tê-la de volta. Mesmo assim, pensando nos filhos, desejou que ele estivesse falando a verdade. Sabia que cedo ou tarde ele acabaria preso ou assassinado e detestava pensar nas conseqüências que isso teria sobre Tony e Mary. — Fico feliz por você, Michael. De coração.

— Você está linda, Kay. O Maine, o trabalho... Tudo isso fez muito bem a você.

— Michael. Preciso lhe perguntar uma coisa. Quero que você diga a verdade.

Num átimo, o rosto de Michael cobriu-se de uma máscara impassível.

— Você mandou matar Jules Segal?

— Não.

Nenhuma hesitação. Simplesmente "não". Exatamente o que um mentiroso faria quando a resposta é "sim".

— Não sei se acredito em você — disse Kay.

— Já lhe disse um milhão de vezes para não fazer perguntas sobre a minha vida, Kay.

— Não se trata da sua vida, mas da *nossa*. Você mandou matar o Dr. Segal por minha causa, não foi? Por causa do...

— Não diga nada — interrompeu Michael. Pelo menos agora havia uma expressão nos olhos dele. — Não quero ouvir.

— Do aborto. Vai me bater de novo? — Como ele fizera antes, ao saber da notícia: o tapa que selara o fim do casamento deles, em outro hotel, em Washington, para onde ele ia agora.

— Não, Kay. Não vou bater em você.

— Porque se você tiver alguma coisa a ver com aquele assalto...

— Não quero falar sobre isso.

— ... é melhor que você saiba que não foi ele.

— Kay, pára. Nós dois sabemos que, quando você... quando aquilo aconteceu, foi Segal quem lhe atendeu. Aquele hospital é meu, Kay.

— Então não deve ter tido dificuldade para ter acesso ao meu prontuário e descobrir que o aborto foi natural.

— Ah, claro. Você saiu de Las Vegas só para ter um aborto natural, e por coincidência o médico que lhe atendeu foi o mesmo que socorreu Fredo todas as vezes que ele...

Kay teve a sensação de que um par de mãos fortes torcia o seu estômago.

A Volta do Poderoso Chefão 457

— Santo Deus, Michael. Eu *sabia*. Eu sabia. É que você... Eu estava com tanta raiva. Eu estava com *medo*. Era horrível ter de viver temendo o que poderia acontecer a você a qualquer momento, mas depois percebi que era de *você* que eu tinha medo...

— Medo de mim? Durante todo esse tempo eu tenho protegido a minha família, a *nossa* família, antes de qualquer outra coisa.

— Michael, você se casou com a sua própria família muito antes de se casar comigo. Até a sua primeira mulher foi a segunda. Eu fui a terceira.

— Nada poderia ter acontecido a você. Nem aos nossos filhos. E não vai acontecer nunca.

— Ora, Michael. Nossa casa em Nevada foi atacada como uma espécie de alvo numa zona de guerra. Por acaso você prometeu a *Appolonia* que nada aconteceria a ela também? Suponho que a gente deva agradecer de joelhos, já que ninguém explodiu a gente num milhão de pedacinhos...

— Kay...

— E o que você quer dizer com "nada vai acontecer nunca"? Que espécie de proteção você tem, ou melhor, que espécie de *gorilas* você comanda nessa sua nova posição de empresário legítimo? Empresário legítimo... Isso é o que nós vamos ver. Acha mesmo que vou acreditar que alguma coisa mudou em você, ou que *algum dia* vai mudar? Chamar a si próprio de "legítimo" não muda o que você já fez.

Fitando a ex-mulher nos olhos, Michael levou a mão ao bolso. Por um breve e terrível instante, Kay achou que ele fosse tirar uma pistola ou uma faca. Ele tirou um cigarro e acendeu-o.

— Já terminou?

— Você não *entende*, Michael. Não sou como você. Jamais poderia ter matado... o nosso filho. Fui a Las Vegas para ajudar na organização de um evento para arrecadar fundos para o museu de arte, e assim que cheguei perdi o bebê. Não recebi um único telefonema seu durante duas semanas. *Duas semanas.* Nenhuma mulher deveria passar por isso na vida. Foi aí que resolvi deixar você. Tinha outros motivos também, motivos mais graves, tudo isso que acabei de dizer, mas aquilo foi a gota d'água. Eu sabia que você jamais me daria o divórcio. Então

458 Mark Winegardner

inventei que tinha feito o aborto. Eu queria magoar você, e tive de mentir para isso. Queria ver aquela fúria no seu olhar. Queria ver o que você faria, e você me bateu.

Michael baixou a cabeça e assentiu com um discretíssimo meneio.

— Jules Segal era o meu médico de todas as horas, Michael. Acha mesmo que alguém, principalmente ele, que sabia quem você é melhor do que ninguém em Las Vegas, teria feito aborto na mulher de um... de um homem na sua posição? Segal não era capaz de... sei lá... nem de acender um cigarro sem a sua autorização. Nem nos meus sonhos mais malucos, nem nos piores pesadelos, achei que você fosse capaz de mandar os seus gorilas...

— Já está na hora — disse Michael. — Estou indo embora. — Ele se virou e voltou para o outro quarto. — Ei, Mary, Tom! Quem quer passear de avião com o papai?

Mary berrou "Eu quero, eu quero!", e Tony não disse nada. Ambos beijaram a mãe e se despediram. Nenhum dos dois desligou a TV.

Kay Corleone — partícipe involuntária de um assassinato — desabou sobre a cama.

Não tinha ninguém a culpar senão a si mesma. Michael era um assassino. Ela havia se apaixonado por ele não *apesar* disso, mas — sabendo do que ele fizera durante a guerra — *por causa* disso. Sabia, no fundo do coração, que ele tinha matado aqueles dois homens no restaurante. Sabia de vários outros assassinatos também, mas fingia não saber de nada. Já casada, mudou de religião — abandonando uma que permitia o divórcio em favor de outra que o proibia — de modo que pudesse se confessar e conviver com a culpa de amar um assassino. Quando finalmente conseguiu fazer Tom Hagen confessar que a casa de Lake Tahoe na verdade tinha sido queimada e varrida por tratores porque o FBI havia espalhado escutas nas vigas e no alicerce, ela chegara a pensar "Essa é a gota d'água". Mas não. Ela ficou. A casa foi reconstruída. Quando homens armados com metralhadoras abriram fogo e por pouco não mataram as crianças, ela abandonou a casa, mas não o marido. Só quando Michael a abandonou depois do aborto *e* acertou-lhe um tapa *e* matou o próprio irmão foi que ela fez o que uma pessoa verdadeiramente livre de culpa teria feito muitos anos antes.

A Volta do Poderoso Chefão   459

Um noticiário entrou no ar. A matéria principal era, naturalmente, a posse do novo presidente que só fazia rir de orelha a orelha. Kay levantou os olhos. De relance, avistou Tom e Theresa Hagen misturados à multidão. Deitou a cabeça outra vez e, sentindo-se profundamente sozinha, chorou até adormecer.

Capítulo 24

Trajando um vestido de gala rosa em que mal cabiam os seios inchados e agarrando um par de pijamas de Super-Homem, Francesca Van Arsdale, grávida de seis meses do segundo filho, corria atrás do primeiro (William Brewster Van Arsdale IV, de dois anos, carinhosamente chamado de Sonny) pelo labirinto de caixas que estorvava o apartamento novo de Capitol Hill. Sonny estava pelado, a não ser pelo capacete de futebol dourado da equipe de Notre Dame que seu tio Frankie lhe dera de Natal. Ao ver a mulher que saía do carro ridiculamente caro do marido, Francesca congelou.

Deixou cair os pijamas. Não se tratava de uma babá. Era *ela*. Aquela Mulher.

Francesca precisou apoiar-se na bancada da cozinha. Espera aí. Não, não era ela. Observando melhor, viu que a babá tinha mais ou menos quinze anos e não se parecia com a bisca com quem Billy a havia traído — uma integrante do comitê de campanha de Shea na Flórida —, pelo menos não mais do que qualquer outra antítese linda, loura e magra de Francesca.

— Está pronta, Francie? — chamou Billy, abrindo a porta.

Sonny, em êxtase, arremeteu contra o pai e inadvertidamente acertou-lhe uma cabeçada na virilha. Enquanto Billy urrava de dor numa poltrona, Francesca recolheu os pijamas do chão, pegou o filho e passou à garota — irmã caçula de alguém que Billy conhecera na faculdade de direito de Harvard — uma interminável lista de instruções.

— Você está linda — disse Billy, abrindo a porta do carro. — Maravilhosa.

A Volta do Poderoso Chefão   461

Francesca sabia muito bem que mais parecia uma enorme vaca rosa. Procurou entrar no carro baixo com um mínimo de dignidade. Billy aparentemente não notou sua dificuldade. Esperou que ela se acomodasse e deu-lhe um beijinho casto, seguido de outro, mais arrebatado. Terminado o beijo, agradeceu à mulher. Agradeceu!

Tinha sido assim durante semanas. *A própria mãe* já havia aconselhado que ela se esquecesse da coisa toda. Homens terão sempre as suas *goumadas*. "Sabe por que as pesquisas dizem que cinqüenta por cento dos homens traem as suas mulheres?", ele havia perguntado. Porque os outros cinqüenta por cento são mentirosos. Mas de vez em quando, ela disse ainda, você pode fingir que ficou surpresa com a existência de outra — se não exagerar na dose, vai deixar seu marido culpado o suficiente para que ele a trate como uma princesa. A irmã de Francesca, por sua vez, havia aconselhado que ela matasse o marido. Mas Kathy nunca gostara de Billy. Além disso, ela ainda (apesar de uma sucessão de namorados em Londres, onde fazia um curso de Ph.D. em Literatura Continental) não era mãe. A maternidade mudava as coisas mais que uma mulher ainda sem filhos jamais seria capaz de imaginar. O que Francesca poderia fazer, pedir o divórcio? Criar dois filhos sozinha? Até então sua mãe aparentemente tinha acertado em tudo. Mas Francesca não confiava na conversão repentina do marido. Apesar de toda aquela ternura penitente, eles haviam feito amor apenas duas vezes desde que a barriga dela começara a crescer. Na primeira gravidez, Billy ficara excitado com a situação, queria fazer amor a toda hora.

— Você devia ver a minha sala, benzinho — disse Billy. Logo depois do discurso de posse, Daniel Brendan Shea, irmão do presidente e novo procurador geral da República, havia convocado uma reunião com sua equipe. Billy achou estranho que ele fosse trabalhar um número inferior de horas do que trabalhara durante a campanha (mas era possível que agora tivesse de se dedicar exclusivamente ao trabalho). — É pequena, mas fica no mesmo andar que a do Danny.

— Você está chamando ele de "Danny"? — "Você está me chamando de 'benzinho'?"

— Foi ele que pediu. — Billy estufou o peito de orgulho. Francesca já não gostava quando ele fazia isso.

462 Mark Winegardner

— Chamando o procurador geral da República pelo primeiro nome...
— ela disse, espantada. Será que ele chamava Aquela Mulher de "benzinho" também? — Estou muito orgulhosa de você.

O que, no frigir dos ovos, era verdade.

— O terceiro promotor mais jovem da história dos Estados Unidos — informou Billy. — E terminado o mandato, não será surpresa nenhuma se ele for considerado o melhor também. Ele tem uma combinação incrível de inteligência e... talvez isto não pareça um elogio, mas é. Uma combinação de inteligência e implacabilidade.

— Deve ser muito bom mesmo — disse Francesca.

A caminho do baile, eles fizeram várias paradas rápidas em diferentes embaixadas e hotéis onde também se realizavam festas. Como se tivesse poderes mágicos, Billy sabia exatamente aonde ir, onde ficavam os manobristas, o nome dos anfitriões e como encontrá-los. Sempre que entrava em algum lugar, Francesca *precisava* fazer xixi — tinha a impressão de que carregava um caminhão sobre a bexiga — e invariavelmente tomava a direção errada para o banheiro. Mau grado seu, ficava maravilhada por estar naquelas mansões opulentas — especialmente na *embaixada francesa*, onde sentiu um arrepio de maldade ao pensar no quanto Kathy ficaria enciumada quando soubesse. E para onde quer que fosse, via um rosto famoso ou encontrava alguém poderoso. Mas ao mesmo tempo não conseguia se divertir. Estranhos vinham alisar sua barriga, supondo que tinham permissão para isso, e Billy nunca mandava que eles tirassem a mão imunda dali. Ela sofria dores terríveis nas costas. Também sentia-se inadequada e fora de seu hábitat natural, assim como havia se sentido durante boa parte do próprio casamento. Ainda que se relevasse a gravidez — o que era difícil de fazer, pois aquele bebê mais parecia um gigante —, nenhuma das mulheres pareciam-se com ela (a embaixada italiana não estava incluída no itinerário deles). Ou eram altas, arianas e glamourosas, com a cabeleira presa em coques enormes e sem um fio fora do lugar, ou eram "senhoras de Washington": matronas elegantes, com pérolas gordas ao pescoço, que de algum modo conseguiam ser a um só tempo inconspícuas e joviais.

No entanto, em todas as festas Billy ficava ao seu lado, exceto quando ela precisava ir ao banheiro. Era difícil ver o marido reprimindo a

A Volta do Poderoso Chefão 463

vontade de adejar sozinho pelos salões, mas não o bastante para que ela se sentisse tentada a soltar as rédeas.

Por fim chegaram ao Constitution Hall; subiam a escadaria quando Francesca ouviu uma voz aguda e desconhecida chamar seu nome. Virou-se para trás, mas não localizou de onde ela tinha vindo.

— Bibói! Bibói!

O coração de Francesca disparou. Eram Mary Corleone e tio Mike. Ela não os havia visto desde sua festa de casamento, mais de três anos antes. O tio parecia ter envelhecido uns dez anos.

Francesca abaixou-se para levantar Mary ao colo, mas acabou desistindo.

— Quase não reconheci você! — disse ela. — Como você está grande!

— Você também está grande — disse Mary, alisando a barriga de Francesca. Mary era sua prima, podia alisar o quanto quisesse. — Nós duas estamos de vestido rosa. Tem um bebê aí dentro, não tem? Eu sou inteligente. Tenho sete anos.

Tio Mike pediu para tocar na barriga da sobrinha, e ela permitiu.

— Você é mesmo *muito* inteligente — disse Francesca a Mary. — Tem um bebê aí, sim. Um bebezão, eu acho.

Só quando o bebê chutou e Michael recuou em sobressalto foi que Francesca percebeu a presença do primo Tony, parado atrás do pai. Abaixou-se para abraçá-lo também. Ele riu, mas não disse nada. Atrás deles também havia um homem de sobretudo, que devia ser um guarda-costas.

— Meu irmão não gosta de falar — disse Mary. — Mas ele não é retardado. Quando ele canta, ele fala qualquer coisa. Vai ter gente cantando no baile chique também, sabia?

— *Você* é que é retardada — disse Tony, perfeitamente.

— Achei mesmo que fosse encontrar o senhor aqui — disse Francesca. — Quando foi que chegou?

Michael olhou no relógio.

— Há quinze minutos.

— Vai ficar na cidade por muito tempo? A gente ainda nem se mudou direito, mas seria ótimo se o senhor nos fizesse uma visitinha.

Billy e Michael entreolharam-se, depois Billy desviou o olhar. Tinham se visto apenas na festa de casamento, e na ocasião Billy havia

464 Mark Winegardner

se comportado de maneira estranha também. Francesca sabia que isso tinha a ver com a possibilidade de o passado de sua família afetar o futuro político do marido. Todos os casais têm assuntos proibidos, ela pensou, e esse, na verdade, era o único entre eles. Uma sorte.

— Vamos embora amanhã mesmo — disse Michael. — Quem sabe da próxima vez? O trabalho na equipe de transição já terminou, é claro, mas sempre venho a Washington a negócios.

Billy estendeu a mão para o guarda-costas e apresentou-se.

— Billy Van Arsdale.

— Já nos conhecemos — disse Al Neri. E só.

— Ah, tio Mike... — disse Francesca. — Tem certeza de que não dá nem para tomar o café-da-manhã com a gente? Um café caseiro é bem mais gostoso.

— Tem certeza, pai? — disse Mary. — A mamãe fala que o café-da-manhã é o café mais importante do dia.

— Você só come queijo de manhã — disse Tony.

— Isso é só a musiquinha que a mamãe canta, seu bobo — retrucou Mary. — Eu como de tudo. Deixa a gente ir, pai. *Deeeixa*...

Ao lado de dez mulheres em *lingerie* vermelha e dez homens esbeltos em calças de caubói muito justas, Marguerite Duvall subiu ao palco para recriar um dos números mais famosos do megaespetáculo *Cattle Call* — com tudo a que se tinha direito, inclusive o incêndio no bordel e o final ousado. Ela fazia o papel da cafetina francesa, a melhor amiga do xerife. Um papel pequeno, mas que lhe rendera uma nomeação para o prêmio Tony de teatro (além do boato de que era amante do homem que agora governava o país).

Johnny Fontane estava nas coxias; trajava um fraque listrado e uma capa branca com forro de cetim vermelho confeccionados pelo melhor alfaiate de Milão especialmente para o evento daquela noite. Bebericava algo parecido com *bourbon*, mas que na verdade era chá com mel num copo de uísque.

— Ah... A adorável e talentosa Rita "Dei-para-todo-mudo" Duvall! — disse Buzz Fratello, balançando a cabeça em sinal de admiração. Ele e Dotty entrariam em seguida. — Ouvi dizer que ela está dando para o Cara-de-Pau também.

A Volta do Poderoso Chefão   465

Johnny havia apresentado Rita tanto a Jimmy Shea quanto a Louie
Russo. Mas incluíra a atriz no baile inaugural por iniciativa própria,
sem nenhuma recomendação de um ou de outro. A responsabilidade
da escalação havia sido deixada inteiramente nas suas mãos. O embaixador chegou a fazer algumas sugestões, que ele ignorou. Rita talvez
não fosse a maior sensação do momento, mas havia sido nomeada para
o Tony, ora bolas. Fontane considerava-a uma espécie de talismã. Co-
nhecera-a na véspera das gravações iniciais de *Fontane Blue*, depois
de Hal Mitchell pescar a então atrizinha francesa em início de carreira
para um *ménage à trois*. Dali em diante sua vida transformara-se numa
eterna noite de sábado. Mesmo quando o barco começou a afundar
com Annie McGowan, bastou uma semana em Acapulco na companhia de Rita para que ele recebesse um Golden Globe (por sua atuação
naquele filme sobre um detetive alcoólatra) e para que tudo mais voltasse aos eixos.

A casa de tolerância cenográfica agora ruía em chamas. A platéia
sequer piscava.

— Olha só para ele — disse Fratello, referindo-se ao presidente:
sentado na primeira fila, segurando a mão da esposa e babando diante
das falsas putas de pernas compridas e firmes. — Vou dormir bem
melhor hoje à noite, sabendo que o mundo livre está nas mãos de alguém que gosta de uma boa buceta.

— Relaxa o dedo sobre o botão — concordou Johnny.

Com sua inimitável voz de tarado, Buzz emendou:

— De que botão estamos falando?

Johnny caiu na gargalhada.

— Me explica uma coisa, Buzz — falou depois. — Você é *paesano*.
Canta nos mesmos lugares que eu. Conhece as mesmas pessoas que
eu. Por que ninguém enche seu saco com essa história de Máfia?

— Sabe qual é a definição de "carcamano imundo"? Um italiano
que acabou de sair da sala.

— Estou falando sério.

— E eu estou brincando — disse Buzz. — Onde já se viu um gângster brincalhão?

— Tenho uma notícia para lhe dar, amigão. Você não é tão engraçado quanto pensa que é.

466 Mark Winegardner

— E eu amo você também, carcamano imundo. — Não era qualquer um que podia se dirigir assim a Johnny Fontane, mas com Buzz a coisa era diferente. — Escuta, Johnny. Você é sócio de um cassino. Quem mais é dono de cassino além dos mafiosos?

— Muita gente, e você sabe disso.

— Sim, eu sei — disse Buzz —, mas não é isso que as pessoas acham. Olha, eu também escuto muita merda. Aquilo que você disse ao repórter ontem é a mais pura verdade.

— Nunca li nada sobre você nos jornais.

— Acontece que em dez minutos você vende mais discos do que eu num ano inteiro. Você estala um dedo, e qualquer garota capaz de caminhar com as próprias pernas vai com você para onde for. Você é artista de cinema. Como se isso não bastasse, conseguiu fazer com que o seu amigo garanhão ali fosse eleito, e agora ele deve esse favor a você. Quando você está no topo do mundo, meu camarada, a arraia-miúda fica em casa inventando mil maneiras para lhe derrubar. Mas não esquenta. Você vai viver muito mais do que eles.

Jimmy Shea era um homem de visão que arrebatara o país e recebera a maioria dos votos. Ninguém havia "feito com que ele fosse eleito". Johnny havia dado duro para ajudá-lo, mas muita gente havia feito a mesma coisa. Ainda assim ele se orgulhava da vitória de Jimmy e sonhava alto com seu futuro na posição de um dos melhores amigos do presidente. Já havia reformado a mansão de Las Vegas, expandido a casa principal e construído chalés para hóspedes e agentes do serviço secreto. Agora havia uma segunda piscina e até um heliporto. Jimmy dissera que aquela seria sua Casa Branca na costa oeste.

Agora vinha o grande final. Em meio a uma nuvem de fumaça falsa, Rita arrancou o vestido. Usava uma malha. Os puritanos nas poltronas mais baratas decerto juravam que tinham visto a gruta dela, mas do ponto de vista de Johnny, aquilo não passava de uma pieguice, além de um malogrado arremedo do original que ele conhecia tão bem.

— Sabe por que mais eles não me perguntam se eu sou da Máfia?

— Por quê?

— Porque não sou.

— O que você quer dizer com isso?

Buzz baixou a cabeça.

A Volta do Poderoso Chefão 467

— Perdão se vos ofendi. — Ele ficou de joelhos, tomou da mão direita de Johnny Fontane e beijou o sinete que ele trazia no anular, presente de Annie McGowan durante o breve período que eles haviam ficado juntos. — Perdão, Padrinho.

Apenas uma vez Billy Van Arsdale havia perguntado a Francesca Corleone se a família dela era da Máfia: na véspera de sua formatura na Universidade Estadual da Flórida. Seus pais os haviam levado para jantar no Governor's Club, de onde acabaram saindo separados depois de muita bebida e uma barulhenta discussão.

— Eu adoro sua família — dissera ela, lívida, na tentativa de pôr panos quentes na situação.

— Pelo menos eles não são da Máfia — ele disse em seguida.

— Por acaso isso é uma piada?

— Não sei. — Pelo brilho no olhar, Billy vinha esperando pela oportunidade de fazer essa pergunta desde que eles haviam se conhecido. — E então, a sua família é ou não é da Máfia?

— É isso que você acha, não é? Que todos os italianos são da Máfia. Que a gente só come pizza, dança tarantela, fala...

— Não *todos* os italianos — ele disse. — Estou falando só dos homens da sua família.

— Claro que não. — Francesca jogou o guardanapo na mesa. Ficou de pé, deu um soco na boca dele e saiu correndo porta afora.

Sabia que sua família *era* da Máfia — Kathy a havia convencido disso —, mas não tivera a intenção de mentir. Simplesmente dera ouvidos à própria ansiedade, a ansiedade *subjacente* àquela pergunta, isto é, o medo de que Billy estivesse com ela só porque gostava de coisas diferentes e exóticas. Ele andava sempre à procura de filmes estrangeiros, de novidades na música, de uma sessão de poesia *beat* num café em Frenchtown, de um bairro negro em Tallahassee. Certa vez eles haviam dirigido por seis horas até uma reserva *seminole* só para que Billy aprendesse a lutar com jacarés. Cada corte de cabelo era um pouco diferente do anterior.

"Você não está vendo", Kathy havia dito, "que Billy está aqui só para ver como é um ge-nu-í-no Natal de mafiosos?".

468 Mark Winegardner

Francesca saiu em disparada pela noite quente, determinada a não chorar. Ótimo. Excelente. Ele havia sido o seu primeiro amor, mas e daí? Iria para a faculdade de direito de Harvard no outono, e ela ficaria onde estava. Era bem possível que eles não se acertassem de qualquer maneira. Além do mais, ele era um boçal. Um hipócrita. Tinha sido uma delícia acertar aquele soco nele. O barulho tinha sido muito mais impressionante do que o que se poderia esperar de uma garota. Sua mão ainda formigava. Ela teria de agradecer ao irmão Frankie por ter sido tão irritante ao longo daqueles anos todos e dado a ela a oportunidade de se aprimorar.

Naquela noite em Tallahassee, Billy valeu-se da mesma capacidade misteriosa que demonstraria novamente em Washington, anos depois, ao farejar com sucesso o caminho entre uma festa e outra no dia da posse presidencial. Francesca não havia tomado nenhuma direção em particular. Descera correndo por uma colina até um bairro residencial que ela não conhecia e, apenas se deu conta de que estava perdida, ouviu um carro aproximar-se lentamente. Olhou para o lado e lá estava Billy, no seu Thunderbird. Ele soubera exatamente onde encontrá-la.

— *Uau*, que mão pesada você tem! — O sorriso largo mostrava dentes perfeitamente brancos e ilesos. Além de tudo, Francesca era capaz de enfrentar um marmanjo a socos; mais uma qualidade que fazia dela uma pessoa exótica e diferente. — Eu te amo, mão-de-ferro.

— Como foi que *a sua* família ficou tão rica? — perguntou Francesca.

— Atrás de toda grande fortuna há um crime. — Ela havia lido isso num livro escrito por um dos autores que Kathy estava estudando. Talvez Balzac.

— Um não, vários — respondeu Billy. — Aqueles canalhas são capazes de tudo.

Os "canalhas" eram o pai e o avô dele. Francesca achou estranho ouvir alguém falar assim da própria família.

Ela entrou no carro.

Eles fizeram as pazes ali mesmo, mas o drama vivido naquela noite estabeleceria o tom de todo o relacionamento que ainda estava por vir.

O romance a longa distância teve todos os elementos característicos de um bom melodrama: cartas e mais cartas de muitas e muitas páginas, desconfianças e acusações, telefonemas chorosos. Pelo menos

A Volta do Poderoso Chefão 469

da parte de Francesca. Billy alegava estar tão ocupado em Harvard que mal tinha tempo para comer e dormir, muito menos para escrever cartas ou fazer interurbanos. Foi então que mandou um cartão-postal, um *cartão-postal*, e ainda por cima *datilografado*, dizendo que havia conseguido um estágio num escritório em Nova York e que não voltaria para a Flórida naquele verão. Francesca tomou emprestado o Fusca de Suzy, sua colega de quarto, e foi dirigindo até Cambridge para pessoalmente botar um ponto final naquela história. Como era de se esperar, ela e Billy acabaram indo para a cama. Francesca voltou para a Flórida mais confusa do que nunca e, como veio a descobrir logo depois, grávida.

Billy pediu que ela tirasse a criança.

Chegou ao ponto de encontrar um médico em Palm Beach para fazer o aborto.

Francesca tinha arrepios quando pensava no assunto. Mas por outro lado também não queria ter a criança. Casar-se com Billy — não que ele tivesse pedido a mão dela ou tampouco aventado essa possibilidade — estava fora de questão. Conversando com Kathy, a primeira e única a saber da situação, disse que não se casaria com aquela víbora nem que ele fosse o último homem na face da Terra. Para Francesca Corleone, nenhum caminho era um caminho possível.

Billy quebrou a perna depois de um salto de pára-quedas (o fim de mais um novo *hobby*) e, durante a estadia no hospital, repentinamente deixou o coração amolecer — uma mudança inexplicável para Francesca, mas, afinal, como explicar os caprichos do coração? Tão logo teve alta, ele voou para a Flórida e pediu a mão de Francesca em casamento.

Transbordando alegria, ela aceitou.

Eles se casaram no mês de julho, Billy ainda de muletas. Ela ficara aborrecida com o estrago que teria de ser feito numa das pernas do *smoking*, mas Billy garantiu que tinha meios para arcar com o prejuízo. Depois se aborreceu com muitas outras coisas — prerrogativa de uma noiva grávida, pode ser, mas sobretudo uma válvula de escape para as duas coisas que de fato a aborreciam: o cortejo de entrada e o cortejo de saída. O de saída seria patético, com Billy espetado nas muletas. Mas o de entrada seria impossível. Quem poderia tomar o lugar do pai? Não os irmãos mais novos, e muito menos Stan, o vendedor de

470 Mark Winegardner

bebidas (que ainda era noivo da mãe e ainda não falava em casamento). Tio Fredo era mais velho que o tio Mike, além de mais próximo. Mas o tio Mike era mais interessante, sempre fora. Herói de guerra, uma figura romântica, envergava um *smoking* como ninguém. Francesca conhecia alguns dos seus segredos mais sombrios — ainda que pelas vias tortas de Kathy e de sua tia Connie —, mas apesar disso não conseguia pensar em ninguém melhor para acompanhá-la ao altar.

— É ele que papai teria escolhido — disse a Kathy, sua dama de honra, já contando com a reprovação da irmã gêmea.

— Claro que sim — devolveu Kathy ao contrário. Ninguém jamais disse "claro que sim" com tamanho sarcasmo. — Quem mais poderia ser?

Tio Mike contrabalançava a tremedeira de Francesca com seu porte distinto e aristocrático. Disse que Santino teria ficado muito orgulhoso dela, que ele *estava* ali, olhando, quanto a isso não havia dúvida. Mas teve a sabedoria de dizê-lo muito antes de entrarem na igreja, de modo que pudessem chorar juntos e tirar aquelas lágrimas do caminho. Quando finalmente ficaram sozinhos no nártex, ele deu o braço à sobrinha e disse a ela que não se preocupasse. Sacudiu os ombros e arrematou:

— Afinal de contas é só o resto da sua vida.

A brincadeira certa na hora certa. Francesca riu.

E subiu feliz ao altar. Somente ao ser entregue ao noivo pelas mãos de Michael foi que ela pôde ver o rosto do tio, encharcado de lágrimas.

Terminada a cerimônia, atravessou a nave dando apoio ao marido, que conseguiu chegar ao fim sem o auxílio das muletas. Na recepção ele até dançou. Sempre fora péssimo dançarino; pelo menos agora podia botar a culpa no gesso.

Eles se mudaram para Boston. Depois de se formar em direito, Billy recusou um emprego milionário em Wall Street (ele já era milionário) e deu preferência a uma posição de assistente de juiz na Suprema Corte da Flórida. Para Francesca, foi difícil voltar a Tallahassee a tempo de ver a formatura dos ex-colegas (ela foi à festa de Suzy Kimball e mal reconheceu a jovem segura e altiva que dali a pouco embarcaria para a China na condição de assistente social). Mas ela agora tinha uma família e acreditava-se verdadeiramente feliz — pelo menos até

A Volta do Poderoso Chefão

Billy largar o emprego no tribunal para trabalhar no comitê de Jimmy Shea. Ele não parava mais em casa. Francesca acabou descobrindo que o marido fazia muito mais do que granjear votos.

Como foi que ela descobriu sobre Aquela Mulher?

Francesca era uma Corleone. Na sua família corria a máxima de que, dando-se tempo ao tempo, era quase impossível enganar uma Corleone. Isso de um lado. De outro, Francesca também era aquilo que mais deveriam temer os prevaricadores: uma mulher cujo pesadelo maior é achar que o marido não a considera boa o suficiente para ele.

Ernest Hemingway não é papa, o tal sujeito de barbas brancas. Não é a voz de uma geração perdida. Não é um testa-de-ferro relegado à condição de sexista por impostores travestidos de acadêmicos cujas vidas somarão menos ao mundo do que qualquer uma das tardes menores do próprio Hemingway. É antes o que está dentro de todas aquelas obras-primas da juventude. E o resto é literatura.

Einstein não é um garoto-propaganda da genialidade. Picasso não é um Don Juan bronzeado e careca. Mozart não é um *enfant terrible*. Virginia Woolf e Sylvia Plath não são afrontas trágicas à opressora hegemonia masculina. Mahatma Gandhi e Martin Luther King não são dois camaradas de pele escura, inofensivos e adoráveis, que a população branca pode endossar sem maiores traumas. Babe Ruth não é um gorducho porcalhão que só comia cachorro-quente e visitava criancinhas no hospital. É verdade, a Máfia marcou as cartas naquela luta contra Sonny Liston que permitiu a Muhammad Ali sagrar-se campeão mundial dos pesos pesados, e também é verdade que Ali lutou pelos seus ideais. Mas sobretudo era um homem capaz de derrubar o troglodita mais espadaúdo da paróquia e fazer disso um poema.

Johnny Fontane era um bom ator quando se dispunha a tanto. Tinha um pênis invejavelmente grande e sabia fazer bom uso dele. Ajudou transformar Las Vegas, antes uma simples parada perdida no deserto, numa das cidades de maior crescimento nos Estados Unidos. Era filho de imigrantes, a personificação do grande sonho norte-americano. Ficava ótimo de chapéu. Inventou o *cool* norte-americano (subdivisão caucasiana).

Grandes bostas.

472 Mark Winegardner

Que diferença fazia Fontane ter doado à campanha de Shea meio milhão de dólares espremidos numa bolsa de couro que Jackie Ping-Pong em pessoa lhe havia dado de presente? Ping-Pong não tinha nada a ver com o dinheiro em si. Johnny tinha de levar a grana dentro de alguma coisa. (Além disso, ele vivia num mundo em que as pessoas davam muitos presentes. Certa vez um contador o aconselhara a parar com isso. Fontane mandou-lhe um Rolex.) Fontane angariou muitos milhões para aquela campanha então que importância tinha que aquele meio milhão em particular tivesse sido subtraído dos impostos devidos pelo Kasbah, um cassino em Las Vegas com donos de Chicago? Que diferença fazia se esse dinheiro acabasse batendo nos confins da Virgínia e fosse usado para garantir que Jimmy Shea vencesse num estado em que teria vencido de qualquer maneira?

Fontane apresentou Rita Duvall a Louie Russo e a Jimmy Shea (sem falar em Fredo Corleone, pai da criança que ela havia colocado para adoção em 1956, pouco antes de começar a decolar como atriz). O que aconteceu depois dessas apresentações tinha a ver com ela, e não com Johnny Fontane.

Certa vez um subxerife — que havia acertado um murro em Johnny Fontane depois de descobrir que ele havia comido sua mulher — morreu em circunstâncias misteriosas no deserto. E daí? Fontane comia a mulher de muita gente. Pessoas morrem em circunstâncias misteriosas no deserto todos os dias. Jamais se encontrou a menor prova de relação causal entre essas duas verdades ao mesmo tempo terríveis e banais.

Verdade, Fontane era afilhado de Vito Corleone. Também se dava bem com Michael. Era amigo de Russo, Tony Stracci, Gussie Cicero etc. Muita gente também era (o embaixador M. Corbett Shea, por exemplo). Mas não era *membro* de nenhum "clã do crime organizado". Johnny Fontane tão-somente era leal àquelas pessoas que haviam sido leais a ele quando sua vida não passava de uma eterna segunda-feira.

Patati-patatá, patati-patatá.

No fim das contas, Johnny Fontane era um cantor. O mundo jamais verá outro igual.

Chamava a si mesmo de "cantor de boteco". No início isso era fruto de sua modéstia siciliana; depois, da falsa modéstia; depois — na

A Volta do Poderoso Chefão   473

esteira de tantas obras-primas produzidas no fim dos anos 1950, início dos 1960 — o epíteto transformou-se num gracejo de caso pensado que já não enganava mais ninguém.

Vejamos, para citar apenas um entre muitos exemplos possíveis, a sua apresentação no baile inaugural de James K. Shea.

Aquele famoso *smoking* listrado ficaria ridículo em qualquer outro, mas nele ficava perfeitamente natural, um dos momentos notáveis da história da moda no século XX. Na qualidade de mestre-de-cerimônias, ele destila simpatia e humor a noite inteira, sem recorrer, em nenhum momento, à vulgaridade infantil do seu show nos clubes noturnos nem ao falatório enfadonho das apresentações mais recentes nos grandes estádios. Consegue ser, quando a oportunidade se apresenta, um brilhante parceiro de duetos — notadamente com Ella Fitzgerald numa versão *a capella*, intimista e arrepiante, de *The Battle Hymn of the Republic*.

Seu próprio número resume-se a apenas três músicas. A ocasião não é adequada para a exibição de seus talentos mais evidentes. Seus maiores sucessos são canções de dor de cotovelo cantadas a partir de uma perspectiva particularmente masculina ou interpretações antifônicas de baladas sobre gente que apanha, mas sobrevive — nada que se coadunasse ao espírito da cerimônia.

Ele começa sozinho, banhado por um foco de luz. A cartola repousa num banco a seu lado. A música começa, só piano e bateria. Vassourinha em vez de baquetas. Um arranjo lento, quase um *andante cantabile*, de *It Had to Be You*. Fontane segura o microfone longe do rosto, obliquamente, e canta com os olhos voltados para cima. Ao longo da canção, manipula o microfone para modular a voz, "tocando-o" tão bem quanto Charlie Parker toca o seu saxofone. Vozes extraordinárias abundam, mas Johnny Fontane é algo mais raro: é um intérprete extraordinário.

A platéia aplaude com furor. Fontane pega a cartola e ataca *Rindin'High*, percorrendo o palco com uma ferocidade que Cole Porter jamais poderia ter imaginado. Chega ao fim, exausto, e a multidão aplaude de pé. O sorriso no rosto dele é inequivocamente o de alguém que um dia não teve nada e agora vê que tem o mundo a seus pés.

Embora não haja muito o que fazer para redimir a versão bem-intencionada de *Big Dreams* que o comitê de Shea adotou como hino

474 Mark Winegardner

oficial da campanha (com letra nova escrita por Wally Morgan), Johnny Fontane, movido pela glória do momento, lança-se nela com brios de herói. Canta com visível sinceridade. Depois do primeiro verso, a cortina atrás dele se levanta, e o resto do elenco avança sobre o palco para acompanhá-lo no refrão. Quando a câmera volta-se para a platéia, as luzes estão acesas e todos cantam juntos, de pé. O presidente beija a primeira-dama. Fontane joga a cartola na direção deles. O presidente agarra e experimenta a cartola. Ela serve.

Capítulo 25

— Eu sei que o seu nome é Billy — disse Mary. — Eu só chamo você de Bibói porque a minha prima Kathy, que é igualzinha à Francie só que não tem neném na barriga, também chama você de Bibói, mas fui eu que inventei, quando eu ainda era bebê. Mas eu já tinha nascido, *é claro*.

— Gosto do apelido — disse Billy, convidando todos a entrar. — Mas só porque foi você que inventou.

Francesca estava de pé desde as quatro da madrugada, abrindo caixas, fazendo compras e preparando o café-da-manhã. Sentia-se exausta, mas já se acostumara a isso. Afinal, o bebê chutava tanto que ela raramente conseguia dormir.

— Já está quase pronto — ela disse. — Desculpem a bagunça. Viemos para cá antes de ontem. Billy, por que você não mostra o apartamento para eles, depois a gente senta para comer? Ei, *Sonny*! Vem aqui, já! A gente tem visita!

O filho dela saiu da frente da TV, correu e atracou-se com Tony. Não tinha nem três anos. Tony tinha nove. Levou o ataque na esportiva. Tio Mike naturalmente gostou de ver a paciência do filho. Ela nunca tinha notado muita semelhança entre o tio Mike e o vovô Vito, mas de repente essa semelhança estava lá, nos olhos cansados do tio, de tal maneira que dava arrepios.

— Então este aqui é o Sonny — disse Michael, carregando-o ao colo. — Eu sou o seu tio Mike. Você é muito forte, sabia?

Francesca revirou os olhos.

— Sonny nunca tira esse capacete. Às vezes até dorme com ele. A culpa é do Frankie. No Natal, não fez outra coisa além de ensinar Sonny a jogar futebol.

Billy, por nenhum motivo aparente, vigiava tio Mike como se a qualquer instante ele fosse deixar o menino cair.

— Um excelente professor, pelo visto — disse Michael. Frankie Corleone, no segundo ano da faculdade, tinha acabado de conquistar uma posição de defesa no time de Notre Dame.

— E você, meu amigo, também gosta de futebol? — Billy perguntou a Tony.

Tony deu de ombros.

— Eu também não — disse Billy, bagunçando os cabelos do menino.

— Ele detesta isso — disse Mary.

— Mentira — disse Tony.

Mary tentou bagunçar os cabelos do irmão ainda mais e levou um tapa na mão. Michael pôs Sonny no chão, carregou Mary com um dos braços e com o outro segurou a mão de Tony.

— Sinto muito — disse Michael. Os filhos imediatamente se acalmaram. Ele era um pai extraordinário.

— Não tem problema — disse Francesca. — Criança é assim mesmo. Aposto que você brigava muito mais com os seus irmãos e com a tia Connie. Se Kathy ainda está viva é porque tem muita sorte.

— Belo apartamento — disse Michael.

O prédio tinha mais de cem anos. Uma antiga mansão dividida em quatro grandes apartamentos. O deles ficava no nível da rua e incluía a maior parte do que deveria ter sido um salão de baile e agora fazia as vezes de sala de estar, sala de jantar e cozinha. As tábuas do piso eram suficientemente empenadas e desniveladas para que as bolinhas de gude e os brinquedos de Sonny rolassem de um cômodo a outro. Francesca adorava sua nova casa. Nunca havia morado em outro lugar com mais de vinte anos de construção, nem com tamanha sofisticação, ainda que corroída pelo tempo. Freqüentemente saía para a calçada só para admirar o imóvel e orgulhar-se de estar morando *ali*.

Pensando nisso, olhou através da janela e viu Al Neri esperando no carro.

A Volta do Poderoso Chefão   477

— O motorista pode vir também — ela disse, enquanto todos se sentavam. — Aposto que está com fome.

— Ele já comeu — disse Michael. — Acorda muito cedo.

Francesca não ficou muito preocupada com a qualidade da comida — afinal, além do tio Mike, só havia Billy e as três crianças. Mesmo assim desculpou-se pelas salsichas, as melhores que conseguira encontrar de última hora — ela ainda não sabia direito onde fazer as compras —, mas todos disseram que elas estavam ótimas. O pão também não era o que normalmente ela teria escolhido. Quanto à caixa de rosquinhas de geléia, a culpa só poderia ser da gravidez.

Os afazeres de anfitriã revelaram-se um bom pretexto para que ela não precisasse mencionar a tia Kay. Francesca não tinha a menor idéia de como trazer o assunto à baila. Os Corleone eram *católicos*; todavia, tanto a tia Connie (que ficara menos de um ano casada com Ed Federici) quanto tio Mike haviam se divorciado recentemente. E decerto havia algum motivo para que sua mãe e Stan, o vendedor de bebidas, ainda não tivessem se casado. Tudo isso, mais a situação de Billy. Francesca estava apreensiva. Não podia pensar em nada pior do que viver a um continente de distância dos próprios filhos.

— Fiquei triste quando soube da separação — disse Billy. Assim, sem rodeios. Francesca ficou dividida: não sabia se admirava a franqueza do marido ou se execrava sua absoluta falta de tato.

Michael não disse nada. Simplesmente meneou a cabeça, pesaroso.

Francesca apertou o braço do tio num gesto de compaixão.

— Passei a infância inteira torcendo para que os meus pais se separassem — disse Billy. — Mas você e Kay não...

Francesca chutou o marido debaixo da mesa.

— A gente nunca imagina, eu acho — continuou Billy. — Quantas vezes você vê os meninos?

Assim, na frente deles. Francesca não tinha mais dúvidas: falta de tato execrável.

— Menos do que gostaria — respondeu Michael. — Estou tentando ajeitar as coisas no trabalho para ter um pouquinho mais de tempo livre.

— Papai tem um *avião novo*! — disse Mary. — Agora ele pode visitar a gente todo dia.

478 Mark Winegardner

Tony pegou mais uma rosquinha, embora ainda não tivesse comido a que estava no prato.

— Tenho um apartamento pequeno em Nova York — disse Michael —, onde fico quando vou a trabalho. Estou pensando em comprar um maior para que eles possam ficar comigo sempre que eu estiver na cidade.

— Às vezes até me esqueço de que vocês se mudaram para Nevada — disse Francesca. — Fico achando que ainda estão em Nova York.

— Já faz seis anos — disse Michael. — Quase quatro em Lake Tahoe. Mantive as duas casas, a de Las Vegas e a de Tahoe. Ambas são grandes demais para mim, mas é nelas que Mary e Tony sentem-se em casa. Ou melhor, sentiam-se.

— Hoje em dia é bem diferente — disse Billy. — As pessoas se mudam muito mais. A gente mesmo, não é, meu bem? Três anos de casamento, três endereços diferentes.

— Engraçado — ela disse. — Tantos anos na Flórida e ainda sinto que sou de Nova York. Eu também devia ter ido para a faculdade lá, como a Kathy. Ela adorou voltar.

— Mas aí a gente nunca teria se conhecido — disse Billy.

Francesca ficou surpresa. Ele dissera aquilo com total sinceridade, murcho, como se realmente estivesse imaginando a vida sem ela. Um momento de vulnerabilidade. Francesca não pôde conter a emoção.

— O amor da minha vida — ela disse, também sincera, acarinhando a bochecha do marido.

— *Olha os dois namoradinhos...* — cantou Mary. — Anda, Tony, canta comigo!

— Pai — disse Tony —, manda ela calar a boca.

Michael Corleone levantou a xícara de café.

— Ao amor — ele brindou.

O brinde certo na hora certa.

As crianças ficaram quietas, e todos levantaram um copo também. Ninguém ali, pensou Francesca, poderia estar sentindo outra coisa que não fosse amor.

Exceto Billy, cuja participação no brinde não poderia ter sido menos entusiasmada.

Antes que eles fossem embora, Francesca separou um prato de comida para o guarda-costas.

A Volta do Poderoso Chefão 479

Acenando adeus nos degraus de mármore da frente, ela e Billy esperaram o carro se afastar.

— Você sempre diz que adora a minha família — Francesca disse ao marido. Sonny corria em círculos, agarrando o ursinho de pelúcia como a uma bola de futebol. — Então por que não gosta do meu tio?

Eles já haviam passado por tanta coisa juntos... Por que não acabar logo com aquele assunto tabu?

Mas Billy não disse nada. Berrou que Sonny ficasse longe da rua. Na verdade o menino não estava tão perto assim do asfalto, mas Billy buscou-o e voltou para dentro.

Naquela noite, depois de botar Sonny para dormir, Francesca foi para o quarto, exausta, e deparou-se com o seu lado da cama coberto de pastas de arquivo. Billy lia recostado na cabeceira.

— Quer que eu vá dormir no sofá?

Ele levantou os olhos, assustado, e imediatamente recolheu as pastas e jogou-as no chão. Francesca se deitou. Ele apagou a luz e começou a massageá-la: sem pressa, com cautela, demorando-se nos pés inchados e na lombar dolorida. Ao se deitar, Francesca mal tinha energia para fechar os olhos, mas encontrou forças para se virar quando Billy por fim lhe tirou a camisola. E ao receber a língua do marido entre os lábios, exalou um suspiro grave e faminto.

— O que foi isso? — disse ele.

— Cale a boca e me ame — devolveu ela.

Por alguns instantes, minutos, Francesca deixou de lado todas as suas preocupações e entregou-se à delícia do momento.

Depois, sem fôlego e molhada de suor, sentiu-se enorme outra vez. Billy repousava o braço bronzeado na barriga dela, estufada como uma montanha, branca como uma folha de papel. Ficaram assim por um bom tempo.

O bebê começou a chutar, mais forte do que nunca.

— Então você quer saber por que eu não gosto do seu tio... — disse Billy.

— Esquece. — Francesca já sabia a resposta, ou pelo menos achava que sabia. — Eu não devia ter dito nada.

Ela sentiu a dor lancinante de uma contração.

— Uau! — exclamou Billy. — Você viu isso? Um chute e tanto!

480   Mark Winegardner

Francesca mordeu os próprios lábios para suportar a dor. Que começou a passar.

— Lembra quando quebrei a perna pulando de pára-quedas? — disse Billy.

— Claro que lembro — respondeu Francesca, já respirando normalmente.

— Eu menti. Nunca pulei de pára-quedas na minha vida.

Outra contração, dessa vez mais forte.

— Acho que chegou a hora — disse Francesca. — O neném vai nascer.

Naquela noite, Francesca viu-se vítima de um terrível histórico familiar. Embora nunca tocasse no assunto, sua avó paterna havia sofrido pelo menos quatro abortos. A avó materna ia à missa todos os dias 22 de julho para rezar pelo filho natimorto. A mãe e duas tias também já haviam perdido filhos.

A menininha de Francesca, prematura de três meses, era uma lutadora. Viveu por quase um dia. Recebeu o nome de Carmela em homenagem à bisavó. Francesca queria que ela fosse enterrada junto da primeira Carmela, no jazigo da família em Long Island. Billy queria que ela fosse enterrada na Flórida. As circunstâncias — o horror de perder a criança e a contrição generalizada de Billy mesmo antes de se consumarem os fatos —encarregaram-se de evitar que a discórdia resvalasse em discussão e de fazer prevalecer a vontade da mãe.

Michael Corleone arcou com todas as despesas. Adivinhando a objeção do marido, Francesca ficou aliviada ao constatar que Billy tivera o bom senso de não insultar o tio com uma recusa. As exéquias foram breves e realizaram-se no cemitério mesmo, sob uma violenta nevasca.

Os sogros sequer compareceram. Kathy, a irmã gêmea, também não pôde vir de Londres; mandou um telegrama dizendo que ficara arrasada com a notícia. O irmão Frankie faltou a um jogo decisivo do campeonato, sem pensar duas vezes. O irmão Chip faltou à própria festa de aniversário de 16 anos, também sem reclamar. Família.

Era um cemitério tradicionalmente italiano, com fotos dos mortos em molduras ovais, semelhantes a camafeus, penduradas nas lápides.

A Volta do Poderoso Chefão   481

Antes de ir embora, Francesca beijou as imagens geladas. Vovó Carmela. Vovô Vito. Tia Angelina. Tio Carlo. O pai, Santino Corleone. Olhou para os olhos sorridentes dele e pensou: "A gente se vê um dia."

Tio Fredo, considerado morto, não tinha uma foto ali. Nem a pequena Carmela. Nenhuma havia sido tirada. Ela tinha vivido por quase um dia, mas não chegou a ter uma vida.

Tio Mike, por mais ocupado que estivesse, chegou cedo, saiu tarde e revelou-se um ombro mais do que amigo. Nem mesmo a mãe soube conversar com ela com tamanha franqueza sobre o pesadelo de se perder um filho. E a imagem de Sonny brincando com Tony e Mary durante a recepção — o entendimento fácil entre os três, a alegria — deu a ela a esperança de encontrar forças para continuar.

Billy remoía-se com a perda da filhinha e, compreensivelmente, mal conseguia falar do assunto.

Francesca não conseguia reprimir a vontade de culpá-lo pelo acontecido. Sabia que estava sendo irracional. Mas tinha a impressão de que tudo aquilo era obra da justiça divina, uma vez que Billy havia desejado que ela fizesse um aborto quando estava grávida de Sonny. E por que diabos ele chegara a pensar que se tornaria o mocinho da história simplesmente por lhe contar a verdade, que no início não tivera vontade nenhuma de se casar e que só mudara de idéia depois ter a perna quebrada por dois capangas enviados pelo tio dela?

Além do mais, sempre que olhava para o marido, ela podia imaginar o medo que ele tinha de ser fotografado pela polícia ou pelo FBI num "ge-nu-í-no funeral da Máfia". O que provavelmente era uma injustiça. Não tinha como saber o que se passava na cabeça dele. Mas a verdade é que eles tinham sido *mesmo* fotografados. Canalhas sem coração. Francesca teve um gostinho da opressão que seu tio sentia todos os dias, que o pai dela havia sentido também.

De repente, no dia do enterro da própria filha, tudo ficou claro. Billy havia usado o dinheiro dos pais e sua participação na campanha de Shea para conseguir o emprego no gabinete do procurador geral e *destruir a família dela*.

Isso era ridículo, ela se deu conta imediatamente. Não estava raciocinando direito. Estava sensibilizada, perturbada, hormônios malucos varrendo o corpo dos pés à cabeça. Aquele ali era *Billy*. Fossem quais fossem os seus defeitos — e quem não tinha defeitos? —, aquele era o único e verdadeiro amor da vida dela.

Mesmo assim.

Quando certa vez ela jogou na cara dele que decerto havia um crime qualquer por trás da fortuna dos Van Arsdale, Billy dissera, sem o menor constrangimento, que havia vários. "Aqueles canalhas são capazes de tudo", ajuntara, e não estava brincando. Então que motivo ele poderia ter para se preocupar com o que a família *dela* tinha feito ou deixado de fazer? Francesca sabia qual teria sido a resposta da irmã: "Porque nós somos italianos." Foi Kathy quem havia descoberto que o pai do novo presidente tinha tido negócios com o avô Vito. Contrabando de bebidas durante a Lei Seca. Um crime que sequer existia mais. Um crime que jamais deveria ter existido, mas ainda assim um crime. Uma geração mais tarde, James K. Shea instala-se na Casa Branca, e Michael Corleone (ainda segundo Kathy, que por sua vez soubera da tia Connie, já livre do álcool e agora muito mais confiável do que antes) havia se desligado de qualquer atividade criminosa e mesmo assim estava sendo perseguido pelos vermes insensíveis da polícia no funeral da própria sobrinha-neta, uma cerimônia estritamente *familiar*. E por quê? "Porque nós somos italianos."

Algumas semanas mais tarde, com um telefonema transatlântico que vinha tentando completar desde o enterro da filhinha, Francesca acordou Kathy de um sono profundo e disse quanto tinha ficado magoada com a ausência da irmã.

— Você fez um *enterro*? — disse Kathy. — Achei que tivesse sido apenas um aborto natural.

— *Apenas* um aborto natural? De qualquer modo, ela viveu por...

— Por acaso você sabe que horas são aqui?

— Como você pôde imaginar que *não* haveria um enterro? A minha Carmela morreu como qualquer...

— Você deu um *nome* para ela? Minha nossa. Francie. O nome da vovó?

Francesca desligou.

Embora Jimmy Shea tivesse dito que provavelmente não pudesse dar uma escapulida para Las Vegas antes dos primeiros cem dias de

A Volta do Poderoso Chefão

governo, tão logo voltou de Washington, Johnny Fontane abriu um espaço na sua frenética agenda profissional para supervisionar pessoalmente os preparativos na sua recém-reformada mansão como se a primeira visita do presidente fosse no dia seguinte. Johnny acrescentou dez pessoas à sua equipe de funcionários, até mesmo um membro aposentado do serviço secreto cuja função era manter-se em contato permanente com seus ex-empregadores e estar pronto a qualquer instante caso o presidente precisasse vir à costa oeste para dar uma relaxada. Agora havia um quarto de hóspedes acessível por meio de um engenhoso nicho no lambri do que seria o escritório do presidente, bem como de uma escada no chão do *closet* que permitiria o trânsito de mulheres de e para uma nova garagem subterrânea. Louie Russo havia dado a Rita Duvall uma suíte própria no Kasbah, mas, a título de precaução, Fontane havia cuidado para que pelo menos três das mais disputadas deusas do sexo de Hollywood, loucas para servirem o país, estivessem a postos quando solicitadas. Danny Shea reatara com Annie McGowan, que já tinha sido amante dele antes de se casar com Johnny, e Johnny havia deixado bem claro que ambos seriam sempre bem-vindos na mansão, juntos ou individualmente. Com cinqüenta mil pratas para cada um, ele havia engrossado a conta bancária de diversos *chefs* estrelados de Los Angeles para que largassem o que estivessem fazendo e viessem imediatamente quando fossem chamados. Johnny não era lá muito afeito às drogas, mas Bobby Chadwick e o presidente tinham certa queda pela cocaína; e o pó que Gussie Cicero havia fornecido supostamente era o mais puro possível.

A carreira de Johnny estava no seu auge comercial. Sua gravadora talvez fosse bancada, até certo ponto, por Louie Russo e Jackie Ping-Pong. Johnny preferia ficar fora desse tipo de coisa e deixava que sua equipe de contadores e advogados cuidasse do assunto. E fazia exatamente o mesmo em relação à sua produtora de cinema e aos investimentos da família Corleone. O que ele de fato sabia era que tanto uma quanto outra estavam nadando em dinheiro. Seus próprios discos vendiam como água — os direitos autorais agora lhe rendiam três vezes mais do que haviam rendido quando ele gravava pela National Records. Johnny havia cooptado Philly Ornstein da National para administrar a gravadora, e os artistas que Ornstein contratara também acumulavam

484 Mark Winegardner

sucessivos discos de ouro. Mesmo os filmes mais vagabundos da sua produtora eram estrondosos sucessos de bilheteria (talvez *especialmente* os filmes vagabundos; o único filme lançado pela empresa entre 1959 e 1962 a perder dinheiro na sua primeira temporada foi *Fried Neck Bones*, com Olivier Smith-Christmas no papel de um advogado sulista em fase terminal e J.J. White Jr. no de um cantor negro e chinfrim injustamente acusado de estuprar uma garota branca; o filme é hoje considerado um clássico. Se Johnny Fontane comprasse ações de uma empresa, elas subiam. Se comprava terras, a mesma coisa. E o cassino de Lake Tahoe, o Castle in the Clouds, do qual ele tinha uma participação de vinte por cento? Uma barbada: lotado de panacas todas as noites, o lugar mais concorrido da cidade. Ser amigo do presidente não era nada mau, claro. Mas ser amigo de Johnny Fontane era melhor ainda.

Johnny não havia falado com nenhum dos Shea desde a cerimônia de posse. Ele compreendia, claro, mas pouco antes do marco de cem dias do governo Shea, Johnny não se agüentou e ligou para o número particular que lhe haviam dado. A secretária recusou-se a chamar o presidente.

— Pode dar a ele um recado?

— Claro, Sr. Fontane.

— Anota aí: "Traz o seu pingolim para cá antes que ele apodreça. Um abraço, J.F." — Com essas mesmas palavras.

Mais tarde naquele mesmo dia, quando veio à tona a notícia de que aquela invasão maluca de Cuba não havia sido simplesmente obra de um bando de expatriados coléricos, mas que havia se realizado com o apoio do governo norte-americano, Johnny arrependeu-se de ter deixado um recado tão frívolo. O agente aposentado que trabalhava para ele disse que não adiantaria ligar novamente para a secretária e pedir a ela que apagasse o recado. Se já tivesse sido protocolado, protocolado ele permaneceria.

Pouco depois, contudo, o pior da controvérsia ficou para trás — de qualquer modo, a operação havia sido aprovada pelo antecessor de Jimmy, que herdara a situação e não tivera meios de revertê-la — e Corbett Shea mandou dizer que o presidente estava planejando sua primeira visita à costa oeste. Ele havia liberado fundos para a construção de um

A Volta do Poderoso Chefão

parque ecológico não muito distante de Las Vegas e queria fazer um discurso no próprio local. Tinha outros compromissos também — mais alguns momentos de muitos sorrisos e apertos de mão para dar de lambuja aos rapazes dos noticiários noturnos —, mas a viagem seria sobretudo de férias.

— Bem merecidas, aliás — disse Johnny, o que era verdade. Mesmo os adversários políticos de Jimmy tinham de admitir que, salvo o fiasco de Cuba, o presidente jovem e carismático tivera um dos começos mais brilhantes da história dos Estados Unidos. — Venha antes se quiser. Pode ficar o tempo que for. Traga sua mulher ou venha sozinho.

— Minha mulher? — perguntou o embaixador, às gargalhadas. Ele já havia estado algumas vezes na casa de Fontane em Beverly Hills e gostava de uma farra mais do que ninguém.

O embaixador chegou alguns dias depois, acompanhado apenas de um destacamento de agentes. Pelado à beira da piscina, fazia interurbanos um atrás do outro, visivelmente irritado na maioria das vezes, mas sem jamais alterar a voz. De vez em quando, subia para o quarto para uma sessão particular com uma das profissionais de primeira classe que Johnny havia providenciado. Em nenhum momento foi à cidade para ver um show ou fazer uma apostinha singela, nem sequer jogou uma única partida de tênis, embora supostamente ainda jogasse e Fontane tivesse mandado construir uma quadra iluminada.

As comidas e as bebidas para a visita iminente chegaram numa procissão de caminhões. Um dia antes de o presidente partir para a viagem, Johnny buscou um carrinho de mão e levou a entrega mais recente até a piscina maior para mostrá-la a seu hóspede: uma grossa placa de bronze, 1 m por 1,20 m, em que se lia: O PRESIDENTE JAMES KAVANAUGH SHEA DORMIU AQUI.

— Que diabos você pretende fazer com isso?

— Que tal? Vou mandar chumbar agora mesmo em cima da cama onde Jimmy vai dormir. Pensei em colocar aspas em "dormiu", mas depois achei que seria falta de respeito.

— Meio grande, você não acha? — perguntou o embaixador.

— Olha ao seu redor, Corbett. Só o maior e o melhor de tudo o que há. Meus amigos merecem.

O embaixador balançou a cabeça.

— Deve ter havido algum engano, John. Jimmy não vem pra cá.

Johnny caiu na gargalhada.

— Agora falando sério. Por acaso você sabe a que horas eles vão chegar amanhã? Ainda tenho umas coisinhas para fazer.

— Ficou surdo, carcamano burro? Ele não vem. Eu nunca disse que ele vinha. Você me convidou, e eu vim. Ele vai fazer o tal discurso, sim, mas não vai ter tempo para descansar. E mesmo que tivesse, não seria nada bom que fosse visto numa cidade como Las Vegas, na casa de um... bem, na sua casa.

— Qual o problema com a minha casa? Do que você está falando?

Mas Fontane já havia compreendido tudo.

— Você sabe que somos muito gratos por tudo o que você fez — disse o embaixador.

— Isso está me cheirando a um tremendo pé na bunda.

— Sinto muito se houve um mal-entendido, John. A culpa é daquele bosta cubano. Fez o meu filho passar *vergonha*. Estamos avaliando o que pode ser feito como vingança. Vocês italianos sabem muito bem o que é isso, não sabem? Vingança?

Mas o que o "bosta cubano" tinha a ver com aquela grosseria de proporções titânicas?

— Para quem você achou que era essa comida toda? Todos esses...

— Como é que eu poderia saber? — indagou o embaixador, de pé e com os braços estendidos. A toalha caiu quando ele se levantou, deixando-o nuzinho da silva. Era um homem grande, porém frágil. O que levava um bode velho daqueles a ficar andando de um lado para o outro com o pinto murcho balançando ao vento, Johnny não conseguia atinar.

— Por acaso acha que eu carrego sua agenda social escondida aqui em algum lugar?

Johnny Fontane balançou a cabeça. Abandonou a placa onde estava, deu meia-volta e entrou em casa. Achou que não seria boa idéia reduzir o pai do presidente a uma polpa de sangue. Ficou tentado a dar uns telefonemas e providenciar uma bela gonorréia como sobremesa para o embaixador, mas também acabou desistindo. Preferiu simplesmente evitar a companhia do velhote repugnante.

Logo cedo na manhã seguinte, Corbett Shea foi embora sem se despedir.

A Volta do Poderoso Chefão 487

Johnny, pelo menos por fora, recebeu o pouco caso do embaixador com impressionante estoicismo siciliano. Chegou ao ponto de alugar uma caminhonete e ajudar sua equipe de funcionários a alojar a comida na carroceria. Informou ao motorista o caminho até uma cozinha comunitária num dos bairros pobres de Los Angeles e insistiu com veemência que ele não revelasse o nome do doador.

O presidente fez o discurso. Johnny Fontane assistiu pela televisão. Era difícil guardar mágoas de alguém capaz de transmitir tanta confiança no futuro da nação.

Mas no fim da matéria o repórter disse que o presidente passaria a semana seguinte em Malibu, descansando na casa de um ex-colega de Princeton, um advogado que — segundo o repórter — era "descendente direto do presidente John Adams".

Fontane mal pôde acreditar no que ouviu.

"Carcamano burro."

Depois desligou a televisão e foi até a oficina que a equipe de construção vinha usando. O engradado de explosivos que eles haviam usado para abrir um buraco na rocha onde agora ficava a segunda piscina ainda tinha dois bastões. Ele nunca havia usado dinamite antes, mas estava furioso demais para ter medo, pelo menos até acender o primeiro bastão e ver o fogo crepitar pavio acima. Ele arremessou o explosivo, que aterrissou bem no centro do heliporto. O céu choveu areia e pedaços de cimento do tamanho de um punho.

"Carcamano burro."

Depois da segunda explosão, o heliporto já não passava de uma cratera.

Capítulo 26

Tom Hagen, adiantado para o jogo de golfe, entrou no restaurante do clube para um café. Pediu logo duas xícaras, como sempre fazia, de modo que ninguém viesse perturbá-lo oferecendo-lhe mais.

— Sr. Hagen! — chamou alguém.

Hagen se virou.

— Sr. Embaixador — ele disse, aproximando-se da mesa do velho, a mão estendida. Corbett Shea ocupava uma mesa junto com agentes do serviço secreto. — Que surpresa agradável. — Era um suposto segredo que ele tivesse se hospedado na mansão de Johnny Fontane, mas em Nevada havia poucos segredos dos quais Hagen não soubesse. — O que traz o senhor a Las Vegas?

— Minha fundação está avaliando uma solicitação de fundos para a construção de um teatro na universidade — ele disse. — Fiquei espantado quando soube que tinha uma universidade aqui, e ainda por cima com uma graduação em teatro. Quis ver com os meus próprios olhos. Sente-se.

Como se ele fosse a porcaria de um cachorro. Mas assim era o embaixador. Hagen acenou para um garçom e sentou.

— Só um minutinho. Tenho um jogo marcado para as oito.

— E uma xícara de chá para as sete e meia.

Hagen sorriu e disse:

— Sou da turma do café. O senhor é membro do clube?

O embaixador contorceu-se como se Hagen tivesse perguntado se ele já tinha fodido uma galinha.

A Volta do Poderoso Chefão 489

— Seu filho está fazendo um belo trabalho — disse Hagen. — Não fiquei em Washington muito tempo, mas o bastante para saber quanto é difícil fazer as coisas acontecerem, principalmente as que de fato importam para o povo.

Isso bastou para que o embaixador desandasse numa ladainha (Cuba não incluída) de orgulho paternal. Mas Hagen havia sido sincero. Seus filhos tinham fotos do presidente nas paredes do quarto, ao lado de estrelas do *rock and roll*, artistas de cinema e Jesus. Por mais questionável que tivesse sido a campanha e por mais inexperiente que fosse Jimmy Shea, Hagen surpreendera-se com a rapidez com que o presidente havia se transformado num grande líder. O que o fez lembrar a época em que tivera de ensinar Michael a ocupar o lugar do pai.

Hagen terminou a segunda xícara de café. Precisava ir.

— Vai se demorar em Las Vegas?

— Não, já estou de saída — disse o embaixador. — Mais umas reuniões rápidas e caio fora desse buraco no deserto. Vou para a Califórnia.

— O senhor ainda me deve uma partida de tênis — disse Hagen.

— Que partida de tênis?

— Deixa para lá. Dê um abraço no presidente por mim. Diga a ele que pode contar comigo para o que der e vier.

— Digo sim.

Tom Hagen esgotava toda a sua paciência no trabalho e no trato com a própria família, o que não deixava nada para os jogos de golfe. Alugava um carrinho sempre que possível. Andava até a bola, posicionava-se e desferia a tacada. Bater e esquecer. Só.

Tinha um talento especial para saber onde caía a bolinha e perdia as estribeiras — como era o caso agora — quando via um dos parceiros vasculhando a vegetação rasteira com o ferro sete como se fosse um grande explorador à procura da cabeceira do Nilo. "É um perna-de-pau com tacos sob medida", ele pensou, tamborilando os dedos no volante do carrinho. "*Dropa* logo essa porra!"

— *Dropa* essa bola, pelo amor de Deus! — gritou Hagen. Nas raras ocasiões em que tinha de levar mais de dez segundos procurando pela bola, ele arcava logo com a penalidade e seguia em frente. A vida é curta.

490   Mark Winegardner

— Encontrei! — berrou Michael Corleone. Michael também tinha ouvido dizer que Corbett Shea estava na cidade. Ao que parecia, o presidente fizera planos para se hospedar na casa de Fontane, mas acabara cancelando. O que não significava que a história sobre o teatro na universidade fosse inteiramente falsa.

— Você já teria zerado o seu *handicap* — ele disse, sem a menor pressa para recomeçar — se tivesse mais paciência com as suas tacadas e não saísse por aí, *dropando* a torto e a direito.

— Bobagem — disse Hagen. — Eu só estaria trocando um tipo de *handicap* por outro. — Até então o *handicap* dele era seis, o melhor entre o quarteto de jogadores. O de Hal Mitchell era quinze; o de Mike devia ser, na melhor das hipóteses, uns vinte. Joe, um amigo de Mike, jogava com tacos emprestados e teria muita sorte se conseguisse baixar dos cem nos primeiros nove buracos. — Você já encontrou a bola; bate logo nessa porra e anda com isso!

Sentado ao lado de Hagen no carrinho, Hal Mitchell balançou a cabeça e riu. Fosse outro o contexto, nem mesmo Hagen teria ousado falar daquela maneira com Michael. Mas o entendimento entre eles era que, quando se tratava de esportes, Tom ainda era o irmão mais velho, o mesmo que na juventude tentara ensiná-lo a jogar uma partida de tênis com um mínimo de dignidade. Os companheiros de jogo não ficaram tão assustados quanto os outros. Ambos conheciam Mike por muito tempo, quase tanto quanto Tom — Mitchell, desde a guerra; e Joe Lucadello mais ainda, desde os tempos da CCC. Joe era um magricela da Filadélfia que usava roupas berrantes e um tapa-olho na cara. Estava de férias em Las Vegas, hospedado no Castle in the Sand. Hagen nunca o tinha visto antes.

— Mike me disse que vocês dois entraram juntos para a Força Aérea canadense — disse Mitchell. Exultante, Joe havia acabado de fazer um *putt* de quatro no *green* mais plano e fácil de todo o campo. Eles estavam a caminho do próximo *tee*.

— Força Aérea *real*, sr. Mitchell — corrigiu Joe, piscando o olho.

— Pode me chamar de Sargento — falou Mitchell. — É assim que os amigos me chamam.

— Obrigado, amigo.

A Volta do Poderoso Chefão   491

— Você devia ter visto a gente, Sargento — disse Michael. — Dois pivetes que mal davam conta do teco-teco de treinamento, convictos de que estavam prontos para derrubar o Barão Vermelho.

— Ah, a juventude... — suspirou Joe. Aliás, o Barão Vermelho é da outra guerra errada. Ele era "o Grande". Nós éramos os "Mais ou Menos".

— A outra guerra... — murmurou Michael.

Desde o problema com Fredo, Michael vinha se comportando assim, com mudanças repentinas no estado de espírito. Hagen também se deixara afetar. Na qualidade de *consigliere*, sempre acreditara que havia coisas que um homem tinha de fazer e pronto. E depois de fazê-las enterrava o assunto. Por menor que fosse o átimo entre acreditar numa coisa e levá-la a cabo, sempre havia lugar para abrigar terríveis pesadelos.

"Sai dessa. O negócio é bater e esquecer."

Hagen era um jogador de primeira. Mandou uma bola a mais de duzentos metros, tão certinha quanto um rotariano do Kansas.

— Você trabaglia no quê mesmo? — perguntou Mitchell a Joe. — Ainda pirota?

— Muito engraçado — disse Joe. — Muito engraçado mesmo. Eu sabia que você tinha um cassino, mas não sabia que era comediante também.

Hagen percebeu que o sargento quisera dizer "Ainda pilota?", mas que não seria de todo impossível alguém ter entendido "Ainda é pirata?". Preferiu não corrigir Joe e criar um embaraço para Mitchell, e tampouco tinha como fazer contato visual com Mike. Por um momento longo e constrangedor, ninguém soube o que dizer.

Foi durante esse momento que Hagen cogitou pela primeira vez que Joe Lucadello talvez não fosse de fato um velho amigo da CCC, e sim um membro de outra família.

— Eu não disse "pirata" — rugiu o sargento. — *Pirota.* — Ele abriu os braços como as asas de um avião. O carrinho dele por pouco não entrou num banco de areia.

— Ah, claro — disse Joe. — Desculpa. Hmm... não. Logo depois da guerra fui para a Eastern. Mas não, não piloto mais.

492 Mark Winegardner

— Você arrumou isso na guerra, não foi? — perguntou Mitchell. — O olho.

— Mais ou menos — respondeu Joe.

"Mais ou menos?" Hagen desceu e buscou seu *driver*. Talvez aquela resposta não fosse tão esquisita quanto parecia. Muitos veteranos não se sentiam à vontade para falar da guerra. Hagen não era veterano, mas os outros três eram. Mitchell aparentemente aceitou a não-resposta sem ver nela nada de estranho.

Hagen colocou a bola no pino de saída.

— Afinal você trabaglia com o quê? — prguntou Mitchell.

— Uma coisinha aqui, outra ali — disse Joe. — Muita coisa em andamento, sabe como é. Mas, para falar a verdade, gosto mesmo é de levar a vida na flauta.

Hagen afastou-se da bola. Estava prestes a dar a primeira tacada quando a conversa chamou sua atenção. Não foi a quebra de etiqueta que o deixou aborrecido. Que eles conversassem quanto quisessem. Mas a resposta de Joe havia sido exatamente a de um membro da Máfia. Michael estava na cidade supostamente para duas reuniões de acionistas, e Joe, supostamente de férias. Se Joe de fato trabalhasse para outra família, o que isso poderia significar? Hagen sempre desconfiara que havia algo mais, além da vontade de se tornar um cidadão dentro da lei, por trás de decisão de Michael de passar a chefia da organização a Geraci. Se Mike quisesse mesmo descer do trono, por que fizera isso com tantas restrições? A Comissão? Ninguém ali fazia questão da presença dele. Michael havia dito que tudo era uma questão de proteção: para si próprio, para sua família, para os negócios. Também era possível que não conseguisse se desligar por completo do tráfico de influências, desde sempre o mais valioso ativo dos Corleone.

Ou talvez aquilo tivesse alguma coisa a ver com o tal de Joe.

Hagen preparou-se para bater.

Ainda não lhe saía da cabeça que Michael tivesse criado um enigma tão intricado e brilhante quanto os que Vito costumava criar, e que ele, Hagen, via-se compelido a decifrar (por que Hagen se ressentia de ter de fazer isso com Michael, ele ao mesmo tempo compreendia e não compreendia). Seria possível que aquele pirata de calças Sansabelt laranja fosse a chave de todo o mistério? Hagen não havia pesquisado

A Volta do Poderoso Chefão   493

a folha corrida dele. Michael havia dito que eles tinham sido colegas na CCC, e Hagen tomara a palavra do irmão pelo valor de face. Joe havia dito que era de Nova Jersey, de uma cidadezinha perto da Filadélfia, mas Hagen não conhecia direito o pessoal da Filadélfia, quase uma tribo fechada. Nova Jersey talvez lhe desse uma pista. O presidente era de Nova Jersey. Michael tanto lambia as botas do embaixador que corria o risco de a qualquer momento furar o couro e lamber as frieiras do velho xexelento. Os fatos não coadunavam. Eastern Airlines? Dificilmente o que diria um gângster na ativa. Mas havia muitas peças que Hagen ainda poderia encontrar para completar o quebra-cabeça.

Ainda com as roupas de golfe, Tom Hagen acendeu as luzes de seu escritório em Las Vegas, acima de uma loja de sapatos próxima a Fremont, e sentou-se à escrivaninha — a de tampo retrátil que no passado havia pertencido a Genco Abbandando, trazida para Las Vegas da casa de Vito Corleone em Nova York. Àquela altura da sua carreira, tinha contatos suficientes para receber em domicílio, embalada para presente, a ficha de quem quer que fosse; geralmente bastavam três ou quatro telefonemas, e lá estavam as informações. Se tivesse de esperar por uma hora, considerava a missão um relativo fracasso. Já tinha as informações que Lucadello havia fornecido ao se registrar no Castle in the Sand e o que descobrira do próprio sujeito durante a manhã no campo de golfe. Presumia que Joe Lucadello fosse uma operação de três telefonemas e vinte minutos. Hagen olhou para o relógio, anotou as horas e pegou o telefone.

Quatro horas depois Hagen ainda não tinha nada. Ninguém com aquele nome havia trabalhado na Eastern Airlines, voado para a Força Aérea real do Canadá ou sido membro da CCC. Ninguém na Filadélfia tinha ouvido falar dele. Não havia impressões digitais suas arquivadas em nenhum lugar do país. Ele jamais havia registrado um carro, um barco, uma arma, nem uma queixa judicial. Nunca havia pago imposto de renda. Sua identidade provavelmente era falsa, claro, mas até mesmo uma identidade falsa deixa mais rastros do que isso. Pelo que Hagen podia saber, não existia *nenhum* Joe Lucadello. Ele havia jogado golfe a manhã inteira com Gasparzinho, o fantasma de um olho só.

494 Mark Winegardner

Apenas para não dar a tarde por perdida, Hagen checou a história do embaixador. Era tudo verdade: ele havia se hospedado na mansão de Johnny Fontane e depois saído; tinha mesmo se encontrado com o pessoal da universidade, que parecia *bastante* ansioso para saber se o Sr. Shea parecia inclinado a aprovar a construção do teatro.

— O embaixador é um homem muito reservado — disse Hagen.

— Não é possível saber o que se passa na cabeça dele. Boa sorte com o projeto.

Olhou outra vez para o relógio. Mal teria tempo para se trocar para o *vernissage* no museu.

Foi o mais rápido que pôde para o hotel e, como se tivesse terrivelmente atrasado, aprontou-se em dois minutos; acabou chegando cedo no museu, como sempre. O *vernissage* só abriria dali a vinte minutos. Theresa, presidente do comitê de aquisições do museu, estava no aeroporto à espera do artista. A guia encarquilhada que vigiava a corda de veludo balançou um dedinho diante de Hagen e disse a ele que tivesse paciência, mas o diretor do museu acorreu imediatamente e pediu mil desculpas.

Tom nunca tinha ouvido falar do tal artista, mas, pelo que pôde ver, deduziu que a exposição era resultado do que Theresa imaginava ser uma solução conciliatória, com laivos de uma piada maldosa. Não pôde deixar de rir. Theresa era formada em história da arte, e seu gosto pendia para o lado da pintura abstrata. Muitas das senhoras no comitê eram esposas de fazendeiros, quase todas de cabelos azuis, que não entendiam nada de arte, mas sabiam muito bem do que gostavam ou não gostavam. Gostavam de pinturas lúgubres de índios. Gostavam de Norman Rockwell. Gostavam de certas coisas da obra inicial de Picasso. A exposição chamava-se *Gatos, carros e quadrinhos: a arte pop de Andy Warhol*. Os carros pareciam ter sido copiados de anúncios de revista, com a imagem de um mesmo carro repetida em fileiras ordenadas e multicoloridas. Os quadrinhos eram ampliações granuladas do Popeye e do Super-Homem. Mas as dos cabelos azuis adoraram os gatos, até mesmo o verde de olhos vermelhos que em Hagen causava arrepios.

A corda foi derreada. Ainda nada de Theresa. Uma pequena aglomeração começou a se formar.

A Volta do Poderoso Chefão 495

— Belo carro — disse Michael, apontando. Ele havia chegado com um grupo de acionistas, reais e *pro forma*, da sua maior agência imobiliária, além de Al Neri e mais um ou dois armários. Dali iriam todos para um jantar privado que Enzo Arguello estava oferecendo no salão de baile rotativo do Castle. — Mas fica difícil escolher com tanta cor.

— Sei lá. Acho que a idéia é essa mesmo — disse Hagen.

Por fim Theresa chegou com o que parecia ser o artista, um jovem franzino e de expressão vaga, óculos de lentes vermelhas e cabelos louros, meio rosados. As dos cabelos azuis juntaram-se ao seu redor.

— O seu amigo Joe parece um bom sujeito — disse Hagen.

— E é — disse Michael. — Um dos melhores que já conheci na vida.

— É mesmo?

— E você, trabalhou muito de tarde? — devolveu Michael, mas não de um jeito cortês.

Como ele poderia ter ficado sabendo daquele crupiê de *blackjack* em Bonanza Village? Hagen havia tomado todas as precauções. Teriam sido as flores? Uma escuta telefônica?

— Você não encontrou nada, encontrou?

Lucadello. Era disso que ele estava falando.

— Só dei uns telefonemas — disse Tom. — Tinha outras coisas para fazer. Mas, respondendo à sua pergunta, não, não encontrei nada.

— Se queria saber alguma coisa sobre o meu amigo Joe, por que não me perguntou?

— Curiosidade, só isso — respondeu Hagen.

Michael levantou a taça de vinho e acenou a cabeça na direção do gato verde.

— À curiosidade — ele brindou. Mas não bebeu.

— Alguma coisa voltou para você?

— Não, nada voltou para mim — respondeu Michael, mudando para o siciliano. — Sei como funciona a sua cabeça, Tom. Já sabia que você faria isso. É o seu jeito de ser, é por isso que você é um advogado tão bom.

— Então, para que família ele trabalha? — perguntou Tom, também em siciliano. — Falei com Nunzio na Filadélfia e...

— Por que você foi logo deduzindo que Joe faz parte dessa coisa nossa, Tom? Por que ele tem um nome italiano? Estou decepcionado.

496 Mark Winegardner

— Não, não é porque ele tem um nome italiano. Com quem você acha que está falando?

— Olha, está tudo bem. Tudo o que você quiser saber a respeito de Joe, ele mesmo vai lhe contar. — Michael voltou para o inglês. — Na verdade, vai contar tudo o que você *precisa* saber. De qualquer modo, vamos nos encontrar com ele na minha suíte à meia-noite.

Theresa havia escapulido do círculo de pessoas em torno do artista e veio direto falar com o marido e Michael.

— E então, o que acharam?

— Muito bonito — disse Michael.

— Visionário — falou Tom.

Ela o sobraçou pelos ombros como se eles ainda fossem colegiais.

— Eu também detestei — disse Theresa. — Mas podem acreditar, esse tipo de arte vai longe. E o artista também.

— Vôo atrasado? — perguntou Tom, abrindo os braços como o sargento havia feito antes, o que acabou arrancando um sorriso de Mike.

Theresa fez que não com a cabeça.

— Ele me fez parar no meio do caminho porque queria caminhar no Strip. Parou diante de uma marquise e ficou ali, olhando, sei lá, por uma eternidade. Fez a mesma coisa diante da vitrine de uma loja de suvenires. Também pegou todos os panfletos de bordel que conseguiu pegar, uma centena deles. Para fins artísticos, é claro. E quem foi que carregou tudo? *Moi.*

— É claro por quê? — perguntou Tom.

— Acho que ele não gosta muito da fruta — sussurrou Theresa.

Tom desviou os olhos dos de Michael.

— Bem — continuou Theresa —, agora está lá dizendo a todo mundo que no futuro os Estados Unidos serão Las Vegas. Não *como* Las Vegas. Mas vão *ser* Las Vegas. Não faz nem três horas que o homem chegou.

Michael deu de ombros e disse:

— Ele sabe das coisas.

Depois do jantar no museu, quando eles chegaram na suíte de Michael, Joe Lucadello já estava lá, sem camisa, ainda com suas calças laranja, sentado diante do bar, jogando paciência.

A Volta do Poderoso Chefão

— Tom! Que surpresa. Vai entrando. — Como se a suíte fosse dele.
— Mike falou que você está interessado em me conhecer melhor. Estou lisonjeado.

Tom ficara ao lado de Michael durante toda a exposição. Sabia que ele não tivera nenhuma oportunidade de telefonar para Joe.

Al e Tommy Neri também entraram na suíte. Michael balançou a cabeça, e eles seguiram para o quarto anexo.

— O Mike falou, heim? — Hagen olhou ao seu redor e entendeu por que aquela suíte lhe parecia tão familiar. A mesa de bilhar. Aquela era a suíte em que Fredo havia vivido antes de se casar. Tinha sido redecorada, mas a mesa de bilhar era a mesma. Michael ligou a televisão e aumentou o volume. A TV também era nova. Fredo tinha o hábito de deixar a TV ligada o tempo todo só para ter algum barulho ao seu redor, mas agora eles faziam isso apenas para se protegerem de possíveis escutas. Na tela, um filme antigo com homens de toga.

Levantando uma garrafa aberta de Pernod e outra fechada de Jack Daniels, Joe arqueou as sobrancelhas. Tom tentou ver o que havia por trás do tapa-olho, em vão.

— Já bebi o suficiente por hoje, obrigado — falou. — Olha, não quero ser antipático, mas tive um dia longo e ainda tenho coisas para fazer. Portanto, gostaria que você fosse direto ao assunto. Seja lá quem você for.

— Ele é Joe Lucadello — disse Michael, arrumando as bolas de bilhar no triângulo. — Juro por Deus.

— Embora eu não tenha sido Joe Lucadello por quinze anos — admitiu Joe.

— É mesmo? — perguntou Hagen. — Então, quem é você?

— Ninguém. Qualquer um. Mike me conhece por Joe Lucadello, o nome que eu tinha quando a gente se conheceu. Esse ainda é o meu nome, claro, mas como você se deu ao trabalho de descobrir, além do registro no hotel ontem à noite, que aliás vai desaparecer também, não tem registro nenhum sobre a minha pessoa em lugar nenhum. Poucas pessoas ainda se lembram daquele jovem do passado, e só.

— Certo — disse Hagen. — Você é um fantasma.

Joe riu.

— Ótimo palpite, Tom! Está ficando quente, *muito* quente.

Michael deu a tacada de saída, e o estrépito por pouco não derrubou Tom do banco junto ao bar.

Foi então que ele se deu conta. O que mais se aproxima de um fantasma? Uma sombra. Joe era *um* sombra. Da CIA.

— Tem certeza de que não quer uma bebida? — disse Joe. — Você parece assustado.

— Ele bebe muito café. — Michael encaçapou duas bolas logo na primeira tacada. Continuou a jogar. — Litros e mais litros. Inacreditável.

— Essa merda vai acabar matando você — disse Joe.

Hagen virou-se no banco e encarou Michael.

— O que está acontecendo aqui? Esse caolho que você não vê desde que Cristo saiu de Chicago aparece de férias por aqui, dizendo que trabalha...

— Na CIA — completou Joe.

— E a gente é obrigado a acreditar nele? Sem fazer nenhuma...

Com uma tacada desnecessariamente forte, Michael colocou a bola dois numa caçapa de quina.

— Você está metendo os pés pelas mãos, Tom — disse Michael em siciliano. — Todas essas conclusões apressadas. O que faz você pensar que não vejo meu amigo há anos? Só disse que o conheci na CCC, mais nada. Por que acha que não verifiquei para quem ele trabalha? Por que acha que ele apareceu por aqui à toa, e não para discutir negócios com a gente?

Hagen franziu a testa. "A gente?"

E como Hagen — ou mesmo Michael — poderia saber que Joe não entendia o dialeto siciliano?

Michael calculou uma tabela difícil e deu um leve toque na tacadeira, como se aquela fosse uma jogada qualquer.

— Tom, você foi meu advogado naqueles depoimentos no Senado — ele disse em inglês. — E fez um trabalho brilhante, mas...

Bola três, caçapa lateral.

— ...felizmente pude contar com outra linha de defesa.

— Linha de defesa é um exagero — disse Joe, recolhendo as cartas sobre o bar. — Apólice de seguro, isso sim. Um amigo ajudando o outro. Você foi tão competente, Tom, que nem precisamos fazer muita coisa.

A Volta do Poderoso Chefão

Muita *coisa*?

Michael largou o taco.

E explicou o que aconteceu: Joe o havia procurado logo depois daquela batida na fazenda em Nova York, quando o FBI colocou em vigor o Top Hoodlum Program e deixou claro que fecharia o cerco em torno da Máfia. Ele e Joe não tinham se visto desde o dia em que Billy Bishop pedira para ver o brevê de Michael, e Michael havia protegido o amigo dizendo que não tinha brevê nenhum. Nesse meio-tempo, Joe havia sido baleado em Remagen, escapado de um campo de prisão e em seguida recrutado para o destacamento de inteligência das forças norte-americanas. Depois disso, uma coisa levou a outra. Diversos trabalhos na Europa. E os últimos anos de volta aos Estados Unidos. Para encurtar a história, Joe — ainda grato pelo que Michael havia feito — achou que tinha condições de ajudar um velho amigo. Conhecia diversas maneiras de livrar alguém da cadeia, de evitar uma condenação. Se as coisas chegassem a esse ponto, o FBI jamais conseguiria identificar o responsável, sequer saberia o que tinha acontecido. E o que ele teria de dar em troca? Michael quisera saber. Nada, disse Joe. Não estamos à procura de um informante como faria o FBI. Nada que o metesse em maus lençóis com a sua gente. Se fôssemos pedir alguma coisa, isso não passaria de pequeno serviço, jogo rápido e com pagamento à vista. Se um dia alguém encomendasse a Michael um trabalho que ele não quisesse mandar seus homens fazer, prometeu Joe, nenhum problema. Bastava dizer não e o assunto morreria ali mesmo. Joe não estava à procura de um escravo, nem de um suplicante aterrorizado. Apenas de um prestador de serviços.

Hagen começou a passar em revista os três últimos anos, tentando lembrar-se dos serviços que não tinham ficado muito claros para ele, mas acabou desistindo. Não podia pensar naquilo agora.

— E por que me envolver nessa história assim, de repente? — ele quis saber.

— Joe tem uma proposta para nos fazer — disse Michael. — E preciso do seu conselho. É um passo grande. Um passo na direção contrária de tudo que temos tentado fazer para dar dez passos adiante. Se aceitarmos, vou precisar do seu envolvimento total.

— Uma proposta?

Michael tomou novamente do taco, apontou-o para Joe, passando-lhe a palavra, e começou a estudar os ângulos possíveis para converter uma aparentemente impossível bola quatro.

Joe deu um tapinha no ombro de Tom.

— O que vou lhe contar agora, ou você vai gostar muito de ouvir ou vai ter de esquecer que ouviu. Uma coisa ou outra. Naturalmente, estou diante de pessoas que sabem se comportar numa situação dessas.

Michael não encaçapou a quatro, mas por pouco.

— Muito tempo atrás — disse Joe Lucadello —, eu disse a Michael... Aposto que você vai se lembrar disso, Mike. A gente estava falando de Mussolini. Disse que na história não havia ninguém, nem herói nem vilão, impossível de se matar.

Michael fez que sim com a cabeça.

— Como é que eu poderia me esquecer?

— Então, em poucas palavras, está é a proposta do seu governo. Idéia original de Albert Soffet (Soffet era o diretor da CIA) e com bênção presidencial. Até que ponto vocês gostariam de voltar a Cuba e retomar os negócios que tinham lá exatamente de onde eles foram abandonados? Que tal serem pagos para realizar um trabalho para nós de modo a tornar isso possível? Regiamente pagos, diga-se de passagem. Cada centavo será cem por cento legítimo, e podemos ajeitar as coisas para que os impostos sejam os menores possíveis. Poderíamos até treinar a sua mão-de-obra. Na verdade, esse seria um ponto inegociável.

— Treiná-los?

— A revolução mudou muitas coisas. Os homens que vocês mandarem para executar o serviço precisam saber delas. Alguns patriotas cubanos em exílio poderão ajudar também. Conhecemos essas pessoas. Sabemos quais são as suas capacidades e limitações. Além disso, alguns procedimentos devem ser seguidos de modo que, como eu disse antes, ninguém vá parar na cadeia, seja nos Estados Unidos ou, Deus queira que não, em Cuba. Mas se alguma coisa der errado, e isso precisa ficar bem claro, nós não tivemos absolutamente nada a ver com o assunto. Se os russos descobrirem que estamos

A Volta do Poderoso Chefão   501

por trás dessa operação, podemos nos preparar para uma Terceira Guerra Mundial. Naturalmente, se os seus homens se derem mal, nós faremos tudo que estiver ao nosso alcance para ajudar, mas não sob pena de revelar nossa conexão com o projeto. Vocês, quer dizer, seus homens, terão agido por conta própria. Ninguém nunca me viu. Eu nunca existi.

Hagen teria apreciado a franqueza de Joe — ele *definitivamente* não tinha conexão com nenhuma das famílias — não fosse pela enormidade do plano que ele acabara de sugerir. Matar um policial de quinta categoria já seria uma afronta à tradição deles. O que dizer de assassinar o líder de outro país?

E, ao contrário do que pensava o público em geral, o FBI e aparentemente a CIA, os assassinatos aconteciam por um *motivo* — autopreservação, vingança — e não por um preço.

Mas não seria esse o caso de uma vingança? Homens haviam morrido por terem roubado cem pratas de um agiota dos Corleone. Sendo assim, em que medida o confisco ou fechamento dos cassinos por parte do governo cubano seria diferente do roubo de muitos milhões de dólares?

Além disso, quais eram exatamente as regras que incidiam sobre um *Don* aposentado?

Numa espetacular jogada combinada, Michael Corleone encaçapou a bola quatro. A seis rolou atrás da cinco como um homem correndo atrás do perdão da mulher amada, e as duas sumiram juntas numa caçapa de quina.

— Uau! — exclamou Joe. — Agora posso dizer que já vi de tudo.

Nesse exato instante alguém bateu à porta.

— Estamos esperando por alguém? — perguntou Hagen.

— Ele está atrasado — disse Joe, mas foi Michael quem se dirigiu à porta para abri-la. — Sinto muito, ele quase sempre se atrasa. Mas provavelmente vocês já sabem disso.

Era o embaixador M. Corbett Shea.

— Perdão, senhores — disse ele. Os agentes de serviço secreto permaneceram no corredor, o que significava que eles já haviam tido permissão para vasculhar o quarto antes. — Tive de resolver uns assun-

502 Mark Winegardner

tos com meus filhos. Então, posso dizer ao presidente e ao procurador geral da República que o nosso negócio está fechado? Ou vocês ainda têm alguma pergunta que eu possa fazer a eles? "Diga ao presidente que pode contar comigo para o que der e vier." Não foi isso que o senhor disse, Sr. *Consiguilhere?*

Capítulo 27

Tão logo Lucadello e Shea saíram, Hagen preparou um drinque forte e foi para a varanda. O nome de Johnny Fontane reluzia na marquise do cassino da frente, o Kasbah. O clã de Chicago. Nenhum artista "pertencia" a esta ou àquela família, mas fazia anos que Hagen se mordia por eles terem deixado que a maior atração de Las Vegas atravessasse a rua para se apresentar no cassino do maior rival dos Corleone. Hagen não gostava de Johnny como Vito e Fredo, e até certo ponto Michael, gostavam. Michael tinha razão quando dizia que as famílias não podiam ficar brigando por questões tão ínfimas quanto quem se apresentava ou deixava de se apresentar no cassino de quem, mas na verdade tentava jogar panos quentes sobre a incompetência de Fredo, que à época comandava o setor de entretenimento dos cassinos da família Corleone. Supondo que sua amizade com Johnny dispensava qualquer necessidade de negociação, Fredo deixara-se pegar com as calças na mão quando Fontane — que afinal também era amigo de Russo — assinou um contrato de exclusividade por seis anos com o Kasbah. Amizade uma ova. Negócios em primeiro lugar.

Aquilo também era negócio. Hagen respirou fundo. Não podia deixar que as emoções lhe turvassem o raciocínio.

A porta se abriu, e Michael juntou-se a ele na varanda. Na parede havia um aparelho *hi-fi* embutido, e Michael ligou o rádio — de novo por cautela, presumivelmente. Ópera. Hagen não era lá muito afeito à ópera, e Michael sabia disso. Hagen não se deu ao trabalho de objetar.

— Não foi aqui que você ouviu essa proposta pela primeira vez — disse Hagen. — Desde quando já sabia dela?

504 Mark Winegardner

Michael abriu o isqueiro, uma espécie de jóia com pedras semi-preciosas e uma inscrição. Seu rosto iluminou-se com a chama. Ele deu um longo trago no cigarro e disse:

— Desde a última vez que estive em Cuba.

— A última vez que esteve em Cuba, você... — "Estava com Fredo." Hagen preferiu não tocar no assunto. — A revolução já estava a caminho. Eles já sabiam disso? *Você* também já sabia?

— Chegamos a conversar — disse Michael. — Naquela ocasião a coisa ainda era uma idéia, mais que uma proposta. Idéia dele. Só uma conversa. Na época, achei que a revolução ia muito além do carisma de um único homem. Achei que matá-lo não faria a menor diferença.

— E agora?

— Ainda acho a mesma coisa. Só que agora não acho que faça diferença se isso faz ou não diferença.

Mais enigmas. Tom deu um trago na bebida.

— Você sabe quanto gosto de você — disse Tom —, mas talvez seja hora de seguirmos por caminhos diferentes. Pelo menos profissionalmente.

— Eu estava pensando justamente o contrário — disse Michael.

— Seja lá o que estiver pensando, você precisa saber de uma coisa: já estou por aqui com essa história de ser deixado no escuro. Uma hora estou dentro, outra estou fora; dentro e fora, dentro e fora. Uma hora sou seu irmão, depois sou apenas o seu advogado. Sou *consigliere*, depois não passo de mais um político na sua folha de pagamentos; sou responsável pelos seus negócios quando você está fora do país, depois sou um zero à esquerda que você deixa de consultar num assunto importante desses. Você *sabia* que eu não diria nem que sim nem que não sobre... Bem, sobre o que quer que fosse na frente de um homem que acabei de conhecer, sem lhe consultar primeiro. E muito menos na frente de Corbett Shea. Mesmo assim, por uma insondável razão, vou ter de resolver o mistério sozinho. Foi você quem armou as coisas assim.

— Olha, Tom, não tem mistério nenhum. Achei melhor que você ouvisse a história toda pela boca do próprio Joe, afinal a operação é dele, não minha. A gente estaria prestando um serviço. Mickey Shea é a garantia de que o presidente está por trás disso também. Você viu

A Volta do Poderoso Chefão   505

como Mickey estava irritado. Para ele é uma questão de vingança. Eu também não tinha muita certeza, mas não havia nenhum outro jeito de saber antes.

Mickey Shea. Hagen nunca tinha ouvido ninguém tratar o embaixador assim, a não ser o *Don*, Vito.

— Você quer conversar sobre o assunto, Tom, então vamos conversar. Aceitar essa proposta já é, em si, um passo enorme. Fazer o trabalho com o pessoal de Geraci só complica as coisas. Teoricamente poderíamos usar os nossos homens de Nevada, mas o único que estaria à altura de um trabalho desses seria Al Neri, e não podemos correr o risco de perdê-lo. Isso tem tudo para ser uma missão suicida. Se o pessoal de Geraci fizer o serviço, de duas uma: ou eles se dão bem ou se dão mal. Em caso de fracasso, precisamos ajeitar as coisas para que não tenhamos nada a ver com isso. Qualquer repercussão estouraria nas mãos dele, não nas nossas. Afinal, já me aposentei.

Hagen triturou um cubo de gelo entre os dentes, os olhos perdidos na escuridão do deserto próximo.

— O mais provável é que eles se saiam bem — continuou Michael —, mas que os comunistas continuem no poder. E daí? O mundo não fica nem melhor nem pior por causa disso, e nós acabamos com uma pequena recompensa pela nossa boa vontade. Pense bem, Tom. Vai ver que não faz diferença *nenhuma*. A liberdade é restaurada e nós voltamos a operar em Cuba. Tudo dentro da lei, e muito maior do que qualquer outro dos nossos negócios. O governo norte-americano e seja qual for a marionete que eles colocarem no poder em Cuba ficarão nos devendo um grande favor, grande o suficiente para garantir que a gente possa chegar lá antes de qualquer uma das outras famílias. Não vai ser difícil convencer a Comissão de que Geraci e seus homens agiram apenas como *nossas* marionetes. Qualquer ressentimento em relação à nossa colaboração com o governo será esquecido depois dos milhões que eles embolsarem quando Cuba reabrir por nossa causa. De qualquer modo, seja qual for o resultado, nós ficamos com metade do dinheiro que o governo está disposto a pagar, e Geraci fica com a outra metade. Ele jamais vai descobrir que a coisa toda foi feita com a nossa intermediação. Joe e os homens dele vão procurá-lo sem fazer nenhuma menção ao nosso envolvimento. Vamos embolsar metade do que eles vão pagar, da mesma forma que Geraci faria se tivesse uma grande jogada para nos oferecer, só que nesse caso é Joe quem vai nos dar o dinheiro, diretamente. Geraci é oportunista demais, ambicioso demais, para deixar passar uma oportunidade dessas. E tem aquele monte de sicilianos pra executar o serviço. Gente corajosa e obstinada que ainda por cima não precisa respeitar a interdição de matar policiais e políticos. Na eventualidade pouco provável de que Geraci nos procure em busca de conselhos ou aprovação, dizemos apenas que já não trabalhamos mais com esse tipo de coisa. Se nos oferecer uma participação nos lucros, simplesmente agradecemos a consideração dele. Só se as coisas derem certo é que ele ficará sabendo de alguma coisa, provavelmente por meio do padrinho, Don Forlenza. Mas, de novo, e daí? A essa altura Geraci já será um herói, e vai dever tudo a nós. Porém o mais importante é o seguinte, Tom: preciso de alguém ao meu lado que seja tão inteligente e leal que eu possa, ou melhor, que nós possamos pensar com dois cérebros.

— Você já resolveu tudo muito bem sem a minha ajuda — disse Hagen. — Você teria o seu velho amigo Joe ao seu lado. Neri também. Nick Geraci faria o trabalho sujo. Não sou indispensável, Mike. Pense em quanta gente já morreu nessa coisa nossa, que já existe há séculos, que gera milhões todos os anos. Nem eu nem você somos indispensáveis.

— Acontece que *eu* preciso de você, Tom. Faz anos que você vem tratando com o embaixador. O presidente não fará nada contra a vontade do velho.

— Você pode mandar alguém no meu lugar. Um advogado, um juiz, alguém nessa linha.

— Você é a única pessoa nesse mundo em quem eu confio. Você sabe disso. Não há nada que eu tenha feito porque não precisasse de você ou não valorizasse a sua opinião. Só estava tentando proteger você.

— Me proteger? Muito agradecido.

— O que você quer que eu diga? Que eu sou humano? Que já cometi erros, sobretudo em relação a você, e que sinto muito? É isso que você quer?

Tom suspirou.

— Claro que não. Só quero algumas respostas diretas.

A Volta do Poderoso Chefão 507

— Vai, conselheiro. Pergunte o que quiser.
— O tapa-olho é de verdade?
— É isso que você tem para me perguntar?
— Calma, vou chegar lá.
— Ele me disse que foi um ferimento de guerra. Depois nunca mais pensei no assunto.
— E ele, também é de verdade? Essa história toda, você tem certeza de que é para valer? O embaixador ajudou o filho a se eleger, mas não tem um cargo oficial. Nunca confiei nele, e tenho certeza de que você também não.
— Foi Joe quem veio me procurar — disse Michael —, mas quando resolvi que talvez pudéssemos aceitar a proposta dele, insisti em falar pessoalmente com Albert Soffet. Quando estive em Washington para as reuniões da equipe de transição, não fui a reunião nenhuma, como você bem sabe. Mas me reuni, sim, com o diretor Soffet. Mesmo naquela ocasião, achei que o risco seria grande demais. Como no caso daquela invasão ridícula, a operação foi aprovada na administração anterior. O que Joe disse é verdade. Soffet falou a mesma coisa. Os Estados Unidos não podem invadir Cuba sem que isso provoque uma retaliação por parte dos russos. Se o governo limitar-se a sanções econômicas, daqui a cinqüenta anos a ilha ainda vai estar nas mãos dos comunistas. Mas por outro lado eles não podem nem sonhar em fazer alguma coisa diretamente. Então precisam encontrar um caminho alternativo. Tentaram o Plano A, e falharam. Nós somos o Plano B.
— Então posso inferir daí que de alguma forma esse foi o verdadeiro motivo da sua "aposentadoria"?
— Sim e não. Olha, você já sabe de quase tudo. Está mais informado sobre as finanças dos nossos negócios legítimos do que eu. Sabe de absolutamente tudo o que fizemos para ajudar na eleição do presidente. E quanto a juntar todas as nossas conexões numa mesma equipe para que tanto eu quanto Geraci possamos usá-las... Poxa, Tom, a gente poderia chamar isso de um *regime* se você fosse siciliano.
Tom deu mais um gole copioso na bebida.
— Isso era para ser uma piada — disse Michael.
Hagen balançou o copo, fazendo o cristal tilintar com as pedras de gelo.

— Ouviu isso? É a minha risada.

Uma sirene fez-se ouvir ao longe, depois outra. Dois caminhões de bombeiro passaram voando na rua. Um grande incêndio nos confins da cidade.

— Tudo bem. Você tem razão. Eu não disse tudo. Tinha mais duas coisas para resolver. Nada que eu pudesse fazer completamente fora da organização, então armei aquela jogada com a Comissão com o objetivo de... ora, Tom, você já deve ter deduzido isso também.

— Então uma dessas coisas de que você está falando é esse serviço em Cuba.

— Não. Cuba é só o meio para um fim.

Tom tateou o paletó à procura de um charuto e encontrou-o no bolso interno. Estava amolecendo. Na qualidade de órfão, tinha uma desconfiança natural da estabilidade de todas as relações humanas, mas no fundo sabia que seu destino era ser o *consigliere* de Michael, agora e para sempre.

Michael acendeu seu isqueiro. Mantinha a chama incrivelmente alta para um fumante de cigarros.

Hagen arrancou com os dentes a ponta de seu charuto cubano.

— Obrigado — agradeceu. — Belo isqueiro.

— Foi um presente — disse Michael.

— E as duas outras coisas?

Acendendo mais um cigarro para si mesmo, Michael apontou para o Kasbah.

— Número um — ele respondeu.

— Fontane? — perguntou Hagen. — Já estou cansado desse jogo de adivinhação.

— Fontane? — repetiu Michael, com sarcasmo. — Não, não, não. Estou falando de *Russo*. Se eu me aposentar, quer dizer, me aposentar de verdade, Russo acumulou tanto poder ao longo desses últimos anos que a Comissão acabaria nomeando-o chefe dos chefes, o que seria um tremendo golpe para os nossos interesses, principalmente aqui e em Lake Tahoe. Em Cuba também, quando a ilha abrir. Ele viria atrás de nós, e a gente não teria muito o que fazer para detê-lo. Temos uma equipe montada aqui, mas é relativamente pequena, e mais força bruta do que qualquer outra coisa. Sem um assento na Comissão e

A Volta do Poderoso Chefão 509

com Russo como *capo di tutti capi*, nosso poder político será quase nenhum, e esse será o nosso fim.

— Verdade — concordou Hagen.

O locutor anunciou que eles haviam acabado de ouvir uma seleção da *Cavalleria Rusticana* de Mascagni, depois contou animadíssimo sobre o comercial de cerveja do qual havia participado.

— Sem falar no seguinte: se Russo tornar-se o chefe supremo, conhecendo a cabeça do embaixador como eu conheço, receio que o Cara-de-Pau tenha mais acesso ao presidente do que nós.

— Isso eu já tinha adivinhado — disse Tom. — Mas nunca tinha ouvido você chamar Russo dessa maneira. Nunca ouvi você chamar nenhum *Don* pelo apelido.

— Bem, a razão para isso me leva à segunda coisa. — Michael sorriu. Mas sem o menor laivo de alegria. — Quer saber quem me deu este isqueiro?

— Deixe-me adivinhar. Russo.

— Agora você quer adivinhar, não é? Não, Tom. Não foi o Russo.

Michael contou a ele sobre Geraci.

Contou a ele sobre como havia tentado matar Geraci.

Contou a ele sobre a necessidade de tentar outra vez, quando chegasse a hora.

Hagen ouviu em silêncio, sabendo que deveria ficar irritado por ter ficado por fora durante tanto tempo, em vez de reprimir o entusiasmo que sentia.

Foi buscar mais um Jack Daniel's. Michael, que quase nunca bebia, nem mesmo vinho, pediu que ele lhe servisse uma dose também.

— Uma pergunta — disse Hagen, entregando o copo a Michael. — Por que você acha que a CIA não fará conosco o mesmo que você está planejando fazer com Geraci? Usar a gente para executar o serviço e depois apagar o arquivo?

— Fico feliz por estar trabalhando assim com você outra vez — disse Michael.

— E...

— *Touché* — admitiu Michael. — Essa é a parte mais difícil. Temos as conexões necessárias para jogar o FBI contra a CIA e vice-versa, pelo menos até certo ponto. E não se esqueça: temos um parente no Departamento de Justiça.

510 Mark Winegardner

— Quem, Billy Van Arsdale? — perguntou Hagen, em tom de mofa.

— O garoto ainda acha que conseguiu o emprego por causa das conexões dos pais dele. Vai fazer o que puder para ficar o mais longe possível da gente.

— Vai fazer tudo o que a gente precisar que ele faça — disse Michael.

— Isto é, vai ser o nosso canarinho pessoal no governo. É ambicioso, e está ressentido. Acha que é por causa da sua relação conosco, via casamento, que está mofando nas bibliotecas de direito, e não brilhando nas entrevistas coletivas e nos tribunais. Não vamos precisar mexer os nossos pauzinhos para conseguir uma promoção para ele. É o próprio garoto quem vai nos usar, isto é, usar aquilo que acha que sabe sobre nós, para conseguir o que quer. *Aí então*, com muita delicadeza, nós pedimos a ajuda dele.

— Em outras palavras — disse Hagen, mordendo os lábios para não sorrir —, fazemos a ele uma oferta irrecusável. Brilhante, Mike. O velho ficaria orgulhoso de você.

Vito Corleone jamais havia colocado os pés em Las Vegas, mas os dois homens na varanda sentiram a força do legado paterno cingi-los como um braço quente e forte.

— Vamos ver — disse Michael. — O teste final de qualquer plano é a execução.

— À execução — brindou Hagen, ciente da gravidade do próprio trocadilho.

LIVRO VIII

1961-1962

Capítulo 28

Assim, Michael Corleone e Nick Geraci começaram seu último ano de suposta parceria numa situação de impasse, típica de uma perfeita Guerra Fria.

Ambos haviam se atacado mutuamente, pressupondo que o outro de nada sabia.

Acreditando abrigar algum segredo, estavam sempre atentos para não entregar o ouro ao bandido num breve momento de descuido.

Talvez já estivessem loucos para matar um ao outro, mas não podiam.

Não seria seguro para Geraci investir contra Michael (ou mesmo contra Russo) sem a anuência da Comissão, o que seria praticamente impossível de conseguir uma vez que ele não estava *na* Comissão. Além disso, matar Michael Corleone seria o mesmo que matar o mais poderoso exército — por ora à sua disposição — de políticos, juízes, tiras, líderes sindicais, peritos de incêndio, fiscais de construção, médicos-legistas, diretores de jornais e revistas, produtores de noticiários de TV e escriturários estrategicamente distribuídos que o mundo jamais vira. Ninguém além de Michael e Hagen conhecia a lista completa de poderosos na folha de pagamentos da família ou sabia inteiramente como acioná-los, e Hagen parecia incorruptível. Michael havia sido leviano com Hagen, mas aqueles dois precisavam um do outro como se fossem um velho casal de marido e mulher. Ainda que estivesse enganado quanto a isso, Geraci tinha toda razão ao temer o risco de tentar cooptar Hagen. As chances de que obtivesse sucesso eram de uma em um milhão; o mais provável era que acabasse morto. Mesmo

514 Mark Winegardner

que ficasse livre de Michael, Geraci mal podia imaginar Hagen — em Nevada, sequer um italiano, nenhum interesse em assumir a operação — dizendo: "Oquei, Nick, é assim que as coisas funcionam." O acesso que Geraci tinha àquela máquina de conexões, ainda que indireto, era valioso demais para ser posto em risco.

Michael, por sua vez, precisava de Geraci muito mais do que gostaria e, portanto, não podia matá-lo. Quem mais poderia levar a cabo aquela missão em Cuba? Michael precisava de alguém que escolhesse os homens certos, executasse o serviço e, uma vez tudo terminado, pudesse ser jogado no lixo. Geraci e Cuba: a mão e a luva.

Mais importante do que isso, quem mais, naquela fase de transição, poderia parecer um chefe plausível aos olhos dos outros *Dons*? Matar Geraci agora seria o mesmo que matar a única oportunidade que Michael tinha de cumprir a palavra que dera à mulher e ao pai.

À ex-mulher. Ao finado pai.

Tanto faz. Divórcio e morte são coisas terríveis, mas o homem que se vale delas para se eximir de uma promessa não pode fazer jus às calças que veste.

Nick Geraci não havia percebido o problema da tremedeira até o dia em que recebeu a notícia de que era o novo chefe. Os acessos não sumiram por inteiro depois disso, mas permaneceram quase imperceptíveis — e facilmente explicáveis (frio, excesso de café) — até o verão daquele ano, mais ou menos na época em que ele foi a Nova Jersey com Joe Lucadello, que se fizera passar pelo agente Ike Rosen, no intuito de visitar o terreno pantanoso que ele, Geraci, havia encontrado para o cemitério de Fredo. Geraci armazenava coisas no celeiro e de outra forma não usava o terreno para nada. À hora que quisesse poderia vendê-lo por um preço duas vezes maior.

Foram todos juntos no mesmo carro; Donnie do Saco ao volante e Carmine Marino, o siciliano com cara de bebê, também no banco da frente. Rosen usava um tapa-olho e nem de longe parecia judeu. Trouxera consigo outro agente, supostamente chamado Doyle Foster, um anglo-saxão modelar e de queixo muito firme. O mesmo deputado que havia contado a Geraci que Michael jamais participara das reuniões da equipe de transição comentara essa história com o diretor Albert Soffet,

A Volta do Poderoso Chefão   515

que aparentemente havia confirmado: Rosen e Flower eram mesmo agentes de campo da CIA. Mesmo assim Geraci providenciou um carro de retaguarda, com Eddie Paradise e mais alguns armários, apenas como precaução.

Eles entraram na estradinha lamacenta e esburacada que levava ao celeiro. Lixeiros e cidadãos menos conscienciosos vinham usando o lugar como monturo. O terreno cobria-se de fogões, vasos sanitários e carcaças enferrujadas de carros e máquinas agrícolas. A ilha de entulho no lago espumado era parte do que um dia fora o estádio de Ebbets Field.

— Belo lugar pra enterrar presuntos — disse Rosen.

— Eu não saberia dizer — devolveu Geraci, o que era verdade. Se porventura houvesse algum cadáver recente por ali, sua organização não teria nada a ver com o assunto. Os mafiosos locais, gente de Stracci, quase todos, conheciam e respeitavam o proprietário do lugar. — Somos o melhor bicho-papão que os tiras já inventaram. Sempre que vocês encontram um corpo enrolado num tapete, somos nós que levamos a culpa.

— Não somos tiras — disse Rosen.

— Minha avó usava uma dessas também — disse Flower, apontando para a bolsa de colostomia de Donnie.

— A gente acaba se acostumando — disse Donnie. — Como o seu amigo pirata ali, com aquele troço no olho.

— Você cagou? — perguntou Rosen. — Está fedendo a merda aqui.

Donnie dobrou uma curva com tamanha violência que levantou lama por todos os lados; estava prestes a dizer uma besteira qualquer quando foi interrompido por Carmine.

— Não é a merda que fede. É Nova Jersey.

Flower e Geraci riram juntos, o que serviu para reduzir a fervura do ambiente. Carmine era um líder nato. Tinha quase trinta anos, mas aparentava ser dez anos mais moço. Era parente dos Bocchicchio por parte de mãe e neto de Cesare Indelicato, o *Don* palermitano, parceiro de Geraci no contrabando de narcóticos desde o início. O garoto viera para os Estados Unidos como refém por ocasião do primeiro encontro de todas as famílias. Cinco anos depois já comandava uma equipe inteira de patrícios na região da avenida Knickerbocker.

Dois carros estavam estacionados atrás do celeiro. Ainda era dia, mas ambos chacoalhavam por força do sexo ilícito que ali se dava.

— O único problema que temos por aqui — disse Geraci —, no que se refere à população local, é esse.

O carro de retaguarda parou atrás deles. Eddie Paradise saiu sozinho.

— Você está tremendo mais que aqueles dois carros — disse Rosen.

— Algum problema?

— É o Donnie e essa porcaria de ar-condicionado — disse Geraci, embora não estivesse particularmente frio dentro do carro. Ele desceu. Movimentar o corpo ajudaria a parar a tremedeira.

Carmine também desceu. Ato contínuo, sacou da pistola e disparou três vezes contra a lateral do celeiro.

Os carros invasores imediatamente pararam de chacoalhar; apavorados, os fornicadores recolheram as roupas espalhadas pelos bancos. Carmine disparou mais um tiro.

— Quatro moscas na parede enorme de um celeiro — zombou Flower. — Belo começo, meu amigo. Mas vou logo avisando. Os testes ficam bem mais difíceis daqui para a frente.

Carmine acenou ao ver os carros fugirem em disparada.

Todos deram uma boa risada, até mesmo os agentes. A tremedeira de Geraci já havia parado.

— Da última vez que ele fez isso — disse Donnie —, os coitados ficaram atolados na lama. A gente ia ajudar, mas eles saíram do carro e picaram a mula. Foi um dos carros que estavam sendo desmanchados quando um amigo nosso foi preso. Mas nem sei se um carro abandonado pode ser chamado de roubo.

Momo, o Barata, por acaso estava presente quando a oficina de desmanche foi alvo de uma batida policial. E agora cumpria pena por furto.

— Eu chuparia os peitos daquela do Ford como se não houvesse amanhã — disse o agente Flower.

— Com uns peitões daqueles, foda-se o amanhã — secundou Carmine.

— Nada mal, nada mal... — murmurou Rosen, o olhar varrendo o horizonte.

A Volta do Poderoso Chefão   517

Geraci levou um instante para perceber que ele não falava dos seios da ruiva, mas avaliava o terreno à sua frente.

— Então, o que achou? — quis ele saber.

Perdido em seus pensamentos, Rosen não se deu ao trabalho de responder. Geraci conduziu-os para o interior do celeiro. Rosen meneou a cabeça em sinal de aprovação. A construção parecia dilapidada apenas pelo lado de fora. Por dentro, havia sido fortificada pelo sujeito que blindava carros para os Corleone.

— Alguém tem um pedaço de papel? — perguntou Rosen, com um lápis na mão.

Flower tirou um pequeno bloco do bolso da camisa.

— Maior. — Rosen tamborilava o lápis no ar com uma velocidade de dar inveja a Buddy Rich.

— Temos uma embalagem de confeitaria — disse Eddie Paradise.

Rosen franziu a testa. Ao fazê-lo, quase deixou ver o que escondia por trás do tapa-olho.

— Eu preciso de *papel*.

— Sinto muito — disse Eddie. — Nunca escrevo nada. Para não perder depois.

Geraci procurou no carro e encontrou o caderno de biologia de sua filha Bev.

— Isso serve?

Rosen agradeceu-o. Sentou-se no chão e começou a rascunhar plantas para transformar o celeiro numa academia. Parecia desenhar com a rapidez que lhe permitiam as mãos. Saiu novamente, encontrou um lugar onde poderia ser construída uma caserna e desenhou mais uma planta. Certamente inspirado por Carmine e Donnie, que do alto de uma colina atiravam em gaivotas e ratos, Rosen deu alguns passos e rascunhou uma linha de tiro.

Donnie não acertava em nada, mas Carmine parecia um Buffalo Bill, reduzindo dezenas de gaivotas a montículos de penas ensangüentadas. Salvo os que já tivessem passado pela polícia ou pela guerra, a maioria dos homens naquele ramo, até mesmo Geraci, mal conseguia acertar a parede lateral de um celeiro. Os tiros que se faziam necessários eram disparados à queima-roupa. Geraci sequer tinha ouvido falar de algum assassinato realizado com um fuzil, decerto a arma que seria

518 Mark Winegardner

usada na missão em Cuba. Quem já tinha ouvido falar de um atirador de elite na Máfia? Isso posto, para apagar um confesso inimigo da liberdade, quem melhor do que Carmine Marino?

— Aposto que você nunca viu nada igual, heim? — disse Flower, cutucando Geraci com o cotovelo e apontando o queixo para o parceiro que ainda desenhava freneticamente.

Rosen entregou-lhe o caderno de Bev. Considerando-se a rapidez com que tinham sido executados, os rascunhos revelaram-se surpreendentemente bons o bastante para serem tidos como definitivos. O projeto da caserna era limpo e simples.

— Sou um arquiteto frustrado — disse Rosen, meio que se desculpando.

Geraci disse que dispunha de uma equipe capaz de executar a tal missão em três dias. Rosen franziu o cenho e disse que as coisas eram bem mais complicadas do que isso. Uma trama cerrada de disposições governamentais inviabilizava uma ação mais rápida, por motivos não só monetários (Geraci podia executar o serviço, mas tinha o direito de embolsar uns trocados a título de recompensa) mas também de segurança.

Foi aí que Geraci teve certeza de que a história toda era para valer. Os palhaços realmente trabalhavam para o governo.

Rosen tomou de volta o caderno e folheou as páginas como uma solteirona lambendo a vitrina de uma loja de vestidos de noiva.

— Sei não — ele disse. — Seria melhor se os locais não fossem um problema.

— Problema como? — perguntou Geraci.

— Acabar com o lugar que as pessoas usam para desovar o lixo mais pesado ou para comer a babá — respondeu Flower — pode chamar muita atenção na comunidade.

— Ainda mais em Nova Jersey — disse Carmine, que tinha voltado ao carro em busca de mais munição.

— Eu sou *de* Nova Jersey, meu camarada — disse Rosen.

— Então você sabe — concluiu Carmine, sacudindo os ombros e batendo o porta-malas.

— Gosto de você — disse Flower, dando tapinhas nas costas de Carmine. — Exatamente o tipo de pessoa que estamos procurando.

A Volta do Poderoso Chefão   519

— Minhas costas — falou Carmine. — Nunca mais encoste as mãos nelas.

— Ele tem um problema com isso — explicou Geraci. — Com os tapinhas nas costas.

— Problema? — perguntou Carmine. — Problema vai ter quem encostar em mim outra vez.

— Agora já não tem mais dúvida — disse Flower. — Marino, você está no topo da minha lista. Com essa atitude e aqueles ratos mortos ali, vai ser difícil aparecer alguém melhor do que você.

Carmine abriu um sorriso largo e deu um tapa nas costas de Flower, que fez menção de retribuir o gesto, mas parou a mão no ar. Os dois caíram na gargalhada.

— O único italiano que já vi que não gosta de ser tocado — resmungou Rosen.

O que fez Geraci cogitar se ele, Rosen, na verdade não seria italiano ou se isso era o que diria alguém que não fosse mesmo italiano.

— Os locais não vão causar nenhum problema — ele disse. — Pode confiar em mim.

No dia seguinte, uma placa foi colocada na rodovia, anunciando um loteamento novo e exclusivo: LOTES DE LUXO — VENDAS A PARTIR DE JUNHO DE 1962! Dali a um ano. Isso transformaria numa vantagem qualquer curiosidade que os locais pudessem ter. As expectativas seriam tão grandes que talvez até valesse a pena tocar o projeto adiante — drenar o pântano, contratar advogados e arquitetos, subornar a comissão de planejamento: a rotina de sempre para os loteamentos, fosse para um *Don* da Máfia ou para outro qualquer.

Naquela noite, durante o jantar, Nick Geraci voltou a tremer, o suficiente para deixar Barb e Bev assustadas. Charlotte quis chamar uma ambulância.

— Não é nada — ele disse. — É o café, só isso.

— Achei que você tivesse parado de tomar café.

— Esse é o problema. Hoje à tarde tomei uma xícara de *espresso* no clube.

O que não era verdade. Concentrando a atenção no movimento das mãos e dos maxilares enquanto comia, Geraci conseguiu fazer com

520   Mark Winegardner

que a tremedeira parasse. Mas ao ver o marido ter mais um acesso na manhã seguinte, Charlotte disse que, se ele não fosse ver um médico, ela cravaria uma faca na perna dele de modo que não lhe restasse outra opção. Foi à cozinha e buscou a maior faca que encontrou. Geraci riu e disse que a amava. Charlotte balançou a faca e disse que não estava brincando.

— Eu também não — disse Geraci. E não estava mesmo. Ele levantou a mão trêmula. — Pode chamar o médico para mim, não vou consegui discar. — Mas tão logo ela desligou o telefone, a tremedeira passou.

O clínico da família acorreu sem tardar. Fustigou-o com instrumentos e perguntas, mas parecia perdido.

— Talvez seja alguma coisa na sua cabeça — ele disse. — Tem tido dificuldades no trabalho? Muita pressão, estresse, esse tipo de coisa? Ou em casa. Está tudo bem por aqui?

— O senhor está achando que eu fiquei maluco, é isso?

O médico sugeriu que ele consultasse um especialista.

— Se "especialista" for um apelido para psiquiatra, esqueça.

O médico disse que compreendia sua posição.

O especialista era um neurologista supostamente de renome mundial; um baixote, com menos de 1,60 m. Diagnosticou um tipo brando de mal de Parkinson, associado às inúmeras pancadas que Geraci sofrera na cabeça como pugilista e decorrente de uma concussão grave.

— Nem levei tantas pancadas assim na cabeça — retrucou Geraci.

— Vocês do boxe são todos iguais. Só se lembram das fuças do adversário. Mas como se deu essa concussão? Foi recente, não foi?

Geraci não havia dito ao médico uma única palavra sobre o acidente que por pouco não o matara.

— Acho que sim — ele respondeu. — Seis anos atrás, se é que isso é recente.

— O que aconteceu há seis anos?

— Eu caí — disse Geraci. — Caí feio. Perdi o rumo de casa.

O médico examinou os olhos de Geraci com a lanterninha.

— Caiu de onde? — perguntou. — Do Empire State?

— Mais ou menos isso.

*

A Volta do Poderoso Chefão

De uma janela no andar superior da Focacceria Antica, Nick Geraci observava um homem esguio e bigodudo — seu amigo e sócio Cesare Indelicato — atravessar a Piazza San Francesco, teoricamente sozinho. A *piazza* era um oásis de luz encastoado num labirinto de ruas estreitas e escuras na parte mais velha de Palermo.

Na verdade Don Cesare nunca andava sozinho. Treinara seus soldados e guarda-costas a se misturarem à paisagem. Um observador incauto jamais poderia supor que os rapazes recostados nas suas Vespas diante da catedral eram homens de Don Cesare, assim como os outros quatro que discutiam futebol na varanda do restaurante. Um observador incauto teria achado que o homem comum atravessando a *piazza* no seu terno igualmente comum fosse um professor de História às vésperas da aposentadoria, em vez de um herói da invasão da Sicília pelos Aliados e o mais poderoso chefe de Máfia em Palermo.

Embora também seja verdade que Palermo é uma cidade de poucos observadores incautos.

Eram três da tarde, e o restaurante estava fechado. O garçom que os atendia havia sido revistado e aprovado pelos homens de Don Cesare, um dos quais montava guarda à porta. Havia homens no andar de baixo também, vigiando os cozinheiros e a porta dos fundos.

Saboreando um bom vinho e o sanduíche de baço de boi responsável pela fama da casa, Geraci e Indelicato discutiam diversos detalhes de sua pujante sociedade no tráfico de narcóticos. Conversavam o tempo todo em inglês, não em prol da segurança, mas porque, mesmo depois de tantas viagens de negócio à Sicília, tantos anos de convivência com sicilianos nativos, o italiano de Geraci era vergonhoso, e seu siciliano, ainda pior. Um bloqueio mental, ou algo parecido.

— É muito bom ver meu amigo gigante aqui na minha terra — disse Don Cesare, dando a última mordida no sanduíche e lambendo os dedos. — Mas esses assuntos, sei não, duvido de que tenham sido eles que fizeram você cruzar o Atlântico para me ver.

— Dessa vez a família veio junto — disse Geraci. — Minha mulher e as meninas. A mais velha vai para a faculdade no outono. Universidade, melhor dizendo. Estas talvez sejam as nossas últimas férias em família.

522 Mark Winegardner

Elas ainda não conheciam sua ilha maravilhosa, mas agora já andaram por todos os cantos, pelo menos o que foi possível fazer em dez dias. — Teriam ficado por mais tempo, mas haviam sido obrigadas a viajar de navio. Nick Geraci ainda não tinha a menor intenção de colocar os pés num avião outra vez. — Na verdade, eu mesmo nunca tinha tido a oportunidade de vir aqui a passeio. Nunca tinha ido a Taormina antes, dá para acreditar?

Don Cesare abriu os braços num gesto de desolação.

— O melhor hotel em Taormina por acaso é meu! Por que não disse que estava indo para lá? Eu teria providenciado um tratamento de rei, para você e para a sua família!

— O senhor já faz muito por mim, Don Cesare. Não gostaria de lhe dar mais esse incômodo.

Mas Don Cesare só largou o osso depois de Geraci prometer que voltaria a Taormina ainda no ano seguinte e se hospedaria no hotel do sócio, no topo de uma montanha.

— Mas o senhor tem razão, Don Cesare. Minha visita tem mais um motivo. Seu afilhado mais novo, Carmine Marino.

O *Don* ficou preocupado.

— Algum problema com ele?

— Não, nenhum problema — disse Geraci. — Carmine talvez seja o melhor da minha equipe. E é por isso que preciso conversar com o senhor, sobre um trabalho que tenho para ele. Um trabalho importante, mas muito perigoso.

Geraci ficou tentado a abrir o jogo com ele. Indelicato era um aliado de peso, e até mesmo de confiança. Mais que isso, era a única pessoa que Geraci conhecia que já havia trabalhado com a CIA antes. Durante a guerra, os membros da Máfia que não haviam sido deportados para Ustica pelos fascistas operaram na Sicília como a Resistência na França. Indelicato rapidamente despontou como um dos líderes dessa força rebelde, violenta e eficaz. Por intermédio de Lucky Luciano, o *Don* norte-americano deportado, encontrou-se com agentes da OSS — a predecessora da CIA — para dar as informações que pavimentariam o caminho para a invasão da Sicília. Teria sido dele a idéia de jogar do céu milhares de lenços vermelhos com o famoso monograma de Luciano, um "L" em letra cursiva, para

A Volta do Poderoso Chefão

alertar o povo siciliano — mas não os invasores fascistas ao norte — do que estava por acontecer. Os ingleses, que não haviam colaborado com a Máfia, sofreram consideráveis baixas nos seus esforços para tomar o terço oriental da ilha; nos outros dois terços ocidentais, contudo, sobretudo nas regiões que se configuravam como redutos da Máfia, os norte-americanos sofreram baixas muito menores, certamente em virtude das informações que haviam colhido antes. Depois da invasão, em muitas das cidades ocupadas pelos norte-americanos, os civis instalados como prefeitos temporários eram mafiosos. Quando os Aliados se retiraram, a maioria deles permaneceu no cargo. E quando os *Dons* foram liberados de Ustica, voltaram para casa e constataram que, por obra e graça dos Estados Unidos e da OSS, o poder político da Máfia havia crescido exponencialmente. Pouco depois Cesare Indelicato foi eleito a uma vaga no Parlamento italiano e liderou um movimento de secessão, surpreendentemente popular, no sentido de fazer da Sicília o quadragésimo nono estado norte-americano.

Geraci acabou preferindo não arriscar.

— Não posso dar nenhum detalhe — ele disse. — Só o que posso dizer é que Carmine quer fazer o serviço e que teria outros homens junto com ele, sob o comando dele.

— E você me diz isso por quê? Por que razão? Como posso dar a minha bênção se não sei o que estou abençoando?

— Se o senhor me disser para tirar Carmine desse serviço, eu vou tirar. Mas não posso revelar o que vamos fazer. O que precisamos fazer.

Don Cesare refletiu um pouco e disse:

— Pelo que entendi, você está pedindo que eu aprove que meu afilhado Carmine, que manda um dinheirinho para a família todos os meses, seja mandado para fazer uma coisa que pode terminar em morte, é isso? Caso contrário, você não precisaria da minha aprovação para nada.

Geraci respondeu apenas com um silêncio.

— E você sabe que ele é ligado ao clã dos Bocchicchio, não sabe? Eu não queria estar na pele do responsável por alguma coisa que pudesse acontecer a ele.

524 Mark Winegardner

Don Cesare disse isso sem o menor traço de convicção, claramente pisando em ovos. Geraci sabia muito bem quem eram os parentes de Carmine Marino.

Permaneceu em silêncio até dobrar Don Cesare pelo cansaço.

— Mais uma pergunta, então — disse o *Don* por fim. — Carmine, ele sabe de tudo o que você sabe, do perigo e também das causas desse perigo, e ainda assim quer fazer o serviço, *si?*

— Isso mesmo. Quer fazer o serviço de todo jeito.

Don Cesare pôs-se a balançar a cabeça para a frente e para trás, dando a entender que refletia sobre a repercussão do que diria a seguir.

— Carmine já é homem feito — ele disse então. — Não precisa de mim para saber a besteira que pode ou não pode fazer.

— Obrigado, Don Cesare.

Pressentindo mais um acesso de tremedeira, Geraci levantou-se e foi ao banheiro, embora quisesse apenas movimentar o corpo e concentrar-se nos movimentos até que os tremores passassem. Por algum motivo, quase nada funcionava melhor nesse sentido do que qualquer uma das coisas que podia fazer com o próprio pinto. Urinar era geralmente mais prático que a outra.

— Por diversas razões — ele disse tão logo voltou à mesa —, uma delas sendo que Carmine será o líder do grupo, acho melhor que todos os homens envolvidos nessa operação sejam sicilianos. — Outra dessas razões era que entre os sicilianos não havia nenhum impedimento contra o assassinato de policiais e políticos.

— Você precisa de gente, eu arrumo para você.

— Ótimo. Mas não posso correr o risco de trazer homens só para esse serviço. Preciso de gente que já esteja nos Estados Unidos por algum tempo. Também não quero usar muitos membros do clã de Carmine, principalmente se alguma coisa acontecer ao garoto, Deus permita que não. Vou chamar a turma da pizza, os melhores. Alguma objeção?

— Se não for para roer um osso duro, então para quê, me diz?

Quase todos os homens que trabalhavam clandestinamente nas pizzarias norte-americanas haviam sido despachados por Cesare Indelicato.

— Muitas dessas pessoas eu nem conheço — disse Geraci.

A Volta do Poderoso Chefão

— Claro que não conhece. Eles não se metem em encrencas, não têm problemas, como é que você ia conhecer?

— Exatamente. Tem gente que trabalha para mim há quase sete anos. Gente que eu nunca vi. Preciso do seu conselho, Don Cesare. Se o senhor tivesse de escolher, digamos, os quatro melhores entre todos que o senhor despachou, em termos de coragem, caráter, miolos, quem seriam eles?

Geraci achou que teria de lhe dar um tempo para refletir, mas Don Cesare respondeu de pronto e ainda por cima descreveu com apuro os talentos especiais de cada um. Se eles fossem tão bons quanto o *Don* asseverava, Carmine decerto poderia ser poupado da arriscada missão.

— Ainda tenho mais um assunto a tratar com o senhor — disse Geraci. — Tem a ver com um traidor infiltrado na sua gente. Um homem que mandaram dos Estados Unidos para cá. Um sujeito inconveniente para nossa Comissão, segundo eles concluiriam.

Geraci não podia sujar as próprias mãos, como naturalmente Don Cesare compreendia. Ele era um Chefe. Esse tipo de coisa cabia aos outros fazer.

Com muita dificuldade, o debilitado frei capuchinho descia as escadas até as catacumbas do mosteiro. Tinha glaucoma nos olhos e artrite reumatóide nos quadris, mas fazia de tudo para não se tornar um estorvo para os colegas de ordem. Ainda podia desempenhar a maioria das tarefas que lhe haviam sido atribuídas quando ainda jovem ele chegara a Palermo, das mais sublimes — o trato do jardim, a preparação das refeições para os irmãos em Cristo, o embalsamamento dos mortos a serem enterrados no vizinho cemitério municipal — até as mais ridículas, como a venda de cartões-postais aos turistas e o recolhimento do lixo que eles deixavam para trás: latas de refrigerante, garrafas de vinho, lâmpadas de *flash* queimadas (embora a fotografia fosse explicitamente proibida) e até mesmo, certa vez, um preservativo usado.

Era depois do almoço, quase três da tarde, quando as catacumbas reabririam para visitação pública. Um grupo de turistas alemães aglomerava-se do lado de fora, diante do gradil de ferro do portão de entra-

526   Mark Winegardner

da. Quanto mais avançava, menos o frei ouvia aquela algazarra vulgar. Sorriu e agradeceu ao Senhor Todo-poderoso por fazê-lo reconhecer que até mesmo a audição debilitada podia ser uma bênção divina.

Ao sopé da escada havia uma embalagem de chocolate. Os joelhos do frei estalaram quando ele abaixou-se para apanhá-la.

Nos túneis à sua frente repousavam os despojos frágeis e finamente vestidos de oito mil sicilianos. Muitos penduravam-se de ganchos em longas fileiras, o crânio inclinado para a frente, o que o frei gostava de interpretar como uma apropriada demonstração de humildade. Outros ficavam em prateleiras ou entulhados, do chão ao teto, no interior de alcovas incrustadas nas paredes. Alguns poucos jaziam em ataúdes de madeira, a cabeça deitada em almofadas cobertas pelo pó que um dia fora carne. Em vida, haviam sido condes e condessas, cardeais e prelados, heróis militares que lutaram ao lado de Garibaldi ou brandiram suas espadas contra ele. Alguns, até mesmo o próprio avô do frei, haviam sido aviltados na sua passagem pela Terra por força de sua associação com aqueles que os sicilianos chamavam de "os Amigos". Oito mil mortos: pessoas que haviam desembolsado uma régia quantia em favor da ordem para que seus restos, ou os de seus entes queridos, pudessem ser exibidos ali. A loucura de tudo aquilo não escapava ao frei. Com uma única exceção — *La bambina*, cuja presença se devia em parte ao frei —, a ordem havia parado de aceitar corpos em 1881, oitenta anos antes, quando o frei ainda tinha dois anos de idade. Em grande parte aquelas pessoas que tanto haviam desejado ser lembradas foram esquecidas por todos, senão pelo próprio Criador. Poucas das crianças — até as que preenchiam uma câmara inteira — eram pranteadas por um único vivente que fosse. A putrefação daqueles oito mil corpos era dificultada pela arte dos competentes embalsamadores capuchinhos, bem como pelo ar fresco e seco que varria as catacumbas. Não obstante, relevando-se *La bambina*, a putrefação e o esquecimento ali haviam chegado.

O frei mantinha-se à esquerda, esquadrinhando o chão à procura de escombros ou de ossos caídos. Seus avós, oriundos do pequeno vilarejo de Corleone, estavam entre os que pendiam das paredes. O avô usava um paletó de veludo verde (que escondia o ferimento à bala nas

A Volta do Poderoso Chefão   527

costas, bem como a barra de ferro que impedia o desmoronamento do friável esqueleto). A avó (um braço havia caído algum tempo antes e fragilmente reatado ao tronco com um pedaço de arame) usava o vestido de noiva. Quando o frei ali chegara, eles, assim como muitos dos mortos, ainda tinham rosto. Por meio século ele havia acompanhado o desaparecimento diuturno dos olhos e da pele de seus antepassados. Beijou a ponta dos dedos e, com a delicadeza de uma aranha, tocou a fronte dos avós. Sussurrou uma oração pela alma deles e apressadamente seguiu adiante.

Ao fim do túnel ficava *La bambina*, a adorável menininha de dois anos que morrera em 1920 e tornara-se uma das principais atrações turísticas da Sicília. O médico responsável pelo embalsamamento havia convencido os freis a permitir que ele usasse uma nova técnica de sua própria invenção. Antes de passar seu segredo adiante, ele também morreu (do pecado capital da soberba, dizia o frei aos irmãos mais jovens, embora a *causa mortis* tivesse sido uma prosaica ruptura do baço). O frei ancião havia consumido muitas horas no estudo das anotações avarentas do médico e do corpo da própria menina, tentando em vão desvendar o procedimento utilizado. A criança de longos cabelos dourados no interior daquela urna de vidro chegara ali fazia quarenta e um anos, mas aparentava ter morrido apenas alguns dias antes.

O frei aproximou-se de *La bambina*; receava que os olhos turvos lhe pregassem uma peça. Ao lado da pobrezinha, um corpo tão bem conservado quanto o dela recostava-se contra a parede.

Ele esfregou os olhos. Tratava-se de um homem calvo, metido numa capa de chuva. Diamantes reluziam nos anéis e no prendedor da gravata. Os mortos não eram enterrados ali com suas jóias. Então o frei reparou nas duas linhas escuras e distintas que corriam dos cantos da boca até o queixo, e ficou aliviado.

Só podia ser uma enorme marionete. As jóias decerto eram falsas. Uma brincadeira esdrúxula, mas depois de tantos anos em Palermo o frei já não se deixava surpreender com o que via naquela cidade.

Aproximou-se mais.

As linhas que ladeavam a boca de Sal Narcucci, o Sorridente, eram na verdade fiapos de sangue.

528 Mark Winegardner

A corda usada para garroteá-lo — pouco antes do meio-dia, quando as catacumbas fechavam para o almoço — repousava no chão ao lado dos sapatos encerados do morto.

O frei levou um tempo para digerir o que se dera ali, naquele lugar sagrado e improvável, e depois sentiu um peso no espírito. Um ladrão comum teria levado as jóias. Um assassino ordinário teria escondido o corpo em vez de abandoná-lo *ali*, justo na câmara de *La bambina*. O velhinho rugiu uma sucessão de vitupérios contra os Amigos. Quem mais poderia fazer uma coisa daquelas? Ele vivera uma vida inteira de penitências na esperança de expiar os pecados de sua violenta família, mas volta e meia essa mesma violência batia à sua porta. E agora, já no fim da vida, aquela atrocidade. Viu naquilo tudo uma cruel inevitabilidade. O ódio invadiu-lhe o corpo feito veneno. Os vitupérios ficaram mais altos.

Mais tarde, no depoimento às autoridades, os freis que vieram ao seu auxílio disseram que haviam encontrado o estimado irmão caído no chão, morto, o rosto vermelho como o terço direito da bandeira italiana.

No terraço de sua *villa* nas encostas de um penhasco, com vista para a cidade medieval que ele praticamente governava, Cesare Indelicato recebeu, da boca do próprio assassino, o relato do que havia acontecido. E maravilhou-se com o mórbido senso de humor de Deus. Don Cesare jamais havia deitado olhos no tal frei, embora reconhecesse o nome dele. Felice Caprisi, avô do *Don* palermitano, havia assassinado o avô traidor do falecido frei. Mais estranho ainda, duas pessoas lhe haviam encomendado a morte de Narducci (primeiro Thomas Hagen e depois Nick Geraci). O soldado de confiança destacado para o serviço havia matado o homem apenas uma vez, mas quis a veia poética do Criador que aquele assassinato solitário se desdobrasse em duas mortes.

Don Cesare agradeceu o assassino e despachou-o.

Sozinho, balançando a cabeça num gesto de assombro, ele levantou a taça de grapa na direção de Palermo e do horizonte já em vias de escurecer.

Que brinde poderia fazer àquele mundo e àquele Deus que haviam feito dele um homem tão rico e tão feliz, que recompensavam cada um

A Volta do Poderoso Chefão   529

dos seus atos mais dúbios ao mesmo tempo que puniam as formigui-
nhas supersticiosas que lá embaixo pelejavam para fazer o bem?

O quê?

— *Salut!* — bradou ele. E bebeu.

O brinde ecoou no penhasco. E ele bebeu outra vez.

Capítulo 29

No complexo de casas dos Corleone em Lake Tahoe, Theresa Hagen e Connie Corleone (que voltara a usar o nome de solteira) preparavam juntas o jantar, como faziam na maioria das noites em que ambas estavam em casa, o que era a maioria das noites. Alternavam cozinhas sem qualquer esquema preestabelecido que Michael pudesse notar, algumas noites na casa dele, outras tantas na dos Hagen. Connie passara por considerável mudança desde que desistira de fazer parte do *jet set* internacional e voltara para casa com o objetivo de ajudar o irmão, da mesma forma que parentes solteiras muitas vezes ocupam o posto de primeira-dama junto a presidentes solteiros ou viúvos. Theresa desempenhara um papel importante na reviravolta de Connie. Havia se tornado a irmã mais velha que Connie nunca tivera — com a tradicional implicância entre irmãs, é verdade, mas o carinho entre as duas era mais que evidente. Por influência de Theresa, Connie passara a se interessar pelas artes e agora ajudava a cunhada a levantar fundos para o estabelecimento permanente de uma sinfônica em Lake Tahoe. Ambas faziam parte da Liga de Mulheres Votantes. Ao longo do ano anterior, Connie passara a se vestir de maneira muito mais conservadora. Ela e Theresa eram clientes do mesmo costureiro que vestia a primeira-dama.

Tom e Michael escondiam-se no escritório de Hagen, o chalé de pedra nos fundos da casa, até que o jantar ficasse pronto. Os filhos de Connie davam nos nervos de Michael, até mesmo seu afilhado, Mickey Rizzi, que tinha seis anos e não parava de chorar. Connie administrava as coisas da casa, embora Michael pudesse ter contratado alguém para fazer isso no lugar dela. A convivência com os filhos de ou-

A Volta do Poderoso Chefão   531

tra pessoa em sua própria casa fazia com que ele sentisse ainda mais saudades de Tony e Mary, mais até do que se vivesse ali completamente sozinho. Sem falar nos filhos de Hagen, que moravam logo ao lado. Gianna Hagen e Mary tinham aproximadamente a mesma idade, haviam freqüentado a mesma escola e sido a melhor amiga uma da outra. Era impossível para Michael ver Gianna e não sentir uma pontada no coração por ter sido privado do simples prazer de contar à própria filha uma história de dormir.

Ele e Tom também tinham assuntos de trabalho a discutir, é claro. Tom havia conversado com o embaixador sobre a possibilidade de aumentar os afazeres de Billy no Departamento de Justiça; o embaixador disse que havia conversado com seu filho Danny, o procurador geral da República, mas Tom tinha lá suas dúvidas. Ao que tudo indicava, Billy ainda era alheado de tudo na procuradoria que pudesse ser de algum interesse para os Corleone.

Também havia o problema da explicação que Vincent Forlenza teria de forjar por ter mandado matar seu *consigliere* desde muito deportado, bem como o recado de Nick Geraci, dizendo que precisava falar com Michael em pessoa e a sós.

— Ele adiantou o assunto? — perguntou Michael, suspeitando de alguma relação com o caso Narducci.

— Não, não adiantou — respondeu Hagen. — Disse que poderia vir até aqui se fosse mais conveniente para... Ah, merda!

No pequeno gramado de golfe ao lado do escritório de Tom, Victor Rizzi — seu sobrinho de doze anos, recém-suspenso da escola por causa de brigas e bebida — deu um salto e levou ao chão Andrew Hagen, sete anos mais velho que o primo e prestes a começar o segundo ano na Universidade de Notre Dame. Andrew, que estudava teologia e planejava se tornar padre, provavelmente não fizera por merecer. Victor levantou-se cambaleando. Andrew largou o taco e atracou-se com Victor no gramado.

Michael fez menção de intervir.

— Deixa para lá — disse Tom. — Andrew é capaz de se defender.

— Não é com Andrew que estou preocupado.

Assustado e obediente, o *collie* dos Hagen correu até a porta dos fundos da casa, latindo. Não demorou para que Connie, com um aven-

532 Mark Winegardner

tal imundo amarrado à cintura, saísse ao jardim berrando por Victor. Andrew usou os braços mais compridos em benefício próprio e praticamente arrastou Victor até os pés da mãe furiosa.

— Isso faz você se lembrar de alguém? — disse Tom.

Michael sabia que Tom se referia a ele ou a Fredo, mas nenhum dos dois costumava brigar daquele jeito. Além disso, nem ele nem Tom jamais tocavam no nome de Fredo. Havia coisas que um homem era obrigado a fazer, e fazia, mas nunca abria a boca para falar delas depois. Não tentava justificar o que não podia ser justificado.

— Está falando de mim? — disse Michael. — Quando foi que eu...

— Tom revirou os olhos. Então aquela havia sido *realmente* sua tentativa de falar sobre Fredo. — Quando foi que... ele quis brigar com você ou com Sonny?

Tom balançou a cabeça, soturno.

— Eu não devia ter dito nada. Estou ficando velho, é isso.

Um átimo depois, Michael deu-se conta de que Tom não havia se referido a Fredo, mas sim a Carmela, que havia separado mais brigas na vizinhança do que qualquer policial em noite de ronda.

— De qualquer modo — continuou Tom —, Geraci levará um bom tempo para chegar até aqui. Vai ter de dirigir ou tomar um trem.

— Vou ver as crianças daqui a duas semanas.

— Se você quiser mesmo se encontrar com ele, então será esse o momento. Mas...

— Eu vou me encontrar com ele.

— Poder ser uma armadilha. Principalmente em Nova York, eu acho.

— Não se preocupe — disse Michael. — Al Neri tomará todos os cuidados.

— O que vai acontecer quando eles descobrirem que mandamos executar o serviço em Narducci antes deles?

Sal Narducci nunca dera sinais de que agüentaria firme em caso de tortura. Michael não se dispusera a correr esse risco em particular. Eles poderiam supor o que bem entendessem a respeito de Narducci, mas jamais ouviriam o que quer que fosse da boca daquele boçal.

— Como é que eles poderiam descobrir? — disse Michael. — Acionamos o mesmo homem que eles. Indelicato esperou até receber

A Volta do Poderoso Chefão 533

notícias deles, como já havia sido prevenido, e depois executou o serviço de acordo com nossas especificações.

— Você tem tanta confiança assim em Cesare Indelicato? Aquela foi a primeira vez que pus os olhos no homem. Mas faz anos que Geraci trabalha com ele.

— Cesare Indelicato já fazia negócios com os Corleone muito antes — disse Michael. — Não fosse pela ajuda do meu pai durante a guerra, estaria seqüestrando carroças de tomate até hoje. De qualquer modo, que motivos ele teria para tomar partido de alguém que não seja ele próprio? Recebeu dois pagamentos por um único trabalho rápido e simples. Não vai criar nenhum tipo de problema.

— Depois de toda aquela baboseira que Forlenza despejou na Comissão sobre as atividades de Narducci na Sicília — disse Hagen —, fiquei surpreso que ele não mandasse sua própria gente fazer o serviço. Ou pelo menos acionar Don Cesare.

— Forlenza dirá apenas que Geraci é de Cleveland, além de afilhado dele etc. etc., e que já iria para a Sicília a trabalho, o que é verdade. É uma história suspeita, mas da qual Don Forlenza nunca fez segredo. Já tinha dito à Comissão que era assim que pretendia cuidar do assunto. Brilhante. Deu a entender que não tinha nada a esconder.

— E você ainda tem certeza de que eles têm *mesmo* alguma coisa a esconder. — "Eles" eram Forlenza, Geraci e Russo.

— E do que é que a gente pode ter certeza nesta vida? — disse Michael. — Estou convencido o bastante, digamos assim.

— Se fosse outra pessoa — aconselhou Hagen —, eu diria para tomar muito cuidado.

Michael sorriu.

— Se eu tivesse ouvido isso de outra pessoa, ficaria ofendido.

— Acho que tenho uma idéia — disse Tom — sobre como lidar com Russo.

Mas foi interrompido por Connie, que batia no gongo como se estivesse pedindo socorro, e não avisando que o jantar estava servido.

Com todos já à mesa, foi um Victor machucado e devidamente punido quem puxou a oração de graça.

*

Francesca Van Arsdale havia passado a manhã inteira preparando um piquenique para surpreender o marido na hora do almoço, mas quando ela e o pequeno Sonny apareceram no escritório, Billy reclamou do calor escaldante e das hordas de turistas no gramado da Esplanada, até que se deixou convencer e agradeceu a mulher pelo gesto carinhoso.

— Não que eu tivesse algo de muito importante para fazer — emendou.

Billy por certo havia começado a trabalhar no departamento de Justiça com expectativas impossivelmente altas, embora, depois de sete meses de trabalho e muita frustração, ele ainda parecesse relutante em admiti-lo a si mesmo, e tampouco à mulher. Francesca lembroulhe de que ele tinha apenas dois anos de formado, mas isso foi o que bastou para que o marido desandasse numa litania de nomes que ela não conhecia — gente que, como ele, havia comandado o grupo de pesquisa legislativa em Harvard e agora fazia e acontecia nos cargos mais lucrativos e/ou glamourosos.

— Exatamente — ela disse. — E um dia, outros formandos mais jovens incluirão *você* numa lista semelhante. Eles vão dizer: "Sabe o que o senador Van Arsdale fazia..."

— Ora, Francie.

— "...depois de dois anos de formado? Trabalhava no Departamento de Justiça, é isso que ele fazia, e não para um procurador geral da República *qualquer*, imagina, mas para Daniel Brendan Shea, o maior procurador geral que este país já teve e, é claro, nosso trigésimo sétimo presidente, ou seja lá que número for."

Sonny pulava pelo gramado da Esplanada fazendo a famosa Dança do Macaco que aprendera assistindo ao seu programa predileto: *Jojo, Mrs. Cheese and Annie*. A não ser pelo capacete de futebol que bamboleava na cabeça, sua imitação de Jojo era perfeita, e os turistas paravam para assistir.

— Quando foi que ele aprendeu a fazer isso? — sussurrou Billy, abrindo a toalha.

— Na TV — respondeu Francesca. — "Meses atrás" teria sido a resposta correta. Billy franziu a testa, se confuso ou insatisfeito ela não queria saber. Sonny terminou sua apresentação e os circunstantes

A Volta do Poderoso Chefão   535

aplaudiram. Com firmeza, Francesca disse a ele que não poderia fazer como Jojo e dar um bis, porque era hora de comer.

Eles sentaram-se como uma família. "Por que ele não era capaz de apreciar *isso*?", pensou ela. Por que não podia aceitar *isso* como o sentido da vida e ficar feliz? Diante da infelicidade dele no trabalho — sobre o que ele falava o tempo todo — e da infelicidade de ambos com a perda do bebê — sobre o que eles raramente falavam —, Francesca convencia-se cada vez mais de que tinham de sair daquela cidade infernal. Billy havia sido inegavelmente carinhoso desde que ela ficara sabendo da traição até a noite do aborto, mas desde então ele mal tocava nela. Na única vez em que tentaram fazer amor, não conseguiu se excitar, e ela estava frágil demais para fazer alguma coisa a respeito. Saiu de cima dela, deitou-se de costas e usou a própria mão. Gozou, e ela começou a chorar, embora se sentisse estranhamente aliviada. Durante muitas noites depois disso, por nenhum motivo aparente, Billy havia dormido no sofá com a televisão ligada.

— Você não entende, Francie — ele disse. — É muito complicado. — Ele havia dobrado diversos guardanapos para forrar o chão, mesmo sobre a toalha, de modo a não sujar o terno. — Sento a bunda o dia inteiro na biblioteca — ele continuou, dando um tapinha na referida bunda — pesquisando citações de outras pessoas. Alguns dos advogados que escreveram essas coisas têm a minha idade, e a maioria nem sabe a diferença entre uma frase bem escrita e... sei lá, uma Dança do Macaco, mas...

— Dança do Macaco! — Sonny abandonou o sanduíche de lombo defumado, agarrou o capacete e saiu dançando. Billy não moveu uma palha. Francesca se levantou, apaziguou o filho e, mediante uma pequena concessão — permitindo que ele ficasse com o capacete —, conseguiu trazê-lo de volta.

— Quando eu estava no grupo de pesquisa, outras pessoas faziam isso *para mim*.

Francesca precisou de um segundo para dar-se conta de que ele havia se referido ao trabalho na biblioteca, e não aos seus esforços para controlar um garoto de quatro anos com fixação na Dança do Macaco. Billy tinha quem fizesse isso por ele também: a mulher. Francesca tinha apenas onze anos quando perdeu o pai. Sabia que talvez tivesse

536 Mark Winegardner

fabricado a imagem de um pai que na verdade nunca existira, mas não tinha a menor lembrança de vê-lo, uma única vez que fosse, lamuriando-se com a mulher.

— Bem, você não está mais no grupo de pesquisa, está?

— Como é que você vai entender o que eu estou dizendo? Nem chegou a se formar. Aliás, ninguém na sua família se formou.

— Isso é ridículo. Tia Kay é formada, tio Tom e tia Theresa também.

Billy riu.

— Mas nenhum deles é seu parente *de sangue*, é? A não ser por Theresa, eles nem são italianos.

Francesca teria soltado os cachorros no marido, pelo menos verbalmente, se Sonny não estivesse bem ali ao lado deles.

— Minha irmã *gêmea* se formou e agora está fazendo *doutorado*. Meu irmão Frankie está indo muito bem em Notre Dame e...

— Seu irmão Frankie joga *futebol*. Qual é a matéria mais difícil que ele está fazendo, teoria da musculação?

— Agora você passou dos limites. — A bem da verdade, Frankie estudava educação física e nunca havia sido bom aluno. Apesar disso, Francesca orgulhava-se do irmão. — Eu teria me formado também, se você não tivesse... — Sonny entretinha-se com o sanduíche, mas Francesca preferiu não correr o risco de dizer alguma coisa na frente dele.

— ...você sabe.

Billy deu de ombros.

— Quando um não quer, dois não brigam — disse ele. — Você teve a oportunidade de resolver o assunto; não resolveu porque não quis.

Billy imediatamente reconheceu o absurdo que acabara de dizer. O arrependimento estava estampado em seu rosto.

— "Resolver o assunto"? — perguntou Francesca.

— Desculpe! — Billy tentou fazer um carinho na mulher, mas foi repelido. Passou a maior parte do piquenique tentando se emendar. Era bom de lábia. Acabou dobrando a mulher.

— É o trabalho — argumentou. — Vai tão mal que está interferindo na nossa relação. Preciso fazer alguma coisa importante nesse mundo, e a verdade é que, sei lá, não vou conseguir ser feliz enquanto não chegar lá. Você entende?

A Volta do Poderoso Chefão

Francesca disse que entendia, como já havia dito antes, e mais uma vez aconselhou-o a falar com o procurador geral e deixar clara a sua insatisfação, como vinha aconselhando havia muito. O que não conseguia entender era por que ele não fazia isso logo. Aprendera desde cedo que, se você tem um problema, procura quem pode resolvê-lo. Billy havia sido criado com toda espécie de privilégios e decerto aprendera a mesma coisa. Mas talvez se deixasse intimidar pela figura do procurador geral. Para Francesca, contudo, isso também era incompreensível. Daniel Brendan Shea, uma versão pálida e franzina do irmão, tinha o aspecto assustado e perdido de um míope que acaba de perder os óculos, embora sua visão, tanto num quanto noutro sentido, fosse perfeita.

Terminado o almoço, Billy beijou o filho e disse a Francesca que faria exatamente o que ela queria: iria direto ao gabinete do procurador geral e tentaria falar com Danny Shea.

— Só quero a sua felicidade — ela disse, o que era mentira. Francesca começava a querer muitas coisas além do horizonte da merecida felicidade do marido.

Eles caminharam juntos até o Departamento de Justiça. Segurando o filho adormecido num dos braços e o capacete de futebol no outro, Billy chamou um táxi para que a mulher não tivesse de carregar o menino de volta para casa. Despediu-se dela com um beijo, porém com a mesma paixão de um amigo da família. Chegou a dizer obrigado, mas não se lembrou da data especial.

O táxi misturou-se ao trânsito da avenida Constitution.

— Feliz aniversário de casamento — sussurrou Francesca.

— O que foi que a senhora disse? — perguntou o motorista.

— Nada. — Francesca puxou Sonny para perto de si, fazendo força para não chorar. — Eu não disse nada.

Naquela tarde, Billy foi mesmo falar com Danny Shea. Segundo as anotações estenográficas da secretária, foi isto o que aconteceu:

Às 15h37, PGR [procurador geral da República, Daniel Brendan Shea] disse que poderia encaixar Bill V. Airdale (*sic*) num intervalo de 10m na sua agenda da tarde, desde que BVA se dispusesse a acompanhar PGR nos seus exercícios diários, subindo e descendo 10x a escadaria do prédio. [Diversos livros sobre os Shea dão conta de que a secretária muitas vezes era obrigada a despachar com o chefe dessa maneira, embora sua técnica para fazer anotações subindo e descendo escada tenha se perdido para sempre.] BVA concordou.

Depois de relembrar as qualificações que tinha para o cargo, BVA expôs seu desejo de dedicar mais tempo a assuntos de natureza processual e freqüentar os tribunais mais que a biblioteca. BVA cogitou que seu diploma de Harvard talvez tivesse algo a ver com a limitação de suas atribuições, uma vez que a maioria dos membros mais graduados da banca de PGR tinha se formado em Princeton. PGR refutou categoricamente a suspeita de preconceito, citando os diversos negros e judeus oriundos de escolas públicas que ocupavam cargos de chefia no governo JKS, bem como a posição na equipe do senador [censurado] que PGR havia pessoalmente pleiteado para a Srta. [censurado] da Universidade de Miami, a quem o PGR se referiu como a "namorada" de BVA. BVA pediu desculpas. PGR desculpou-o.

Ainda assim BVA insistiu na banalidade dos seus afazeres e aventou a possibilidade de uma transferência. PGR sugeriu que ele procurasse o próprio supervisor. BVA manifestou seu desapontamento com a relutância de PGR em resolver o assunto pessoalmente, sobretudo em vista da [seguem-se várias linhas censuradas; entre as poucas palavras ainda legíveis encontram-se "Van Arsdale Citrocultura Ltda.", corretamente grafadas apesar da gafe cometida anteriormente com o nome de Billy.]

PGR disse que não compreendia.

BVA explicou que seus pais [mais duas linhas censuradas].

PGR manifestou surpresa, uma vez que nenhum daqueles fatores havia pesado na sua decisão de contratar BVA. PGR admitiu que MCS [M. Corbett Shea, pai do procurador geral e ex-embaixador dos Estados Unidos no Canadá] fora o primeiro a sugerir a contratação de BVA. No entender de PGR, isso tinha a ver, em primeiro lugar, com o excelente currículo de BVA em Harvard, mas também com a dedicação que BVA demonstrara, junto com a Srta. [censurado], na campanha eleitoral de JKS.

BVA, já um tanto ofegante e portanto difícil de entender, aparentemente recusou-se a acreditar que laços familiares não tivessem pesado antes e não pudessem pesar novamente agora.

A Volta do Poderoso Chefão 539

PGR admitiu que isso era verdade, mas explicou que os laços relevantes haviam sido os de MCS com a família da mulher de BVA, cujo nome de solteira era [censurado].

BVA perguntou se ele havia sido "empurrado" para PGR.

PGR disse que as coisas eram mais complexas do que isso. Depois de relembrar a BVA o juramento de confidencialidade que ele fizera antes de assumir, disse que na verdade estava elaborando um plano abrangente para [indiciar] "os [nome censurado da família da mulher de BVA] e os outros do mesmo ramo".

BVA respondeu dizendo que honestamente desejava sucesso ao plano e que não tinha nenhuma intenção de repassar a referida informação à mulher ou a qualquer membro da família dela.

PGR ficou surpreso e perguntou se aquilo era mesmo verdade.

Exercícios terminados.

BVA disse que faria "tudo e mais um pouco" para garantir que os crimes cometidos pela família da mulher fossem punidos com todo o rigor da lei, sob pena de [comprometer] seu futuro político. Disse ainda que tinha informações de primeira mão sobre os negócios escusos da família dela, as quais poderiam contribuir para o bom termo do abrangente plano processual de PGR.

PGR expressou satisfação e disse que estava otimista quanto a uma possível transferência para BVA. Entregou a BVA uma toalha seca e agradeceu-o pela sinceridade. Reunião terminada às 15h47 EST.

O aeroporto que Michael Corleone usava quando ia a Nova York ficava quase na ponta de Long Island. No passado fora um campo particular, mas desde a Segunda Guerra era controlado pelo governo. Muitos anos antes, Nick Geraci, que agora não pilotava mais, havia ajeitado as coisas de modo que os aviões operados pela família Corleone pudessem pousar ali.

Michael taxiou na direção do hangar em que Geraci esperava. Parou a cerca de cinqüenta metros do galpão. Geraci atravessou a pista sozinho. Al Neri desceu e revistou-o. Geraci respirou fundo e subiu as escadas.

— Deixe essa porta aberta — disse Geraci a Neri.

Neri olhou para Michael, que assentiu com a cabeça. Neri deixou a porta levantada e montou guarda do lado de fora.

— Então é assim que as coisas vão funcionar entre a gente agora? — disse Michael.

— Assim como?

— Eu mando revistar você, e você se recusa a me encontrar a portas fechadas.

— Quanto a ser revistado, isso é com você — disse Geraci —, mas devo dizer que não me incomodo. Tenho certeza de que o nosso amigo ali fora está armado até os dentes; portanto, minha confiança em você é a mesma de sempre. Acontece que... Bem, não sei se você se dá conta disso, mas esta é a primeira vez que ponho os pés num avião desde o... você sabe.

Michael sabia. Mas não disse nada. Preencheu um plano de vôo para o próximo trecho da viagem.

— Mesmo quando levo minhas filhas para Coney Island — disse Geraci —, se um helicóptero sai do chão, ele sai sem mim. Você me faria um enorme favor se deixasse aquela porta aberta, e também se desligasse os motores enquanto estiver sentado aí. Se não for inconveniente, é claro.

Michael já tinha ouvido falar dos tremores de Geraci, mas aquela foi a primeira vez que os viu. Não pareciam tão graves quanto ele imaginara.

— Então vamos ficar no meio do caminho — disse Michael, terminando o formulário e jogando-o na direção de Neri para que ele o levasse até a torre. — Você mantém a porta aberta, e eu mantenho os motores ligados.

Geraci não poderia achar que Michael fosse maluco o suficiente para levantar vôo sem Neri, e ainda por cima com a porta aberta. Nem para tentar uma manobra dessas num espaço fechado, diante de um ex-campeão de boxe que, tremores à parte, mantinha a forma física em dia e parecia capaz de triturá-lo num piscar de olhos.

— Tudo bem — ele concordou. — Então escuta o que eu tenho para lhe dizer, e depois eu vou embora. É algo que eu queria que você soubesse. Não sei por onde começar, então vou logo ao assunto. Armei uma jogada para nós voltarmos para Cuba.

Michael ouviu Geraci com genuína surpresa, embora no relato dele não houvesse nenhuma novidade. Nem a oferta do "judeu" caolho que

A Volta do Poderoso Chefão   541

trabalhava para a CIA; nem o terreno cercado de Nova Jersey, protegido por uma equipe de agentes federais e uma matilha de *rottweilers*;
nem a mistura incendiária de sicilianos e cubanos injustiçados e pilha-
dos de suas fortunas, os quais haviam passado por cima de tantas dife-
renças (idioma, cultura, motivações, o diabo a quatro), bem como de
uma briga que resultara em facada (um dos homens de Geraci recupe-
rava-se num hospital de Toledo, Ohio), e estavam a duas semanas de
invadir a ilha em grupos de dois ou três, na esperança de que o assassinato de um único homem produzisse os resultados previstos. O que
chocou Michael foi a decisão de Geraci de lhe contar tudo isso.

— Quando você diz que armou uma jogada "para nós" — disse
Michael tão logo Geraci terminou —, não sei se compreendo bem o
que isso significa.

— Significa o que você quiser que signifique. Sei que você está fora
e tudo mais, mas não sou eu que sou dono de cassinos por aí. Achei
que você gostaria de saber das oportunidades que vão surgir daqui a
pouco, e também de ficar a par da concorrência.

"Concorrência?"

— Que concorrência?

— Bem, se tivesse sabido disso antes, eu teria lhe contado na mesma hora. Fui levado a acreditar que a minha equipe em Nova Jersey
era a única envolvida na operação, mas comecei a ouvir certas coisas
e acabei descobrindo que Sammy Drago, de Tampa, recebeu uma oferta igualzinha. Está treinando sua gente bem na praia, alguns quilômetros ao sul de Miami. Se fosse só isso já estava bom. Mas também
acabei descobrindo que tem mais umas cinqüenta pessoas treinando
numa parte fechada da base naval de Jacksonville, que eu às vezes uso
no meu próprio negócio. Levantei a ficha dessas pessoas e constatei
que a maioria tem conexão com Carlo Tramonti e o clã de Nova Orleans,
mas... — Ele estendeu a mão trêmula e, com um esgar de "é claro!",
continuou: — Tramonti é marionete. Drago é um zero à esquerda.
Juntando tudo isso, dá o quê? — Usando os dedos da mão esquerda como se contasse alguma coisa, Geraci soletrou o que dava: —
R-U-S-S-O.

Michael deduziu que todos os "acabei descobrindo" de Geraci não
passavam de uma tentativa de esconder suas fontes mais presumíveis:

Vincent Forlenza, que passava o inverno em Key Biscayne, ou Louie Russo em pessoa.

— Pode ir parando por aí — disse Michael. — Sei que está me contando tudo isso por uma questão de respeito e amizade, e eu agradeço. Mas já falou mais do que devia. Não posso tomar nenhuma parte nisso. Compreendo a situação delicada em que você se encontra, mas só posso dizer o seguinte: a despeito do que seu padrinho de Cleveland talvez tenha dito, estou fazendo tudo que posso no sentido de passar meu assento na Comissão para você e ficar livre dessa história de uma vez por todas. Estou quase chegando lá. Nós estamos. Eu e você queremos as mesmas coisas. Esse seria um péssimo momento para gerar conflito com qualquer uma das outras famílias.

Michael não saberia dizer se Geraci estava balançando a cabeça ou simplesmente tremendo.

— Sei que não preciso da sua bênção — disse Geraci, levantando-se para sair. — Só queria evitar o contrário. A sua ira, eu acho.

Se pudesse acreditar nela, Michael teria achado que uma manobra tão defensiva quanto essa não estava à altura de Geraci.

— Boa sorte para você e seus homens em Cuba. Dê um abraço por mim nos nossos cassinos roubados. Estamos entendidos?

— Pode deixar, eu dou — disse Geraci, descendo as escadas. — E sim, nós estamos entendidos.

Uma semana depois, Joe Lucadello veio ter com Michael em Lake Tahoe, sozinho como prometido; apareceu a bordo de um barquinho tosco e atracou no ancoradouro dos Corleone. Tommy Neri e o Cabra foram ao seu encontro, revistaram-no e deram a Michael o sinal de oquei. Michael chamou por Tom Hagen, dizendo que Joe havia chegado, e esperou pelo irmão. Juntos, eles desceram o gramado até o banco de alumínio na extremidade do ancoradouro. Michael sentou-se ao meio.

— Tom aparentemente não quis me dizer — falou Joe. — Mas talvez você saiba, Mike. Quem é o autor do truque das pizzarias? Fiquei impressionado, devo admitir.

A idéia havia sido de Geraci, mas Michael não viu nenhum proveito em contar isso a Joe.

A Volta do Poderoso Chefão   543

— O que Fausto Geraci me disse é verdade? — ele foi logo perguntando.

— Isso sempre me pega de surpresa — disse Joe. — Ninguém chama Nick pelo nome.

Michael encarou o velho amigo.

— Está bem, é verdade — ele disse. — Tem mais gente envolvida na história, sim. Eu nunca disse que não tinha.

— Você *sabia* disso e...

— Não, não sabia. — disse Joe Lucadello. — Pelo menos no início. Quanto mais conheço sua... como é que eu posso dizer? Sua tradição. Mais semelhanças eu vejo. Sociedades secretas, com votos de silêncio e um código de honra etc. Mas essa situação de agora é um ponto de diferença. Ao que parece, você sempre dá um jeito de descobrir tudo de que precisa saber; já no meu ramo, ninguém nunca sabe de tudo sobre o que quer que seja.

— Isso não é aceitável — disse Michael.

— Não sou eu quem dita as regras. Mas, honestamente, não creio que isso afete você. Você é parte do projeto. Depois que alguém executar o serviço, posso garantir que *todo mundo* vai receber um presente de Natal bem gordo em recompensa pelos serviços prestados. Além disso, nossa operação é *de longe* a melhor. Eles não estão dispostos a perder alguns homens se necessário na guerra contra o comunismo, mas você, em razão da sua formação militar, está. E isso representa uma enorme vantagem. Não conheço os outros planos em detalhe, só sei o que ouvi dizer. Eles estão planejando se infiltrar na estação de rádio onde o nosso alvo faz seus discursos e borrifar no ambiente uma espécie de droga alucinógena, chamada LSD, que vai fazer o homem parecer que ficou doido. Estão inventando maneiras de envenenar os charutos dele ou de engraxar os seus sapatos com um produto químico que, em contato com a pele, vai fazer com que ele perca todos os pêlos do corpo, barba inclusive, e sinta-se humilhado. Já mataram uma centena de porcos e macacos testando pílulas que em princípio devem se dissolver imediatamente num *frozen* daiquiri. A última história que ouvi foi usar um minissubmarino para jogar uma concha muito bonita no local onde ele

544 Mark Winegardner

costuma mergulhar. Essa concha vai estar conectada a uma bomba e, assim que o nosso homem tocar nela, vai virar um bife de carne moída. Em outras palavras, essa gente não passa de um bando de covardes. Nós, ao contrário deles, preferimos o caminho mais curto. Vamos furar a testa do comunista filho-da-puta.

Sentados no banco, os três permaneceram em silêncio por um bom tempo.

— E então, o que você pretende fazer? — perguntou Joe afinal. — Mijar para trás? Porque os outros não vão, disso você pode ter certeza.

— Você pode garantir que os nossos homens serão os primeiros a entrar?

— Garantir? Por acaso sou a Sears & Roebuck para garantir alguma coisa? O que eu posso afirmar é que seu homem, Geraci, é o melhor de todos. Foi o primeiro a organizar um campo de treinamento, e tem a melhor equipe. Ouvi de gente graúda que eles são os mais preparados até agora. Vou ser honesto com você, Mike. Receio que alguns dos seus concorrentes nesse projeto estão embolsando o dinheiro sem a menor intenção de fazer alguma coisa. Portanto, respondendo à sua pergunta, estou confiante que a nossa equipe seja a primeira a entrar, mas não posso *garantir* nada, nem que o sol vai nascer amanhã. Se, e quando, os homens de Geraci forem despachados, eu aviso você. Uma promessa, não uma garantia.

— Entendido — disse Michael.

Eles repassaram os detalhes do que aconteceria quando os homens chegassem a Cuba até que Michael se sentisse seguro para seguir em frente e deixar acontecer o que tivesse de acontecer.

— Nunca achei que a gente pudesse contar com a ajuda de homens tão bons quanto os que a gente vai ter de encarar em Cuba — disse Joe. — Não porque os nossos sejam inferiores. Não são. Mas porque trabalham só pelo dinheiro. Quando alguma coisa dá errado, perdem uma grana, uma promoção, alguma coisa assim. Mas os que trabalham para o filho-da-puta, quando fazem alguma merda, eles perdem a vida. É por isso que a CIA deles é tão boa. E a sua gente? — Joe balançou a cabeça num gesto de admiração. — Com eles a gente tem o melhor de dois mundos.

A Volta do Poderoso Chefão 545

Michael não achou outra coisa para dizer senão "obrigado".

Joe levantou-se para ir embora.

— Aliás, seja lá quem foi que inventou o truque das pizzarias — ele disse enquanto Hagen desamarrava o barco — está de parabéns. Eu não devia abrir o bico, mas nós trabalhamos com esse mesmo esquema. Coisa recente. "Agentes superespeciais", é assim que eles são chamados. Não tem importância que vocês fiquem sabendo, pois uma coisa é certa, nunca vão ouvir falar disso. A Companhia arruma emprego para eles, ajuda no que é necessário, mas na maioria dos casos deixa os camaradas em paz durante anos, até o dia em que a gente precisa deles para alguma coisa. Não tenho nenhum envolvimento com essa história, mas vocês podem escrever o que estou dizendo. Vai chegar um dia em que o presidente dos Estados Unidos vai ser um agente superespecial. Mas vocês não vão ficar sabendo disso, é claro.

Olhando o barquinho se afastar, Michael abriu um discreto sorriso. Já sabia de pelo menos três agentes desses: um era o sujeito derrotado por Jimmy Shea nas últimas eleições; outro era filho de um senador filiado à família que agora perambulava pelo Texas fingindo trabalhar no setor petrolífero; o terceiro era Ray, filho de Peter Clemenza, o magnata dos *shoppings*.

— Agora é a hora — Michael disse a Hagen. — Procure Russo. Esse será o seu pretexto

— Tem certeza?

Michael fez que sim com a cabeça. Depois disse:

— Os homens de Geraci podem se dar bem ou se dar mal; de um jeito ou de outro já sabemos o que fazer. Essa novidade de Joe não estava nos nossos planos, mas não é nada com o que tenhamos de nos preocupar. Significa apenas que precisamos entrar em ação. A única coisa que não está pronta é o nosso canário no Departamento de Justiça, mas sabemos que Billy usou a possibilidade de nos trair como moeda de troca para conquistar a confiança do procurador geral. Ele precisa de mais um tempinho ali, pelo menos até saber o suficiente para que possamos usá-lo a nosso favor. Portanto, sim. Comece com Russo. A não ser que você ainda não esteja pronto.

— Estou pronto.

546   Mark Winegardner

— É um grande passo.

— Tenho esperado por isso — disse Tom. — Nem sei por quanto tempo. Por muito tempo.

— Bem, agora não vai ter de esperar mais. — Michael beijou o irmão mais velho no rosto e escalou o gramado até sua casa vazia.

Capítulo 30

Menos de um ano depois de construído, o campo de treinamento nas terras de Geraci foi jogado ao chão por uma equipe do governo. O dinheiro do contribuinte em ação. Geraci havia dito que conhecia gente capaz de fazer o serviço por um precinho camarada, mas o "agente Ike Rosen" respondeu que a demolição deveria ser feita de acordo com certas especificações. Além disso havia o aspecto da segurança. Os *trainees* restantes foram mandados de volta para casa e orientados a ficar de plantão até que fossem convocados até uma base avançada nas Bahamas.

Três refugiados cubanos foram os primeiros a ser despachados, aparentemente obedecendo ordens pessoais de Albert Soffet, diretor da CIA; a lógica era a de que os cubanos conheciam o interior da ilha e, se algo desse errado, estariam mais preparados que os homens de Geraci para desaparecer. Geraci ficou furioso. Havia sugerido um cubano (para servir de intérprete e guia) e dois sicilianos (para garantir o sucesso da operação logo na primeira tentativa). Do meu jeito, Geraci disse aos seus contatos, *nada* vai dar errado. Os cubanos desembarcaram numa ilha de coral que sequer tinha nome, não muito longe das águas cubanas, foram recolhidos por uma lancha confiscada do patrimônio de Ernest Hemingway e morreram a caminho da costa, quando do a lancha explodiu em circunstâncias misteriosas. Acreditava-se que o piloto era espião do governo cubano, mas as notícias chegaram a Geraci por vias muito mais que indiretas. "Eu disse a você", Geraci não se furtou a dizer ao agente Rosen. Ele não estava disposto a perder um de seus homens na operação, mas também não queria ser derrotado por outra equipe, e aparentemente não havia nenhum meio confiável

548 Mark Winegardner

de saber o que estava acontecendo naquelas outras bases. Para que perder tempo treinando seus homens, já que planejavam mandar só cubanos para fazer o serviço?

Cerca de uma semana depois, Rosen disse a Geraci que havia sido autorizado a mandar mais um grupo de três homens — dessa vez num hidroavião de baixa altitude vigiado por radar —, os quais seriam recebidos na praia por um agente de confiança. Geraci foi informado de que poderia sugerir apenas um nome. Insistiu em dois. Um ou nada, disse o agente. Geraci escolheu Carmine. O siciliano disse a Geraci que não se preocupasse: ele valia por dois.

Alguns dias depois disso, Geraci estava em seu escritório do outro lado da piscina — lendo um dos dois volumes da história bélica de Roma que ele atacava esporadicamente já fazia sete anos — quando Charlotte bateu à porta.

— Alguém telefonou. — Ela estava irritada. Quanto mais eles permaneciam casados, mais ela se ressentia de receber recados para o marido, sobretudo quando as pessoas se recusavam a deixar o nome.

— Seja lá quem for, mandou dizer que eles já entraram. Só isso. "Eles já entraram." Isso significa alguma coisa para você?

— Significa. — Entraram em Cuba, é claro. E, do ponto de vista de Geraci, isso significava tudo.

— Como vai o livro?

— Livros — disse ele. — Dois volumes. Quando foi a última vez que você leu alguma coisa que não estivesse escrita num comercial de TV? Estou quase lá, se você quer saber.

Ainda estava escuro quando Tom Hagen deixou o hotel e tomou um táxi para se encontrar com Louie Russo. Theresa dormia no quarto. Mais tarde naquela manhã ela teria uma reunião no Instituto de Arte de Chicago, uma espécie de consórcio de diretorias de museu. No dia seguinte eles iriam de carro até South Bend para ver não só Andrew como também Frankie Corleone, o filho mais velho de Sonny, que começara a jogar como meio-de-campo para os Fighting Irish e havia conseguido ingressos para o último jogo em casa daquele ano, contra o time da Universidade de Syracuse, a *alma mater* de Theresa. Fazia muito que Hagen vinha ansiando por aquele fim de semana.

A Volta do Poderoso Chefão 549

Hagen teria preferido uma limusine, mas não podia correr o risco de algo assim, tão premeditado. O taxista revelou-se um legítimo filho de Chicago, vomitando toda espécie de palavrões e reclamando animadamente de um time qualquer. Hagen tinha muito no que pensar. Tinha bebido apenas duas xícaras de café. Suava. Não estava nervoso, nem fazia calor dentro do carro. Decerto aquilo tinha a ver com a pressão arterial, tão alta que talvez seu médico não estivesse brincando quando disse que ele, Hagen, corria o risco de explodir de um segundo a outro como um carrapato inchado de sangue. O motorista não fechava a matraca. Hagen não fazia nada para interrompê-lo. Quanto mais o sujeito falasse, menos se lembraria dele.

Russo era proprietário de uma casa de espetáculos lá onde Judas perdeu as botas, quase na fronteira com o Wisconsin. Mesmo seguindo na direção contrária do trânsito da manhã, o motorista levou mais de uma hora para chegar ao lugar. Hagen achou que levaria outra hora para atravessar a área de estacionamento entre o portão de entrada e o clube propriamente dito, um celeiro de tijolos pintado de branco. Embora não parecesse valer muita coisa, aquela casa já havia abrigado artistas como Johnny Fontane, todos os comediantes de renome, até mesmo um show de patinação no gelo. Uma placa acima da porta anunciava: HECTOR SANTIAGO, O REI DA RUMBA! Os shows nunca eram divulgados nos jornais, mas ficavam invariavelmente lotados. Ao lado do celeiro havia um lago quadrado, mais ou menos do tamanho de quatro quarteirões, cercado de pinheiros. A água era quase invisível, escura como o breu. Do outro lado, um armazém comum — de três andares e sem janelas — havia sido transformado num cassino. À noite, gondoleiros faziam o traslado dos jogadores. Russo tinha um orgulho incontido do lugar; não havia meios de visitá-lo ali a trabalho sem escapar de um passeio por seu adorado cassino. Mesmo assim, Hagen viu-se obrigado a admirar o esforço que havia sido dedicado ao suborno de tantos tiras de modo que os clientes de Russo pudessem chegar a olhos vistos naquele antro do jogo, a bordo de algo tão lento quanto uma gôndola.

Atrás da casa de espetáculos, uma velha casa de fazenda havia sido aumentada e convertida numa casa de hóspedes. Russo mantinha um escritório no cômodo maior do andar de cima. Para chegar lá, Hagen

550   Mark Winegardner

teve de atravessar um detector de metais e uma porta de metal, do tipo que se vê nos cofres de banco. Como Hagen já esperava, dois dos capangas de Russo montavam guarda numa antecâmara, sentados e munidos de submetralhadoras. Um deles se levantou, revistou-o sem muito entusiasmo e deixou-o entrar no covil do patrão.

— Ora, ora, se não é o único *consigliere* irlandês na face da Terra! — exclamou Russo. Trazia nos punhos abotoaduras de diamante. — Quanta honra!

Hagen agradeceu e sentou-se na cadeira oferecida. Russo permaneceu de pé, numa rude e mesquinha demonstração de poder.

— Michael Corleone — disse Hagen — está disposto a apoiá-lo para a posição de *capo di tutti capi* e abrir mão do seu assento na Comissão em favor de Nick Geraci, desde que eu e você possamos acertar alguns pontos não muito importantes.

— Ei, vocês ouviram isso? — Russo berrou para os capangas armados do lado de fora. — Escuta aqui, irlandês. Na minha terra ninguém dá o rabo sem antes ganhar um beijinho. Entendeu ou preciso explicar?

Hagen entendeu muito bem.

— Sou germano-irlandês — corrigiu. — Minha intenção não foi ofendê-lo, Don Russo. Sei que o senhor é um homem ocupado e achei que gostaria que eu fosse direto ao assunto.

— Café? Merda, onde é que estou com a cabeça? Que tal algo mais forte, irlandês?

— Café está ótimo — disse Hagen. Café de máquina, fazer o quê. — Obrigado.

Russo franziu a testa.

— Está se sentindo bem? Porque aqui não está quente.

— Estou muito bem, obrigado.

— Minha mãe dizia que estar bem é mais uma decisão que uma condição.

— Uma mulher inteligente.

— Bem, de duas uma: ou você está borrando as calças de medo ou pegou uma merda qualquer. Sei lá, uma febre tropical. Essas coisas da selva. Ei, rapazes! — ele chamou. — Meu amigo irlandês aqui está precisando de uma toalha!

A Volta do Poderoso Chefão   551

— Só preciso desse café — disse Hagen, esvaziando a xícara com dois longos goles.

— A única pessoa que já apareceu por aqui suando assim estava escondendo uma escuta.

— É mesmo?

Russo fez que sim com a cabeça.

Hagen levantou os braços e disse:

— Pode revistar. Não me importo.

Tampouco Russo se sentia à vontade para fazê-lo, mas revistou-o assim mesmo. Nenhuma escuta, é claro. Russo acenou para que Hagen se sentasse outra vez. Hagen esperou que ele se sentasse também.

— Alguns pontos não muito importantes, hein? Como por exemplo o quê?

Numa biblioteca coberta de tapumes na parte central de Cienfuegos, espremido na varandinha do terceiro andar, Carmine Marino carregou o fuzil de fabricação russa que lhe haviam dado e esperou pela chegada da motocicleta. Logo na primeira noite ele havia perdido os dois cubanos furiosos que o haviam acompanhado. Embora seu espanhol se resumisse a um italiano adulterado, foi capaz de atravessar mais de trezentos quilômetros no interior da ilha para se encontrar com as duas espiãs que lhe repassaram o resto das informações. Como era de se esperar, Carmine ficou decepcionado ao constatar que não faria sexo selvagem na noite quente e úmida de Cuba. Onde já se viu uma espiã que não queria fazer sexo com um assassino tão boa-pinta quanto ele? Eram *duas* espiãs, e mesmo assim nada. Difícil de entender. Talvez fossem lésbicas. Talvez ele não fosse tão boa-pinta quanto imaginava ser. Se saísse vivo dali, pensou, iria direto avisar o judeu caolho que, se ele soubesse o que era bom para tosse, da próxima vez arranjaria uma espiã gostosa e peituda para ele e *pronto*. Carmine não era trouxa. Sabia que tinha espiãs assim por aí.

Soldados protegiam as ruas da multidão de cubanos que lotava as calçadas dando vivas de alegria. A procissão de carros se aproximava, e a algazarra da população era estranhamente metálica, como se gravada em disco e tocada um pouco mais rápido e alto que o normal. Ainda criança, na Sicília, Carmine havia ouvido algo semelhante na aclamação de outro déspota: Mussolini.

552 Mark Winegardner

O cortejo dobrou a curva da catedral e agora vinha na direção dele, numa fileira de carros norte-americanos, o que era hilário. Aquela gente odiava os norte-americanos, e olha só para isso. Carmine assestou o fuzil. No quarto carro — um conversível azul, como prometido — vinha o alvo barbudo, de uniforme militar, sorrindo de maneira beatífica e acenando para o povo oprimido.

Carmine inspirou de mansinho e apertou o gatilho.

A cabeça do barbudo deu um tranco para trás. Sangue e gosma choveram no porta-malas do carro. O motorista pisou fundo no acelerador.

Gritos por toda parte. A polícia desviou o cortejo — inclusive o sedã preto que conduzia o líder de Cuba, dois carros atrás do conversível — para uma rua lateral e depois para fora da cidade.

O homem no conversível azul, o dublê favorito do ditador, morreu.

Carmine Marino foi capturado a caminho da baía de Guantánamo, vestido de mulher.

Louie Russo concordou com tudo. Os Corleone poderiam, sem nenhuma interferência de Chicago, operar seus hotéis e cassinos em Nevada. Em Atlantic City também, se, como previsto, as coisas dessem certo por lá. Hagen admitiu que a operação assassina de Nick Geraci era em última análise controlada pelos Corleone, e Russo admitiu com todas as letras que controlava as de Tramonti e Drago. Embora fossem rivais, essas famílias tinham mais interesses comuns que os oportunistas cínicos da CIA e da Casa Branca.

Depois de uma breve discussão dos detalhes, Russo concordou que, se a sua gente fizesse o serviço em Cuba primeiro, os Corleone poderiam retomar o controle dos Biltmore de Capri e de Sevilha e operá-los dentro dos ditames da lei, sem nenhuma ingerência de Russo ou de qualquer outra organização — o que Russo poderia garantir depois que conquistasse, com a ajuda de Michael, a posição de primeiro *capo di tutti capi* formalmente empossado desde a morte de Vito Corleone sete anos antes.

Hagen em pessoa supervisionaria a reorganização da folha de pagamentos dos Corleone. Alguns dos nomes que ali figuravam seriam aos poucos transferidos para Nick Geraci e ocasionalmente colocados à

A Volta do Poderoso Chefão 553

disposição de Louie Russo em recompensa por seu apoio à campanha de Michael Corleone para se tornar um empresário perfeitamente legítimo.

Russo mostrou-se tão disposto a colaborar que Tom Hagen já não tinha mais dúvidas de que o Cara-de-Pau não o deixaria sair vivo dali. Algo que ele e Michael já haviam previsto que talvez pudesse acontecer. Saber que uma coisa *pode* acontecer é muito diferente de senti-la se aproximando sorrateiramente até acontecer. O suor não havia parado. Hagen teria dado o braço direito pela oportunidade de tomar uma banho e trocar de roupa.

— Este é um dia muito importante, irlandês — disse Russo. — Precisamos comemorar. Mas quando lhe ofereci uma bebida, eu estava brincando. Aqui não tem nada mais forte que esse café e o bafo de onça daqueles dois lá fora. O bar do clube não é mal, mas o verdadeiro tesouro, a melhor seleção de bebidas do estado do Illinois, está logo ali, do outro lado do lago.

Não eram sequer nove da manhã.

— Eu adoraria — disse Hagen. — Mas infelizmente preciso ir.

— Ah, deixa disso, irlandês. Fechar negócio sem um brinde é o mesmo que não fechar. Além do mais, agora que vocês resolveram rezar pela cartilha da lei... Essa gente estranha, que rasga dinheiro... Bem, você precisa dar uma última olhada no meu estabelecimento aqui, do qual, modéstia à parte, tenho muito orgulho. Só vai abrir daqui a pouco, mas... — Russo tirou os óculos escuros. Os olhos eram duas bolas vermelhas com um círculo verde no meio. Ele sorriu.

O frio que Hagen sentiu na espinha não tinha nada a ver com o suadouro nem com o ar-condicionado, embora ele tentasse se convencer do contrário.

— ... sou amigo do dono — completou Russo. — Já andou de gôndola alguma vez?

— Receio que não — disse Hagen.

Russo acompanhou-o até a porta. Os homens com as submetralhadoras ficaram de pé.

— Escutem só — disse Russo. — O irlandês aqui nunca andou de gôndola na vida. Se isso não é uma das coisas que um homem tem de fazer antes de morrer, o que mais poderia ser?

554   Mark Winegardner

*

No meio da noite, Joe Lucadello caminhou até a porta da frente da casa de Nick Geraci e tocou a campainha. Geraci adormecera na poltrona do escritório dos fundos. Charlotte havia tomado um comprimido para dormir e já não dava fé do mundo. Barb havia se mudado para o dormitório da universidade. Depois de muita insistência, Bev Geraci conferiu o olho mágico e atendeu o interfone.

— Diga a seu pai que é Ike Rosen.

— Ele vai saber quem é?

— Claro que vai.

— O que aconteceu com o seu olho? — ela perguntou. — Isso é de verdade?

— É sim. Fui ferido na guerra.

— Não acredito em você — disse Bev.

Lucadello levantou o tapa-olho. Mesmo através do olho mágico, a ausência de um globo ocular revelou-se nojenta o bastante para que a garota desse um grito e saísse correndo. Lucadello suspirou, sentou-se nos degraus da varanda e esperou pela chegada da polícia. Esse era outro esquema brilhante que aquela gente havia inventado. A polícia funcionava como uma força de segurança particular que os outros — os civis — podiam acionar de vez em quando.

Dois carros atenderam ao chamado. Os tiras pularam fora, armas em punho. Lucadello levantou os braços. Depois mostrou a carteira de motorista com o nome de Ike Rosen e disse a eles que tinha negócios de importação e exportação com o Sr. Geraci. Estava ali naquela hora improvável por causa de um infeliz incidente na alfândega. Àquela altura, o alvoroço já havia acordado Nick Geraci, que agradeceu os policiais e acalmou a filha. Ele e o agente foram para o escritório do lado de fora.

Lucadello sentou-se numa das cadeiras que Geraci havia resgatado da destruição do estádio de Ebbets Field e informou a Geraci o que havia acontecido com Carmine.

— Pode ficar tranqüilo — disse Geraci. — Seja lá o que fizerem com ele, o garoto não vai abrir o bico.

— O que ele vai fazer ou deixar de fazer talvez seja o menor dos seus problemas.

A Volta do Poderoso Chefão
555

— Ah, é? — Geraci não sabia ao certo o que significava aquilo, mas a escolha de pronomes (*"seus* problemas" em vez de *"nossos* problemas") não lhe pareceu um bom sinal.

— O governo cubano não faria a burrice de torturá-lo. Porque podem fazer coisa muito melhor: armar um grande circo em torno do estrangeiro que tentou matar o queridinho revolucionário do povo cubano. Os russos vão tomar o partido deles. As Nações Unidas vão ter de intervir. E quando o garoto for deportado, não teremos outra opção exceto metê-lo na prisão ou talvez até executá-lo.

— Não se preocupe com isso — disse Geraci. — Carmine Marino ainda é cidadão italiano. Se mandarem o garoto para a Itália, ele tem um padrinho muito poderoso que poderá ajudá-lo.

Lucadello balançou a cabeça.

— Você não está entendendo. *Nós* precisamos executá-lo muito antes que tudo isso aconteça. Mas é aí que começam os seus problemas, eu suponho.

Geraci teria de nascer outra vez antes de permitir que aquele filho-da-puta caolho o matasse no seu próprio quintal.

— Levanta — ele disse. — Preciso revistar você.

— Como quiser. Mas se eu precisasse matá-lo, você já estaria morto há muito tempo. E se continuar perdendo tempo com esse tipo de besteira, vai acabar morrendo mesmo.

Geraci revistou-o mesmo assim e confiscou um revólver e duas facas.

— Pode ficar com isso de presente — disse Lucadello. — Estou do seu lado, lembra?

Geraci acenou para que ele se sentasse novamente.

— Já é tarde. Eu estava dormindo. Você vai me desculpar, mas não estou entendendo por que isso é problema meu e não seu também.

— Ah, não, o problema é meu também. Olha, já ouvi alguém acima de mim, não o meu chefe, mas o chefe dele, dizer que o FBI sabe da base que Tramonti comandava em Jacksonville. Já havia uma investigação em andamento. Ouvi boatos de que alguém denunciou a nossa operação também, mas não acreditei. Aliás, depois desse incidente, isso nem importa mais. O risco de alguém do FBI juntar uma coisa com outra é muito grande.

556 Mark Winegardner

— E você não pode me proteger? Não tem nada que você possa fazer?

— Nessas circunstâncias, muito pouco. Minha vontade era matar essa gente.

— Então mata — disse Geraci. — Não sou eu quem vai impedir.

— Infelizmente — disse Lucadello — essa não é uma opção. E também não adiantaria de nada para você. Temos informações seguras de que o seu ex-sócio, Michael Corleone, está planejando matar você. Só estava esperando que você fizesse o serviço. Agora que você não vai ter mais serviço nenhum, acreditamos que a sua vida corre perigo. Além disso, temos informações, dessa vez menos seguras, de que Louie Russo está planejando matar você também, aparentemente por causa de... bem, não sei como funcionam as coisas com vocês, mas parece que existe uma tal de Comissão.

Geraci sacudiu os ombros.

— Nunca ouvi falar.

— Claro que não. De qualquer modo, tudo que Russo está fazendo teve a aprovação deles, mas infelizmente a sua operação, não. Aparentemente isso constitui uma quebra de protocolo grave o bastante para que eles autorizem... bem, não sabemos ao certo quem. Provavelmente o tal de Russo. Matar você. Você não está tremendo.

— Ela vem e vai embora. A tremedeira.

— Se uma coisa dessas estivesse acontecendo comigo, eu estaria tremendo.

— É um tipo de Parkinson, não tem nada a ver com medo. E como é que você pode ter certeza de que uma coisa dessas *não está* acontecendo com você?

— Pelo contrário, sei que está — disse Lucadello. — De um jeito ou de outro, tudo vai acontecer muito rápido, e você precisa agir mais rápido ainda.

— Só eu? Você não?

— Eu não — disse Lucadello. — Nós da Companhia nunca tivemos nada a ver com nada. Eu e você sequer nos conhecemos. Não existe "a gente". Aliás, não existe "eu" também. O agente Rosen não existe.

Lucadello disse que o melhor que podia fazer era tirar Geraci e a família dele dali. Passagens sem volta, sob nomes falsos, para qualquer

A Volta do Poderoso Chefão   557

destino no planeta. Talvez fosse possível providenciar um agente para recebê-los no aeroporto e dar algumas orientações rápidas sobre como recomeçar a vida onde quer que eles estivessem. Isso não seria possível em qualquer lugar, mas se Geraci quisesse escolher de uma vez algumas cidades, ele poderia apontar as melhores escolhas.

Geraci olhou para o revólver sobre a mesa. Teria sido bom matar o sujeito. As coisas não ficariam piores por causa disso.

Foi então que teve uma luz, quase uma visão, e encontrou um meio de sair daquela enrascada, ou pelo menos de ganhar tempo.

— Tudo bem — disse Geraci, levantando a mão e conscientemente imitando seu padrinho, Vincent Forlenza. — Quatro coisas. Primeiro (dedo indicador): Vou para a Sicília. Não preciso da sua gente. Já tenho a *minha*. Segundo (dedo médio): Não ando de avião. Ponto final. Mas você vai me ajudar a chegar aonde eu quero chegar, e minha família também, se elas quiserem me acompanhar, o que eu duvido muito. Terceiro (dedo anular): Posso garantir uma coisa. Meu bom amigo Michael Corleone não vai me matar. Então sugiro que você dê uma conferida nas suas fontes seguras e descubra onde foi que elas erraram. E quarto (mindinho): Recomendo veementemente que você não mate Carmine Marino, nem mande ninguém matá-lo.

— Três dessas coisas, tudo bem. Quanto a Carmine, também gosto muito dele. O garoto não fez nada de errado. Foi para onde devia ir, acertou o alvo que tinha de acertar e foi inteligente o bastante para engolir os brios e vestir-se de mulher para tentar escapar. Se dependesse de mim, eu até contrataria o garoto, mas... bem, só o que posso dizer é que a coisa já não está mais nas nossas mãos.

Geraci riu.

— O nome de solteira da mãe de Carmine era Bocchicchio.

Mesmo depois de ouvir sobre o talento ímpar e estranhamente mercenário que os Bocchicchio tinham para levar a cabo uma vingança, Lucadello não ficou impressionado.

— E de quem eles virão atrás? Do governo norte-americano?

Geraci fez que não com a cabeça.

— Não, será uma vingança pessoal.

— De quem você está falando? De mim? Não, espera aí. Eles vão atrás do presidente, é isso?

558   Mark Winegardner

De repente Geraci começou a tremer. Para recobrar o controle, atravessou o cômodo, agarrou Lucadello pela camisa e levantou-o do chão.

— Carmine ainda está vivo — sussurrou. — Deixe ele assim e ninguém vai atrás de ninguém.

Apenas um gondoleiro estava trabalhando àquela hora, mas as gôndolas eram grandes. Havia muito espaço. Como Hagen já havia previsto, os homens de Russo subiram a bordo com as submetralhadoras.

— Não precisa fazer essa cara, irlandês — disse Louie Russo, acomodando-se no banco da frente. — Sei que você não é da turma da força bruta. Caramba, nem força bruta vocês têm mais. Relaxa, homem. Pode confiar em mim: vai viver por muito tempo ainda.

Os capangas acharam graça disso. O gondoleiro desviou o olhar e não disse nada. Manejando a vara, começou a impelir a gôndola pelo lago fétido. Por fim, ele e Hagen fizeram contato visual. Quase imperceptivelmente, o gondoleiro fez um sinal com a cabeça.

Hagen havia parado de suar. Uma sensação de paz lhe tomara o espírito. Russo contava a história de como havia adquirido aquele lugar, mas Hagen não lhe dava ouvidos. Analisava as bordas arborizadas ao seu redor, antecipando o momento em que eles chegariam ao meio do lago, inclinando o tronco o suficiente para que ninguém notasse que ele desafivelava o cinto.

No meio do caminho, o gondoleiro tirou a vara da água. Já havia feito aquele trajeto um milhão de vezes, o que lhe rendera um par de antebraços de dar inveja a uma empilhadeira. Ao mesmo tempo que Hagen arrancou o cinto, o gondoleiro girou a vara no ar, dando vazão à raiva reprimida de alguém que passara anos desejando fazer aquilo com cada um dos inúmeros filhos-da-puta metidos a besta que haviam colocado os pés na sua gôndola. A madeira misturou-se aos ossos do crânio de um dos capangas.

O outro virou com a velocidade de um chicote, mas antes que pudesse atirar, foi laçado no pescoço pelo cinto de Hagen.

O gondoleiro pegou a arma do primeiro capanga, já morto, e apontou-a na direção de Louie Russo.

A Volta do Poderoso Chefão   559

O segundo chutava menos à medida que ficava roxo. Hagen sentiu a traquéia dele se romper. O homem ficou imóvel. Tom empurrou-o para o chão da gôndola.

Russo tentou pular e fugir a nado, mas antes que ele caísse na água, o gondoleiro agarrou-o pelo dorso da camisa e imobilizou-o no lugar. Os óculos caíram no lago.

O *Don* de dedinhos minúsculos começou a chorar.

— Eu concordei com tudo que você queria, e agora isso?

— Não pense que sou idiota — disse Hagen. Depois pescou uma pistola calibre 22 com silenciador no paletó do homem que ele havia matado. O instrumento preferido do assassino. Seus braços formigavam em razão do esforço consumido no garrote. — Você ia me matar — ele disse, balançando a arma diante de Russo.

— Ficou maluco? — choramingou Russo. — Isso é só uma arma, não significa nada.

— Mesmo que não fosse. Foi você quem deu a Roth a idéia de induzir Fredo a trair a família, e depois cuidou de tudo com seu pessoal de Los Angeles. Você, Russo, já deu um milhão de motivos para que eu quisesse te matar.

— *Você?* — As lágrimas de Russo empanavam o efeito do olhar diabólico. O nariz falóide escorria sem parar. — *Me matar?* Você não está desse lado do ramo, irlandês. Já foi até deputado, caralho. Por acaso acha que matando alguém eles vão deixar você entrar? Você é *irlandês*!

Ao longo de toda a sua vida de adulto, Tom Hagen havia sido subestimado. Antes de qualquer outra coisa ele era um garoto irlandês abandonado nas ruas sem um tostão no bolso. Já havia passado um inverno inteiro vivendo debaixo de túneis e arbustos e lutado com homens duas vezes maiores que ele por causa de um pedaço de pão mofado. Hagen levantou a pistola. Agora era sua vez de sorrir.

— Quem anda com o diabo — ele disse —, acaba criando rabo.

Hagen disparou. A bala perfurou o cabeça de Russo e ricocheteou nas paredes internas do crânio; não vazou para fora como teria feito outra de calibre maior.

Hagen jogou a arma no lago.

Rápida e silenciosamente, ele e o gondoleiro amarraram pesos nos três cadáveres antes de jogá-los na água. Ninguém os viu. O gondoleiro levou Hagen de volta e saiu para esfregar a gôndola com uma solução alvejante. Não tinha visto nenhuma mancha de sangue, mas valia a pena (e muito) afastar qualquer espécie de risco. Hagen foi embora no carro de Louie Russo. O gondoleiro poderia jurar pela alma mortal da santa mãezinha que vira o carro de Russo cruzar o portão. O carro foi encontrado dois dias depois no estacionamento do aeroporto. Os jornais noticiaram que passageiros com vários dos pseudônimos sabidamente usados por Louie Russo (nenhum apelido) haviam embarcado naquele dia. Nenhuma dessas pistas conduziu à pessoa de carne e osso.

Os capangas mortos eram soldados leais de Russo, homens que os Corleone dificilmente teriam podido subornar. O gondoleiro, por outro lado, ganhava menos que o preço das abotoaduras de Russo por um ano de trabalho. Russo e seus homens foram encontrados um mês depois. E não foram os únicos cadáveres retirados do fundo do lado. A água acídica acelerava a decomposição dos corpos. Uma vez drenado o lago, a polícia estadual encontrou uma infinidade de ossos, a maioria dentro de sacos de linhagem, malas e tambores de óleo.

A essa altura o gondoleiro já havia desaparecido.

Ninguém da polícia ou do clã de Chicago jamais o encontrou. Ele mudou o nome e viveu o resto dos seus dias numa cidadezinha de Nevada, tocando uma loja de armas e um cemitério privado em terras compradas (com o dinheiro alheio) do governo federal, a menos de trinta quilômetros dos subúrbios ventosos e radioativos de Doomtown.

Falando de um telefone público a poucas quadras da casa de Geraci, Joe Lucadello contou tudo a Michael Corleone. A mentira que dissera em relação a Russo e a verdade em relação ao próprio Michael. Os detalhes sobre o navio que levaria Geraci à Sicília. Sozinho. A mulher e as filhas não iriam com ele, o que facilitaria muito as coisas.

— Sinto muito pelo fracasso na ilha — disse Lucadello, referindo-se a Cuba. — Sei que você estava contando com outro resultado.

— Estamos vivos para continuar lutando — disse Michael. — O que mais uma pessoa pode querer da vida?

— Muita coisa — disse Joe. — Mas só para quem é jovem.

A Volta do Poderoso Chefão 561

Na mansão de Chagrin Falls, Vincent Forlenza acordou no escuro, mal conseguindo respirar, com a habitual e excruciante sensação de que um elefante sentava em seu peito. Encontrou forças para tocar o sino e chamar a enfermeira. Sabia muito bem o que era um infarto. Este não seria o primeiro e, com sorte, também não seria o último. Não parecia tão grave quanto os outros. Um elefantinho. Ou talvez ele começasse a se acostumar.

A enfermeira chamou uma ambulância. Fez o que estava ao seu alcance e disse que ele ficaria bem. Não era cardiologista, mas falou com convicção. Os sinais vitais eram bons em vista das circunstâncias.

Vincent Forlenza era um homem precavido. Meros mortais jamais contariam com um descuido seu para fazer o que Deus não conseguia fazer. A mansão e o chalé na ilha de Rattlesnake eram fortificados e meticulosamente vigiados. Fazia anos que Forlenza não punha os pés num carro ou num barco sem que antes seus asseclas empreendessem uma inspeção rigorosa à procura de bombas. No mais das vezes usava dois homens que sabidamente não se bicavam; assim sendo, um não hesitaria em denunciar qualquer tentativa de traição por parte do outro. Forlenza já não comia mais o que não fosse preparado diante dos seus olhos. Todavia, naquela situação de emergência, nem mesmo ele teria cogitado duvidar dos homens que apareceram para salvar sua vida. Nem os membros da sua guarda. Nem a enfermeira, que não percebeu qualquer anormalidade no manejo do paciente. Tampouco havia algo de estranho na ambulância — até que ela foi embora e, momentos depois, outra idêntica apareceu para buscar o *Don*.

A primeira foi encontrada no dia seguinte, a uma quadra de onde havia sido roubada. Vincent Forlenza, o Judeu, jamais foi visto outra vez.

Tom e Theresa Hagen, acompanhados de Andrew, o filho bonitão do casal, ficaram de pé para a execução do hino nacional. Tom cerrou o punho contra o peito e pilhou-se cantando a plenos pulmões com a multidão que lotava o estádio.

— Você normalmente só cantarola — disse Theresa.

— Este é um grande país — disse Tom. — Ninguém devia "só cantarolar".

562 Mark Winegardner

Frankie Corleone era o mais baixo de toda a defesa da equipe de Notre Dame. Mas logo no primeiro lance, saiu em disparada e arremeteu contra o atacante com tamanha força que o gigante jogou a cabeça para trás e se esborrachou no gramado. A multidão vibrou, mas Frankie correu de volta ao encontro dos companheiros como se não tivesse feito mais que a obrigação.

— Frankie! — gritou Andrew.

— Meu sobrinho! — disse Theresa.

Tom e Theresa se abraçaram, e o atacante conseguiu deixar o gramado sem o auxílio de uma maca.

Na jogada seguinte, a equipe de Syracuse tentou fazer um passe. O receptor estava sozinho no meio de campo. Assim que a bola se aproximou, Frankie saiu do nada e interceptou.

— *U-huh!* — exclamou Theresa. — Vai, Frankie!

— Vai, Exterminador! — gritou Tom. Esse era o apelido do sobrinho. Hagen esquivou-se de fazer qualquer espécie de paralelo.

— Você não devia estar torcendo para o Syracuse, mãe? — brincou Andrew.

Aquela tarde de novembro estava perfeita para o futebol: amena, revigorante, o sol pelejando para dar as caras. Todo mundo deveria ver um jogo de futebol em Notre Dame pelo menos uma vez na vida. O Golden Dome. O mosaico de Jesus.

— Família em primeiro lugar — ela respondeu.

No porto de Palermo, Michael Corleone sentava-se no convés do iate de um velho amigo de seu pai, Cesare Indelicato. Michael jamais havia feito uma viagem na companhia de tantos seguranças quanto essa, mas Don Cesare não viu nisso uma ofensa. Os tempos eram de turbulência.

Michael já estava mais tranqüilo, convencido de que ninguém lhe puxaria o tapete, disposto a cometer a imprudência de ficar a apenas algumas centenas de metros de Geraci quando ele chegasse à Sicília simplesmente pela satisfação de vê-lo arrancado do navio pelos melhores assassinos locais.

Michael teria de voltar para Nova York. À exceção de Hagen, os melhores homens que ainda faziam parte da família Corleone represen-

A Volta do Poderoso Chefão   563

tavam riscos inaceitáveis em razão dos laços que tinham com Geraci.
Os nem-tão-bons-assim eram gente medíocre como Eddie Paradise e
os irmãos DiMiceli. Michael teria de liderar a família outra vez, em todas as instâncias. Poderia fazer parecer que voltava triunfante: a elimi-
nação de Louie Russo e Vince Forlenza cuidaria disso, pelo menos aos
olhos do alto escalão das outras famílias de Nova York. No entanto,
muito do que planejara para si — a legitimidade, a paz, o amor da mulher e dos filhos, uma vida diferente e melhor que a do pai — agora já
estava fora de alcance: por muitos anos, talvez para sempre.

A dor terrível que isso lhe causava não se dissiparia com a morte
de Geraci. Ele sabia disso.

Não encontraria prazer nenhum numa coisa daquelas. E sabia disso também.

Mas...

Enquanto o navio não chegava, Don Cesare — à sua maneira siciliana,
brilhantemente indireta — arrolava os benefícios de se pertencer a uma
organização maçônica de Roma, cujo nome, Propaganda Due, ele não
precisou mencionar. Acreditava-se que a sociedade secreta, comumente
conhecida como P2 (embora Indelicato não tivesse dito isso também),
era mais poderosa que a Máfia, a Igreja católica, a CIA e a KGB juntas.
Michael havia sido convidado a participar da ordem e, se tudo desse certo, seria o primeiro norte-americano a integrá-la. Nem mesmo seu pai
havia recebido semelhante honraria. Isso era sinal de que, mesmo na esteira do fiasco Carmine Marino, as altas rodas do poder tinham consciência de que Michael Corleone logo retomaria seu posto de incontestável
força dominante no submundo norte-americano. Qualquer um no lugar
de Michael ficaria lisonjeado, e ele bravamente fingia ser esse o caso.

Por fim o navio surgiu no horizonte. Michael bebericava um copo
de água gelada e mantinha os olhos grudados nos homens que Indelicato
havia posicionado na extremidade do píer.

O navio ancorou.

Os passageiros desembarcaram aos poucos.

Nenhum sinal de Nick Geraci.

Indelicato acenou para um homem na capota do iate, que hasteou
uma bandeira laranja para sinalizar que os homens no porto deviam
entrar no navio e procurar o alvo.

— Eles vão encontrá-lo — disse Don Cesare. — São competentes, e ele não tem para onde ir.

Dali a pouco, contudo, veio a má notícia: o alvo aparentemente os havia enganado.

Tomado de fúria, Michael usou o rádio para chamar os Estados Unidos.

Não conseguiu localizar Joe Lucadello, mas o assistente dele garantiu que não havia nada de errado. Eles haviam sido obrigados a usar diversas camadas de intermediários para esconder a identidade do homem, mas o assistente afirmou que, a menos que o sujeito tivesse pulado no Mediterrâneo, ele ainda estava naquele navio.

— Tenho certeza de que era ele — disse o assistente. — A papelada está bem aqui na minha frente. Fausto Geraci. Passaporte, fotos, tudo.

Assoviando uma melodia que a mãe palermitana costumava cantar quando ele era garoto, Fausto Geraci, o pai, atravessou o antigo arco de pedra próximo ao porto e desapareceu no que outrora havia sido a fortaleza de Palermo.

Cesare Indelicato alegou estar tão perplexo com a situação quanto Michael estava.

Capítulo 31

O telefone de Michael Corleone tocou no meio da noite. Ele ainda não havia se recuperado inteiramente da extenuante viagem de volta para casa.

— Desculpa acordar você, tio Mike. É que... teve um acidente.

Michael nunca sabia quem era Francesca e quem era Kathy, nem por telefone, nem em pessoa.

— Francie! — Kathy Corleone chamou da cozinha. Ela havia instalado a máquina de datilografar de Billy e várias pilhas de livros na mesa da cozinha de Francesca; poucas horas depois de seu trem chegar em Washington ela já havia monopolizado a área para trabalhar na tese de doutorado. — Telefone!

— Quem é? — perguntou Francesca, que cortava os cabelos de Sonny no banheiro.

Dos lábios de Kathy saíram palavras que Francesca e Billy haviam concordado em jamais pronunciar naquele apartamento: o nome da vadia loura e alta que participara da campanha de Jimmy Shea na Flórida.

Francesca largou as tesouras. Por um instante de loucura, ficou furiosa com a irmã por conta da piada cruel, mas naturalmente não era piada nenhuma. Kathy sequer sabia que Billy havia tido um caso.

— Não saia daí — ela disse a Sonny. — Não se mexa.

O garoto decerto percebeu algo no tom de voz da mãe, pois ficou parado como uma estátua.

Ao longo da vida, Kathy e Francesca haviam partilhado todos os detalhes mais banais de suas respectivas existências. Quando foi que isso

566 Mark Winegardner

teria mudado? Não havia sido apenas a separação à época da universidade, pensou Francesca, parada diante do telefone preto na mesinha de cabeceira, o sangue rugindo nos ouvidos. "Garotos", ela concluiu. "Homens." O que mais estaria por trás de todos os grandes problemas do mundo? Francesca quis voltar ao banheiro, trancar a porta, abraçar o filho e de alguma forma evitar que ele se transformasse num daqueles sociopatas ególatras e sedutores.

Em vez disso, decidiu não continuar postergando e atendeu ao telefone.

— *Sinto muito por chamá-la em casa.* — A voz d'Aquela Mulher dava a impressão de que ela acabara de parar de chorar.

— Onde você está? — disse Francesca.

— *Olha, teria sido mais fácil para mim não ligar* — disse a outra. — *Muito mais fácil. Só estou tentando fazer o que acho que é certo.*

— Muito tarde para isso, sua vagabunda. Não precisa mentir. Você está em Washington, não está?

— *Não tenho nenhuma intenção de mentir. Não passaria por isso se não fosse para dizer a verdade.*

Francesca resistiu ao impulso de desligar. Instintivamente sabia que devia ouvir fosse lá o que aquela mulher tivesse a dizer e que corria o risco de se arrepender depois.

— Espera um pouco — ela disse. Tapou o bocal do telefone e pediu a Kathy que terminasse o corte de cabelo em Sonny. Fechou a porta do quarto à chave e deu um murro na parede, abrindo um buraco no gesso. No corredor, Kathy perguntou se estava tudo bem. Francesca mentiu e disse que sim. Pegou o telefone novamente e sentou-se. — Agora fala. — Cobriu os olhos com a mão latejante, como alguém que não quer ver um cachorro morto no meio da estrada.

— *Para começar* — disse a mulher —, *você tem razão. Estou em Washington. Trabalho no gabinete de um senador. Quando resolvi vir para cá, não foi só por causa do Billy, foi por causa do emprego também, mas...*

— Por acaso você acha — disse Francesca — que tem o direito de chorar por causa disso?

A mulher se recompôs e sucintamente fez sua confissão. Ela e Billy haviam reatado pouco depois de Francesca perder o bebê. Vinham se

A Volta do Poderoso Chefão   567

encontrando esporadicamente até que Billy a engravidou, o que não fazia muito tempo, e sugeriu um aborto com tamanha displicência que ela acabou concordando. Mas agora já não conseguia mais viver com aquele peso na consciência; decidira largar o emprego e voltar para casa, em Sarasota.

Francesca crispou os lábios e apertou a mão inchada no pilar da cama, tentando usar a dor para aplacar a raiva que ameaçava explodir no seu peito. "Ainda não. Não dê esse prazer à vagabunda."

A mulher disse que falava do escritório. Ela e Billy haviam ido a um hotel na região de Dupont Circle durante a hora do almoço. Ali — que importância tinham os detalhes agora? —, o que quer que eles tivessem um com o outro havia chegado ao fim em meio a uma torrente de lágrimas. Segundo ela, Billy havia chorado muito também.

— E agora você está se sentindo melhor, não está? — disse Francesca entre dentes. — A consciência está mais leve? — Ela tremia. Se estivesse diante da vagabunda, matá-la seria a coisa mais fácil do mundo. Bastaria jogá-la no chão e continuar pisoteando até que a cabecinha linda da vadia explodisse como um tomate. Melhor ainda: cravar uma faca de açougueiro bem no coração dela.

— *Não é bem assim* — disse a mulher. — *Olha, pode dizer o que você quiser, eu mereço ouvir. Mas na verdade eu não...* — Mais lágrimas. — *Quer dizer, não sou do tipo que...*

— Pessoas más nunca acham que são do tipo que são. Então abre bem os ouvidos, vagabunda. Você não é quem pensa que é. Nenhum de nós é. Uma pessoa é o que faz. Quem age como puta, puta é. Agora preciso desligar.

— *Espera. Tem mais uma coisa que eu preciso contar a você. Por mais terrível que seja tudo o que já disse, isto talvez seja pior. Para mim, é pior.*

— Você não sabe o que é melhor ou pior.

— *Tem a ver com a sua família.*

— Conheço essa cara — disse Kathy. — Não pense que você me engana.

— Me ajuda colocar uma bandagem nessa mão — disse Francesca.

— Você devia ver um médico. O que foi que aconteceu com...

568   Mark Winegardner

— *Me ajuda...*

Depois de anos de picuinhas e afastamento emocional, um choque de entendimento e afeto tomou de assalto as duas irmãs. As desavenças dos últimos anos haviam passado ao largo de um elo que agora se revelava tão forte quanto antes. Bastou chamá-lo para que viesse à tona. Não há nada mais complicado, ou menos complicado, que uma família. O que para gêmeos vale em dobro.

Francesca não deu nenhum detalhe à irmã, mas Kathy entendeu o que precisava entender. Ajudou Francesca com a mão machucada, ajudou-a a se vestir e recebeu as instruções relativas a Sonny ("leva ele para jantar no Eastern Market Lunch, ele adora isso, adora o mercado também, mas leva um casaco, porque deve nevar logo mais"). Kathy tentou consolá-la, com relativo sucesso.

Francesca deu um beijo no filho e pegou as chaves do Dual-Ghia de Billy. Eles tinham um carro só (mas que havia custado mais que dois carros muito bons), que *evidentemente* pertencia a ele, ao canalha egoísta, uma engenhoca personalizada e metida a besta que, só para variar, ela não tinha permissão para dirigir. Pelo menos naquele dia ele havia deixado as chaves para que ela buscasse Kathy na estação de trem.

— Não faça nada que eu não faria — berrou Kathy assim que Francesca bateu a porta.

— Talvez eu *seja* você — Francesca berrou de volta.

Chegando lá, uma vez que somente Billy podia usar a garagem, ela teve de dar inúmeras voltas no quarteirão à procura de uma vaga para estacionar. A bandagem apertada fazia a mão latejar. A dor piorava quando ela tinha de trocar as marchas. Mas Francesca não se importava com a dor, que de alguma forma a impedia de chorar. E chorar era a última coisa que lhe convinha naquele momento.

Com a mão sã, Francesca estapeou o volante forrado de couro, numa tentativa de controlar a raiva. Mas a raiva só fez piorar. "Uma pessoa é o que faz, e nada mais." Francesca ficou furiosa por ser o tipo de pessoa que, numa situação daquelas, procurava por uma vaga em que era permitido estacionar. Rosnou com o furor de um lobo encurralado e abandonou o carro numa zona de carregamento.

Com pressa, mas sem correr, subiu as escadas do Departamento de Justiça.

A Volta do Poderoso Chefão   569

— Sinto muito, Sra. Van Arsdale — disse a recepcionista no gabinete de Billy. — O Sr. Van Arsdale acompanhou o procurador geral numa reunião fora. Receio que não voltem mais.

Francesca sabia disso. Havia combinado de se encontrar com Billy num bar que ele e os amigos do trabalho costumavam freqüentar, próximo ao rio, e depois jantarem ou assistirem a um filme juntos.

— Billy precisa de umas pastas — ela disse. — Esqueceu de pegá-las. Pediu que eu viesse buscar.

Dali a pouco Francesca estava sozinha na sala de Billy, fazendo exatamente o que a vagabunda lhe dissera para fazer: retirando a última pasta da gaveta de cima. A pasta era grossa e estava gasta; no rótulo — com a letra de Billy — lia-se: "Seguro".

Francesca não podia correr o risco de ser pilhada ali, bisbilhotando o conteúdo da tal pasta. Prendeu-a sob o braço, agradeceu à recepcionista e saiu. Voltou ao carro. Não havia sido multada. Bom sinal, pensou, porém sem a esperada alegria.

A pasta, como a vagabunda havia dito, continha informações sobre sua família. Recortes que qualquer pessoa poderia ter guardado, mas de jornais de todo o país. Centenas de fotografias meticulosamente dispostas e catalogadas, incluindo várias que Francesca havia tirado com a própria câmera, ainda antes de Billy a conhecer: fotos de todos da família, mas especialmente dos parentes por parte de pai. Ali estava a fotografia dos tios e do avô no casamento da tia Connie, que ficava em cima da cômoda e supostamente havia se perdido numa das mudanças. Havia quatro cadernos, do mesmo tipo que Francesca tivera de usar nas aulas de redação no primeiro ano de faculdade, preenchidos com anotações sobre sua família, além de várias páginas datilografadas que serviam de sumário ao conteúdo dos cadernos. Ela tentou identificar a época em que Billy começara a compilar aquelas informações. O primeiro caderno começava em dezembro de 1955, no dia seguinte ao que eles fizeram amor pela primeira vez. As anotações não falavam disso, mas de tudo que acontecera na casa da vovó Carmela; não tinham a forma de um diário, mas lembravam anotações de um aluno em sala de aula. Não eram falsas. Havia coisas ali que ninguém além de Billy poderia saber, e a caligrafia era indiscutivelmente dele (ali estavam os inconfundíveis AA e MM maiúsculos que à época ele escrevia com letra cursiva e alguns anos depois substituiria pela letra de forma).

"Você não está vendo que Billy está aqui só para ver como é um genu-í-no Natal de mafiosos?"

Billy havia *contado* à loura vagabunda de Sarasota que ele tinha aquela pasta. Provavelmente tinha *mostrado* a ela. E provavelmente haviam dado boas risadas num quarto de hotel com vista para o Dupont Circle.

Francesca sentiu-se tonta e, sem se preocupar, deixou o corpo desabar sobre o câmbio do carro. Chorou sem nenhum pudor, mas não se sentiu melhor por causa disso. Precisava *fazer* alguma coisa, em vez de ficar ali, sentada no carrão do marido traidor, chorando como uma desamparada qualquer.

Ela *não* era uma desamparada.

Era uma Corleone.

Filha de um destemido guerreiro, Santinho Corleone.

Quando se deu conta de que murmurava "Papai, me ajuda", já havia repetido isso um milhão de vezes.

Um guarda de trânsito parou para multá-la, mas quando Francesca se sentou — o rosto contorcido de angústia, os olhos esbugalhados e os cabelos desgrenhados —, o policial guardou o bloquinho. Parecia ter visto um fantasma. Deu meia-volta e foi embora, balançando a cabeça.

Esperando no carro vermelho do marido, parado num estacionamento escuro às margens do rio Potomac, Francesca vigiava o bar do outro lado da rua, onde havia combinado se encontrar com Billy. Já estava ali um bom tempo, o suficiente para ler todas as especulações, meias verdades e observações condescendentes naquela pasta odiosa. Não estava de relógio, e o do carro não marcava a hora correta. Encontrou um punhado de aspirinas na bolsa (ao lado de uma faca de cozinha, presente de casamento de Fredo Corleone e Deanna Dunn), mas o prazo de validade já estava vencido. A mão latejava mais do que nunca. Mas a combinação de dores, emocional e física, evitava que ela desmaiasse, da mesma maneira que dois venenos misturados na corrente sanguínea acabam se anulando mutuamente.

Era possível que, uma hora antes, Billy tivesse entrado no bar na companhia de outros jovens advogados. Não a tinha visto. Caso con-

A Volta do Poderoso Chefão 571

trário eles já teriam lavado a roupa suja ali mesmo, mas ela não teria chegado a usar a faca (ou teria?). Embora não tivesse medo de fazer escândalos, Francesca não encontrava as forças necessárias. A cada segundo desde que chegara ali, ameaçava sair do carro e acabava desistindo. Teria saído se soubesse o que iria fazer, ou o que queria fazer.

Oscilava entre o desejo de não ter trazido aquela faca e o medo de não conseguir usá-la com a mão esquerda.

Pensava no filhinho valente e engraçado e sentia-se ora mais ora menos inclinada a agir.

Pensava que, se pudesse se acalmar, poderia refletir melhor.

Mas logo se deu conta de que isso era tão absurdo quando pensar que, se o pai ainda fosse vivo, sua vida seria diferente e melhor.

Achou que amoleceria quando visse Billy outra vez, mas quando finalmente ele saiu do bar, sozinho e trocando as pernas, levantando a gola do casaco para se proteger do frio, o contrário aconteceu.

"Seguro."

O coração disparou. A mão doía de tal modo que Francesca gemia como um animal moribundo. Billy dobrou a esquina e seguiu por uma viela estreita e íngreme na direção da rua M. Ela sabia o que ele estava fazendo. Billy era um garoto rico que gastara uma fortuna naquele carro porque Johnny Fontane, Bobby Chadwick e Danny Shea tinham um igual, mas que ao mesmo tempo recusava gastar uns trocados a mais num táxi se tivesse de dar uma volta desnecessária no quarteirão.

Francesca ligou a ignição. Era um carro veloz, aquele Dual-Ghia, um dos mais velozes jamais fabricados. Mistura perfeita entre a engenharia italiana e o gosto norte-americano pela ostentação.

Trocando marchas com incontrolável aflição, Francesca chegou à tal viela num piscar de olhos e subiu-a com a velocidade de um foguete.

Billy virou-se e levou a mão aos olhos para protegê-los do lume potente dos faróis. Francesca firmou os braços no volante. Billy estava bem à sua frente. Depois de abrir os lábios — ainda que por um átimo — no que poderia ser um sorriso, Francesca atropelou o marido. Com o impacto, os sapatos de Billy foram arrancados do pé, as pernas vergaram, o torso dobrou-se para a frente e a cabeça esborrachou no capô como se tivesse caído de dez andares. O carro derrapou, mas seguiu em frente. Francesca reduziu a velocidade, mas não parou. Billy permaneceu no capô como se estivesse incrustado nele.

Francesca pegou a pasta e saiu. Fechou a porta como se nada tivesse acontecido e, sem hesitar, afastou-se do carro. Não estava ferida. Aparentemente ninguém a tinha visto. A única coisa que sentia era estupefação. Não gritava nem chorava. Tivera a força mental para levar a cabo o seu propósito e a força física para segurar firme no volante com a mão machucada. A mão agora doía como nunca, mas Francesca não sentira nada durante o impacto.

A cerca de cinqüenta metros do carro, viu um dos sapatos do marido, mas sequer reduziu o ritmo das passadas.

Estava determinada a não olhar para trás. Mas assim que chegou à rua M, não se conteve e olhou.

Do alto da ladeira, o estrago no carro não parecia tão grave assim. Billy ainda estava no capô, imóvel. Uma poça de sangue formava-se no calçamento. De início ela não conseguiu identificar de onde vinha tanto sangue, mas logo percebeu que as pernas dele não estavam sob o pára-choque dianteiro. Muito atrás do carro, sob a luz do único poste na viela, jazia a metade inferior do corpo de Billy.

Francesca não sentiu um pingo remorso.

A caminhada de volta para casa poderia ter durado um minuto ou um dia, Francesca não saberia dizer. Debatendo-se com a dor na mão e os sobressaltos do coração a cada vez que ouvia uma sirene, em nenhum momento ela olhou para trás.

Kathy estava na cozinha, perdida nos estudos, e Sonny dormia no quarto.

Francesca desabou no sofá.

— Billy ligou?

— Não sei — ela respondeu, sem levantar os olhos. — Desliguei o telefone para trabalhar. Espero que você não tenha ficado preocupada. Sonny se comportou como um anjo. Deu tudo certo. E a mão, como está?

— Lembra quando descobri que o Billy estava me traindo e você disse que eu devia matá-lo? Pois é, matei.

Kathy começou a rir; depois, observando melhor a irmã, arregalou os olhos e calou o riso.

A Volta do Poderoso Chefão 573

— Meu Deus, você não...
— Olha só para isso. — Francesca entregou a pasta à irmã.
— Me conta tudo — disse Kathy. — *Rápido.*

A polícia chegou cerca de uma hora depois de Francesca deixar a viela, talvez cinco minutos depois de Kathy entrar no ônibus que a levaria a Union Square, onde tomaria o último trem para Nova York. Kathy não havia deixado nenhum rastro no apartamento da irmã. Sequer havia avisado a mãe e ao noivo dela, Stan, o vendedor de bebidas, de que tinha ido para Washington, por medo que Sandra desfiasse o rosário de sempre, reclamando da eternidade que se passara desde a última visita da filha.

Quando os policiais vieram lhe dar a notícia, Francesca atravessou o corredor e foi para o quarto, gritando, num estado de histeria nem tão falso assim. Bateu na parede com a palma da mão esquerda — com força, mas não o bastante para se machucar outra vez. Ainda assim o barulho foi convincente. Quando os policiais acorreram, viram o buraco na parede e disseram que a mão de Francesca parecia estar quebrada e começava a inchar. O gelo que na verdade havia consideravelmente reduzido o inchaço havia sido jogado na privada.

Por milagre, Sonny não acordou em nenhum momento. Tão logo os policiais saíram, na companhia do médico que a secretária de Danny Shea havia providenciado, Francesca tirou o telefone da tomada e foi para o quarto de Sonny; parou ao lado da cama e pôs-se a observar o filho dormindo, o capacete de futebol sobre a almofada ao lado dele.

Teria de lhe dar a notícia. Telefonaria para Kathy em Nova York, e Kathy telefonaria para o restante da família: a mãe delas e até mesmo o irmão e os outros parentes de Billy. Mas ela, Francesca, teria de arcar pessoalmente com o peso de contar a Sonny.

Voltou à cozinha e tirou de trás das panelas a pasta que havia escondido. Folheou novamente os cadernos, ainda mal acreditando que alguém pudesse trair a própria família daquela maneira. E para quê? Por causa da carreira? Ele era rico. A família de Francesca tinha contatos; poderia ter sido o "seguro" de que ele tanto precisava.

Francesca sabia o que era crescer sem um pai. Não sabia o que era crescer com um pai capaz de destruir a própria família.

574 Mark Winegardner

Ainda não sentia nenhum remorso.

Por ora diria a Sonny que o papai havia sofrido um acidente e estava no céu com a irmãzinha Carmela. Mas um dia, Francesca prometeu a si mesma, contaria ao filho toda a verdade.

Religou o telefone e chamou Kathy para lhe contar o que havia acontecido. Parte do plano elaborado por Kathy algumas horas antes era que Francesca não se abrisse em nenhum momento pelo telefone, caso Billy os tivesse grampeado. Depois de fabricarem uma conversa sobre a tragédia, Kathy e Francesca estabeleceram quem deveria ser avisado.

O dia não tardaria a amanhecer. Em Nevada já era tarde também. Mesmo assim Francesca ligou. Ele gostaria de saber.

— Desculpa acordar você, tio Mike. É que... teve um acidente.

No dia seguinte, como Kathy havia previsto, a recepcionista do gabinete de Billy mencionou que Francesca havia aparecido para buscar uma pasta para o marido. Nada de incomum ou comprometedor. Ela não havia deixado o escritório furiosa ou abalada. Billy tinha várias pastas em casa, e Francesca mostrou-as. A que exibia o rótulo de "Seguro" continha documentos pessoais de Billy. Salvo os parentes imediatos, ninguém jamais pediu para vê-la.

O itinerário de Francesca depois da visita ao Departamento de Justiça foi fácil de provar. Os balconistas do Eastern Market Lunch não hesitaram em confirmar que ela havia estado ali com o pequeno Sonny na noite anterior.

Os vizinhos de cima disseram que haviam visto Francesca e Sonny chegarem em casa pouco depois do anoitecer. Por pelo menos duas horas depois disso, tinham ouvido o claque-claque constante de uma máquina de escrever.

Francesca confirmou. Disse que havia escrito uma carta para a irmã que morava em Nova York e que voltara do correio pouco antes de a polícia chegar. Disse isso na presença do melhor criminalista de Nova York (uma providência rapidamente tomada por Tom Hagen). Alguns dias depois, Kathy (a essa altura representada pelo mesmo advogado) disse que havia recebido a carta, mas que a jogara fora. Como diversos amigos e parentes (incluindo a mãe delas, Sandra) poderiam atestar, e de fato atestaram, as gêmeas haviam se distanciado ao longo dos

A Volta do Poderoso Chefão 575

últimos anos. Uma conseqüência feliz daquela história infeliz seria a oportunidade que ela daria à reaproximação das irmãs.

O volante e o câmbio do Dual-Ghia haviam sido esfregados na tentativa de apagar as impressões digitais (o que na verdade havia sido efeito da bandagem na mão de Francesca). Ainda assim, a polícia havia encontrado quatro conjuntos de impressões. Três pertenciam aos membros da família que compartilhavam o carro — Billy, Francesca e Sonny Van Arsdale (Kathy lembrava-se de ter usado luvas durante o curto trajeto entre a estação de trem e o apartamento da irmã). O quarto conjunto — encontrado tanto no banco da frente quanto no de trás — pertencia a uma mulher com quem Billy Van Arsdale havia tido um longo romance.

A polícia conseguiu localizar diversas pessoas que haviam visto essa mulher na mesma tarde da morte de Billy, registrando-se num hotel na região de Dupont Circle e saindo aos prantos cerca de noventa minutos depois. A mulher havia admitido a várias colegas de trabalho que Billy havia terminado o relacionamento com ela naquele dia. Meses antes, confessara a essas mesmas pessoas que ele a havia engravidado e exigido o aborto.

Ficou visivelmente abalada quando os investigadores tocaram no assunto. Foi presa sob acusação de assassinato em segundo grau.

LIVRO IX

Verão
de 1962

Capítulo 32

A prisão de Carmine Marino acabou se desdobrando no incidente internacional que todos os envolvidos na viagem dele para Cuba haviam temido.

A extensão das atividades da CIA em Cuba foi recebida com surpresa pelo presidente Shea. Publicamente, ele declarou que os Estados Unidos colaborariam no que fosse possível para levar Marino, italiano de nascimento, à justiça (de sua parte, o governo italiano informou haver diversos registros sob aquele mesmo nome, mas que nenhum casava com as descrições do notório assassino). Já fazia seis anos que Marino deixara a Itália. O ditador cubano declarou que o incidente era da responsabilidade pessoal do presidente Shea. O primeiro-ministro russo não fez nenhuma declaração oficial, mas foi a Cuba para prestigiar a grandiosa cerimônia fúnebre do dublê.

Bem longe dos olhos do público, o presidente Shea consumiu várias horas reunindo-se com sua equipe de segurança nacional e berrando com o diretor da CIA. Entretanto, antes que ele pudesse confrontar o próprio pai com a suspeita de que o velho estivesse envolvido no assunto, o embaixador sofreu um terrível derrame. Ainda viveria por muitos anos, mas já havia tido sua última conversa.

A afiliação de Marino ao que os jornais ainda insistiam em chamar de "o sindicato Corleone" mostrou-se fartamente documentada. Mesmo os jornais controlados pela família não tiveram outra escolha senão seguir na trilha da concorrência e investigar os diversos rumores de que o jovem gângster não havia agido por conta própria.

Publicamente, o procurador geral da República repudiou todas as acusações de uma possível conexão entre o governo federal e o que ele agora chamava de "a Máfia". Numa reunião a portas fechadas, expôs à sua equipe o plano recém-elaborado e bastante agressivo para levar o crime organizado aos tribunais. Billy Van Arsdale era insubstituível, disse ainda, mas os trabalhos dali em diante seriam dedicados à memória dele.

O diretor do FBI não havia esquecido o encontro que tivera com Tom Hagen muitos anos antes, quando o futuro deputado tirou da pasta uma fotografia granulada em que ele, o diretor, aparecia ajoelhado diante do seu assistente em flagrante felação. Sua situação naquele momento dava novo significado, ainda mais cômico, à expressão "entre o martelo e a bigorna". Mesmo assim, por ora não lhe restava outra coisa a fazer senão compactuar com a arrojada iniciativa do procurador geral.

Nas Nações Unidas, os habituais intermediários — países pequenos com boa estrutura educacional e exércitos dissolvidos — foram despachados para conduzir negociações com o propósito de obter a extradição de Carmine Marino, para seu suposto país de origem ou para os Estados Unidos, onde em poucos meses ele obteria a cidadania legal. No mínimo, os negociadores deveriam garantir que Marino tivesse um julgamento sumário e justo em Cuba. Depois de enorme estardalhaço, o governo cubano decidiu que Marino ficaria melhor onde estava: preso em local seguro, com a espada da justiça eternamente suspensa sobre sua cabeça.

Se Marino foi torturado ou não, isso ainda hoje é motivo de controvérsia. Todavia, até onde se sabe, ele nunca disse nada a ninguém.

Logo, crises diversas — inclusive uma outra, ainda mais grave, entre os Estados Unidos e Cuba — afastaram do noticiário mundial o assassinato do dublê e suas espinhosas conseqüências. O assunto ressurgiu na primeira página do jornal oficial de Cuba quando Carmine Marino tentou escapar da prisão e foi baleado. Poucos jornais norte-americanos noticiaram o fato, e, mesmo assim, a léguas de distância da primeira página. Quase nenhuma menção na TV. Em momento algum a versão oficial foi colocada sob suspeita.

*

A Volta do Poderoso Chefão   581

Escondido num túnel sob o Madison Square Garden, duas horas antes do show de Johnny Fontane (lotação esgotada), Michael Corleone, trajando um *smoking* novo porém de corte clássico, esperava por seu *consigliere*. Michael acendeu um cigarro com o antigo isqueiro do irmão. Chegar cedo, ele pensou, tinha este inconveniente: a espera.

Os rumores acerca do retorno de Michael a Nova York já vinham circulando durante meses. Os homens de sua e de outras famílias queriam-no de volta. E por que não? Os que haviam permanecido nas boas graças do *capo* agora estavam ricos. Mas não eram só esses que especulavam sobre a próxima cartada de Michael. A população em geral estava igualmente curiosa. Os boatos eram noticiados em todos os jornais da cidade. Ele havia se transformado, mau grado seu, numa espécie de herói popular. Era tido como o autor de uma centena de crimes, embora não tivesse sido judicialmente acusado de nenhum deles. Bandidos como Louie Russo e Emilio Barzini haviam sumido de cena, mas Michael ainda estava na ativa. A maioria dos *Dons* no país haviam sido presos naquela fazenda ao norte do estado, e Michael — que, a se fiar na lógica, decerto estava lá também — sequer fora visto num raio de muitos quilômetros. Membros brilhantes de sua própria família — Sally Tessio, Nick Geraci — haviam desafiado sua autoridade e já não estavam mais por perto para desafiar o que quer que fosse.

Michael também havia, e não por acaso, conquistado o charme da maturidade. Seus ternos tinham um corte sofisticado. Os cabelos eram tão perfeitos, e os dentes tão brancos, quanto os do presidente. Era herói de guerra. Pilotava o próprio avião. Se dissesse "Pula!", até mesmo um ícone da indiferença como Johnny Fontane perguntaria: "De que andar?" Havia sobrevivido à perda de dois irmãos queridos. Havia sido amado e abandonado duas vezes, e conseguido seguir em frente. Sequer um dia se passava sem que os jornais fizessem menção ao seu novo romance com a laureada atriz Marguerite Duvall. Agora ela vivia em Nova York. Uma questão de tempo até que ele se mudasse também, certo?

Para os nova-iorquinos mais sagazes também havia outro aspecto muito vantajoso: a lendária capacidade de pessoas como Michael Corleone de tornar áreas urbanas mais seguras que qualquer cidadezinha luterana do Iowa. Por toda a cidade, especuladores tentavam encon-

582 Mark Winegardner

trar maneiras de presenteá-lo com algum imóvel, sabendo que recuperariam o investimento quando os imóveis vizinhos começassem a valorizar.

Michael ouviu Tom Hagen chamar seu nome.

Tom deixou seus guarda-costas com os de Michael e atravessou o túnel sozinho. Eles se abraçaram.

— Está pronto?

Michael fez que sim com a cabeça e perguntou:

— É só um jantar, certo?

— Só um jantar — disse Tom. — Isso. Por aqui.

Eles seguiram na direção do que de hábito servia de vestiário aos times de basquete que vinham à cidade enfrentar os Nicks, onde os chefes das cinco famílias de Nova York e seus respectivos *consiglieri* iriam se encontrar para um jantar comemorativo. Pela primeira vez na história, todos os outros *Dons* — Black Tony; Leo, o Leiteiro; Paulie Fortunato e Ozzie Altobello (que alçara ao posto depois do recente falecimento, por causas naturais, de Rico Tattaglia) — eram amigos dos Corleone.

— Relaxe, Mike. — Tom passou o braço nos ombros do irmão. — Tudo vai dar certo. Você tentou fazer coisas que nunca tinham sido feitas antes. Tentou fazer o impossível, e quase conseguiu. Por muito, muito pouco. Não devia ficar se remoendo por causa disso.

— E por acaso estou com cara de quem está remoendo alguma coisa?

— Não aos olhos de quem não conhece você. — Tom apertou o ombro dele da mesma maneira carinhosa que Vito costumava fazer quando precisava de um favor. — Você é daqueles que só dão valor ao que não têm. O que faz de você um grande homem, mas chega uma hora em que é preciso recuar um pouco e apreciar o que já se tem.

Michael ficou tentado a dizer que não tinha nada daquilo que realmente desejava, nem desejava nada daquilo que tinha. Mas isso não era verdade. Ele sabia disso. Tinha dois filhos lindos, um irmão e uma irmã que o adoravam. As lembranças de uma infância feliz. A vontade de se recompor e tentar novamente. Incontáveis riquezas na maior nação do planeta, uma nação que praticamente exigia que seus filhos se reinventassem a cada dia.

A Volta do Poderoso Chefão   583

Tom baixou o braço. Eles estavam quase lá, no local onde se daria o jantar.

— Se ele ainda estiver vivo — disse Tom —, nós vamos encontrálo. — Não falou o nome de Geraci. Que agora era tabu. — Ninguém consegue se esconder para sempre.

Michael disse que não tinha tanta certeza assim. Ambos conheciam histórias de mafiosos na Sicília que haviam permanecido na moita por vinte, às vezes até por trinta anos, e os Estados Unidos eram infinitamente maiores que a Sicília.

— Também tem muito mais gente disposta a abrir o bico. Se ele ainda estiver vivo, sou capaz de jurar que um dia nós vamos encontrá-lo.

— Capaz de jurar?

— Ninguém vive sem esperança, Mikey.

A passagem de som de Fontane fez-se ouvir no pavimento de cima. Aquele hino arrogante que ele sempre professara detestar.

— Eu tenho esperança — disse Michael.

Tom Hagen abriu a porta.

Os outros *Dons* vieram saudá-lo, radiantes.

Numa caverna do tamanho de um salão de baile sob o chalé na ilha de Rattlesnake, onde ele estava preparado para permanecer quanto pudesse, Nick Geraci finalmente terminou os dois volumes sobre a história bélica de Roma, os únicos livros que tivera tempo de recolher. Havia outros por ali, folhetins vagabundos ou histórias pornográficas que Geraci não tinha estômago para ler nem mesmo nos momentos de fraqueza. Já não sabia mais se era dia ou noite, mas, tomado de tédio, foi dormir; chegado o que para ele fazia as vezes de manhã, preparou um pote de café, buscou um caderno e começou a escrever. *A barganha de Fausto*, seria o título. Uma bomba para o crime organizado nos Estados Unidos.

O que ele sabia sobre escrever um livro?

Dane-se. Quem sabia alguma coisa sobre o que quer que fosse? Começar. Era isso o que uma pessoa precisava saber. Ele começou.

"Somos guiados por um código de honra", ele escreveu, "o que você não poderá dizer do seu próprio governo, cujos porões eu conheço muito bem. Durante o tempo que você levará para ler este livro, seu governo cometerá mais assassinatos e outros crimes do que os homens da minha tradição cometeram em sete séculos de existência. Pode acreditar. Provavelmente não acreditará. Problema seu. Com todo respeito, caro leitor, é isso que faz de você um grande panaca. Em nome dos meus ex-companheiros — e se não for ousadia demais, do seu presidente também —, eu lhe agradeço".

Geraci parou de escrever. Não poderia ficar ali para sempre, mas providências haviam sido tomadas para que ele pudesse prolongar sua estadia por um bom tempo. O suficiente para escrever um livro.

De vez em quando, à noite, tinha a impressão de que ouvia britadeiras — uma equipe cavava o túnel que supostamente o conectaria a Cleveland. Talvez estivesse imaginando coisas. Talvez já estivesse longe dali quando eles terminassem. Ou morto. Suas chances eram magras. E o magro morreu de fome.

Nick Geraci não se conteve e riu da própria miséria.

Michael Corleone e Francesca Van Arsdale saíram do elevador direto para a sala de um apartamento de cobertura, vazio e de tal modo branco que chegava a ofuscar. Roger Cole saiu atrás deles. Al Neri apertou o botão vermelho e esperou dentro do elevador. Kathy Corleone ficou no andar de baixo com Sonny, na suíte que, se Michael comprasse o prédio, estava reservada para as gêmeas.

A cobertura tomava todo o andar superior, o quadragésimo, mas o prédio era pequeno. Michael atravessou o alvíssimo chão de mármore e parou diante das janelas, que davam vista para o rio East e para o Queens. Pelo lado de fora, o prédio era singelo, quase feio, e escondia-se atrás de outro maior, ao fim da 72, uma rua sem saída. Os andares inferiores abrigavam diversos escritórios. Seguranças vigiavam o elevador que dava acesso aos andares superiores; não seria difícil substituí-los por outros, pessoalmente escolhidos por Al Neri. E a cobertura requeria uma chave especial. Aquele lugar seria ainda mais seguro que o complexo de Lake Tahoe ou o condomínio de Long Beach. A empresa do próprio Cole havia eviscerado e reformado o apartamento muito antes que Michael lhe informasse o que estava procurando; ali não se repetiria a tragédia das escutas que se dera em Lake Tahoe.

A Volta do Poderoso Chefão   585

Francesca estava maravilhada com a beleza da vista e do apartamento. Fazia semanas que Michael esperava alguma espécie de crise emocional por parte da sobrinha em razão do que acontecera a Billy, mas essa crise nunca veio. Começava a suspeitar de que jamais viria. Muito mais que o irmão atleta, Francesca havia se transformado numa reprodução quase perfeita do pai obstinado e valente. Matar o marido era justamente o tipo de coisa que o destemperado Sonny teria feito. Ela não tivera como saber que Michael já havia tomado as rédeas do assunto. Tom Hagen havia feito uma proposta irrecusável a Billy, que trabalharia como aliado dos Corleone, não como inimigo. Por um brevíssimo período de sorte, eles haviam tido uma pessoa dentro do Departamento de Justiça. Que depois fora partido ao meio pela própria esposa, com o próprio carro. Michael cuidaria para que Francesca jamais soubesse da verdade.

Ele apontou para o corredor.

— Os quartos das crianças ficam...

— Claro — disse Cole. — Por aqui.

Cole era provavelmente o mais conhecido especulador imobiliário de Nova York. Ruggero Colombo de nascimento, ele havia crescido num prédio vizinho ao dos Corleone em Hell's Kitchen. Gostava de contar a comovente história do dia em que Vito Corleone convencera o senhorio dos Colombo de não despejá-los (abrindo mão de alugar o apartamento por mais dinheiro a outra família), bem como de ignorar a cláusula contratual que proibia a presença de animais para que o pequeno Ruggero pudesse manter seu adorável, porém barulhento, filhotinho de vira-lata (chamado King, o mesmo nome que Cole daria à sua imobiliária muitos anos mais tarde). Vito também havia custeado os estudos de Roger Cole na Universidade Fordham, onde ele se formaria em administração de empresas. Cole havia engrossado a fortuna de Michael Corleone em muitos milhões — silenciosamente no início, e agora publicamente. Se Michael tivesse tido mais tempo para fomentar mais amizades como essa, talvez teria sido capaz de cumprir a promessa que fizera a Kay e ao pai. Ainda havia tempo. Poderia tentar outra vez. Mas por ora, não.

— Você vem sempre visitá-los?

— Quem?

— Sua família — ele disse. — Tony e Mary.

Por um instante Michael achou que Roger havia se referido à sua suposta ex-família.

— Vou vê-los amanhã. — Os quartos eram grandes para os padrões de Manhattan; pequenos para os de Lake Tahoe. — Eles vão gostar, eu acho.

— E você? — perguntou Cole. — Gostou do apartamento? Porque se não gostou, tenho outras opções para lhe mostrar. Se você tiver tempo, é claro.

— Quem é o proprietário?

Cole sorriu e disse:

— King Corretora de Imóveis. Cada centímetro quadrado.

Isso significava que, na qualidade de sócio oculto de Cole, Michael já era dono de um bom pedaço do lugar.

— E o prédio inteiro está à venda?

— Oficialmente não. Só os apartamentos. Mas só para você, é claro.

Michael poderia ficar perto de sua família como nunca fora possível antes. Kathy agora lecionava no City College; ela e Francesca dividiriam um apartamento e criariam juntas o pequeno Sonny. Connie e os filhos ficariam com a outra suíte grande naquele mesmo pavimento. Tom e Theresa poderiam ficar com todo o pavimento de baixo. Michael ofereceria espaço e segurança a todos que quisessem morar ali.

Eles discutiram as condições.

— Para mim está perfeito, Roger.

Francesca aplaudiu. Os homens beijaram-se no rosto. Todos saíram na direção do elevador.

— Uma vez nova-iorquino, sempre nova-iorquino — disse Cole. — Eu sabia que você ia voltar. Bem-vindo ao lar, meu amigo!

— É muito bom estar de volta — disse Michael, mais alto do que pretendera. Quando as portas do elevador se fecharam, suas palavras ocas ainda ecoavam no corredor de mármore da sua nova casa vazia.

Agradecimentos

A produção deste livro contou com o auxílio imprescindível das seguintes pessoas: Dottie Adams, Lynn Anderson, Ignazio Apolloni, Rachel Bernstein, Thomas Bligh, Kate Blum, Christine Cabello, Felice Cavallaro, Gina Centrello, Roger Cole, Anthony Corleone, Sanyu Dillon, Deanna Dunn, Magee Finn, Francesca Fontane, Rino Francaviglia, Buzz Fratello, frei Andrew Hagen, Theresa Hagen, Cesare Indelicato Jr., Jonathan Jao, o "Lápis" Jonny Karp, Barbara (Geraci) Kennedy, J. A. Kriausky, Mike Lauer, Carole Lowenstein, deputada Winifred "Annie" McGowan, Elizabeth McGuire, Daniel Menaker, Kay Michaelson, Hal Mitchell, Moonflower® (née Beverly Geraci), Gene Mydlowski, Tom Nevins, Neil Olson, Leoluca Orlando, Phil Ornstein, Allyson Pearl, Beth Pearson, Thomas Perry, Dra. Katherine (Corleone) Pietralunga, Anthony Puzo, Jillian Quint, Kelle Ruden, Donald "do Saco" Serio, Sir Oliver Smith-Christmas, Willie "Viajante" Tonelli, governador George Van Arsdale, Harriet Waserman, Don Weisberg, Anthony Ziccardi e Andy Warhol.

Além desses, as seguintes organizações também fazem jus aos meus sinceros agradecimentos: o grupo Yaddo, o Centro para as Artes de Hambidge, a Fundação Ragdale, a CIA, e o Instituto da Segunda Guerra Mundial da Universidade do Estado da Flórida em Tallahassee, Flórida. Mais uma vez, muito obrigado a todos vocês.

Este livro foi composto na tipografia Dutch 766,
em corpo 11,5/15, e impresso em
papel off-set 90g/m² no Sistema Digital Instant Duplex
da Divisão Gráfica da Distribuidora Record.